btb
Aus Freude am Lesen

btb

Walter Kempowski
DIE DEUTSCHE CHRONIK IV

Walter Kempowski

Tadellöser & Wolff

Ein bürgerlicher Roman

btb

Umwelthinweis:
Alle bedruckten Materialien dieses Taschenbuches
sind chlorfrei und umweltschonend.

Der btb-Verlag ist ein Unternehmen
der Verlagsgruppe Random House.

2. Auflage
Genehmigte Taschenbuchausgabe April 1999

Umschlaggestaltung: Design Team München
KR · Herstellung: Augustin Wiesbeck
Made in Germany
ISBN 3-442-72548-8

Detlev Nahmmacher gewidmet

Alles frei erfunden!

1

Morgens hatten wir noch in der alten Wohnung auf grauen Packerkisten gehockt und Kaffee getrunken (gehört das uns, was da drin ist?). Helle Felder auf den nachgedunkelten Tapeten. Und der große Ofen, wie der damals explodierte.
Zu Mittag sollte schon in der neuen Wohnung gegessen werden.

Die Zimmerpalme wurde dem Gärtner geschenkt, die würde man nicht mehr stellen können. Wunderbar, wie die sich in all den Jahren entwickelt hatte. Den gelben Onkel nahm man mit, mit dem gab es ab und zu »hau-hau«! Schön würde es werden in der neuen Wohnung, herrlich. Wir sollten sehn: zauberhaft. Vom Balkon eine Aussicht – wonnig. Und keine Öfen zu heizen, das war auch was wert.

Als ich aus der Schule kam, sah ich schon von weitem den ausgepolsterten Möbelwagen, die Pferde mit rostroten Planen über dem Rücken und Messingschildern am Zaum.

Wir waren selbstverständlich bei Bohrmann. Der Flügel stand noch drinnen, ich hatte also nichts verpaßt. Die Träger mit Gurten um den Leib, Haken unten dran.
Sie schraubten die Beine ab; in einem Schlitten hievten sie ihn die Treppen hinauf. Sieben Zentner schwer. Die Adern quollen ihnen raus.
»Kinder«, sagte meine Mutter, »wie isses nun bloß möglich …«
Ob in der Nachbarschaft nicht'n paar kräftige Männer aufzutreiben wären, wurde gefragt.

Ein dicker Herr schob sich an den Trägern vorbei, er sah versonnen das Treppenhaus hinauf. Da oben kam Licht aus einem Rubbelglasfenster. Dieser Mann hieß Quade, der hatte das Haus gebaut.

Es war eine geräumige Wohnung, allerdings: 2. Stock, wie Tante Silbi von Anfang an bemerkte. Die Garderobe ganz in Rot. Über der Eichentruhe schon die Schießscheiben und der Säbel meines Vaters. (»Der wird dann angeschliffen, Junge.«)

Rechts der offne Schrank mit den Wolffschen Telegraphenberichten und – »Giftfische und Fischgifte« – zahllosen Kosmosbändchen.

Mein Bruder reckte sich vor dem Spiegel.
Die Wohnung sei Gutmannsdörfer. Ob ich das nicht auch fände?
»Ja.«
»Na, denn sei froh.«

Für sämtliche Zimmer waren neue Lampen gekauft worden.
Im Wohnzimmer hielten Adlerkrallen die Leuchtschalen.
In den Schlafzimmern floß das Licht durch Alabaster.
Im Eßzimmer hing eine Klingel vom ausufernden Papierschirm herab, damit sollte das Mädchen dann gerufen werden.
Für die Küche wurde keine Lampe gekauft, da war schon eine drin.

Kröhl, ein pensionierter Finanzbeamter, brachte die Lampen an. Er spielte im Quartett die Bratsche (Geiger gäb's wie Sand am Meer), der machte sich gern nützlich.
»Würdest du bitte mal knipsen? Den unteren Schalter?

Danke.« Als er noch im Amt war, hatte er mal zu meinem Vater gesagt: »Das ist natürlich wieder alles falsch.«
»Wieso ›natürlich‹?« hatte mein Vater geschrien. »Und wieso: ›wieder‹ und ›alles‹?«

Daß die Küche nicht gefliest war, komme ihr grade recht, sagte meine Mutter. Fliesen seien so kalt von unten.

In den Waschbecken sprang das Wasser wie ein Quell aus einem Loch. Der Schließer war durch Druckknopf zu betätigen. »Fabelhaft.«

Die Fenster der Wohnung gingen leider alle nach innen auf.
»Das werden wir schon kriegen«, sagte meine Mutter. Aber die Blumentöpfe, die mußte sie doch jedesmal rükken.
Genau gegenüber der Schlachter mit einem aus Talg geformten Adler im Fenster und Rosen aus Speck. Daneben der Drogist. Alles in der Nähe, fein.
Um die Ecke »Wiener Moden«.

Auf der Kreuzung brachten sie grade ein neues Verkehrszeichen an, »STOP« stand da drauf.

Ein geräumiger Balkon mit Glasdach und Mauervorsprüngen zum Aufstellen von Judenbart und Schlangenkaktus.
Noch waren die Bäume unbelaubt, aber es würde ein schöner Blick sein, über die blühenden Gärten hin zum grünen Turm von St. Jakobi.
»Kinder, wie isses schön«, sagte meine Mutter, »nein, wie isses schön«, und drückte die Geranien fest.

Linker Hand, neben einem gelb gestrichenen Etagenhaus, an dessen zerklüfteter Rückseite eine Anzahl Eisenbalkons mit Margarinekisten voll Schnittlauch hingen, konnte man sogar den kleinen Turm der katholischen Kirche ausmachen, mit dem so kräftigen Geläut.

Am Abend kam mein Vater aus dem Geschäft. Er trug Knickerbocker in Pfeffer und Salz. Seinen Teichhut hängte er singend auf einen der roten Garderobenhaken.

Wie so sanft ruhn,
alle die Toten ...

Das war das Logenlied, wie meine Mutter es nannte.
»Ich werd's Ihnen lohnen im späteren Leben«, sagte er zu Kröhl und gab ihm die Hand, »einstweilen besten Dank.«
Er betrachtete die Lampen: »Das ist natürlich wieder alles falsch ...«
Dann setzte er sich an den Flügel, lehnte sich zurück und spielte:

Singt dem großen Bassa Lieder ...

Pink-pink! – ja, es ging.

Über dem Instrument hing das Hafenbild mit dem dicken Goldrahmen, ein Hochzeitsgeschenk von Konsul Discher.
Es sei nicht billig gewesen, hieß es.

Meine Schwester Ulla (»Was hast du nur für schöne Zöpfe, mein Kind«), sieben Jahre älter als ich, bekam die Dachkammer.
»Wahrschau!« rief sie und brachte Vasen nach oben.
Sie trug ein rostfarbenes Wollkleid mit quer eingestickten Blumengirlanden.

Ich teilte mit meinem Bruder Robert das Zimmer. Sechs Jahre älter als ich. Das blonde Haar stark gewellt, wie die Wogen des Sees Genezareth, in der Bilderbibel, auf denen Jesus wandelt. Er behauptete, von mir gehe ein »pestilenzialischer Gestank« aus.

Er schnurkste ständig, so als zöge er von Zeit zu Zeit sein Uhrwerk auf. Meine Mutter sagte dann: »Prost! Wisstu'n Stück Brot?« Gern trug er Querbinder. Die band er mit Geduld. Hinterher reckte er sich noch ein Weilchen, als wollte er sagen: »Ich bin doch eigentlich recht staatsch.«
»Na, du Schleef?« sagte er, wenn wir uns auf dem Korridor begegneten.

Meine Mutter stammte, wie sie behauptete, aus einem alten Hugenottengeschlecht, de Bonsac. Im 16. Jahrhundert geadelt. Der Vorfahr habe als Mundschenk guten von schlechtem Wein rasch unterscheiden können. Es war noch ein Wappen auf die Familie überkommen, das hing jetzt in Wandsbek, in das war eingeschnitzt

Bonum bono, dem Guten das Gute

Und auf dem Wappen Kelch und Traube.

Beim Gutenachtsagen legte sie mir die Hand auf die Stirn.
(»Sieht sie nicht aus wie eine Gräfin?«)
Dann sprach sie lange Gebete, bei denen sich ihre Augen allmählich mit Tränen füllten.
»Oh, lieber Gott, sieh an, wie wir ohnmächtig sind vor Dir, sei barmherzig, hilf uns in allen Nöten des Leibes und Lebens, daß das Gute in uns aufkomme, und mach uns zu Deinen Kindern. Hilf allen Menschen durch Deine allmächtige, alles ver-, ver-, ver- veranlassende, verordnende Güte ...« und so weiter.
Das dauerte oft recht lange, und ich suchte durch Strecken und Dehnen anzudeuten, daß es nun genug sei.
Dann sang sie

Müde bin ich, geh' zur Ruh' ...

Alle vier Strophen. Sie hatte eine schöne Stimme.
Zum Schluß beugte sie sich auf mich herab, und ich durfte sie küssen. »Aber nicht auf den Mund.«

Wenn mein Vater die Abendpost durchgesehen hatte – »Tadellöser & Wolff!« – spielte er meist noch lange Klavier. Das konnte ich bei offner Tür gut hören.
Das »Frühlingsrauschen« von Sinding oder die Davidsbündler Tänze. »Mit Humor und etwas hanbüchen.«

In die Tür unseres Zimmers waren geriefelte Glasscheiben eingesetzt. Wenn man von vorn in den Korridor einbog, sah man sofort, ob ich verbotenerweise noch las. (»Kai aus der Kiste.«) Den Finger hatte ich, in angespanntester Aufmerksamkeit, ständig auf dem Knipser. Die Mutter konnte mich nie erwischen. »Auf Ehre?«
Mein Bruder Robert aber, der sich zeitweilig am Anschleichen beteiligte, war gewiefter, der faßte die Glühbirne an. »Sag mal, schämst du dich nicht?«
Er selbst las bis zum frühen Morgen. Lok Myler: »Der Mann, der vom Himmel fiel.«

Morgens kam er schwer hoch. (»Uppstahneque!«)
Und er hatte doch Fensterwache! Für meinen abergläubischen Vater mußte er nach jungen Mädchen Ausschau halten.
»Los, Vater, komm schnell!«
Der kam dann gebückt gelaufen, so als könne er sich nicht aufrichten, halb rasiert, mit hängender Hose und schlappenden Pantoffeln.
»Gut dem Dinge«, nun konnte ihm keine alte Frau mehr den Tag verderben.

Das Frühstück war immer sehr harmonisch.
»Was macht meine Haut?« fragte mein Vater und hielt uns den Hals hin. Bei Ypern hatte er Gas abgekriegt.
»Wunderbar«, mußten wir dann sagen, »keinerlei Druck- oder Schelberstellen«, sonst wäre der ganze Tag im Eimer gewesen.

Dem zuletzt Kommenden wurde: »Ah! Die Sonne geht auf!« zugerufen. Der mußte dann lange nach seinen Brötchen suchen, die – »heiß! kalt!« – irgendwo versteckt waren (meistens auf dem Schoß meiner Mutter).

»Wer nicht kommt zur rechten Zeit,
dem geht seine Mahlzeit queit.«

Neben dem Teller meines Vaters lag das Kalenderblatt. »Meyers historisch geographischer Kalender«, mit den Nationalen Gedenktagen.

1916 – Erstürmung von Fort Douaumont.

Für mich, der ich am Ende der Tafel saß, hatte er harmlose Scherze bereit.
Was »Kohlöppvehnah« heiße, »ansage mir frisch!«
»Die Kuh läuft dem Vieh nach«, mußte ich dann antworten. Daraufhin wurde »gut dem Dinge« gesagt.

Mein Vater kaufte sich ein neues Rad. Das alte, mit Dorn zum Hintenaufsteigen, war verrostet. Dazu einen Kleppermantel, dessen Schöße hochknöpfbar waren. »Denn seh' ich ja aus wie ein Franzmann«, sagte er.

Meine Mutter ließ alle Sessel neu beziehen, die alten Samtbezüge könne sie nicht mehr sehn.
Für den Balkon – »nein, diese Aussicht!« – kaufte sie Stühle aus Peddigrohr.
Bei Tillich, den »Wiener Moden«, ließ sie sich ein Kleid machen, ein hellblaues. Das Oberteil war wie eine Pelerine geschnitten, mit drei Knöpfen auf der Brust. Von denen gingen Quetschfalten aus in alle Richtungen.

Ich kriegte einen sogenannten Hamburger Anzug, dessen Oberteil an die Hose geknöpft wurde.

Meine beiden Geschwister durften in den Jachtklub eintreten, aber weißes Zeug wurde nicht genehmigt.
In den Ruderklub hatten sie nicht gehen wollen. Sie seien doch keine Galeerensklaven.

Wenn Ulla ein Schifferklavier gehabt hätte, dann hätte sie uns sicher, wie Robert meinte, mit Schlagern geelendet. Auf der Mundharmonika spielte sie

An der Saale hellem Strande
stehen Burgen stolz und kühn ...

Sie stiftete meinen Bruder zu Untaten an. Wenn es rauskam, gab's Stubenarrest.
Er sei kein richtiger Junge, meinte sie. Richtige Jungen kämen mit zerschundenen Knien und Löchern in der Hose nach Hause. Die stiegen über jeden Zaun.
»Würdest du mir mal bitte verraten, über welchen Zaun ich eigentlich steigen soll?« fragte Robert.

Seitdem sie segelten, war mein Vater des öfteren genötigt, mit der Uhr in der Hand auf der Treppe zu stehen.
»Wo kommt ihr jetzt her?«
Ab sofort würden andere Saiten aufgezogen.

Ulla kriegte außerdem eine Reitkarte. Im Tattersall durfte sie für 5 Mark die Stunde um die Manege traben. In Trainingshosen, zu ihrem Kummer. Kati Rupp habe aber ein Reitkostüm, klagte sie.
»Denn mußt du dir 'n andern Vater aussuchen, ich kann mir das Geld auch nicht aus 'n Rippen schneiden.«
Aus dem Schatten der Tribüne heraus beobachteten wir sie. Wenn das Pferd pupte, lachte mein Vater.

Auf einer Veranstaltung kniete sie im Sattel. Das sei eine ziemliche Angstpartie gewesen, sagte sie hinterher, ihr sei ganz schwummerig geworden.
Einmal kriegte sie einen Steigbügel vor die Stirn.
»Kommt da dein Vogel raus?« fragte Robert, als sie mit dem Horn erschien.

Mit ihrer Agfa-Box machte sie Pferdeaufnahmen.
Die kamen ins Album.
»Der gute Kamerad«, wurde druntergeschrieben.

Die ganze Familie wurde fotografiert.
Die Mutter im Pelerinenkleid, Robert beim Segeln und ich im Hamburger Anzug.
Vater sogar als SA-Mann unter einer Birke.

2

Unter uns, in der ersten Etage, wohnte Woldemann, ein wohlhabender, beleibter Holzhändler. Er trug sein schwarzes Haar – blank wie Lackschuhe – zu einem scharfen Mittelscheitel frisiert. Am kleinen Finger einen Ring mit blauem Stein.
»Na, du Brite?« sagte er zu mir mit tiefer Stimme und langte sich eine der offnen Weinflaschen, die überall herumstanden. Ohne Glas trank er daraus, in langen Zügen.

Im »Herrenzimmer« übergroße Sessel mit angenähten Kissen, komfortabler als bei uns, auch der Teppich größer, und die Bilder dazu passend.
Neben dem Rauchtisch ein schwarzes, kommodenartiges Grammophon. Vorn eine Art Tor zum Herauslassen der Musik.

Ist sie nicht süß, ist sie nicht lieb,
ist sie nicht nett, das Fräulein Gerda ...

Auf dem Grammophon eine Wachspuppe unter Zelluloid. Die trug ein Spitzenkleid.
»Filigran«, sagte meine Mutter.

An der Wand ein Hühnerhof in Öl: der schwarze Rahmen doppelt so breit wie das rosa Bildchen.

Morgens saß Woldemann im Hausmantel am Kaffeetisch. Er ließ die Drehscheibe rotieren, auf der Marmelade und Honig standen.
Das Ei aß er mit silbernem Löffel. (»Ei mit Silber? Das beschlägt doch!«)
Vom Milchkännchen leckte er die Tropfen schmatzend ab.

Jeder wär' froh, jeder wär' stolz,
wenn er sie hätt', das Fräulein Gerda ...

Das Brötchen aß er mit Messer und Gabel.

Die Frau war jung und unternehmungslustig. »Woldi«, sagte sie zu ihm.
Während das Grammophon dudelte, ging sie in der Wohnung auf und ab, von einem Pralinenkasten zum andern, drehte sich die Haare und puschelte mit einem Flederwisch die Kopenhagener Figuren ab.
Mein Vater brülle ja immer so doll, wer denn mit »Rotzlöffel« gemeint sei?

Ihre Tochter Ute war 9 wie ich.
Schwarzer Pagenkopf und dunkelblaue Augen.
Abgesehen von wenigen Schmolltagen waren wir ständig zusammen. Meist lag ich auf dem Teppich, und sie saß mir auf dem Bauch. Schön warm war das und gemütlich. Ich zog sogar die Beine an, damit sie sich anlehnen konnte. Sie wiegte sich dann ein wenig und bohrte in der Nase.
(Beim ersten Mal hatte ich mich noch gewehrt. Das Oberteil meines Hamburger Anzugs war dabei von der Hose gesprungen.)
Alle Möbel lernte ich auf diese Weise von unten kennen: den Couchtisch mit den vom Tischler nur grob befestigten Beinen, die Sessel mit Gurten, denen der Möbelträger ähnlich, den Papierkorb, der immer faulig roch, weil man Apfelschalen hineingeworfen hatte.

Einmal hatten wir Streit: was bedeutender wär, das männliche oder das weibliche Geschlecht.
Der Vater würde übertroffen durch *die* Regierung, sagte sie, mit dem Finger herzählend; und *der* Kontinent durch *die* Erde.
Aber *die* Welt durch *den* Gott, antwortete ich, und der sei männlich.

Alle Leute bleiben plötzlich stehn,
um dem süßen Mädel nachzusehn ...

Wenn die Mutter sich auf dem Flur hören ließ, spritzten wir auseinander.
»... sonst kriegt ihr eine geschwalbt«, sagte die.

Hinter dem Haus war eine Selterswasserfabrik, sie gehörte unserm Hauswirt.

Ob im Wald, ob in der Klause,
Dr. Krauses Sonnenbrause.

Wir setzten uns in Flaschenkisten und fuhren auf dem Rollenband hinein. Durch düstere Schuppen ging es, an Buchten mit leeren Flaschen vorüber. Gespensterbahn!

In einem gekachelten Werkraum sprangen wir ab. Hier wurde die Sonnenbrause abgefüllt.
Arbeiter mit Gummischürzen standen am Band und sahen zu, wie die Flaschen ruckend der Reihe nach aufmarschierten und von der Maschine vollgefüllt, zugekorkt, umgeworfen, etikettiert und in Kisten gerollt wurden.
Der Hebel, der die Flaschen umwarf, war gepolstert. Von unten kam ihm ein zweiter entgegen, der empfing sie sanft.
Ab und zu zerbarst eine Flasche mit dumpfem Knall. Dann regnete es Splitter.

Die vollen Kisten lagerten im Keller. Hier war es kühl. Ute wußte, wo die Waldmeisterbrause stand. Auf einen Zug tranken wir sie aus – »wer zuerst fertig ist« – und rülpsten.

Im Büro roch es nach Tabak und Pfefferminz. Hier zeichnete Fräulein Reber, vom Skisport gebräunt, blitzschnell Belege ab. »Reber«, den Namen könne man auch von hinten lesen, sagte sie. Ihr Bruder, Flieger bei der Legion, der heiße sogar Otto!

Sie schenkte mir ein Liederbuch: »Von Jungen Trutz und Art« hieß das. Ob ich auch mal ein kräftiger Pimpf werden wollte? Ute kriegte »Spinnerin Lobunddank, ein neu Mädchenliederbuch«.

Der Morgen hat geschlagen,
die dunkle Nacht zerbricht.
Auf, Herz, zu neuen Tagen
ruft dich das junge Licht.

»Ich will einen Liter Korn«, sagte ein Besoffner, der gerade hereinkam.
An der Wand hing Clausewitz.

Dr. Krause durften wir nicht begegnen. Der schritt in Reithosen über den Hof. Hier stand eine Tür offen, dort lag Papier. Möglicherweise würde man beim Zimmern der Flaschenkisten Nägel einsparen können.
Um die Güte seines Brunnens zu demonstrieren, ließ er einen Zinkeimer vollaufen. »Klar wie Kristall.« Rostocker Leitungswasser stellte er daneben. Verblüffend! Eine lehmige braune Brühe.
Im Leitungswasser schwimme direkt Kot, sagte er.

Witschorek, der BOB-Fahrer, war immer darauf aus, uns zu vertreiben. Er stammte aus dem Sudetenland.
»Egerländer halt' zusamma ...« sang ich mal aus Quatsch. Da fing der Mann bald an zu weinen.

Immer gern gesehn waren wir bei Kutscher Boldt. Vergnügt pfeifend mischte er Hafer und Häcksel, goß auch etwas Apfelbrause hinein. 36 Mark die Woche verdiente er.
Mein Vater gab mir angestoßene Zigarren für ihn.

Der Schimmel »Max« war ein »Kriegskamerad«. Dr. Krause hatte ihn aus Galizien mitgebracht. Unter dem Schild »Kriegskamerad« hing ein Eisernes Kreuz aus

Pappe. Auch Schiffe hätten im Weltkrieg das Eiserne Kreuz verliehen bekommen, und Meldehunde.
Wir mieden Max, denn er war bissig.

Harmlos war die dicke Stute Nora.

Nore, am Brunnen vor dem Tore,

sagte Kutscher Boldt.
Sie zog etwas stärker als Max.

Gegen Abend, wenn wir genug getrunken hatten, gingen wir rein. Da spielten wir Versteck im Dunkeln, und bald lagen wir auch schon wieder auf dem Teppich. Die Lichter der vorüberfahrenden Autos schoben sich über die Decke.
Im Bauch gluckste es.

Ist sie nicht süß, ist sie nicht lieb,
ist sie nicht nett...

Ute wiegte sich ein wenig hin und her. Horchen, ob die Eltern nicht kommen. »...sonst kriegt ihr eine geschwalbt.«
Ob ihr Vater »höher« sei als mein Vater, erörterten wir, oder Dr. Krause, ob der vielleicht höher sei.
»'tüllich«, sagte sie statt »natürlich«.

Beim Abendessen fragte meine Mutter: »Junge, wie siehst du bloß aus? Wie Buttermilch und Spucke.«
Und Robert sagte kopfschüttelnd: »Wie haben sie dich, Baum, verschnitten...«
Die Teewurst schmecke übrigens recht ordentlich.

3

Mein Vater »liebte seine Heimatstadt«, wie immer gesagt wurde. Er war Mitglied des Vereins für Rostocker Altertümer und besuchte dessen Vorträge regelmäßig: »Die Exerzitien der Bürgergarde« oder »Rostocks Soldaten im 30jährigen Kriege«.
Mit Platt sei er in Flandern ganz gut zurechtgekommen.

Sonntags, während meine Mutter den Braten begoß, ging er mit uns spazieren. Die rechte Hand auf dem Rücken, mit der linken den Spazierstock führend, mal nach vorn und mal nach hinten. Da er viele Leute kannte, zog er dauernd den Hut.

Mit Kaufleuten redete er über Courtage, Tons und Dividende; zu Damen sagte er »Meine Gnädigste« und küßte ihnen die Hand. Er selbst wurde mit »Herr Kempowski« angeredet oder mit »Körling«. Wir standen inzwischen am Rinnstein und kuckten, ob wir an den Gitterfenstern des Gefängnisses nicht vielleicht ein bleiches Gesicht ausmachen könnten.

»Nehmen Sie mich mit, Herr Kempowski!« rief auf der anderen Straßenseite ein winkender Mann mit Hasenscharte. Das war Dr. Heuer.
»Auch das noch«, sagte mein Vater. »Na, wie geht's?«

Einmal wurde er von einem betrunkenen Seemann angesprochen. Da behielt er seinen Handschuh an.
»Man weiß nie, was diese Leute angefaßt haben«, sagte er. Als junger Mann hatte er einmal einen Kapitän im Bordell auslösen müssen, dem hatten sie die Hosen ausgezogen, weil er nicht bezahlen konnte.

Von Rostock sagten die Leute, es sei zwar weniger als Lübeck und Hamburg, aber mehr als Wismar und Stralsund. Eine Stadt, die seit Jahrhunderten von schlechten Baumeistern verhunzt wurde. Wunderbar, daß sie trotz allem noch gewisse Reize hatte. Das Steintor zum Beispiel, in dem es nach Männerpisse stank: Wenn die Straßenbahn da durchfuhr, mußte sich der Stromabnehmer quetschen.
»Wie die Soldaten hier wohl früher die Zugbrücke runtergeknallt haben.«
Oder das Kröpeliner Tor, von einem Gotiker mit Türmen und Bögen versehen und mit Bänken, auf denen alte Männer Skat spielten. »Un ick har doch dat Aß speelen möst...«, die Pfeife mit einem Gummiring vor dem Herausfallen aus dem zahnlosen Mund bewahrt.
Daneben, eingebettet in das Gebüsch der Wallanlagen, ein Wanderknabe aus Granit, ein liegender Goethe in Italien etwa, aber ländlicher.

Die Türme der Kirchen waren entweder zu groß oder zu klein.
Die klotzige Marienkirche, ein Bau-Ungetüm mit gewaltigem Westwerk, groß genug, um drei Türme zu tragen, oben rasch und behelfsmäßig mit einem hühnerkopfähnlichen Helmchen abgeschlossen.
»Wie eine Glucke mit ihren Küchlein.« Und St. Petri, eine Kirche, die fast nur aus Turm bestand.
Heute könnten die Leute sowas nicht mehr bauen, wurde behauptet. Über die Zusammensetzung des Mörtels gingen wunderliche Gerüchte um.

In der Hauptpost leerte mein Vater das Schließfach 210. 210, das war seine Regimentsnummer gewesen. (»Helden wollt Ihr sein?«)
Er sah die Briefe flüchtig durch, – »allerhandlei« – und stopfte sie in die Tasche.

Die gotische Hauptpost lag am Rosengarten, einem Überrest der Wallanlagen. Früher führte ein schräger Weg dahin. Als der aufgehoben wurde, stiegen die Leute unter Protest über die Absperrungen.

Neben der Hauptpost stand das Kriegerdenkmal der 90er. Dort zeigte er uns die Namen »Pingel« und »Topp«, die sonderbarerweise direkt untereinander standen.
»Hurrä!« hätten die Senegal-Neger gerufen. Und Flieger, die wären am ekelhaftesten. Da könne man nicht weglaufen.

Ob er mal Feinde totgeschossen habe?
Nicht daß er wüßte, er habe immer nur so ungefähr in die Richtung gehalten. Das seien dann so schwarze Punkte.

Vom Kriegerdenkmal, über den Wall zum Hafen runter, ob noch Schiffe eingetroffen sind. Den befreundeten einen kurzen Besuch abstatten, »Brennevin«. Die feindlichen flüchtig mustern.
»Käpt'n« durfte man nicht sagen und nicht »Pott« oder »Kasten«.

Neben dem klassizistischen Mönchentor – über dem Torbogen ein Löwenkopf mit offnem Maul und auf dem Dach eine Art Schüssel aus Bronze – lag unser Geschäftshaus. Auf Ansichtskarten war ein Stück davon zu sehn.
Früher war es eine Kneipe gewesen, der Bierkeller mit Falltür war noch vorhanden.

Mein Vater ging ins Kontor und telefonierte. Courtage, Tons und Dividenden. Wir drehten inzwischen an der Kopierpresse. »Du wirst lachen«, sagte mein Bruder, »das Ding funktioniert noch immer. Halt mal'n Daumen drunter.«
Auf dem Schreibtisch des Prokuristen ein Pflasterstein als Briefbeschwerer. An der Wand: Hitler, Hindenburg und Bismarck übereinander.

Dann ging es die Mönchenstraße hinauf, Richtung Neuer Markt. An den Straßenecken Kanonenrohre, damit die Häuser von den Fuhrwerken nicht beschädigt würden.
»Hier hat Fritz Reuter mal gewohnt.«
Häuser und Schuppen ineinander verschachtelt. Auf den flachen Teerdächern Zäune, Wäschepfähle und hohe Blechschornsteine.
»Erste Vakuum-Dampf-Zucker- und Bonbonwarenfabrik«, stand abgeblättert und verwaschen an einer Mauer.

In den Fenstern zu ebener Erde Kakteenschalen mit kleinen Pagoden und Brücken.
Kneipen: Kum rin, kannst rutkieken.
Hin und wieder ein schöner Treppengiebel mit Speicherluken und Rollen. Aber die Fotografen hatten zu zirkeln, wollten sie die auf die Platte bekommen.

Auf dem Neuen Markt wurde die Stelle gezeigt, wo früher mal ein Brunnen gestanden hatte, und unter dem Rathaus, an einem Pfeiler, eine kleine Schlange, deren Herkunft und Zweck unerfindlich war.

Um 12 Uhr war Platzkonzert. Das fand am Denkmal Friedrich Franz III. statt, unter der Eiche von 70/71. Väter mit Kleinkindern auf den Schultern.
Der Stabsmusikmeister hinkte. Er schnauzte die Zuhörer an, wenn sie drängten. Ouverture zur Diebischen Elster.
»Mensch, blasen Sie fis!«
Ich kuckte mir die Zugposaunen an, die stets anders gezogen wurden, als man meinte, daß sie gezogen werden müßten. Der Oboist, ein Gefreiter, hatte Watte in den Ohren.

War abgeklopft, dann packten die Soldaten ihre Instrumente ein und fuhren mit der Straßenbahn in die Kaserne zurück.

Auf dem Nachhauseweg hielten wir nach »Typen« Ausschau, Naturmensch Herbig etwa, der, wie es hieß, sonntags mit einer Geige im Rucksack nach Kösterbek spurtete. »Das ist auch so eine Existenz.«
Oder Professor Totenhals, der sich immer die Ohren zuhielt, wenn er über die Straße ging.

Einmal kam uns ein Mann entgegen, der ging recht gebückt. Warum der wohl so gehe, fragten wir.
»Dem haben seine Söhne so viel Kummer gemacht«, sagte mein Vater.

Im Treppenhaus roch es bereits nach Braten, und wenn die Etagentür aufgeschlossen war, hörte man das Silber klirren.
»Malsoweit!«
»Schön, daß ihr kommt, ich wollte grade aufgeben.«

4

Sonntags gab es Puddings in Form von Trauben. Meine Schwester bestand noch mit ihren 16 Jahren darauf, von den Beeren und nicht vom Laub zu bekommen: »Heißen Dung!«

Nach Tisch wurde gedankt, das besorgte meine Mutter.

Mein Vater sagte: »Amin-Amehn« und drückte mehrmals kräftig an den Tisch.

»Gott, Karl ...«

»Was ist?«

Er erhob sich und lief gebückt zur Anrichte. Da stand die Keksdose, aus der er sich mit »Rollgriff« reichlich bediente. Das vers-tünde sie nicht, sagte meine Mutter, er habe doch nun eben gut und reichlich gegessen?

»Rede nicht, Weib!« Kekse füllten die letzten Risse und Schründen des Magens, und er zählte sie sich in den Mund.

Wir machten, daß wir ins Kino kamen. Dick und Doof als Elektrohändler. Mein Bruder immer ein paar Schritte voraus. Ulla packte mich im Genick und drehte mir den Kopf nach links oder rechts, je nachdem wo es langgehen sollte. Eile war nötig, denn zuvor mußte das Geld beim Großvater erbettelt werden.

Mein Großvater hatte sein Haus in der Steintorvorstadt zwischen den mit lachenden und weinenden Masken verzierten Villen von Konsul Böttcher und Konsul Viehbrock.

Lieferanten bitte den hinteren Eingang benutzen.

Für seinen Rollstuhl wurde eine schiefe Ebene auf die Treppen gelegt.

Das Haus war sehr geräumig, zwei Etagen, alles Riesenzimmer, früher waren hier Feste gefeiert worden.
Im Entrée eine Mahagoni-Vitrine mit Porzellan. Eine goldene Tasse, aus der die Königin Luise mal getrunken habe. Aber auch der kleine Stierbändiger aus Kopenhagener.
Neben der Vitrine der Hocker mit dem Katheter. Nach den kleinen Rostocker Aquarellen kam der Museumsdirektor gelegentlich fragen.

Der alte Mann saß im Erker und las. Eine Steinhägerflasche mit warmem Wasser auf dem Bauch. (»Der gute Alte.«) Gingen Bekannte draußen vorbei, grüßte er sie freundlich und murmelte: »Du bist ok so'n oll' Morslock.«

Wir stellten uns vor ihn hin.
Er riß die Seite des Buches ein und klappte sie als Lesezeichen aus. Die letzten Tage von Pompeji.
Dann kratzte er uns Volkslieder auf seiner Violine vor und erzählte ostpreußische Witze, wobei ihm das Gebiß herunterklappte. (Wir hatten Angst, daß wir sie nicht kapierten, und lachten viel zu früh.)
In jüngeren Jahren habe er mal Ascheimer umgestoßen, deshalb sei er jetzt gelähmt.
Dann nahm er seinen ausgekauten Priem aus dem Mund, mein Bruder, der Schnetzfink, der mußte die Hand hinhalten.

»Großvater, wir müssen nu gehn.«
»Na, denn giv mi ma mine Tasch . . .«
Mit kraftlosen Fingern öffnete er die Ziehharmonika-Börse und grabbelte nach Münzen.
»Iss dat noog?« sagte er und legte 5 Pfennig auf die Lehne seines Stuhls, als hätte er sie noch nie gesehen.
»Nee, Großvater.«
»Dunnre di Düwel nich noch eins . . .« und wieder legte er eine Münze hin. Manchmal auch eine Fischschuppe, die

er zu Sylvester ins Portemonnaie getan hatte, damit es nie leer wird.

War es »noog«, dann griffen wir das Geld und rasten los. Die Treppen runterspringen, die Türen schmeißen. »Wetten, daß wir es nicht schaffen?«
»Darauf gebe ich dir Brief und Siegel.«
Der Alte stieß mit dem Krückstock gegen das Fenster und schüttelte die Faust. »Petri fief, fief!«
(Das war eine Bibelstelle, fünftes Kapitel Petri, fünfter Vers: »Ihr Jungen, seid untertan den Ältesten ...«)

Wir schafften es immer. Wenige Minuten vor 2 erreichten wir die Ka-Li-Sonne, ein Kino, dem ein Tanzsaal angeschlossen war. »Swings tanzen verboten«, stand auf einem Schild.

Kindergewühl. Es gongte und der Vorhang färbte sich grün, rot und orange. Unter dem schrillen Pfeifen der Kinder schütteten Stan Laurel und Oliver Hardy einem Lebensmittelhändler Eier über den Kopf. Und der ließ ihnen dafür die Taschenuhren durch die Zentrifuge laufen.

Neben Robert saß man nicht gut. Der stieß einen immer an, ob man das eben gesehen habe, ja?
Hinterher hieß es, der Film sei epochal gewesen oder »prachtach«.

Einmal gab es den Film »Morgenrot« mit Adele Sandrock. Das war ein Reinfall. Wir wollten immer lachen, aber da gab es nichts zu lachen.

Nach dem Kino ging es ins Lesecafé. Dort saßen Freunde vom Jachtklub.

Juden unerwünscht!

Heini, mit dem weißen Rollkragenpullover, Kupfermünzen am Uhrarmband, wahnsinnig kräftig; Michael, mit den hochschnüffelnden, gelangweilten Allüren, dessen Vater, wie man sagte, einen echten Rembrandt hängen habe, völlig schwarz, nichts drauf zu sehn; und Bubi, ein »richtiger Junge«, wie meine Schwester sagte.

Bald würde wieder Ansegeln sein.

Er habe eine grauenhafte Entdeckung gemacht, sagte mein Bruder und klopfte die Taschen ab: Nichts mehr zu rauchen!

R 6, doppelt fermentiert, eine Ghiros klassisch
manipulierten Pastals.

Ob ich die leere Schachtel kriegen könnte? fragte ich.

Ich sei wohl vom Wahnsinn umjubelt? Ich sollte meine Sabbel halten und mich verdünnisieren.

In den Vorgärten abgeblühte Schneeglöckchen, Buchsbaum an Wegen, die niemand ging, rostige Eisenzäune, ein pinkelnder Hund.

Das Anstellen von Fahrrädern ist verboten.

Zeigte sich in der Ferne ein Junge, dann wurden Umwege gemacht. Über den Unterwall, auf dem die Bänke noch nicht angebracht waren. Durch die Schröderstraße, an der brüchigen Mauer einer Konservenfabrik entlang. Am Kellerfenster des Töpfers Wernike vorüber, in dem Öfen standen und ein grüner Uhu aus Steingut. Den kaufe er eines Tages und schmeiße ihn kaputt, sagte mein Bruder jedesmal, wenn er daran vorbeiging.

Ob im Wald, ob in der Klause,
Dr. Krauses Sonnenbrause.

Die Fabrik war geschlossen, das Tor mit einer Kette gesichert. Im Treppenhaus das Minutenlicht: klickte.

Ute war wieder mal bei ihren Großeltern.

Den Schlüssel zu unserer Wohnung entnahm ich vorsichtig der Milchklappe. Zum Aufschließen brauchte man Zeit. Das mußte lautlos vor sich gehn. Wenn es knackte, erschien meine Mutter mit dem Kissenmuster auf der Backe: »Überschrift: die Mittagsruhe!«

Und dann erwachte womöglich auch der Vater: »Rotzlöffel!« In der Garderobe hing sein Teichhut. Daneben der Hut meiner Mutter, mit dem imitierten Vogel dran, der ständig vor ihrer Nase zu Boden zu stürzen schien.

Im Schirmständer Spazierstöcke: Einer, wie ein sonderbarer Regenschirm, zum Aufklappen und Draufsitzen.

Ich strich durch die Wohnung. Auf der Standuhr hat sich beim Umzug ein Pantoffel gefunden, den man vor Jahren vergeblich gesucht hatte.
Die angeklebten Birnen am Büfett, in dem Kristall und eine Meißner Schale standen. Der Teppichsaum, den man als Straße für Märklinautos benutzen konnte.

Wenn man Glück hatte, war noch Märchenstunde im Graetz. »Lasse, mein Knecht!«
Meist aber nur: Sinfonische Dichtung von Sibelius.

Im Bücherschrank links Luther und die Geschichte des Rauhen Hauses.
In der Mitte Wiechert, Hesse und Ruth Schaumann. Aber auch die »Buddenbrooks« und »Professor Unrat« (»traun fürwahr«). Ganz unten Kunstbücher mit den unvergänglichen Werken großer Meister. Ich hatte sie mit Zettelchen versehen, damit ich nicht auf die Kreuzigungsbilder stieße. Judith mit dem Haupt des Holofernes.
Im rechten Schrank die Regimentsgeschichten; Chamberlain, Stegemann und Lilly Braun.

Ans Notenregal brauchte man sich nicht zu machen. So verlockend die Einbände auch aussahen: Flöten und Geigen von Blumen umkränzt, drinnen herrschte die von großen Bogen zusammengehaltene Geheimschrift der Klavierspieler vor.

Auf dem Schreibtisch eine Intarsienmappe mit französischem Kalendarium. Aus der fielen einem sämtliche Briefe entgegen. Und die Zigarrenprospekte der Firma Loeser & Wolff. Mit Hilfe dieser Prospekte wählte mein Vater aus, welche Zigarren nur für ihn, auch nur für ihn und welche für Lieferanten zu bestellen waren.

Unten im Schreibtisch ein Kasten mit Fotos. Dicke braune meines Großvaters:

Den lieben Eltern zur Goldenen Hochzeit 1905,

aber auch dünnere neueren Datums, mit Büttenrand, von fröhlichem Picknick: Weinflaschen auf ausgebreiteter Decke. Der Hund sei in die Butter getreten, wurde erzählt. (Meine Mutter mit Herrenschnitt.)

»Mit de Pierd will'n Se noch na Rostock?«

Landkarten von Flandern. Die nahm mein Vater gern mit auf das Klo, um »die Lage zu klären«, wie er sagte.

Leise, leise, fromme Weise ...

»Meinen ersten Patrouillengang habe ich auch schon hinter mir«, hatte er geschrieben, »meine Uniform sah hinterher aber aus! In einem Wassergraben bin ich entlanggegangen ...« Er liebte es nicht, wenn man eben vor ihm aus dem Klo herauskam. Dann war die Brille noch warm.

Nach dem Kaffee kam gewöhnlich Manfred, ein stiller Schulfreund. Einer mit Nickelbrille, der immer Käsebrote aß.

»Rothaarig, nicht?« sagte mein Bruder.

Er müsse erst seine Eltern fragen, ob er mit mir spielen

dürfe, hatte er gesagt, als ich ihn zum ersten Mal einlud; er wisse ja gar nicht, was wir für Leute seien.

Seine Haut war dick und voller Sommersprossen; er konnte Nadeln hineinstecken, ohne was zu merken.
Von einem Onkel hatte er Zinnfiguren geerbt: Azteken und Spanier, erstklassig bemalt.
Sie lagen in Zigarettenschachteln, eine neben der andern. Jaguarkrieger und Langschwertkämpfer, Fußvolk im Sturm und fliehend, Sonnenradträger; Fallende, Tote.
Meine Mutter, die die Figuren weit von sich hielt, meinte, die Azteken, das seien Leute gewesen, die gar kein richtiges Kinn gehabt hätten, ein Volk mit so Vogelköpfen.

In der Volksbücherei hatte sich Manfred ein Buch geliehen: »Die Eroberung Mexikos«.

»Halte mich sauber«, spricht das Buch.

Das war illustriert.
Steinerne, unendlich in sich verschlungene Gottheiten. Stufenpyramiden, mit der Sonne zugewandten Tempeln. Kolorierte Herzen im Schlund des Gottes Quetzalcoatl. Blutverkrustete Priester mit Obsidianklingen vor den sich aufbäumenden Opfern.

Huitzilopochtli, das war ein schwieriger Name.
Als ich ihn endlich aussprechen konnte, wunderte ich mich darüber, daß sich niemand darüber wunderte.

Schwerverbrecher hatte man an ein hölzernes Gestell gebunden und ihnen die Gesichtshaut abgezogen, um die Raubvögel anzulocken.

Er kämpfe morgens immer mit seinen Kissen, sagte Manfred. Er boxe sie und reite auf ihnen. Vom Plumeau lasse er sich besiegen.

Wenn wir ungestört waren, führten wir Stücke auf. »Wie

du mir, so ich dir«, hieß eines. Er lag als Cortez auf der Couch und trat nach mir. Ich hatte die Ketten abzuschütteln, mich auf ihn zu werfen, »Freiheit« zu rufen und ihn auf aztekische Weise zu fesseln. (»Zieh doch fester an!«)
Dann mußte ich höhnisch rufen: »Wie du mir, so ich dir!«
Beim ersten Mal meinte er: »Wie du mir, so ich dir« – er glaube, er könne diesen Hohn nicht ertragen. Aber, wir wollten es ruhig mal versuchen, er sei direkt neugierig, ob er's aushalte.
»Wie – du – mir . . .«: Jedes einzelne Wort schien ihn zu vernichten.
O Gott nein, er halte es nicht aus, sagte er und rollte mit den Augen, das sei wirklich schwer zu ertragen, dieser Hohn! Aber ich solle trotzdem mal ganz behutsam weitersprechen. Er sei neugierig, ob er's schaffe.

Dann mußte ich ihm mit einem Lineal auf die Schenkel schlagen, leicht, locker, bis sie sich röteten und immer roter wurden. Ob's noch gehe? fragte ich.
Ja, mach weiter, weiter.

Endlich wollte er unter das Bett geschoben werden. Ich mußte ihm Brot nachwerfen, das er mit den Zähnen griff.
Der Gedanke, ich ginge womöglich fort und ließe ihn da allein, sei entsetzlich, sagte er.
Ich sollte mal bis zur Tür gehn.
Ob er das wohl aushalte?

Einmal drückte ich ihn in die Besenkammer und schloß die Tür.
Ich holte den gelben Onkel aus der Garderobe und schlug mehrmals kurz und kräftig hinein.
Der blecherne Aufnehmer schepperte, und der Mop fiel herunter.
Das sei ja grauenhaft, rief er. Wie ich denn auf die Idee gekommen sei?
Das überrasche ihn aber sehr!

»Na, Huitziloportlo?« sagte meine Schwester beim Abendbrot. »Du glühst ja so.«
Er gebe ihr Brief und Siegel, sagte mein Bruder, daß wir wieder getobt hätten.
Ich wär 'ne Geißel der Menschheit.
Aber, daß die Azteken Vogelköpfe gehabt hätten, verweise er in das Reich der Fabel.

Was Kohlöppvehna heiße, wollte mein Vater von mir wissen und: »Urselchen, mein Kind, mach doch nochmal den Mecklenburger Büffelskopf nach.«

Die Lebenswurst schmecke übrigens hervorragend.

5

Als wir dann zur Oberschule kamen, holte Manfred mich jeden Morgen ab.
Gewöhnlich saßen wir schon alle am Frühstückstisch, wenn es klingelte.
(»Was macht meine Haut?«)
Das dicke Bunzlau mit der bunten Kaffeekanne, auf dem Pfingstmarkt gekauft. Jeder hatte sein eigenes Gedeck, die andern waren »giftig«.

»Iss Waller da?« fragte Manfred draußen.
»Das wird er woll«, antwortete das Mädchen und ließ ihn herein.

Während ich meine zwei Brötchen mit Butter bestrich – mein Vater grabbelte sich stets die krossesten – saß Manfred in einer Nische, die durch das Treppenhaus, das Baumeister Quade vom Eßzimmer abgezweigt hatte, entstanden war; die Beine um den Stuhl geschlungen.
Neben ihm die sechs ineinandergeschobenen Beisetztischchen und über ihm ein Bild von den Ostseedünen bei Graal. In Graal hatten sich meine Eltern kennengelernt. (»Immerlos wollte er mich küssen, und ich dacht', ich krieg' davon ein Kind. War ja man ein Aap.«)

Ob ich Relli gemacht hätte?

Befiehl du deine Wege und was dein Herze kränkt,
der allertreusten Pflege des, der den Himmel lenkt.

Gestern seien die Gartenschau-Marken herausgekommen. Dunkelgrün und purpur.
Ich würde wohl keine mehr abkriegen.
Der Block von München-Riem koste heute schon 15 Mark und den hätte ich auch nicht.

Wie heiße der? wollte mein Vater wissen, ihm lief das Eigelb über die Finger.
»München-Riem? was soll das denn bedeuten?«

Dick Butter und dünn Johannisbeergelee aß ich am liebsten. Einstippen in Milchkaffee war erlaubt.

Wo Manfreds alter Herr gedient habe, wollte mein Vater wissen. Soso, bei der Artillerie. (Kavallerie wäre besser, Marine erheblich schlechter gewesen, denn: »Die haben uns damals verraten.«)
Bei der Artillerie müßten sie gut rechnen können. Er habe die Leute immer bewundert, die könnten ja gar nicht sehen, wohin sie schießen. – Die hatten ja auch andere Helme.
Zu meiner Mutter sagte er was von St. Quentin. »St. Quentin«, das sprach er so aus, wie es geschrieben wird.

Meine Schwester aß saure Gurken und trank dazu lauwarmes Wasser. Sie steckte ihren Ratzefummel ins Fülleretui und riß den Reißverschluß zu.
»Nun tu mir die Liebe und melde dich schön«, sagte meine Mutter und reichte ihr das blaue Oktavheft, in das sie zuvor gewisse notwendig gewordene Eintragungen gemacht hatte.

Ich mußte meine Kalktablette nehmen und einen Löffel Lebertran.

Mein Vater saß schon wieder über dem Kalenderblatt.

1689, die Franzosen verwüsten Heidelberg.

»Hm, hm.« Ich solle mein Schulbrot auch ja aufessen, es wegzuwerfen sei eine arge Unsitte.
Robert sagte, arme Leute hungerten, und ich schmisse mein Schulbrot weg, das sei doch miteinander schier nicht zu verquicken.

Auf dem Schulweg – »Seifenheimchen« – kam man an einem sehr schmalen Haus vorbei. Anno 1903 stand über der Tür.
Im Fenster lagen stets zwei Pekinesen, wenn sie uns sahen, kläfften sie wie rasend.
Gleich daneben die ausgebrannte Synagoge, mit einem zerbrochenen Davidsstern am gußeisernen Tor.
»Da wohnen noch richtige Juden«, sagte Manfred. Er habe im Adreßbuch nachgeschlagen. »Abraham Glücksmann, Synagogendiener.«
Im Patriotischen Weg habe man abgeschnittene Finger gefunden, das Werk Israels. Die mordeten Christen, zerstückelten sie und schmissen sie weg. Das wär für die eine gute Tat. In jeder Synagoge existiere ein verkrusteter Blutkeller. Dafür kämen sie in'n Himmel.
Und auf dem jüdischen Schlachthof würden die Tiere alle erstmal gemartert und dann langsam zu Tode gequält.

Auf der Höhe der Hilfsschule, dem »Margarinegymnasium«, überholte uns Robert. Er ging dazu auf die andere Straßenseite hinüber. Schon von weitem hatte man ihn die Uhr aufziehen hören.
Er trug eine winzige Aktentasche, eine Friseurtasche, wie er sie nannte. Wenn man darüber lachte, sagte er: »Am vielen Lachen erkennt man den Narren.«
Toni Leo, Heilgymnastin.
Bei Café Drude warf er seine Zigarette hinter den Telefonkasten. Da war es nicht mehr weit, da begegnete einem womöglich ein Lehrer.

Unser Gymnasium hieß jetzt »Schule bei den sieben Linden«.
»Wie blödsinnig«, sagte mein Vater.
Statt Sexta, Quinta, Quarta, mußte man eins, zwei, drei sagen.
Das Tragen von Schülermützen war verboten.

In der Halle eine mit Tinte bekleckste Laokoon-Gruppe. Liegengebliebene Jacken wurden den beiden Knaben übergehängt.
»Heb das Papier da mal auf.«
An der Wand eine aus bunten Nägeln zusammengehauene Hitlerjugendraute.
Antreten Mittwoch 15 Uhr, Sportpalast.
»Nimm die Hand aus der Tasche, Jung.«

Bei der Aufnahmeprüfung in die Oberschule hatte ich »weil« mit »h« geschrieben. Auch die Porzellan-Püppchen, von denen im WHW*-Diktat die Rede war, gelangen mir nicht recht.
Aber selbstverständlich wurde ich aufgenommen.
Ich war doch der Sohn von »Körling«.
(17 Schock Eier kosten 51 RM; wieviel kosten dann 2 Mandeln?)

Was unsere Väter von Beruf sind.
Bankdirektor, Landrat, Fliegeroberingenieur.
»Schiffsmakler und Reeder«, sagte ich.
»Iss eins nicht genug?« wurde da über die Brille gefragt.
Abteilungsleiter beim Beamtenheimstättenwerk, das war nicht sehr attraktiv.

Zwei Lehrer standen zur Auswahl: ein kleiner dicker mit Glatze und ein größerer finsterer mit einem Kopf wie ein Uhu. Der kleine Dicke, so stellte ich mir vor, der müsse sehr gemütlich sein. Bloß nicht zu dem Uhu kommen!

Der Dicke mit der Glatze zog mit den Seinen ab, ich kam natürlich zu »Hannes«, dem Uhu. »Typisch.«
»Nach Jo*hannes*beeren müßt ihr ihn mal fragen«, rieten ältere Schüler.

* WHW = Winterhilfswerk

Bei Hannes hatten wir dann alles, inklusive Religion.
Ich war gleich fein heraus, weil ich den Gegensatz von »absolut« wußte.
Günstig wirkte sich auch aus, daß Hannes meinen Bruder *nicht* gehabt hatte, der war bei Kniese, dem kleinen dicken gewesen.

Immer wieder sprach Hannes über das Gotterleben im Kriege.
Im Unterstand, da habe es sich gezeigt.
Am Revers seiner grünen Jägerjoppe trug er das Eiserne Kreuz in winziger Ausführung.
Einmal fehlte es, hatte er es denn verloren? Ich meldete mich.
»Du bist kurz vor dem silbernen Löffel«, meinte er da, und das war weiß Gott kein Lob.

Hannes war, wie mein Vater, Mitglied des Vereins für Rostocker Altertümer.
Er bekomme bald den Doktor ehrenhalber, wurde gesagt, auf Zetteln habe er Tausende von Straßen- und Flurnamen katalogisiert.
Der Borenweg, in dem er wohne, müsse eigentlich Boarenweg heißen, und das habe mit Bären garnichts zu tun. »Boaren«, das sei nur eine lustige Bezeichnung für alte Stadtwächter.
Borenweg 6 wohne er, das sollten wir uns merken, wenn mal was wär.

> Seestadt Rostock, 121 300 Einwohner, Industrie-, Handels- und Universitätsstadt, am linken Ufer der unteren schiffbaren Warnow, 15 m ü. M.

»Blutstraße«, das komme von »blot« = bloß.
Diese Straße sei nicht gepflastert gewesen, deshalb »blot«.
Wir glaubten wohl, da sei das Blut von Geköpften geflossen.
Die Marienkirche sei, so lernten wir, 10 Rechenkästchen

breit und 12 Rechenkästchen hoch, das Querschiff nicht eingerechnet.
Bei der Petrikirche verhalte es sich 4:16.
Deren Turm habe einen Buckel: so! Und er machte uns den Buckel vor, als wolle er dem Winde trotzen.

Am leichtesten war das Rathaus zu zeichnen: zwischen den sieben Türmchen je zwei Kasten Abstand.

Die Stadtmauer werde renoviert, ob wir das schon gesehen hätten.
Jeden Ziegel reinigten sie mit einem Sandstrahlgebläse.
»Fabelhaft, wie der Hitler das macht.«

> Standartengotik! Sieghaft, jauchzend schnellen die Senkrechten empor ...

Wir könnten stolz und froh sein, das alles mitzuerleben.

Als Naturfreund ließ er uns das Skelett des Walfisches zeichnen, was wir nur mit Blaupapier schafften. Die Bücher waren für immer ruiniert.
Walfische gehörten zur Gattung der Säuger, sie brächten ihre Jungen lebend zur Welt, einsam im weiten Ozean.
»Sieh mal, wie der Schäfer hämisch grinst ...«
Im übrigen: Wir Menschen würden es bald so weit bringen, daß diese Tiere ausstürben. Abgeschlachtet; brutal, rücksichtslos. Widerlich.

Die Störche würden auch immer weniger, und die Kolkraben.

Der Eichelhäher, wie der wohl auf Plattdeutsch heiße.
Da seien wir wohl gespannt, was?
Eickelhäcker vielleicht?
Nein, »Markwart« heiße der.

Wisente würden jetzt wieder ausgesetzt.
Da ginge es aufwärts.

Erfreulich sei, daß die frisch ausgesetzten Tiere bereits flüchtig würden. Das sei ein gutes Zeichen.

Aufsätze verfaßten wir über die Wiese im Juni. Während wir sie schrieben, war Hannes mit einem Artikel über ein ähnliches Thema beschäftigt, oben, auf dem Katheder. Der erschien am Sonnabend im »Rostocker Anzeiger«.
Seine Schularbeiten seien das, sagte er. Er müsse auch Schularbeiten machen. Das seien seine Schularbeiten.
Ungehalten war er, wenn man »schon fertig« war und ihn störte.

In den Rechenstunden hob er zuweilen unvermittelt beide Arme; wie ein Priester.
Aufspringen: Kopfrechnen, eine Seite gegen die andere.
Da konnte man sich mal so richtig ausbrüllen.
Als letzter blieb meist Blomert stehn.
Der Blomert sei ein Saboteur der Arbeit, hieß es. Der müsse sich mal das Buch vornehmen und lernen das.
»Werd doch Friseur!«

An der Tafel erklärte Hannes, daß es nun nicht mehr »ist«, sondern »gleich« heiße. Wir seien ja schon groß.
Dies zu verdeutlichen, zeichnete er eine Waage und schrieb in die linke Schale zwei Einsen und in die rechte eine Zwei.
Sie wögen gleichviel; was ich nicht einsehen konnte.
Wichtig war ihm das KGV, das kleinste gemeinsame Vielfache. Wenn wir das nicht verstünden, dann kapierten wir auch alles Folgende nicht, bis hin zum Integral.

Klaus Greif, mein Nebenmann, hatte in Ordnung und Sauberkeit eine Eins. Er schrieb schöne vollrunde Zahlen.
In jedes Kästchen eine.
Nie unterstrich er die Ergebnisse »mit der Hand«, wie Blomert das tat.

Sein Füller war mit einer Pipette zu füllen, die Feder raus- und reinschraubbar.
Damit schrieb er seine schönen Zahlen.

Er lieh mir ein Buch mit Zigarettenbildern: Ruhmesblätter Deutscher Geschichte.
Siegreicher Bajonettangriff der Kompanie Epp bei Onganjira am 9. April 1904.
(Kamelreiter, die Hutkrempe an einer Seite hoch.)
Und: Auf der Verfolgung der Simon-Copper-Hottentotten in der Wüste Kalahari.

Wenn es zur Pause läutete, suchte er sich ein Opfer. Das nahm er in den Schwitzkasten und zerrte es zentaurenähnlich über den Flur.
Manfred fragte, ob ich gesehen hätte, wie der den Blomert in den Kurven rumschleudere.
Gräßlich, was?
Der läge ja bald in der Waagerechten.

Manfred hatte einen Haro-Füller mit neuartiger Glasfeder. Die Kleckse, die er damit machte, stippte er mit einer Ecke des Löschblatts auf.

Vor mir saßen Struck und Stuhr; es war für die Lehrer mühevoll, sie auseinanderzuhalten.

Hinter mir Dicker Krahl.
Er trug eine Taschenuhr mit Nickelkette. An dieser Kette hingen winzige Messer und Sägen, sein Vater war nämlich Fleischereibedarfshändler.
In einer Lakritz-Tüte brachte er ausgestochene Kalbsaugen mit, die sollte Hannes untersuchen.
»Sehr schön, mein Junge, leg das da man hin ...«

In der Pause glühte er mit einem Brennglas Schnürsenkel an.

Bei Fohmann gäb es Hitler sitzend. Der könne den Arm bewegen: »Sieg Heil!«
Er habe Hitler jetzt doppelt.
Ich kriegte von meinen Eltern immer nur Musiker, die gab es jetzt »im neuen Schritt«.

Die Primaner durften auf dem Rosengarten promenieren. Die Lehrer reckten sich.
»Wie die Tiere«, sagte Hannes, wenn die Schüler grölten. Keiner merkte, was er durch Schnüffeln und Schnubbern andeutete: Die Linden blühten, es roch nach Honig.

Im Kreis der 7 Linden, von denen die Schule ihren Namen hatte, tagte der Schülerruderklub.
»Wer fährt heute über?« wurde gefragt – da streckten einige ihren Daumen vor. Das bedeutete: Ich fahre heute über. (Auf die andere Seite der Warnow.)

Mein Bruder war von seinen Jachtklubfreunden umgeben.

In der himmelblauen kleinen Limousine
fährt das Glück, ein kleiner blonder Passagier ...

Bubi mit den gekräuselten Haaren, Heini im weißen Rollkragenpullover und der vornehme Michael.
Er fahre übers Wochenende nach Berlin, sagte Michael.
»Tadellöser & Wolff!«
Mal sehn, was im Delphi anläge, vielleicht träfe er Marion, könne sein, daß die hier mal aufkreuze.
»Zatzig!«
Dann könnten sie ja mal einen wegmachen. Er gehe in die Veranda, Bubi könne das Herrenzimmer und Heini die Diele nehmen. Und Robert ...
»Stüermann, låt mi an Land«, sagte der.

Mich nannten sie Robert II. Was ich für einen komischen Pickel auf dem Hals hätte. »Oder ist das dein Kopf?«

Auf dem Heimweg schnallten wir uns den Tornister vor den Bauch und spielten Lok. Wer kann am schnellsten »Toni Leo« sagen? »Toni Leo, Toni Leo, Toni Leo ...«
Klaus Greif zog mit Blomert ab, den hatte er wie immer im Schwitzkasten. Hü! – Dicker Krahl fuhr auf seinem Rade stehend, »mein Moppe«, wie er es nannte.
Struck und Stuhr nahmen die Straßenbahn, die wohnten am Sportpalast.
Ich warf mein Schulbrot in den Garten von Juwelier Dieken und machte, daß ich wegkam: Das Margarine-Gymnasium würde auch gleich Schluß haben, und *die* Schüler hatten kahlgeschorene Köpfe.

Manchmal pfiff mein Bruder mich zurück

Bei mir biste scheen ...

»Hier, du Schleef, nimm mal meine Tasche und sag, ich komm' gleich.« Er nähme es mir gut, wenn ich's täte.
»Laß man, der Kleine iss ganz in Ordning.«

»Malsoweit!«
»Hände waschen, Haare kämmen«, wurde gerufen, wenn man in die Wohnung trat. Und dabei mußte man sich beeilen, denn: »Wer nicht kommt zur rechten Zeit, dem geht seine Mahlzeit queit.«

Bei Tisch mußte dann der Schulbericht abgegeben werden.
»Ansage mir frisch.« Birnen, Bohnen und Speck.
Ob die Duwe mit meiner Schwester wieder einen Pakt habe schließen wollen, und wie oft mein Bruder drangekommen sei.
Die Birnen hielten die Hitze, man wußte nicht, wie man den Stengel entfernen sollte.
»Gib mal her, mein Peterpump.«
Ob er denn nun drangekommen sei oder nicht!?

Die harten Teile des Specks blieben einem zwischen den Zähnen stecken, das beengte sie.

Dr. Otterstedt habe nach der inneren Wahrheit gefragt, sagte mein Bruder.
Nach der inneren Wahrheit?
Ja, nach der inneren Wahrheit.
Der war im Krieg schwer verwundet worden, Zweihundertvierzehner, hatte oft starke Schmerzen.
»Aber tadellose Anzüge«, sagte mein Bruder.
»Ja, gut dem Dinge. Klare Sache und damit hopp!«

Dr. Wolff sähe ja immer verboten aus, der kaufe bestimmt im Ausverkauf, die Taschen so ausgebeult und die Knie.
»Faulmannsdörfer & Jenssen.«
Der trage ja sogar Knickerbocker in der Schule, »wie isses bloß möglich. Daß da die Frau nicht drauf achtet.« Total verbumfeit.
Dann müsse er sich auch nicht wundern, wenn er keine Disziplin halten kann.

> Ob du's kannst – glaub's schon,
> ob du's darfst – frakt sick.

Was für ein blöder Spruch.
»Jija – jija.«

Aus der Zeit der Wirtschaftskrise hatte sich eine »Fliegensuppe« erhalten, die gab es jede Woche. Wassergrieß mit einer Handvoll Rosinen. »Sauer eingekochter Greis.« Meine Mutter schöpfte sie aus einer Terrine und gab acht, daß mein Vater (»typisch!«) nicht die Zitronenschale bekam.
Wieviel der München-Riem denn nun wirklich koste, wollte er wissen. Ich solle mich mal erkundigen.

6

Dicker Krahl hatte ein großes Zimmer ganz für sich allein.
Zu ihm ging ich fast jeden Tag.
Unter dem Fenster eine *AEG-Mignon*.
Die Buchstaben mußte man auf einer Tafel suchen und mit dem Typenkopf auf das Papier hauen.
In der Ecke ein Bett.
»Durch das Land der Skipetaren«.

In der Mitte des Zimmers stand ein ausgezogener Tisch, darauf war eine Stadt aus Bauklötzen aufgebaut, mit Läden, Litfaßsäulen und einem Rathaus. Klein-Winzigerode.
Die blieb abends stehn.

Ich war Spediteur. Drei Märklin-Fernlaster mit weißer Rautenleiste an der Ladefläche und aufsetzbarer Leinenplane. Sie rückwärts in den Hof zu lotsen und auf den Millimeter genau nebeneinanderstellen. Reifenspuren hinterlassen ... Krubbe, Spediteur. – Ich hätte fünf von den Dingern haben mögen oder zehn. Den Kopf auf die Tischplatte legen, dran entlangkucken, Kühler an Kühler.

Dicker Krahl war der Bankier, er verwaltete die Konten. Das von Klaus Greif, der gute Geschäfte als Baustoffhändler machte und das von Manfred, dem Tankstellenbesitzer. Von jeder verbuchten Summe berechnete er 6%.
»Prozentrechnen, wie macht man das?«
»Durch 100 mal 6; kaprisco, kaprivi, Kapernaum?«
»Yes. It's clear.«

Manfred war schlecht dran. Niemand kaufte sein Benzin. Die Autos schob man ja.

Eines Tages brachte er eine Pipette mit. Damit wollte er den Autos Wasser einspritzen. Solange sie die Feuchtigkeit hielten, dürften sie fahren, schlug er vor.
Dies wurde abgelehnt.

Dicker Krahl war außerdem Bürgermeister, Richter und »Pozelist«. Wenn man von ihm was wollte, holte er erstmal die Taschenuhr heraus, wie spät es denn überhaupt sei.

Er wohnte im Seitentrakt des Rathauses. In seiner Garage ein offener schwarzer Mercedes, ein 6-Sitzer, im Katalog als »Führermercedes« bezeichnet, den hatten wir von Struck geliehen.
Das Rathaus mit hohem Turm, oben drin ein Wecker, der zum Aufziehen herausgenommen wurde.
Alle Gebäude waren oben offen, damit man die Halma-Menschen auch führen konnte. Da saßen sie in komfortablen Knetgummisesseln, an Knetgummitischen, tranken aus Knetgummitassen und aßen Knetgummitorte, grün mit gelben Tupfen: »Knetzegummin«. Sie trugen Papierkleider, die es in einem Warenhaus zu kaufen gab.

Zum Kaffee kam Frau Krahl nach oben gekeucht, dick, in Familienkorpulenz. Sie stellte uns Schmalzbrote hin, und jeder kriegte eine Tasse Schokolade.
Das Schmalz war erstklassig, nicht zuviel Äpfel drin, die Grieben kroß und aromatisch.
»Speelt ji hier ok schön?«

Herr Krahl, ebenfalls dick, cholerisch, ließ sich selten sehen. Er besaß ein kastenförmiges Auto mit Gardinen.
»Na, du Maihecht?« sagte er immer zu mir, und einmal, als ich ihn fragte, ob ich mit Fritz spielen könne: »Hüt nich; sünd all twee båben.«

Eine Zeitung wurde herausgegeben und ein Museum gebaut. Klaus Greif errichtete es aus Anker-Steinbaukästen,

dauerhaft und repräsentativ: vor der Front eine Reihe hoher Säulen, einen Knetgummifries am Giebel: »Schlacht bei Sparta.«
Das Museum hatte verschiedene Abteilungen, in denen hingen Zigarettenbilder (»Die Malerei der Gotik«).
In einem Saal, zu dem man über einen Innenhof gelangte, waren WHW-Plaketten wie Epitaphe angebracht. DER SAAL DES 1. MAI. Im Innenhof zwei präsentierende Lineol-Soldaten als Skulpturen.

Zur Einweihung des Museums erschienen die Halma-Menschen vollzählig.
Alle Grünen ordneten wir zu Militär. Die Blauen waren Marine aus Kiel, die Roten freiwillige Feuerwehr.
Schwarz die SS.

Das alter ego von Bürgermeister Krahl fuhr im Führermercedes die geschmückte Hauptstraße entlang, gefolgt von einem Rennwagenkordon in Silber.
Gelbe Halmasteine als SA umsäumten die Fahrbahn.
»Heil!« riefen wir mit Flüsterstimme, das klang laut und entfernt zugleich.

Sollte man den Marktplatz nicht lieber neu gestalten? Rathaus, Museum und –, ja: Kirche oder Kino, das war die Frage.
Dicker Krahl besaß eine Laterna Magica. Das gab den Ausschlag: Kino.
Manfreds Tankstelle müsse dann allerdings verschwinden.
»Immer ich«, sagte er.
»Du bist dann eben ein Jude . . .«

Manfred griff in die Kasse des Bankiers. Klaus Greif rief: »Halt!« Bis auf weiteres nahm er ihn in den Schwitzkasten. Der Bürgermeister warf Manfreds Halmastein-Double ins Gefängnis, eine mit Streichholzgittern versehene Knetgummi-Kiste.

Die Mauern der neuen Tankstelle wurden eingerissen, das Knetgummimobiliar der Wohnung auf dem Marktplatz versteigert. »Wir wissen ja gar nicht, wie lange du uns schon bestohlen hast!«

Was sollte man mit seinem Halmastein tun? Kopf abhacken? Aus dem Fenster schmeißen, verbrennen, eingraben? Das sollte Sache eines ordentlichen Gerichtsverfahrens werden.

Manfred rief, er müsse jetzt nach Hause gehn.
»Hähä! Wir lassen dich man nicht!«
Doch, wir müßten ihn lassen! Er habe seine Schularbeiten noch nicht gemacht, er müsse zum Zahnarzt! Sie kriegten Besuch!

Klaus Greif warf ihn auf das Bett.
»Jetzt sollst du mal sehen, was dir passiert!«
Davor bewahrte ihn jedoch Frau Krahl: »Klausi, din Vadder hett allwedder anweckt, du sast na Hus kamen...« sagte sie.

Was ich meinte, fragte Manfred auf dem Nachhauseweg, was Klaus Greif wohl mit ihm vorgehabt habe? Ihn fesseln? Auf den Oberarm schlagen?
Auf dem Oberarm gäbe es eine Stelle, wenn man die treffe, dann sei der Arm 'ne ganze Zeit lahm.
Oder was sonst? Vielleicht peitschen? was meinte ich?
Ob ich die Bastonade kenne? Da würden die Füße hochgebunden und mit dem Stock draufgeschlagen. Das stelle er sich eigentlich nicht so schmerzhaft vor. Auch strangulieren, das könne er aushalten. Aber den Arm in kochendes Wasser halten und dann »den Handschuh ausziehen«... Das wär doch wahnsinnig! Ob dann die Adern auch mit abgingen oder ob die so oberhalb des Fleisches lägen?

In »Zwischen Rot und Weiß« würde beschrieben, wie

sie Gefangenen die Eier mit zwei Ziegelsteinen breitquetschen.

Mein Zuspätkommen wurde zu Haus mit Wohlwollen hingenommen, ich erzählte ja von Geldüberweisungen und von Schecks.

Ob schon mal einer pleite gemacht habe? wollte mein Vater wissen, so wie Herr Lange zum Beispiel, den kennte ich doch, nicht wahr? Das wäre der, der sich und seine Familie jetzt kümmerlich vom Klavierstimmen ernähren müßte. (»Der arme Mann.«)
Oder Kruse, der Makler, einst ein böser Konkurrent.
Miesnitzdörfer & Jenssen.

Angebot und Nachfrage regle die Wirtschaft, der Schwache werde zerquetscht. Klare Sache und damit hopp!

Herrlich, daß ihr so schön spielt«, sagte meine Mutter, »fabelhaft.«
Das sei ja das Schade, sagte mein Bruder, daß er damals keinen so guten Freund gehabt habe: »Den halt dir man warm.«

7

Mittwochs und sonnabends gab es keine Schularbeiten auf, da war Dienst.
Wenn es hieß: »Sportzeug ist mitzubringen«, wurde geboxt. Für Pimpfe gab es extra dicke Handschuhe, damit es nicht so weh täte. Aber es reichte.

Da war das Marschieren schon angenehmer.
Auf der Reiferbahn, unter Kastanien mit strammen Knospen, lernten wir den Unterschied zwischen Kommando und Ankündigungskommando. Wir begriffen, daß die Kehrtwendung auf dem linken Hacken zu machen ist und daß der Daumen beim »Still-stan'n!« angewinkelt werden muß.

Obwohl es in der Vorschrift über den Jungvolkdienst hieß:

> Grundsätzlich sind Ordnungsübungen
> nicht über die Zeitdauer einer Vier-
> telstunde auszudehnen ...

wurden wir meistens den ganzen Nachmittag geschliffen. Im nahen Finanzamt schloß man wegen des Lärms die Fenster, alte Frauen setzten sich woanders hin. Aber Oberlehrer Bartels, der blieb stehn und kuckte zu.
»Halt die Hand da nicht so blöd«, sagte Eckhoff, mein Führer; er legte sie mir zurecht. (Bartels nickte.) Sie fühle sich an wie ein Stück Klopapier. Ich sei eine Pißnudel, ob ich das geschnallt hätte?
(Mein Koppel stand immer auf halb acht.)
Lästig war ihm, daß ständig ein kleiner halbirrer Junge um ihn war. Der fragte dauernd, ob er nicht auch mitmachen dürfe. (Bartels schüttelte den Kopf.)
Schließlich packten ihn zwei und warfen ihn mit Schwung über einen Zaun.

Zu Hause wurde ich von meiner Schwester fotografiert. Die Sonne schien, ich mußte blinzeln. »So ist's recht!« rief sie, ich solle mal recht fröhlich dreinschaun. Und: Hände an die Hosennaht!

Abends *probierte* Ute meine Kluft an. (»Laß das bloß keinen sehn!«) Ich schloß ihr das Koppel, die Hose saß ziemlich stramm.
Sie marschierte ein paarmal auf und ab und machte »Heitler« vor dem Spiegel. Das Käppi sei pfundig.
Dann legten wir uns unter den Tisch. Schön warm war das und mollig. Ob wir uns bei den Pimpfen oft hauten, wollte sie wissen.

An einem Wochenende ging es auf Fahrt nach Doberan.
»Dschungedi!« rief mein Vater, »du willst ›auf Fahrt‹? Die blauen Dragoner sie reiten?«
»Primig«, sagte mein Bruder, ich sei ja direkt ein Hauptkerl.
Und meine Mutter sagte: wenn was wär, sollte ich mich an Tante Luise wenden, eine herzensgute Frau, die wohne auch in Doberan. »Mein Peterpump.«

Auf dem Dienstbefehl hatte gestanden: »Antreten 14 Uhr, Hauptbahnhof.« Unter der Normaluhr war Sammeln.
Schuhband, ein kleiner blonder Pimpf, marschierte quer über den Platz, als müsse er Gleichschritt halten. Er machte sogar Schrittwechsel.

Eben stieg Frau Amtsgerichtsrat Warkentin schwerfällig in den Triebwagen der Linie 11.
(Anhänger kam nicht in Frage, da saßen Arbeiter und rauchten.)
»Ach wissen Sie«, hatte sie mal zu meiner Mutter gesagt, »der deutschen Jugend kann heute keiner mehr den Schneid abkaufen.«

Alle hatten einen Affen, nur ich nicht.
Ich trug einen unförmigen Wanderrucksack.
Der stammte noch von der Hochzeitsreise meiner Eltern, 1920 Tegernsee.
Als Decke hatte meine Mutter mir das italienische Plaid mit den Fransen herausgesucht, das sonst im Gästezimmer auf der Couch lag.
Weil es sich nicht über den Rucksack schnallen ließ, hielt ich es über dem Arm.

»Schreibzeug ist mitzubringen«, hatte es geheißen: ein nach Eau de Cologne riechendes Notizbuch aus der Handtasche meiner Mutter (Goldschnitt) und ein Zimmermannsbleistift.

Über dem granitenen Hakenkreuz, das am Haupteingang des Bahnhofs angebracht war, erkannte man immer noch die etwas verblaßten, aber noch deutlich sichtbaren olympischen Ringe.
Ich rufe die Jugend der Welt!
(Jesse Owens lief zehn zwo und von Wangenheim holte trotz Schlüsselbeinbruchs eine Goldene.)

Eckhoff, unser Führer, sagte, er habe sein Fahrtenmesser angeschliffen.
An seinem Koppel hing eine Meldetasche mit sechs angespitzten Bleistiften.
Beim Geländespiel sollten wir acht geben, daß wir dem Unterlegenen den Brustkorb nicht eindrückten. Das sei schon vorgekommen.
A – e – i – o – u
So würde eine Meldung gemacht.
»Was – wer – wie – wo – tut. Ist das klar?«

Als wir noch so standen und auf den Pimpf Habersaath warteten, der sich verspätet hatte – »das iss'n richtiger Teepott« – kamen plötzlich meine Mutter und Ulla unter den Linden der Bismarckstraße hervorgeradelt.

Mit fliegenden Röcken sprangen sie ab, nur eben wollten sie mir auf Wiedersehn sagen.
»Na, Dickerli?« Sie mischten sich mit frohem Blick unter die Pimpfe, und Ulla legte mir die Hand auf die Schulter und meinte, nun sei ich schon ein großer Bub.

Wer der Führer sei, wollte meine Mutter wissen. Der da mit dem braungebrannten Gesicht?
Das sei der Sohn von Studienrat Eckhoff? Fein ...

Inzwischen war Habersaath herangekeucht.
»Wir sprechen uns noch ...«
Es konnte losgehn.
Wegen des nicht zünftigen Rucksacks, sagte Eckhoff, sollte ich mir keine Sorgen machen. Ich dürfe hinten gehen, dann dächten die Leute, ich sei der Furier.

In Doberan lagen wir in einer Scheune. Man hatte uns Stroh hineingetragen. Mein Nebenmann, der kleine blonde Schuhband, pfiff vergnügt vor sich hin. Heute nacht käm' der Heilge Geist, das sei klar. Arsch mit Wichse einschmieren, durchhauen, unter die Pumpe halten.
Mit seinen Latzschuhen, deren Sohlen mit sechseckigen Nägeln beschlagen waren, ließ er auf dem Hof Funken springen.

Das Münster mit den alten Klostergebäuden. Eckhoff führte uns hinüber. Deutsches Kulturgut angucken. Vorher noch mal schnell Schuhe putzen.
Vor dem Münster stand ein weißer Holzschwan. Der habe »Doberan! Doberan!« gerufen, daher der Name »Doberan«. An solchen alten Sagen sei immer was Wahres dran, das könnten wir uns mal merken.
Die Klostermauer habe man im vorigen Jahrhundert als Steinbruch benützt. So etwas gebe es unter unserem Führer nicht.

»Alle mal herhören! Wenn wir da nun reingehn, dann sind wir uns bewußt, daß dieser Dom ein Erzeugnis deutschen Geistes ist!« Kunst komme von »künden«. – Bis weit in den Osten künde die Baukunst deutschen Geist. So hätten wir damals man weitermachen sollen, anstatt immer nach Italien zu ziehen.

»Die Tür ist bestimmt zu, in allen Kirchen sind die Türen immer zu.«
Die Tür war offen.
Er ließ uns der Reihe nach vorbeimarschieren, wie die Flaschen in der Fabrik. Schuhe alle sauber? Fuß heben, Steg zeigen! Kein Fleck? Halstuch hinten zum Dreieck gezurrt? Wer nicht spurt bleibt draußen.
Drinnen übte ein Orgelspieler. (»Wir haben Glück.«)

Der Küster fragte, ob wir sähen, daß die Pfeiler so gemauert wären, als kämen sie von oben herab?
»Kein Mensch weiß, wie sie das damals gemacht haben.«
Auf Türme hätten die Zisterzienser absichtlich verzichtet, die seien ja auch zu gar nichts nütze.
»O doch«, sagte Eckhoff und blitzte ihn an, »o doch.«

Der Orgelton verstummte jäh.
»Das ist doch ein Witz!« rief der Organist laut, er hatte sich mehrmals an derselben Stelle verspielt.

Eine weitere Besonderheit der Kirche seien die Grabsteine.

> Hier ruhet Herrn von Sallern,
> Mein Gott, wat däd hei ballern,
> Wenn hei de Buern kloppt!
> Nu hewwen sei em hier inproppt.

Offensichtlich hätten sie damals auch Humor gehabt.

In einer nach kaltem Schweiß und Lysol riechenden Turnhalle war bunter Abend.

Wildgänse rauschen durch die Nacht
mit schrillem Schrei nach Norden ...

Zum Kennenlernen, wie es hieß.

Eckhoff trat vor und las Gedichte, Daumen am Koppel, knappe Gesten mit der Faust.

Der Führer spricht.
Von Richard Euringer

Was zerstiebe, das war Spreu
und was bliebe, das bleibt treu.

Und was treu geblieben,
könnt ihr sechsmal sieben,

Das bleibt Weizen und nicht Spreu.
Damit sä' ich Deutschland neu.

»... Die beiden Maschinengewehre haben den rechten Flügel der ersten Welle mit zweimaligem Hin- und Herschwenken des Laufes erfaßt, und die schwarzen Menschen winden sich brüllend auf der Erde. Etwas höher den Lauf, wenige Striche höher nur ... und die zweite Welle ... und bevor die Neger überhaupt begriffen haben, was geschieht, ist der ganze rechte Flügel zusammengesackt ...«

Drumm, drumm, diri, hei diri diri drumm ...

Dann nahm Eckhoff ein anderes Buch, sah kurz hinein, legte es beiseite und sprach in singendem Tonfall:

Über allen Gipfeln
Ist Ruh.
In allen Wipfeln
Spürest du
Kaum einen Hauch;
Die Vöglein schweigen im Walde.
Warte nur, balde
Ruhest du auch.

»Und nun wollen wir lustig sein!«
Wisse einer 'n Witz?
»Was sieht einer halben Kartoffel am ähnlichsten?« – »Die andere Hälfte.«
»Was ist egal?« – »Ob das Fenster halb zu oder halb offen ist.«
»Was ist der Unterschied zwischen Klavier und Eichhörnchen?« – »Stell beides unter einen Baum, was hochrennt, ist das Eichhörnchen.«

Hahaha,
hahaha,
hahaha!
Unsern Jubel ruft das Echo uns zurück.
Laßt uns fröhlich sein und lachen,
denn nicht ewig währt das Glück.

Dann mußte einer rausgehen, und dem wurde unter irgendeinem Vorwand Mehl ins Gesicht gepustet.

Scharade: RAUBMORD.
Beim ersten Bild hauten sie sich, beim zweiten Bild hauten sie sich und bei der Zusammenfassung hauten sie sich noch einmal.

Draußen wurde ein Feuer angezündet. Wir kauerten uns in die Runde.

Es sollen verbrennen
im Flug der Flammen
Scheelsucht und Feigheit,
Hochmut und Neid!...

Sonderbar, gerade jetzt fing die Glocke des Münsters auch noch an zu läuten...

...Nacht soll erliegen!
Sonne soll siegen!
Sie schmiede uns erzen
und mach uns gefeit!

Die Herbergseltern traten aus dem Haus.

Über den Himmel huschten Fledermäuse.

... drum reinigt die Sinne zur Herzsonnenwende,
drum eint euch zur Flamme, – seid alle bereit!

Hiermit wär der bunte Abend beendet, sagte Eckhoff. So werde das gemacht: ernst – heiter – ernst.

In der Nacht gab es lange keine Ruhe,
»Laß das, du Sau!«
Eine tote Maus wurde hin- und hergeschmissen.
Das Plaid hart wie Pappe.
Das Stroh piekte, und darunter drückte die Tenne. Es war kalt.
Miesnitzdörfer & Jenssen.
Mit Schrecken dachte ich an den nächsten Morgen. Da würde man sich mit bloßem Oberkörper waschen müssen.

Schuhband knisterte mit Bonbonpapier.
Er kitzelte mich damit an der Nase, machte mir »1000 Stecknadeln« und setzte sich schließlich auf meinen Bauch.
O, das war gut, das war warm.

Schließlich kam Eckhoff und schrie: »Ruhe!«
Wenn er noch einen Ton höre, dann räume er hier auf. Daß er sich nicht auf uns verlassen könne, das enttäusche ihn. Morgen fahre er mit uns Schlitten, darauf könnten wir uns verlassen. Arsch aufreißen, schleifen, bis uns das Wasser im Hintern kocht.
Er hatte eigentlich in die Stadt gehen wollen, deshalb war er so wütend.

Mitten in der Nacht wachte ich auf.
Vollmond schien in die Scheune.
Ich lag auf dem Gang, Plaid weg, kein Stroh.
Lange dauerte es, bis ich meinen Platz gefunden hatte.
War ich denn mondsüchtig?

Am nächsten Morgen wurden Bretter auf Böcke gelegt: Brötchen mit Vierfruchtmarmelade. Der heilige Geist war nicht gekommen.
»Zwei Mann zum Kaffee nachfassen!«
Vater aß jetzt gewiß sein Ei, und Gelbes lief ihm über die Finger.

Dem Habersaath hatten sie die Maus auf sein Brötchen gelegt, der Schwanz hing runter.
Es freue ihn, daß wir Spaß verstünden, sagte Eckhoff.
Ein rechter Pimpf sei immer fröhlich.

Nach dem Frühstück war Antreten.
Was gestern nacht gewesen sei... da schweige des Sängers Höflichkeit, sagte Eckhoff. Schwamm drüber. Aber, damit er sehe, was wir für Kerle seien, gehe es heute ins Gelände.
»*Ihr* nehmt die Fahne, und *ihr* versucht sie zu klauen.«

Wir könnten unsere Knochen numerieren lassen, sagten die von der andern Partei und marschierten, mit den Fäusten drohend, in den Wald.

Wir lieben die Stürme, die brausenden Wogen,
der eiskalten Winde rauhes Gesicht.

Jungenschaftsführer Nickel, Sohn eines Ackerbürgers, meldete sich freiwillig als Späher. Ich sollte sein Melder sein. Ob ich denn überhaupt wisse, wie eine Meldung geschrieben wird? fragte mich Eckhoff. A – e – i – o – u?
Nein? Teepott! Was – wer – wie – wo – tut.
»Was der da tut, verstanden?«

Der Nickel ließ die Hosen runter, strich das Braunhemd glatt, nahm die Zipfel zwischen die Beine und zog die Hose wieder hoch.
»So, nun kann's losgehn.«
Ich steckte das nach Eau de Cologne riechende Notizbuch ein und den Zimmermannsbleistift.

Was – wer – wie – wo – tut.
Gesundheitspaß, Ausweis, Verbandspäckchen, Liederbuch. Alles da.
Zunächst nahmen wir den Weg, den die andern gegangen waren. In der Ferne hörten wir sie lärmen.

Herrlich, diese Natur, nicht?
Der schöne blaue Himmel und die Wolken, wie die da so rüberziehen. »Schade, daß hier keine Auerochsen mehr herumlaufen. Aber das ist bald wieder soweit.«
Kriechender Günsel.
Und die Vögel. Ob er wisse, wie »Eichelhäher« auf Platt heißt.

Nickel holte sein Fahrtenmesser heraus. Er sei neugierig, ob man mit dem Fahrtenmesser einen Baum fällen kann.
Was ich meinte, ob er es wohl schaffe?
Vielleicht. Aber aufpassen, wohin er kippt.

Aus Borke ein Schiff schnitzen, vorne spitz, hinten grade. In die Mitte ein Loch bohren und als Mast einen Zweig hineinstecken. Aus Moosplacken und Steinen einen Hafen bauen. Einen Tannenzapfen als Leuchtturm. »Schade, daß hier kein Bach ist.«

So vergingen Stunden. Weit entfernt hörten wir Gebrüll. Man hatte sich gefunden, auch ohne unser Pirschen.
»Los, hin!«
(Was – wer – wie – wo – tut!)
Die Fahne ist mehr als der Tod.

Bald hatten wir die Pimpfenknäuel erreicht. Ich legte mich auf einen der ächzenden, schwankenden Haufen. Wer da wohl drunterlag.
Eckhoff bückte sich, die Trillerpfeife in der Hand, der wollte das wohl auch gern wissen.

Ich sah Schuhband von einem Baum klettern, er war von der andern Partei.
»Komm, wir beide!«
Wir umarmten uns und schwankten ein wenig. Die andern sollten denken, wir seien gewaltig am Kämpfen. Dann allmählich hinlegen, sanft, daß man sich nicht wehtut. Gleich unten liegen, gleich ... unten!

Plötzlich kriegte ich einen Blecheimer an den Kopf. Wer weiß, wo der herkam.
Blut tropfte.
»Herrgott, geht doch ein bißchen zur Seite!« rief Eckhoff. (Kopfwunden bluten immer gleich so stark ...)

Eckhoff mit dem schmalen, braunen Gesicht und den gleichmäßig verteilten Sommersprossen.
Ich sollte mich am Riemen reißen, raunte er mir zu, ob ich das geschnallt hätte.
Seine grüne Führerschnur hing herunter. Lange, säbelartig gebogene, nach Erde riechende Oberschenkel.
Er setzte mir das Verbandspäckchen auf die Wunde wie einen Hut.

»Steh mal auf – geht's?«
Ja, es ging.
Er schlug mir auf den Rücken.
»Nun haben wir einen Schwerverletzten.«
Ich sei ein ganzer Kerl. Auf mich könne man sich verlassen. Er habe auch schon mal geweint.

Meine Mutter zu Hause: »Ogott, Junge, was hast *du* denn gemacht. *So* kriegt man nun sein Kind wieder ...«
Ich durfte mich sofort ins Bett legen, Knäckebrot mit Butter und Johannisbeergelee.

Ihr Sohn habe gesagt, ich sei verletzt, fragte Frau Eckhoff am Telefon. Ob es denn schlimm sei? Schmerzen? – Tetanus? Nicht besser rasch noch impfen? Die Hitlerjugend sei in einer Kasse drin, das wisse sie genau. Leipziger Verein Barmenia? Ob sie da mal anwecken solle?

Mein Vater meinte, ich sei wohl ziemlich iben, was? »Total verbumfeit, Herrgott, wie isses möglich.«
Robert sagte, mit dem Kopfverband säh ich aus wie der Nizzam von Heiderabad.
Er trug ein goldenes Kettchen am Revers, das Abzeichen des Jazzklubs, den er mit seinen Freunden gegründet hatte. »RSBB« nannte sich der: Rostocker Swing Boys Band.
So wohl hatte ich mich lange nicht gefühlt.

8

Beim Mittagessen sagte meine Mutter zu Robert: »Bring deine Freunde ruhig mit. Sooft du willst. (Man muß doch wissen, was die Kinder treiben.)«
Hammelfleisch und Kohl.
»Aber nicht den Schneefoot, den nicht«, sagte mein Vater. »Den will ich hier in meinem Haus nicht sehn.«
Hammelfleisch setzt sich immer so am Gaumen ab, wenn es kalt wird.
»Das ist ein Rotzlöffel.«
Schneefoot hatte meine Schwester mal ins Kornfeld gestoßen und küssen wollen.
»Der hat auch schon so'n komischen Gang«, sagte meine Mutter, »da merkt man gleich, daß was nicht in Ordnung ist.« Er könne einem ja auch gar nicht richtig in die Augen sehn.
»Ja, miesnitz«, sagte mein Vater kauend, »völlig verbumfeit.«

Es klingelte.
»Iss Waller da?«
»Das wird er woll.«

Fliegensuppe. Hoffentlich würde mein Vater nicht die Zitronenschale bekommen. »Na, München-Riem?« sagte er zu Manfred, der sich mit seinen imitierten Lederhosen neben die sechs ineinandergeschobenen Tischchen setzte, auf denen eine Flasche Steinhäger mit erntekranzähnlichem Tropfenfänger stand.
»Hast du schon deine Schularbeiten gemacht? Lesen, Schreiben, Rechnen? Arbeiten, arbeiten, arbeiten, arbeiten ... immer arbeiten, immer fleißig sein.«

Und Robert, wann gedenke der seine Schularbeiten zu machen? Mathematik, Physik, Chemie?
»Sieh mich an! Arbeiten, arbeiten, arbeiten, arbeiten?«

»Kopf hoch«, habe früher Deike, genannt Bobby, immer gesagt: »Le roi.« Dann hätten sie im Chor »le roi« sprechen müssen.
»Le roi« heiße »der König«. – Und »le soleil«, das heiße: die Sonne. Die Sonne sei im Französischen männlichen Geschlechts.
Und der Mond sei weiblich, sagte meine Mutter, der Mond mit seinem silbernen Schein. Das lernten wir alles noch. Das würde nachher noch ganz schön, wenn wir das alles könnten.

Mein Vater deutete mit dem Löffel auf mich: »Sag doch noch mal ›Neutland‹, mein Junge.« Gegen die Druckstellen hinter seinem Ohr müsse er bald mal was tun.

An die Wände unseres Zimmers pinnte mein Bruder Bilder von Tommy Dorsey, Harry Roy und anderen Jazzgrößen. Die hatte er aus Plattenkatalogen. Ein Bild von einer Bauernstube mit Hühnern unter dem Bett hängte er ab.
Warum er das tue, fragte meine Mutter.
»Das will ich dir ganz genau sagen«, antwortete mein Bruder, »einzig und allein aus dem einfachen Grunde, weil wir uns das nun lange genug angekuckt haben. Da kriegt man ja 'n ganz verqueren Blick.«

Für das Radio schaffte er sich Kopfhörer an. Wenn er die einschaltete, konnte nur er etwas hören. Er hottete still und gleichmäßig vor sich hin. Immer wieder geschah es, daß einer hereinkam und am Lautstärkeregler drehte, weil er dachte: Gott, wie leise... Das zwang ihn dann aus dem Sessel. Wie rasend riß er sich die Hörer herunter, aus denen überlaut ein Foxtrott quäkte.

Das sei schon eine Crux mit uns.

Die Boys kamen gegen drei. Bubi lief immer erst durch alle Zimmer: »Iss deine Schwester nich da?« Auf dem Flügel ein paar Töne klimpern, das Barometer anschlagen und die Blumenpötte prüfen, ob sie Wasser genug haben. »Was iss'n diss für'n Schinken?«
Nein, meine Schwester sei nicht da, die sei bei Christa. Schade.

Der kräftige Heini konnte die Tonleiter hochrülpsen. Wenn er furzen wollte, was er immer so laut wie möglich tat, drückte er sich im Stuhl hoch und sagte: »Nuntio.«

Von Michael ging das Gerücht, er höre auch »klassische« Musik. Liszt sei gar nicht so übel. »Der Liebestraum«.
Er haßte es, wenn man immer nur schnelle Platten auflegte. Schnell – langsam – schnell: So müsse es gemacht werden. Auch Sinfonien seien so aufgebaut und Sonaten. »Is that clear?«

Er kam auf den Flur, wo ich mit Manfred spielte. Die Autos wollte er sehen. Für Azteken interessierte er sich nicht. Wenn er mal einen Eisenträger habe, wolle er mir den leihen, sagte er, auf feine Weise lispelnd. Den könne man gut als Rennbahn gebrauchen.
Ob Manfred auch Autos habe? Hans Stuck in der Todeskurve? Katalognummer 2?
Der rote Alfa Romeo sehe ja komisch aus. Naja, die Italiener.

In seinem rostbraunen Zweireiher mit dem feinen Nadelstreifen wirkte er elegant. In Berlin hatte er eine neue Sonnenbrille gekauft, Zeiss Umbral, und in Gedser ein Spezialfeuerzeug. Das habe einen Katalysator aus Platin, das würde nicht mehr verkauft, weil sonst die Zündholzfabriken pleite machten. Die Pläne lägen in irgendeinem Panzerschrank.

Er fahre öfters mal rüber nach Gedser, zum Kaffeetrinken. Oder besser »Gesser«, wie die Dänen sagten.

In the shade of an old apple tree ...

Was ich glaubte, wie zackig das da wär. Aber kein Sandstrand wie bei uns. Die könnten da gar nicht baden.

... where the love in your eyes I could see ...

Jetzt müsse er aber machen, gleich komme ein Break, den könne er sich nicht entgehen lassen.

Von seinem Taschengeld hatte sich Robert ein Grammophon gekauft, eins zum Aufziehen. Seine erste Platte hieß: »Im Gänsemarsch«. Die war ihm von der Verkäuferin aufgeschwatzt worden. Heini schlug sie einmal kurz über die Tischkante. »... und das war recht«, sagten die andern. Deutsche Tanzmusik sei Seifenschaum. Kornblumenblau. Kurt Hohenberger möge noch angehen, »Amorcito mio«, auf Telefunken. Aber Peter Kreuder, oder gar der Igelhoff... »Ach, du grüne Neune.«

Woran das wohl liege? Gute Solisten hätten die Deutschen zwar, aber die Arrangements taugten eben nichts.

Auch die Franzosen: Alles Scheiße. Vielleicht gäbe es irgendwo in Nordfrankreich eine Band, von der man nichts wisse. »Mal eben im Atlas nachkucken.« Möglicherweise in Boulogne oder Le Havre, in ’ner rauchigen Hafenkneipe, kaum daß einer zuhört, Zigarette im Mund, Kopf schief, Baskenmütze. Aperitif.

»Kann schon sein.«

Die Italiener im Süden, die seien einfach zu schlapp. Kämen hinten und vorn nicht hoch. Das mache wohl die Hitze. Weichheinis. Da wären die Engländer und Amerikaner schon’n andrer Schnack.

Man hatte Platten von den Andrew Sisters – »Bei mir biste scheen!« – und von Louis Armstrong, von Jack Hilton und von Nat Gonella.

Gewisse Schlagzeugstellen wurden dauernd wiederholt, die Platten waren dort schon sichtlich abgenutzt. Dazu wurde gebladdelt, mit dem Fuß gestampft, daß die Lampen klirrten, geschrien, geächzt, mit den Armen gefuchtelt, wurden imaginäre Becken geschlagen – »tz-d-d, tz-d-d, tz-d-d« – und Sprünge vollführt, bis Woldemanns gegen die Decke pochten.

Segeln. Zum Klub gehörten auch die Töchter des Werftdirektors Mahnke. »Sehr ordliche Leute.« Daß sie von Jazz nichts verstanden, sahen die Jungs ihnen nach. Dafür hatten sie eine Jacht, die man mitbenutzen durfte. »Lucia Warden«.
60 Quadratmeter, mit Beiboot und Spirituskocher zum Kartoffelbraten.

Die ältere hieß Sylvia und hatte graue Hosen mit Schlag, die jüngere Sybille, schwarzes Haar. Sie ließ sich gern so fotografieren, als kucke sie in die Ferne, am Mast stehend, ein Bein vorgeschoben, das schwarze Haar nach hinten schüttelnd. Beide streiften ihre weißen Armreife auf und lachten über Bubi, der seine Mütze nach hinten schob und bladdelte, über Heini, den kräftigen, der sich das Haar angeklatscht hatte, über Robert mit seiner Friseurtasche, der, wenn ihn nicht alles trog – »was weiß ich« – wieder mal 'ne Fünf in Mathe geschrieben hatte.

Bubi stieg in die Kajüte hinunter. »Was habt ihr hier denn für neue Gardinen?« Er steckte den Finger durch den Messingring der Kajütentür. »... und so gut aufgeräumt.« Über den Kojen ein Foto von Laboe.

Michael setzte die Segel. »Aufi geht's.«

In Warnemünde, am Strand, trugen die Mädchen einen Zweiteiligen, die Jungs Dreiecksbadehosen; man sah die Grübchen auf dem Popo. Der Sand war heiß, das Wasser hatte 19 Grad. Bubi beklatschte die ohnedies Braunen mit einer Emulsion: NU – BRA – NU. Nußbraun im Nu. »Hier noch'n bißchen«, und tüchtig verreiben. Blonde Härchen auf brauner Haut. Vielleicht eine kleine Massage? Nein, vielleicht später.

Der Liegekorb wurde zurechtgerückt, Marke Beutel 96, die Mädchen klebten sich Silberpapier auf die Nase und stiegen hinein. Bubi knüpfte nochmal eben Sylvias Hosenbändchen auf, das hatte sich vertüdert.
Auf ihrem braunen Nabel eine weiße Muschel.
Und Heini gab der schwarzen Sybille eine angerauchte Zigarette.

> Wer Strandkörbe mit Ölen und Fetten
> beschmutzt, wird für den hierdurch
> entstehenden Schaden haftbar gemacht.

Während die Mädchen im Strandkorb schmorten, machten die Jungs Musik auf zwei Grammophonen: lief eines, wurde für das andere eine Platte herausgesucht.

> Mister Paganini, please play my rapsody ...

»Immer dieser Nigger-Jazz«, sagten die Leute in der Nachbarschaft. Dafür würde man ihnen die Burg schleifen, abends, wenn sie eben nach oben gegangen waren.

> ... and if you sing it,
> you simply have to swing it ...

Daß Art Tatum blind sei und Chick Webb verkrüppelt, daß Artie Shaw es fertig kriege, eine ganze Nacht klassisch zu spielen, wie Teddy Stauffer dirigiere (eine Hand in der Tasche, lässig) und wie der Schlagzeuger von Count Basie heiße.
»Heini, gibst du nochmal eine Zigarette rüber?«

Manfred und ich saßen in gewisser Entfernung und beobachteten: was – wer – wie – wo – tut.
In großer Höhe drehte ein Doppeldecker einen Looping

nach dem andern und weit draußen übte die Marine Schießen.

»Wie lange wollen die sich eigentlich noch sonnen?« sagte Heini.
Selters wurde zischend versprüht: »Iii!«, ein Ball in den Korb geworfen, Seetang, Quallen, der Korb umgestürzt, und Sylvia an Händen und Füßen (»hau-ruck!«) ins Wasser geschwungen.
Heini, »Wumma«, wie man ihn auch nannte, nahm die schwarze Sybille auf die Schultern. Der Raub der Sabinerinnen.
Er stieg mit ihr auf den Wall, kaum daß sie noch das Haar zurückschütteln konnte, und stampfte und wieherte.
Durch das flache Wasser gespritzt, links-rechts, links-rechts, Kinder und Omas zur Seite – bis zum Bauch hinein, und dann fielen sie um und gingen blubbernd unter und waren für eine Weile weg.
(Michael machte Fotos, unter denen später »Wumma in Aktion« stehen würde. Zwei Kameras, eine vorn, eine hinten.)
Weit draußen Sylvia und Bubi, nur die Köpfe zu sehen. Die schwammen mal wieder bis zur dritten Sandbank.

Dann wieder in der Burg: kämmen.
Sylvia mit Haarspangen im Mund.
Man zog sich den Bademantel verkehrtrum an, füllte das neue Hemd, das Michael nicht aus Berlin, sondern aus München geschickt bekommen hatte, mit feuchtem Sand, setzte einen Schildkrötenball als Kopf darauf.
»Haste mal 'ne Stabbel für mich?«

Heini zog einen nassen BH an und drapierte sich mit einem roten Tuch. »Got that rhythm, boys!«
In der Friseurtasche fand sich ein Glas mit Pudding, das im Strandkorb gemeinsam ausgelöffelt wurde. Und als es leer war, hatte Robert noch Brote »in petto«.

»Robbi«, wie sie ihn nannten.
Zatzig, epochal.

»Die nächste Arbeit schreibst du sicher besser«, sagte Heini, Schinner lasse später immer etwas nach.
Dafür könne er sich auch nichts kaufen, sagte Robert. Er müsse sehen, wie es komme, vielleicht lasse er sich noch was einfallen.

Platten auflegen, Bladdeln, mit den Armen fuchteln, Bekken schlagen: tz-d-d, tz-d-d, tz-d-d ...
Die schneeweiße Promenade. Strandwärter in Uniform.
Männer mit Bauchläden

> Äpfel, Birnen und Bananen
> schmecken vor und nach dem Baden ...

Und der Doppeldecker machte wieder einen Looping.

Manfred und ich fuhren mit dem Zug zurück.
»Sag deinen Eltern, daß Flaute ist«, rief Michael mir nach.
»Und faß dich an'n Kopf und sag: Kürbis gedeihe«, setzte Robert hinzu.

Im Abteil nahmen wir die linke Seite, da konnte man die Flugzeugwerke von Heinkel sehen.
Uns gegenüber eine dünne Frau mit Locken. Sie kümmerte sich nicht um das, was es da draußen zu sehen gab. Sie kramte unablässig in ihrer Wachstuchtasche. Hatte sie was vergessen?
Und gerade jetzt landete groß und immer größer eine Hundertelf. Die gäbe es auch mit Schwimmern, sagte Manfred, die He 114, die könne »wassern«, so nenne man das. Wie wohl die He 112 aussehe, das möchte er gern wissen, oder die He 113.

Das Emaille-Schild unter der Notbremse war verändert worden:

> Jeder Mißb_auch wird _ _straff

stand da jetzt.

Mein Vater wanderte, die Uhr in der Hand, in der Wohnung herum.
»Sind sie noch nicht in Sicht?« telefonierte er zum Jachtclub.
»Ne, Herr Kempowski, sie sind noch nich umme Ecke.«
Verdammte Schweinerei. Hörer aufgeknallt. Und er möchte wetten, daß sie direkt neben dem Apparat säßen und sich hœgten.
Und die Haut juckte wieder einmal, das war ja nicht zum Aushalten.

»Sie werden gewiß gleich kommen«, sagte meine Mutter. Die saß auf dem Balkon und genoß den Sommerabend. »Kinder, wie isses schön, nein, wie isses schön. Junge, wie bist du braun ...«
Schwalben kamen angeflitzt, und Dr. Krause prüfte noch ein letztes Mal, ob das Tor verschlossen ist. Von der katholischen Kirche her läutete es kräftig.
»Ist eigentlich 'n bißchen doll, nich?«

Ulla saß im Liegestuhl

An der Saale hellem Strande ...

Sie trug einen karierten Trägerrock. Schade, sie wäre auch gern mitgefahren nach Warnemünde.
Es sei vielleicht ebensogut, sagte meine Mutter.
Aber Ulla wollte doch noch wissen, ob Bubi mitgewesen sei, und machte dann ihr trauriges Gesicht.

Endlich klickte das Minutenlicht, mein Bruder stieg schnurksend die Treppe hinauf.
Es werde ja auch langsam Zeit! Der ganze Abend im Eimer! Die Familie warte, und der Herr Sohn geruhe zu segeln.

Tee wurde eingeschenkt, die Balkontür geschlossen. Ulla hob den Rock, damit er nicht kraus wird, und setzte sich. Butterbrot mit Tomaten. Die Wurst in Glasschalen auf

einem langen Nickeltablett, mit Radieschen und Petersilie verziert. Metzwurst und Lebenswurst, Rügenwalder und gekochter Schinken. »Else, bringen Sie doch bitte noch mal eben die Karaffe mit Rum ...«
Feinbrot, Schwarzbrot, ganz schwarzes Brot (von Bäcker Lampe, mit besonders dicker Kruste), Fein- und Grobgemengtes.

»War Schneefoot mit?« fragte mein Vater und kratzte sich.
»Nein, natürlich nicht«, sagte mein Bruder.
Wieso sei das natürlich? Was? Er habe klar und deutlich gefragt, dann könne er auch eine akkurate Antwort verlangen.
Er spießte die Butterrose auf sein Messer und zerquetschte sie auf seinem Brot.

Wie es mit den Schularbeiten stehe, ob er die gemacht habe. Man höre und sehe nichts.
»Denkst du etwa nicht?« sagte mein Bruder und sah ihn gerade an.
Er solle nicht so frech sein, sonst kriege er ein paar hinter die Löffel. Wie sähe er denn überhaupt aus!? Diese Haare! Wie'n Friseurlehrling, völlig verbumfeit.

»Wie so'n Heini«, meinte Ulla, »oder ein Lui, besser noch: wie ein Lui. Wie ein Lui.«
»Ja«, sagte meine Mutter, »er hat 'n richtigen Katerkopf.«
Ordinär. Widerlich. Ekelhaft. »Wenn du wüßtest, wie widerlich du aussiehst.« Er solle mal in'n Spiegel kucken, ob er das schön fände. Frau Amtsgerichtsrat Warkentin habe neulich schon gesagt: »Ihr Junge, läßt der sich eigentlich die Locken brennen?«

Mein Bruder aß gleichmütig weiter. »Was kümmert es die stolze Eiche, wenn sich ein Borstenvieh dran wetzt.«
Da war das Maß voll. Mein Vater riß sich die Serviette aus dem Kragen und schrie: »Rotzlöffel!«, ging nach nebenan und kam wieder.

Und meine Mutter rief: »Ich glaube wirklich, der muß mal tüchtig welche hinter die Ohren haben. Wie isses nun bloß möglich!« Das tue ihm bestimmt gut. Der Kanarienvogel hüpfte auf seine Schaukel und fing an zu trällern. »... man bittet, man fleht!«, aber das würde jetzt anders, von morgen an herrsche hier ein strenges Regiment, das könne er sich gesagt sein lassen. »... und *du!*« (damit meinte sie mich) »du wackelst nicht so mit dem Stuhl! Das haben wir dir auch schon tausendmal gesagt.«

Das sei ja wie bei Högfeld, sagte mein Bruder und schnitt das Fett vom Schinken ab. »Familienzirkus«, ob wir das Bild kennten.
Da setzte sich mein Vater wieder und stopfte die Serviette in den Kragen. Jungedi, sagte er mit schiefem Mund, sowas hätte er sich bei *seinem* Vater aber nicht erlauben dürfen. Da habe ein anderer Wind geweht.
Einmal, beim Ausholen mit dem Schacht, habe sein Vater die Lampe kaputtgeschlagen. Zäng! Ein Regen von Glas. »Hurregottneja!« Und dann natürlich gelacht.
»Ja«, sagte meine Mutter. Ihre Mutter habe an ihr mal eine Rute zum Strunk gehauen, nur weil sie nicht »Gesegnete Mahlzeit« habe sagen wollen.

»Mich hast du ja auch mal vorgehabt«, sagte Ulla, »in der Schlafstube, da konnte ich dir nicht mehr entwischen. Mit dem gelben Onkel.« Aua, wenn sie noch dran denke ...

9

Vor den großen Ferien sagte mein Vater, er sei völlig iben, er müsse endlich mal raus.
Er auch, sagte mein Bruder, er müsse auch mal raus.
Am besten, man fahre in den Harz, sagte mein Vater, da könne man preiswert unterkommen, der Reichsverband deutscher Offiziere unterhalte dort eine Pension. – Das Selketal solle ja wundervoll sein, da gebe es sicher allerhandlei zu sehen.
Geld spiele keine Rolle.

Noch nie sei sie weggewesen, sagte meine Mutter, noch nicht ein einziges Mal. Immer nur an die See. Es sei zum Verzweifeln... Hertha zum Beispiel, die sei in England gewesen und Richard in Hongkong. Aber sie: immer nur an die See.
Wenn man bedenke, daß sie als Hamburgerin noch keinen Fuß auf den Boden Helgolands gesetzt habe, nicht einen einzigen!
Wie sei es bloß möglich!

Mein Vater suchte die Kartentasche raus, die von 14/18, und sein Fernglas. Außerdem ließ er sich einen Hornkneifer machen, durch den kuckte er recht von oben herab. Der würde seiner Haut zuträglich sein.
Meine Mutter bekam eine Wandertasche und Schuhe von Salamander.
Und Ulla durfte ihre Zöpfe abschneiden lassen, ein langgehegter Wunsch. Die wurden in Seidenpapier gewickelt, wenn später mal das Haar ausgeht.
Ob es im Harz Edelweiß gibt und ob man da kraxeln kann, wollte sie wissen. Sie wolle mal so richtig kraxeln.

Der Zug war voll. »Das kann ja heiter werden«, sagte mein Vater, »wir kriegen bestimmt keinen Platz.«
In der dritten Klasse standen die Leute und in der zweiten war auch nichts mehr frei. Dann müsse man eben in den sauren Apfel beißen und in die erste umsteigen. Wenn das man keine Scherereien gebe! Dürfe man das? Fluchend wurden die Koffer durch den Gang bugsiert. Der große, blaue, aasig schwer.
»Karl, du versündigst dich ja.«

In der 1. Klasse lag ein dicker Mann auf den Polstern, der las einen englischen Kriminalroman. »The Pools of Silence«. Zu dem gingen wir rein. Lässig nahm er die Beine runter.
»I gitt«, flüsterte meine Mutter, »wie so'n dicker jüdischer Spion . . .«

»Faß nicht den Aschenbecher an, komm, wir waschen uns gleich mal die Hände.« Tante Silbi, wenn die losfahre, nach Schreiberhau, denn nehme sie einen Tag vorher Abführtabletten und anschließend was zum Stopfen, um nur ja nicht aufs Eisenbahnklo zu müssen.

»Watt, Urlaub wistu hebben?« habe der Großvater gesagt, »ick war' verrückt. Ick hew noch nie Urlaub hatt . . .« Und dabei fahre er doch jedes Jahr nach Oeynhausen.

Wie schnell wir wohl fuhren?
»Immer nur an die See«, sagte meine Mutter. Und das Schönste, sie könne heut noch nicht schwimmen. Sie stoße immer mit einem Bein so ab.
Aber die Hochzeitsreise, da sei man doch nach Tegernsee gefahren?
Ja, die Hochzeitsreise, 1920, aber das sei ja auch ein ziemlicher Reinfall gewesen. »Warum schläfst du nicht?« habe ihr holder Gatte gesagt.
»Ach Gott, ich kann nicht . . .«

»Du mußt die Augen zumachen, mit offnen Augen kann *ich* auch nicht schlafen.«
Und dann habe er weiter geschnarcht. Einen gesünderen Menschen als Vati gäb es ja überhaupt nicht. »Nie krank, schläft wie'n Toter.«
(»Kuckt mal, wie er jetzt die Ohren anlegt ... sieht er nicht finienisch aus?«)
»Der Kaplan is a Depp«, habe an der Abteiltür gestanden, darüber hätten sie sich noch so amüsiert ...
Bayerisch. Das sei'n komisches Volk. Daß das nun auch Deutsche sind ...

Meine Schwester ging eben mal durch den Zug.
»Aber faß nicht die Türen an! Jedes Jahr fallen da welche raus.«

Nein, die Hochzeitsreise sei ein ziemlicher Reinfall gewesen. In München zum Beispiel, anstatt nun mal auszusteigen und sich alles anzusehen ... und grade an dem Tage sei ein Blumenumzug gewesen, der nur alle zehn Jahre stattfindet. »Wie isses nun zu fassen.« Und *so* gerne hätte sie sich mal die Gemälde angesehen und all das. Wann komme man da mal wieder hin!

Mein Bruder stand auf dem Gang und sah, koste es, was es wolle, aus dem Fenster. Die Berge, wann kommen sie, die Berge?
Seine Tolle flatterte wie eine Fahne, mal nach hinten, mal nach vorn.
»Lehn dich nicht so weit raus!«
»Kinder!« rief meine Mutter unversehens, »Kinder, o seht mal, da sind sie!«
»O du Donnerwetter!« Robert hatte auf der falschen Seite gestanden.
»Laß man«, sagte meine Mutter, »wenn wir da sind, dann siehst du sie dir in aller Ruhe an. Die sind bestimmt um die Pension drum rum.«

Der jüdische Spion rührte sich nicht, der las schwer atmend in seinem Roman. Den interessierten die Berge nicht.

In Sophienbad troff ein Wasserfall den Fels herunter.
Gut dem Dinge!
Aber es war niemand zum Empfang erschienen.
Links und rechts Dienstmänner, die den wenigen Gästen anderer Pensionen schwarze, mit Messing beschlagene Koffer aus der Hand nahmen und auf Karren luden.
»Und *wir*, wir müssen sehn, wie wir fertig werden. Das ist doch unerhört!«
Das war mal wieder typisch.
Hatte man sich nicht korrekt angemeldet?
War der Zug zu früh eingetroffen?
In der Pension wimmle es vermutlich von Generälen. Und Vater war nur Leutnant der Reserve, wenn auch Träger beider Eisernen Kreuze, des Mecklenburgischen Verdienstkreuzes, des Hamburgischen Hanseatenkreuzes und so weiter.

Und morgen werde es bestimmt regnen.
Das ließe sich dann auch nicht ändern.

Die Pension, das »Heim«, wie mein Vater sagte, war in der hier üblichen Bauweise holzverschalt.
Ein Jägerzaun schloß den großen, völlig verwilderten Garten ein.

Mein Bruder erkletterte gleich einen Hang.
Aber da gab es nichts zu sehen, da standen überall Bäume.
Doch halt! Ein alter Schacht?
Pfui Spinne, da hatte einer hineingeschissen.

»Ihr sollt mal sehn«, sagte meine Mutter, »die richtigen Stellen entdecken wir erst noch. Das wird noch wunderbar.« Am Anfang sei das immer so, da mache man viele

Wege umsonst. Aber dann werde es gut. »Wir erkundigen uns, und dann gehn wir nur dahin, wo es schön ist.«

Ein mit Restbeständen möbliertes Schlafzimmer bezogen meine Eltern, ein zweites, ebenfalls von äußerster Ökonomie zeugendes Doppelzimmer meine Geschwister. Ich hatte eine Couch zu Füßen meiner Eltern.
»Sosst ma sehn«, sagte meine Mutter, »da schläft es sich gut. Diese Couchen sind oft ganz konfortabel.«

Alles weiß gestrichen, Schleiflack. Vor dem Fenster, braun und hoch, die Rückfront der Pension »Waldfrieden«. Mein Vater stellte sein Rasierzeug auf den Waschtisch, Kaiser Borax zum Weichmachen des Wassers und Sparta-Creme. Das würde seiner Haut guttun.
Er knipste sämtliche Lampen an und ließ die Wasserhähne laufen. »Ring-ring, beide Maschinen volle Kraft voraus!« (»Denen werden wir's zeigen.«)

»Ich geh' schon mal eben los«, sagte meine Schwester.
»Ja, aber sieh dich vor.«

Gegessen wurde an der Table d'hôte. Wir hatten einen eigenen Tisch in einer Nische des dunklen Speisesaals. An der langen Tafel saßen ältliche Menschen und ganz oben die Leiterin des Heims, Frau von Schmidt, der Mann bei Langemarck gefallen – *blut*jung, wie gesagt wurde. – Sie war es, die uns nicht gebührend empfangen hatte, obwohl mein Vater doch mit ihrem Mann Schulter an Schulter gegen die Franzosen gekämpft hatte.
»Entpörend. Wie isses nun zu fassen.«

Zwei alte Damen, mit Deckchen auf dem Kopf und Stehkragen, ganz in Schwarz, wurden mit »Exzellenz« angeredet. »Die Exzellenzen.«
Sie trugen schlappende Schuhe.

Ferner fiel ein Oberst auf, ein Mann von Fünfzig, mit breiten Säbelhieben auf der steil aufstrebenden Glatze. (»Perikles mit dem Helm.«) Es lag viel Kriegserfahrung im Zwinkern seiner Augen. So sagte er nicht »Arras«, wie mein Vater, sondern stets »Arra«.
Mein Vater hielt ihm die Tür auf: »Belieben der Herr Oberst?«
»Danke, Herr Kamerad.«

Fischauflauf kannten wir nicht. »Schmeckt aber gar nicht schlecht.« Und warmen Schokoladenpudding. »Hu, wie ist der wehrsam.«
Mein Vater füllte sich nach. »Alles inklusive«, ob wir den Film kennten? Mit Pat und Patachon? Nachher müssen sie alles bezahlen und haben keinen Pfennig in der Tasche. »Gott, wie haben wir gelacht.«
Mein Vater war der gesündeste Mensch, den man sich denken konnte, der vertrug ja Nägel. »Wie isser bloß gesund«, sagte meine Mutter, »nicht tot zu kriegen, ganz entsetzlich.«

Butter war in kleinen Formen zu Kleeblatt, Rose und Fisch gedrückt. Sie nachzubekommen stieß auf Schwierigkeiten. Da wurde dann von Volkswirtschaft geredet. Knappmannsdörfer & Jenssen. Und der Wurstteller ging nur einmal rum. »Junge, benimm dich.«
Man schneide das Brot mit dem Messer und winkle die Ellenbogen an.
»Schneiden! Nicht drücken.«

An einem zweiten Extra-Tisch, von Sonne beschienen, ein Leutnant mit seiner Frau und zwei Töchtern. Er ruhig, seine Frau schweigsam, die Töchter still. »Fein«, sagte meine Mutter, »mit denen kannst du gewiß herrlich spielen.«
Der Leutnant war aktiv und kam aus Königsberg. Rote

Litzen, also Artillerie. (Kavallerie wäre besser, Marine erheblich schlechter gewesen.)
»Kuck da nicht so rüber.«
Statt eines Ordens trug er das Reiterabzeichen in Silber.
Mein Vater knickte den Oberkörper ein, zur Begrüßung, was dieser entsprechend erwiderte.

Nach dem Essen standen sie, Zigarre beschneidend, am Fenster. »Sie sind aus Königsberg?« fragte mein Vater.
Ob er dort einen Obsthändler kenne namens Kempowski, »ka-e-em, pe-o-we, ess-ka-i?« Arthur Kempowski. Obst en gros. Das sei nämlich sein Vetter, direkt im Zentrum.
Nein?
»Nein«, sagte der Leutnant rund heraus und spuckte Tabak weg, »nicht daß ich wüßte.«

Ich lief mit den Mädchen in den Garten.
»Süß die Kleidchen«, sagte Frau von Schmidt.
Wir hopsten über Quadrate, die wir in den Sand gezeichnet hatten, und versteckten uns, wobei abgemacht war, daß man nicht so genau hinkuckte, denn die beiden durften ihr Zeug nicht beschmutzen.
»Jetzt kommt mal ein Räuber und überfällt uns«, sagte ich.
»Das, glaub' ich, dürfen wir nicht«, antworteten die Mädchen.

Meine Mutter, auf der Veranda, über ihrer Ocki-Arbeit, meinte: »Das ist recht, freunde dich ein bißchen an.« Wir sollten mal Blumenraten spielen, das wär fein. »Jeder denkt sich eine Blume aus, und wenn ihr euch trefft, ruft ihr: ›Veilchen!‹ oder was nu grade. Das ist hübsch.« Sie habe als Kind immer Hexe über'n Graben gespielt, das sei auch ein nettes Spiel. Sie wisse bloß nicht mehr, wie es geht.
»Oder Abo-Bibo«, sagte mein Bruder, »spielt doch mal Abo-Bibo. Das ist auch in Ordning. Da schmeißt man'n Ball hin und rennt weg. Abo-Bibo-Cettellecker-Dodenkopp.«

Meinen Hamburger Anzug war ich los. Für die Reise hatte ich zwei blaue Polohemden und einen ärmellosen Pullover bekommen. Dazu eine feine Hose aus Flanell.
»Du sahst ja wirklich verheerend aus«, sagte Robert, »so speckig und verpupt. Widerlich, ekelerregend. Viehisch.«
Er holte den echten Schildpattspiegel meiner Mutter und hielt ihn mir vor.
Ich sollte mal selbst sagen, ob es so nicht besser wär?

Morgens wehten frisch gewaschene Haarschleifen über dem Balkongeländer.
Lili, ein Jahr älter als ich, brachte mir das Fingerspiel bei: alle 10 Fingerspitzen auf einmal gegen die des andern tippen.
Sie hatte klare blaue Augen und lange, etwas dünne Zöpfe; die warf sie hinter sich.
Elke, die kleinere, sah genauso aus wie ihre Schwester, und beide trugen blaue Kleider mit kleinen bunten Blumen drauf.

In der morschen Liegehalle, in der sich nie ein Erwachsener aufhielt, bewirteten sie mich mit zerquetschten Knakkern in Schüsseln aus Baumrinde. Das sei Braten.
Elke hüpfte, wogegen Lili ernster zuwerke ging.
Jasmin rundherum, Dachpappe, modriges Holz.

Zuweilen war ich »krank«, dann mußte ich liegen und wurde mit einem Zweig »gemessen«.
Ob sie nicht mal Wiederbelebungsversuche machen wollten, fragte ich, aber darauf gingen sie nicht ein.

Die Bahnfahrt von Königsberg in den Harz habe einen ganzen Tag gedauert, erzählten sie. »Denk mal an!«
Im polnischen Korridor sei der Zug abgeschlossen worden, Vorhänge zu. Da habe man nicht mal aus dem Fenster kucken dürfen, und dabei sei das doch urdeutsches Land.
»Auf aus dem Fenstergucken steht Todesstrafe!«

»Was macht meine Haut?« fragte mein Vater beim Abendbrot. »... kennt den Arthur nicht, dieser Idiot. Ein richtiges Arschgesicht.«
»Und ›Elke‹«, sagte meine Mutter, »wie kann man sein Kind bloß ›Elke‹ nennen. ›Elke‹...« (Sie schüttelte den Kopf.)
»Die Obsthandlung ist direkt am Domplatz. Wenn er aus Königsberg ist, *muß* er sie kennen.«
»Und die Frau, nimm's mir nicht übel, richtig ordinär. Wie die die Ellenbogen aufstützt, und diese Locken!« Vermutlich aus ganz einfachen Verhältnissen. Halbgebildet, respektive demi monde.

Meine Schwester hielt zu Elisabeth von Globig, einem Mädchen mit Doppelkinn und Knickfüßen, wie mein Bruder sofort bemerkte, die war mit ihrer Mutter aus Berlin gekommen.
»Ein *nettes* Mädchen«, betonte mein Vater.
»... und so bescheiden.«
»Ja«, sagte Frau von Globig. »Sie ahnen gar nicht, wie anhänglich sie ist. Alles erzählt sie mir, aber auch alles.« Leider habe sie Schwierigkeiten mit ihren Geschichten, sie hocke sich jedesmal am liebsten auf den Ofen.

Hin und wieder saßen die Mädels im Aufenthaltsraum und spielten Klavier. Elisabeth eine Kuhlau-Sonate, meine Schwester den Holzschuhtanz aus »Zar und Zimmermann«.
»Jetzt laß *mich* mal: Kennst du das?«
Der Oberst ging indessen knirschend vor dem offnen Fenster auf und ab. »Perikles mit dem Helm«, wie mein Bruder immer wieder sagte.

Bei gutem Wetter promenierten sie die Bahnhofsstraße rauf und runter. Ob es nicht was zum Kucken gebe. Oder

sie gingen zum Kurhaus. Da spielte ein Trio »On the Persian market«. Cello, Geige und Klavier.
Der Ehrgeiz schlechter Geiger sei es von jeher gewesen, zu schwere Stücke zu spielen, sagte mein Bruder. Und dieser hier sei nun wirklich ein Brechmittel, viel zu gniedelig, und immer dieser Dämpfer!
Aber der Pianist, nervös, Zigarette rauchend, der sei Gutmannsdörfer. Der spiele zu Haus bestimmt auch Jazz.

Bald war ein finsterer südländischer Typ ausgemacht, dem aus der etwas langen Lederhose stark behaarte Beine stachen. Eine Sonnenbrille hatte er auf den tief bewimperten Augen, und am Revers ein Sportabzeichen.
Der »lila Maxe«, wie mein Bruder sagte.
»Esau«, wie ihn die Mädchen nannten.
»Zahnarzt«, wie er von sich selbst behauptete.
Er lungerte meistens vor dem Andenkenladen herum, wo es Brockenhexen und Stocknägel zu kaufen gab und Schierker Feuerstein.
(»Veredeln Sie Ihr Photo durch Vergrößern.«)
Beim Postkartenaussuchen faßte er um Ulla rum. »Nehmen Sie doch diese hier.«
O du, mein Selketal.

Bald schon traf man sich in der Badeanstalt.
». . . aber seht euch vor, jedes Jahr ertrinken da welche.«
Es wurde zum Holzkreuz geschwommen, das die Kurverwaltung in das kalte, schwarze Wasser hatte werfen lassen. Man erkletterte es, stieß sich hinunter, schrie und spritzte. Elisabeth, die Freundin mit dem Doppelkinn, blieb hierbei unbeachtet; sie konnte in Esaus Nähe herumturnen so keck sie nur wollte.

Nach dem Baden lag Esau lesend im Gras – »da lacht die Koralle« – ein weißes Frottiertuch wie einen Schal um den Hals.
Die Mädchen warfen mit einem Ball über ihn rüber. Elisa-

beth wabbelig und ungelenk, Ulla braungebrannt und fix. Aber *er* wollte sich sonnen, verdammt und zugenäht.
Sie könnten ihm höchstens mal 'ne Zigarette anrauchen, das wär nett.

Was steht in der Wüste auf drei Beinen und ist schwarz? Ob er den Witz kenne? Oder diesen: »Ich verstehe immer: Nieselpriem ...?«
»Komm, wir kitzeln ihn mal durch.«

Schließlich goß meine Schwester mit ihrer Badekappe kaltes Wasser auf seinen Bauch. Da kam er hoch. Ulla sprang weg, die Rüschen der Sonnenhose raschelten gegeneinander. Und sie lief schnell, er hatte Mühe mit seinen kurzen Beinen. Über einen Graben sprang sie, in dem alte Eimer lagen, und im Gebüsch, da endete die Jagd.
Elisabeth hatte sich inzwischen die Illustrierte gelangt. Sie sah auf ihre schmale goldene Uhr. »Ich glaub', wir müssen nun nach Hause.«

Eines schönen Tages wurde ein von langer Hand vorbereiteter Ausflug unternommen.

Seid verwöhnt, raucht Welp-Zigarren!

Mein Vater steckte einen Vorrat schwarzer Stumpen ein. Er nahm auch das Fernglas mit. »Wie sie so sanft ruhn, alle die Toten.« Das hatte ihm schon in Flandern gute Dienste geleistet. Und die Kartentasche.
Seine Haut war Gutmannsdörfer. Keine nässende Stelle, keinerlei Juckreiz.

Der Oberst und Frau von Globig schlossen sich an.
»Gestatten der Herr Leutnant?«
»Ich bitte sogar darum.«
Frau von Globig mit breitkrempigem Hut, der Oberst ganz in Grau.

Vielleicht sei es besser, sie bleibe im Heim, hatte Ulla noch

im letzten Augenblick gemeint. Sie leiste dann Elisabeth Gesellschaft, die wegen ihrer Geschichten nicht gut mitkönne.
»KAKFIF«, wurde geantwortet, »kommt auf keinen Fall in Frage.« Die Familie wolle den Ausflug gemeinsam unternehmen, sonst habe man ja bald gar nichts mehr voneinander. Dann hätte man ja auch zu Hause bleiben können. »... daß immer alles so schwierig sein muß ...«

Wir stiegen in einen dreiachsigen Omnibus, der hatte einen langen Kühler. Hinten eine Leiter zum Auf's-Dach-Steigen. Ob er gedient habe, fragte mein Vater den Busfahrer beim Einsteigen.
»Jawoll! Krankenträger bei Ypern, zwei-achtunddreißig.«
»Nun wird's verrückt! haben der Herr Oberst gehört?«
»Kolossal!« Dann könne ja nichts mehr verfrieren. »In Gottes Namen, ab!« Der Oberst ließ sich ächzend in einen Sitz fallen, nicht weit von meiner Schwester Ulla.

Der Ausflug war so angelegt, daß man auch ein Stück zu Fuß gehen konnte.
Man orientierte sich an Bäumen, die mit weißen oder roten Kreuzen versehen waren.
»Kinder, hier geht's lang!«
An unwegsamen Stellen gab es sogar Geländer und Stufen.
Es sei zu und zu schön, sagte meine Mutter.
(Ein Mäusebussard und: »O Kinder, Rehe!«)
Ihre Salamander-Schuhe waren herrlich bequem.
»Kann es nun nicht immer so sein?«

Mein Vater hatte den Spazierstock geschultert und pfiff den Helenenmarsch.
Klare Sache, und damit hopp!
Der Hornkneifer hatte sich hervorragend bewährt.
Keinerlei Druckstellen hinter dem Ohr.
Tadellose Sache das.

Mit gemessenem Schritt begab sich der Oberst in die Nähe meiner Schwester. Ob die Schule Spaß mache, fragte er.
Es gehe so hin, antwortete meine Schwester und strebte davon.
Er hatte seinen Hut mit einer Wäscheklammer am Jackett befestigt und pupte leis und rhythmisch hinter sich. Robert, der sich ein an allen vier Zipfeln mit Knoten versehenes Taschentuch auf den Kopf gesetzt hatte, ahmte das nach.
»Nun lasses«, sagte meine Mutter, »lasses jetzt.«

In einer breiten Schneise große Hochspannungsmasten. Das sei die neue Zeit, sagte Frau von Globig. – Mit ihren dürren Beinen stakste sie vor mir her. Ob ich die Kirche dort unten sähe? Die sei echt romanisch. Wie Zeigefinger wiesen die beiden Türme zu Gott, Zeigefinger einer Schwurhand, Mahnung und Verpflichtung zugleich.

Baut, junge Meister,
bauet hell und weit...
jedoch vergeßt die Krypte nicht...

Und als wir unten waren: »Wenn wir da jetzt reingehn, wollen wir mal ganz ehrfürchtig sein.« Und dann versuchte sie, meine Hand zu greifen. »Ich bin 'ne alte Schachtel, nicht?«

»Die Tür ist bestimmt zu«, sagte mein Vater, »so ist es immer.« Aber eine Seitenpforte war offen. Dunkelheit. Geruch nach Xylamon.

Ich sagte, die Pfeiler sähen so aus, als kämen sie von oben herunter.
»Was hat der Junge gesagt?« fragte meine Mutter. Frau von Globig warf ihr einen bedeutsamen Blick zu. Das wolle schon was heißen.

»Denkt mal an die deutschen Kaiser«, sagte mein Vater. »›Fliegen die Raben immer noch um den Turm?‹ und an die Kaiserkrone.« Die komme ja jetzt wieder nach Nürnberg, nach so langer Reise.
Da gehöre sie ja auch hin, sagte der Oberst scharf, so, als ob jemand was anderes behauptet hätte.

Auf der Orgelempore redeten zwei Männer.
»Ich glaube, das ist der Fürst«, sagte meine Mutter, »seid mal eben still . . .«
Da wurde es da oben auch still und die kuckten herunter.

Im Schloßmuseum von Wernigerode wurden wir von einem Kastellan in Landsknechtsuniform empfangen. Der stellte seine Hellebarde beiseite und zeigte uns alte Siegel unter Glas.
»Immerhinque«, sagte da mein Vater.

Vor der Tür wurden Aufnahmen gemacht. »Tretet bitte noch ein Stück zurück.« Meine Mutter in wehendem Pelerinenkleid: »Huhu!« Drei Knöpfe mit Quetschfalten wie Sonnen auf der Brust.
Zur Sicherheit wurde alles zweimal fotografiert. Mein Bruder benutzte die Ikarette meiner Eltern, die war schon in Tegernsee mitgewesen. Sie ließ sich nicht mehr richtig schließen, ein Weckring hielt das Eingeweide notdürftig zusammen. Ullas Box dagegen funktionierte unentwegt.
»Das Einfachste ist immer noch das Beste«, sagte mein Vater. »Ja«, sagte der Oberst, »fabelhaft, wie der Hitler das hingekriegt hat.«
Auf den warmen Steinen lagen Eidechsen.

Wenn es regnete – und es regnete oft – saß ich mit Lili und Elke in der Liegehalle und ließ die Beine baumeln. Schwarze Schnecken auf dem Weg. Das Wasser schoß aus der defekten Regenrinne, und in den Pfützen schwammen gelbe Blasen.

Mein Vater stand mit seiner Zigarre unter der Tür und sagte: »Typisch. Kaum zu glauben, was da für Wasser runterkommt. Wenn man das mal ausrechnet, das sind gewiß ich weiß nicht wieviel Tons. Wo kommt bloß all das Wasser her?«
Meine Mutter fand es zum Verzweifeln. Aber es höre gewiß bald auf, es könne ja nicht ewig regnen. Das sei meistens so: eh man sich's versieht, kommt die Sonne durch und: wie schön, daß man im Juli gefahren sei und nicht im August. Wenn im August noch ein paar schöne Tage kämen, könne man sie ja auch zu Hause noch genießen.
Was wohl ihre Blumen machten, auf dem Balkon, und die schöne Aussicht.

Mein Bruder saß auf dem Treppenabsatz und spielte Jojo.
Ob es heute wieder Schokoladenpudding gebe? wollte mein Vater wissen.
Dafür wolle er nicht die Hand ins Feuer legen.

Er solle doch mal ein bißchen spazierengehen, sagte mein Vater, andere Jungen in seinem Alter ließen sich den Wind ganz anders um die Nase wehen.
Im Regen spazierengehen? Wie stelle er sich das denn vor? Ohne Schirm sei es unerquicklich und mit Schirm im höchsten Grade prekär.

Wenn es in der Liegehalle zu feucht wurde, rannte ich mit den Mädchen in den Speisesaal, da spielten wir Mensch-ärgere-dich-nicht. Das Rausschmeißen sollten wir man lassen, sagte Lili, dann ginge es schneller und keiner brauche sich zu ärgern.
So schummelten wir füreinander, und der Verlierer wurde stark bedauert.
Und immer wieder das Zurückwerfen der Zöpfe.
Ob er nicht mal mitspielen wolle? fragten wir Robert.
Wir machten uns wohl lustig über ihn ... Mensch-ärgere-dich-nicht ... »was für ein Quatsch.«

Im Aufenthaltsraum versuchte er den Sender Beromüster reinzukriegen, der brachte Tanzmusik.
»Stell den Niggerjazz ab«, sagte der Oberst, der sich gerade die Briefe der Liselotte von der Pfalz holen wollte, ein Buch, das immer wieder so vorzüglich sei.
Er solle lieber mal Nachrichten einschalten, ob der Pole wieder provoziere!
Der Flügel, auf dem Robert mit einem Finger »Harlem« klimperte, war anderntags verschlossen.

Drei Tage vor der Zeit reisten die Königsberger ab. Lili und Elke. Einen ganzen Tag würden sie fahren, durch urdeutsches Land und im Korridor die Fenster nicht öffnen dürfen. »Hoffentlich kommen wir noch durch!«
»Oh, oh«, sagte meine Mutter, »das sieht ja böse aus. Wie isses nu zu fassen ...«
(Der »Konsul« war gottlob in Greifswald.)

»Ich glaube, wir fahren auch«, sagte mein Vater. Er sei schon ganz iben.
»Ja«, sagte mein Bruder, auch er sei rechtschaffen erschossen.
Man holte das Gästebuch. Ein kunstverständiger Gast hatte da, in Ermangelung von Farben, mit Mokka eine Landschaft reingemalt.

Der Oberst zeichnete Brockenhexen mit angefeuchtetem Kopierstift. »An so alten Sagen ist oft was Wahres dran«, sagte Frau von Globig.

Esau schenkte meiner Schwester einen ausgehöhlten Korken mit drei winzigen Würfeln drin. O du mein Selketal. Wenn sie drei Einsen auf einmal werfe, solle sie an ihn denken. – Er machte die Automaten leer, in den Läden gab es schon keine Schokolade mehr zu kaufen.

Meine Mutter erstand einen Kasten Pfeilring-Seife. »Die wird womöglich auch noch knapp.«
Ulla fügte ihrem schon recht schweren Wappenarmband das Wappen von Sophienbad hinzu.
Ob sie ihr auch schreibe? fragte Elisabeth. »Wehe, du vergißt es!«

»Los, Kinder, kommt! Es wird jetzt höchste Zeit.«
Frau von Schmidt schloß alle Fenster.

10

Im Treppenhaus, in dem aus Gründen des Luftschutzes Sandtüten und Wassereimer verteilt waren, traf ich Ute.
Klick, das Minutenlicht.
Das Fingerspiel wollte sie nicht lernen.
Bei mir piepe es wohl?
D-B-D-D-H-K-P!?
Der Krieg dauere bloß 14 Tage, England, das lütte Pi-pi-Land, mit dem würden wir schon fertig.
Sie seien in Bad Reichenhall gewesen.
»Mit der Eisenbahn?«
Eisenbahn! »Zug« heiße das.

Walter, wenn er pupt, denn knallt er ...

Ich sei ja ein ziemlicher Idiot geworden.

»Still hier draußen«, sagte Frau Woldemann, »sonst kriegt ihr eine geschwalbt.«
Man wollte für ein paar Monate nach Berlin gehen, bis sich alles beruhigt hat. Da sei man weit vom Schuß. Vielleicht ziehe man eines Tages ganz dorthin.
Durch die geöffnete Etagentür hörte man Kistenhämmern. Silberzeug und Kleidung.
»Na, du Brite?« sagte Herr Woldemann, der das Packen überwachte. »Grüß deinen Vater.« Er hatte eine Flasche Wein in der Hand, aus der er einen Schluck nahm.

Sie freue sich schon, sagte Ute, in Dahlem wohne ihr Vetter.

Geht er in den Keller,
pupt er immer schneller ...

Der sei nicht so ein Doofki wie ich.

»Was sagt der Wehrmachtsbericht?« fragte mein Vater. Er hängte vor den Lautsprecher ein rotes Schild:

Denke dran, daß das Abhören ausländischer
Sender unter Strafe steht.

»Don Pedro Gutsmann«, sagte mein Bruder, »klare Sache und damit hopp!« Erstmalig hätten auch Verbände der Waffen-SS in den Kampf eingegriffen. »Was glaubst du, wie die reinhauen, da wächst kein Gras mehr, alles Mus und Grus.«
»Ja«, sagte mein Vater, »total iben, da wird nicht lange gefackelt.« Der Hitler wisse, wo Bartels seinen Most holt. Die seien bald erlederitzt.

Im Deutschlandsender berichtete ein katholischer Priester, der Pole habe ihn »auf die Geslechtsorgan geslaggen«.

»Daß die Menschen nicht in Frieden leben können«, sagte meine Mutter. Die Großen sollten in den Boxring gehn und die Sache selbst austragen, dann würde *sie* aber zukucken.

Schimpfend pinnte sie jeden Abend an alle Fenster Packpapier: Verdunklung. »Watt'n Uppstand, watt'ne Katerie.«
»Ä-Licht-aus!« wurde draußen geschrien.
»O Gott! sind wir das?«
(Der »Konsul« war gottlob in Lübeck.)

Nun gehe das wieder mit den Lebensmittelkarten los, das Theater. Entsetzlich! Zum Verzweifeln!
Im vorigen Krieg hätten sie immer Steckrüben zu essen gekriegt und Dörrgemüse, oh, das wisse sie noch.
»Nein«, sagte Dr. Krause, diesmal sei alles besser organisiert. »Der Hitler hat riesige Vorräte angelegt, sonst hätt' er den Krieg nicht angefangen. Der Mann ist ja schließlich nicht verrückt.«

Meine Mutter kaufte für jeden von uns ein Glasschälchen, da kam die wöchentliche Butterration hinein, $\frac{1}{4}$ Pfund. Ich kriegte auf Kinderkarte das Doppelte.
»Gute« Butter.
Die Rationen seien das äußerste Existenzminimum, habe ein Professor gesagt, wer weniger esse, dem gehe es an die Substanz. Deshalb die Schälchen.
Jeder müsse unbedingt das Seine haben.
(Ich teilte mir mein halbes Pfund genau ein, für jeden Tag ein fingerbreites Stück. Der Rest war dann am Ende der Woche immer schon ein wenig ranzig.)

»Aber der Korridor, das war ja auch blödsinnig, die Leute mußten sich doch sagen, daß da wieder ein Krieg kommt.«
»Das konnte ja nicht gutgehn.«
»Das hätten sie wissen müssen.«
»Klarer Fall.«
»Immer mit dem Schiff 'rumfahren – blödsinnig. Wo gibt es denn so was, daß man einen Klacks von seinem Land woanders hat.« Das Memelgebiet hätte ruhig flöten gehen können, da hätte keiner was gesagt, aber doch nicht Danzig und das alles.
Das Stopschild auf der Kreuzung wurde ausgetauscht. Da stand jetzt HALT drauf.

Fräulein Reber brachte die Lebensmittelkarten von Haus zu Haus. Eine freiwillige Helferin. »Ich bringe Ihnen was zu essen«, sagte sie zu alten Leuten, die sich die Papiere von beiden Seiten besahen und gegen das Licht hielten. (Fettkarten waren gelb.)
Ihr Bruder war schon so manchen Einsatz geflogen, Otto Reber, den Namen könne man auch von hinten lesen.
»Das is'ne 1000%ige«, sagte meine Mutter, »bei der mußt du auf dem Qui vive sein.«

Da ja jetzt alles knapp werden würde, löste ich mein Sparbuch auf.

»Der kluge Bengel«, sagte mein Vater. »Fabelhaft.«
Ich kaufte davon ein Fahrrad und silberne Löffel.
Meinem Bruder imponierte das, der besorgte sich ein silbernes Zigarettenetui, ließ Initialen hineingravieren und verlor es sofort.

Ulla sagte: »Ich geh' eben mal zu Christa.«

In der Schule wurde gesagt, wir müßten stolz sein, in dieser Zeit zu leben.
Wir sollten nun doppelt so fleißig lernen; wer das nicht tue, sei ein Saboteur der Arbeit.
Das komme Landesverrat gleich.

Die Landkarten von Polen, im Lehrmittelraum, physikalisch oder politisch, waren dauernd ausgeliehen.
Hannes behalf sich mit Faustskizzen an der Tafel. Er nahm die Kreide quer und zeichnete mit großen Bewegungen dicke Pfeile, von Norden und von Süden, das waren die deutschen Truppen: So müßten wir uns das vorstellen.
Und dann von hinten die Russen (roter Pfeil) und von oben die Flieger. (Faustschlag.)
Das wär heute alles anders als früher. Im Weltkrieg habe man ja kaum den Kopf aus dem Dreck gekriegt.

Wie der Krieg wohl genannt wird, wenn er fertig ist, wurde gefragt.

Im Keller der Schule wurden Volksgasmasken ausgegeben.
»Fabelhaft, wie das organisiert ist!«
Ob Kinder auch eine haben müßten?

Herr Krahl stand in der Haustür, das Verdienstkreuz von 14/18 am Revers. Er blickte die Straße hinunter.

»Na, du Maihecht?« sagte er. »Sünd all weck båben, aber geh man rauf.« Sein kastenförmiges Auto war beschlagnahmt worden. Ob er nach dem Krieg dasselbe Auto wiederhaben wolle oder Geld, hatte man ihn gefragt.

Wir spielten jetzt mit Lineol-Soldaten auf dem Trockenboden. Er wurde mit Torfmull bedeckt, das war die braune Polenerde.
Unterstände und Gräben, Vormarschwege.

Dicker Krahl hatte viele Lineol-Soldaten, kniende, liegende, stehende. Klaus Greif brachte ein Lazarettzelt mit und eine Schachtel Verwundeter auf Bahren, die Kopfbinden voll Blut, Krankenschwestern mit Eimern.
Ferner einen Kasten Stürmender. Die Stürmenden wurden von einem galoppierenden Leutnant angeführt. (Wie die Soldaten da wohl hinterherkommen, überlegten wir.)
Und einen Flammenwerfer, der leider schon abbröckelte. Unter den gelb-roten Flammen kam rostiger Draht zum Vorschein.

Manfred besaß einen Unterstand mit Gasalarm-Gong. Dazu gehörte ein Spezialsoldat, der eine Maske trug.
Auf dem Unterstand klebten kleine Büsche und bunt bemalte Sägespäne als Gras.
Meine Musikkapelle werde nicht gebraucht.

Bei Spielzeug-Fohmann gab es leider keine Polen. Immer wieder fragten wir danach. Auf dem Marktplatz stand bereits ein erbeuteter Polenpanzer, aber Polen-Soldaten gab es nicht. Fohmann bedauerte das, es tue ihm leid.

Wir nahmen als Feinde ersatzweise blaue Poilus und Engländer mit Tellerhelm, Stück 30 Pfennig.
Die Engländer kamen uns besonders lächerlich vor. Mit

solchen Tellerhelmen konnte man doch keinen Krieg gewinnen!

Vor den Unterstand, neben den unentwegt Alarm-schlagenden Gasmaskensoldaten, stellten wir Blomberg an einen kleinen Kartentisch. Ihm zur Seite einen Präsentierenden.
Ein Lagerfeuer, mit Batterie gespeist, direkt daneben.
»Da kann er sich mal die Finger wärmen.«
Soldaten drum herum, Ziehharmonika spielend.

Manchmal ließen wir unsere drei Panzer gleichzeitig über den Torfmull klettern. Man müßte 20 Stück haben, wünschten wir uns, die würden alles niederwalzen, oder 40. Und alle vom selben Modell.
Frau Krahl brachte uns Schmalzstullen nach oben.
»Hewt ji hier all wedder ballert?« fragte sie.

Beim Abendbrot war mein Vater mürrisch.
Er klingelte im Teeglas herum.
»Wo kommst du jetzt her?«
Seine goldene Brille funkelte.
(Den Hornkneifer hatte er abgeschafft, der hatte auf der Nase Druckstellen verursacht.)
»Du hast auf die Minute pünktlich zu sein!«
Immer wieder sei hinter mir hertelefoniert worden, ab sofort würden andere Saiten aufgezogen.
Da gäbe es Wind von vorn.

Meinen Berichten lauschte er nur obenhin.
»Jaja, so isses woll... Wackel nicht so mit dem Stuhl.«

Sie hatten ihn nicht genommen.
Er hatte den blauen Umschlag geöffnet, der schon seit Jahren im Schreibtisch lag, sich am Stichtag auf sein Fahrrad geschwungen (»Nehmen Sie mich mit, Herr

Kempowski!«) und war zum Wehrbezirkskommando gefahren: Right or wrong – my country.
Aber, sie hatten ihn nicht genommen.
»Was, Freimaurer?«
Mit Rot durchgestrichen: Freimaurer. Aus.

»Das wird Vati nie verwinden«, sagte meine Mutter. Im Stahlhelm gewesen und schon in der Systemzeit immer alle Übungen mitgemacht, den ganzen Weltkrieg, Ypern, Somme, Kemmel (»Was, Helden wollt Ihr sein?«), immer in der vordersten Linie.
Übrigens ohne je verwundet zu werden, nicht eine Schramme. (Wenn man von der Haut absehe.)

Die Loge sei doch ganz harmlos gewesen, wie so ein Verein. Da hätten sie immerlos gesoffen, gegenseitige Beziehungen, alles Kaufleute.
»Na, wer weiß, wozu es gut ist.«

Vor dem Haus klappten Autotüren.
Die Woldemanns fuhren zum Bahnhof.
»Willst du nicht runterlaufen und auf Wiedersehen sagen?« fragte meine Mutter.
(»Die machen's richtig.«)
»Und grüß schön und alles Gute!«

Ich sprang die von Quade erbauten Treppen hinunter.
»Na, du Brite?« sagte der Holzhändler, er trug einen feinen schweinsledernen Koffer in der Hand, den gab er seiner Frau.
»Und die Pömps, hast du die Pömps?« fragte sie.

Ute zeigte mir durch das Rückfenster den Vogel. A-A-V...
Auch Aspirin versagt.

Im Schaufenster der Drogerie Bilder der deutschen Heimat: das Steintor im Winter, alles voll Schnee.

Ich zog mich wie eine Zahnradbahn das Treppengeländer hinauf, Hand bei Hand.
Lauschte an der Tür, alles still, roch am Schlüsselloch. Klick, das Minutenlicht.
Die Möbel waren noch da, das Grammophon, der unten grob zusammengehauene Couchtisch.
Und das kleine Bild vom Hühnerhof, das mit dem dicken Rahmen. Vielleicht kämen sie ja doch bald wieder.

»Süß«, sagte meine Mutter, »süß, wie er traurig ist. 's war 'ne schöne Zeit, mein Jung'.«
»Ja«, sagte meine Bruder, »da wirst du noch lange 'von zehren.«

11

Am 2. Oktober, morgens gegen 7, klingelte das Telefon: Der alte Herr war tot.
»Röbbing«, wie der alte Ahlers ihn immer genannt hatte, auf der Picknicktour in die Rostocker Heide, wo Stribold, der Hund, in die Butter trat (»Mit de Pierd will'n Se noch na Rostock?«), oder auf dem jour fixe seiner nun schon so lange verstorbenen Frau.
»Das Schwein«, das er für Tante Silbi gewesen war, denn seine Lähmung rührte natürlich nicht vom Ascheimerumschmeißen her.
Es war »eine Jugendsünde« gewesen, wie meine Mutter das Leiden nannte.
Sie öffnete die Gardinen und zog die Verdunklungsrollos hoch, die wir uns mittlerweile angeschafft hatten: »Kinder, Großvater ist tot. Der gute Alte. Zieht euch mal schnell an.«

»Merkwürdig, gerade am 2. 10.«, sagte mein Vater und dachte an seine Regimentsnummer.

Servus du,
so flüstert er nun leise …

Er tat Kaiser Borax ins Rasierwasser, lief gebückt, so, als könne er sich nicht aufrichten, an den Medizinschrank und holte ein Päckchen Rasierklingen heraus.
Endlich würde man die altmodischen Stehpulte verkaufen können, endlich auch eine Rechenmaschine anschaffen. (»Dat gifft bi mi nich«, hatte der Alte immer wieder gesagt, »dat is Backbeernkram.«)

Gegen Mittag kam der Beerdigungsunternehmer – wir waren natürlich bei Seitz –, schwarzer Anzug, randlose, achteckige Brille, Kragenecken umgeklappt. Ohne Seitz

ging so was nicht. In der Ecke der Flügel, daneben der Bücherschrank mit den winzigen Mäusen aus Elfenbein vor den Werken von Lafcadio Hearn.
Auf dem runden Tisch die Klöppeldecke.

»Wie kriegen wir nun die Leiche her?« hatte mein Großvater beim Tode seiner Frau gesagt, die war in Bad Oeynhausen gestorben.

Das schöne Haus in der Stephanstraße – ja, wenn man das gewußt hätte. Aber – noch einmal umziehen?

»Für Ihren Herrn Vater kommt natürlich nur das Beste in Frage«, sagte Herr Seitz, »das Beste vom Allerbesten.« Er zog aus seiner schwarzen Aktentasche ein schwarzes Fotoalbum mit verschiedenen Traueranzeigen und legte es auf den runden Tisch. Das sei ja großartig organisiert, sagte mein Vater, Tadellöser & Wolff!, da brauche man ja nur auszusuchen. (»Hol mal den Portwein her!«)
»Von Beileidsbesuchen ist abzusehen«, das müsse rein, »sonst kommen die hier alle angerannt.«
Und: »Die Einäscherung findet in aller Stille statt«, dadurch vermeide man ein Zusammentreffen mit Tante Silbi. (»Ich bin doch nicht euer Popanz!« hatte sie mal geschrien.)

Man einigte sich auf das Beste vom Allerbesten.
Seitz trank das Glas aus, klappte die Aktentasche zu und sagte: »Herr Kempowski, Sie werden sehn, es wird alles gut. Einstweilen besten Dank«, und empfahl sich.

·

Zwei Tage vorher waren wir noch bei ihm gewesen.
Ganz allein lag er da, in seinem großen Haus.
Wally, das Mädchen, hatte uns geöffnet.
(Die Rostocker Aquarelle.)
Früher hatte er uns die Totenmaske von Humperdinck

nachgemacht, sich zurückgelehnt, Augen zu, Mund auf. Nun sah er selbst so aus.
Der gute Alte, das Nachthemd war ihm viel zu groß, die dürren Arme!
Auf dem Nachttisch verstaubte Weihnachtsgeschenke, ein von uns Kindern ausgeschnittener und aufgeklebter Bahnhof mit rennenden Menschen, die ganz still standen, ein Pflaumenmann und: »Flieger über Rostock«, ein Bild, das Robert mal gemalt hatte.
Da stand auch seine dicke goldene Uhr in einem verschnörkelten Blechgestell.
Auf die würde man aufpassen müssen.

»Iss Körling noch dor?« fragte er. »Körling, iss de noch dor?«
Und zu mir: »Schnetzfink« und: er wolle mir »föfftig Penn« geben, nach alter Sitte.
Aber sein Portemonnaie war leer, vergeblich grabbelte er mit seinen kraftlosen Fingern in der Ziehharmonikabörse.
Er hielt sie uns hin. Hier, wir sollten mal sehn, leer, »is dat nu to glöben?«
Er weinte: »Nich mal föfftig Penn ...«
(»Die Blase bestiehlt ihn ja von vorn bis hinten.«)
Und dabei hatten in diesem Hause früher mal zwei Flügel gestanden, und die Sänger vom Stadttheater waren gekommen und hatten einen Wettstreit ausgetragen.

Alljährlich naht
vom Himmel eine Taube ...

Und sechs Bedienstete hatte man gehabt und das dritte Auto von Rostock.

Ob ihm das nicht weh täte, wenn er sich selbst spritze? fragte meine Mutter.
»Ach, watt ...«
Und was sein durchgelegener Rücken mache?
(»Geht mal eben raus.«)

Plötzlich kamen Männer.
Sie wollten das Gartengitter abschweißen. Alteisen für den Krieg.
(Die Gitter vor der katholischen Kirche hatten sie mit Treckern umgerissen, mitten in der Nacht.)
»De Düwel ok!« sagte mein Großvater, sich aufraffend. Doch sie waren ja schon längst dabei.

Auf dem Alten Friedhof am Saarplatz hatten Wachholder, Mispel und Lebensbaum gestanden, die Wege wie in einem Rechenheft, ein Grab neben dem andern. Auf dem Neuen Friedhof hingegen lagen die Gräber in parkartigen Anlagen.
War man denn im städtischen Tierpark? Aber da war kein Eselsgeschrei und nichts von Papageien.

> Radfahren, Singen und lautes Lärmen
> wird strafrechtlich verfolgt.

An zentraler Stelle, über breite Treppen zu erreichen, das Krematorium, ein Klinkerbau aus den 20er Jahren, an dem der hohe, in die Architektur einbezogene Schornstein auffiel. Schiffsbug, Denkmal oder Aussichtsturm?
Der Schornstein rauchte nicht, man hatte noch nicht angefangen.

Vater fürchtete, daß Tante Silbi käme.
Die Sorge war unbegründet, sie kam nicht.
Aber Frau Amtsgerichtsrat Warkentin war da.
»Die alte Nazisse«, mit schwarzem Umhang und Netz vor der Nase.
»Lützows wilde, verwegene Jagd«, wie mein Großvater sie in guten Tagen genannt hatte.
»Komisch«, flüsterte sie, »all die Alten sterben jetzt weg.« Die Mutter ihrer besten Freundin, Herr Papst aus der Loignystraße (»Sie wissen doch, der Prokurist von Jenss & Toblissen«) und nun »Ihr Herr Schwiegervater«. Und zu der alten Tante Mieke, deren Mann glücklicherweise

schon tot war – er hieß Redlich –: »Ich seh' uns noch, Frau Professor Reddelich, nein, wie war das immer komisch!«

Der Saal hatte etwas Kinoartiges an sich, bung – bang – böng!
Vorn der Sarg unter vielen Kränzen; den alten Herrn Kempowski, den kannte ja die halbe Stadt. Der 100-Marks-Kranz von Konsul Discher (»Donnerwetter«), der lag vornean.

Der Pfarrer hob die Arme und sagte: »Lichter über dem Strom.«
Mein Großvater sei ein Licht über dem Strom gewesen. Das komme selten vor.
Dabei war der alte Herr nie sehr kirchlich gewesen:

> Jesus ist mein Leben
> und Sterben ist mein Gewinn ...

hatte er mal deklamiert

> ... he

(damit war der Gastwirt gemeint)

> will mi nu nix mehr geben
> und datt will mi nich in 'n Sinn.

Und an der Beerdigung seiner eignen Frau hatte er auch nicht teilgenommen (»*Das* waren fünfundzwanzig Jahre«). Mein Vater hatte das Grab fotografieren lassen, um ihm zu zeigen, in welch verwahrlostem Zustand es ist, aber der Alte hatte das Foto nicht einmal sehen wollen.

Dann war es soweit, ohne Rucken und Zittern fuhr der Sarg hinab, ruhig, stetig.

> Wie sie so sanft ruh'n,
> alle die Toten ...

(»... das Logenlied«, wie meine Mutter sagte.)
Den Frauen trieb es das Wasser in die Augen, und die Stimmen der Männer erbebten.

Der Musikant am Harmonium da oben, der gab sich alle Mühe.
Lichter über dem Strom.
(Da unten würd' es blau vor Hitze, hatte meine Mutter erzählt. Die Leiche bäume sich noch einmal auf und falle dann in sich zusammen.)

»Du spielst nun so schön Klavier«, sagte meine Mutter in der Straßenbahn zu meinem Vater, »aber nicht mal einen einfachen Choral kannst du singen, alles total verkehrt. Man muß sich ja direkt schämen.«

Nach Militärbegräbnissen würden die fröhlichsten Märsche gespielt, erzählte mein Vater. Vorher Trauermärsche, aber dann: Der Tote ist begraben, nun singet und seid froh.

In den darauffolgenden Tagen wurde viel französisch geredet.
Von Hypotheken war die Rede und von Belastungen und von einer Blechkassette, die man gefunden hatte, mit vielen Mahnbriefen, zum Teil noch nicht einmal geöffnet.
(»Hastu Worte?«)
Der alte Herr hatte anscheinend die Übersicht verloren. Kistenweise Rotwein gekauft, alle freigehalten, nie bezahlt.
(»Kenposski, åpen un ihrlich: du büst'n goden Kirl.«)
»Und so nette und höfliche Mahnbriefe sind das«, sagte meine Mutter, »darauf nicht zu reagieren . . .«

Tante Silbi erschien selbst bei der Testamentseröffnung nicht, obwohl mein Großvater sie großzügig bedacht hatte. Sie bekam die Birkenmöbel, die Vitrine mit den Tassen und die Rostocker Aquarelle; darunter auch die seltene Ansicht der alten Rostocker Universität, nach der sich der Museumsdirektor hin und wieder erkundigt hatte.
Man müsse auf dem Qui vive sein, sagte meine Mutter, die

sei vom Stamme Nimm. Es könne sein, daß sie sogar noch was mitgehen lasse, das kriege die fertig.
»Kann sie ruhig«, sagte mein Vater, »soll sie doch. Von all diesen Sachen will ich kein Stück haben, nicht ein einziges.«
Er ließ einen Händler kommen, der fuhr den ganzen »Schapschiet« ab. Aber eine Tabaksdose, echt Iserlohn, die steckte mein Vater doch noch ein.

Es wechselt alles ab
Nach Krieg und Blut Vergiessen
Lasst uns des Himmels Huld
Der Friedens Lust geniessen.

Und die goldene Uhr natürlich, die nahm er aus dem Blechrahmen heraus. Und den Ledersessel, den würde man auch gebrauchen können. Und eine kleine versilberte Schale. Und (»Halten Sie doch noch mal eben an«) den Eisschrank, »wo ist er denn, der Eisschrank?« Mit einem Fach für zerkleinertes Eis, den könne man doch gut auf den Flur stellen, im Sommer für die Butter.
Und meine Mutter nahm einen Satz Puddingschüsseln an sich, in Form von Fischen. Würden wir den Kopf oder den Schwanz haben wollen? Und einen Auffüllöffel, und den Wintermantel, der war ja noch nagelneu, aus dem könnte man was für Robert machen.
Und Robert kletterte auch noch einmal auf den Wagen, der Krückstock, der war zatzig, und der stumme Diener, zum Dotlachen!
»Na, watt iss nu?« sagte der Fuhrmann.

Haus und Geschäft erbten wir. Das Haus war um die Jahrhundertwende gebaut. Damals hatte es 45 000 Goldmark gekostet.
Jetzt mußte man es quasi neu kaufen, so viele Schulden lagen darauf.
»Diese Erbschaft ist wohl ein rechtes Danaergeschenk?« wollte mein Bruder wissen.
»Sehr wahr!« sagte mein Vater (so hatten die Leute früher

immer in politischen Versammlungen gerufen, von hinten). Man würde sich einschränken müssen.
Neben das Telefon stellte er die Tabaksdose, für Groschen.

»Wie gut, daß du noch nicht im Felde bist«, sagte meine Mutter. »Ich wüßte nicht, wie ich das machen sollte.« Sie besorgte ein Kontobuch, legte es auf den Flügel und trug die Schulden ein. Mein Vater sah von ferne zu.
»11% Zinsen! wie isses nun bloß möglich.«
Und: als es dem Alten gut gegangen sei, da hätten sie alle mitgesoffen.
»11%, das ist ja direkt Wucher.«
Als es ihm dann aber schlecht gegangen sei, wär keiner mehr dagewesen.
»Alles weiße Juden. 11%!«
Freunde, denen die Hypotheken gekündigt wurden, schnappten ein, grüßten nicht mehr.
Aber meine Mutter war eisern, die Schulden mußten weg.

Den alten Ahlers, den hatte sie auf dem Kieker. Der mit seinen großen Ohren.
Saufen konnte der für drei. Und denn 11%!
»O Gott, ich seh' den noch klavierspielen: Tonleiter rauf, Tonleiter runter – Schnaps. Tonleiter rauf, Tonleiter runter – Schnaps ...«

»Wenn ich nun aus der Firma austräte«, fragte mein Vater und schob seinen Bleistift unter den Ehering, »was würdet ihr dazu sagen?« (Der »Konsul« war gerade in Kiel.)
»Zum Beispiel Finanzbeamter werden? Wie Kröhl?«
Aber: Das sei natürlich wieder alles falsch, das könne man nicht machen, die Firma sei schließlich 140 Jahre alt.
Tradition verpflichte, klare Sache und damit hopp!
Da könne man nicht so einfach alles hinschmeißen und weglaufen.
»Wer ausharret, wird gekrönt.«

Das Haus sollte vermietet werden.
Man hatte reizende Leute gefunden, Löwes, Tierarzt vom Schlachthof, jung verheiratet.
Mit den Mieten könne man Hypotheken abzahlen.
»Wie schön hätten wir da jetzt wohnen können«, sagte meine Mutter und radierte in ihrem Kontobuch. »Statt dessen sitzen wir im 2. Stock.«
»Ja«, sagte mein Vater, »da hat man nun ein Schiff von 2500 Tons und wohnt auf der Etage.«
Cords habe sogar 'ne Segeljacht und Ferdinand 'n Auto.
»Laß man«, sagte meine Mutter, »das kommt alles noch. Das Rad dreht sich. Wir sind wenigstens gesund.«
Cords habe außerdem Gasheizung, die stinke durch das ganze Haus.

Bevor man die Mieter da reinließ, mußte erst mal sauber gemacht werden. Nein, wie war es möglich! Die Fußböden – erstklassiges Parkett – alle dreckverkrustet.
Da mußte man sich ja schämen.
Zu Wally: »Auf der Stelle verlassen Sie dies Haus. Den Alten im Dreck umkommen zu lassen ...«
(»Faul wie'n Bohnensack.«)
»Und die Lebensmittelkarten, wo sind die?«
Das wisse sie nicht, sagte Wally, meine Mutter solle man nicht ausverschämt werden, sonst gehe sie zur Partei.

Tante Mieke fragte, warum meine Mutter denn nicht mal nach dem Rechten gesehen habe, all die Jahre, das hätte sie doch gut mal machen können.
»Das ist nun wirklich köstlich!« rief meine Mutter. »Man rennt und tut und macht, man arbeitet, bis einem das Blut unter den Fingernägeln hervors-prützt, und nun kriegt man hier noch Vorwürfe!«
Das sei wirklich die Höhe.
Der Alte habe ja niemanden mehr reingelassen, unüberwindliches Mißtrauen, man wäre sich ja wie ein Dæmelklaas vorgekommen.

»Angebrüllt hat er mich! ›Willt ji woll måken, datt ji hier rutkünnt?‹« und mit dem Krückstock habe er gedroht. Halsstarrigkeit eines Greises.
(»Ich an deiner Stelle hätte aber doch mal reingekuckt.«)

In den vielen leeren Räumen fand sich noch so allerhandlei. Das Petri-Fremdwörterbuch.
»Wohin mit dem Katheter?«
Bleistifthalter in Form eines Hirschgeweihs.
Im Kohlenkeller ein altes Grammophon mit Blechtüte und auf dem Dachboden Hunderte von Punch-Heften.
Und ungehobelte Kirschholzbretter in Stapeln.
»Das hat er wohl mal für irgend etwas in Zahlung genommen?«

Ulla und Robert machten im Garten Rollstuhl-Wettfahrten, immer um den Birnbaum herum: »Petri fief, fief!«
Mein Bruder mit einem Kneifer auf der Nase.
»Tut mir die Liebe und laßt das«, sagte meine Mutter, »der Alte ist ja kaum unter der Erde.«

Am nächsten Tag hatte sie einen »eingenommenen Kopf«. Gott sei gelobt, gepriesen und gepfiffen, das hätte man hinter sich.
»Was war das aber auch für'n Dreck.«
»Ich hab' keinen Muskelkater, kein nichts, kein gar nichts«, sagte mein Bruder und schlug einen Nagel neben Teddy Stauffer in die Wand. Daran hängte er Großvaters Geige auf.
Man hatte ihm drei Tage freigegeben, eigentlich mußte er Sirenendienst machen, im Versorgungsamt, oben auf dem Boden. Er hoffte immer, daß mal Alarm kommt, damit er mal den Knopf drücken könnte.

12

Weihnachten 1939: Meine Mutter hatte vor dem Fest, wie jedes Jahr, einen ganzen Waschkorb brauner und weißer Pfeffernüsse gebacken. In Blechdosen lagerten sie, aus denen man sich mit »Rollgriff« bediente.
Meine Schwester schrieb Zettel: Du Dieb! und tat sie obenauf.
Sie hatte aus Lampenpapier eine Schreibmappe geklebt, für Tante Silbi, »schließlich ist sie ja eine Verwandte«. Und Robert hatte für Onkel Richard, der als Oberstleutnant im Führerhauptquartier Dienst tat, eine Blechschachtel mit Tarnfarbe bemalt.
Da könne er ja seine Zigaretten hineintun. Oder wenn ihm mal ein Knopf abgeht.

Der 24. war ein Sonntag. So was hatte es ja noch nie gegeben.
»In diesem Jahr ist auch alles verrückt.«

Nach dem Gottesdienst las meine Mutter am runden Tisch, auf dem die Klöppeldecke lag, bei Kerzenschein den Lukas-Text. »... daß alle Welt sich schätzen ließe.«
Dabei wischte sie sich Tropfen von der Nase.
Das habe ihr Vater früher auch immer vorgelesen, und denn das endlose Singen, wie sei das immer langweilig gewesen!

Die Verdunklungsrollos hatte man an den Seiten mit Klemmen abgedichtet, damit draußen nicht wieder das gräßliche: »Licht aus!« geschrien würde.
(O Gott, sind wir das?)

Wir sollten mal an all die vielen Soldaten denken, sagte sie

und spielte mit dem Topas, der an einer feinen Kette hing, die großen Vorderzähne etwas vorgeschoben, an all die vielen Soldaten, die es da draußen im Felde nicht so schön warm hätten wie wir.
Und sie hielt einen Tannenzweig in die Flammen, der knisternd verbrannte: das röche so schön.

Mein Vater griff in die Tasten – (Was die deutschen Kinder singen an liebem Sinn und Unsinn) – beugte sich mal vor und mal zurück und sang mit falscher Stimme

Der Christbaum ist der schönste Baum ...

alle 7 Strophen.

(»Berta vom Busch« hatte günstig befrachtet werden können, und »Der Konsul« war auf dem Weg nach Wilhelmshaven.)

Ich kuckte von hinten in den Flügel. Mal hob sich hier ein Dämpfer und mal dort. Nie konnte man im voraus sagen, wo.
Und in den Glastüren des Bücherschranks spiegelten sich die Lichter, die meine Mutter hinter dem Vorhang anzündete.
»Ist Wasser hingestellt?«
»So, Kinder, jetzt dürft ihr 'reingehen!«

Auf den 6 Beisetztischen lagen die Geschenke.
»Kuckt erst mal den Baum an, ist er nicht wunderschön?«
Ja, Wasser war hingestellt.
Letztes Jahr sei er spirrig gewesen und vorletztes Jahr wie ein Strunk.
»Kucken Sie mal das Engel«, hätte ich als Kind zu Tante Silbi gesagt, »ist das nicht herrlich?«
Das sei immer so süß gewesen.
Und Roberting habe beim Weihnachtsmärchen gerufen, im Theater, als alles gerade ganz still war: »Mutti, meine Büx ist schon ganz heiß!«

Mein Bruder kriegte einen Volksglobus und den Kalender »Wild und Hund« mit Bildern von Geilfuß (angeschossene Treiber).
Ferner eine Schlipsklemme und eine Schachtel Grammophonnadeln.
Auf dem Volksglobus hatte man die Streifen unordentlich aufgeklebt, da paßten die Grenzen von Libyen und Ägypten nicht zusammen.
»Siehst du mal«, sagte mein Bruder, »fünf Hände Wasser gibt's auf der Erdkugel und vier Hände Land.«
Deutschland sei doch eigentlich verdammt klein.

Ich bekam das Jahrbuch »Durch die weite Welt«, mit Gripsmassage auf der letzten Seite:

> Gaius Julius Cäsar aß lieber Austern
> und Neunaugen als Kohl und Kuh-Käs'.

Eine Kuckucksuhr zum Selbstzusammenbauen und einen Steckkalender, auf dem »Jänner« statt »Januar« stand. »Wie das Galgenkind sich die Monatsnamen merkt«, sagte mein Vater, »Jänner« – das sei ja direkt was für Morgenstern.
Er rauchte eine gute Zigarre und blätterte in einem Buch mit Schiffsbildern.
Ausgerechnet auf Seite 210 begannen die Quellenhinweise. Das war kein gutes Zeichen. Auf Seite 210 hätte er sich mindestens eine 4-Mast-Bark gewünscht.

Und Mutter, was hatte die gekriegt?
»Ich wünsch' mir eure Liebe«, hatte sie wieder einmal gesagt. Und: »Vati kann nicht schenken, noch nie hat er mir was geschenkt, noch nicht ein einziges Mal.« Sie habe ja alles, sage er immer.
Wir sollten ihn mal von der Seite ansehen, ob wir nicht auch meinten, daß in seiner Familie irgendwann mal ein Jüdlein durchgegangen sei?
»Diese Nase! Und nun legt er noch die Ohren an, dies

Pastür, wie'n Pferd, das beißen will.« Das sähe ja finiensch aus.

Gestört wurde die Gemütlichkeit durch meine Schwester. Plötzlich schrie sie: »Julklapp!« und warf ein Paket durchs Zimmer.
»Ach du grüne Neune«, sagte mein Bruder, der sich gerade mit der Kuckucksuhr beschäftigte.
Lange noch schüttelte er den Kopf.

Der Julklapp war an meine Mutter adressiert. In dem riesigen Paket fand sich ein kleiner Zettel, sie solle mal in den Keller gehen, dort, auf dem Fliegenschrank, da läge was Feines für sie.
Auf dem Fliegenschrank lag ein zweiter Zettel: »Ätsch!«
Auf dem Dachboden da gäb es was zu staunen!
»Ach Gott, du gutes Kind«, sagte meine Mutter, »das ist ja fürchterlich.«

Mein Vater zog inzwischen die Luft scharf durch die Nase. Ein solches Gemuschel war nicht nach seinem Geschmack.
Schließlich fand sich im Büfett ein Päckchen mit eisernen Klammern für das Zusammenhalten von Kohlrouladen.
Gerade die habe sie sich gewünscht, sagte meine Mutter, »wonnig!«
»Na, denn können wir uns ja alle wieder hinsetzen«, sagte mein Vater.

Später traten wir auf den Balkon und sahen in die Nacht hinaus.
Die Verdunklung habe auch ihr Gutes, da oben der Große Bär und hinten das Siebengestirn.
»Siebenkäs«, sagte mein Vater. Er glaubte, das sei auch von Morgenstern.
(»Mal eben still, ob wir Krauses singen hören!«)
Es gäbe auch einen Kleinen Bären, was weiß ich wo der sei.

Scheinwerfer seien große Scheiße, genauso die Horchleute mit den verlängerten Ohren, die säßen denn hinten auf den Geräten und drehten denn so.
Die würden doch gleich in Klump geschmissen.

»Hätte es nun nicht schneien können?« sagte meine Mutter.
»Weiße Weihnacht, so wie vor'ges Jahr...«
Da war man noch beim Großvater gewesen, der gute Alte, und hatte aus seinem Rotweinglas trinken müssen.
Igitt, wie war das immer widerlich gewesen!
Wo mochte er jetzt sein?

»Kinder, kommt 'rein, ihr holt euch noch den Tod.«
»Ja«, sagte mein Vater, »wohl dem, der jetzt 'ne Heimat hat.«

Am 1. Weihnachtsfeiertag kriegte ich Scharlach.
Die Gänsekeule hatte ich stehenlassen, das war meiner Mutter spanisch vorgekommen.
(Im Frieden hatten wir nie Gänse gegessen, aber jetzt, im Krieg, da schenkten uns Freunde vom Lande gleich zwei.)
»Sieh dir das an!« hatte mein Vater gerufen, als ich da vor meinem Teller saß und »quoste«. »Dieser Dæmlack! Das ganze Fest im Eimer!« Ab sofort werde das anders, ich kriegte jetzt Wind von vorn, müßte essen, was auf den Tisch kommt.

Mein Bruder hatte gemeint, ich könne das Essen doch nicht in Bausch und Bogen stehenlassen, ich solle wenigstens mal probieren. Das schmecke doch sehr ordentlich.

»Der hat ja Fieber«, sagte meine Mutter und steckte mich ins Bett.
Dr. Kleesaat kam mit seiner Hebammentasche. Und drau-

ßen auf dem Flur sagte meine Mutter, ihr Peterpump sei krank, ihr kleiner Purzel.
Er schlug die Bettdecke zurück, betrachtete meine Brust und sagte »Es-Ce-Ha«.

»Blödsinn«, sagte mein Vater, »warum nicht ›Scharlach‹, wir sind doch keine kleinen Kinder. Jetzt so geheimnistuerisch und ein andermal wieder ordinär.« (»Es-Ce-Ha!«)
Das komme eben von der Arbeiterpraxis, die Arbeiter, die wollten so behandelt werden, denen könne man auch mal auf den Hintern hauen.

»Arzt sein«, sagte meine Mutter, »sollt' ich das nicht. Andern Leuten in den Mund kucken und sonstwohin. Nee.«
Aber es müsse ja auch solche Leute geben.

Die Abwehrkräfte kämpften gegen die Bazillen wie Soldaten, hatte Dr. Kleesaat noch gesagt und seine Hebammentasche aufgenommen. Wenn man denen ins Handwerk pfusche, gehe es böse aus.
Das Stethoskop steckte er in die Tasche.
Da helfe kein Prießnitzumschlag, wie meine Mutter ihn vorgeschlagen hatte, da helfe nur Ruhe, Ruhe und nochmals Ruhe.
Mit 6 Wochen müßten wir rechnen.
Er kucke nochmal wieder herein.

Ich wurde in der Mansarde meiner Schwester einquartiert.
»Watt 'ne Katerei! Watt'n Uppstand!«
Ob ich die Stufen noch mal eben allein hinaufsteigen könne, oder ob sie mich tragen sollten?
Einer von Vaters Spazierstöcken wurde mir mitgegeben, der mit den Stocknägeln vom Harz. Damit solle ich auf den Fußboden klopfen, wenn ich etwas brauchte.

Als die Tage des hohen Fiebers vorbei waren, fühlte ich mich in Ullas Mansarde ganz wohl.
Geblümte Gardinen; Tischdecke und Lampenschirm vom selben Stoff. Eine Puppenkommode als Nachttisch.
In der Ecke ein Bücherregal. »Schnipp Fidelius Adelzahn« und »Der Vater« von Jochen Klepper.
Darüber der Kinderreigen von Hans Thoma: Sonderbar verrenkt tanzende Kinder aus ländlichem Milieu.

Neben dem Bett in ganzer Länge eine in die Wand eingebaute schmale Borte: Ein Konfirmationskreuz aus Marmor, zusammensteckbar. Beim Bettmachen fiel es manchmal runter.
Kleine Stoff-Terrier an roter Lackleine, ein Glöckchen und der Korken mit den drei winzigen Würfeln: Erinnerung an Esau. »Wenn du drei Einsen wirfst, denk' an mich.«
O du mein Selketal.

Einzige Störung war das tägliche Saubermachen.
»Tu mir die Liebe und bleib im Bett«, sagte meine Mutter. »Sonst kriegst du einen Rückfall, und dann mußt du noch mal 6 Wochen liegen.«

Rückfälle seien meist schlimmer als die eigentlichen Krankheiten. Da könne man blind werden und taub.
Struck oder Stuhr, wie der nu heiße, der habe auch Scharlach und Dicker Krahl sei Bazillenträger.
(Selbst unter dem Bett wurde mit Lysol gewischt.)

Nachmittags las sie mir was vor, von guten Mädchen, die eine Tombola für Waisenkinder veranstalten, eine Geschichte, die sie nie zu Ende kriegte. Regelmäßig fing sie an zu weinen.
Ich überlegte: Weint sie nun über das Buch oder weil ich krank bin? Schluchzend saß sie auf meinem Bett.
(»Sieht sie nicht aus wie eine Gräfin?«)

War sie heiterer gestimmt, dann zeigte sie mir, daß sie jeden Finger einzeln bewegen konnte, was ich vergeblich versuchte, oder sagte seltsame Verse auf:

Piii, sä de ohl Uhl,
kann ick nich pisen
mine Pasen mine Pimpampusen?

Ich sollte mal sehen – wenn ich groß wäre, würde ich auch ein tüchtiger Kaufmann.

Vor Ansteckung hatte sie keine Angst. »Mir passiert schon nix, das weiß ich«, obwohl eine Erkrankung in ihrem Alter viel ärger ausfalle und sicher ernste Folgen hätte.

Mein Vater sah mittags herein, wenn er aus dem Geschäft kam. Er blieb an der Tür stehen, die er zuvor mit dem Ellenbogen geöffnet hatte.
»Na, wie geht's? Wie Otterstedt's?«
Ich sei wohl ziemlich iben, was? Koppwehdah? Fieber? »Ansage mir frisch!«
Einer hätte ihm gesagt, daß ich wieder was zu lesen brauche. Ob ich dies hier haben wolle, ja?
Er warf mir kleine Lesehefte hin, sie flatterten wie Vögel in die Stube, »Spannende Geschichten«, hießen sie, 32 Seiten, 20 Pfennig.
Ich rakte sie mir mit dem Handstock heran.

Zuerst bekam ich die Nummern 32, 15 und 7; die hakte ich hinten ab.
»Vor Ypern trommelt der Tod«, hieß eines.
In Flandern hatte mein Vater damals seine Hautgeschichte gekriegt.
Da war es wohl auch gewesen, daß er mit einer dieser »niedlichen kleinen Belgierinnen« getanzt hatte, was meine Mutter nicht gern hörte.
Reistörtchen in Gent.
Trotz Bitten der Leute hatten sie ein Klavier requiriert.
Klare Sache und damit hopp!

Die hätten immer wieder gebeten und gebettelt, aber nein ... Krieg ist Krieg.
Artilleriebeobachter, das sei übrigens eine windige Sache.
Er habe mal einen Fesselballon abstürzen sehen.
Und dann die Flieger, gegen die könnte man sich ja gar nicht wehren, die schmissen alles in Klump.

Ein anderes Heft hieß »Im Segelboot nach Indien«.
Mitten auf dem Indischen Ozean habe eine gewaltige Stimme »raus!« gerufen, der Segler sei hinausgestürzt und habe eine haushohe Wassermauer auf sich zurollen sehen.

Ich hatte einen großen Bedarf an solchen Heften (»Orlog in Deutsch-Südwest«), der Buchhändler mußte bald passen.
»Die werden allmählich Knappmannsdörfer«, sagte mein Vater.
Im Januar gab es gottlob erste Exemplare der »Kriegsbücherei der Deutschen Jugend«.
Da war der Nachschub gesichert.
Was der Gefreite S. getan habe, als die Polen »stoj!« riefen und wie der Kanonier P. Schüsse habe peitschen hören.

Aus meinen Halma-Menschen rekrutierte ich eine kleine Armee.
»Nein, wie ist der Junge artig, geradezu musterhaft«, sagte meine Mutter.
König war einer mit Astknorren auf dem Bauch. Der schien dafür prädestiniert.
Jede Kompanie bekam einen Fahnenträger. Dem bohrte ich ein Loch in den Kopf für die Fahnenstange.
Meine Mutter lief in der ganzen Stadt herum. Mal brauchte ich noch ein paar Grüne für das Heer, mal Schwarze für die Waffen-SS.
Bis nach Reutershagen fuhr sie, dort wurde noch ein Spielwarengeschäft vermutet.
»Was wollen Sie bloß mit all den Halmasteinen?« wurde gefragt und bald war ausverkauft.

Von Heinemann, dem Papierhändler in unserer Straße, bekam sie nur vier.
»Was sollen sonst die andern sagen«, meinte er.
Meine Mutter fand das »entpörend«.
Naja, der sei ja auch katholisch, der führe das Christentum nur auf den Lippen.
Ich war über diese vier besonders erfreut, die hatten nämlich Rillen unterm Kopf. Das waren feindliche Agenten.

Sie wurden zum Tode verurteilt – lange Telefongespräche führten sie mit ihren Frauen – und im Pinkelpott ertränkt.
»Die Armen«, sagte meine Mutter und fischte sie wieder heraus.

Draußen war es kalt.
Das Außenthermometer zeigte minus 16° Réaumur.
Der Schnee lag wie ein Wall an beiden Straßenseiten.
Klingelschlitten fuhren vorüber, ich zählte sie; Gutsbesitzer oder Bauern der näheren Umgebung, mit grünen Hüten und Pelzkragen auf der Joppe.
Den Pferden spritzten Dampfstriche aus den Nüstern.

Da unten ging auch Frau Amtsgerichtsrat Warkentin; sie stocherte mit dem Stock so vor sich hin.
»Die geht ja wie auf Eiern.«
Jetzt winkte ihr der Papierhändler Heinemann zu: »Au, au, was 'ne Masse Schnee, wenn datt man gut geht...«

So einen Winter hätten wir ewig nicht gehabt, hieß es.
»1929, als du geboren wurdest, da war es auch so kalt.« Da seien die jungen Mädchen reihenweise mit Unterleibssachen in die Kliniken eingeliefert worden. Die mit ihren dünnen Schlüpfern.
...und die Wasserleitungen – »watt 'ne Katerei, watt 'n Uppstand« – alle eingefroren. Und die Hände, blau vor Frost.

Zu Fuß habe man nach Dänemark gehen können, »denk mal an«.

»Du siehst ja aus wie'n lebendiger Leichnam«, sagte mein Bruder, als ich zum ersten Mal wieder unten war. Das sei wohl ein glückhafter Tag für mich? – Ich sei ein Delf, ein Schleef, ein alter Übelmann.

Am Glasdach unseres Balkons hingen die Eiszapfen armdick, meterlang. Wenn die mal einer auf den Kopf kriegte . . .
Ulla machte Aufnahmen mit der Box.

Im Februar wurde die Feuerung knapp. Kohlen gäbe es genug, hieß es, aber keine Waggons.
Die Schulen wurden geschlossen, ich brauchte gar nicht erst wieder hin.
Mein Vater klingelte den Oberbürgermeister an. »Hier Kempowski«, wie es komme, das Theater sei überheizt, im Ständehaus rissen sie die Fenster auf, aber seine Frau müsse die Kohlen zentnerweise vom Hafen holen. Das sei doch Schaapschiet, das müsse er doch selbst sagen, was?

»Ja«, sagte Dr. Krause, der grade mal einkuckte, »das ist alles überorganisiert.« Er verstünde das auch nicht.
Ob mein Vater ihm nicht eine Wagenladung Bunkerkohle besorgen könne?
»Wenn ich die selbst hätte, wär' ich froh«, sagte mein Vater, noch immer zorngerötet, »bester Herr, das können Sie sich doch denken.«

Zu allem Übel kündigte auch noch das Mädchen. Scheiße mit Reiße. Ersatz war nicht zu kriegen.
Na, vielleicht ganz gut so. Wer weiß, was noch alles kommt. Und immer einen fremden Menschen in der Wohnung?

13

1941 pinnte ich mir Ritterkreuzträger über mein Bett. Mölders, Kretschmar und Günther Prien.
»Junge, du machst die ganze Tapete kaputt.«
Günther Prien, den Sieger von Scapa Flow, schnitt ich aus der »Berliner Illustrierten« aus, ganz groß mit weißem Telefon. Über eine Ecke malte ich mit Ausziehtusche einen Trauerflor.
Frau Kröhl beanstandete, daß auch Mannschaften das Ritterkreuz bekämen.
»Dabei hat *sie* Hände wie'ne Waschfrau«, sagte meine Mutter.

Ich schrieb Briefe: »An einen unbekannten Soldaten.« Antwort bekam ich nie. Manfred schrieb auch an unbekannte Soldaten, der kriegte Granatsplitter geschickt und einen Beutel Buchweizen. Buchweizengrütze mit Milch.

Manfred hatte von seinem Vater eine Sammlung von Gewehrkugeln geerbt: belgische, französische, polnische; aus Kupfer und aus Messing.
Im Weltkrieg hätten die Franzosen sogar Dum-Dum-Geschosse verwendet. Am Gewehr wär extra eine Vorrichtung zum Abbrechen der Geschoßspitze gewesen. Die zerrissen das ganze Fleisch. Faustgroße Löcher. Und das sei doch nicht der Sinn der Sache, daß man Menschen möglichst übel zurichte. Man wolle sie ja auch eigentlich gar nicht töten, sie sollten ja nur aus dem Gefecht gezogen werden.

Bauchschuß, das stellte sich Manfred am schrecklichsten vor. Wenn denn so die grünen Gedärme raushängen und Erde kommt da dran: wie paniert; wie beim Baden die Büx, wenn man sich auf den Sand setzt. Wegen der Bauch-

schüsse dürften die Soldaten vor dem Angriff nichts essen. Sonst dringe der Speisebrei bei Verletzungen in die Bauchhöhle, Erbsensuppe oder Kartoffelsalat, und alles vereitere. Wenn er wählen könnte, würde er einen Oberschenkeldurchschuß wählen. Fleischwunde natürlich.
Es gäbe ja auch Gehirnerschütterung oder Typhus, das wäre noch besser.

Und bloß keinen Nahkampf!
Beim Angreifen würde er so tun, als ob er sich den Fuß verknackst habe. Und später, wenn alles vorbei ist, sich wieder dazustellen. Hinfallen – das könne ja mal passieren.
Oder sich ergeben.

Ob wir auch schon Kettenbriefe geschrieben hätten? Jeden Brief sechsmal abschreiben, sonst hat man Unglück? – Wenn das nur einige wenige Leute machten, dann platze die Post schon aus den Nähten. (Daher stramm verboten.)

Ein Astrologe, der sonst immer nur zutreffende Voraussagen gemacht habe, der prophezeie das Ende des Krieges auf Juli.

> Im September begann der Streit,
> Ein Jahr ist 'ne lange Zeit,
> Im April ein neues Kleid,
> Und im Juli ist es soweit.

Und mit »neues Kleid« sei gewiß das Afrika-Korps gemeint.

In Hamburg hätten sie einen englischen Dampfer eingebracht mit einer Ladung Fett. Davon könne die ganze Stadt einen ganzen Monat lang leben oder ein Jahr. Und wenn man bedenke, daß das bloß ein einziger Dampfer sei! Aber – Deutschland siegt und siegt; Deutschland siegt sich noch tot! Das habe Churchill gesagt.

Manfred und ich gehörten zu den wenigen Auserwählten, die mit Hannes Radausflüge machen durften, Sonntag morgens um halb sechs. Seinen »naturkundlichen Verein«, nannte er uns.
Den Schmeil nahmen wir mit und »Was blüht denn da« vom Kosmos.
»Habt ihr auch tüchtig aufgepumpt?«
Ja, wir hatten Saft.

Die Chaussee nach Bad Doberan sei die schönste von ganz Deutschland, habe Hitler mal gesagt.
»Die Bäume sind ja auch prachtvoll. Wie ein Dom.«

Am Konventer See schlugen wir uns in die Büsche. Alles voller Vogelstimmen. Und Hannes erklärte sie. Man wußte nur nicht, welche er gerade meinte.
Der Buchfink sei leicht auszumachen, der rufe immer: »Ich bin der Herr Waldsekretär.«
Auch mit Bauernhäusern wußte er Bescheid. Er zeigte uns ein seltenes Torhaus und schimpfte, wenn wieder einer seine Scheune mit Wellblech gedeckt hatte.
Bei den ganz alten Häusern waren die Fensterangeln nicht am Rahmen, sondern am Fensterkreuz angebracht, daran konnte man sie erkennen.

In einer Schmiede wurde uns Werkzeug gezeigt, in einem Pfarrhaus eine alte Bibel.
Die Schmiede stand an einer Birkenallee. Die Frau gab uns Milch und ein Stück selbstgebackenes Brot.
Wir tranken die Milch und warteten auf Hannes. Endlich kam er, einen Blecheimer mit Honig in der Hand. Den klemmte er auf den Gepäckträger.
Ob wir die Wartezeit auch nach Kräften genutzt hätten? Alle Pflanzen im Rain bestimmt? Nein? – Das konnte er gar nicht verstehen. Wie man so blind in der Natur herumbiestern könne!

Einmal sahen wir lauter Störche. Der ganze Himmel war voll kreisender Störche.
»O stört sie nicht, die Feier der Natur«, sagte Hannes. Unser Bemühen, sie zu zählen, sei fruchtlos. Und warum auch.
Wir legten uns ins Gras und kuckten so lange in den Himmel, bis es uns schwarz vor Augen wurde.

Im Museum stehe ein ausgestopfter Storch mit einem Pfeil im Hals. Ein Negerpfeil. Jaja, da unten in Afrika, da gäbe es auch böse Menschen.

Im Mai 1941 kam Nachricht, Peule sei gefallen. In Jugoslawien, auf dem Felde der Ehre. Jija-jija.
Der hatte doch immer so ausgebeulte Anzüge getragen.
»Kempowski sitzt eine Stunde nach.«
». . . aber Herr Doktor!«
»Kempowski sitzt *zwei* Stunden nach.«
». . . aber Herr Doktor!«
»Kempowski sitzt *drei* Stunden nach.«
Und nun war er tot.

Hannes hielt in der Turnhalle die Gedenkrede. Stricke baumelten herab. (An die Ringe durften wir nie.)
Peule sei ein wunderbarer Mensch gewesen, ein tüchtiger Lateiner, Humanist vom Scheitel bis zur Sohle. Und hier – er suchte zwischen Barren, Leitern und Stangen eine Stelle, die dafür in Frage käme – würde dereinst eine bronzene Tafel davon künden.

Dann sprach er vom Gotterleben im Kriege. Allzu emphatisch hob er beide Arme, so wie er es beim Kopfrechnen immer tat.
Das kannte man doch? Das war doch eingedrillt! Alles sprang auf. Auch die Lehrer, die dicken und die dünnen, die mit und die ohne Parteiabzeichen, die wußten aller-

dings nicht recht, warum, kuckten, reckten sich. War der Kreisleiter gekommen oder was?
Da nützte es nichts, daß Hannes wehrte. Laß doch, laß! Eisern blieb man stehen. Vor mir, der Eckhoff, der stand besonders gerade, der stand für Deutschland.

Die Zeit ist hart und wird noch härter werden,
Der Kämpfer braucht stahlharte Kampfgefährten ...

Endlich stimmte der zerknitterte Direktor das Deutschlandlied an, viel zu tief, wie sich bald herausstellte.

Von der Maas bis an die Memel,
von der Etsch bis an den Belt!

Und wir mußten die ganze Zeit grüßen, mit schwerer werdendem Arm. Schließlich stützte man sich auf die Schulter des Vordermannes.

Während Hannes noch seine Zettel zusammensuchte, hieß es: »Alle noch mal eben herpassen!« Der verschrumpelte Direktor erkletterte das Podium.
Das Tragen von Schülermützen sei verboten, das wüßten wir doch.
Lausejungs seien das, die da hingehen und aufsetzen sich das, »da finde ich ja keine Worte!«
Und er griff in seine Brusttasche, wo er, wie wir alle wußten, eine flache Schnapspulle stecken hatte. Aber er ließ es bleiben.

Und dann *noch* eine Ansage – »halt's Maul dahinten, ja, du bist gemeint!« – er habe es schon im Kollegium bekannt lassen gegeben, er habe es schon angeordnet zu sagen zu machen, im Diktat, in der Nachschrift, da dürfe es nicht mehr »Verbesserung«, sondern »Berichtigung« heißen. Das sei schlechtes Deutsch.

Das habe sogar die BBC erwähnt, sagte mein Bruder, das mit den Schülermützen.
»Auf einmal, ich denk', ich hör' nicht recht ...«

»Pssst, mein Junge!« flüsterte meine Mutter, »um Gottes willen psst!«

Bei Hannes hatten wir leider nur noch Biologie.
Die Urzelle. Irgendwo müsse das Leben ja hergekommen sein. Da ich mit den Ohren wackeln konnte, wurde ich als eine Art Neandertaler vorgestellt.
Das habe sich aus Schlamm entwickelt.

Die Musikstunden wurden gekürzt.

Laß doch der Jugend, der Jugend,
der Jugend ihren Lauf...

Da gab es eine Oberstimme, die ging so jodelnd in die Höhe. Schulze, der Musiklehrer, der hatte ein zu kurzes Bein. Der stand dann auf dem Podest und klopfte mit dem längeren, herunterhängenden den Takt.
In einem Lied wurde furchtbar geflucht: »Kotz Mohren...« oder so. Das schrie er vielleicht heraus!
Das war sein bevorzugtes Lied.

Klassenlehrer war »Liesing«, Dr. Finck, ein kleiner Mann mit scharfer Brille.
»Sieht aus, als ob er einen Globus verschluckt hat«, sagte meine Mutter. Der ließ sich nichts vormachen.
Einer mußte 1000mal »Liesing« schreiben, weil er gerufen hatte: »Liesing kommt!«
Wenn man mal was nicht wußte, kniff er einen in die Haut des Oberarmes. »Kneifirol«, nannte er das. (»Was, glaubst du, wie das hilft!«)
Blomert kriegte sogar mal welche mit dem Stock. Er hatte »Vandàlen« statt »Wándaler« gesagt, wie es jetzt hieß.

Die meisten Schüler trugen den »Proletenschlips«, einen ärmellosen Pullover, falsch herum. (Statt Pullover mußte man Schwubber sagen.)
Mir schnipste Liesing die Krawatte aus der Jacke.

»Ei der feine Pinkel, kommt hier mit'm Schlips zur Schule.«
Ich hätte wohl was gegen Friseure. Oder ob mein Vater zu arm sei. Solle er mir das Geld vorschießen?
Meinen Kamm pickte er mit zwei Fingern und warf ihn aus dem Fenster. »Altes Ferkel.« Wischte sich die Finger ab. »Äh!«

Von meinem Bruder hatte ich das Geschichtsbuch. Ein »durchgearbeitetes Exemplar«, wie er sagte. Überall war das Wort »nordisch« unterstrichen. Es kam recht häufig vor.
Hinten Bilder von Hünengräbern und vom Oseberger Schiff.
Das Königsgrab von Seddin spielte auch eine Rolle.
An Ritterburgen interessierte uns besonders der Dansker.
Was das sei, ein Dansker, fragten wir immer wieder.

In den zwanziger Jahren war Liesing mal in England gewesen. Ab und zu erzählte er davon.
Da kriege man kein Fenster zu, da gäbe es nur Schiebefenster, sogenannte Englische Fenster, und die verquellen.
Und dann: Zwölfersystem! »Und die wollen den Krieg gewinnen!«

Im amerikanischen Kongreß habe zur Debatte gestanden, ob in den USA Deutsch oder Englisch als Amtssprache einzuführen sei. Da habe Stimmengleichheit geherrscht. Ausgerechnet ein Pfarrer und noch dazu ein Deutscher habe den Ausschlag gegeben.
Diesem Mann hätten wir also den ganzen Schlamassel zu verdanken. Im Weltkrieg, die frischen amerikanischen Farmersöhne, wenn die nicht gekommen wären ...

> Überall in der Welt haben Deutsche geschwitzt,
> Geschwitzt und geschuftet, und dann doch immer alles verloren,
> Weil sie Dung der Kultur, weil sie gläubige Toren ...

Klaus Greif meldete sich. Er habe eine Geschichte gelesen, in der ein deutscher Kapitän in London von einem jüdischen Amerikaner angepöbelt wird. Als ihm der Kerl zu nahe getreten sei, habe er ihn mit einem einzigen Hieb niedergestreckt.
»Das ist Eins«, sagte Liesing streng.

In Erdkunde legte Liesing auf die Wasserscheide besonderes Gewicht. Alles andere war so ziemlich egal, aber was eine Wasserscheide ist, das mußte man wissen.
Zum Vormachen benutzte er das Klassenbuch, dabei brach der Rücken. »Oh!«

Faltungen der Erdkruste demonstrierte er mit einem Handtuch. Er schob es zusammen: So seien die Alpen entstanden.
»Mach's Buch zu, *ich* kann's so.«

> Trotzig im Osten erhebt sich Marienburgs rötliches Riff.
> Von Sankt Thomae Orgel entsendet Bach Fuge auf Fuge in's Schiff...

Das Gedicht sollten wir lernen, dann hätten wir das ganze Deutschland beisammen.

Wie es komme, hatte mein Bruder ihn einmal gefragt, in Warnemünde, da schlügen die Wellen an den Strand und in Dänemark doch auch, da müsse sich das Wasser doch irgendwo teilen...
»Für alles Außergewöhnliche interessieren sich die Kempowskis«, sagte er, »aber das, worauf es ankommt, das wissen sie nicht.«

Zur Zeit des Norwegenfeldzugs hatten wir alle Fjorde lernen müssen. Nun hing dauernd eine Karte von Afrika am Ständer. Marsa Matruch und El Alamein. (In der Wochenschau Soldaten, die sich Eier auf dem Panzer braten: so heiß wird das Eisen.)

Hausaufgabe: Was hat das alles mit Indien zu tun?

Im Deutschen stellte er das Aufsatzthema »Die Thingstätte«. Die war vor einigen Jahren gebaut worden, als Freilichtbühne und für Aufmärsche. Wir sollten sie so anschaulich wie möglich beschreiben. »Leer oder voll?« fragte Struck oder Stuhr.
Dicker Krahl schrieb, sie sei ungefähr viereinhalb Omnibus breit.

Fremdwörter mußten vermieden werden. Lehnwörter möglichst auch. »Löschhorn« anstelle von »Nase«, das allerdings wär lächerlich. Ein Ersatz für »Interesse« war schwer zu finden.

> Deutsche Sprache, wenn ich dich so hör',
> Mutter! Leben! Dann kommt Glaube her.
>
> Dich, o Land, dich wonnetrautes,
> Hab' ich dann als Tief-geschautes.

Was der Unterschied zwischen sehen und schauen sei.
Was sei wohl mehr?

Ein Diktat begann mit den Worten:

> Es nimmt mich wunder und tut mir fast leid,
> daß du dich bei deinem gefahrvollen Unternehmen
> nicht besser in acht genommen hast...

Da waren so ungefähr alle Schwierigkeiten drin, die es gab. Aber was das für ein gefahrvolles Unternehmen war, wurde nicht berichtet.

Als die »Bismarck« untergegangen war, wollte er einen Satz mit Bismarck an die Tafel schreiben. Er stutzte: Wurde Bismarck nun mit oder ohne ck geschrieben?

> Nach l, n, r, das merke ja,
> schreib nie tz und nie ck.

Das könne dem Klügsten passieren, daß er mal stocke. So reich sei die deutsche Sprache.

Über Bismarck wußte der Schüler Stüwe genauestens Bescheid. Der war am 1. April geboren und hatte von seinem Vater den Zunamen »Bismarck« bekommen.

Nach eigenen Aussagen führte Liesing eine Kartei, in die er sämtliche Daten seiner Schüler eintrug. Er wollte ihren späteren Lebensweg verfolgen.
»Aus Ihnen ist ja doch noch ein anständiger Mensch geworden«, sagte er einmal zu meinem Vater.

Er habe übrigens drei Kinder adoptiert, erzählte mein Bruder. »Sehr ehrenwert.«
»Aber eigenartig«, sagte meine Mutter, »die sollen alle nichts taugen.« So sei das meistens mit Adoptivkindern. Man wisse ja gar nicht, woher die stammten. »Aus bester Familie«, würde immer gesagt, und dann seien es nachher Asoziale.
»Nee, sollt' ich das nicht.«

Im Kino (»Reitet für Deutschland«) mußten die Anfangszeiten geändert werden wegen der langen Wochenschauen. Kriegsgeschehen aus aller Welt.
Aus Ersparnisgründen bekamen immer zwei Kinos nur 1 Wochenschau. Der Operateur fuhr sie mit dem Fahrrad hinüber.

In der Zeitung standen Erlebnisberichte:

> Der erste Großeinsatz gegen Coventry war
> eine ganz große Masche.
> Der Bordwart blickte aus der Kanzel nach
> vorn auf das geradezu unwahrscheinliche
> Feuermeer.
> Armer Tommy, heute nacht hast du's wieder
> schwer.

Der Tanzstundenherr von Ulla war schon Leutnant. Leutnant Maurer. »Jetzt hab' ich *hier*«, sagte er und zeigte auf die Offizierskordel seiner Mütze. Und jetzt müsse er noch *hier* was kriegen, und deutete auf die leeren Ordensösen.

Der Flugzeugführer meinte: »Na, Männer,
da woll'n wir auch noch unsern Beitrag
spenden, was?«
Das der Besatzung zugewiesene Ziel war
eine Fabrik im Süden der Stadt. Es war nicht
schwierig, sie anzufliegen und eine Bomben-
reihe hineinzusetzen, die nicht von schlechten
Eltern war.

Onkel Richard war Oberst geworden. Von einem andern Onkel hieß es, er werde bald »Ober«.
»Was, ›Ober‹?« sagte mein Vater.
»Oberzahlmeister.«

»Sowas sieht man nicht alle Tage«, meinte
er und fuhr eine weite Biege, um seinen
Männern den Untergang einer Stadt recht
schön zu zeigen.
Der Flakschutz von Coventry war rührend.
Die Briten schossen geradezu erbärmlich.

Mein Vater war *doch* noch eingezogen worden. Freimaurer? Nicht so wichtig. Statt des Teichhutes hing nun seine Militärmütze an der Garderobe.
Tadellose Sache das.

Wie sie so sanft ruhn,
alle die Toten.

Seine erste Aufgabe hatte er schon hinter sich. Einen Munitionstransport nach Brüssel begleiten.

Zur Ausbildung war er in Ledergamaschen erschienen und in Reithosen, die noch aus dem Weltkrieg stammten.
»Vater sieht aus wie'ne Schießbudenfigur«, sagte mein Bruder, »nimm's mir nicht übel.«
»Aber Herr Kamerad«, hatte der Major gesagt, »so können Sie doch nicht herumlaufen.«

Aus Frankreich kehrte er erbost zurück. Diese Plünderungen, nein, das hätte es im Weltkrieg nicht gegeben. Er sei ja völlig iben. Sein Bursche hatte ihm goldene Löffel zustecken wollen, in einem Schloß geklaut.

Meine Mutter bekam einen grauen Kostümstoff, Fischgrätenmuster. Ehrlich bezahlt.
Das sei aber auch typisch, sagte meine Mutter, an die Jungen und an Ulla habe er nicht gedacht, die brauchten doch auch was zum Anziehen. Und: »Jedes Dienstmädchen läuft jetzt mit einem Pelzmantel herum«, wie ein Dæmelklaas habe sich mein Vater benommen. Das sei immer dies Korrekte. »Man bittet, man fleht – aber nein.« Zum Verzweifeln.
Und Schokolade. Da habe sie so einen Jiper drauf. Nicht eine Tafel. Nicht eine einzige.
Immerhin, er hatte einen Kasten »Petit Beurre« mitgebracht.
»Die schmecken ja primig«, sagte mein Bruder und machte einen Rollgriff nach dem andern.

Im Mai bekam mein Vater Arbeitsurlaub. In Richtung Ostpreußen waren eine Menge Truppentransporte abzuwickeln. Im Hafen lagen Frachter voll Soldaten.
Das seien 10 000 Tonner, sagte mein Vater. Die könnten sonst nicht in den Hafen rein. Aber Soldaten wären ja leicht, da reiche der Tiefgang.
Und: Oh! oh! Im Osten säh es böse aus. Da braue sich was zusammen.

Im März war der »Konsul« gesunken, vor Wilhelmshaven. Auf eine Mine gelaufen. Jija-jija.
Der Kapitän hatte grade noch rufen können: »Alle Mann von Bord!« Ein sieben Meter langer Riß unter Wasser, und dann Kies geladen! Ein Maschinist war nicht mehr rausgekommen. Taucher fanden ihn an der Treppe, festgekrallt.
Nun verhandelte die Versicherung mit dem Reich wegen

einer Prise. »Vielleicht kriegen wir ein ganz modernes Schiff«, sagte mein Vater. »Eins mit allen Schikanen.«

Im Wohnzimmer über dem Sofa hing eine Europakarte. Bunte Stecknadeln: Wie Deutschland immer größer wird. Die Stecknadeln waren mit roten Wollfäden verbunden, aus dem Nähtisch.

»Verdun gefallen«, hatte der Nachrichtensprecher lakonisch gesagt, als sei das nichts Besonderes.

»Donnerwetter!« rief mein Vater, »großartig!« Eines Tages würde man doch wohl ein Führerbild kaufen müssen. Vielleicht das im Mantel, wo er so von hinten kuckt. »Da sieht er ganz vernünftig aus.«

Die Franzosen wären ein Volk ohne Kultur, sagte mein Bruder. Die hätten ja überhaupt keine berühmten Musiker.

»Doch, César Franck«, sagte mein Vater, »der hat gute Musik gemacht.« Und gute Bücher hätten sie auch geschrieben, die Franzosen. Die müßten wir später mal lesen. Emile Zola. »Ich klage an«, über die Mißstände in Armee und Justiz. »Das muß ja durch und durch korrupt sein da.«

Ulla würde bald zum Arbeitsdienst kommen.

Beim Abi-Ball hatte sie den Fritze Bollmann singen dürfen, als Bänkelsänger, die Schiebermütze schief auf dem Kopf.

»Da freu' dich man drauf«, sagte Robert, »da kriegst du ein Maidenkleid mit Brosche.«

Der Birnbaum blühte und dahinter stand, wie eh und je, die St. Jakobikirche mit dem grünen Turm.

Der Hauswirt, Dr. Krause, ging tief atmend über den Hof. Blütenduft. Da stand doch wieder eine Tür offen?

Otto Reber, dessen Namen man auch von hinten lesen konnte, war in Griechenland tödlich abgestürzt. Aber

Fräulein Reber war darüber gar nicht traurig gewesen, eher freudig, festlich.

Bei Tisch fragte man sich, ob es wieder Pfundigs Reste-Tag geben würde, Pfundigs Schmick-Schmack?
Nein, es gab Nudelauflauf mit Kartoffelings, wie ihn mein Vater so gerne aß.
»Malsoweit«, hieß es, und: »Fiß, biste patzt.«
Das Krosse mit dem Messer abheben, durch die Röhren blasen.
»Und jetzt noch Schinken drin, o Kinder, ja, wie wär' das schön.« Ob wir uns noch an den Scholapo in Sophienbad erinnerten, wie war der wehrsam gewesen! Warum hatte man nicht einfach noch ein Stück genommen?
»Halt dir die Hand vor, wenn du hustest.«

Mein Vater verlangte den Schulbericht. »Ansage mir frisch.«
Seine Haut war trocken. Keinerlei nässende Stellen.
Ob wir drangekommen wären und was wir geantwortet hätten. Immer tüchtig melden!
Jungedi, wie war das heiß. (»Auf Feuer gekocht!«) Die Kartoffelings besonders, die hielten die Hitze.
Was Liesing gesagt habe. »Mach's Buch zu, ich kann's so?«
Ob er das immer noch so verrückt sage? Und: »Alter Latz, wie geht's dem Vater?«
Was? He!
Donnerwetter nochmal, wir säßen wohl auf unsern Ohren? Er habe uns was gefragt. Latein, Englisch, Deutsch! Schulbericht! – »Witzbold?«

Mein Bruder habe ja so lange keine Mathematik-Arbeit mehr geschrieben. »Du verheimlichst uns doch nichts, Junge?«
Das sei das Polnische, was da rauskomme. »Ab morgen werden jeden Tag die Aufgaben gezeigt. So wahr wie ich hier sitze.«

Und meine Mutter sagte, es sei ja kein Wunder, die alten Lehrer alle, wie isses nun bloß möglich, das nehme den Kindern ja die Gene. Die hätten sich auf ihre Pensionierung gefreut und nun müßten sie wieder ran.

Daß Peule Wulff gefallen war, das war ja wirklich traurig.
»›Kempowski sitzt *eine* Stunde nach ...‹«
»Wie der bloß beim Militär zurechtgekommen ist«, sagte meine Mutter, »der war doch immer so unpraktisch ...«
Vielleicht wär's ja auch nur ein Unfall gewesen, der arme Mann, sowas gäb's ja auch. Vom Auto übergefahren oder vom Tank. Oder einen Berg runtergekullert.
»Bloß gut, daß du schon älter bist, Karl, du kommst bestimmt nicht mehr an die Front.« Warum er sich überhaupt gemeldet habe, das würde ihr ewig unverständlich bleiben. »Man redet sich den Mund fusselig, aber du rennst hin und meldest dich freiwillig.«
Robert würden sie wohl nicht nehmen, den mit seiner starken Brille, wenn der anlegen müßte, könnt' er ja gar nicht richtig zielen.
Und ich wär gottlob zu jung, der kleine Peterpump. »Der bleibt bei Mutti, wenn alle weggehen.«
»Sag' doch noch mal ›Neutland‹, Walterli.«

Was ich – später – bei den Soldaten werden wollte, fragte mein Vater.
»Flak«, sagte ich.
»Wieso Flak?«
Die seien immer hinten.
Denn sei ich wohl nicht sehr tapfer, was?

14

Oft klimperte ich auf dem Flügel herum.
»Last rose of summer«, sagte meine Mutter dann verträumt. Manchmal pfiff sie die Melodie mit, und wenn ich nicht weiterwußte, hielt sie den Ton an und tastete vor, so, als könne sie mir damit Wege weisen.
Frau Kröhl – sie gehörte zum Rosenkränzchen – stand im Eßzimmer an der Heizung und lauschte.
»Was hat er nur für einen leichten Anschlag.«

Manchmal nahm ich den Transponierhebel zu Hilfe und variierte Moll-Akkorde.
Ob ich nicht mal ein wenig weiter oben spielen könne? fragte mein Bruder. »Harlem at Saturday Night?« Da seien doch noch eine Menge Tasten frei. »Und links so bum-da, bum-da, bum-da...« Harlem, das wär ein zackiges Stück. Ob ich die Platte mal hören wolle. Auf der andern Seite »Fate«. Ja?

»Was hat er nur für einen schönen Kopf«, sagte mein Vater, »sieh mal seinen Hinterkopf, da sitzt 'ne Menge drin.«
Er erzählte von Frau Lübbers, seiner Klavierlehrerin. Bei der habe er natürlich nie was getan. Da habe er immer muffige Kekse gekriegt. Scheiße mit Reiße. Gleich aus dem Fenster geschmissen.

Du kannst es nicht ahnen,
du munteres Rehlein du...

Mit Dreißig hatte er noch einmal angefangen. Da aber gleich richtig. Vom Blatt spielen üben. Bei Konzertmeister Löffelholz. Die Davidsbündlertänze: »Sehr rasch und in sich hinein.«
»O, ich weiß es noch, wie Frau Speer sich beschwerte!«

sagte meine Mutter: »Bitte lassen Sie das, Herr Kempowski, ich kann es nicht ertragen. – Ist eigentlich eine nette Frau gewesen.«

Donnerstags war Klavierstunde.
Ich bürstete mir das Haar mit Wasser (hatte ich wirklich einen solchen Gurkenkopf?) und ging, Schumanns Kinderszenen unter dem Arm, zum Konservatorium. (»Fast zu ernst.«)

Ich kam an der grünen Villa des Fabrikanten Samuel vorbei. Im November 1938 hatten Schallplatten auf dem Rasen gelegen, Gardinen aus den zerbrochenen Fenstern geweht.

Das Konservatorium lag am Schillerplatz, einer dreieckigen Anlage mit Springbrunnen in der Mitte. Der war meist abgestellt. Im Becken das Fahrrad des Gärtners.
Auf dem weißen Giebel ein steinerner Krug mit steinernen Trauben. Ob es eines Tages Hochschule werden würde, stand noch nicht fest.

Mir war immer bang zumute, ich übte nicht systematisch, und Fräulein Schnabel (»das Beste, was wir dir bieten können!«) verstand keinen Spaß.

Der Eingang zum Konservatorium, ein breites Portal, war zugenagelt. Man mußte hinten hinein.

Bitte das Schuhwerk mit Sorgfalt reinigen!

Aus dem Keller die Stimme eines Sängers, der sich fortwährend korrigierte.

Abendlüftchen im zaharten Lauhaube flüstern ...

In der Halle ein Kamin mit Kartons voll alter Formulare. Darüber Beethoven unter Glas, ein Druck in goldenem Rahmen.

Silberglöckchen des Mai's im Grase säuseln ...

Im oberen Stock pingelte es, Türen klappten.
Mädchen kamen mit Geige, sie sagten »pfundig«. Eine hieß Gina Quade, das war die Tochter des Architekten, der unser Haus gebaut hatte. Sie trug einen dunkelblauen Faltenrock und einen sogenannten Mozartzopf.

Vor mir war meistens ein bleicher Seminarist dran. Der trug Turnschuhe. Seine Mutter war Choristin am Theater. Die wollte wohl, daß mal was Rechtes aus ihm wird.

Die Schnabel lud unten mächtig aus, wie eine Triangel, durch die Tür sah ich sie schon im Zimmer herumwatscheln. Ihr graues Haar war in unzähligen Windungen am Hinterkopf festgesteckt.
Mit Herzlichkeit ging ich auf sie zu, als freute ich mich, sie endlich wiederzusehen.
Sie aber reichte mir nur knapp die Hand und sagte: »Nicht so drücken.«
Dann stellte sie den Stuhl – »wart mal eben« – ein paar Löcher höher und kuckte auf den Feuchtigkeitsmesser.
2 Minuten 'rum.
Nun wär sie neugierig, sagte sie, ob ich wieder nicheübt hätte. Da sei sie direkt gespannt, da möcht' sie direkt wetten.

Die Etüden gingen noch. Sequenzen über die ganze Tastatur, mal mit der Linken, mal mit der Rechten. Dann mit beiden Händen parallel und gegeneinander. Das sollte mit fließenden, gleichsam massierenden Handbewegungen ausgeführt werden.
»Leicht! Locker!« rief sie dazwischen, »heben! senken! und – – – wech.«

Ich müsse die Unabhängigkeit erlernen, hieß es, das sei schwer. 7 Minuten 'rum. (Die Hälfte des ersten Drittels.)
»Halt die Hand da nicht so blöd!«

Verspielte ich mich, was nicht lange auf sich warten ließ, dann wurden zunächst einmal meine Nägel untersucht. Es mußte aufgestanden werden, ans Fenster, »gib mal her«.
»Komische Hände...«
Das Nagelbett reiche ja so weit vor, das sei ja komisch, noch nie so gesehen wie bei mir.
Der vierte Finger sei der schwächste, da verliefen die Sehnen überkreuz.
Ja, das habe meine Mutter auch gesagt, antwortete ich, die könne übrigens alle Finger einzeln bewegen.
»Nu red' man nich soviel«, ich hätt' ja wohl Quasselwasser gesoffen. »Jetzt weiter im Text!«

Waren die Etüden heruntergespielt: Aufgabenheft herausholen, abhaken.
15 Minuten 'rum. Erstes Drittel.

Nun die Stücke.
Der Dichter spricht.
»Mach'n bißgen zu«, sie wär' ja ganz gespannt, sie würd' sich würklich wundern...
Phrasierungen mit dem Handgelenk ausführen, es gab männliche und weibliche, Staccato aus dem Ellenbogen heraus.
»Da – dia – dam! Und – – – zwei.«
17 Minuten 'rum.
»Hörst du das denn nicht?«
Ja, ich hörte es.

Nun die Kadenz, »cadere« = »fallen«. Die spielte Vater doch immer so schön, abends, wenn ich im Bett lag und verbotenerweise noch las. (Paul vom Zirkus Serpentini.)
Die Finger glitten über die Tasten, ob es passen wolle.
»Nicht suchen: *Wissen!*« Und »Harre Gott« sollte ich nicht sagen. »Laß den lieben Gott man aus dem Spiel, der kann dir jetzt auch nicht helfen.« Ich sollte lieber »Harre Walter« sagen.
»Weiter!«

Saß ich zu weit links? Waren die Tasten ungewöhnlich breit? Marmelade im Ärmel? Zu enge Hosen?
Es klappte nicht. Der Fingersatz – warum hatte ich ihn mir nicht gemerkt.
»Na?« Schon sank die Schnabel mit dem Kopfe schüttelnd zurück. Stumm und fast heiter. Und während ich noch suchte, wo ich denn nun eigentlich sei, riß es sie plötzlich hin. Sie warf den metallenen Vierfarbstift auf die Tasten, »pling!«, und schrie: »Du hassoch wieder nicheübt!« Vom vielen Hinwerfen war da schon Lack abgeplatzt.
Die Adern quollen.
»Ichloobe, du wissmich hier zum Kasper machn? Da hört sich doch ein und alles auf! Sitzt da wie'n Quarz. Nich die Bohne hatter jeübt!«
Und sie nahm meine Finger wie Zigarren und drückte sie heftig in die Tasten. »So, so und so! So würd's gemacht. Haste dassapiert? So, so und so! da dia-dam. Issas würklich so schwer? Das mußja würklich sehr sehr schwer sein.«
Immer rasender gebärdete sie sich, und mir zerplatzten die Tränen auf den Tasten. 25 Minuten 'rum, die Hälfte.

Schließlich sprang sie auf, rückte das schlichte Bronzekreuz grade, stellte Stühle richtig hin und zog das Metronom auf, während ich mich schneuzte.
Man müsse eben ganz von vorn anfangen. Wie bei einem kleinen Kind! (Heiterkeit.) Mit Hänsgen-klein und Kuckuck-Kuckuck. Ob ich vielleicht den Geburtstagsmarsch spielen wollte oder gar Gejazztes? Das hätt' ihr jradenochefehlt!

Sie ließ die rote Mine ihres Stiftes einschnappen, schrieb »üben!« in das Heft und unterstrich das mehrmals dick. Üben. 26 Minuten 'rum.
(Das Papier strammte sich da.)
Fleck wegwischen.
Dann donnerte sie, mir zur Ablenkung (»Steh doch mal eben auf«) ein neues Stück herunter, und während sie

spielte, schrie sie mir Erklärungen zu: »Reprise! Zwischenstück! Kadenz!«

»Und sieh mal hier...« Bei Leuten, die viel übten, spränge der Daumenmuskel heraus. Und sie ließ ihn springen. Ich durfte sogar anfassen. Kaltes Hühnerfleisch.
Gelegentlich würden wir mal an einen Tschópäng 'rangehn, das würde mir bestimmt Spaß machen.
40 Minuten 'rum.
Der sei zwar Pole gewesen, habe aber in Frankreich gelebt. Dann untersuchte sie meine Augen, ob sie noch rot seien, und sagte: »Ichloobe, es jeht. Pack ein.«
Sie watschelte zur ausgepolsterten Tür, wo ein Foto von Edwin Fischer hing. »*Das* ist ein Pianist... Unnu reiß dich ein bißgen zusammen.«

Draußen stand Heidi Kleßmann.
Eine Blume der Asche meines Herzens!
Sie trug ihr blondes Haar im Hahnenkamm. Vom linken, etwas schräg stehenden Schneidezahn war ein Stück abgesplittert.
Links-rechts, links-rechts... »Na, wo soll ich nu vorbei?« Sie zog die saugende Tür hinter sich zu.
Am Zaun ihr Rad, ein Vollballon. Sonderbarer Sattel, anders als ein Jungensattel, vorn hochgebogen.
Adelaide!

Im Juli, kurz vor den Ferien, war Jahreskonzert. Im Saal saßen all die Eltern. Kisten mit noch nicht ausgepackten Orgelpfeifen hatte man zuvor in den Keller geschafft.
Meine Mutter mit grauen Wattebäuschen im strammen Hutnetz. Sie winkte mir dauernd zu. Tschaikowski, dem wär immer der Kopf so schwer gewesen... Geliebte Freundin... in dem Buch stünde das drin. Und die Fünfte von Beethoven, die gehe vorn immer so nach oben. Aber das

lernte ich alles noch, ganz sukzessive, peu à peu, das würde noch sehr schön.
Neben ihr Frau Amtsgerichtsrat Warkentin,

Ade-la-i-hi-de ...!

Es war ihr Sohn, der das sang.

Für mich hatte die Schnabel ein Stück ausgewählt, das stammte noch aus dem ersten Jahr, das klappte ausgezeichnet.
Hinterher sagte sie, ich sei das Dings ja so schnell angegangen. Sie hätte gedacht, ich käm gar nicht durch.

Nach mir geigte der kräftige Eckhoff, mit seinem kurzen Kraushaar und den sehr kurzen Hosen. (»Da sieht man ja bald den Tüdellüt ...«)
Er ließ den Bogen nach Zigeunerart hüpfen. Für den Applaus dankte er mit deutschem Gruß.

Heidi Kleßmann spielte ein Stück, das »Kasperle« hieß. »Rummel-dummel-dumm!« ging das und »rimmel-dimmel-dimm!«
An ihrem dunkelblauen Kleid hingen rote Pompons. Die gerieten in heftige Bewegung.

Zum Schluß sollte Gina Quade einen Brahms vortragen. Sie scheiterte schon nach wenigen Takten.
»Das arme Pastür, wie man die wohl geviehkatzt hat.«
Professor Masslow erhob sich, der mit seinem schweren Atem, strich ihr über den Mozartzopf und führte die Weinende behutsam in ein Hinterzimmer.
Masslow, das war der Direktor. In seiner Wohnung standen gar zwei Flügel.

»Gott sei gelobt, gepriesen und gepfiffen«, sagte meine Mutter am Abendbrottisch, »das hättest du hinter dir.« Wie ein Alter. Wonnig.

»Das war gewiß ein glückhafter Tag für dich«, sagte mein Bruder. Und dann wollte er wissen, ob einer »die Wut über den verlorenen Groschen« gespielt habe, und ob der Beifall frenetisch gewesen sei.
Mein Vater zog das Portemonnaie, nahm die zusammengewrummelten Geldscheine in den Rollgriff und sammelte etwas Kleingeld aus der ledernen Schütte.
»Iss dat noog?«
Dann griff er sich ein zur Rose geschnitztes Radieschen und zerbiß es krachend. Von wem die »Lebenswurst« sei.
»Von MM.«
»*Dann* issie gut.«
MM, das hieß Max Müller.

»Was hat er aber auch für einen wundervollen Kopf...«
Vielleicht könnten wir später ja mal vierhändig spielen, da gäb es ganze Symphonien, Bruckner und Tschaikowski. Ob er schon mal was kaufen solle? »Nicht schnell, mit äußerst starker Empfindung?«
In mir wär das Polnische jedenfalls nicht drin, sagte meine Mutter. Das habe auch Frau Amtsgerichtsrat Warkentin gesagt. »Was haben Sie für einen netten Sohn. Der iss ja geliebt.«

Mein Vater steckte sich die Serviette in die Hose. Das sah aus, als sei das Hemd rausgerutscht. So sei mal einer aufs Podium geschritten.

> Wer fällt vom Pferde, wenn es furzt?
> Das ist des Kaisers Unterurzt.

Wie der alte Ahlers Tonleitern geübt habe: hoch – runter – Schnaps! Hoch – runter – Schnaps!
»Zäng!« Die Geschichte von der Heilsarmee, wo der Mann mit der Pauke sich von hinten an eine Sängerin ranschleicht. »Zäng!«
Und was Kröhl am elektrischen Klavier für ein Gesicht gemacht habe. »Das ist natürlich wieder alles falsch.«
»Kinder, ich kann nicht mehr!« rief meine Mutter, das

Taschentuch vor dem Mund. »O wie isses komisch! Wie isses rasend komisch!«
Und Ulla keuchte: »Och! Ich mach' mir gleich in die Hose!«

»Weißt du noch, wie die ersten SA-Männer unten vorbeimarschierten? Ich weiß es noch wie heute«, sagte meine Mutter.
Die hätten immer gesungen:

Dem Adolf Hit–

und dann wär eine ganze Weile gar nichts gekommen und dann sei es weitergegangen:

–ler haben wir's geschworen ...

»Ich dachte, das wär'n Ascheimerleute. Ich sagte noch: Karl, was sind das für Ascheimerleute? – Nein, wie isses nun bloß möglich.«

15

Wegen meines Klavierspiels landete ich in der Hitlerjugend-Spielschar.

Heilig Vaterland
in Gefahren . . .

Da ging man mit Geige zum Dienst, da wurde gesungen.
Demnächst würde auch eine Malschar aufgemacht, hieß es. Die Malpimpfe sollten ein Armschild bekommen: Palette und Pinsel.
Für uns sei schon eine Lyra beantragt, man wisse aber nicht, ob das durchkommt.
Linker Arm Gebietsdreieck und Sigrune, rechter Arm silberne Lyra auf rotem Hakenkreuz.

Schau, von Waffen blinkt
jede Hand . . .

Die höheren Ränge würden vermutlich eine goldene Lyra bekommen.

Einer konnte Märsche auf dem Klavier spielen, Gruß an Kiel. Da kam ich nicht mit, ich mit meinem Schumann. »Den laß man zu Hause.«

Löffelholz, Sohn des Konzertmeisters Löffelholz, der meinem Vater das Klavierspiel beigebracht hatte, war hier Führer. Kopf wie eine Zigarrenkiste.
(»Sehr rasch und in sich hinein.«)
Deshalb dirigierte er aber doch mit der Faust.
Er solle seinen Vater grüßen, mußte ich ihm von meinem Vater bestellen: wie's dem gehe.
Der könne, glaube er, nicht klagen. »Grüß' deinen Vater man auch. Wie geht's dem denn?«
Und wie's meiner Mutter gehe, fragte ein anderer. Die solle ich man auch grüßen.

Es, es, es und es,
es ist ein harter Schluß ...

Vor »Jungfrau'n« sollten wir eine kleine Pause machen und »chelmich« kucken.

Ihr – Jungfrau'n lebet wohl ...

Weil Löffelholz statt »sch« »ch« sprach, verstand kein Mensch, was er eigentlich wollte.

Dienst hatten wir mit Jungmädeln zusammen.

Aus grauer Städte Mauern ...

Wenn sie anmarschierten, ging die dicke Führerin mit einer Flöte vorneweg.
Beim Singen saßen sie rechts, wir links. Dazwischen war Niemandsland.
Die Röcke mußten angeknöpft sein, Gürtel waren nicht gestattet.
Gina Quade trug ihren dunkelblauen Faltenrock. Die Eltern wollten wohl nichts extra ausgeben.
Beim Quartettspiel trug sie eine Brille. Dauernd schielte sie zu Eckhoff hinüber, der wegen seines Geigenspiels auch hier gelandet war.
Das aristokratische Profil, sein kurzes Kraushaar, das war ja auch bewunderungswürdig.

Vielleicht würde man eines Tages zur Truppenbetreuung eingesetzt. In Lazaretten oder im Rundfunk.

Im Sommer tanzten wir auf einer Waldwiese.
Schafgarbe, Pestwurz und vermutlich auch kriechender Günsel.

Wenn hier'n Pott mit Bohnen steiht
un dor 'n Pott mit Brie,
denn låt ick Brie un Bohnen stahn
un danz mit min Marie ...

»Der Sommernachtstraum«, pflegte mein Vater zu sagen, »diese wunderschöne Musik ... schade, daß sie jetzt nicht

mehr gespielt werden darf«, die sei ja von Mendelssohn. Völlig gut dem Dinge.
»Ja, ganz ent-zük-kend, einfach wonnig. Da wurde doch immer so geklopft im Orchester, nicht?«

Beim Tanzen mußte man dauernd so tun, als falle man nach vorn oder nach hinten über, als könne man sich grade eben noch halten. Arme in die Hüfte gestemmt.
Löffelholz machte es vor. Das sei lustig, wir sollten sehn, das würde sehr lustig. Und die dicke Führerin machte es auch vor, die fand auch, daß es sehr lustig ist.
Wenn wir das beherrschten, würden wir am Ende auch mal einen Bändertanz tanzen, aber dazu brauche man einen Mast und lange bunte Bänder, die überkreuzten sich denn, wie das Leben, das gehe auch verschlungene Wege. – Und natürlich einen Tanzboden, den brauchten wir dann auch. Hier könne man ja gar nicht trotzig mit den Füßen aufstampfen.

Um nicht mittanzen zu müssen, behauptete ich, meine Großtante sei gestorben, und zog mich in den Schatten der Bäume zurück. Bei »Großtante« dachte ich an Tante Silbi, obwohl quietschvergnügt. Ja, wenn wir ein Geländespiel gemacht hätten, womöglich gegen die Mädchen ...
Klaus Bismarck Stüwe sagte, er habe einen Fuß verknackst, und setzte sich zu mir. Er zeigte mir die Warnemünder Tanne, von der aus man angeblich bis aufs Meer sehen konnte.
Und vom Meer aus könne man vermutlich die Warnemünder Tanne sehn. Aber nur bei klarem Wetter.

Da unten henkelte der Eckhoff Gina Quade ein und sprang in die Runde.
Seine grüne Führerschnur baumelte, und Ginas Faltenrock gab dann und wann den Blick auf wohlgeformte Waden frei. Kleine braune Söckchen.
Löffelholz rief: »Locker! Leicht! und --- halt ...«

Während die Tänzer schnaufend eine Pause machten – Gina ließ sich in den Kreis ihrer Freundinnen fallen – kam die korpulente Führerin zu uns gestapft.
»Schwabbel-schwabbel«, sagte Klaus Bismarck Stüwe. »Wie die wohl schwitzt.«
Sie stellte sich vor uns hin und machte wegwerfende Gesten. »Ach ihr!« Mit uns sei nichts los, wir seien Trauerklöße. Sie habe langsam die Faxen dicke. Ob wir nicht wenigstens den Rhythmus mitklatschen wollten, oder dürfe ich das wegen meiner Tante etwa auch nicht?

Im Winter mußten wir Pimpfe mit der Sammelbüchse losziehen. Wir verkauften kleine bunte Holzfiguren, das Stück für 20 Pfennig. Die Anregung, daß immer ein Pimpf mit einem Jungmädel zusammengehen solle, wurde nicht aufgegriffen.
Klaus Bismarck Stüwe tanzte vor Freude, als ich ihm sagte, wir beide stünden zusammen auf einem Zettel. An der Rostocker Bank sollten wir sammeln, bis zum Leinenhaus Ratschow.
»Na, denn zeigt mal her«, sagten die Passanten und steckten Groschen in die Büchse. »Uh, die isja schon doll schwer.« Alte Damen, ganz in Schwarz, Soldaten, eine Schaffnerin.
»Die Püppchen sind ja hübsch.«
Ich solle auf meine Zähne achtgeben, immer tüchtig putzen, morgens und abends, möglichst nach jeder Mahlzeit, wurde mir gesagt. Die seien noch so schön gesund.
Mancher wies stumm auf seinen Mantel, da hing schon was.

Ein Mann wollte unbedingt den Mohren haben, der fehle ihm noch. »Einen Ritter können Sie haben, die Mohren sind alle.« Aber den hatte er schon.

Eine gute Ausrede war: »Ich hab' kein kleines Geld.«

»Wir nehmen auch großes«, sagte Stüwe dann.
Als er aber einem älteren Herrn mit Kneifer den Weg versperrte und ihm die Büchse unter die Nase hielt: »Sie *müssen* uns noch etwas geben ...«, da gab es Krach.
Da höre sich doch wirklich ein und alles auf! rief der Mann. Was heiße hier »müssen«, das werde ja immer schöner, und er hieb sich den Weg mit dem Schirm frei.
»Das war wohl Krasemann«, sagte meine Mutter zu Hause, »das ist typisch für ihn, der regt sich immer so auf.« Früher Sozi, ganz verbittert.

Sie nähte mir aus Luftschutzstoff eine Art Fahne, an die ich alle Winterhilfsabzeichen steckte, die ich im Laufe der Zeit zusammengeschnurrt hatte.
Schmetterlinge aus Porzellan, in Glas geschliffene Käfer, in Leder gepreßte Runen.
»Da kommt ganz hübsch was zusammen ...«
»Die gehören aber nicht alle dir«, sagte Robert und zog die Uhr auf, »mir gehören da auch welche von. Du wickelst dich in den Schelm, und ich kuck hier in die Röhre, was?«

Zu Weihnachten führte die Spielschar im Stadttheater eine Kantate auf.

Wir suchen ein heimliches Haus ...

Die hatte ein Geiger des städtischen Orchesters verbrochen. Egon Warkentin sang darin das Solo. Der war jetzt Soldat. Über dem Eisernen Kreuz trug er das Leistungsabzeichen der Hitlerjugend.

Wir suchen ein heimliches Haus
und haben verloren die Straße ...

Der Kreisleiter hielt eine Rede, in der er den Dezember »Wintermond« nannte und auf Jesus schimpfte. »Lichtkind« müsse es heißen. »Balder, das Urlicht ist da.«
Auf seinen Breeches hatte er Lederbesatz. Ob er wohl jemals ritt?

Während er redete, blickten wir in den Schnürboden hinauf und betasteten den Rundhorizont. Hier hatte ich als Kind mal den Däumling spielen sollen.
Manchem wurde schlecht. Der durfte sich gebückt entfernen und hinter der Bühne ausruhen. Ein regulärer Ablösedienst wurde organisiert. »Jetzt gehst du und dann du«, es müsse jeder mal drankommen.
Sonderbarer Dreck da und ein ziemliches Durcheinander.

Was das da für ein Stuhl sei? flüsterte einer. Das war der Stuhl für den Vorhangdreher.

Helle Nacht der klaren Sterne
sangen wir, und dann fiel der Vorhang.

Endlich war die Rede aus. Der Kreisleiter raffte seine Papiere zusammen und schritt ausgreifend auf die Seite.

Löffelholz sagte: »Bleibt noch einen Moment stehn!« Der Kreisleiter wolle sich bestimmt noch bei uns bedanken.
Er habe so das Gefühl, als ob dies die beste Julveranstaltung der letzten Jahre gewesen sei.
Aber der Kreisleiter kam nicht, der hatte es eilig. Auf den wartete der Gänsebraten.

»Ihr habt eure Sache sehr gut gemacht«, sagte meine Mutter zu Hause. »Euer Führer – fabelhaft.«
Sie hätte so gern geklatscht, doch bei einer Feierstunde dürfe man das ja nicht.
Aber, was der Kreisleiter da gesagt habe, das sei ja entpörend gewesen. »Wie isses nun bloß möglich. Mit ›Lichtkind‹ und all dieser Quatsch.«
Aber das dürfe ich nicht weitersagen, sonst komme sie in Deubels Küche.
»Hörst du?«

16

»Die Uniform zieh man aus«, sagte mein Bruder, wenn ich vom Dienst kam.
Ich besaß jetzt einen grauen Knickerbocker-Anzug. Den hatte meine Mutter auf Punkte gekauft.
In der Frisiertoilette spiegelte ich mich. Ja, es ging. Nur der Gurkenkopf, der machte mir zu schaffen.
»Die Uniform zieh man aus«, sagte mein Bruder, den grauen Anzug, den trüge ich doch bestimmt viel gerner. Und: »Wasch dich mal ordentlich, du verschimmelst ja schon.«

Die brennende Zigarette hielt er extra ungeschickt, damit er recht braune Finger kriegte. North State, Vier ein Sechstel.
Gestern habe er die halbe Nacht über einem Hausaufsatz gesessen: »Englische und japanische Reichsgestaltung, ein Vergleich«, ich solle mal seine Finger sehen. Daß sie so braun sind, das blühe mir denn ja auch noch. Ich könnte mich schon drauf freuen.

Einmal schnitt er sich sorgfältig die Nägel. »Warum denn das?« fragte ich.
Aus dem sehr einfachen Grunde, weil er jetzt auch Klavierspielen lernen wolle. Oder ob ich glaubte, daß ich den Flügel gepachtet hätte?
Aber aus dem Klavierspiel wurde nichts, vor der Schnabel schreckte er zurück.

Wenn seine Freunde vom RSBB kamen, setzte ich mich dazu.
Sylvia und Sybille, langbeinig, in grauen Hosen. Innenrolle.

Sylvia sagte, ich solle ihr nicht so lasch die Hand geben. »Drücken mußt du.« Ob ich schon Führer sei und ob ich mich auch immer tüchtig haute?
Sybille, mit ihrem schwarzen Haar, die sah mich überhaupt nicht. Scheibenkleister, jetzt würde sie wegen der Fliegerangriffe nicht nach Krefeld können, und sie hatte sich doch *so* darauf gefreut.
Ich solle mal eben aufstehen und *sie* da sitzen lassen. »Los!«

Heini, der die Platten auflegte, fragte, ob wir nicht wenigstens 'ne Orangeade für sie da hätten. »Sowas muß doch aufzutreiben sein.«

When Yuba plays the Rumba on the Tuba

Bubi strich unruhig durch die Zimmer.
Daß Ulla beim Arbeitsdienst war, sei Dreckel.
Vom Balkon warf er kleine Steine in den Hof.
Mit einem Serviettenring als Monokel kam er wieder herein. Ob wir wüßten, wer den Krieg angefangen hat. »Na, so'n Bart«, habe einer gesagt. Nee: *so'n* Bart: Rotzbremse: Hitler. Und Wagner würde jetzt wieder aufgeführt. Willküre, Götzendämmerung und Niefried. Das vierte habe er vergessen. Ach ja, Kein Gold.

Michael, wie immer im rotbraunen Zweireiher, lispelnd.
In Berlin sei es zappenduster, Marion sei abgedampft. –
Er selbst hatte einen Gestellungsbefehl.
Barras, auf die Weise kriegte man wenigstens was zu sehn.
Hauptsache nicht Rußland. Frankreich, das würde direkt Spaß machen, oder Dänemark. Da solle ja was los sein.
Eiffelturm, Montmartre. »Da sollen sie ja sogar gelbes Zigarettenpapier haben, gelb mit schwarzen Streifen.«

Gelegentlich wagte sich auch Schneefoot in unsere Wohnung. Mein Vater war ja in Pommern und Ulla beim

Arbeitsdienst in Plau. »Wie geht es Ihnen, Frau Kempowski?«
(Man müsse vergeben und vergessen können, hatte sie gesagt.) Sein Vater hatte ihm aus Holland einen Philips mitgebracht, einen winzigen Radioapparat in einem Etui mit Reißverschluß. Und unzerbrechliche Platten.
Die seien wohl mit Vorsicht zu genießen? fragte mein Bruder und ließ sie über den Teppich trünneln.
Das sei ja prächtig, das müsse der Neid ihm lassen.

In Roberts Nachtschrank lagen französische Magazine. Die durfte ich nicht sehn: Ein braungebranntes Mädchen war darin abgebildet, oben nackt, steht am Küchentisch und besieht sich einen toten Fisch. – Und eine Bildergeschichte: Ein häßlicher Mann mit Flinte, auf Entenjagd. Aus dem sumpfigen Birkenbruch taucht ein grinsendes Mädchen auf. Läßt sich die Flinte erklären. Später dann in der Jagdhütte: Bild 4, sie liegt auf dem Bett, und er kuckt aus dem Fenster – Bild 5, er setzt sich ans Bett – Bild 6 *aufs* Bett (Hemd offen). Der Rest als Text, französisch.

Wurde eine neue Platte aufgelegt, dann raste Heini am Radio von Sender zu Sender. Ob da nicht irgendwo Jazzmusik zu ergattern wär – was besser sei, dies oder dies? Bis beide Stücke vorüber waren.
Daß Art Tatum blind sei und Chick Webb verkrüppelt, daß Artie Shaw es fertig bringe, eine ganze Nacht klassisch zu spielen, und wie Teddy Stauffer dirigiere, das wurde ausführlich erörtert.

In the shade of an old apple tree ...

Freunde anrufen, Telefonhörer vor den Lautsprecher halten

... where the love in your eyes I could see ...

Text abhören.

Gute Platten klaubten sie aus dem Altmaterial im Musikhaus Löhrer-Wessel. Wer eine neue Platte kaufen wollte,

mußte nämlich zwei alte abgeben. Dolle Entdeckungen: »Black Beauty«, ein Klavier-Solo von Duke Ellington, so aus dem Altmaterial gefischt. »Dürfen wir mal eben das Altmaterial durchsehn?« Quartette von Beethoven dafür hingegeben.
»Beethoven ist Scheiße.« (»Sag das nicht...«)

Er habe noch eine Platte von Nat Gonella in der Hinterhand, gesprungen, total verbumfeit, völlig iben, sagte Robert. »Jeepers Creepers!« Die spiele er jetzt zum letzten Mal. »Alles aufstehn.« Kleben lohne nicht mehr.
Man hörte ergriffen zu, nur Sybille nicht. Die hatte die Beine übereinandergeschlagen und blätterte in der »Berliner«.
Sie habe schon seit Stunden nichts zu rauchen, das merke wohl keiner, was?
Einmal gingen die Grammophon-Nadeln aus, da versuchte man es mit Kaktusdornen.

Auch Leutnant Maurer stellte sich ein, Ullas Tanzstundenherr. »Hier« (die Offizierskordel an der Mütze) hatte er seit längerem, und »hier« (Orden) hatte er nun auch: das EK II und das Verwundeten-Abzeichen. Nun wollte er noch »hier« haben, einen Halsorden.
Die Armbanduhr trug er mit dem Zifferblatt nach unten.
Im übrigen: 56 Splitter im Körper, von einer Handgranate.
Im Morast versunken, mit den Zähnen ein Seil ergriffen, vom Panzer 'rausgezogen.
»Ehrlich, ihr braucht's mir ja nicht zu glauben.«

Im Krieg gehe es nicht immer fein zu. Warum solle man zum Beispiel eine Tür aufschließen, wenn man auch mit dem Sturmgeschütz dagegenfahren kann.

Er habe was übrig für's Hotten, ob er nicht in den RSBB eintreten könne?

Man einigte sich auf »Anwartschaft«. (»Und wenn die vorüber ist, isser dot.«) Er dürfe eine silberne Kette, statt einer goldenen tragen.

Ich hatte mir auch einmal ein Kettchen ins Seppeljackett getütert. Ob ich den Arsch offen hätte? fragte Heini und riß es mir ab.
Meine Mutter tröstete mich. Sie wischte mir mit ihrem nach Kölnisch Wasser riechenden Taschentuch die Ohren aus und sagte, sie wolle mit mir zu Juwelier Ehlers gehen und ein kleines silbernes Saxophon machen lassen. Das könnte ich mir dann ja anstecken. Das wär doch auch fein. »Mein Peterpump.«

Zuwachs erhielt der Klub durch einige Dänen. Die arbeiteten am Hafen. Sörensen, Jenssen und Berg.
Sörensen war in unserer Firma angestellt. Der war freiwillig nach Deutschland gekommen. Als Schiffsmakler *müsse* man ins Ausland, meinte er entschuldigend. Wenn der Krieg nicht gekommen wäre, dann wäre er natürlich nach England gegangen.

Die Dänen waren gern gesehen.
»Vielleicht schaffen wir auch mal einen Holländer 'ran«, sagte Robert. »Die sind doch auch in Ordning.«
Polen und Tschechen – das würde nicht gehen, mit denen dürfe man ja nicht, das wären ja Slawen.

Sylvia wurde gewarnt, sie solle nicht mit Berg ins Kino gehn, es könne passieren, die Nazis schnitten ihr die Haare ab.
Das sei Frauke Meier doch nur deshalb passiert, weil sie mit einem Rumänen gegangen sei, sagte Sylvia. Aber Rumänien, sei das nicht mit uns verbündet? »Außerdem will ich ja auch gar nicht mit ihm ins Kino gehn, der ist mir viel zu pickelig.«
Sie trat auf mich zu, nahm meinen Kopf in beide Hände

und drückte mir mit dem Daumen die Nase rein. Das tue gut, was?

Das goldene Kettchen lehnten die Dänen ab. Sie trugen ja das Wappen von König Christian.
Abzeichen zu tragen, das sei typisch deutsch, das gäbe es in Dänemark nicht.
Aus Kopenhagen brachten sie Platten mit. Svend Asmussen und Leo Matthießen.

Anita, you're lovely,
like blue skys above me ...

Manchmal hatten sie auch Bohnenkaffee, was meine Mutter freute.

Robert lief mit dänischen Zeitungen herum, klare Sache das, da stehe wenigstens was drin: »Berlingske Tidende«. Auf keinen Fall »Foedre Landet«, dann könne man sich ja auch gleich den »Völkischen Beobachter« kaufen. Hinten, auf der letzten Seite sogar Fotos von Hochzeitspaaren. Wo gäb es sowas in Deutschland. Hier sei doch alles tierisch ernst.
Und dann die Witze! Diese Bilder!
»Können Sie mir nicht ein bißchen Geld geben?« fragt ein Bettler, der Aufhänger der Jacke hinten 'raus.
»Aber Sie sind ja so furchtbar dick ...?«
»Na, für eine Entfettungskur.«
Das wär wenigstens Humor.

Mittags Radiomusik aus Kopenhagen, Restaurant Vivex. Einzelne, lahm applaudierende Gäste.
Wenn er das nächste Mal auf Urlaub fahre, sagte Sörensen, dann wolle er am Mikrofon vorbeigehn und leise »Robert!« rufen.

Die Dänen kamen fast jeden Tag.
»Wo sollen sie auch hin«, sagte meine Mutter. »Ich finde sie sehr sympathisch.«

Nur der Jenssen, der war ihr unheimlich. »Ich glaub', der ist nicht ganz astrein, der ist bestimmt ein Spion. Der kuckt einen immer so an.«
Sörensen brachte einen Brief mit, den las er vor, von einem Freund aus dem Ruhrgebiet, auch einem Dänen.
»Wir klatschten in unsere Hände, als die Bomben fielen und die Mütter sich über ihre Babys warfen«, stand da drin. Das hinterließ eine leichte Verstimmung.

Es gab noch anderen Ärger.
»Bring deine Freunde alle mit«, sagte meine Mutter zwar immer wieder. »Ich freu' mich, wenn ihr diese flotte Musik anhabt.« Und beim Abwaschen sang sie sogar das Lied

To be or not to be
that's the question but not for me ...

Aber nicht immer war sie fröhlich.
Gott sei Scheiße, hatte einer der jungen Leute gesagt, wenn Gott *nicht* Scheiße sei, weshalb lasse er dann den Krieg zu? – Das ging ihr noch nach. Daran mußte sie immer denken. Schließlich war sie doch in der Bekennenden Kirche.

In ihrer Not rannte sie zur Kirche, flink, mit wehendem Pelerinenkleid. Nicht zu Pastor Nagel, das würde nichts nützen, nein, zu Professor Knesel, der predigte immer über Blumen und Tiere, das würde der Richtige sein.
Sie wisse nie, was sie den Jungs sagen solle, klagte sie, und Knesel kam und diskutierte mit ihnen.

Man müsse das anders sehen, sagte er zu den »Boys«. Gott sei nicht Schiete, wie sie in ihrem so sympathischen jugendlichen Überschwang behaupteten – übrigens wirke dieser Ausdruck seines Erachtens im Plattdeutschen keineswegs anstößig – das sei wie ein Reinwaschen, dieser ganze Krieg, ein Reinwaschen von Schlechtigkeit. Ein durch und durch schmerzhafter Prozeß. Das könnten sie ihm glauben. Durch den müßten wir hindurch.

Sie sollten einfach zu ihm kommen, in die Sprechstunde, wenn sie mal so ganz ratlos seien. Das brauche man, dafür habe er Verständnis.

»Wenn man Gott nicht achtet«, sagte Sörensen, »so wie die Deutschen, dann sieht man ja, wohin es führt.«

Als Knesel weg war, legte Wumma den Tiger Rag auf und sagte: »Das iss ein kluger Kopf. Beinahe hat er mich 'rumgekriegt.«

17

Im April 1942 kehrten die Woldemanns aus Berlin zurück. Sie besichtigten die Wohnung. Ja, alles unverändert.
Herr Woldemann strich über sein blankgebürstetes schwarzes Haar und kratzte sich mit dem Mittelfinger auf dem scharf gezogenen Scheitel, den kleinen Finger mit Siegelring weit abgespreizt. Ein schürfendes Geräusch.
»Na, du Brite? Und dein Vater ist auch nicht mehr da?«
In Berlin war es nicht übel gewesen, man würde sehn, was weiter wird.

Mit den Eheleuten Woldemann stand es nicht zum besten. Nachts hörte man lautes Schimpfen und Türenschlagen.

> Jeder wär' froh, jeder wär' stolz
> wenn er sie hätt',
> das Fräulein Gerda ...

Frau Woldemann lachte mitunter grell, und der Mann brummte.
»Das geht wohl auseinander«, sagte meine Mutter. »Daß die Menschen sich nicht vertragen können ...«

Ute hatte sich verändert.
Sie trug ein schräg kariertes Kleid, in dem der Hintern sich beulte.
Das Haar, sonst zum Pagenkopf geschnitten, hing über die Ohren. Sie wolle sich das Haar wachsen lassen, sagte sie. Innen- oder Außenrolle, das wisse sie noch nicht, das sei noch nicht raus.

Immerhin, ich versuchte es und legte mich noch einmal auf den Teppich, ihr zu Füßen.
Das war immer so schön warm gewesen und gemütlich. Ob wir Verstecken im Dunkeln spielen wollten, fragte ich.

»Es ist ja noch hell ...«
Man könne die Rollos ja runterziehen –.
»Da kommt immer was durch.«
Der Couchtisch mit den vom Tischler nur grob befestigten Beinen, die Sessel mit den Möbelträgergurten.

Sie schritt über mich hinweg zum schwarzen Grammophon.

> Ach verzeihn Sie, meine Dame,
> Gottfried Schulze ist mein Name
> und ich liebe Sie ...

Wie ich die Platte fände?

> ganz bestimmt, ich liebe Sie ...

Seifenschaum, sagte ich, sie müsse einen ordentlichen Hot auflegen, was von Duke Ellington oder Jimmy Dorsey.
Wir sahen die Platten durch. (Früher hatte sie nach Mandarinen gerochen.)
Vielleicht würde dies was sein:

> Banjo, gestopfte Trompete,
> Stimmung! Der Tango beginnt!
> Keine tanzt so wie die Grete!
> Süß ist das goldblonde Kind.

Wir setzten uns auf das Sofa.
Da, über dem Bücherschrank, da hing ja ein Seestück, das hatte ich noch nie bemerkt. Die grünen Wellen täuschend echt gemalt. Handgemalt? Ja, rubbelig.

Ich zog mein Taschenmesser heraus, das, zu meinem Ärger, nur eine kleine Klinge hatte, und sagte, ich wolle sie jetzt ermorden.
Ich solle den Quatsch lassen, sagte sie.
Doch, doch, ich meinte es ernst, flüsterte ich mit verstellter Stimme und setzte ihr das Messer auf das Knie. Dort hatte sie eine kleine Narbe, die kannte ich ganz aus der Nähe.
Sie packte mein Handgelenk und versuchte es wegzudrehen. Die vollen Lippen gaben mit leisem Zwipschen ihre großen Zähne frei.

Otto ist sonst sehr ironisch,
Otto ist sonst ein Filou,
hier aber wird er platonisch
flüstert beim Tango ihr zu: . . .

Das stehe fest, sagte ich, ich würde sie jetzt ermorden.
Wir rangelten ein wenig, und sie sackte plötzlich unter den Tisch. Das Kleid rutschte hoch und ließ den hellgrünen Schlüpfer sehen, am Beinling ausgefranste Stopfstellen.

Oh Fräulein Grete, wenn ich mit Ihnen tanz',
Oh Fräulein Grete, gehör' ich Ihnen ganz!

Sie blieb unter dem Tisch liegen, dehnte und streckte sich und kuckte mich von da fast unterwürfig an.
Ich stieß sie ein wenig mit dem Puschen.
Man würde eine neue Platte auflegen müssen.

Dann kamen ihre Eltern nach Hause.
Herr Woldemann warf den »Rostocker Anzeiger« auf den Tisch:

Exeter mit schwerer Wirkung bombardiert!

und langte sich eine angebrochene Weinflasche.
Ich müsse jetzt nach oben gehn. »Halt' dich nicht lange auf, sonst kriegst du eine geschwalbt.«
Ute brachte mich zur Tür. Drinnen ging schon das Geschimpfe los. Die Frau lachte grell, der Mann brummte.
»Jetzt weint er gleich«, sagte Ute.

Es gab nun häufiger Fliegeralarm. Einzelne britische Maschinen überflogen das Stadtgebiet in großer Höhe.
Vickers Wellington.
Am Gartenzaun fanden wir Flugblätter mit Fotos von Haufen toter deutscher Soldaten in Rußland.

Mit Propagandablättern in Ballonen
Versucht der Feind uns anzukohlen.
Er kam damit gar nicht zu Wort. –
Die hängen jetzt am heimlichen Ort!

stand im »Adler«.
»Kinder, liefert das bloß ab«, sagte meine Mutter, »und am

besten gar nicht reinkucken. Was steht denn drin?« Wenn wir mal Füllfederhalter oder Bonbons fänden, ja nicht aufheben! »Die enthalten Sprengstoff und explodieren, wenn man sie anfaßt.«
In Lütten Klein sei einer Magd die rechte Hand abgerissen worden.

Sobald die Sirenen heulten, sprangen wir aus den Betten. »Pollönder« anziehen, Wassereimer auffüllen, Springrollos hoch und Fenster anlehnen, damit das Glas bei Bombeneinschlägen – an die niemand glaubte – nicht kaputtginge. »Wat'n Uppstand, wat'ne Katerie.«
Robert hatte einen unförmigen Luftschutzhelm, den setzte er auf und strampelte mit dem Fahrrad zum Revier. Er war Melder.

Meine Mutter war Luftschutzwart für drei Häuser, sie mußte alle Leute aus dem Schlaf trommeln.
»... zum Verzweifeln!«
Nebenan, ein Ehepaar, das wollte immer nicht hinunter.
»Man klopft, man klingelt«, sagte meine Mutter, »und die rühren sich überhaupt nicht. Wie so ein Klaas. ›Laß die man klopfen‹, sagen sie und hœgen sich!«
Widerlich. Und sie hatte doch die Verantwortung.

Nach und nach versammelte sich die Kellergemeinschaft. Matthes von nebenan, der hatte eine Jüdin zur Frau, die durfte eigentlich nicht hinunter. Deshalb kam er auch zu uns, drüben hatte es Krach gegeben.
Seine Aktentasche mit all den Papieren, die trug er am Lederriemen um den Leib. Er war Studienrat gewesen und lebte jetzt von Nachhilfestunden.
Einmal wollte sie sich vom Balkon stürzen, von einem der kleinen Eisenbalkons, auf denen Schnittlauch in Kisten stand.

Im Keller roch es nach Kartoffeln und ausgetrunkenen Weinflaschen. »Sitzt man hier wie'n Ölgötze! Wie hin-

gestellt und nicht abgeholt.« Die Picke in der Ecke, Volksgasmasken, Patsche, Spritze und Holzschild, ferner einen Primus-Kocher, zusammenklappbar, mit Trockenspiritus, für alle Fälle.
Den Holzschild brauchte man, um sich der brennenden Brandbombe zu nähern. Das sei ganz einfach. Geschützt durch den Holzschild halte man dann den Sandsack über die Flamme, der Boden des Sackes brenne durch, der Sand fließe aus und ersticke das Feuer.
Auf einem Werbeblatt war das abgebildet.

Die Woldemanns legten sich in die Luftschutzbetten und schliefen. Ihnen gehörte der Keller.

Ich versuchte zu lesen, »Land aus Feuer und Wasser«, aber das wurde mir untersagt.
»Du willst dir wohl mit Gewalt die Augen verderben?«
Zeitweilig las Herr Matthes vor, »Pole Poppenspäler«, oder »De Reis na Belligen«.
Aber das mochte Herr Woldemann nicht. Da könne er nicht schlafen, sagte er.

»Belferte« die Flak (so hieß das), dann stellten die Erwachsenen Betrachtungen an über die Kosten der Schießerei.
Eine Acht-Acht-Granate koste 250 Mark.
»Was da so in die Luft gepulvert wird.«
Die machten ja die Tommies bloß auf uns aufmerksam...

Zuweilen wurde auch die Sicherheit des Kellers erörtert. Die Waschküche mit dem Abflußsiel lag höher als der Luftschutzkeller. Das sei eine Mausefalle. Bei Wasserrohrbruch, gute Nacht.
Aber, obwohl unser Haus wohl so ziemlich nur aus Gips gebaut sei, gäb es hier wenigstens zwei Ausgänge.

Manchmal gingen wir nach draußen, Sterne betrachten, die Dreiecke und Trapeze der Scheinwerfer »wie Geister-

finger«, dazu Leuchtspurgeschosse, »ein grandioses Feuerwerk«.
»Im Frieden, Kinder, die Leuchtreklamen: *das* war schön.«

Wurde es doller, dann mußten wir wieder hinunter.
Zur Ablenkung schrapte meine Mutter Mohrrüben, »essen, das beruhigt«, oder es wurden Gummiringe über eine Flasche geworfen. »Wer's am besten kann, der hat gewonnen.« Herr Woldemann hatte übergroße Sektflaschen, mit denen ging es besonders gut.
»Schade, daß schon Entwarnung ist«, hieß es.
Kam die Entwarnung nach Mitternacht, dann gab es zwei Stunden schulfrei, das war angenehm, mitunter sogar wünschenswert.

Ende April stand eine Lateinarbeit bevor. Ich betete zu meiner Privatgöttin Santa Claude um Fliegeralarm. Und er kam. Und wie!
Pollönder anziehen, Wasser einfüllen, Rollos hoch, Fenster auf, hinunterlaufen.
Alles etwas geschwinder als sonst, denn sie schossen schon.
Immer drei Stufen auf einmal.
Sie schossen sogar heftiger als gewöhnlich.
Schnell noch mal hinauf, Plattenkoffer holen.

In the shade of an old apple tree ...

»Junge, bleib hier!«
Beinahe hätte ich das Licht angemacht.
»Junge, kannst du nicht hören?«
(»Man bittet, man fleht, aber ihr, nein, ihr tut es nicht.«)

»Wo ist der Koffer mit dem Silber?« schrie Woldemann. Jede Nacht schleppe man ihn runter und wenn es drauf ankomme, lasse man ihn oben. »*Du* hättest ja auch dran denken können«, sagte seine Frau.

Unter das Belfern mischte sich fremdartiges Bumsen. Das blaue Licht flackerte.
»Na?« sagte meine Mutter und legte Kerzen zurecht.
»Das sind wir.«

Ein Soldat kam die Treppe heruntergestiefelt. Er kuckte sich wortlos um. Dann ging er wieder hinauf und stellte sich in die Haustür. Der Keller war ihm wohl nicht sicher genug.
»Oh! Oh! Das sieht ja böse aus.«

Es bumste, als ob die Erde festgestampft würde. Zunächst wurde dies in entfernteren Stadtteilen getan, dann hatten sie in der Nähe zu tun. Die Mauern zitterten, man duckte sich: klirr! schon wieder eine Scheibe kaputt. (Hoffentlich nicht bei uns.)
Ein Regen von Granatsplittern auf das Pflaster.

Plötzlich fiel eine Reihe Bomben. Die erste fern, die zweite nah, die dritte noch näher und da: ssst – bumm. Die vierte. Die Schaufensterscheibe von Dr. Krauses Sonnenbrause zerschepperte, die Scherben fielen auf das Kellerfenster und zerschlugen es.

Ob im Wald, ob in der Klause,
Dr. Krauses Sonnenbrause ...

Es rieselte und rasselte. Gleichzeitig ging das Licht aus.
Die dicke Hauswartsfrau in ihrer Kittelschürze fing an zu schreien. Meine Mutter schrie zurück, sie solle ruhig sein, sonst würde sie Maßregeln ergreifen. (»Als ob sie ihren Schick nicht ganz hat, diese Muschpoke.«) Alle Hauswartskinder schrien natürlich mit. (»Wie gut, daß Ulla nicht hier ist.«)
Und schon kam eine neue Bombenserie.

Ich saß hinter meiner Kartoffelkiste und Ute verkroch sich wimmernd unter ihrer Decke: »Bitte, bitte, lieber Gott – hilf uns doch.«

Zwischendurch raste meine Mutter durch das Haus – ob es brennt.
Der Soldat wollte ihr das verbieten.
»Sie haben mir gar nichts zu verbieten«, rief sie, »mir passiert schon nix«, und wetzte ab.

Etwas später tasteten sich Erdmänner in unseren Keller. Das waren Heinemanns von gegenüber. Augen, Haare, alles voll von Staub, die konnten kaum sprechen. »Wasser, Wasser.« Alles verloren, mit Müh und Not noch rausgekommen. (Und uns hatten sie damals keine Halmasteine verkaufen wollen.)
»Rettet meine Frau«, sagte der Mann. »Rettet meine Frau.« Die Frau schüttelte ihn und sagte: »Ich bin ja bei dir.« Aber er verstand das nicht. »Rettet meine Frau«, sagte er immer wieder.
»Morgen fahren wir ab!« rief Woldemann dazwischen, »keinen Tag länger bleiben wir hier.«
Aber dann mußten alle wieder still sein, denn neue Bomben fielen.

Meine Mutter bettete den Heinemann auf einen Strohsack (»alles verloren«) und gab ihm Kognak zu trinken. Den letzten, den wir noch hatten, aus Brüssel, für besondere Gelegenheiten.
Dann rannte sie mit einer Feuerklatsche auf das Teerdach, um Funken zu löschen, kam aber schnell wieder herunter, die Engländer beschossen die Häuser im Tiefflug mit Bordwaffen.
»Das war woll 'ne Spitzfeier«, sagte der Soldat.
»Keine Ahnung«, sagte meine Mutter, »jedenfalls ist das unerhört . . .«

Plötzlich stand Robert in der Tür.
Ob bald Schluß sei, fragten wir ihn.
Die kämen zwar in Intervallen: doll – schwach – doll, aber jetzt zögen sie sich wohl aus der Affäre. Die könnten ja

nicht ewig bombardieren. Jedenfalls: das brenne, da sei Ende und Zahl von weg, alles in Dutt, Mus und Grus.
Meine Mutter holte den Kognak her und gab ihm einen Schluck.
Er müsse gleich wieder fort, sagte er, er habe bloß mal eben nach dem Rechten sehen wollen.
Und schon war er wieder draußen.
»Sieh dich vor, hörst du?« rief ihm meine Mutter noch nach.

Entwarnung wurde erst gegen Morgen gegeben, mit einer Handsirene auf einem Kübelwagen.
Wir gingen nach oben.
Gott sei gelobt, gepriesen und gepfiffen.
Daß die Fenster nach innen aufgingen, war nun doch ein Vorteil. Nur nach vorne zu, wo die Bombe in Heinemanns Haus gefallen war, hatte es Scherben gegeben.
Hinten war alles heil.
Die Wohnzimmerlampe hatte es so geschüttelt, daß die von Greifenklauen gehaltenen kleinen Schirme herausgestürzt und zerbrochen waren.

Das Krachen von Balken und Mauerwerk, ferne Rufe von Männern.
Sie danke Gott auf den Knien, sagte meine Mutter, daß die Fenster aufgewesen seien. »Was ein Segen«, und warf Scherben hinaus. »... und daß wir die Gardinen zurückgezogen haben, die wären ja alle in'n Dutt gegangen.« Und zu mir: »Tu mir die Liebe und geh' ins Bett.«
Ich sei nicht müde, sagte ich.
»Das kommt nach, du hast ganz kleine Augen.«

Hinter dem Haus brannte die Fabrik. Das Zimmer war dunkelrot erleuchtet. Da *konnte* man ja gar nicht schlafen.
Ich zog mir einen Stuhl ans Fenster und blickte in die Glut.

Auf dem Hof liefen Menschen herum. Kriegsgefangene Franzosen bargen Kisten mit Zigaretten aus den brennenden Lagerräumen.
Zwei Arbeiter mit Gummischürzen zerschlugen Brauseflaschen und gossen sie ins Feuer.
Daneben eine Frau im Abendkleid, die sah ihnen zu. Die hatte wohl gedacht: das Beste, was ich hab', das zieh' ich an.

»In diesen öden Fensterhöhlen wohnt das Grauen«, sagte Dr. Krause und zeigte auf seine brennende Fabrik, auf die starre Fassade, hinter der die Flammen loderten. Er trug eine gestreifte Pyjamajacke über seinen Breeches. »Was stehen Sie hier herum?« fuhr er einen Mann an, der eine Katze auf dem Arm hatte und streichelte. »Packen Sie lieber mit zu. – Ist der Wagen draußen?«
Er nahm eine Dose vom Rauchtisch, der neben ihm stand, und gab jedem der vorübereilenden Franzosen eine Zigarette.
»Vous êtes brave, très brave.«
»Ja, Flieger nix gutt, oh, oh, la guerre, la guerre!«

Plötzlich sah ich Gina Quade. Trainingshosen unter dem Rock, ein vorn zusammengewurschteltes Tuch auf dem Kopf. Ihr dicker, barhäuptiger Vater redete auf den rot beschienenen Dr. Krause ein, zeichnete die Gebäude mit großen Gesten in die Luft, so, so und so würde man sie wieder aufbauen.
Gina putzte sich die Nase mit einem winzigen, umhäkelten Taschentuch.
Ach ja, sie hatte dem Dr. Krause ja noch gar nicht Guten Tag gesagt.
»Gib die Hand, mein Kind.«
Taschentuch wegstecken, Knicks.
»Oh, ein großes Mädel.«

»Haben Sie die Kohlensäure rausgebracht? Um Gottes willen weg damit. Der ganze Laden geht ja in die Luft!«

rief Krause und tat ein paar Schritte. »Alles überorganisiert, furchtbar...«
Jetzt schoben sich zwei schwarze Nonnen dazwischen, mit Bettzeug über dem Arm. Ob Dr. Krause heute nebenan im Ursulinen-Krankenhaus schlafen wolle? Er könne jederzeit auf sie zählen.
Das Dach sackte in sich zusammen, Funken sprühten auf.
»O Gott, Kinder, hoffentlich greift das nicht noch auf uns über...«

Fortwährend kamen sogenannte Hiobsbotschaften.
Warkentins seien abgebrannt. »Retten Sie mein Meißner!« habe die Frau Amtsgerichtsrat gerufen.
»Ist es dies?« habe ein Mann gefragt und den Korb aus dem Fenster geworfen.
(Die sei nun wohl auch geheilt.)
Kröhls, in unmittelbarer Nähe der Gasometer, waren unbeschädigt geblieben.
»Dann hätten wir ja auch in der Alexandrinenstraße wohnen bleiben können.«

Mich interessierte besonders, welche Kirchen und welche Kinos abgebrannt waren.
Das Palast-Theater und die Schauburg, das war wirklich ein Jammer.
Die große Marienkirche war durch den Küster gerettet worden. Jeden Eimer Wasser habe er die 282 Stufen hochgeschleppt. Schließlich sei er vor Erschöpfung umgefallen. Und gerade in dem Augenblick sei Militär gekommen.
Der Kasten habe man gleich mit abbrennen sollen, habe der Kreisleiter gesagt.
Unverschämt. Oh, die Bevölkerung sei empört.
Der Küster von St. Nikolai habe die wertvolle Christusfigur, die sonst immer im Schuppen stand, am Vortage wieder reingebracht, »damit dem Herrn Jesus nicht die Füße frieren«. Die sei nun auch hinüber.

Beim Umfallen des Turms hätten die Glocken geläutet, das sei erschütternd gewesen.

Auch die Petri-Kirche und St. Jakobi waren weg.
»Die ganze Aussicht hin.« Wie war das immer schön gewesen, über die blühenden Gärten hin, der grüne Turm. Alles im Eimer. Typisch.
Wie Hannes sich wohl ärgerte. Und der Verein für Rostokker Altertümer.

Ich ging nach unten.
In der Haustür lag ein großer Scheißhaufen. Das war wohl der Soldat gewesen.

In der Fabrik wurde Apfelsaft verteilt. Der wäre sonst verdorben. Samuel, mit Judenstern, holte einen Eimer voll.
»Der sieht aber auch tatsächlich wie ein Jude aus«, sagte meine Mutter, »nun kuck dir das mal an. Wie ein Bilderbuchjude. Der arme Mann.«

In der Paulstraße brannten ein paar Häuser. Keiner durfte dorthin.
Ein anderes Haus brannte gleich daneben still vor sich hin, um das kümmerte sich niemand.

Ich reihte mich in eine Eimerkette ein. Als das Wasser ausblieb, ging ich weg.
Toni Leo.
Das Haus, an dem Anno 1903 stand, war von einer einzigen Bombe zerdrückt. Wo wohl die Pekinesen abgeblieben waren? Im Keller lägen noch Verschüttete, hieß es, da wurde noch gebuddelt.

Auf dem Grundstück von Michaels Vater lagen zerbogene Eisenträger. Der Rembrandt war gewiß auch hin.
Sofas und Tische mitten auf der Straße.

Auf der Reiferbahn zusammengestellter Hausrat. Eine Frau schleppte ein Aquarium mit Goldfischen heran und alte Zeitungen.

Ich ging zur Schnabel, deren Wohnung recht mitgenommen aussah – sie fegte grade Mauerbrocken von ihrem Bechstein – und fragte, ob ich ihr irgendwas helfen könnte. »Ja«, sagte sie, »Quark vom Kaufmann holen.«

Vor der Tonhalle stand eine Bude mit frischen Bücklingen. Darauf hatte man einen richtigen Jiper.
Wir breiteten das Papier aus und aßen mit den Händen. Sie zergingen auf der Zunge, so fett und zart waren sie.

Da kam auch Robert.
»Na, mein Jung'«, sagte meine Mutter, »müde, matt, marode?«
Ja, er kenne einen, der sich nachher schlafen lege.
Er hatte stundenlang durch die Straßen gehen müssen: Schäden feststellen: Risse im Mauerwerk, Dach abgedeckt, Türen und Fenster 'raus, vollständig hinüber...
In einer verlassenen Wohnung lauter afrikanische Speere und Schilde. Obdachlose hatten hineingeschissen, wohin sollten sie auch.
Im Ferdinandstift Leichen identifizieren. Zwei schwärzliche Holzkohlenstücke, das waren die Leichen.
In der Altstadt seien die Leute durch Kellerdurchbrüche gekrochen, durch 10 Häuser manchmal, mit Gepäck. Irgendwo zum Vorschein gekommen, aus der Erde, wo sie gerade konnten.
Die ganze Warnow schwimme voll toter Fische, da wär wohl eine Sprengbombe reingegangen.
Aber der grüne Uhu bei Töpfermeister Wernicke, den er schon so lange auf dem Kieker habe, der sei noch ganz.
Wie hoch der Blutzoll gewesen sei? Das entziehe sich seiner Kenntnis. Jedenfalls kein Pappenstiel.

Auf dem Revier sei ein abgeschossener Engländer von Zivilisten angeschleppt worden. Halbversengte Augenbrauen. Wo er aufgestiegen sei, habe der Polizeioffizier dauernd von ihm wissen wollen.
Das Rauchen wurde ihm verweigert. Schließlich kam ein Leutnant mit 6 Mann, im Gleichschritt, die holten ihn ab.

Der Nieselregen, der inzwischen eingesetzt hatte, der sei unser Gewinner, meinte Robert. Für die Möbel auf der Straße sei das aber auch nicht gerade feierlich. Da komme zum Feuerschaden noch der Wasserschaden, und der sei auch nicht zu verachten.

Im Waschbecken stand noch ein Rest Wasser, das war richtig dick geworden vor Schmutz, eine dicke Modde. Da konnte man mal die Finger hineinstecken.

Zu essen gäbe es jetzt wohl wie Sand am Meer? fragte Robert und rülpste.
Er sei rechtschaffen satt.
Don Pedro Gutsmann.
Nun noch einen Schnaps, dann sei die Sache perfekt.
»Sosst du haben, mein Junge, sosst du haben«, rief meine Mutter und lief in den Keller.
Aber der Kognak war nicht mehr da. Nirgends zu finden, keine Spur.
»Hastu Worte?«
Den hatte sich wohl einer unter den Nagel gerissen, ganz klammheimlich, was?
Geklaut, auf Deutsch gesagt. Angriepsche Wor.
Aber wer?
Mal eben bei Woldemanns anfragen, aber die waren schon über alle Berge. Abgeschwommen, ausgebüxt.
Matthes oder den Heinemanns traute man das auch nicht zu.

Wir sollten man nicht mehr lange zögern, sagte Herr

Matthes. Es wären Flugblätter gefunden worden: Wir kommen wieder!
Das verweise er in das Reich der Fabel, sagte Robert. Die Nazis holten jetzt doch sicher an Flak heran, was heranzuschaffen wäre.

Manfred hatte ein Fernglas um den Hals. Er zeigte mir seine neuesten Flaksplitter, 20 cm lang, außen gelb. Auch ein großer Bombensplitter war dabei.
»Was, du hast noch keinen Bombensplitter?«
Nein, ich hatte noch keinen.
Er überlegte, ob wir zu einem Schlosser gehen sollten und ihn durchsägen lassen. Dann hätte jeder was. Dafür könnte ich ihm dann ja eine Brandbombe abgeben. Von denen hatte ich drei.
Wenn man was davon abraspele, brenne das.

Von den Bombensplittern wußte er die schrecklichsten Geschichten. Einer Frau sei der Kopf zerschmettert worden. Durch ein Fenster herein, durch das andere wieder hinaus und zwischendurch den Kopf zerschmettert. Die hätte ganz friedlich dagesessen.
Beim Nachbarn sei ein Bombensplitter auf einen Sessel gefallen, wo eben noch jemand gesessen hatte. Gerade sei er hinausgegangen.
Er für seine Person zöge einen Brandbombentreffer auf das Haus vor. Da werde man nicht verschüttet.
»Wenn's oben brennt, läuft man unten 'raus. Das kriegt man ja mit.«
Aber verschüttet sein – nee.
Ein Polizist sei beim Graben auf Haare gestoßen, dachte, das sei eine Fußmatte, dabei war es eine tote Frau.
Da lebt man womöglich noch tagelang, und alle gehen vorbei.
Mit letzter Kraft pocht man, und draußen horchen sie: da war doch was? Und gerade in *dem* Moment ist man er-

schöpft, man macht eine Pause. Und wenn man weiterklopft, sind die da draußen gerade weggegangen.

Das Gemeinste wär: erst eine Sprengbombe und dann Brandbomben. Dann werde man verschüttet und müßte zusehen, wie das Feuer langsam näherkommt. Der Fuß oder das Bein fängt doch nicht einfach an zu brennen, das wirft zuerst Blasen und verschmort so langsam.

Bei uns im Keller lägen Verschüttete, sagte ich, ob er die mal sehen wollte.
Herr Heinemann verdrehte noch immer die Augen.
Seiner Frau tat die Hand so weh. Das war eine Streichholzschachtel, die sie – ohne es zu wissen – seit der Verschüttung krampfhaft in der Hand hielt.

»Ich glaube, wir fahren auch«, sagte meine Mutter. Sie packte das Nötigste ein. Wäsche, Papiere. Auch den Karton mit Pfeilringseife, den wir seit dem Kriegsausbruch noch liegen hatten.
Sie hatte einen eingenommenen Kopf. Es sei ein bißchen viel gewesen.
Aber das Rad drehe sich, es gehe bestimmt mal wieder aufwärts, so könne es ja nicht bleiben. Und: »Uns geht's ja noch gold!«

Ich packte meine Brandbomben und die besten Flaksplitter in den Tornister, dazu mein Briefmarkenalbum.

Sondermarke zum Heldengedenktag
12+38 Pfg. blauschwarz
Kopf eines toten Kriegers

Manfreds Briefmarken hatten in der Hauptgenossenschaft gelagert. Es hieß, der Tresor sei unbeschädigt geblieben.

18

Wir schafften Koffer in den Keller. Den Afrika-Koffer meines Großvaters, den blauen aus Pappe und den schweren mit den Papieren.
Auch die Schallplattenkoffer meines Bruders, mit Ella Fitzgerald und mit den Mills Brothers.
Ich trug meine Soldaten hinunter, die stürmenden und die fallenden. Auch Hermann Göring, mit dem aufgereckten Arm.

»Für den Fall, daß wir einen Treffer kriegen...«, sagte meine Mutter zu Robert, der in der Stadt bleiben mußte: »Was in der Kommode ist, kann ruhig draufgehn.«
Aber vielleicht die Bücher, das wär' schön, wenn die mit 'rauskämen. Hesse und Wiechert und die Regimentsgeschichten.
Aber man wisse ja gar nicht, ob überhaupt noch ein Angriff komme, das könne ja nicht ewig so weitergehen. Mal müsse ja Schluß sein.
Jetzt habe man Angst davor und nachher lache man darüber.

»Hansi«, dem Kanarienvogel, schütteten wir Futter auf den Eßtisch und ließen ihn fliegen. Er setzte sich sofort auf die Gardinenstange.
»Da hält er's 'ne Weile aus.«
Aber den Käfig offenlassen, falls er mal baden will. Und wenn die Fenster kaputtgehen?
»Denn isser so oder so hin.«

Das Büffet mit den Buchten, in denen das Kristall und eine Meißner Schale standen, das Herbstbild, auf dem irgendwas nicht stimmte, der offne Schrank mit – »Giftfische und Fischgifte« – den zahllosen Kosmosbändchen.

»Ich halt' die Stellung«, sagte Robert. »Ich pass' auf.« Vielleicht hole er Bubi und Heini 'ran. Michael sei ratzekahl weg.

When I have nothing to eat,
no shoes for my little feet...

Die Platte sei mit draufgegangen.
Und das Sexuallexikon. »Schamlose Alte«, mit der pissenden Frau.
Michael habe die Tür geöffnet, die Tür zum Entrée, da sei schon alles gelb gewesen. Er habe sie einfach wieder zugemacht.
Das sei ihm so entgegengeflossen.
Der Vater grad in Berlin und die Mutter in Bad Kissingen.
»Wie der wohl über den Rembrandt geflucht hat.«
Ölbilder würfen zuerst Blasen, dann knatterten sie weg. Besonders so altes Zeug.
Unwiederbringlich dahin.
(Vielleicht wär's ja gar kein Rembrandt gewesen.)

Robert brachte uns zur Bahn. Die Koffer transportierte er auf seinem Fahrrad. Einen auf dem Gepäckträger, einen auf dem Pedal.
Der Bahnhof werde ohne Zweifel schwarz vor Menschen sein, aber er kalfatere das schon, dafür lege er seine Hand ins Feuer.
Das wär' ja gelacht.
Er habe noch nie stehen müssen. Noch nie in seinem Leben. Einen Platz zu kriegen, das sei so sicher für ihn, wie zwei mal zwei vier ist.
Das wär' ja ein Armutszeugnis.

An der Bismarck-Apotheke ein rotes Plakat:

Ausnahmezustand.
Wer plündert wird erschossen.

Meine Mutter sagte: »›Ausnahmezustand‹, wie blödsinnig. Früher hieß das Belagerungszustand. Alles müssen sie ummodeln. Nichts lassen sie so wie es war.«

Über dem Hakenkreuz des Bahnhofs noch immer deutlich sichtbar, die Olympischen Ringe: Das Staffelpech der deutschen Frauen.

Ein Zug nach Berlin fuhr gerade ein. Wir quetschten uns durch die Sperre. Ein Mann fuchtelte mit einer Pistole herum: »Ich bin bei der Gestapo, lassen Sie mich sofort durch!«

»Kommt ganz nach hinten!« rief mein Bruder.
Aber da hielt der Gepäckwagen. »Ach du grüne Neune.«
Wieder nach vorn. Durch das Fenster rein. Vor uns eine dicke Frau, Schlüpfer mit gelben Flecken. Strumpfbänder.

Im Gepäcknetz Stahlhelme und Gasmasken, Soldaten aus Dänemark, Urlauber.

Unten stand Robert.
»Mein armer Jung'... nimm dir von den Sauerkirschen, die sind in der Steinkruke, unten links, im Keller. Und telefonier an Vati, wenn was ist...«
Fenster hochziehen.

»Alles weg«, sagte die dicke Frau.
Die Soldaten schwiegen.

Stettiner Bahnhof.
Wir Flüchtlinge wurden in einen Güterschuppen geführt.
»Einen Augenblick warten! So, nun die nächsten.«
Reisekörbe aus Weidengeflecht. Auf Gepäckkarren und Packerkisten sitzen.
»Wenn Sie Wert legen auf weitere Inauffangnehmung, bleiben Sie hier drin, bis wir Sie holen«, sagte ein Mann und schob die Türe zu.
»Wie hingestellt und nicht abgeholt«, sagte meine Mutter.
»Wir sind doch keine kleinen Kinder.«

»Alles verloren«, sagte die Frau. Sie zog ihren Koffer näher an sich heran. Und ihr Mann wisse noch gar nichts davon.

Bei Nacht wurden wir geholt. Eine Rote-Kreuz-Schwester schob die Tür auf.
»So«, sagte sie munter. »Nun kommen Sie mal alle mit.«

Wir schleppten unser Gepäck durch stille Straßen. Keine Menschenseele. »Watt 'n Uppstand, watt'ne Katerei ...«
Im Mondlicht Häuserwände mit unzähligen Balkons.

Der Große Bär. (»Siebenkäs«) Wo wohl der Kleine Bär steckte? An der Spitze des schwankenden Zuges die Rote-Kreuz-Schwester, eine Feldflasche am Riemen. Ich mit meinen Brandbomben im Tornister, meine Mutter schwerer belastet.
»Es ist ja zum Verzweifeln«, sagte sie, »wären wir bloß zu Hause geblieben.«
Die staatlichen Schwestern seien faul bis zum geht nicht mehr, die könnte doch gut mal mit anfassen.
»In der Fremde, da ist man ja verratzt.«

»Ich kann ja auch nichts dafür«, sagte die Schwester und wartete, bis zwei alte Leutchen mit ihren Packenelchen nachgekommen waren.
Sie fasse lieber gar keinem mit an, sonst heiße es nachher, sie zöge einen vor.
Ein Herr fragte erregt, ob man für uns denn nicht einen Omnibus chartern könne oder so was, das sei ja unerhört.
Wie er heiße, wurde gefragt.

Wir kamen in einen großen, gasometerartigen Bunker. Draußen war er mit roten Ziegeln verblendet, drinnen weiß gekalkt.
»Dies hier ist absolut bombensicher«, sagte die Schwester, »hier passiert Ihnen nichts. Wenn Fliegeralarm kommt, merken Sie das gar nicht.«

In der Mitte des Gebäudes stand ein Generator, der stellte die Stromversorgung sicher.
Leises Summen in allen Kabinen.
Ich ging einmal rundherum.
(»Tu mir die Liebe und lauf nicht so weit weg!«)

In unserer Kabine waren 5 Betten. Ich ließ die Beine baumeln.
Ob wir Geld brauchten, wollte die Schwester wissen. – Müsse man das zurückzahlen?
Ein Teller mit Butterbroten. Jeder eine Apfelsine.
»Fiß, biste patzt«, sagte meine Mutter. Sie selbst könne nicht recht, ihr sei die ganze Geschichte auf den Magen geschlagen.

»Alles verloren«, sagte die Frau. Und wo solle sie denn hin?
»Ich glaub', die hat ihren Schick nicht ganz«, flüsterte meine Mutter. »Die arme Frau.«

Am nächsten Morgen ging ich auf die Straße.
»Das ist die Dankeskirche, mein Kind«, sagte jemand, »von 1871.«

In Gartz war der Empfang ganz anders, Vater wartete mit Kirmse, genannt »Kirmes«, seinem Burschen, unter der Bahnhofsuhr, ein breites Koppel mit Dienstpistole um den Bauch.
Kirmes machte ein bekümmertes Gesicht, er stand einen halben Schritt hinter meinem Vater.

»Sieh da, sieh da, Timotheus, die Kraniche des Ibykus! Da seid ihr ja!« rief mein Vater.
Und er drückte erst meine Mutter und dann mich an seine runde, stramme Uniformbrust.

Servus du, so flüstert er nun leise ...
Mir schmatzte er einen Kuß auf den Mund, das hinterließ einen nassen Fleck, den ich mir nicht wegzuwischen getraute.
Dann sah er sich um, ob nicht vielleicht noch weitere »Hilfstruppen« in der Nähe wären, die uns unterstützen könnten.
»Ihr seid wohl völlig iben, was? Habt allerhandlei erlebt ...«
Und der Junge, hohläugig und blaß. Das sei ein rechter Wahnsinn. Scheiße mit Reiße. Da komme man ja bald nicht mehr mit.

»Vorwärts, marsch!«
Er war »Oberneutlant« geworden, Ortskommandant, mußte Kriegsgefangene auf die umliegenden Güter verteilen.
Er kriege fast nur noch Russen, schimpfte er. Franzosen seien Mangelware, an Engländer gar nicht zu denken.
»Die Herrn vom Stalag in Stettin ... Handke – ein ganz großes Arschloch.«
Lauter Übelmänner. Alles Schikane.
Und wie die Bauern schimpften!
Er könne ja schließlich nichts dafür und müsse sich das dauernd anhören, die lynchten ihn, wenn er mit seinen Scheißrussen ankomme.
»Was sind das aber auch für welche!« Der letzte Dreck. Da seien die Jugoslawen schon ein anderer Schnack.
Prachtvolle Schnurrbärte. Martialische Gestalten.

Aber das sei jetzt ja alles unerheblich, wir müßten uns nun mal richtig ausruhen, zur Besinnung kommen. Er habe schon Anweisung gegeben, klare Sache und damit hopp! Hier gäb es keine Butterschälchen!
Gartz sei eine klein-nette Stadt, wir würden schon sehen.
Plötzlich blieb er stehen. Und nun solle meine Mutter mal ganz stark sein. In der letzten Nacht seien sie wieder in

Rostock gewesen. »Aber bei uns ist nichts passiert. Alles in Ordnung.« Robert habe schon telegrafiert.

Auch das Geschäftshaus sei intakt.

»Denn man tau«, sagte meine Mutter und blickte sich um. Das sei ja großartig, herrlich, wunderbar. Goldene Zeiten. Das werde ja immer schöner.

Sie hatte die Hände in den Taschen ihres karierten Hängers und hielt ihn, da er auseinanderklaffte, auf diese Weise vorn zusammen.

In Rostock sei ja bald nix mehr über, da wären ja bald nur noch Trümmer.

Auch der Kognak wär übrigens weg, der gute Kognak. Ungefähr die Hälfte habe sie im Keller ausgeschenkt, und der Rest sei verschwunden.

»Der gute Kognak?« fragte mein Vater und atmete tief durch.

Ja, als die Bomben krachten, da hätte sie den ausgeschenkt. Oh, er könne sich ja gar nicht vorstellen, was sie habe aushalten müssen. Zigmal die Treppen 'rauf und 'runter, ob's brennt.

»Und der Rest spurlos verschwunden?«

»Ja.«

»Also geklaut. Ausgesoffen! Widerlich. Ekelhaft.« Denn hätte man ihn ja auch zum Fenster 'rausschütten können.

Wir stolperten über das Kopfsteinpflaster des Marktplatzes. Ich ging mal vor und mal hinter meinen Eltern.

»Junge, lauf uns nicht immer vor den Füßen herum.«

Meinem Vater schlug der Mantel hinten auseinander, die blanken Schaftstiefel blitzten.

Kirmes trug die Koffer.

An den Fenstern im Parterre sogenannte Spione.

Zwischen den Kopfsteinen Kamille.

»Da drüben die Kirche«, sagte mein Vater. »Pastor Vorndran, das ist ein ganz vernünftiger Mann.« Mit dem würden wir dann mal alles durchsprechen, wie das nun werden solle und so weiter. Irgendwas müsse jedenfalls geschehen, so könne es nicht weitergehn.

Gasthof »Zum Schwarzen Adler«.
Licht anknipsen und Wasserhähne andrehen: beide Maschinen volle Kraft voraus!
Riesenbetten. Zimmerdecke zum Fenster hin durchhängend. Draußen ein Teerdach und die vergitterten Fenster eines Lagerhauses.
Auf dem Hof wurden Kannen gewaschen.
Die hatten Ausspann.

Mein Vater zog zu uns in den Gasthof. Kirmes brachte die Koffer.
»So leben wir, so leben wir, so leben wir alle Tage ...«
Die sollten ihm mal kommen, denen würd' er schon Bescheid sagen!
Geld spiele keine Rolle.
Wer weiß, wie lange man das noch könne.
Wieso? fragte meine Mutter, komme er denn von hier weg?
Nein, aber es könne ja mal sein, nicht?

Meine Mutter schichtete die Wäsche in den Schrank.
»Dies muß auch mal genäht werden.«
Auf das Abendbrot freue sie sich schon, obwohl sie, vermutlich, nicht recht würde essen können.

Eine düstere Gaststube.
Der Tisch neben Klo und Garderobe war für uns reserviert.
Ein Viehhändler in grauem Kittel. Der ausgefranste Spazierstock, mit dem er Kühe in seinen Wagen hineinprügelte, an der Garderobe.
(»Daß der uns nun mal 'ne Wurst 'rüberschiebt ... nee, da luer upp.«)
Koppel und Pistole meines Vaters hingen neben dem Kuh-Stock und dem Hut meiner Mutter.
»Einer spinnt immer.«

Der Gastwirt schien zu grinsen, das lag aber an seinem Gebiß. Ausgerechnet »Denker« hieß er.
(»Der weiß auch wo Bartels seinen Most holt...«)
Er trocknete sich die Hände ab.
»Was darf's sein, Frau Oberleutnant? Ein kleines Helles?«
Dem mußte ich die Brandbomben zeigen.
Wo ich die Bomben herhätte, wollte er wissen.

Ich kriegte Malzbier. Die Brandbomben gingen von Hand zu Hand.
Das könne ja gar nicht angehn, sagte der Viehhändler, das sei 'ne Brandbombe? Er nahm die Zigarre aus dem Mund.
»Von diesen Dingern 30 und mehr in einer Straße«, sagte mein Vater und kuckte nach allen Seiten. »Zum Teil einfach mit der Schaufel aus dem Fenster geschmissen.«

Du kannst es nicht ahnen,
du munteres Rehlein du...

Und zu den Bomben komme noch ein Regen von Flaksplittern, das gäb es gratis und franco.
»Hol sie doch mal eben runter, mein Junge.«
Ob ich auch meine Briefmarken mitbringen sollte, fragte ich.
»Du lieber Junge ... (Isser nicht süß?)«

Die Flaksplitter hatte ich numeriert und in Watte gepackt.
»Ganz schöne Dubasse... Wer die an'n Ballon kriegt... der sagt auch nichts mehr.«
Mein Vater hielt sich einen an die Stirn.
»Die ritzen schon, wenn man sie sich bloß an die Haut drückt.«

Meine Mutter sei an die hundert Mal nach oben gerannt, ob's brennt. »Mein Getelein...« Trotz Bombenkrachen und Flakgeschieße. Und die Tommies hätten sogar mit Bordwaffen auf sie geschossen. Eine wehrlose Frau. »Ja«, sagte meine Mutter. Sie hatte ihr hellblaues Pelerinenkleid an und fuhr sich mit den Händen die blanken Arme hoch. Ihr sei ziemlich blümerant gewesen, aber was mache man

nicht alles. Nicht einen Augenblick habe sie gedacht, daß ihr was passiert. Nicht einen einzigen. Eine solche Sicherheit, ganz fest... Vollständig ruhig.
»Prost!«
»Ich mein's auch so.«
Und die Männer hätten alle im Keller gesessen und sich gehœgt. Da sei keiner auf den Gedanken gekommen: Ich geh' mal eben mit. Mehr Schiß als Vaterlandsliebe. Widerlich. Ekelhaft.
»Oh, ich hätte sie mit den Köpfen aneinanderhauen mögen.« Und den guten Kognak hätten sie geklaut.
Am besten, man kümmere sich um niemanden mehr, lasse alle selig werden. Denke nur an sich.
(Dem hinzukommenden Apotheker wurde alles noch mal erzählt.)

Dann ging das Skatspielen los. Meine Mutter rückte etwas ab.
Im 1. Krieg hätten sie ja noch Fliegerpfeile gehabt, sagte mein Vater und mischte. Fermé Burgdorf. Damit wäre heute nichts mehr zu machen. Kein Blumentopf mehr zu gewinnen. Klare Sache und damit hopp!
»Achtzehn, zwanzig!«
Einmal hätte er einen Luftkampf beobachtet, 14/18, da hätten sie sich noch mit Handgranaten beworfen. Da wäre das noch mehr so sportlich gewesen. Die hätten womöglich noch gegrüßt, wenn der andere abstürzt.
»Wer kommt 'raus?«
Eine ganze Stadt zu verwüsten – ein Rätsel, wie es soweit habe kommen können. Völlig unverständlich. Die schöne Petrikirche. Und Jakobi. Nicht zu fassen.
»Pik heißt der Vogel.«
Beim heutigen Stand der Technik... Flak, Sperrballons, Jäger. »Staunend liest's der anbetroffne Chef.«

Und nun kommt Distelfink
und denn kommt noch so'n Ding
und denn kommt Fiebelkorn...

(Die spielten Skat mit Zusagen.)
»Und den, und den, und den! Hosen runter! Knien!«

»Junge, du mußt ins Bett, sag gute Nacht. – Was die Kinder heutzutage alles mitmachen ...« Da wäre man selbst doch viel behüteter aufgewachsen. Geborgen. Alle Sorgen abgehalten.

Am nächsten Morgen kroch ich zu meiner Mutter ins Bett. Ihr Kopf zwischen den Kissenspitzen wie bei Wilhelm Busch. Ach, du liebe Güte, und sie hätte recht gedacht, sie könnt noch etwas schlafen.
Das sei so wunderschön, halb wach, halb schlafen. Noch mal 'rumdrehen.
»Steck die Nase ins Kissen«, habe ihr Vater immer gesagt. Sie habe immer nicht gewußt, wie sie das machen soll, die Nase ins Kissen stecken –, sie habe das immerlos versucht. Da könne man ja gar nicht atmen.

Mein Vater tastete mit blinden Augen zur Uhr.
»Wie spät isses denn?«
Schon acht? Noch 5 Minuten ...
Spät war es geworden, gestern abend.
Mühsam ernähre sich das Eichhörnchen, aber dem Apotheker habe man ganz schön die Hosen runtergezogen.
»Im Mohrenarsch ist's duster.«
»Gott, Karl.«

»Schade, daß Roberding nicht hier ist«, sagte meine Mutter, »der gute Junge. So klein wie er ist ... so fix isser. Ein Schlusuhr. Dem passiert nix ...«
Und Urselchen. Mal wieder alle beisammen sein. Wie früher.
Wie war das immer schön gewesen, morgens am Kaffeetisch.

Hoffentlich sei in der Nacht nicht wieder was gewesen. Man müsse nachher mal anwecken. Warum wohl ausgerechnet immer Rostock?
»Ist Rosinat auch weg?«
»Ja, die ganze Straße.«
»Wo soll ich denn nun meine Zigarren herkriegen? Loeser & Wolff liefern auch nicht mehr... Höchst unerfreulich. Miesnitz. – Und die Stephanstraße?«
»Steht.«
Dann hätte man neununddreißig ja da hinziehen können, wenn man das vorher gewußt hätte. Wär' nicht übel gewesen. Die großen Räume. Aber, na – ist egal. »Ist egal.«

Das Offiziersgehalt ging so wie es war zur Deutschen Bank, Tilgung der Schulden. »Fabelhaft«, hatte Kerner gesagt, »fabelhaft, wie Sie das machen.«

Von der Lampe hing ein gelber Fliegenfänger herab.
»Mein Peterpump, du mußt nicht so drängeln«, sagte meine Mutter, »sonst erregst du dich womöglich noch...«
»Zu mir kommt nie einer«, sagte mein Vater.
...Und in der alten Wohnung, nein, wie war das immer schön gewesen. »Was sind das für Ascheimerleute«, hatte meine Mutter gefragt. Und Hoffmann war Sozi gewesen. »Schwarz-rot-senf«, damit hatten sie ihn immer geärgert.
»Sehr wahr.«
Und denn die politischen Versammlungen! Nee, was war das auch immer! Die Ziets – wie sonne alte dicke Köksch.
»Kinder nee, watt hett man all erleewt.«

Wie sie so sanft ruhn
alle die Toten...

Mit Stuhlbeinen aufeinander losgedroschen. Oh, das knackte. »Jetzt müssen wir weg«, habe Vater immer gesagt, »jetzt wird's brenzlig.«
Aber diss, diss war erst richtig. Und was wohl noch alles kommt.
Jija-jija.

Auf dem Nachttisch lag ein Buch. »Die Welt vor 100 Jahren«, eine Postkutsche auf dem Umschlag, Reclam Verlag. Da gäb es noch einen zweiten Band. »Des Reiches Straße.« Wie das so mit der ganzen Kultur gekommen ist. Und das meiste wär in Sachsen und Thüringen passiert.
»Sonderbar. Und das sind vielleicht Schnetzfinken ...«
Mein Vater mußte es wissen, der hatte sie in seiner Kompanie.
Und die Hessen erst! Die sagten ja Gockel und Hinkel, statt Hahn und Henne. Was ein Quatsch.
Wind von vorn.

Meine Mutter hatte »Die Silberdistel« von Ruth Schaumann auf dem Nachttisch. Die sei ja völlig taub. Oder sei sie blind? Und wie man denn so was Schönes schreiben könne ...
Timmermans sei auch nicht schlecht, sagte mein Vater. Pallieter. Wie der da seinen Namen in den Schnee pinkelt. Wenn er in diesem Krieg noch mal nach Holland komme, wolle er den Timmermans besuchen und ihm sagen, wie schön er das Buch fände.

Inzwischen war der Bursche gekommen und hatte die Stiefel geholt.
»Guten Morgen, Herr Oberleutnant.«
Wir duckten uns.
»Kirmes«, sagte mein Vater, »Staub ist der Feind des Leders.«
»Jawoll, Herr Oberleutnant.«
»Erst vor, denn nach. Staub ist der Feind allen Leders.« Als Kirmes wieder draußen war: »Gott, Karl, das kannst du doch nicht machen, das ist doch ein erwachsener Mann.«
»Wieso? Das stimmt doch, oder? Staub ist der Feind allen Leders.« Oder stimme das etwa nicht?
»Uppstahneque.«
Er stieg aus dem Bett, zog Breeches an und Schlappen und rasierte sich.

Die Hosenträger hingen hinten runter.
Mit Vorsicht gegen den Strich, pröben, ob es aufspringt. Hinterher das »Ergebnis« besehen, die abrasierten Stoppeln im Becken.
»Gut dem Dinge.«

Und nun waschen.
»Ring-ring! Backbordmaschine halbe Kraft voraus ...« Die Haut ein wenig spröde. Kaiser Borax mit Holzlöffelchen ins Wasser streuen.
Prustend gewaschen. Oach! breitbeinig. Rutschende Hose. So hatte er sich 14/18 gewiß auch gewaschen, damals in Fermé Burgdorf, unter der Pumpe. »Etappenleben.«
»Es gibt hier so niedliche Belgierinnen«, hatte er geschrieben und: »Wie denkt man bei Euch über Amerika? Uns wäre es eigentlich ganz recht, wenn es mal zum Klappen käme ...«
Würde die Hose gänzlich runterrutschen? Nein, sie hielt.

»Mußt du dich nicht beeilen?« fragte meine Mutter. »Als Oberleutnant darfst du doch nicht zu spät kommen ...«
»Wie du siehst, bin ich gleich fertig.« Gebückt lief er zum Schrank und grabbelte sämtliche Hemden durch.
Außerdem komme er nicht zu spät. Er komme nie zu spät. Pünktlichkeit sei die Höflichkeit der Könige. Und hier in Gartz sei er nun mal der Herrscher aller Reußen. Verstahne vous?

Ein frisches Taschentuch wurde mit Kölnisch Wasser bespritzt. Ritsch-ritsch-ritsch!
Haare kämmen, Uhr aufziehen, einstecken.
»Gentlemen, hier bin ich.«

Dann fuhren wir zweispännig zu Förster Schulz.
Es war ein kalter Apriltag mit scharfem Wind. Der Wagen wippte, und die Bäume glitten einer nach dem anderen vorüber.

»Was macht meine Haut?«
Um die Beine hatten wir Decken geschlagen, das war ganz behaglich.
»Ihr sollt sehen, Förster Schulz, das ist ein netter Mann, hat Kaninchen und Hühner. Da gibt es tüchtig zu essen.«
Pferdegeruch.
»Komisch, daß die auch im Laufen äppeln können ...«

Wer fällt vom Pferde, wenn es furzt?
Das ist des Kaisers Unterurzt.

»Im Weltkrieg«, sagte mein Vater, »im *ersten* Weltkrieg«, so müsse man jetzt wohl richtiger sagen, da habe man ihm mal ein Stück Holz unter den Sattel gelegt. Das Pferd: hinten und vorne hoch. Das arme Tier.

Meine Mutter hatte ihren Hut auf, den mit dem imitierten Vogel, und ein Netz dicht vor dem Gesicht.
Konnte nicht Sommer sein? Mußte es nun so wehen?
Typisch, daß man ausgerechnet in dieser Jahreszeit reiste.
Und: Warum hatte sie den Wintermantel nicht mitgenommen? Zu dumm, der würde nun womöglich noch verbrennen.
Wie man's macht sei's verkehrt. Geradezu blödsinnig. Aber ein Segen noch, daß es jetzt nicht regne! Dann wäre man ja total verratzt.

Zwischendurch wurden Wachen inspiziert.
»Fahren Sie mal eben rechts rein.«
Ein alter Landesschütze mit 5 Russen beim Holzeinschlag.
»Haben Sie überhaupt geladen, Mensch?«
Jawoll, natürlich habe er geladen, sagte der Mann.
»Wieso ›natürlich‹?« schrie mein Vater und öffnete das Schloß.
Dem Mann saß die Mütze auf den Ohren, Hitlerbart. (Die Russen arbeiteten weiter.)
»Das Arschloch hat überhaupt nicht geladen!« und zu Kirmes: »Sehen Sie sich das an! Bewacht 5 Russen und hat sein Gewehr nicht geladen!«

Zuerst habe er gedacht, na, der hat ja gar nicht entsichert? Da muß ich doch mal nachkucken, habe er gedacht, und richtig! Dinge gehen vor im Mond, die ist das Kalb nicht mal gewohnt! Als ob er es gerochen hätte! Auch so ein Thüringer. Der würde Bau kriegen bis zum Schwarzwerden.
»Wenn die nun mit der Axt auf Sie losgehen, he?«
Ab sofort andere Saiten aufziehn, Wind von vorn.
Und in den Wagen steigend: »Und mit denen sollen wir nun Krieg führen.« Wenn das mit Handke passiert wäre, »ich bitte dich«, der wär ja nicht wieder geworden. Wie'n Doofki wäre man sich vorgekommen, oder wie'n Verrückter.
Das wäre bei der Fronttruppe doch anders. Er hätte die größte Lust, sich rauszumelden.
»Man macht sich ja kaputt.«

Das Forsthaus, ganz wie man sich das so vorstellt.
»Diss issja geliebt!«
Mitten im Wald, mit rauchendem Schornstein.
Die dicke Förstersfrau (»ein herzensgutes Menschenkind«), drei dicke Töchter.
Die hätten keinen Mann abgekriegt, hieß es, weil hier draußen keine Gelegenheit zum Kennenlernen wäre.
(Sie zogen Schweißgeruch hinter sich her.)

In der dunklen Stube ein runder Tisch, dahinter ein Ledersofa. An den Wänden zahllose Gehörne und Geweihe. Vor den winzigen Fenstern schwarze Vorhänge mit Holzperlen. Topfblumen, die an Holzkreuzen emporrankten.
»Oh, der Christusdorn, wie ist der schön!«

Ein Hühnerhund, mit Knödeln zwischen den Beinen, schnüffelte mich an. Den lockte wohl der Brandgeruch.
Statt mit dem Stummelschwanz zu wedeln, wieselte er den Rücken hin und her. Ein freundlicher Hund.

Da kam uns auch der alte Förster Schulz entgegengeschlurft. »Zu und zu schön haben Sie's hier!«
»So, meinen Sie? Tag.«
Knickebeinig, sich von Zeit zu Zeit straffend.
(»Ein prachtvoller Mann, ein braver Mann ...«)
Ob wir schon was von Rostock gehört hätten.
Nein, man komme nicht durch, einem schwane nichts Gutes.

Zu Mittag gab es tadelloses Rührei. »Kind, nun iß tüchtig, blöde Hunde werden nicht fett ...«
Schön feucht und mit Schnittlauch drin.
»Linke Hand am Tellerrand!«
Hinterher Wickelkuchen mit warmer Milch.
Jija-jija. Das war der wahre Jakob.
Mein Vater spendierte Old-Gold-Zigaretten, die hatte er vom Stalag bekommen. Irgendwie hing das mit dem Roten Kreuz zusammen. Kleine graue Packungen.

Wohl tausendmal sei meine Mutter nach oben gerannt, sagte er, 50 Stufen jedesmal. Und nun sei womöglich alles vergeblich gewesen.
»Ja«, sagte meine Mutter, als sie die brennende Stadt gesehen habe, hätte sie bald das heulende Elend gekriegt. »So wahr, wie ich hier sitze! Nein, wie isses bloß möglich. Ich denk', mich laust der Affe ...«
Und mein Vater sagte: »Schade, Jung', daß du die Brandbomben nicht mitgenommen hast. Die hättest du hier gut zeigen können.«

Dann ging man zu anderen Themen über.
Alles Thüringer in der Kompanie, nicht auszuhalten.
»Grine Kließ«, das heiße »Grüne Klöße«. Blödsinnig, völlig verbumfeit. So was *könne* ja nichts sein.
Zum Beispiel der eine da heute: bewacht einen Haufen Russen und hat nicht mal geladen!

Dann dämpfte man die Stimme und schaute sich um.
Im Nachbarrevier habe man KZ-Häftlinge arbeiten sehen.
»Fahren Sie schnell weiter«, habe der SS-Mann gesagt.
Die hätten böse ausgesehen. Schlimm.
»Konzertlager«, wurde gesagt, und: »Das rächt sich.«
Aber bloß den Mund halten – »Junge, hörst du?« – Herr Hitler müsse es ja wissen.

Mein Vater hatte seine Kohlekompretten im »Schwarzen Adler« vergessen, er drängte zum Aufbruch. Und dann: »Wollen mal sehen, ob der Junge ein Telegramm geschickt hat.«

Beim Gastwirt lag ein Telegramm. Alles in Ordnung.
Es sei ihr, als ob der Fahrstuhl 'runterginge, sagte meine Mutter. So eine Erleichterung. Das sacke richtiggehend weg.
Wir hörten Nachrichten. Rostock sei wieder angegriffen worden. Das »wieder« betonte der Nachrichtensprecher, als reiche es nun.
Ich kuckte in den Spiegel. Wie wohl Menschen aussehen, die abgebrannt sind ...

Am nächsten Tag machten wir einen Besuch bei Pastor Vorndran. Meine Ohren wurden zuvor mit Kölnisch Wasser gesäubert, Viertausendsiebenhundertelf, auch der Haaransatz. Man würde bald mal wieder baden müssen. (»Was hat er nur für dichtes Haar!«)

Ein riesiger schwarzer Schrank auf dem Flur.
»*Guten* Tach, Herr Oberleutnant«, sagte Pastor Vorndran. »Ich froie mich ganz, ganz doll, daß auch Ihre liebe Frau mitgekommen ist ...«
Er reichte uns beide Hände und strahlte bekümmert: »Schetzt wird alles gut, Frau Kempowski, schetzt wird alles, alles gut.«

Er hatte – wie das Leben so spielt – in Rostock studiert und kannte Meno Sellschopp, von dem meine Eltern allerdings nur wußten, daß es ihn gab.

Nun kam seine Frau. Sie trug dicken Goldschmuck auf dem Busen (»Ein bißchen viel für eine Pastorenfrau ... aber herzensgut ...«) Auch sie froite sich, auch sie gab uns beide Hände.
Warum lasse Gott all das Schreckliche zu? sagte meine Mutter zu Pastor Vorndran. Was er meine? Ob Gott uns 'reinbrennen wolle? All solche Gedanken gingen ihr durch den Kopf!

Ich wurde zu den Kindern gesperrt, in ein Zimmer voller Betten. In der Mitte ein Riesentisch, man quetschte sich daran vorbei. In der Ecke ein weiß lackierter Waschtisch mit Steingut-Wasserkanne und -schüssel.
Ein älterer Sohn, ein achtjähriges Mädchen mit Namen Trudi, Zöpfe, und zwei kleinere Geschwister.
Der Junge stand sofort auf.
»Hier faßt keiner was an!« sagte er und zeigte auf ein Mikroskop, das da stand. Er ging durch die Glastür in den Regen hinaus.

Trudi machte Schularbeiten. Da hatte *ich* es ja gut.
Sie saß mit krummem Rücken da und wiegte sich leicht, dämmerte vor sich hin. An ihren blonden Zöpfen und ihrem Scheitel kräuselten sich einzelne Härchen.

> Jung Siegfried war ein stolzer Knab',
> ritt von des Vaters Burg herab ...

Das sollte sie abschreiben. Ein Holzschnitt über dem Gedicht: ein Ritter, dessen Roß auf einen Totenschädel tritt.
Trudi nagte an der Kappe ihres Füllers, gab sich einen Ruck, schrieb ein Wort und dämmerte weiter vor sich hin.
Auf dem Tisch stand ein Blechmüller mit Uhrwerk, der schob auf dem Kopf einen Blechsack in die Höhe. Wenn er

es eben geschafft hatte und wieder unten war, fiel ihm der Sack auf den Kopf.
»Höhlenkinder im Pfahlbau«, mal sehen, was auf Seite 210 stand.

Als Trudi endlich fertig war (»Kind, nun mach doch zu!«) raffte sie ihre Sachen zusammen, zog ihren Schlüpfer hoch und sagte: »Ich hol' eben Gila.«
Gila war ein schwarzhaariges Mädchen, Augenbrauen zusammengewachsen. Die umfaßte ihre eckigen Knie und ließ sich auf eines der Betten fallen.
Ob man *sie* dazu bringen könnte, Wiederbelebungsversuche zu machen?

Nein, Puppenwäsche wolle sie nicht waschen, lieber Flaschendrehen spielen. »In wen ist der verliebt, auf den die Flasche zeigt?«
»In Hermann Göring«, sagte man zunächst. Etwas später wurde dann »in Gila« gesagt.
Schließlich wurde Trudi sonderbar. Derjenige, auf den die Flasche gleich zeige, sei vielleicht verliebt in die – – – in die Zeit? Fragend sagte sie das, und sie kuckte dabei in eine Zimmerecke.

Das Mädel sei ja wonnig gewesen, wurde hinterher gesagt. »Hast du die Augen gesehen?«
Ja, und der Pastor, ein herzensguter Mann.
Der Schrank, der sei gut und gerne seine ... na, was sage man, jedenfalls allerhand. Das wäre ja Einlegearbeit.
Ob der ins Pfarrhaus gehöre?
Vielleicht kaufe man später doch noch mal einen Mahagoni-Tisch, einen alten.
Und einen anständigen Teppich. Unsere seien ja verheerend. »Und ein Auto«, sagte mein Vater, »später, wenn der Krieg vorbei ist.« Aufs Fahrrad steige er jedenfalls nicht mehr.

Meine Mutter hielt es nicht lange.
Es stehe ihr zwar bevor, aber nun müsse sie nach Hause. Hoffentlich sei nicht doch noch was passiert.
»Beschrei es nicht«, sagte mein Vater und klopfte auf Holz, man habe schon Pferde kotzen sehn.
Er versprach, von der Zahnarztwitwe wegzuziehen, er müsse zugeben, das sei ein unhaltbarer Zustand.
Ja. Gut. Die Person sei ja auch ziemlich ordinär.

Robert holte uns ab.
Durch rauchende Trümmerstraßen schleppten wir die Koffer. Das Fahrrad hatte er wegen der Glassplitter zu Hause gelassen.
Schlauchleitungen quer über dem Fahrdamm.
Gegen solche Angriffe sei kein Kraut gewachsen, sagte Robert. Der nächste hänge quasi wie ein Damoklesschwert über einem.
Und das Saubermachen, zu Hause, das würde eine Danaidenarbeit, darauf solle sich meine Mutter man schon einstellen.

Als wir die Wohnung betraten, schlug meine Mutter aber doch die Hände über dem Kopf zusammen. Sie lehnte sich an den Türpfosten.
»Nein – wie sieht es hier aus!« Das sei ja eine gottvolle Unordnung. »Man arbeitet, daß einem das Blut unter den Fingernägeln hervors-prützt, und ihr – ihr laßt alles verrotten.« Das sei das Polnische in unserer Familie, da käm's mal wieder zum Durchbruch.
Ihre Mutter habe an ihr, als Kind, mal eine Rute zum Strunk gehauen, nur, weil sie nicht gesegnete Mahlzeit haben sagen wollen ... aber dies, nee. »Man bittet, man fleht, aber ihr, nein, ihr tut es nicht.« Ob er ein Dæmelklaas sei oder was? Er hätte doch wenigstens das Geschirr abwaschen können! Oder mal durchfegen! »Nicht eine Tasse mehr sauber, nicht eine einzige. Nein, wie isses nun bloß möglich.«

Von Dr. Krause wurde bestes Brunnenwasser geholt, kristallklar, und im Waschkessel warm gemacht.
Die zerbrochenen Scheiben ersetzte Herr Kröhl durch Röntgenfilme und Pappe. Der Glaser kriege in der nächsten Woche Glas genug, hieß es.
Wasser, Gas und Strom, das komme bestimmt sukzessive auch wieder, sagte meine Mutter, nach und nach, dazu seien die Nazis viel zu schlau. Das ließen sie nicht auf sich sitzen. Wir sollten sehen, das Rad drehe sich, so könne es ja nicht weitergehen.

Wo denn die ganzen Sauerkirschen geblieben seien?
»Du hast doch gesagt, die können wir aufessen ...«
Aber doch nicht die ganzen!

Manfred war geknickt. Der Tresor der Hauptgenossenschaft hatte gehalten, die Briefmarken waren gerettet. Aber hinter jeder postfrischen Marke war ein kleiner brauner Punkt. Alle hinüber. Auch die München-Riem.

Er frage sich, ob wir wohl für die Angriffe Abzeichen verliehen bekämen? Und wer was verloren habe in Gold? Vielleicht würden auch Briefmarken herausgegeben? Den lodernden Petriturm als Zwölfer plus 5 Pfennig für die Bombengeschädigten? Oder die Marienkirche. Die böte jetzt einen tollen Anblick, alles rings herum wär weg.

Ob ich übrigens wisse, daß die Schule abgebrannt sei?

19

Sörensen, den Dänen, sperrten die Nazis ein.
»Weg vom Fenster« oder »verreist«, hieß es. Eingelocht.
»Der arme Mensch.«
»Ob sie ihn sehr schlagen?«
Wir hörten, daß er im Hotel Schröder zerstörte Grundstücke in seinen Stadtplan eingetragen habe. In aller Öffentlichkeit.
Ausgebrannte Häuser schraffiert, Sprengbomben-Reihenwürfe angekreuzt. Mal eine Übersicht kriegen.

»Ein unverzeihlicher Leichtsinn, woll verrückt geworden ... Ein richtiger Blödmann. Völlig iben.«
Dummheit müsse bestraft werden.
Ein Soldat sei mit dem Seitengewehr auf ihn losgegangen.
»Kommen Sie mal unauffällig mit.«
Der Wirt habe quasi das Bier überlaufen lassen. Stielaugen. Wunder, daß sie ihn nicht gleich totschlugen.

Aber: »Als ob ein Spion sich mitten in ein Lokal setzt«, sagte meine Mutter. Das allein wär schon ein Beweis seiner Unschuld. Spione gingen doch ganz anders vor, nachts, mit einer Taschenlampe. Spione erkenne man nicht gleich, die seien raffinierter. Und die erforschten auch nicht das Kaputte, sondern umgekehrt. Flugplätze meldeten die und Gasometer.

Jenssen saß auf dem Sofa und Berg lief hin und her und rief: »Das können sie doch nicht machen!«
(»Haben Sie eine Ahnung, was die können.«)
Sie müßten gleich an ihren König telegrafieren.
»Nu man longsam, longsam«, sagte Jenssen, den meine Mutter nicht sehr schätzte. Der habe so weibische Hände

und kucke immer so lauernd: »Wenn einer ein Spion ist, dann der...« Bei dem könne sie sich das schon eher vorstellen.
Jenssen schob die Gardine zur Seite und blickte auf die Straße. »Immer longsam.« Jetzt müsse man kaltes Blut bewahren.
»Ja«, sagte mein Bruder, »kalt' Blut und warm' Unterge-wand.« Er spuckte Tabaksreste auf den Teppich und wollte eine Platte auflegen.

Deep in the heart of Texas.

Das sei in diesem Augenblick doch wohl nicht das Richtige, wurde gesagt. Das solle er man lassen. Vielleicht lebe Sörensen gar nicht mehr, und wir seien hier lustig.

Am nächsten Tag machte meine Mutter sich fein und brachte belegte Brote zur Gestapo. Jagdwurst. »Hoffentlich kriegt er das auch.«
»Ja«, das kriege er schon, sagte der Pförtner, aber das Vergißmeinnicht da drauf, das dürfe er nicht aushändigen, das könne ja was bedeuten.
Das *solle* ja auch was bedeuten, antwortete da meine Mutter.

Sie ließ sich nicht abwimmeln und drang sogar zum Gestapo-Führer durch. Sie sei Deutsche, ihr Mann Reeder und jetzt Oberleutnant, der habe den ganzen Weltkrieg mitgemacht: keine einzige Verwundung und immer in der vordersten Linie. Sörensen ein ganz harmloser Junge aus guter Familie, die Sache mit dem Stadtplan eine Kinderei, ein Irrtum, weiter nichts.
Das könne er ihr glauben. Er wisse doch, wie junge Menschen sind, impulsiv, lebhaft...
»Nein«, sagte der Gestapo-Mann, so sei das ja nun nicht. Am 9. April, das sei festgestellt worden, habe Sörensen sogar einen Trauerflor getragen.
»Am 9. April? Einen Trauerflor?«
Nun ja, am Jahrestag des Einmarsches der deutschen Truppen in Dänemark.

Aber das sei doch durchaus verständlich, rief meine Mutter, eine patriotische Liebe zum Heimatland und zum König, das sei doch nicht gegen Deutschland gerichtet... Die Dänen liebten eben ihren König und alles, was damit zusammenhängt. Glühend! So wie wir unsern Führer, oder, früher, sie, in ihrer Jugend, den Kaiser. Oh, sie wisse noch, wie sie gejubelt habe, als der Kaiser zum Rennen nach Wandsbek gekommen sei. Ganz außer sich gewesen.
»Bitte, bitte, lassen Sie ihn doch 'raus!«
Da habe der Beamte so gelächelt, so fein vor sich hingelächelt und habe auf dem Schreibtisch herumgekuckt, ob vielleicht was nicht in Ordnung ist.
»Ich lege meine Hand dafür ins Feuer«, habe sie noch gesagt, »daß er keine Dummheiten mehr macht.«
Da habe sich der Gestapomann erhoben und sei ans Fenster getreten.
»Was glauben Sie, Frau Kempowski«, habe er gesagt, »wieviel schlechte Menschen es gibt. Es wimmelt in Deutschland von Spionen...«
Aber sie habe immer wieder gesagt: »Bitte lassen Sie ihn doch 'raus, wir bürgen für ihn.« Er sei bestimmt unschuldig, »glauben Sie mir das.«

Schließlich raffte sich auch Denzer auf, unser Teilhaber. Rühmte Umsicht und Pflichteifer des jungen, temperamentvollen dänischen Mitarbeiters und wies auf dessen Unersetzlichkeit hin. Man arbeite am Tonnageeinsatz-Ost, er müsse wohl nicht deutlicher werden. Da stehe was auf dem Spiel, das könne man ihm glauben.

Nach 14 Tagen tauchte Sörensen also wieder auf. Sichtlich abgemagert saß er am Wohnzimmertisch und erzählte.
Über dem Flügel das Schiffsbild von Konsul Discher. Die weinroten Übergardinen.

> Frühling läßt sein blaues Band
> wieder flattern durch die Lüfte.

Wahnsinnige Angst habe er gehabt, an der Wand gestanden und dauernd das Vaterunser gebetet...
(»Junge, hol doch mal eben den Quarkkuchen aus der Speisekammer!«)
Das Fenster sei zu hoch zum Rausspringen, habe der Gestapo-Mann beim Verhör gesagt, er solle vernünftig sein. Und vor der Tür stehe ein Posten. Flucht zwecklos. Mit welchem Geheimdienst er zusammenarbeite. Und Mittäter, welche Mittäter er nennen könne. Das ganze Netz solle er aufdecken, dann könne er sofort nach Hause gehen.

Aber bald schon habe er von ihm abgelassen. Sonderbarerweise. Das habe er gar nicht erwartet.
Wann das gewesen sei, fragte meine Mutter. Am Donnerstag oder schon am Mittwoch?
Das wisse er nicht genau. Donnerstag oder Freitag. Möglicherweise könne es der Freitag gewesen sein.
Und ob er das Brot gekriegt habe mit dem Vergißmeinnicht. – Ja, das Brot habe er gekriegt.
(»Danke, mein Jung', und nun noch den Apfelsaft.«)
Ob er auch das Vergißmeinnicht gekriegt habe? Der Pförtner habe gemeint, das könne er nicht aushändigen, das bedeute womöglich was, sei das nicht rasend komisch? Ob er das gekriegt habe?
Doch, eine Blume sei auch dabeigewesen. Wie heiße die? Vergißmeinnisch? das sei ja ein komischer Name.
»Wie Jelängerjelieber«, sagte mein Bruder und hob den Zeigefinger, »oder Rührmichnichtan. Noli me tangere: wolle mich nicht berühren.«

Wenn noch einmal das Geringste passiere, dann sei er dran, habe der Beamte bei der Entlassung gesagt. »Sehen Sie sich vor, Sörensen, wir spaßen nicht.«
»Vielleicht hatte der einen Narren an dir gefressen«, sagte mein Bruder, »weil du so germanisch aussiehst.« Und Denzer, der habe sicher den Ausschlag gegeben. Der sei im

Grunde ein anständiger Kerl. Im vorigen Krieg habe der ein Bein verloren, auch keine Kleinigkeit.

Was er so den ganzen Tag gemacht habe, wollte meine Mutter wissen, im Gefängnis, sie glaube, sie könnte das keine 3 Stunden aushalten, das sei ihr schleierhaft.
»Was meinen Sie, Frau Kempauski, was ein Mensch alles aushalten kann«, sagte Sörensen.
Er habe immer aus dem Fenster gekuckt, ob ihn jemand sieht. Zeichen machen. Aber niemand habe hinaufgeschaut. Alle zu blöd. Obwohl die sich doch denken könnten, daß da aus dem Fenster einer rauskuckt. Daß keiner so was organisiere... Niemand kümmere sich um einen, wenn man da sitze. Keiner. Abgeschrieben, aufgegeben, erledigt. Oh, er habe die Menschheit gehaßt.

19 Nationen seien sie gewesen, 19 verschiedene Nationen. Mit einem Franzosen habe er aufgeschnittene französische Illustrierte entziffert, Klopapier. Französisch – eine schöne Sprache. Er habe schon von jeher bedauert, daß er kein Französisch spreche. Viel lieber würde er Französisch als Deutsch sprechen. Das sehe man ja, wo man damit hinkommt.
Er sei jetzt verbittert, sagte meine Mutter, das Rad drehe sich, sukzessive komme alles wieder in Ordnung. Bald würde er wieder fröhlich sein.

Am vorletzten Tag hätten sie ihm ausgerechnet einen Russen auf die Zelle gelegt. Unwahrscheinlich dreckig. Das sei vermutlich eine Schikane gewesen. Mit dem habe er Bindegarn aufknüpfen müssen, noch Kornähren dran, ausgepult, gegessen. Aus dem Bindegarn habe er sich einen Gürtel geflochten, die Hose sei ihm ja dauernd heruntergerutscht.

Ob auf dem Stadtplan ein System der Zerstörung sichtbar geworden sei? fragte mein Bruder.

Soweit er sich erinnere, sei es weniger als er gedacht und ziemlich durcheinander. Hier was und da was. Aber davon wolle er nun nichts mehr hören.

Seine letzte Brotration hatte er mitgebracht. Die werde er bis zu seinem Tode aufbewahren. »Unser täglich Brot gib uns heute«, das habe er gelernt in den Tagen. Überhaupt Gott – das sei doch wichtig. Und Kultur. Darauf müsse man noch mehr achten. Konzerte und all das.

Da er auch ausgebombt war, nahmen wir ihn zu uns. Ullas Zimmer war ja frei. Da konnte er wohnen. Eine weite Aussicht über die Stadt.
Das gehöre sich eigentlich nicht, schrieb mein Vater, aber »meinswegen«.
Das Konfirmationskreuz wurde weggepackt, desgleichen der Korken mit den drei winzigen Würfeln. Geblümte Gardinen. Tischdecke und Lampenschirm vom gleichen Stoff.

Während er sich einrichtete, Badewasser heiß machen. Erst mal richtig abschrubben, den ganzen Dreck runter. »Und die Flöhe!« wir machten uns keinen Begriff. Flohstiche mit Nikotinzunge belecken, das helfe.

Das Abendbrot bekam er ans Bett.
»Bitte Salz und wo bleibt Ei? was iss das hier für Wittschaft?«

Zur Stärkung fuhr er bald darauf nach Dänemark, zu seinem Vater in die weiße Villa mit Park und eigenem Strand.
»Sie kommen doch wieder?« fragte meine Mutter. Es habe sich so was wie eine Freundschaft angebahnt, es wäre doch schade, wenn das jetzt zerrissen würde. All das Leid verbände doch. Er solle mal denken, nicht alle Deutschen

seien schlecht. Nazi und Deutscher, das sei ein Unterschied.

Leider habe er die deutsche Fähre erwischt, schrieb er, Kohlsuppe!
»Typisch«, sagte mein Bruder, »das ist typisch.«

Da unsere Schule zerstört war, zogen wir zu den Mädchen ins Lyzeum.
»Unsre schöne alte Schule!« Der gemütliche Hof und die sieben Linden. »Wer fährt heute über?« Unwiederbringlich dahin.

Das Lyzeum war ein modernes Gebäude aus der »Systemzeit«. Ursprünglich »der Kasten« genannt. Die Nazis beseitigten das »Artfremde«, sie setzten ein spitzes Dach oben drauf. Eine ständig falsch gehende Riesenuhr mit Strichen statt Ziffern an der Wand. Türen mit asymmetrischer Verglasung.

Die Klassenräume waren »licht und luftig«. Komisch, daß auf den Stühlen früher Mädchen gesessen hatten.
(»Die Abgebrannten mal alle aufstehn.«)
In den Klos fehlten die Pinkelrinnen. Der Gang, der hinüber in den Mädchentrakt führte, war mit Tischen und alten Bänken verstellt.
Die große Freitreppe durfte nicht benutzt werden, man mußte hintenherum gehen. Man hätte ja mit Mädchen zusammentreffen können. Aber die durften die Treppe auch nicht nehmen, die mußten von der anderen Seite hintenherum gehen. Und da begegnete man ihnen dann doch.
»Hast du die Köster gesehen?«
Die war sechzehn und hatte Innenrolle. Angeblich strenge Eltern.

Über den Hof lief vom 2. Fenster der Turnhalle bis zum Fahrradstand die unsichtbare Geschlechtergrenze. Die durfte nicht überschritten werden. Auf ihrer Seite wurden die Mädchen von der Lehrerin zurückgeschüchert, wir auf unserer vom Aufsichtshabenden. »Heb das Papier da mal auf.«
Die Mädchen hakten sich unter und übten Lambeth-Walk oder was das war; wir standen hordenweise beisammen und grölten.
»Wie die Tiere.«

Gina Quade trat knicksend zur Lehrerin. Ja, sie dürfe reingehen, irgendwas aufräumen.

Manchmal wurde man von rohen Mitschülern gepackt und mit Gewalt über die Geschlechtergrenze geschoben, so sehr man sich auch wehrte.
»Blomert, Sie können wohl auch nicht dafür? Gehen Sie hinein und melden Sie sich bei Ihrem Ordinarius.«

Meine Haare kämmte ich jetzt nach hinten. Das nahm sich in den Spiegeln meiner Mutter vorteilhaft aus. Oben und an der Seite Wellen. »Was hast du für schönes Haar...« Gerade richtig.
Saß die Nase nicht ein wenig schief?
Dazu die neue Hornbrille. Das würde die Gurkenform des Kopfes mildern. »Geht's besser so oder so?« hatte der Optiker gefragt und mir die Gläser reingeschoben.
Mein Großvater war Brillenträger gewesen, mein Vater war Brillenträger und nun auch ich.
»Ein Vermögen haben wir schon zum Optiker geschleppt.«
»Puh, ist die scharf«, sagte meine Schwester und nahm sie gleich wieder ab.
Mein Bruder hingegen meinte, das sei ja bloß Fensterglas. Er hatte sich gerade eine geschliffene Sonnenbrille machen lassen, Zeiss Umbral. Asig teuer. So eine wie Michael.

Mit dem Putzen, den Bogen mußte man auch erst heraushaben. Wie sollte man den bläulichen Fettfilm entfernen? »Das wird dich noch hart ankommen«, sagte mein Bruder, Brillenträger zu sein – da sei man recht gehandikapt.

Mit meinen Schulleistungen stand es nicht zum besten. (Man meldete sich jetzt nicht mehr mit dem Finger, sondern lässig mit der ganzen Hand.)
»Junge, was ist bloß los mit dir? Es ist ja zum Verzweifeln ... Ich würd mich ja mal tüchtig auf den Hosenboden setzen ... das wäre doch gelacht!«
Sie selbst allerdings, wenn sie ehrlich sein solle, habe es auch nicht immer gut gemacht. Sie sei immer viel zu aufgeregt gewesen. Einmal sei sie mit offenen Schuhen von zu Hause losgelaufen. Aber damals sei das noch was anderes gewesen, da habe das Lernen noch nicht *die* Rolle gespielt. Das sei ja vorsintflutlich gewesen.
»Bücher lesen – so was gab es ja überhaupt nicht.«
In ihrer jungen Ehe habe sie zum ersten Mal ein Buch angefaßt. »Und Vati, der war ja faul wie'n Bohnensack«, bis er mal vom Oberlehrer Lehmann ganz gewaltig welche hinter die Löffel gekriegt habe. Da wär' es auf einmal gegangen. Da sei es ihm wie Schuppen von den Augen gefallen.

Zeichnen war ja noch harmlos.
Der Zeichenlehrer wurde »Audax« genannt, weil er »Kühn« hieß. Bei dem hatte ich es gut, weil ich, statt Bilder zu »Der Winter ist ein rechter Mann« zu malen, Kirchen konstruierte. Allerdings wunderte er sich, daß mir die Türme immer so klein gerieten.
»Welcher Kommunist hat hier die Büchsen umgeschmissen?«

Auch das Turnen bei Edmund Ballon (»man betone auf der ersten Silbe«) ging noch an.
Bevor wir auf den Hof marschierten, schritt er die Reihe ab

und tickte jedem an die Brust: »Ständer, Ständer, Ständer, Ständer, Schnur, Schnur, Schaufel, Harke, Besen, Schlüssel ...« Dann hatte er immer alles beisammen.
Am Reck beanstandete er den Klosettsitz.

Schlimm war Latein.
Statt Vokabeln zu lernen, betete ich zu meiner Privatgöttin Santa Claude. Das half nicht immer. Auch das Gelübde, den ganzen Schulweg über nicht auf Pflasterritzen zu treten, versagte.
Studienrat Jäger schlug mit der flachen Hand aufs Pult: »Zum Deibel, heertema!« Wieder einmal aus der Konstruktion gefallen!
Auf dem Rücken hatte er eine Juckstelle, sein Hemd sei da immer ganz kaputt.
»Übernervös«, sagte meine Mutter, »völlig degeneriert.«

Daß »contra« »gegen« (im feindlichen Sinne) heiße und »vae victis!« »Wehe den Besiegten!«, das war noch zu behalten. Aber: »Zweite Person Singularis, Imperfecti, Konjunktivi von amare ... Kempowski, unterstützen Sie mich ...« Das war zu viel verlangt.
Bei velle, nolle, malle streckte ich dann die Waffen.

Robert wurde als Helfer angestellt. Ich hätte wohl bisher den lieben Gott einen guten Mann sein lassen, was? Mit *mir* Latein zu treiben, das sei ein fragwürdiges Unterfangen, er unterzöge sich jedoch gerne dieser Mühe, a, weil er Geld dafür bekomme, b, weil es, weil ... Es wäre ja ein Armutszeugnis, wenn wir das nicht hinkriegten.

Latein sei nicht so unnütz, wie ich dächte. »Uniform« zum Beispiel – wer Latein gehabt habe, der könne so ein Wort ohne weiteres verstehen. Und »merito«, das lasse sich gut mal in einer Unterhaltung anbringen. Merito – mit Recht. Wenn einer was sage, was einem gefalle, dann antworte man einfach: »Merito.« Der kucke dann dumm.

Er selbst habe zuerst auch nicht lernen wollen, aber Studienrat Koch habe gerufen: »Dich laß ich nicht verfaulen!« Und zu den andern habe er gesagt: »Gardegrenadiere! Kerls wie Gardegrenadiere ...« und habe sie hier vorn an der Brust gepackt und hin- und hergeschüttelt.
Davon zehre er noch heute. Das sei ja das Schade, daß sie den eingezogen hätten.

Er gab mir eine Spalte Vokabeln auf, setzte sich nach vorn und hörte Platten.

> The cross-eyed cowboy
> with the cross-eyed horse ...

»Noch mal!« sagte er, wenn ich was nicht wußte.

Wegen Mathematik gab man mich zu Matthes nach nebenan. Der würde sich freuen, der Arme, hieß es, der habe ja nur die schmale Pension. »Immer mit seiner Frau, das ist auch nicht so einfach.«

Vom Luftschutzkeller her kannte ich ihn und von der Eisbahn. Auf der Eisbahn suchte er sich eine ruhige Ecke und fuhr konsequent immer auf derselben Stelle eine Acht. Er tat das so lange, bis rötlicher Ziegelsplitt des unter dem Eise liegenden Tennisplatzes in den Rillen erschien. Dann hatte er es geschafft, dann schnallte er ab und ging nach Hause.

Matthes saß am Eßzimmertisch. Ein rotes Lämpchen ersetzte dem Geräuschempfindlichen die Klingel.
Bevor es losging (»a hoch null gleich eins«), stopfte er sich mit einem röhrenförmigen Gerät Zigaretten auf Vorrat. Den Tabak entnahm er einem mit Holz ausgekleideten Blechkasten, auf dem ägyptische Sklaven Felsen schleppten. In diesen Kasten ließ er die Tabakstäubchen zurückfallen.

Seit wann ich meine Haare zurückgekämmt trüge? wollte er wissen. Das wär wohl eine Art Mannbarkeitsritus, wenngleich schmerzfrei?
Bei den Spartanern habe mal ein Knabe einen Fuchs unter dem Gewand gehabt und aus Ehrgefühl nicht gesagt, daß der ihm die ganzen Eingeweide zerfleische.
Und: die Hand ins Feuer halten, das sei auch nicht so einfach. Das sei keine Kleinigkeit.
In Tibet, die Mönche, die ließen sich gar einmauern ...
Doch das führe zu weit. Wo war man stehengeblieben?

Trotz seiner jüdischen Frau hatte man ihn zum Schachspielen nach Spanien gelassen. Da habe er tatsächlich Apfelsinen kaufen können. Die wüchsen da auf Bäumen, wie bei uns die Äpfel.
Und vor dem Krieg habe er mal Pflaumen in Lugano gegessen.
»a hoch minus eins.«

Er wußte ein Verfahren, mit dem man die Sandkörner am Strand von Warnemünde hätte zählen können, wenn man sie hätte zählen wollen. Das war ganz interessant.

Der Krieg könne seiner Ansicht nach nicht mehr gewonnen werden. Es laufe auf ein – wie der Schachspieler sage – »Remis« hinaus. Die Gegner zögen sich auf ihre Grenzen zurück und alles sei dann wie zuvor.
»Ein Schlachten war's, nicht eine Schlacht zu nennen«, so würden spätere Generationen urteilen.

»Und was hast du sonst noch auf?« hieß es, wenn ich nach Hause kam.
Bei mir müsse man ja ständig auf dem Qui vive sein, da komme das Polnische aber dicke 'raus. »Und hast du Klavier geübt? Auf Ehre?« Immer müsse sie dibbern und dremmeln, das sei im höchsten Grade unerquicklich.

Meine Bettkante war ziemlich breit, die benutute ich als Straße. Darauf fuhr ich mit Fernlastern hin und her. Ein neuer, kühlerloser Omnibus, der roch noch nach Maschinenöl. Drei oder vier wollte ich davon haben. Aber leider gab es die nicht mehr.

Meine Halmasteinarmee war durch Kauf und Tausch auf über 500 Stück angewachsen. Das Aufstellen dauerte eine halbe Stunde. Aus Plumeau und Steppdecke machte ich mir eine Burg und von dort aus beschoß ich die Armee mit kleinen Steinen.
»Nu räum mal deine Scheiße hier weg«, sagte mein Bruder, »man weiß ja bald gar nicht mehr, wo man hintreten soll.« Dann aber langte er sich auch ein paar Steinchen und beschoß die da unten wie ich. Und er freute sich, wenn sie unter das Bett spritzten.

In mehreren Schulheften hatte ich die Armee registriert, immer wieder zählte und ordnete ich sie. Die Offiziere standen sogar namentlich fest, auch ihre Besoldung – kleine Silberpapierkügelchen – war geregelt.
Der Monarch mit dem Astknorren auf der Brust wohnte in einer Schublade meines Sekretärs.

Nachts las ich mit einer Taschenlampe Zukunftsromane unter der Bettdecke oder, wenn die Batterie alle war, mit zwei Leuchtblumen.
Ein Zwirnsfaden, der so stark wie ein Stahlseil ist. Mattscheiben, leise surrende Maschinen.
»Die Zertrümmerung Berlins im Jahre 1936«: wie lächerlich, 1936, das war ja längst vorbei.

Sörensen kam wieder.
Riesige dänische Zeitungen lagen herum, unbegreiflich umfangreich. (»Kvalität.«)
»... daß man die hier so ohne weiteres kriegt ...«

Armselig dagegen der »Rostocker Anzeiger«. (VERLOREN – GEFUNDEN.) Der lag auf der Treppe.

Vernichtungsschlacht im Raume Charkow.

Nie gesehene technische Apparate brachte er mit. Ein Gerät zum Nachschärfen von Rasierklingen. Made in England. Eine Taschenlampe mit Dynamo und eine Menge Pfeifen, 32 Stück. Zierliche und Kolben wie Baumstümpfe. Auch solche in Form eines Hörrohrs.
Man dürfe jede Pfeife nur einmal benützen, dann müsse sie erst wieder kalt werden, sagte er. Sonderbarerweise nahm er aber immer nur eine mit ins Geschäft.
Und das richtige Einrauchen. Das könne nicht jeder. Das sei schauderhaft. Da brenne einem die Zunge. Die Tabakshändler lächelten, wenn man eine Pfeife kaufe, die kennten das. Und man selbst lächle dann auch.

Er rauchte Preßtabak. Von der Platte schnitt er ein Eckchen ab, rubbelte den Tabak zwischen seinen behaarten Händen, bis er wolkig aufblühte. Dann wurde er wieder zusammengewriemelt und in die Pfeife gesteckt. Feuerzeug darüber, daß sich die Flamme bog. Mit seinen mächtigen Zähnen – sie standen alle einzeln – hielt er sie. Kerngesund, Kraft.

»Hm, wie gut das riecht«, sagte meine Mutter, »wie Pflaumen oder Honig.«
In ihrer jungen Ehe habe ihr Mann auch Pfeife geraucht, aber so gut gerochen habe das damals nicht, das wär mehr was für Arbeiter gewesen.
Eine Schachtel reiche wohl'n ganzen Monat, was?
»Hydraulisch gepreßt«, sagte mein Bruder, »wenn ich mich nicht irre.«
Aber vermutlich rieche der Tabak besser als er schmecke.

Sörensen trug kleinkarierte Jacken, winzige Krawatten, steife Kragen. Einen Trenchcoat mit Schulterstücken und Lederknöpfen. Den Kragen aufgestellt.

Bei heißem Wetter einen Strohhut: Englische Mode. Alle Engländer trügen im Sommer solche Strohhüte. Sogar Kreissägen.
Die Dänen kleideten sich nach englischer Mode, durchweg, die sei ja führend in Europa. Englische Wolle, Australien. Die beste der Welt.
Ich erbte einen dunkelbraunen Zweireiher mit großen Revers und Wattepackungen auf den Schultern. Die kamen mir sehr zugute.
»Den hab' ich aus Dänemark«, sagte ich in der Schule.
»Bei uns wohnt ein Däne. Ein Däne aus Kopenhagen.«
Alle Gespräche begann ich mit: »Bei uns wohnt ein Däne aus Kopenhagen ...«

Gegen den Protest meiner Mutter half er mir einen Lautsprecher nach hinten legen. Der funktionierte allerdings nie.
Mangels eines Hammers benutzten wir eine Schere zum Klopfen. Die Schnur sei wohl zu lang, sagte er, man würde das ändern müssen, später. Vielleicht einen Verstärker dazwischenschalten, mal sehn.

Elektrizität?
Mit einer Bürste und Zeitungspapier erzeugte er elektrische Funken. So sei das zu verstehen. Das fange man auf und treibe damit dann Maschinen an.
»Das müssen Jungens dürfen, basteln«, das habe er zu Hause auch gedurft. In der Schule hätten sie sogar Handarbeit gehabt, er könne seine Strümpfe selber stopfen.

Als Junge hatte er mal Flaschenposten in den Kleinen Belt geworfen. *Eine* Antwort sei gekommen, aus Holland. – Ich kuckte mir das auf der Karte an. Das mußte man auch mal machen. Oder war das verboten?

Wir tauschten Briefmarken. Hitler-Block 1936.

Wer ein Volk retten will,
kann nur heroisch denken.

Er lese immer »reiten« statt »retten«, komisch, nicht?

Wer ein Volk *reiten* will,
kann nur heroisch denken.

»Pst! laß das bloß keinen hören!«

Ich mußte ihm deutsche Kraftausdrücke beibringen.
Arsch und Scheiße. Die stünden ja in keinem Wörterbuch.
Satanslord, das sei das schlimmste dänische Schimpfwort.
Oder einfach »skidt«. Scheiße.
Arsch und Scheiße – gut. Aber es gebe doch bestimmt noch andere Schimpfwörter in Deutschland, bösere. Was man da unten so macht. Ob ich das verstünde?
Naja, scheißen ...
Nein, das meine er nicht.
Pissen?
Nein, das auch nicht. Na, well, er würde meinen Bruder fragen.
Am besten fluchen könne man auf Englisch. God damn! das erleichtere richtig. Was sei dagegen »verdammt«? Viel zu zahm. Nein, die Deutschen könnten nicht fluchen. »Arsch«, wie klinge denn das.

»Rødgrød med fløde«, das heiße doch »Rote Grütze mit Milch?« fragte meine Mutter.
Ja. Wie Fischers Fritze fischt frische Fische. Oder: der Cottbusser Postkutschkasten.
Oh, das könne er? Großartig! Bewunderungswürdig, fabelhaft. So was lerne man in Dänemark?
»In Ulm, um Ulm, um Ulm herum«, das sei doch auch ganz originell.

Meine Mutter konnte eine dänische Großtante nachweisen. Sie hatte Fotos, dicke, braune, von 1893. Löfgren habe die geheißen, der Mann sei Zuckersiedemeister gewesen.

»Löfgren« bedeute »Grünlaub«, sagte Sörensen. Er wolle in Kopenhagen gern mal ins Adreßbuch schauen. Vielleicht lebe da ja noch wer.
»O Kinder!« rief meine Mutter, »das wird ja direkt noch spannend! Denn treffen wir uns alle mal.«

Er zeigte uns ein Bild seines Vaterhauses, der Villa mit dem eigenen Strand. Weiße Gartenmöbel auf dem Rasen. Auffahrt, Riesenbäume.
Schon als Kind habe er Gehalt gekriegt, habe alles selbst bezahlen müssen. »Darf ich mal 8 Kronen haben für mein neues Schulbuch?« – »Aber wieso, du kriegst doch Gehalt?« Er habe sich dann nie Zeug gekauft, dafür Angelgerät und eine Kamera. Mit seinem Freund einen Film gedreht, einen Kriminalfilm. Und gesegelt. Für Dänen sei so was selbstverständlich. Eben mal nach Schweden. Aber das gehe ja heute leider nicht mehr. Skidt. Von Vedbæk aus könne man die Lichter sehn.

»Ja«, sagte meine Mutter, »schön.« Aber das Fische-vom-Haken-machen: »... sollt' ich das nicht.« Sie habe ihren Mann übrigens beim Angeln kennengelernt, 1913 in Graal. Der habe aber nie was gefangen. Immerlos habe er sie küssen wollen, im Strandkorb. Aber sie habe abgewehrt, gedacht, sie kriege ein Kind davon.
So unschuldig sei man damals gewesen. Leider.

Nach jedem Essen marschierte Sörensen um den Tisch herum zu meiner Mutter, preßte den Hintern zusammen und bedankte sich per Handschlag. »Danke für Essen«, »danke für Kaffee«, »danke für Abendbrot«. »Tak.« Das sei in Dänemark so. Für alles bedanke man sich in Dänemark mehrmals. Die Höflichkeit gehe über alles. Zunächst bedanke man sich zum Beispiel schriftlich für eine Einladung, dann am Abend selbst, schriftlich hinterher und nochmals, wenn man sich zum erstenmal wiedersieht. »Dann is aus.«

Wenn man einer Dame zum erstenmal wieder begegne, müsse man warten, ob sie gegrüßt werden will. Das sei peinlich, man sei immer so auf dem Sprung.
Das sei in Dänemark so. Hier in Deutschland schüttelten sich ja alle Leute gleich die Hand.
Nein, das sei nicht ganz richtig, sagte meine Mutter. Die Dame reiche die Hand zuerst.
So? Interessant. Nun, das sei ihm schön zu hören.
All right. Well. Als Gast müsse man die Sitten des Landes übernehmen oder gehen aus.
Die deutschen Soldaten in Dänemark, die seien immer sehr höflich. Berühmt dafür. In der Straßenbahn stünden sie auf. Und wenn der dänische König durch den Park reite, dann grüßten sie. Da gäb es wohl einen Befehl.
»Grüßt der König dann zurück?«

Bei der Besetzung habe ihm ein Leutnant eine Ohrfeige gegeben. Dem habe er das Maschinengewehr umgestoßen. Das werde er den Deutschen nie vergessen. Da sei er tödlich beleidigt gewesen. Bis an sein Lebensende. Die Ohrfeige und die Verhaftung, das werde er sich immer merken.

Meine Mutter kaufte sich einen Hut mit sehr breiter Krempe, an der hingen kleine Fransen. Sie mußte den Kopf leicht anheben, der besseren Sicht wegen. Das gab ihr etwas in die Zukunft Gerichtetes.
Sie zeigte ihm die Schönheiten der Umgebung. Abends gingen sie den Weidenweg. Da sangen die Goldammern, da blühten Margueriten und Mohn. Die Warnow floß stetig dahin. Es sei doch schöner, wenn Frieden wär in der Welt und alle Menschen sich vertrügen. Oh, wie sie den Frieden ersehne, die Lichtreklamen und all das. Als Jungverheiratete seien sie hier auch immer gegangen, und denn hätten sie sich alles so schön ausgemalt, wie das so würde, mit dem Geschäft und mit den Kindern ...

To be or not to be

that's the question, but not for me ...

Was sei das für ein nettes Lied, das gehe ihr nicht mehr aus dem Sinn.

... because we soon well be

a happy family.

Und die Dänen seien ein so gutes, freundliches Volk.

An einem Seitenarm der Warnow stand ein weißes Schild.

Das Verschmutzen des Wassers

ist bei Strafe verboten ...

Das sei typisk deutsch, sagte Sörensen. »Typisk deutsch.« Mitten in der Natur ein Verbotsschild.

20

Daß ich nie in der Jakobikirche gewesen war, fuchste mich.
Nun war es zu spät, nun war sie kaputt.
»Was? Du warst nie in der Jakobikirche? Du hast sie nie von innen gesehn?«
Da klappte man zusammen. Wie isses nun bloß möglich.
So oft dran vorbeigegangen und nie reingekuckt?
Ein nicht wiedergutzumachendes Versäumnis.
Dafür hätten aber auch die Lehrer sorgen müssen. Alles hatte man angekuckt. Steintor (6 Kästchen breit, 20 hoch), Petritor, Kröpeliner Tor, Stadtmauer (vor und nach der Restaurierung). Nur die Jakobikirche nicht.
Völlig unverständlich.

Ich kaufte Ansichtskarten, alle verfügbaren Varianten, von vorn, von hinten und ging damit um die Ruine herum.
Im Schutt fand ich einen handgeschmiedeten Nagel, den nahm ich mit. Und Scherben der bunten Fenster.
War das auch »plündern«?

Das sollte mir mit der Marienkirche nicht passieren. Morgen schon könnte sie im Eimer sein. Immer wieder sah ich mir das Monstrum an. Welcher der beiden Haupteingänge war im Mittelalter benutzt worden? Der linke oder der rechte? Warum waren sie jetzt verschlossen? Was bedeuteten die Sandsteinwerkstücke im Mittelturm? War da eine Rosette gewesen, und: Würde man irgendwann einmal, später, in Friedenszeiten, den zwei- oder dreitürmigen Bauentwurf zu Ende bauen können?

Wach auf, wach auf, du deutsches Land ...

Kölner Dom und Ulmer Münster waren ja auch fertiggebaut worden, warum sollte das in Rostock nicht möglich sein?

Ohne ihre Schwestern, die nun zerstörten Parochialkirchen, sehe sie eigentlich noch wuchtiger aus, sagte Dr. Krause. »Ein herrliches Zeugnis deutscher Backsteingotik.« Weit hinüberweisend in den Osten und kluges Pendant zu Wismar und Stralsund.
Vor der Katastrophe sei das gar nicht so aufgefallen, dies Beherrschende, Gewaltige, Klotzige. Verstellt von Buden und Katen. Er für seine Person habe nicht im mindesten darauf geachtet. Wer schaue schon mal auf, im Drang des grauen Alltags, in der Hitze des Gefechts.

»Ja«, sagte meine Mutter, »so breit und wuchtig. Über die Trümmer dahin.« Ein überraschender Anblick. Der Kapellenkranz des Ostchores wie Küchlein. »Wie eine Glucke mit ihren Küchlein.« Wäre die Katastrophe nicht gekommen, dann hätte man das nie zu sehen gekriegt. Alles habe geopfert werden müssen um dieses einen Bildes willen. Die ganze Altstadt ringsherum zerstört und nur die Kirche heil. Wie ein Symbol, wie eine Fügung.

Turmdiener Bombowski, alt, mit kurz geschnittenen Haaren, gab mir den Schlüssel. Ihm war die Rettung der Kirche zu danken. Vor der Katastrophe habe ihm bald niemand guten Tag gesagt, da sei er gut genug gewesen für jeden Putzlaputz. Der Superintendent habe ihm persönlich gedankt. Vielleicht kriege er sogar das Kriegsverdienstkreuz.

Beim Aufschließen der Kirche war ich voll Spannung: Übte der Organist?
Tatsächlich: »Düdelüht! ...« Toccata und Fuge d-Moll.

Unter den widerhallenden Orgelklängen schritt ich durch das Querschiff, ängstlich darauf bedacht, nicht auf die gußeisernen Heizungsplatten zu treten, die so ein häßliches Geräusch verursachten, und dann hätte der da oben womöglich aufgehört.

Aus dem schmutzig-weißen Gewölbe (4 Meter höher als die jetzt ohnehin zerstörte Marienkirche in Lübeck und nur knapp 2 Meter niedriger als Köln!) hingen zentnerschwere Leuchter herab.
In den Seitenschiffen Modelle alter Segler.
»Die einzige Kirche der Welt, in der das Querschiff länger als das Hauptschiff ist.«
»Eigentlich allerhandlei für eine Stadt wie Rostock.«

Weißgekalkte riesige Wände, völlig leer: unten irgendwo ein roter Feuerlöscher, winzig. (Daß man in die Mauern so alter Kirchen überhaupt Löcher schlagen durfte ...)

Lagen unter der weißen Tünche Fresken? Mittelalterliche Allegorien? Heilige Könige mit Rankenwerk, Märtyrer, mystische Symbole? Warum schabte man da nicht mal?
Restaurator müßte man werden, das wäre der richtige Beruf.

Hinter jeden Altar kroch ich, in die Erbbegräbnisse und Lauben, Kunstschätze und heilige Geräte vermutend, wo doch nur Besen und Aufnehmer standen.
Die Astronomische Uhr mit Sonnenauf- und -untergängen bis ins Jahr 2047, Mondphasen, Tierkreiszeichen.
Oben Judas, dem um 12 die Tür vor den Latz knallt, eine kleine Figur, dem hölzernen Kapellmeister an der Berg- und Talbahn nicht unähnlich.

Über eine Wendeltreppe stieg ich auf den Boden. Zwischen die Buckel der Gewölbe waren Bretter gelegt.
Neben den Brettern, im Gewölbe, eine Luke. Ich hob den Deckel auf und kuckte plötzlich 30 Meter tief ins Kirchenschiff hinab. Hauchdünn war da der Boden, auf dem ich stand.

Im Westwerk, über einem Thronhimmel für den Groß-

herzog, die Riesenorgel, bis unter das Gewölbe reichend, von einer Sonne mit Strahlen abgeschlossen.
Ortsfremde pflegten »... oach ...« zu sagen, wenn sie um die Ecke bogen.
Vor dem Krieg hatte da oben mal Bauerfeld mit seiner Militärkapelle gestanden.

Nun danket alle Gott ...

Mein Vater hatte seine grünen Wildlederhandschuhe angehabt, wegen der Risse in seiner Haut (»schlag mal eben auf«) und wahnsinnig falsch gesungen.
Seltsam sanft und weich war die Musik gewesen, obwohl das da oben doch alles Männer mit Trompeten und Posaunen waren.

Als ich vorsichtig die Empore betrat, fragte der blinde Organist: »Ist jemand da?« und hörte auf zu spielen.
Er hatte eine Uhr ohne Glas, auf der er die Zeiger abtastete, dabei rollten seine stumpfen Augen.
Ich sagte guten Tag und reichte ihm Zigarren meines Vaters. (»Nur für mich.«)
Für Zigarren ließ er die höchste Pfeife piepen, wie ein Streichholz so klein, und die tiefste brummen, ich weiß nicht wieviel Meter lang. Hier die Jalousien und dort der Blasebalg. Vox humana, mit Tremolo-Propellern in jeder Pfeife.
Auf einem Registerknopf, links unten, stand »nihil«.
(Ich lachte rasch, damit er merkte, daß ich Lateiner war.)

Er spielte mir das Ständchen von Heikens, das der Gregor im Rundfunk des öftern brachte.
Dann legte er den Kopf hintenüber und übte den Bach weiter.
Manchmal spielte er nur mit den Füßen, die Hände in den Schoß gelegt, wie auf einer Gartenbank.

Ich setzte mich an die Brüstung und schaute hinab.
»Bist du noch da?«

Viertel vor vier. Hoffentlich machte er noch nicht so bald Schluß.

Frau Kröhl habe da oben mal das Ave Maria singen wollen, von Bach-Gounod, wurde erzählt. Da habe er nach ihr getastet. Frau Kröhl, vom Finanzbeamten Kröhl die Frau. Sie, mit ihrem schönen Alt, sammetweich. Lange vor der Katastrophe.
Ganz sonderbar habe er plötzlich geschrien, der arme Mann. Das ganze Leid sei in ihm aufgebrochen. Von Jugend an blind, das könne man ja verstehn.
Und sie habe einfach weitergesungen, und da sei er dann wieder an den Spieltisch zurückgetappt.
»Ave Maria!«
Und habe sich dreingefunden.

Ob ich auch mal spielen dürfe, traute ich mich nicht zu fragen. Das, was ich bei der Schnabel lernte, wäre vielleicht gar nicht gegangen.

21

Meine Schwester arbeitete in einer Munitionsfabrik. Kriegshilfsdienst. Kiefern zwischen den Baracken, Jägerzaun.
Sie schrieb den ganzen Tag Adressen. »An das Heereszeugamt Sowieso.«
(Daß Granaten auch adressiert werden mußten ...)

»Uh«, sagte meine Mutter, »früher die Frauen, im ersten Krieg, die kriegten ganz grüne Haare, die wurden ganz struv, brachen alle ab. Das waren aber auch die richtigen. Die streikten denn, oh, ich seh' sie noch, solche Megären.«
Gegenüber, in Wandsbek, da habe eine Familie gewohnt mit 17 Kindern, sage und schreibe 17. Eine winzige Wohnung, wie die Karnickel. »Wenn man ihnen Sachen brachte, altes Zeug, mußte man vorher Luft holen. So ein Gestank. Sind aber alle was geworden, alles biedere Handwerker. Und haben nachher ihre Mutter rührend unterstützt.«
Allein die Namen alle zu behalten. Oh, sie wisse es noch, ihre Mutter habe die so runterrappeln können. Abends vor dem Einschlafen. »Sag doch noch mal die Namen auf.«

Manchmal kam Ulla über Sonntag nach Hause, dick, vom vielen Suppe essen.
Sie sagte »pö!«, als wir von Sörensen erzählten. »Ein Däne?« Als sie ihn dann aber sah, lief sie in die Badestube, wusch ihr Gesicht mit Mandelkleie und setzte ihren feinen Gemmenring auf, den von Großmutter de Bonsac.
»Fräulein Uhla«, sagte Sörensen und streckte den Hintern 'raus. Ob er sie ins Kino einladen dürfe. (»Meine Frau Teresa.«)
Ja, er durfte. »Und Walterli kommt mit.«

Elfi Meyerhofer mit Kulleraugen und wulstigen Lippen und Harald Paulsen als Einbrecher, der nieste immer.
»Schlafen Sie auch ›ohne‹?«
»Wer schläft denn schon ›mit‹?«
Sörensen kuckte statt zur Leinwand auf Ullas Hände.

Heute macht die ganze Welt Musik für mich,
eine kleine Liebessymphonie ...

Die weiße Gemme auf dem karamelfarbenen Stein.
Helle Schatten über der Wand.

In der Wochenschau Ausschnitte aus amerikanischen Filmen. Catcher im Schlamm.
So verrottet seien die Sitten der Plutokraten! rief der Kommentator.
So was müsse sein, sagte Sörensen draußen auf der Straße und klappte den Kragen seines Trenchcoats hoch. In der Großstadt gäb es noch ganz andere Sachen. Sechstagerennen zum Beispiel, da gehe er manchmal hin. Da sei auch Gejohle. Oder Nackttanz. Was sei denn dabei.

Als mein Bruder von den Catchern hörte, lief er sofort hin. Begeistert kam er zurück. Tadellöser & Wolff! Darauf habe er grade gewartet! »Wie die sich in die Fresse schlagen! Zatzig! Davon sollten sie mal einen ganzen Film bringen. Immer bloß gegenseitig in den Arsch treten, herrlich.«
Das sei ja das Schade, daß das immer so kurz ist.
Neulich habe mal einer zu ihm gesagt: »Soll ich dir den Gashahn auf Sparflamme drehn?« Das sei ein guter Schnack. Oder: »Ich hau' dir eine auf den Kopp, daß du durch die Rippen kuckst wie'n Affe durchs Gitter.« Auch gut, aber der erstere sei besser.
Ob ich mich noch an Dick und Doof erinnere? »Wie du mir so ich dir?« »Der eine gießt ihm Sirup über den Kopf und der andere tut ihm die Uhren in die Zentrifuge. Unten kommen dann so ein paar Räder und Federn heraus ...«

Kuchenbrot mit Marmelade.
Der gute Großvater. Von dem hatte man immer das Kino-

geld erbettelt. »Iss dat noog?« hatte er gefragt. Vielleicht war es ganz gut, daß er gestorben war. Der Untergang des »Konsuls« und das alles, das hätte er sicher nicht verknusen können.
»Stellt euch den mal bei Fliegeralarm vor! Wie der wohl geschimpft hätte!«

Schneefoot war nun auch gefallen.

> Es nimmt mich wunder und tut mir
> fast leid, daß du dich bei deinem
> gefahrvollen Unternehmen nicht
> besser in acht genommen hast ...

»Ich seh' ihn noch hier sitzen.«
Ulla wußte das noch gar nicht. »Schneefoot? Der? Am Ilmensee?«
»Was war das für ein Mensch?« fragte Sörensen.
Davon wolle man jetzt nicht reden. Das sei ja nun aus und vorbei. Erlederitzt.
Der habe Ulla mal umlegen wollen, sagte Robert. Aber: »De mortuis nihil nisi bene.« Wer nun wohl die Dachpappenfabrik erbe, da sei er direkt neugierig.

Sörensen wunderte sich, daß all die Gefallenen im »Rostocker Anzeiger« ständen. Das wäre ja immerhin eine ganze Menge. Da brauche man ja nur die Eisernen Kreuze zu zählen (»auf dem Felde der Ehre«) und dann wisse man, wo es langgehe.
»Wer uns kennt, weiß, was wir verloren haben ...« darüber amüsierte er sich. Es müsse doch eigentlich heißen: »Wer *ihn* kennt ...«
»Sehr wahr.«

Michael hatte aus Witebsk geschrieben und Bubi aus Odessa. In Odessa gäb's dolle Typen, zerlumpt, verdreckt. Er fügte Karikaturen bei. An jeder Straßenecke säßen die und bettelten einen um Kippen an.
»Das sind ja direkt Kunstwerke«, sagte meine Mutter und hielt die Blätter von sich ab.

Robert pinnte sie an die Wand, zu Tommy Dorsey und Ralph Arthur Roberts. »Wie konntest du, Veronika.«
Ob das nicht schade sei, die Löcher in den Blättern.
Ach was! Bubi schickte bestimmt noch ganz andere. Der Krieg werde ja noch eine Weile dauern.

Überraschend kam auch mein Vater. Es klingelte, ich dachte, es sei Manfred.
»Ach *du* bist es?« sagte ich. Wie klein er war und wie dick.

Schnaufend trat er ein. Kalte Luft. Er krachte seinen Koffer in die Ecke neben den offenen Schrank mit den Wolffschen Telegrafenberichten von 14/18.
»Was ist diss?« Er zeigte auf Sörensens Sommerhut, der auf seinem Haken hing. »Ausländerscheiße!«
»Fort damit, und zwar augenblicklich!«
Das Koppel an die Garderobe. »Daß du mir nicht an die Pistole gehst!«

Meine Mutter eilte herbei: »Karl!«
»Ach was!« schrie er. »Man wird nicht vom Bahnhof abgeholt und gar nichts. Keine Hilfstruppen! Unerhört!« Er sei ja völlig iben!
»Aber Karl, wir wußten ja gar nicht, daß du kommst...«
»Das ist doch ganz egal!« Schließlich habe er uns überraschen wollen. Den Koffer allein tragen, wie doll und verrückt! Asig schwer! Und ausgerechnet Dr. Heuer sei ihm begegnet (»Nehmen Sie mich mit, Herr Kempowski!«) und habe gefragt: »Wo kommen Sie denn her? Holt Sie denn keiner ab?« Dieser Idiot. Wie so ein Klaas sei er sich vorgekommen. Als Offizier seinen Koffer allein schleppen, so was gäb es ja überhaupt nicht! Und wir, wir hœgten uns womöglich, kuckten von oben durch die Gardine und hœgten uns.

»Und diss?« schrie er drinnen, »was iss'n diss für'n Schapschiet? Überall Pfeifen und Zeitungen!« (Peng, den Flügel zu.) »Kann der Kerl sein Zeug nicht wegräumen? Und die Pinkelmusik abdrehen, diesen Jazzkram!«
Robert räumte das Feld und flüsterte: »Oh Jegerl ja, daß dich das Mäuslein beißt.« Er zöge sich jetzt aus der Affäre. Um halb sieben oder um die Drehe herum komme er wieder.

Dann steuerte mein Vater das Klo an. Ord'lich abprotzen. Ein Aufschrei: Greulich und abscheulich! Das Fenster aufgestoßen. Irgend so ein Armleuchter, grade draufgewesen! die Brille noch warm! In seinem eigenen Haus nicht anständig aufs Klo gehn... Äch, und nun zieht's! Der Rücken! Ekelhaft! »Da!... fällt alles hin!«
Außerdem hingen die »Topflappen« meiner Schwester auf der Leine. (»In *dem* Augenblick muß er nun grade ins Klo gehn.«)

»Wo man hinkuckt, alles Mus und Grus!« Der ganze Tag im Eimer.
Wer da eben auf dem Klo gewesen sei, das möcht' er wohl gern wissen, da sei er direkt neugierig!
Ob er denke, daß wir uns das durch die Rippen schwitzten, wollte meine Mutter wissen. Er solle das Dibbern lassen, das sei ja nicht zu ertragen.
»Kommt nach Hause und fängt gleich an zu dibbern!«
Ab sofort werde eine Wache auf dem Bahnhof plaziert, ob der Hohe Herr zufällig mal auf Urlaub kommt. Umschichtig. »Die signalisiert dann, wenn der Hohe Herr erscheint, macht Zeichen: Jetzt kommt der Hohe Herr, ist schlechter Laune, mit Vorsicht zu genießen. Und denn dürfen alle angerannt kommen und ihn empfangen. Einer trägt den Koffer, einer läuft vorneweg und ruft: ›Straße frei!‹ und einer hinterher und schreit: ›Heil!‹« –
»Man tut und macht, man rennt sich um und dumm, arbeitet, daß einem das Blut unter den Fingernägeln her-

vors-prützt«, und wegen nichts und wieder nichts müsse man sich hier viehkatzen lassen. »Das ist ja zum Verzweifeln, das ist ja unerhört!«
Sie rannte mit wehender Pelerine ins Wohnzimmer und warf Aschenbecher unter das Klavier. Als ob er seinen Schick nicht ganz habe! »Zieh doch ins Hotel, vielleicht gefällt es dir da besser.«

Aus dem Schlafzimmer kamen Hemden geflogen, sie entfalteten sich und wedelten mit den Armen.
»Mutti! Mutti! Mutti!« rief Ulla und hielt ihr die Hände fest.
»... von hinten und vorn bedienen! Am besten, man nimmt sich einen Strick und hängt sich auf!«

Mein Vater band sein Koppel wieder um und flüsterte mir zu: »Gegen sieben bin ich wieder da.« Er müsse sich erst mal abreagieren. Alle verrückt geworden. Übergedreht. Scheiße mit Reiße. Wie sie so sanft ruhn, alle die Toten.

Als er abends wiederkam, fand er eine Hakenkreuzfahne über der Tür. Und über dem Bett ein Schild:

Hohe Lorbeern stehn
wo der Krieger schläft.

Ob der Empfang jetzt recht sei? fragte Ulla. (Aber es war noch immer nicht 'raus, ob es umschlägt.)
Als er sogar den Pi-Po unter seinem Bett umkränzt fand, lachte er mit schiefem Mund und sagte: »Nun ist es aber genug.« Man sei eben sehr nervös. Alles sei ein bißchen viel, »nicht wahr, mein Getchen?«
Wenn wir wüßten, was so Tag für Tag auf ihn einstürme, diese Sachsen, diese Thüringer, hurregottneeja.
Und dann: immer nur Russen. Russen, Russen, Russen, keine Franzosen. Zum Verzweifeln. Frau von Eickstedt habe auch gesagt: »Aber Herr Oberleutnant, was sollen wir denn mit diesen Leuten anfangen?« – Die stecke ihm

immer Eier zu. Neulich habe er zweimal Rehrücken essen müssen. Riesig nett.

»Händewaschen! Haare kämmen!«
Die Balkontür machte man besser zu, es war doch schon recht kühl. »Die Ziets und andere.«
»Klabong«, habe Roberding immer gesagt, wie war das süß gewesen. Und »Tomatenauto« statt »Automat«.
Das Arzberg mit den blauen Blumen. Dazu die Teegläser in Nickelhaltern. Brombeerblättertee, chinesisch fermentiert.

Und dann: Beisitzer beim Kriegsgericht. Das wäre auch nicht gerade schön. Jija-jija. »Sie denken wohl an Morgenstern«, habe der Kriegsgerichtsrat gesagt, als er mal um Milde gebeten habe: »es kann nicht sein, was nicht sein darf?« – Ein gebildeter Mann, das. »Nein, bester Herr, diese Leute gehen darauf aus.«
Einer der Delinquenten habe immer wieder den Pfarrer gerufen, schon an der Mauer: »Eben noch mal eine Frage...«, um die Sache hinauszuzögern. – Nun sei es aber genug, habe schließlich der Offizier gesagt. Noch einen Zuspruch, dann ist Schluß.

Mein Vater steckte seine »Selviette« in den Uniformkragen.
Vollkornbrot mit aufgeklebter Sigrune. Das lange Nickeltablett war mit Jagdwurst bedeckt, davon gab es mehr auf Marken. – Die schmecke nach Isolierband. Von wem sie sei?
»Von Max Müller!«
»So?« dann habe er sich wohl geirrt, dann sei sie gut. Dann *müsse* sie ja gut sein.

Saccharin in den Tee, das brauste auf. Die waren ja so winzig, die Tabletten? Wo kamen die denn her?
Von Sörensen, aus Dänemark.
Sonderbar. Hm, hm.

Und was gäb es Neues?
»Du wirst lachen«, sagte mein Bruder, »der Schneefoot ist gefallen.«
»Schneefoot? Ach. – Wer hätte das gedacht. Der arme Vater. – Und Warkentin?«
»Inzwischen Fähnrich.«
»Gut dem Dinge.«

Die Stadt sehe ja böse aus. Da wäre ja bald kein Durchkommen mehr. Am Doberaner Platz schwele es sogar noch, röche nach verbranntem Mehl. Wie damals in Flandern. Wer das wohl alles mal bezahle. In der Kistenmacherstraße nur ein schmaler Pfad durch die Trümmer. Das dauere ja noch Jahre. Von Rosinat nichts mehr zu finden. »Wir Männer der Wirtschaft«, hatte der immer gesagt. Die schönen Zigarren, alle handgedreht.
Aber man selbst habe ja immer mal wieder Glück gehabt. Und das sei auch nicht zu verachten.

Professor Krickeberg hatte die ganze Stadt gefilmt, als sie noch heil war. War von Dach zu Dach gekrochen. Das hatte nun dokumentarischen Wert. Grade 14 Tage vorher. In Lübeck sei angeblich auch ein Mann grade mit einer Kamera unterwegs gewesen. Sonderbar, nicht?

Sie wolle die *Trümmer* fotografieren, das habe sie sich schon vorgenommen, sagte meine Schwester.
Dabei solle sie sich man nicht erwischen lassen, sagte mein Vater, sie wisse doch, daß das verboten sei?

Du kannst es nicht ahnen,
du munteres Rehlein, du!

Er sah Ulla aufmerksam an: Spuren eines Lippenstiftes. »Urselchen, mein Kind, hast du Limonade getrunken?« Wenn alle ihre Verehrer zur gleichen Zeit kämen, dann wär hier wohl die ganze Straße voll, was?

»Grade sitzen! Linke Hand am Tellerrand!«
»Willst du noch Bratkartöffelings?«
»Ich bitte sogar darum.«
Ein Messer fiel zu Boden. »Herr Ober, die kleinen Tische!«

Ulla erzählte, beim Kriegshilfsdienst werde man gefragt: »Suchst du da unten 'n Hund?«, wenn man die Hände nicht auf dem Tisch hat.

Ullas Tanzstundenherr war neuerdings über Radio Moskau zu hören. Die Stimme des andern Deutschland. Der war desertiert. War bei einem Spähtrupp, schnell in eine Schneise reingelaufen, und hatte mit dem Taschentuch gewinkt.
Daß die Russen so einen Überläufer nicht aus Versehen abknallten, das sei doch sehr gefährlich ...
»Der winkt denn ganz doll mit der Hand.«
Und so eine gute Familie, erstklassig.
Erst hier, dann hier. Und nun da. Nicht zu fassen.

»Blumento-pferde, Walterchen, Blumento-pferde. Weißt du, was das ist? Ja? Und tre lamentius? – Drei lahme Enten, ja?«
Er hielt sich die Serviette vor das Gesicht, schnitt eine Fratze dahinter und lüftete sie wie einen Vorhang. »Auf dem Jahrmarkt: Und nun, meine Damen und Herrn, tun Sie einen Blick in das tiefste Afrika! Wilhelm, måk ma de Klapp up!, und denn kuckten da aus der Luke drei schwarze Kerls: Ahua-hua ist ihre Sprache und damit verständigen sie sich.«

Und was sei mit der Schule?

Ut desint vires tamen est laudanda voluntas?

Er könne das alles noch, wir sollten ihn mal pröben.

O si tacuisses,
philosophus mansisses ...

»– ›esses‹«, sagte mein Bruder. »Philosophus esses.«

»Nein: mansisses«, sagte mein Vater, sonst habe das ja gar keinen Sinn.
»Na, wie du meinst.«
»›Wie du meinst‹, das heißt auf deutsch: leck mich am Arsch, was?«
»Das hast *du* gesagt«, antwortete Robert und hielt sich zwei Messer an die Backen, die Schneiden nach außen.

Über die Schule müßten sie nachher mal unter vier Augen sprechen, sagte meine Mutter, das gehe so nicht. Da müsse was geschehen. Roberding mit Mathematik, der habe sich gefangen, habe neulich eine drei geschrieben. Aber der Peterpump, der kleine Purzel...
Und dann wurde französisch gesprochen, und mich sahen sie dabei an. Latein und die eingekleideten Rechenaufgaben. Das war der Kasus Kunsus.
Jija-jija.

Nach dem Essen nahm mein Vater Kohlekompretten ein, das absorbiere. Schwarze Zähne hatte er davon. Ein Schluck Wasser zum Nachspülen. Dann holte er sein Portemonnaie aus der Tasche und ließ zusammengewrummelte Reisemarken in die Lederschütte gleiten.
Ob sie die haben könne? fragte meine Mutter.

Ob du's kannst, – glaub's schon.
Ob du's darfst, – frakt sick.

Meine Mutter seufzend: Warum er nicht mal ein paar Eier mitbringe. »Haste verjassen, nich?« Oder eine Wurst.
Und zu uns: »Dazu ist er zu ehrlich. Immer das Korrekte.«

Er wohne jetzt übrigens im Landratsamt, sagte mein Vater; »mein Getelein« (»sieht sie nicht aus wie eine Gräfin?«), damit wäre die Sache mit der Zahnarztwitwe nun wohl aus der Welt.
»Fein.«
Dann schielte er zur Anrichte. Rollgriff? Die letzten Risse und Schründen?

Kekse habe sie ja nun nicht. Wenn sie das vorher gewußt hätte ...
»Klare Sache und damit hopp!«

Man zog sich ins Wohnzimmer zurück. Die Frauen räumten den Tisch ab.
Zigarre anschneiden. Messer mit dem Daumen wetzend prüfen.
»Roberding, hol doch mal eine Flasche Wein herauf. Aber nicht so schütteln.«
Die schönen Gläser. Die stammten noch aus Wandsbek. Eigentlich prima, daß man die damals geerbt hatte.
»Und das Bild hier, von Konsul Discher, Alte Liebe, auch sehr schön. Alles wunderbar. – Kinder, wie isses schön, mal wieder so zwischen den eigenen vier Wänden.«
»Hoffentlich kommt kein Alarm.«

Der Bücherschrank, er machte die Glastür auf. So vieles davon noch nie gelesen. »Die Mecklenburger 1813«. Das würde man mal mitnehmen. »Wälder und Menschen«.
Und hier – traun fürwahr – Heinrich Mann. Das erinnerte man doch. Als ob es in Rostock spielte. »Der Schuster war auch ein Herrnhuter.« Toll geschrieben, als ob man die Leute kennt.

Es klingelte dreimal, Sörensen kam. (»Auch das noch.«)
»Aha, der junge Herr. Wie geht's, wie Otterstedts? Alles wieder in Ordnung?«
Er habe von seiner Frau gehört, Gestapo ... das sei wohl ein Schreck gewesen, was? Eine dumme Geschichte. Aber nun: vergeben und vergessen, nicht? –
Was das eigentlich alles für Pfeifen seien, »nähmens nich övel, bester Herr«, ob er nicht so freundlich sein könne und die mit nach oben nehmen? Da lägen sie doch gut und trocken?

Sörensen hatte herausgefunden, daß die Quersumme unserer Telefonnummer 21 war.
»21 – 210 ...! Nun hat man jahrelang telefoniert und nie gemerkt, daß das beinahe die Regimentsnummer ist.«
Ob er auch gedient habe?
Ja, bei der Marine.
Äch, ausgerechnet. Aber das war ja nun egal. Marine hin, Marine her. Völlig Piepenhagen.
»Pape iss mir piepe, ich pupe auf Pape.«

Ob er eine Old Gold wolle? Dann könne er die Pfeife mal beiseite legen.
»Ja, tak, warum nicht«, Sörensen hatte nichts dagegen.
Courtage und Tons, Dividende und Devisen. Konossemente.
Angebot und Nachfrage regelten die Wirtschaft. Da war man sich einig. Wer nicht mithalte, werde zerquetscht. Erbarmungslos. »Hosen runter! Knien!«
Wie sich der neue Dampfer mache, die lettische Prise? (»Junge, du mußt ins Bett!«)
Der sei wohl fast besser als der alte? Baujahr 34 ...
Und ob Kapitän Schuhberg mit den Letten klarkomme?
Im Zweifelsfalle: Wind von vorn.

Die Frauen kamen herein.
Meine Mutter in schwarzem Kleid, hoch geschlossen, die Ärmel aus Spitzen. Um den Hals die feine goldene Kette mit dem Topas.
Ulla trug das mit Kreuzstich verzierte Russenjäckchen. Das Haar saß gut, da tanzte nichts aus der Reihe.
Sie erzählte von der Munitionsfabrik.
»Aber was kommt dann?« habe der Stabsarzt bei der Untersuchung gefragt: Höschen runter. »Die da mit den Linsen.« Und beim Bunten Abend habe sich einer auf die Bühne gestellt. Einfach hingestellt. Und denn habe er gesagt: »Das stinkt hier ... –« Pause. »Das Stinktier ist ein Tier, das stinkt.« Brüllendes Gelächter. Sie hätten sich

gebogen vor Lachen. Wie es weitergehe, wisse sie allerdings nicht mehr. Aber rasend komisch.
Was daran so komisch sei? fragte mein Bruder und schüttelte lange den Kopf.
»Und denn«, sagte meine Schwester: »Antreten zum Briefeschreiben.« Sie habe einen Mathematiker erwischt, ausgerechnet, so einen richtigen drögen.
Robert schüttelte noch immer seinen Kopf: »... Stinktier?«
»Nun lasses, Junge.«

Ob sie das so einfach alles erzählen dürfe, fragte mein Vater und blickte bedeutsam um sich. Wir sollten mal eben weitersprechen. Er stand auf und ging ins Eßzimmer.
Ob wir verstünden, was er damit sagen wolle. Wir sollten ruhig mal weitersprechen, und er bleibe nebenan. Ob wir das kapierten?
Und wir hörten doch wohl keine ausländischen Sender?
»Robert, sieh mich an! Um Gottes willen! Ja nicht! Die kriegen alles 'raus.«
Der Zellenwart habe überall seine Spitzel. Dieser Kerl. Ein richtiger Polake. Kam ja auch aus Thorn ...
(»Junge, du mußt ins Bett.«)

Jungedi, was hatte man alles erlebt.
Und denn die Ascheimerleute. Ogottogott.

Dem Adolf Hit-

und denn sei eine ganze Weile gar nichts gekommen

-ler haben wir's geschworen ...

Die hätten aber auch ausgesehen, wie Ascheimerleute. So kackbraune Uniformen. Wer hätte das gedacht, daß es noch mal so weit kommen würde. Dieses Pack. Nicht einmal richtig deutsch sprechen.
Der Gauleiter Hildebrandt, der sei ja direkt Viehhirte gewesen. Säh' auch danach aus.

Sörensen wunderte sich, daß mein Vater so redete. Er sei doch Offizier?

»Herring: konservativ bis auf die Knochen, aber doch kein Nazi.«
Und dann wurde dem Dänen der Unterschied zwischen »Deutscher« und »Nazi« erklärt.
»All right«, das verstehe er jetzt: Right or wrong: my country.
»Sehr wahr.«

Vor der Nazizeit dies Schwarz-rot-senf, das sei ja nicht zum Aushalten gewesen, sagte meine Mutter. »Diese politischen Versammlungen! O Kinder nee! ›Komm, Grete‹, habe ihr Mann gesagt, ›wir müssen nun weg, gleich geht das Prügeln los.‹« Oh, und mit Stuhlbeinen aufeinander los, das habe bloß so geknackt.

Später, im Frieden, da werde man auch mal wieder Fritz Reuter vorlesen. Und ins »Konkert« gehn. Das habe man viel zu wenig ausgenutzt. Leider wäre das Theater ja iben; aus, mein treuer Vater. Und grade vorher renoviert, das sei noch das Allerschönste.

Alljährlich naht vom Himmel eine Taube.

Mein Vater setzte sich ans Klavier und spielte Wagner. Ob er, Sörensen, das kenne?

Und Ulla holte ein Poesie-Album in Herzform. Da mußten wir uns alle eintragen. »Vergiß mein nicht!« wurde unten drunter geschrieben.

Tadellose Sache das.
Und: »Na denn: Prost!«
»Ich mein's auch so.«

In Dänemark heiße es »Skol«, sagte Sörensen.
Dies war weniger von Interesse. In Deutschland heiße es eben »Prost« und damit basta.

22

Als mein Vater fort war, kam ich zu Tante Anna. Das hatte er noch angeordnet. »Klare Sache und damit hopp!«
Die Söhne von Professor Masslow waren bei Tante Anna, Dirke Vormholz und wer nicht alles. Und Schneefoot, der Rotzlöffel, der war, wenn einen nicht alles täuschte, doch auch bei Tante Anna gewesen.
Jija – jija.
»Wer nicht hören will, muß fühlen.«

»Da freu' dich man«, sagte mein Bruder, »da gifft Drus!
Last rose of summer . . .
Da kriegst du Schacht.«

Studienrat Jäger, bei dem ich die Nachhilfestunden eintragen lassen mußte, kuckte mich mitleidig an. »*Du* bei Frau Kröger? Ist denn das nötig?«
Er mußte das eintragen, weil durch Nachhilfe erreichte Leistungen niedriger bewertet wurden. Bei Zeugnissen hingegen wirkte sie leicht hebend, denn Tante Anna rang um jede Note.

Sein Vater sei immer aufs Klo gegangen, sagte Manfred, in der Kadettenanstalt, wenn es brenzlig wurde. Das könnte ich denn ja auch tun. Und: »Seitlich ausweichen, wenn sie zuschlägt.« In der Obertertia wäre einer, den sollte ich mal fragen, der könnte ein Lied singen. Der wäre schon ein ganzes Jahr dort.

Beim Abendbrot sagte meine Mutter: »Wird schon werden, sosst mal sehn. Das ist'n Klacks mit der Wichsbürste. Da wird auch nur mit Wasser gekocht.«
Aber: Immer die Schularbeiten nicht machen, das sei ja

auch keine Art und Weise, »da mußt du dich nicht wundern, wenn wir die Geduld verlieren.« Das wäre das Polnische in unserer Familie, das käm da zum Durchbruch.
Ich wisse ja gar nicht, wie gut ich es hätte.
Sie in ihrer Jugend habe immer nur Reformation gehabt, dauernd Luther, und wir jetzt, wir könnten doch herrlich lernen.
»Französisch, denk mal, was für eine elegante Sprache. Dans une coin est une papier à la papiere... Wie das klingt!«
Und Geschichte, all das Interessante, wie das früher so gewesen ist, von den Königen und Kaisern. Sie hätte bald selbst Lust, das Schulbuch noch mal zur Hand zu nehmen.
»Fliegen die Raben immer noch um den Turm?«

Ohne lernen gehe es ja nun mal nicht, sagte Sörensen. Die Reihenfolge von Christians und Frederiks habe er zwar auch immer durcheinandergebracht, aber er sei jedenfalls so schlau gewesen, daß er immer versetzt wurde. Oder ob ich glaubte, daß er sonst hier in Deutschland säße?

Robert sagte: »Drei-drei-drei, bei Issos Keilerei...« Das habe er alles im Kopf. Hier. Ich könnte ihn fragen, was ich wollte. Einwandfrei. Und das sei ihm auch nicht in den Schoß gefallen. »Euch laß ich nicht verfaulen«, habe sein Lehrer immer gerufen: »Kerls, wie Gardegrenadiere!« Und das habe geklappt, das habe hingehauen. Primig! Die Früchte ernte er nun.

Alle seine Freunde waren draußen. Dank seiner schlechten Augen konnte er sich noch halten. Demnächst würde er nach Stettin gehen, auf eine Wirtschaftsfachschule, mein Vater hatte das besorgt.

Halb 2 mußte man bei Tante Anna antanzen, bis 7 Uhr abends. 5 Stunden jeden Tag, auch in den Ferien. Mein Bruder fuhr nach Warnemünde.

Anna Kröger bewohnte eine burgartige Villa mit Zinnen, Türmchen und patinagrünen Rittern auf dem Dach. Zwei hohe Pappeln links und rechts. In der Mitte eine Grotte aus verschrumpelten, glasierten Schamottsteinen. Da hatte wohl noch nie einer dringesessen.
Gegenüber Dr. Ditten, Dr. Düwel, Dr. Dietz: ein Anwaltsbüro und ein Haus, in dem die Luftwaffe saß. Blitzmädel gingen da aus und ein.
»Alles voll Apparate«, sagte mein Bruder. »Bis oben hin. Wie so ein Gehirn. Wenn da mal eine Bombe reinfällt, ist alles iben.«

Schuhe aus!

stand an der Haustür. Schnürstiefel und Klapperlatschen in einer Reihe. Auf Strümpfen über die Diele. Links das eiskalte Klo. Horchen, ob sie schon in Fahrt ist. Nein, alles ruhig.

Oben im 1. Stock die Zimmer der Pensionäre: meist Söhne von Gutsbesitzern, da hörte man manchmal einen heulen. In früheren Zeiten hatten die älteren Pensionäre abends Gäste bedient. Im Frieden, als es noch alles gab. »Rauschende Feste.«
Rechts das Zimmer von »Kohlchen«, ihrem Mann. Der nieste immer gleich 20 mal.

Gebüffelt wurde in einem finsteren Saal. Tante Anna saß an der Stirnseite des langen Tisches, rechts neben sich einen Kochlöffel. Auf der schrägen Ebene ihres Busens, der wie eine Parallelverschiebung ihrer Nase aussah, Brillanten, die wir durch unsere Fron erschuftet hatten. Die hoben und senkten sich mal doller und mal weniger doll.

»'ne Arbeit geschrieben?«
»Nein, Frau Kröger.«
»Eine zurückgekriegt?«
»Auch nicht, Frau Kröger.«

»Drangekommen?«
»Ja, Frau Kröger.«
»Und –?«
»Alles gut, Frau Kröger.«

Schnell einen Platz suchen, irgendwo hinten. Ohne Verzug ein Buch nehmen. Deckel aufschlagen, dahinterducken: die Sä-Sä-Sängerschule von Cambray ...

... Und wie er winkt mit dem Finger,
Auftut sich der weite Zwinger,
Und hinein mit bedächtigem Schritt
Ein Löwe tritt ...

Neben mir reckte sich einer. Der war aus der Blücherschule, Vater kleiner Beamter, beim Zoll oder bei der Polizei. Dreieckiger Kopf, Hose mit Hornknöpfen und Fransen an der Seite.
»Kamma hä!« Bratsch! bratsch!: Ohrfeigen. Nicht hinkucken, sonst kriegt man auch noch welche.

Wenn einer zu spät kam, hieß es:
»Wo kommssu jetzt hä?« bratsch! bratsch!
Bloß nicht hinsehen, tiefer ins Buch, das sieht eifrig aus. Antofagasta. Bratsch! bratsch! Die Büchermappe fällt hin, Hefte rutschen heraus. Zack! ein Tritt.

Irgendwas schreiben und wenn es dauernd der Name ist.

Um 4 Uhr wurde ihr der Kaffee gebracht. (Noch drei Stunden.) In der Miene des Dienstbolzens lag so was wie Mitleid, aber nicht mit uns. Die arme Frau Kröger, die mußte sich aber auch immer ärgern.
»De dor, de schrifft ja gornich!«
»Is gut, is schön, is in Ordnung. Können gehn.«
Keks eintauchen. Schreibt der wirklich nicht? Wird Unfug getrieben? Dummes Zeug?
»Was äss? Wollihr woll?«

Und noch beim Zuckereinfüllen unsere gebückten Reihen mustern. Nach dem Milchtopf tasten, Armreif hochschieben.
Nein, nichts. Alles in Ordnung. Klare Sache und damit hopp. Keinen Mucks, absolute Stille.
Tuck-tuck: die Standuhr. Bäm!

Wir waren etwa 20, mal mehr, mal weniger. Die hübsche Tochter des geizigen Gutsbesitzers Vormholz und die häßliche des Kreisleiters Mattmann.

Balder, das Urlicht, ist da.

Die nagte am Füller.
»Fassen Sie meine Tochter ruhig hart an.«

Edler von Salchow und Ferdinand von Germitz. Nichtsnutze vom Lande. Joppen mit schräger Tasche, braune Wollstrümpfe über den Breeches-Beinen. Wenn sie welche gefunkt kriegten, dann lachten sie: Geschieht uns ganz recht, oh, oh, was sind wir auch für blöde Kerle. Montag bringen wir wieder was mit. Rehrücken oder eine Ente.

An einem weißen Extratisch die Brüder Masslow, Söhne von Professor Masslow. (»Hochgebildet und intelligent.«)
Aus denen sollte noch mehr herausgepreßt werden.
Wir hatten mit ihnen nichts zu tun, das war eine andere Kategorie.
Abends, so hieß es, spielten sie Kammermusik mit ihrem Vater (»übermusikalisch«): Cello, Geige und Klavier.

War man mit den Schularbeiten fertig – nur Dummköpfe beeilten sich damit – dann mußte man sie gleich noch einmal machen.
»Nachmäl!«
Das war so Usus. Von rechts unten nach links oben rot durchgestrichen. Die Zeit mußte ja herumgebracht werden.

Klappten Vokabeln nicht, wurde einem das Buch um die Ohren geschlagen. Velle, nolle, malle.
»Diä werd ich's zeigen.«
Am Ohr auf den Tisch runtergezogen, mit der Nase auf den Fehler gestoßen.
»Da! Da! Da!«
Bratsch!
Und noch einen mit dem Handrücken hinterher, wenn man schon denkt: nun ist es vorüber.

Im dritten Durchgang bekam man andere Beschäftigung: Auswendiglernen, seitenlang.

> Uns ist in alten mären
> wunders viel geseit,
> von helleden lobbebären,
> von großer arebeit . . .

Da saß man dann stundenlang und döste vor sich hin. Tucktuck, die Standuhr. Bäm! Was ein »Ger« sei, und wie Gunther am Nagel hängt.

Manchmal erschien »Kohlchen« in der Schiebetür, die Zeitung in der Hand, Schlappen an den Füßen und flüsterte mit ihr.
Deswegen ließ sie aber doch nicht ab von uns. Schob ihn weg. »Stör mich jetzt nicht.« Es wäre aber doch dringend . . . »Nein, nix da. Weg!« Na, wie du meinst.
Übrigens, wenn er nieste, durfte man auf gar keinen Fall lachen.

Wenn es zu voll war, wurde die Veranda aufgeschlossen. Da stand eine Wäschemangel. Ausblick auf den Hof.
Orgeln zeichnen. Vorsichtige Scherze.

Einer machte Faxen, obwohl Tante Anna schon hinter ihm stand. Der wurde durch das ganze Haus geprügelt. Mal vom Boden, mal aus dem Keller tönte sein Geheul.

Die Brüder Masslow schoben ihre Papiere zurecht. Wo war man stehengeblieben? Ach ja, hier oben, da mußte noch ein Strich gezogen werden. Am Abend würden sie wieder Kammermusik spielen mit ihrem Vater, dem Professor mit der weißen Mähne.
Divertimento in G, Köchelverzeichnis 201.

Die a und c
die l, n, t
und ar, ur, us
sind Neutrius.

Das einzig Gute: Die Schnabel fiel jetzt weg. Keine Etüden mehr, nichts mehr aus Schumanns Reich. Ihr war abtelefoniert worden. Zwei Nachmittage gingen für die Hitlerjugend drauf, da war Klavierstunde nicht mehr unterzubringen. Das mußte sie einsehen.
»Eigentlich schade«, sagte meine Mutter, »du warst grade so schön in Gang. Chants sans parole ... Na, egal, so oder so kaputt.«

Auch Matthes war abtelefoniert worden (Pflaumen in Lugano). Aber er sei doch ebenfalls in der Lage, intensiver auf mich einzuwirken, hatte er gesagt.

Der Dienst in der Spielschar war direkt eine Erholung.
Ich war jetzt Hordenführer. Am rechten Ärmel ein silberner Winkel.
Links Sigrune und Gebietsdreieck. NORD MECKLENBURG.
Manchmal mußte ich Fähnleinführer Löffelholz begleiten, zum Bann oder zum Gesundheitsamt. Sozusagen als Adjutant.
Die Aktentasche tragen oder das Luftgewehr.
Der war mir wohlgesonnen. Er hatte schon mal bei Robert Jazzplatten gehört.
»Grüß deinen Bruder«, sagte er.
»Grüß ihn wieder«, antwortete Robert.

Zum Geburtstag lag ein Fahrtenmesser neben dem Topfkuchen auf einem der 6 Beisetztischchen. Allerdings ohne »Blut und Ehre« auf der Klinge. Das war inzwischen nicht mehr statthaft.
Ich schmirgelte den Lack von der Scheide, wie das üblich war, (»Junge, das schöne Messer!«) und trennte die Schnalle ab. Sie wurde etwas tiefer wieder angeheftet, dann hing das Messer schräg.
»Wozu habt ihr denn diesen Dolch?« fragte eine alte Frau in der Straßenbahn.

Drei Pimpfe hatte ich unter mir. Der eine hinkte, der andere hatte eine Rotznase, der dritte war in Ordnung.
Der Sohn von Kaufhaus Zeeck.
Ich mußte sie benachrichtigen, das war meine einzige Aufgabe. »Antreten um 15 Uhr an der St. Georgschule.« Schuhe und Koppel putzen, »Wichsgriffel« waschen.

Einmal wollte Löffelholz feststellen, was in uns Hordenführern steckte. Da mußten wir mit unsern Leuten exerzieren.
Die andern Hordenführer übten »Augen rechts« und »*Die* Augen links«. Oder: »Ganze Abteilung kehrt.«
Klaus Bismarck Stüwe, der sonst immer im Gras gesessen hatte, wurde ganz wild. »Hinlegen! Auf!« schrie er und tat, als wolle er seine Leute boxen.
Der mache sich, meinte Eckhoff zu Löffelholz.

Die Mädchen auf der Mauer kuckten zu.
»Puh! Was haben wir für ein Glück, daß wir keine Jungen sind!«
Eine äffte in alberner Weise das »Rechtsum! Linksum!« nach. Da kam die dicke Führerin und redete ihr ins Gewissen.

Ich stellte meine drei in einer Reihe auf und spielte »Stille Post«. So kannte ich das von Kindergesellschaften.

»Puddingschüssel« flüsterte ich dem ersten ins Ohr.
Sie hätten ja keine Ahnung, was da für ein Quatsch rauskommt, wenn einer das dem andern ins Ohr flüstert. Vielleicht »Wuddingschüssel« oder ganz was anderes.
Schade, daß wir keinen Tisch hier draußen hätten, dann könnten wir sogar Wattepusten spielen.

Bin i net ein Bürschle auf der Welt?
Spring i net wie's Hirschle auf dem Feld?

Fähnleinführer Löffelholz beobachtete uns erst von ferne, dann von nahebei. Dann winkte er Eckhoff heran und stellte sich neben mich. Es würde wohl doch besser sein, man rücke ein.
Die Mädchen, mit ihren weißen Socken, sprangen von der Mauer. Gina Quade, die hübsche, wie immer im Faltenrock.

Die dicke Führerin hatte ihre Blockflöte dabei: gleich würde wieder gesungen werden.

Auf einem Baum ein Kuckuck –
simsaladim bamba saladu saladim ...

Das konnte Gina besonders fix, sie ruckte dazu mit dem Kopf.

... auf einem Baum ein Kuckuck saß.

Die andern ruckten auch mit dem Kopf, das war ein allgemeines Kopfgerucke. Und der Führerin kamen nasse Flecke unter die Achseln.
»Jetzt kannst *du* mal machen«, sagte sie zu Löffelholz.
Der gab die Tonstufen mit der flachen Hand an. Ein Kanon:

Der Faulenz und der Lüderli,
das sind zwei gleiche Brüderli ...

»Von hier bis hier: die erste Gruppe, von hier bis hier die zweite.« Ein Kampf aller gegen alle. Wenn wir aufhören sollten, gab er ein Sonderzeichen: Letzte Runde.

Sie überlege, sagte meine Mutter, ob ich nach dem Dienst nicht immer noch ein Stündchen zu Tante Anna gehen

könne, oder vielleicht sonntags. Es wäre doch zu und zu schön, wenn ich die Schule schaffte. Ich könnte ja der erste sein. Abitur machen, studieren ...
»Ja«, sagte mein Bruder, »die Durststrecke mußt du nun erst überwinden.«

»Studieren, das wird denn noch ganz schön«, sagte meine Mutter, »das Studentenleben ist das Freieste, was man sich denken kann.« Oh, sie wüßt es noch,

Obotritia sei's Panier!

Wie die immer besoffen waren! Oh, Kinder, nee ... Und denn: »Mein Herr, Sie haben meine Dame fixiert«, fechten.
Die dürften sich nicht mucksen, sonst wär die Mensur ungültig, so, ohne Betäubung die Schmisse zunähen.
Und nachher könnte ich Kinderarzt werden, oder Rechtsanwalt.
Mit der Firma, das müßte ich bedenken, das würde nichts, die bekomme ja mein Bruder. Mit zweien in einer Firma, das sei noch nie gut gegangen.

Manchmal wurde Anna Kröger von ihrer alten Mutter vertreten. Die versuchte die Strenge zu imitieren. Mit dem Kochlöffel zeigte sie auf einen und sagte: »Du da, wie heißt du, setz dich mal ordlich hin.«

Wir fuhren wie Schlittschuhläufer über das Parkett und lachten die ganze Zeit wie toll. Von Germitz stellte sich gar hinter sie und segnete das weiße Haupt: »Heilig, heilig ...«
Ich hielt aus Quatsch einen Vortrag über schweflige Oxydialsäure. (Bloß nicht steckenbleiben.) Keine Ahnung, ob es so was überhaupt gab: »... färbt grünes Lackmuspapier golden ...«
»Na, das geht aber noch nicht«, sagte sie und gab mir zögernd das Buch zurück. »Das lies man nochmal über.«

Sie hatte die Tochter vom Kreisleiter ja noch gar nicht angegrinst, ogottogott, das mußte sie ja noch tun. »Jäjä.« – Helmgunde Mattmann, das »Lichtkind«. Glasige Augen und schmutzige Fingernägel. Mit denen kratzte sie sich die Pickel auf. Dumm-langsames Getue. Die Plätze neben ihr blieben frei. (Ich hätte mich da gern mal hingesetzt.)
»Bist'n nettes Mädchen.«
Ob die zu Hause einen Diener hatten?

Ich müsse heute ganz früh gehen, behauptete ich, meine Mutter habe mir das dringend ans Herz gelegt.
»Nä! dat gips näch!«
»Na, auf Ihre Verantwortung ...«
Sie griff sich an ihr Medaillon. Nach einer Viertelstunde: »Pack man dine Sachen. Dat stimmt doch woll ok?«

Schuhe anziehen, aufs Rad springen und mit rasender Geschwindigkeit davon. Dr. Ditten, Dr. Düwel, Dr. Dietz. So weit weg wie möglich.
Auf dem Bahnhof beim Bunkerbau zusehen. Mauern von 3 Meter Dicke. – In der Expreßgutabteilung ein Schwung Ostarbeiter, die waren gerade angekommen. Dicke Frauen mit gestrickten Kopftüchern, Männer mit eckigen Schiebermützen. Holzkoffer. Da saßen sie drauf. Jeder mit einem Pott Suppe. Die sollten wohl zu Heinkel kommen.

Dann das Ruinen-Umziehen beobachten. Ein Trecker mit Stahltrosse, der Trecker ging vorn in die Höhe.
Ob das nötig sei, fragte ein alter Herr, die Mauern seien ja noch ganz stabil?
»Alles ausgeglüht«, sagte eine Frau.
Die gotischen Giebel in der Großen Mönchenstraße hatten sie auch einfach umgerissen. Weg mit Schaden.

In den Kinokästen Bilder zu »Die große Liebe«.

Ich weiß, es muß einmal ein Wunder geschehn
und dann werden tausend Märchen wahr ...

Zarah Leander: »Krieg mit den Sowjets ...«

Dann zu Manfred. Der wurde gerade von seiner Mutter strafweise durchgekitzelt, der hatte Brotmarken versaubeutelt. Immer wieder kriegte sie ihr »Schietlöching« zu packen, unter dem Tisch, in der Garderobe.

»Ich bin ja so heilig«, das sagte sie zu ihrem Dackel. »Frauchen ist ja so heilig.«

Manfred sammelte Landkarten. Aus allen Zeitungen schnitt er sie aus. Den Frontverlauf: Stoßkeil in Richtung Kaukasus. Eine dicke Mappe hatte er schon.
Zum Geburtstag schenkten ihm seine Eltern eine Karte von Afrika. Auf der kannte er sich aus: rechts und links zwei große Placken und oben zwei kleinere: rot. Das waren die ehemaligen deutschen Kolonien. »Unter englischer Verwaltung.« Eigentlich gehörten sie ja noch uns.
Auf der Veranda sitzen, dem Zirpen der Zikaden lauschen und vom Boy Whisky bringen lassen. Mit der Reitgerte unheildrohend tändeln, wenig Gutes verheißend, unnachsichtig.

Ob ich von Tante Anna schon mal welche gekriegt hätte. Ja? Mit dem Kochlöffel? Oder mit der Hand? Auf den Kopf oder auf den Rücken?
Zwei größere Schüler hätten mich festgehalten, log ich. Arme verdreht.
»Und weiter? Wie weiter?«
Und ob die Tochter von Mattmann auch schon mal welche gekriegt habe? »Nee, was? Das wagt sie nicht, dann wird sie gleich abgeholt ...«

Gegen Abend traute ich mich nach Hause. Da wurde mir ein unverhofft freundlicher Empfang zuteil. Das »Kränzchen zum Rosenkranz« tagte nämlich. Marmeladentorte und falscher Kaffee in echtem Meißner. Oben auf der Marmeladentorte Kürbiskerne als Mandelersatz. – Rumaroma.

»Na, mein Purzel?« sagte meine Mutter und küßte mich auf die Stirn. Ohren sauber? Haaransatz? – Kölnisch Wasser aufs umhäkelte Taschentuch und ausreiben.
»O, wie isser groß geworden.«
Frau Studienrat Jäger mit einer Frisur wie ein Zopfkuchen. (»Sie ist ein großes Kind.«)
Frau Kröhl und Frau Professor Angermann.
(»Ich glaub', deren Mann schießt sich noch mal eine Kugel in den Kopf, so dumm ist die.«)
Frau Amtsgerichtsrat Warkentin.

Was mein Klavierspiel mache? wollte Frau Kröhl wissen, »wir wollten doch immer noch mal zusammen musizieren?« Sie, mit ihrem wundervollen Alt.
Ich hätte grade so ein schönes Lied gespielt, sagte meine Mutter, von Tschaikowski. »Chants sans parole«. Und nun wäre es aus mit der Klavierstunde, aus und vorbei.
»Wieso, ist denn die Schnabel krank?«
Nein, das Lernen gehe vor, ich hätte ja mit konstanter Bosheit keine Schularbeiten mehr gemacht, das freche Pastür. Tschaikowski übrigens, dem sei immer der Kopf so schwer gewesen. »Ich kann meinen Kopf nicht halten«, habe der immer gesagt. In dem Buch »Geliebte Freundin« stehe das drin. Das könne sie sehr empfehlen. Die hätten sich jahrelang geschrieben und nie gesehn.
Und Eugen Onegin. Das würde ja überhaupt ganz anders ausgesprochen: Jewgin Anjegin. Das hätten sie früher immer gehört, so gerne, so gerne. Im alten Theater. Ach die herrlichen Konzerte. Musik sei ja so schön; oh, wie sei die schön. Und so international, die gehe über alle Grenzen. »... daß sich die Menschen nicht vertragen können: *Ich* versteh' das nicht ...«

Ihrem Sohn, dem stehe der Sinn auch nicht nach Musik, sagte Frau Amtsgerichtsrat Warkentin und setzte sich zurecht. Neulich sei er dagewesen. (»Ach... auf Urlaub? schön!«) »Mutter«, habe er gesagt, »du mußt mir Zeit lassen, viel Zeit.« »Junge«, habe sie gesagt, »geh doch mal über den Rosengarten, damit du auf andere Gedanken kommst...« Aber nein, immer zu Hause gesessen.

»In der Küche steht noch eine halbe Melone, mein Jung', die nimm dir man, die darfst du essen...«

Laßwitz, Kurd: »Auf zwei Planeten«.

23

Eine weitere Störung des Nachhilfeunterrichts war die Konfirmandenstunde. Zwei Jahre wurden uns verordnet: Der Religionsunterricht in der Schule lasse nach.

Wie der Hirsch schreit nach frischem Wasser,
so schreit meine Seele, Gott, zu Dir.

Meine Eltern ließen mich zur Nikolai-Kirche laufen, aus alter Verbundenheit. Sie waren da getraut worden, 1920.
Alle Kinder da getauft, und die beiden Großen konfirmiert.
Da war man fest, da war man eisern.

Auf meinem Weg wurde ich hin und wieder von Straßenkindern angehalten. Ich mußte weite Umwege machen.
»Professor Knallaballa!« riefen sie mir nach.
Im Winter schmissen sie mit Schnee.

Meine Mutter ging nicht in die Nikolai-Kirche, die ging in die kleine gemütliche Klosterkirche, zu Professor Knesel. Der predigte vorzugsweise von Blumen und Tieren. Sprüche aus den Apokryphen: Der Schnee ist ein wunderlicher Regen oder: Die Biene, welch ein kleins Vögelein.
»Isses schlimm, daß man nun nicht in die Nikolaikirche geht?« fragte meine Mutter.
Im weißen Gemeindesaal bei Harmoniumgesang zu sitzen – das war so gar nicht schön. So kümmerlich!
Und Pastor Nagel: »ähm-nähm ...« Seit die Kirche zerstört war, wurde er immer klötriger. Der Turm zeigte ja auch schon Risse, was sollte man bloß machen. Und das Publikum! Brave, biedere Leute, aber eben: Altstadt.
Nein, da war es in der Klosterkirche schon angenehmer. Schon der Weg ... über den Wall, am Palais vorbei und – leider auch am Gefängnis. Die armen Leute. Frau Dr. Vegesack kam einem da entgegen, die sich das Haar

nicht nachfärbte, weil ihr Mann wegen Abtreibung saß. (Hoffentlich würde das gutgehn!)
Da oben hatte ja auch Sörensen gesessen, komischer Gedanke ...
(»Abtreibung? Was ist denn das?«
»Die machen da unten so Sachen.«)

In der Klosterkirche war wegen der Fliegerangriffe zwar der Klappaltar entfernt worden, aber die intime Atmosphäre mit dem entzückenden Kreuzgang und den alten Grabsteinen, die war geblieben. So anheimelnd, so warm.
»Zu und zu süß.«

Und man kannte sich!
Amtsgerichtsrat Warkentin, schlohweiß geworden. »Der nimmt sich immer alles so zu Herzen.« So ein netter Mann. Durch und durch sensibel.
Fräulein Dibbersen von den »Wiener Moden«, Fräulein Huß von der Universitätsbibliothek und Professor Gunthermann.
Professor Gunthermann hatte seinen festen Platz, vorn rechts, gleich unter der Kanzel. Der legte die Hand hinters Ohr.
Fräulein Huß hatte meinem Vater einmal die alten Jahrgänge des »Rostocker Anzeigers« zugänglich gemacht. Das durfte sie eigentlich nicht.
Mit einem Ziehwagen wurden sie geholt, das Auf und Ab der Geschäfte, das konnte man in den Zeitungen so gut verfolgen. Delikatessen-Krüger, wie der so allmählich abnibbelte, und Bölte, wie der hochkam.

So war es in der Klosterkirche.
Pastor Nagel von St. Nikolai, in seinem schwarzen Anzug, mit den Lederschnürsenkeln, das war noch einer von der alten Sorte, keiner von den deutschen Christen, der predigte auch nicht von Blumen und Tieren.
Der redete mit dunklen Vokalen, oh – uh – uh –! Beschwö-

rend, warnend. Und früher, als die Kirche noch heil gewesen war, hatte er innegehalten, wenn die Hitlerjugend draußen vorbeimarschierte, mit Fanfaren (»das taten die extra«), hatte innegehalten und deutlich sichtbar mit dem Kopf geschüttelt. »Und ... – oh und!!«

Die Reden, die er uns Jungen hielt, waren wie eine Sammlung von Schlußakkorden. Dauernd dachte man: Nun sagt er gleich Amen. Aber nein, es kam noch ein zweites und ein drittes.
Ab und zu in Fistelstimme Ausfälle gegen Katholiken. Die dürften keine Bibel lesen, »ihr Jungs«, das sollten wir uns mal vorstellen! »ähm-nähm.« Nie Gottes Wort im Original. Die Bergpredigt zum Beispiel oder den 23. Psalm.

> Er bereitet vor mir einen Tisch
> im Angesichte meiner Feinde ...

Oder Korinther dreizehn. »oh – uh!«

Die Katholiken bildeten sich ja ein, sie könnten Christus kommandieren, ähm-nähm, in der Messe. Täten so, als könnten sie ihn in die Kirche hinunterzwingen. Nein.
Aber auch an uns, an den Evangelischen, hatte er was auszusetzen. Wir sollten uns man an die Brust schlagen. Manche sagten: »Gott verdamm mich. Ähm-nähm, oh – uh!« Sei das nicht furchtbar? Wer so was sage, der rufe die Verdammung mutwillig auf sich herab. Nur weil er sich vielleicht gestoßen habe, die ewige Verdammnis!

In sachlicher Hinsicht schien ihm die 6. Bitte des Vaterunsers erklärenswert. »... und führe uns nicht in Versuchung.« – »Als ob Gott uns in Versuchung führe, nun denkt mal an, der liebe Gott, ähm-nähm, der seinen Sohn gegeben und hat ans Kreuz schlagen lassen ... Der und uns in Versuchung führen?«
Nein, die 6. Bitte bedeute das Gegenteil. So, wie ja auch das Kreuz nicht Zeichen der Niederlage, sondern des

Sieges sei. Es werde für uns zur Himmelsleiter, das sei gewiß.
Wenn Schluß war, hielt er uns noch eine Weile auf: Diesen Bibelspruch noch und auch noch diesen. »So, nun geht.« Doch halt! Dies eine noch, dies eine ... Und daß Knechtesknecht nicht mit unserm heutigen Begriff vom Knechte zu vergleichen ist, das seien damals ganz minderwertige Menschen gewesen.

Auf der Straße kuckte man sich um, ob er nicht noch mal angelaufen käme.

Und: »Du Narr«, das habe eine viel fürchterlichere Bedeutung gehabt als heutzutage.

Ich hatte oft in der Bibel geblättert, auf dem Teppich liegend, Schuhe aus, Knäckebrot mit Johannisbeergelee. In der Anrichte, neben den Keksdosen, da lag sie, ein Riesenexemplar, mit Bildern.
Die Sintflut: Auf Felsen, in Schründen und Klüften ausgestreckte Leichen, ausnahmslos nackt. Fern auf einem Berg die Arche, und von ihr ausgesandt, klein aber wesentlich, die Taube. Der Himmel düster und aus den Wolken heraus ein halber Regenbogen.
Die über dem Kriegsvolk zusammenschlagenden Fluten des Roten Meeres. Am andern Ufer, deutlich sichtbar, die geretteten Kinder Israel, dem Herren dankend.
Daniel in der Grube, das zottige Haupt des Löwen auf seinen Knien. Im Hintergrund eine Löwin, ihr Opfer bedächtig zerfleischend.

Diese Bibel hatten die Urgroßeltern in Königsberg vom zuständigen Superintendenten überreicht bekommen. Und eine Medaille, zur Goldenen Hochzeit, die lag im Schreibtisch meines Vaters, neben der Urnenmarke Onkel Fredis, der seine Asche ins Meer hatte streuen lassen. So was war heutzutage ja verboten, das ließen die Nazis nicht zu.

Schon bald wurden wir von Pastor Nagel einem Vikar übergeben, einem weichen Menschen, einem Jüngelchen. In hellgrauem Zweireiher, aus gutem Stoff.
Obwohl er kein Kinn hatte, so hatte er doch ein Doppelkinn.

Er sei im Winter mal hingefallen, erzählte er uns, und da habe er eine vorübereilende Frau gebeten, ihm aufzuhelfen. Sie aber habe zur Bahn gemußt.
Da habe er eine zweite Frau gebeten, das sei eine Dame gewesen, mit reichem Schmuck. Die aber habe auch keine Zeit gehabt.
Endlich sei eine dritte Frau gekommen, eine Geschäftsfrau, auch furchtbar eilig, von ferne habe sie schon abgewinkt. Er aber habe gerufen: »Sehen Sie, ich liege hier schwach und hilflos, helfen Sie mir doch! Am Ende werde ich noch überfahren!«
Nein, sie müsse zu einer Verrichtung.
Dann habe sich diese Geschäftsfrau aber doch bereitgefunden, auf sein inständiges flehentliches Bitten hin. Eine Frau, von der man habe annehmen müssen, daß ihr Sinnen und Trachten nur aufs Geldverdienen ausgerichtet sei. Die Verrichtung habe sie dadurch zwar nicht mehr unter Dach und Fach bringen können, aber ein Gott wohlgefälliges Werk.

Einmal verblüffte er uns mit der Behauptung, es gebe nichts Vollkommenes auf dieser Welt. Hannes Jansen wollte ihm das nicht abnehmen und hielt ihm ein Stück weiße Kreide unter die Nase. Neu, tadellos. Die sei doch in Ordnung, oder etwa nicht?
Ja, das stimme. Aber damit könne man zum Beispiel nicht auch schwarz schreiben. Auch könne man damit nicht schießen.

Mit der Frage, ob Christus ein Jude gewesen sei, konnte man ihm nicht beikommen. Jesus sei sozusagen der erste Christ gewesen. (Das hatte er im Seminar gelernt.)

Über Streiche, die wir ihm spielten, lachte er. Manchmal rückten wir mit unsern Stühlen immer weiter vor, bis er da vorn eingeklemmt war. Da sei wohl der Teufel am Wirken, was?

Aber dann schlug es um. Irgend etwas ärgerte ihn dann doch.
»Zempowski, geh 'runter und entschuldige dich beim Herrn Pastor. Los, entschuldige dich.«
Er schubste mich mit dem Bauch zur Tür und lachte dabei, so daß ich gar nicht wußte, ob er das eigentlich ernst meinte.
Und dann blickte er mir die geschwungene Treppe nach, ob ich auch wirklich 'reinginge in die Studierstube von Pastor Nagel.

Pastor Nagel legte seinen Stift hin und nahm die Brille ab. Nun sei da wieder so etwas Furchtbares passiert, ein junger Mensch habe das Heiligste verletzt, nicht zugehört dem Worte Gottes, gestört sogar, oh! uh!

Irret nicht, Gott läßt sein' nicht spotten!

Und daß *ich* immer wieder dabei war, der Sohn guter Eltern, die man zwar jetzt nicht mehr beim Gottesdienst sehe, die aber immerhin doch wohl... Daß ich dabei war, das wurme ihn. Ich müsse mir doch mal einen Ruck geben!

24

Nach Tisch saß man immer noch ein Weilchen beisammen. Die Sonne schien ins Wohnzimmer, und der Kanarienvogel sang.
»Kinder, wie isses schön, nein, wie isses schön«, sagte meine Mutter, sie begoß die Blumen und knipste welke Blätter ab. Die Myrthe hatte angesetzt, und der Christusdorn bekam auch neue Blüten.

Ulla studierte jetzt Anglistik. Braungebrannt und magerer. Seite um Seite ihres Kollegheftes füllte sie mit klarer Schrift.
Und jede freie Minute lag sie in der Sonne.
»Kind, isses nicht ein bißchen doll? Das sieht ja schon fast schmutzig aus.«

Universität: das hatte Dr. Krause geraten. Munitionsfabrik, das sei doch nicht das Richtige. Ein junges Mädchen mit Abitur. So was müsse doch studieren! Kunstgeschichte oder Medizin.
»Und dann steht sie Ihnen zur Seite, Frau Kempowski, in dieser schweren Zeit.« Wer könne wissen, was noch alles kommt.

Auch Robert war mal wieder da. Nächste Woche würde er zurück nach Stettin fahren, zur Wirtschaftsfachschule.
»Das ist das erste Mal, daß ich in die Wirtschaft reinrieche«, sagte er.
Er sei noch nicht fest, habe sich noch nicht recht installiert, aber das komme schon noch. Moses und die Propheten – das wolle gelernt sein.

Sörensen stopfte das »Hörrohr«. Er saß auf dem Schreibtischstuhl, auf dem mein Vater immer gesessen hatte, wenn er die Post durchsah, die Telegramme umgrabbelte, mit seinen dicken Fingern, und sich den rissigen Handrücken kratzte.

Wie sei das immer gemütlich gewesen, sagte meine Mutter. Und denn aufgestanden und sich ans Klavier gesetzt und gespielt.

Vater, Mutter, Bruder, Schwester,
hab ich auf der We – lt nicht mehr . . .

Und mit falscher Stimme dazu gesungen. Er habe ja noch nicht mal das Deutschlandlied singen können, da habe man sich richtig schämen müssen.

Sörensen gähnte.
»Müde, matt, marode?«
Er könne sich an das warme Mittagessen hier in Deutschland nicht gewöhnen. Schnibbelbohnen in Mehlsoße. Da sei man immer so voll.
Ihr Mann habe sich mittags immer eine halbe Stunde hingelegt, sagte meine Mutter, und denn: Rollgriff: Keks. In den Mund geschoben wie Münzen. Und guten Bohnenkaffee. »Wißt ihr noch? Oh, wie konnte Vati das genießen.« Auf Bohnenkaffee habe sie jetzt auch einen Jiper.

Ulla stellte Kuchenbrot auf den Tisch, das geblümte Geschirr und die Nickelkanne mit Gerstenkaffee. Da konnte man immer so gut Fratzen schneiden. Die Maske des verwundeten Kriegers am Zeughaus.

Er habe nichts zu lesen, sagte Sörensen. Neulich habe er im Antiquariat bei Leopold »British Classical Authors« bekommen. Ein Wunder! In Deutschland ein englisches Buch!
Wieso? fragte meine Mutter. Früher habe es in Deutschland viele englische Bücher gegeben. Deeping: »Hauptmann Sorel und sein Sohn«. Und Taylor Caldwell: »Einst

wird kommen der Tag«. – Alles englische Autoren. »Vom Winde verweht«.

Schade, daß man die Punch-Hefte weggeworfen hatte, das wäre jetzt die richtige Lektüre gewesen. Damals, in Großvaters Wohnung. Lustig. Das würde einen jetzt auf andere Gedanken bringen.
Mein Bruder holte den in Mahagoni gerahmten englischen Druck vom Flur. »The Hunter and his Horse«, stand darunter.
»Hier«, sagte er, »auch Englisch.«
Und ich kramte in meinen Schulbüchern. »A little hold-up in the City«. Die könne er gerne mal lesen.
Da wären auch die englischen Münzen drin. Zwölfersystem. Ziemlich sonderbar ...

Meine Mutter öffnete die quietschende Glastür des Bücherschrankes und zog nach kurzem Bedenken »Moltke« von Eckart von Naso heraus. Blau mit rotem Aufdruck. Moltke habe in Dänemark gedient. Der große Schweiger. Das sei doch was Verbindendes.

Moltke habe übrigens, wenn ihn nicht alles trüge, keine Haare gehabt, sagte mein Bruder. Ob wir das wüßten. Totale Glatze, völlig iben. Getrennt marschieren, vereint schlagen. Immer eine Perücke getragen, sogar in der Schlacht.

Das Hörrohr kochte und gurgelte, Saccharin brauste auf. Meine Mutter nahm die Ocki-Arbeit zur Hand. Für Tante Silbi eine Spitze. Man müsse sich ja auch mal wieder vertragen.

Ob es eigentlich richtig sei, daß man von »Singendem Deutschland« spreche, wollte Sörensen wissen. Man höre ja gar keinen singen.
»Gott sei Dank nicht!« sagte Robert. Das hätte ihm noch gefehlt. Wenn alle plötzlich anfangen wollten zu singen!

Hinaus in die Ferne
mit lautem Hörnerschall...

In der Schule habe er immer absichtlich falsch gesungen, damit er nicht in den Chor komme, mittwochs, sechste Stunde.
Aber ein Kriegslied habe er mal gelernt, das wisse er noch, mit Biwak und allen Schikanen, ein vaterländisches Lied. Daran könne er sich noch erinnern. Schulze, der Musiklehrer, habe auf dem Podium gestanden und mit dem herunterhängenden Bein den Takt geschlagen.
Aber sonst – nee, Stüermann låt mi an Land. Da sei Jazz ein anderer Schnack.
Er ging an den Plattenständer und zog eine Platte nach der andern heraus. Was würde man mal spielen können? »Grand Terrace Rhythm« oder »Fate«?
»Lasses man jetzt, mein Junge.«

In der Munitionsfabrik hätten sie immer »Morgensingen« gehabt, sagte Ulla. Das sei ja jetzt gottlob vorbei.
Und dann Tischsprüche:

Es ißt der Mensch,
es frißt das Pferd,
doch heute ist
es umgekehrt.
Alle Mann – 'ran!

Obwohl... wenn sie es recht bedenke... die Kameradinnen seien gar nicht verkehrt gewesen, man habe sich irgendwie verbunden gefühlt und geborgen.
Und eine gewisse Ordnung sei ja auch nötig. Sonst wären sie ja nicht mehr zu halten gewesen. Über alle Zäune gestiegen.

»Singendes Deutschland?« fragte meine Mutter. Oh, sie wüßt es noch. Wie hatte Frau Kröhl immer so schön gesungen. Und ihr eigener Vater, der habe auch gesungen.
»Großvater Bonsac?«

»Jawoll.«
»Das hast du ja noch nie erzählt!«

Gemäht sind die Felder,
der Stoppelwind weht...

Das sei ihm vom Arzt verordnet worden, weil er immer zu weit hinten gesprochen habe.

Die eine lieb' ich,
die andre küss' ich,
die dritte heirat' ich amol...

Das habe aber nichts genützt, der spreche heut noch falsch. Oh, sie höre es noch, wie das so hohl geklungen habe, über den Flur. Sie habe immer zu heulen angefangen, das habe so gedrückt.

Deutschland sei ja wohl so ziemlich das einzige Land mit zwei Nationalhymnen, sagte Sörensen.
»Nee«, sagte Robert, »eine nur. Die zweite geht uns nichts an.«
»Gut«, sagte Sörensen, »schön. Aber wieso: ›Von der Etsch bis an den Belt‹?« Der Belt liege doch noch immer in Dänemark und die Etsch in Italien?
Das sei nicht wörtlich gemeint, das müsse er mehr im übertragenen Sinne verstehn.
Die Deutschen seien sehr großzügig, das müsse man sagen. Halb Italien und halb Dänemark verleibten sie sich ein und denn heiße es, das sei nicht so wörtlich gemeint. – Das mache einen schlechten Eindruck im Ausland. Einen sehr schlechten. »Über alles in der Welt...« Ob wir das eigentlich wüßten?

Und nicht mal zu einer eigenen Melodie habe es gereicht, die sei von Österreich.
»Von Haydn«, sagte mein Bruder. »Klassisch. Kaiserquartett.« Eben. Von Österreich. Haydn sei doch Österreicher gewesen.

Die Österreicher und die Bayern, das seien keine richtigen Deutschen. Das habe er in der Schule gelernt. Die sprächen ja auch ganz anders.
»Ach du grüne Neune«, sagte mein Bruder, »das ist doch bloß ein Dialekt!«
»Die Norweger«, sagte Sörensen, die sprächen auch so ähnlich wie die Dänen. Deshalb behauptete er aber noch lange nicht, das seien Dänen.
»Habt ihr Norwegen nicht mal besetzt gehabt, oder was?« fragte Robert.
»Sei nicht so taktlos«, sagte meine Mutter, »pfui.« Früher hätten sie übrigens »Heil dir im Siegeskranz« gesungen, dieselbe Melodie wie »God save the King«. Oh, sie wüßt es noch. »Vom Fenster aus konnten wir immer so herrlich sehen, wenn der Kaiser zum Rennen fuhr.« Sie habe immer gedacht, all die vielen Wagen, die hinter ihm herfuhren, das wär das Rennen. Das sollte nun ein Rennen sein und keiner überholte den andern! Das habe sie nie begriffen.
Das wäre besser für uns gewesen, sagte Sörensen, wenn wir uns an den englischen Menschen orientiert hätten. Das wäre für uns und für alle Menschen in Welt besser gewesen.

Damals, sagte meine Mutter, habe es auch noch Verlustlisten gegeben, im 1. Krieg. Davon höre man ja jetzt nichts mehr. Höre und sehe nichts.

Sörensen sprach gut Deutsch.

> Rrräder müssen rrrollen für den Sieg ...

»Fabelhaft«, sagte meine Mutter.

> Eßt mehr Frrrüchte
> und ihr bleibt gesund.

Fast ohne Akzent.
»Ist jemand noch nicht abgefertigt« – das wunderte ihn. So was hatte er in der Schule nicht gelernt. »Die Kinokarten

sind alle!« – das auch nicht. Das habe er zuerst gar nicht verstehen können. Er habe gedacht, sie seien *alle* noch da.

Obwohl er »Uhla« sagte, »Schleger« statt »Schlager« und das Wort »Humor« auf der ersten Silbe betonte, kannte er sich in speziellen Fällen sogar besser aus als wir: »Aläuten«, das klinge so, als ob ein Kind das spreche. »Al*eu*ten« müsse es natürlich heißen. Genau wie die Ukr*ai*ne. »U-kra-i-ne, hahaha.«
Deutsch sei eine häßliche Sprache. Brrruttorrregistertonnen ... wie klinge denn das. Durch und durch häßlich. Wie Russisch oder Polnisch.
»Aber Schmetterling«, sagte meine Mutter, das sei doch ein schönes Wort. »Schmétterling.« Da sehe man eine blumige Wiese vor sich, Schmétterling. Da halte man mal das englische »Butterfly« daneben!

Ob er schon manchmal auf Deutsch denke, wurde er gefragt.
Ja, aber nur sprachlich. Neulich erst, da habe er sich ertappt beim Kistenzählen, da habe er »eins, zwei, drei« statt »en, to, tre« gedacht.
»Das ist dich wohl hart angekommen?« sagte mein Bruder.
Ein Bekannter habe finnisch zählen können, sagte meine Mutter, ein Kapitän. »Kaks, koks, kelwe oder so ähnlich.« Oh, wie sei das komisch gewesen, wie hätten sie immer gelacht!
Hier, die Backen, das hätten die Wilden zu ihm gesagt, die Menschenfresser in der Südsee, die Backen, die schmeckten am besten.

Das sei für ihn schockierend gewesen, fuhr Sörensen fort, daß er auf einmal sprachlich deutsch gedacht habe. Er befürchte nämlich, daß sich mit der Sprache auch das Denken ändere. Sprache – und nun spreizte er die Finger zu einer Tüte – sei nämlich Denken. Sein Charakter verbiege sich womöglich, weg von Klarheit und Wahrheit des dänischen Denkens, hin zum Mystisch-Dunklen, wie die Deutschen eben seien.

»Noch 'ne Tasse?« sagte meine Mutter. »Blümchen? – Schade, daß Vati nicht mit hier ist. Der hätte das bestimmt genossen. Wie haben wir es gut, daß wir alle noch gesund beisammen sind. Wir könnten ja auch abgebrannt sein. Stellt euch mal vor, alles in Dutt. Herrlich, zu schön. Und die Sonne ...«

Höflich seien sie ja, die Deutschen, sagte Sörensen. Die Soldaten zum Beispiel, in Kopenhagen. In der Straßenbahn. Die machten wenigstens Platz, wenn eine Dame hereinkomme. Sprängen auf.
Aber: Sie gingen immer links von ihrer Frau, wie unvernünftig! Anstatt da zu gehen, wo es am gefährlichsten ist, zur Straße hin nämlich. So wäre es im gesamten Ausland.
»Das ist eigentlich richtig«, sagte Ulla. »Wie blödsinnig.«

Robert sagte: »Augenblickchen!« Nun müsse er ihm mal Paroli bieten. Das solle er ihm nicht übelnehmen, er wolle bloß mal ganz zackig gegenhalten: Scheiße mit Reiße.
Seines Wissens habe das Linksgehen einen tieferen Sinn. Das sei nicht wegen der Höflichkeit. Im Gegentum! Wenn ihn nicht alles trüge, leite sich das noch aus dem Mittelalter her. Da sei man links gegangen, um seine Dame beim plötzlichen Degenziehen nicht zu verletzen.
»Da sieht man's wieder!« rief Sörensen, »alles von Krieg.«

Er hatte überhaupt so manches auszusetzen.
Ob wir ihm dieses mal beantworten könnten: »Warum sind die Buchtitel auf den Buchrücken in Deutschland alle verkehrt herum?« Ob wir ihm das mal erklären könnten. In ganze Welt rechts herum, nur in Deutschland links. Crazy.

Die Deutschen seien ein hochmütiges Volk. Da lerne keiner Dänisch. In Dänemark lerne man auf allen Schulen Deutsch. Da sei man aufgeschlossener.
Keiner mache sich hier die Mühe, die Städtenamen so auszusprechen, wie sie wirklich heißen. Die Düppeler Schanzen zum Beispiel. Da wisse ein normaler Däne überhaupt nicht, was damit gemeint sei. Er sage ja auch nicht »Pierdknüppel« statt »Rostock«.
Das sei keine Achtung vor andere Menschen.

Ein Drittel der Dänen sei tradischonell für England, ein Drittel für Frankreich und eins für Deutschland. Das habe sich aber seit 1940 schlagartig geändert. Das deutsche Drittel sei an England gefallen, das müßten wir verstehen. Von Deutschland komme immer nur Krieg in ganze Welt. Daran liege das.
»Aber doch auch Kultur ...«, sagte meine Mutter, »unser gutes altes deutsches Vaterland ...«
»Was denn, bitte? Kultur?«
»Kultur doch nicht, Mutti«, sagte Ulla. Die Gotik, die hätten sie aus Frankreich geklaut, und Rembrandt, sei der vielleicht ein Deutscher? Leonardo, Raffael – alles Italiener.
»Ja«, sagte Sörensen. Und in der Musik sehe es genauso aus. Haydn sei, wie gesagt Österreicher, Mozart auch. Und Beethoven Holländer.
Bach, allerdings, sei ein Deutscher. Aber der sei ja viel älter.

Da falle ihm übrigens noch ein Deutscher ein, Mendelssohn, Felix Mendelssohn-Bartholdy. Aber den kannten wir sicher nicht.
»Oh doch«, sagte meine Mutter und richtete sich auf. Den kenne sie. »Der hat doch diese entzückende Musik zum Sommernachtstraum geschrieben. Da wird doch immer so geklopft.« Oh, wie sei ihr Mann wütend gewesen, als er vor Jahren mal den Sommernachtstraum habe sehen wollen,

hätte sich noch so gefreut, und da hätte es eine andere Musik gegeben. Oh, wie habe er geschimpft!
»Diese Pinkelmusik!«
Mendelssohn, den kenne sie. Hochzeitsmarsch. Er müsse uns auch nicht für dumm und ungebildet halten. Da habe Vati sich noch so amüsiert, bei ihrer Hochzeit: Doppeltüren auf, zäng! Hochzeitsmarsch. Und denn seien sie eingezogen. Links und rechts um die Tafel herum.
So was müsse er nicht sagen, wir seien ja nun mal Deutsche, und das sei nun mal unser Vaterland, das liebten wir, auch wenn manches nicht so laufe, wie man sich das gewünscht habe.
Schade, daß Dr. Krause nicht da sei, der wisse bestimmt die richtigen Argumente. Man sei so hilflos, habe die Antworten nicht parat... Wie ein Dæmelklaas.
»Now, well...« sagte Sörensen.
Und er solle mal diese häßlichen englischen Wörter lassen. Wir ständen schließlich im Krieg.

»In England kriegen sie ja nicht mal die Fenster zu«, sagte ich, »und: Linksverkehr...«
»*Du* hältst den Mund!« rief Ulla da. »Mußt du nicht überhaupt schon längst zu Tante Anna?«

Sörensen klopfte seine Pfeife aus.
»Nein, Uhla: Toleranz.« Jeder müsse seine Meinung sagen dürfen. Auch das vergäßen wir Deutschen leicht. »Siehst du mal, mein Walter, du mußt denken...«
Und als Beispiel für Toleranz führte er an, daß bei moderner Musik, wo so alles durcheinander geht, die es ja bei uns nicht mehr gebe, daß bei moderner Musik in Dänemark zwar gelacht werde, aber auch geklatscht. Das habe er so und so oft erlebt. Da werde zwar gelacht, aber auch geklatscht.

An einem Sonntag besuchte ich mal wieder den Dicken Krahl. »Na, du Maihecht?« sagte der Vater und kuckte über seine halbe Brille, die Hand in der Westentasche, als ob er einen Groschen suche. »Du bist ja lange nicht hiergewesen.«
(»Der Dicke ja auch nicht bei mir.«)

Seine Frau zeigte mir das Loch, das die Brandbombe in den Fußboden geschmort hatte. Und die angeglühten Schränke. Wie von einer höheren Macht sei sie damals gerufen worden. Im Luftschutzkeller. Aufgestanden und nach oben gelaufen und die Bescherung entdeckt. Eine Viertelstunde später, und alles wäre verloren gewesen.
Wie drüben bei Haagens, die nicht zu Hause waren. Die hätten nicht mal die Fußmatten gerettet. Sei ja auch alles abgeschlossen gewesen.
Ihr Mann habe gesagt: Du hast wohl den 6. Sinn?
Und das denke sie jetzt auch. Sie habe dauernd Ahnungen, glaube, daß was passiert. Sie wisse nur nicht was.

Schmalzbrote mit Kakao gab es nicht mehr. »Vitamin B« versagte.

Dicker Krahl hatte jetzt auf seinem Tisch eine Landschaft aus bemaltem Gips, mit einem Klötzchendorf und Bäumen aus Knetzegummin. Ganze Wälder davon.
Winzige Panzer und Geschütze. Vorzüglich getarnt, kaum zu sehen. Zivilisten gab es nicht.

An der Schmalseite ging das Gelände in einen Hafen über. Da lagen graue Schlachtschiffe und Kreuzer, die Reichskriegsflagge am Heck.

Seefahrt tut not!

Die Panzer paßten auf, daß den Schiffen nichts passierte, und die Schiffe paßten auf, daß den Panzern nichts passierte. Rücken an Rücken.

»Scharnhorst« und »Gneisenau«, mit drehbaren Drillingstürmen und Wasserflugzeug auf dem Katapult.
Zerstörer und schwarze Minensucher.
Die gekaperte »Seal«, seegrün statt grau.
Auch Handelsdampfer und kleine Fischerboote mit Papiersegeln. Die Dampfer hatten den Schornstein mal in der Mitte und mal hinten.

Das Auslaufen größerer Schiffe mußte äußerst langsam vonstatten gehen. Drei Schlepper nebeneinander, mit dem gepolsterten Bug schiebend.
Ich besaß das Modell des untergegangenen »Konsuls«. Die »Friedrich« sähe so ähnlich aus... Lange überlegten wir, ob wir es grau anmalen sollten und als Hilfskreuzer verwenden? Aber was hätten wir dann im Frieden damit angefangen. Die Farbe hätte man ja nie wieder abgekriegt.

Klaus Greif wollte ältere, grob geformte Modelle mit einbringen, an denen war die Gußnaht zu sehen.
Die standen lange herum, aber nein, das ginge nicht. Die ließen sich nicht verwenden. Schräg zersägen, als untergehende Schiffe? Nein.

Manfred hatte zwei französische Schlachtschiffe. »Dunkerque« und »Richelieu«. Elegant. Zusammen mit den deutschen »Pötten« ein Anblick gewaltiger Kraft.

> Das Meer, das ist das Tor der Welt,
> ein Narr, der sich's nicht offen hält!

Man konnte sie jedoch nicht mehr verwenden. Die hatten sich ja selbst versenkt, in Toulon. Schade.
Aber gut. Die Selbstversenkung sei ein wahrer Segen gewesen. Die Kanonen hatten ein gänzlich anderes Kaliber gehabt als die der deutschen. Da hätte man ja extra Fabriken bauen müssen, für die Munition. Kein Mensch wär damit klargekommen.

Das Wasser war durch Silberfolie markiert. Glas wäre besser gewesen.
Wir näherten unser Auge der Platte, guckten wie durch ein Periskop. Noch ein bißchen weiter links. Toll. (»Habt ihr neulich in der Wochenschau New York gesehn?«) Hier noch ein Leuchtturm, dort ein Haufen Kohlen.

Eigentlich konnte man mit den Schiffen nicht viel anfangen. Es war zu wenig Meer da. Einmal spielten wir den Durchbruch der deutschen Flotte durch den Channel. Dann lagen die Schiffe wieder tatenlos am Kai.

Wenn man eine Filmkamera gehabt hätte: knipsen, ein Stück weiter schieben und wieder knipsen. – Mit Graphit gefärbte Watte auf die Schornsteine setzen. Den Film dann zeigen und für das Eintrittsgeld neue Modelle kaufen. Aber die hätten dann ja auch herumgelegen.

Auf Dicker Krahls Nachttisch lag ein Lexikon. Ob er schon bei »Embryo« nachgeschlagen habe? Und bei »schwanger« und »Abort«?
»Arsch« stehe nicht drin und bei »ficken« nur: schnell hin- und herreiben, »niederdeutsch«.

Greif hatte ein Gesundheitsbuch. Aufgesperrte Münder koloriert, mit dunklen Flecken: Diphtherie und Mandelentzündung. Diphtherie röche weinig.
Wie man einen Fremdkörper aus dem Auge entfernt: das Lid über ein Streichholz kippen (der Mann trug einen Schnurrbart) und weiter hinten: einer altmodisch gekleideten Schwangeren ist was hinuntergefallen. Sie kniet sich hin, damit die Leibesfrucht nicht gequetscht wird. (Pfeil.)
»Scheißt die das Kind denn aus?«

Im Zille wären auch Masse Sauereien drin, sagte Manfred. »Mutta, hab' ick schon Brust?« Leider läg das Buch im

Schreibtisch seines Vaters, das könne er nicht mitbringen. Wir glaubten ja gar nicht, was da alles drinstehe. »Ha'm Se Würmer?« – »Ja, sechs.«

Ob wir schon mal einen Präser gesehen hätten? Den müsse man dann überziehen, sonst werde man blutig. Blausiegel oder Fromms. »Männer, schützt eure Gesundheit.« – Das tue gemein weh.
Er habe einen Mann beobachtet, der sei breitbeinig gegangen, der habe bestimmt grade gefickt gehabt. Vielleicht irgendwo im Keller oder auf dem Dachboden. Der habe schwer geatmet und glasig vor sich hingestarrt.
Und die Frauen! Die könnten hinterher eine Stunde lang nicht gehen! Und denn nur ganz vorsichtig. Wir sollten mal darauf achten. In einer Menschenmenge wären immer zwei oder drei.

Die Magazine meines Bruders auch mal wieder hervorholen. Und genauso hinlegen, wie sie gelegen haben, damit er es nicht merkt. (»Sag mal, bistu'n Schwein?«)
Sörensens schwedische Illustrierte mit dem Judotraining auf dem Dach. Eine Frau (hübsch) legt einen zudringlichen Mann (häßlich) aufs Kreuz. (Schenkel zu dick.) Hält ihn da, bis einer kommt.
Ob sie miteinander sprechen? Was wohl?

Eines Tages sagte Sörensen, er wolle meiner Schwester zeigen, wie die Sonne »tanzt«. Dazu müsse sie um sechs aufstehen und mit ihm wandern.
»Oh, schön!« rief meine Mutter. »Ich mach' euch Brote!« Ulla könne ja die Wandertasche nehmen, die sei praktisch. »Und zieh' dir was Warmes unter!«
Ob er sich noch an die Spaziergänge in den Warnowwiesen erinnere, den Weidenweg ...
Vati habe bei Wanderungen immer seine Knickerbocker angehabt. »Nun zieh doch bloß nicht immer deine

Knickerbocker an«, habe sie gesagt, »du hast ja so dicke Waden.«
Aber nein, immer diese scheußlichen Dinger.
»Das verstehst du nicht, mein Getelein«, der Anzug sei doch gut dem Dinge.
Habe sich nie was sagen lassen.
Und dieser Teichhut! Nein, verboten.
Sie selbst habe Streichholzbeine, viel zu dünn, und leider mittlerweile auch Krampfadern.
»Man muß das Läben äben nähmen, wie das Läben äben is«, da sei nichts zu machen.

Am Spätnachmittag kamen sie wieder. (»Müde, matt, marode?«)
Ich kam in die Küche, da hielt er meine Mutter im Arm, den Hintern rausgestreckt. Kopf neben Kopf.
Ob er Ulla heiraten dürfe.
(Es wäre doch schöner, wenn man Fliesen in der Küche hätte, diese rissigen Dielen, wie popelig! So ganz und gar nicht schön.)
Von ganzem Herzen: ja! er dürfe ihre Tochter haben.
Nochmalige Umarmung. Auf den Rücken klopfen. »Und vernünftig sein! Hörst du?«
»Ja.«
»Vati würde rasend werden!«
»Ja, well. All right. In Ordnung. Gut.«
Nase putzen.

Drinnen saßen die beiden dann auf dem Sofa. Unter dem Herbstbild mit den kleinen Fehlern. Der Sörensen, die Pfeife zwischen den mächtigen Zähnen, und die kleine dunkle Ulla mit dem Brüssler Kragen. Knabberten sich am Ohrläppchen.

Mami, kann ein Taucher niesen?
Trinkt der liebe Gott auch Bier?

Das war eine Schallplatte, die hatte man von Christa geliehen.

Ob sie noch wisse, wie sie pöh! gesagt habe, als sie zum ersten Mal von ihm hörte?
Ja, das wisse sie noch.
Und die Verhaftung?
Oh du meine Güte. Das Vergißmeinnicht dürfe er nicht aushändigen, habe der Pförtner gesagt, das könne ja was bedeuten.
Das *solle* ja auch was bedeuten.

»Vergißmeinnisch«, ein komischer Name.
Da werde er immer dran denken. Auch an die Ohrfeige, die ihm der Leutnant gegeben hatte, in Kopenhagen, bei der Besetzung. Das werde er nie in ganze Leben vergessen.

Meine Mutter nahm die Rußlandkarte mit den roten Wollfäden ab. Bis zum Kaukasus war sie ausgesteckt worden.
Das lasse man jetzt wohl besser sein. Der olle Krieg.
Sie stellte den Familien-Kasten auf den Tisch. Den sollten die beiden sich mal ankucken, das sei hochinteressant. Wie das so auf- und abgegangen ist. Mal hoch, mal runter. Papiere, Ahnentafeln. Ein Brieföffner aus Bein und die Tabaksdose.

> So wechselt alles ab
> Nach Krieg und Blut Vergiessen
> Lasst uns des Himmels Huld
> Der Friedens Lust geniessen.

Echt Iserlohn.
Was – die sei hier in diesem Kasten vergraben? sagte Sörensen. Die sollte man doch lieber irgendwo hinstellen. Er ging herum, ob sie hier wohl passe oder hier.

> Ewiger Friede zwischen
> Russland Preussen und Schweden.

Da sei ja ein Jammer.
Hol' doch mal eben Sidol, dann putzen wir sie.
O ja, Sidol holen und putzen.
Alles ganz blank machen.
Und das Herbstbild mit dünner Seifenlauge reinigen, dann

kommt die Farbe so richtig heraus. Woas? Auf der Rückseite ist ja noch ein Bild! Hängt hier jahrelang und keiner hat es gewußt! Donnerwetter! – Aber durchgestrichen ... Naja, stimmt auch irgendwie nicht ...
Wieder anhängen, Schreibtischlampe anknipsen, daß das Licht drauffällt. O ja, schön. So isses gut. Das wird Vati auch gefallen, alles viel heller geworden. Der wird staunen. Daß man so was nicht schon längst ...

Und dies, sagte meine Mutter, das sei das Wappen *ihrer* Familie. Sie pustete den Staub weg. Sie stamme ja von Hugenotten ab: de Bonsac. Alles Pastoren gewesen. Ihres Glaubens wegen verfolgt, von den Franzosen. Aber noch rechtzeitig ausgewandert. – Dieses Feine, Nervöse, das sei noch bis heute zu verfolgen. (»Mach doch bitte das Radio aus.«)
Wie edle Rennpferde, hochsensibel, überempfindlich. Manchmal gar nicht gut.
Aber wenigstens zäh. Nicht dotzukriegen.

Wenn man bedenke, was Tante Silbi alles eingesackt habe, die Birkenmöbel und die Rostocker Aquarelle. Das wär' das Polnische in der Familie. Immerhin, man habe ja das schöne Herbstbild und das von Konsul Discher. Das sei ja auch nicht von schlechten Eltern. Aber: Jetzt freue man sich darüber und dann komme womöglich ein Fliegerangriff und alles sei in Dutt.
Was bei der Katastrophe wohl so alles verbrannt sei ...
Daran trügen wir ja selber die Schuld, sagte Sörensen, wir hätten ja den Krieg angefangen. Und was die Deutschen alles kaputtgeschmissen haben, daran müßten wir doch auch denken.

Von meinem Vater kamen zunächst böse Briefe. Er wollte und wollte nicht zustimmen. Ob das überhaupt gehe, Sörensen sei doch Ausländer ... Schließlich stehe er als Offizier im Feld. Das sollte man doch nicht vergessen.

Und dann entfremde man sich so. Er könne womöglich seine eignen Enkelkinder nicht verstehen. Dänisch: Rødgrød med fløde. Daran sollten wir mal denken. So was könne eine ganze Familie spalten.

»Vogelig«, sagte meine Schwester, »völlig vogelig.« Wie komme er bloß auf so was? Aber, so vogelig sei er immer schon gewesen, schon von je. Ohne jeden Huh-morr. Damals im Jachtklub, da habe er ihr ja nicht mal weißes Zeug spendiert. Und Reithosen, die habe sie auch nicht gekriegt. Christa von Lassow, die habe immer alles gedurft, sogar in die Fähnrichstanzstunde. Und sie? Nie.

Kurz vor Weihnachten kam dann aber doch ein langer Anruf, alles war in Butter.
Himmlisch.
Er habe mit Handke gesprochen, doch ganz netter Kerl, habe ihm ein Foto gezeigt, das habe den Ausschlag gegeben. Sörensen sei ja Nordländer, das gehe ohne weiteres. Klare Sache und damit hopp!
Und über alles weitere werde man sich schon einigen. Vielleicht könne Sörensen später eine Filiale aufmachen, im Frieden. Robert gehe dann nach Lübeck: Rostock–Lübeck–Kopenhagen. Das Finanzielle sei durchaus drin.
Und das Buch »Des Reiches Straße«, das schicke er noch heute ab. Es sei gut, daß Sörensen sich so in die Tiefe gehend informieren wolle.

»Vati ist doch ein guter Kerl«, sagte Ulla, »hat seine prima Seiten.« Sie kniete auf einem Sessel und wippte. Neulich habe Sven einen Brief auf deutsch geschrieben. »Gut«, habe Denzer gesagt, »gut, Sörensen, fein.«
»Ja«, sagte meine Mutter, »Vati ist nur so verbittert wegen Tante Silbi. Das macht ihm mehr zu schaffen als ihr denkt. Das weiß man gar nicht, wie einen so was mitnimmt.«
Manche Nacht habe er gelegen und an die Schulden gedacht und all das. Und gesagt: Es könnte alles so schön sein ...

Oh, sie wüßt es noch. Diese Person. »Ich bin doch nicht euer Popanz!« Und zum Oberbürgermeister gerannt, Vati sei ein Erbschleicher, »der Hund!« Und auf der Straße vor ihm ausgespuckt. »Habt ihr Worte? Wie isses nun bloß möglich. Richtig denunziert.« Beim letzten Urlaub sei er in der Nacht plötzlich aufgesprungen und habe sein Bett auseinandergerissen. »Schlangen! Schlangen!« »... macht das Licht an und reißt alles aus dem Bett 'raus ...« »Karl«, habe sie gesagt, »wir sind hier in Deutschland, hier gibt's keine Schlangen.« – »Doch, doch, doch! hier! am Fußende, hier, da liegt sie!«
Und das ganze Bett auseinandergerissen. Matratzen, alles 'raus. »Wer konnte aufstehn? Iche. Mußte das ganze Bett beziehen, mitten in der Nacht.«

Früher, als junges Mädchen, sei Tante Silbi gar nicht mal so übel gewesen. Völlig falsch erzogen. Hatte eine entzükkende Stimme gehabt, aber nie ausgebildet. »O lulala, o lilala, o Laila« gesungen, im Kurpark von Oeynhausen. »Und wenn man dann im Erker zusammensaß und handarbeitete – wie konnte sie komisch sein!« Was hatte man immer gelacht! Nein o nein. Eigentlich jammerschade. Traurig. Anscheinend doch das Polnische, was da zum Durchbruch käme. Aber das habe eben auch seine guten Seiten.

Nun kämmte sich meine Schwester eine Entwarnungsfrisur (alles nach oben!) und belegte auf der Uni Dänisch. Altenglisch geriet ins Hintertreffen.
»Danke gleichfalls«, konnte sie bald sagen, sie war ja sprachbegabt. »Tak – i lige måde.«
Und einen Witz lernte sie auch. Wenn man mal *nichts* kaufe in einem Laden, dann könne man »Mange tak for ingenting« sagen. Das sei höflich und witzig zugleich. »Vielen Dank für Nichts.«
An das viele Dankesagen müsse sie sich erst gewöhnen.

Aber das komme schon noch. Lieber einmal zuviel, als einmal zuwenig. Das merke man schon, wenn die einen so ankucken. Dann merke man schon, daß man was vergessen hat. »Tak!« sage man dann und alles wär in Ordnung. Die Dänen wären nicht nachtragend.
Die wären nett und freundlich und zuvorkommend. Ein gutartiges Volk.

Sie gingen zu einem Lichtbildervortrag über die dänische Landschaft. Hünengräber in der Heide. Eigentlich genau wie in Deutschland. Aber doch wieder ganz anders.
Ob es stimme, daß es in Gedser gar keinen richtigen Strand gibt?
Woas? Keinen Strand? Strand in rauhen Mengen! Dänemark sei prozentual das Land mit dem meisten Strand. Ostsee, Nordsee, alles was man will.
Auch Berge gäb es in Dänemark, das sei weitgehend unbekannt. Mehr so Hügel. Aber ganz schöne Dinger.
Und wenn man bedenke, daß Kopenhagen über eine Million Einwohner habe – eine tolle Leistung für so ein kleines Land.

Beim Vortrag trafen sie sich mit verschiedenen Ausländern, die noch in der Stadt waren. Der spanische Konsul mit seiner Frau, der finnische Konsulatssekretär, Herr Wennerström. Und Mutén, der schwedische Lektor.
Die Portugiesen hatten gerade abreisen müssen. Schade, auch so gebildete Leute. So kunstverständig. Und so einen ulkigen Hund! Zum Schießen!
Die hätten alles dagelassen. »Wir kommen wieder«, hätten sie gesagt. »Wenn alles vorüber ist.«

Nach dem Lichtbildervortrag war in einem Nebenraum Kaffee ausgeschenkt und Lucia-Dagen gefeiert worden.
Die Deutschen seien wirklich widerlich, sagte Ulla. »Ein ekelhaftes Volk.« Wie die sich so vordrängten. Merkten gar nicht, daß sie störten. Hätte grade noch gefehlt, daß die

auch mit nach hinten gekommen wären, Kaffee trinken. Fielen in andere Länder ein, achteten fremde Sitten nicht, zerstörten die Kultur, aber Kuchen essen, das wollten sie.
Schon dieser Gang! So strambulstrig.
Sie habe einen Obergefreiten beobachtet, bei dem Vortrag, also, das hätte sie uns gegönnt.
»Nicht, Sven?«
Arm im Gipsverband und den Gefrierfleischorden. Aber so was Doofes! Dänisch sei für ihn Chinesisch, habe er dauernd gesagt und sich so umgekuckt, obwohl niemand darüber gelacht habe. Dänisch sei für ihn Chinesisch.
Und diese Art Typen machten nun Reklame für uns im Ausland. Das könne *sie* dann später alles ausbaden.
Da sei Herr Mutén aber ein anderer Schnack. Die feinen Hände! Und der habe es vielleicht verstanden, die Deutschen rauszuschüchern aus dem Vortragsraum!

»Na? Fra kongens vakre by?« habe Mutén zu Sörensen gesagt. Damit sei Kopenhagen gemeint. Und ihm auf die Schulter geklopft.
By heiße »Stadt«. Landsby: Landstadt.
Sörensen habe natürlich auch sofort einen Spruch gewußt. Den habe sie aber nicht verstanden, so fix sei das gegangen. Schlag auf Schlag. Die hätten sich die Bälle immer so zugeworfen und keiner wäre dem andern was schuldig geblieben. Und nichts übelgenommen.

Eigentlich sei Sörensen auf die Schweden nicht so gut zu sprechen. Aber Mutén sei eine Ausnahme. Dänen und Schweden, das sei schon immer Hieb und Stich gewesen. Die einzelnen Menschen nicht, aber das Volk als Ganzes.
Schon die Sprache, breit und ländlich.
Und den Deutschen Erz zu liefern, das käme noch dazu.
Die Norweger wären ein bißchen richtiger. Aber die ihrerseits hätten einen Piek auf die Dänen. So ein richtiger Kuddelmuddel.
Nur die Finnen, die wären überall beliebt. Sogar jetzt, wo

sie mit den Deutschen verbündet sind. Die wären ja auch die einzigen, die nach dem ersten Krieg ihre Schulden an Amerika bezahlt hätten, bis auf Heller und Pfennig. Das werde nicht so leicht vergessen.

Beim Kaffee habe jeder ein Lied vorsingen müssen. Manche dänischen Lieder seien wie deutsche Lieder, ganz genau. Nur der Text anders.

Meister Jakob, Meister Jakob,
schläfst du noch? Schläfst du noch?
Hörst du nicht die Glocken
bim – bam – bum
bim – bam – bum.

Das gäb es wohl so ziemlich in allen Sprachen.
Sie wär mit dem Singen ganz schön in der Klemme gewesen. Dann wär ihr gottlob »Sur le pont d'Avignon« eingefallen. Das wäre ja sonst peinlich gewesen, ein *deutsches* Lied?

Und dann, als es so richtig gemütlich gewesen wär, da wär die Lucia gekommen. Langes weißes Gewand mit Adventskranz auf dem Kopf. Habe sich so ganz vorsichtig bewegt, damit ihr das Wachs nicht auf das Haar tropft.
Eine sonderbare Sitte.
»Wieso?« fragte Sörensen. »Wieso sonderbar? Jedes Land hat seine Sitten, und wer die nicht will, muß gehen aus.« Außerdem sei das kein Adventskranz gewesen, sondern eben ein Lucia-Kranz. Sie dürfe sich das auch nicht zu einfach machen.

Und dann hätten sie noch so wahnsinnig gelacht. »Nein, was haben wir gelacht!« Die Mutens hätten einen Sketch aufgeführt. Die Frau als Frau Lundal, die aus dem Lehrbuch für schwedische Sprache. Und er als ihr Mann. »Idag han har särskilt bråttom«, »heute hat er es besonders eilig«. Wie er so schnell ins Geschäft will, fix, fix, fix und sie die Ruhe weg hat.

Nein, wie hätten sie gelacht! Die geborene Schauspielerin, und alles so aus dem Stegreif. Zum Piepen.
Und denn kriegte die Frau es noch hin, daß er ihr beim Abtrocknen hilft.
»Jaja, die Frauen«, oder so was habe er zum Schluß gesagt, die geblümte Schürze vor dem Bauch. Und sie hätten gelacht! Nein, wie hätten sie gelacht!

Sörensen wurde auf deutsche Weihnacht vorbereitet. Die sei was ganz Besonderes. So heimelig und tief. Da könne er mal das Gute an unserm deutschen Vaterland erleben, das Wertvolle.
Und Ulla solle später dann dafür sorgen, daß auch ein wenig davon mit nach Dänemark komme. Das könne sich da denn ja verbreiten, könne ausstrahlen, künden. In alle Welt.

»Die Vorbereitungen«, sagte meine Mutter, »das ist noch das Allerschönste. Die Vorfreude. Wenn denn so ein Tag nach dem andern vergeht, und nächsten Sonntag wieder ein Licht mehr.«
Früher, ihr Vater, oh, sie wüßt es noch. Das Aufschmücken des Weihnachtsbaumes, das habe er immer selbst gemacht. Richtig eine Wissenschaft. Wachsengel bei Kordes gekauft, jeder einzeln in einer kleinen Kiste. In Watte gepackt.

> Wißt ihr noch mein Reiterpferdchen,
> Malchen's nette Schäferin?
> Jettchen's Küche mit dem Herdchen
> Und dem blankgeputzten Zinn?
> Heinrich's bunten Harlekin
> Mit der gelben Violin'?

Vergoldete Nüsse, rotbackige Äpfel: »Kuck mal, mein Martha, ist der nicht wundervoll?« Und mit seinen großen Händen die so angefaßt und blank gerieben ...
Und denn, nach dem Fest, mit Kennermiene bei seinen Brüdern die Tannenbäume angekuckt. Und zu Hause

immer gesagt: »Wenn ich so bedenke, mein Martha, wir haben *doch* den schönsten Baum.«

Wißt ihr noch den großen Wagen
Und die schöne Jagd von Blei?
Neue Kleiderchen zum Tragen
Und die viele Näscherei?
Meinen fleiß'gen Sägemann
Mit der Kugel unten dran?

Der Weihnachtsbaum sei ja in Deutschland erfunden worden.
Schon zu Luthers Zeiten. Und 1812 erst richtig.
In England habe man ja bloß die Mispel. Was das eigentlich soll. Da könne doch gar keine Weihnachtsstimmung aufkommen.

Sörensen mußte Bänder an Kringel binden, Lichthalter von Wachsresten säubern und den Weihnachtsberg zusammensetzen. Auch so eine urdeutsche Sitte. Da kämen Kerzen drunter und denn drehe sich das.

Kling Glöckchen, klingelingeling,
kling, Glöckchen, kling!

Es gebe ganze Bergwerke mit Steigern und Grubenleuchten, die führen herum, wenn sich das drehe. Und in der Mitte das Christuskind.
Das sei ja wie Karussell, sagte Sörensen.
So was müsse er nicht sagen, antwortete meine Mutter. Wir liebten unser Vaterland, das müsse er verstehn.

Auf dem Tisch stand eine Schale mit braunen Pfeffernüssen. Für den Sirup hatte man Zuckermarken geopfert. Da langte man ab und zu hinein.
Ulla ging ans Klavier und spielte ein dänisches Lied, das sie sich insgeheim eingeübt hatte.
»Na, was hör' ich?« sagte Sörensen und klopfte die Pfeife aus. Das, was sie da grade spiele, das sängen immer die dummen Bauern in Jülland. Aber sie solle ruhig weitermachen, das erinnere ihn an einen Freund mit so einem

dicken Kopf. Der habe immer gesagt: »Alles Scheiße«, auf dänisch natürlich. Eine dolle Type. »Skidt altsammen.«

Mein Vater schickte eine Ente. Von Frau von Eickstedt. Mit den besten Grüßen.
Er müsse leider das Fest bei der Truppe verleben. Ein Kameradschaftsabend sei anberaumt. Miesnitzdörfer & Jenssen. Aber nicht zu ändern.
Hinterher fahre er zu Förster Schulz, mit dem Schlitten. Tadellose Sache das. Freue sich schon darauf. Rehrücken oder Gänsebraten, da wette er.
Nächstes Jahr sei *er* aber wieder dran. Handke habe ihm das fest versprochen. Wenn dann nicht schon längst Frieden sei. Es sehe ganz so aus.
Er dürfe uns übrigens die erfreuliche Mitteilung machen (»einer hat mir gesagt...«), daß er in Kürze zum Hauptmann befördert werde. (»Wohlaufgemerkt nun also.«) Das sei doch auch mitzunehmen. Da akzeptiere man so manche kleine Ungelegenheit.
Es zahle sich eben aus, wenn man immer stramm arbeite. Er habe sich ja auch nie geschont.

»Robertus Capulius«, wie Ulla sagte, kam aus Stettin. Er lief sofort aufs Klo. Die Verbindung sei ja grauenhaft. Stundenlang in Pasewalk gewartet, alles voll Soldaten.
Ekelhaft. Viehisch. Widerlich.
Erst mal richtig ausscheißen.
Dann mit frischem Hemd und weinroter Fliege wieder da. Gentlemen, hier bin ich. Händereibend. Das Haar wie die Wogen des Roten Meeres.
»Na, Schwagerleben? Hast du mal ein Stabbala für mich?« North State 5⅓. »Werd's dir lohnen im späteren Leben. Einstweilen besten Dank.«

Stettin sei eine gräßliche Stadt. Lauter Plätze, von denen Straßen abgingen, und jede Straße führe wieder auf einen Platz.

Er spuckte Tabakkrümel durch die Stube (»Muß das sein?«) und ging auf und ab.
Oach! Und der Hafen mit Dampf getrieben, zentral. Ein fürchterlicher Quatsch. So was könne auch nur einem kranken Hirn entsprungen sein. Und die Leute? Lauter Übelmänner! Einer habe ihm absichtlich den falschen Weg gezeigt. Absichtlich! Das müsse man sich mal vorstellen.
Aber, Vater sei in Ordning. Was wir meinten, was der ihm zahle? 300 Mark! Auf die Hand. Was nützt das schlechte Leben. Wenn sein Sohn bei den Danziger Husaren diente, denn hätte er ihm das ja auch geben müssen, habe er gesagt.

Er setzte sich ans Radio, ob irgendwo Jazz drin ist.
Von Michael seien schlechte Nachrichten eingetroffen. Der liege im Lazarett. Beide Beine ab. Der komme nicht mehr auf. Wenn die Eltern das gewußt hätten, denn hätten sie sich womöglich gar nicht scheiden lassen. Erst abgebrannt, dann geschieden und nun der Sohn dot.
Gott sei Dank wär ja noch eine Tochter da. Aber die habe so schlechte Zähne. Das wär ja auch kein Zustand.
Man müsse überlegen, ob Fritz Maurer, Ullas Tanzstundenherr, nicht doch das bessere Teil erwählt habe. »Erst hier, dann hier und dann da.« Zu den Feinden übergelaufen.
»Glaub man nicht, daß das so einfach ist«, sagte meine Mutter. »Und wenn sie dich erwischen, wirst du gleich einen Kopf kürzer gemacht.«
Vati, beim Rückzug 1918, da hätten die Soldaten, hinten, im Dunklen, immer gerufen: »Licht aus! Messer 'raus! Drei Mann zum Blutrühren!«

Sörensen sah Robert an und sagte: »Feinde? Wie meinst du das?«
»Na, Russen, das sind doch unsere Feinde.«
»So?«

Seine Dioptrin habe übrigens noch weiter nachgelassen, sagte Robert. Nun könnten sie beim Barras lange warten. Ihn kriegten sie nicht. Haha! Ihn nicht. Er wär doch nicht blöd.

Gemeinsam gingen wir in die Klosterkirche zum Heiligen Kreuz.

Postkutschenartige Paketwagen der Reichspost; in der hinteren, auf- und zuklappenden Tür der Beamte. Der legte sich die letzten Pakete zurecht.
Am ausgebrannten Kloster der Brüder vom Gemeinsamen Leben vorbei und am Gefängnis.
Sörensen mit Ulla vorneweg. Ich mit meiner Mutter hinterher. Der frischgefallne Schnee wie Milchreis mit Zimt und Zucker. Sörensen drehte sich um: da oben, im 2. Stock, 3. Fenster, da habe er damals gesessen. Mit einem Russen zusammen. Anstatt daß mal einer hochgekuckt hätte!
Meine Mutter mit breiter Krempe am Hut. »Die armen Menschen, nun zu Weihnachten ...«

Ob ich schon was merkte von Tante Anna, die Hilfe, in der Schule. Ich könnt ihr alles sagen, das wüßt ich doch. »Du sosst es sehn, mein Peterpump, du kommst schon wieder in Gang, ganz sukzessive. Das wird nachher noch ganz schön.«

Robert blieb zu Hause. (»Nehmt mir's nicht übel.«) Der wollte mal wieder so richtig Platten hören.

Professor Knesel stand in der Kanzel und beschrieb ein Triptychon, das niemand kannte. Sorgfältig setzte er die Worte. (»Ein wunderbarer Mann.«)
Das Bild habe er vor Jahren mal gesehen, es lasse ihn nicht los. In Zürich oder Luzern, da sei er nicht ganz sicher.

... aus einer Wurzel zart ...

Er erinnere sich noch ganz genau. Seines Wissens müsse es in Zürich gewesen sein. »Ich weiß nicht, ob Sie schon einmal in der Schweiz gewesen sind ... Ein wundervolles Land, mit schneebedeckten Gipfeln und einer frommen, fleißigen Bevölkerung.«
Er sei damals auf Goethes Spuren gewandelt, sozusagen, von Italien kommend.
Nicht, daß es in Deutschland nicht auch gute Gemälde gebe – die deutschen Museen hingen voll davon, und manche gute Entdeckung sei einem vergönnt, wenn man nur suche. Aber das Bild, von dem er heute erzähle, das habe eben in Zürich gehangen, in einem Seitensaal des dortigen Museums, unbeachtet von der breiten Masse, und er, er habe es geschaut.
Ein Bild von der Geburte Jesu Christi, des Erlösers.
Und dieses Bild halte einem, recht verstanden, eine ganze Weihnachtsexegese.
Das sei der Grund, weshalb er hier von der Schweiz spreche. Das Christuskind auf blankem Steinboden. Nicht wohlgebettet in der Krippe.

... wohl zu der halben Nacht ...

Die Stecken der Hirten über dem Kind gekreuzt. Ein unerbittliches Verhängnis.
Der Alleingelassene, der uns immer fern Seiende, Unbegreifliche, bei der Geburt schon Gezeichnete.
Man mache sich ja keinen Begriff davon, wie einsam der Heiland gewesen. Das gehe ja uns schon so, im täglichen Leben, mit mancherlei Gedanken, die unser Herz bewegten, Fragen, Zweifel, und die wir nie aussprächen, auch unserem besten Freunde gegenüber nicht, aus was für Gründen auch immer. Und schickten wir uns wirklich einmal an, sie mitzuteilen, dann weiche alle Welt zurück. Abgründe täten sich auf. Risse im Boden. In uns, um uns. Schrecklich.
In Zürich müsse das gewesen sein oder in Luzern. Nein, in Zürich. Ach, ein liebenswertes Land, die Schweiz. »Grüß Gott«, welch eine schöne Sitte.

Zu Hause wurden die Lichter angezündet. Ein teleskopartiges Rohr mit aufgesteckter Kerze erleichterte das. (»Der Knesel, Jungedi, der hat aber Mut!«)
Ich im dänischen Anzug, dem mit den breiten Revers, mein Bruder in einem gestreiften, dessen Jackett ein wenig zu kurz war. Die Krawatte mittels einer Klemme in zwanghafter Bucklung gehalten.

Meine Mutter las den Lukas, spielte dabei mit ihrem Topas, das mit blauer Spitze umhäkelte Taschentuch schon in Bereitschaft. Gleich würden Tränen rollen, wie jedesmal zu dieser Stunde.
»...that all the world should be taxed...« heiße das auf englisch, sagte Sörensen. »And this taxing was first made when Cyrenius was governor of Syry.«

Erstaunlich, was da wieder an Geschenken zusammengekommen war. Wo kam das bloß alles her? Kreuzer Köln und Kreuzer Leipzig. »Durch die weite Welt« Band sowieso. Notizblöcke, Brieföffner. Und unten drunter, erst auf den zweiten Blick, ein Mikroskop. Haare bekucken und Salzkristalle. Schade, daß man ausgerechnet jetzt keinen Floh hatte.

Braune Kekse und für jeden eine Apfelsine auf Abschnitt III. Ich hatte für Sörensen alle berühmten Deutschen aus dem Lexikon herausgeschrieben. Überschrift: »... War auch ein Deutscher...« Allerdings nur Buchstabe A. Weiter war ich nicht gekommen.

Sörensen saß mit meiner kleinen dunklen Schwester Hand in Hand und betrachtete die Kerzen, wie sie allmählich herunterbrannten.
»Mein Sven.«
Der Weihnachtsberg klingelte.
Jetzt trugen sie alles Leid gemeinsam. Was würde noch alles vor ihnen liegen. Soviel Schweres. Noch nie sei die Zukunft so dunkel gewesen wie jetzt.

Die kleinen geschnitzten Bergleute in ihren dunklen Uniformen. Und Schafe, rundherum. Kling-ling.

»Du hast früher immer weiße Pfeffernüsse gebacken, die waren so schnell alle, daß es bloß so geraucht hat«, sagte mein Bruder. Der freute sich über »Night and Day« von Svend Asmussen.
»Ja, mein Jung'«, sagte meine Mutter. Dafür könne sie nicht. Die kosteten so viel Fett. Vati hätte ja auch gut ein bißchen mehr schicken können. Aber darauf komme er nicht. Das sei immer dies Korrekte. Wahnsinnig korrekt. Der beiße sich eher die Zunge ab, als jemanden um etwas zu bitten.

In Dänemark stehe der Tannenbaum auf einem Hocker, sagte Sörensen. Und denn faßten sich alle an und tanzten drum herum. Lustig sei das, und nicht so ernst wie bei uns. Wir drehten ja alles um: Weihnachten traurig und Sylvester, wo Anlaß sei zum Trauern, lustig wie verrückt.
Das sei eine andere Art Lustigkeit, die wir Weihnachten empfänden, sagte meine Mutter, eine tiefe innerliche Fröhlichkeit. Er müsse das mal auf sich wirken lassen. Es wär schade, wenn er nichts davon mitkriege.

»Kinder, wir machen jetzt aus«, sagte meine Mutter, »dann können wir morgen noch mal anmachen.«
Draußen, die Sterne, die konnte man nicht sehen. Der Himmel war bedeckt. Sonst wäre es toll gewesen, bei der Dunkelheit.
Ulla drückte sich von hinten an mich heran und schob mir eine Zigarette in den Mund. Auf die Idee, mal was zu rauchen, war ich noch nie gekommen.

25

Bei der Hochzeit im Mai 1943 war die ganze Familie noch einmal beisammen.
»Kinder, seht mal den Birnbaum! Wonnig.«

Gefeiert wurde zu Hause. Das war wegen des Essens, das mußte man sich ja schwarz besorgen.
Erstmalig wurde das weiße Geschirr benutzt, das von 1920, für 24 Personen.
(»Eigentlich ein Witz.«)
Und das Besteck, Perlmuster. Das lag im Keller. 24 Löffel, 24 Gabeln und so weiter. Aber sonderbar – keine Fischmesser. Und gerade die würde man diesmal brauchen.
Auch gut, daß man mit 16 Stühlen geheiratet hatte, jetzt waren sie nötig.
Der Tisch ließ sich an jeder Seite zweimal ausziehen, das würde reichen. »Dicke.«

Wein lieferte Cornelli. Bei dem hatte der Großvater schon als junger Mann Schulden gemacht. »Eigentlich ein bißchen doll.«
(»Hab' ich Kredit, Herring?«)
Und Dr. Krause schenkte Apfelsaft, der hatte sich wieder aufgerappelt mit seiner Fabrik.
»Sagt bloß nicht ›Most‹, das ist für den eine Beleidigung.«
Eine ganze Kiste, sehr spendabel. Durch 360 Filter gepreßt, ein Druck wie die Schneekoppe. Kaum zu glauben. Ohne jeden Zusatz von Zucker. Erstklassig.
Vater würde das übrige organisieren. Frau von Eickstedt, eine reizende Frau. Aal oder Zander? Das war noch die Frage. Das stand noch nicht fest.

Zum Kochen wurde die Mamsell des Grafen Bodmer ausgeliehen. Die war dick und stark. Wenn man ihr die Pötte hielt, konnte sie mit jedem Arm gleichzeitig ein Ei schlagen.
Aber leicht beleidigt. Deshalb Vorsicht. Am besten gar nichts sagen und nicht die Küche betreten. Da war sowieso kein Durchkommen. (»Eine gottvolle Unordnung.«) Überall Näpfe und Tüten. Aber dichthalten würde sie, absolut echt.

Obwohl polizeilich verboten (Papierverschwendung), wurden auch Karten verschickt. Das regelte mein Vater.
Ob Robert auch jemanden einladen wolle?
Wen denn, bitteschön? Solle er sich den vielleicht aus den Rippen schneiden? Die seien ja alle übern Harz.
»Und such ein paar schöne Platten 'raus, aber nicht so dolle.«
Das komme einem jetzt zugute, das Gedudel. Komisch, wie sich das so fügt.

Nach und nach trudelten die Gäste ein.
»Na, wie geht's? wie Otterstedts?«
Die Männer umarmten sich mit Tränen in den Augen.
Das Telefon klingelte, Blumen wurden gebracht.
»Tut mir die einzige Liebe und geht schon rein.«
Oh, die schönen Rosen.
Vasen standen in der Speisekammer. Immer durch die Küche rennen. Hoffentlich würde die Mamsell das nicht empfinden. Die hatte ja schon einen roten Kopf. Das Wasser kochte. Aal oder Zander ...?

Portwein.
»Walter, ach komm mal, wer hier ist!«
Eine alte Dame auf dem Sofa. Ich mußte sie küssen.
»Ich kenne Sie nicht«, sagte ich. Das erregte Heiterkeit.
»Das ist doch Tante Hedi, mein Junge, aus Fehlingsfehn,

bei der hast du doch immer geschaukelt, hinten im Garten und vor dich hingesungen. In all den Blumen...«
Sie wisse noch, wie ich: »Dat's all min!« gerufen habe, sagte Tante Hedi. (Aber das war nicht ich, sondern mein Bruder gewesen.) So in die Blumen gelaufen und »dat's all min!« gerufen. Und die Schmetterlinge hätten so darüberhin gegaukelt.

Aus Hamburg kam Großvater de Bonsac. Einsfünfundachtzig, schmaler Kopf. Altes Hugenottengeschlecht, lauter Pastoren.
»Das ist ein Gottversuchen!« hatte er gerufen, als die ersten Flugzeuge flogen, und mit der Faust gedroht.
Aber mit 60 noch Italienisch gelernt und mit 61 Autofahren. Die Polizisten hätten das gar nicht glauben wollen. »Was, schon 61?«
Am Wörther See war es gewesen, wo ihm Hitler begegnete, in einem Motorboot, mit Fliegerkappe, stehend. »Ein fabelhafter Mann.«

Im Laufe des Vormittags kam dann mein Vater, dick, mit schwerem Koffer. Rotes Gesicht.
»Was macht meine Haut? Pickelings? Nicht an die Pistole gehn!« Diesmal hatten wir aufgepaßt. Zahlreiche Hilfstruppen. Diesmal hatten wir ihn abgeholt.

Der Koffer wurde sofort in die Küche geschafft. Er war schwer. Die Sache mit den Aalen hatte geklappt. Im Leinenbeutel, dick wie die Unterarme eines Kindes.
Von Jagels komme noch allerhandlei. Für abends. Das werde dann wohl reichen.

Er sonnte sich im Glanze Onkel Richards, mit dem er zusammen in der 1. Klasse gefahren war. Der trug karminrote Biesen an den Hosen und rauchte seine Zigarette aus der Spitze. Führerhauptquartier. Gediegene Sprachkenntnisse, Französisch, Englisch. (»Tacko.«)

Gelbe, lederne Gesichtsfarbe. Kopf adlerartig aus dem Kragen gereckt. War lange in Indien gewesen, de Bonsac. Sorgte im Führerhauptquartier für das Aufstellen von Baracken und das Anbringen von Spülbecken. Führte rumänische Herren herum, und ungarische. Und achtete darauf, daß die Generale morgens rechtzeitig aufstanden, wenn sie wieder an die Front fahren mußten. Die ließen sich ja immer so vollaufen.

Mich nannte er »Walting«.
»Na, Walting?« Das sprach er mecklenburgisch aus.

Ich durfte ihn zum »Rostocker Hof« begleiten. An der Sparkasse vorbei und am Gymnasium. (Hoffentlich würde ich gesehen werden.) Hier habe früher einmal ein Stadttor gestanden. 1860 abgerissen.
»Wo?«
»Hier.«
Das werde alles wiederhergestellt, oh, da kennte ich den Führer schlecht. Die Pläne wären bestimmt schon fix und fertig.
Übrigens großartig, diese Granitplatten auf dem Gehsteig. Das müsse ja Tausende gekostet haben. (Hosen mit Steg, Stiefeletten.) »Und hier dieser Zaun. So solide. Vermutlich genutet. – Tritt da nicht 'rein, mein Junge.«

Was der Dienst mache und ob ich schon Führer sei; Hartmut habe bereits das DJL.
Werde Ulla so recht glücklich? Er möchte es ihr ja wünschen. Aber, diese Ausländer, die seien doch alle wie die Geier. Warteten nur darauf, daß das Wild fällt. Haßten uns. Aber ein Däne sei immer noch besser als ein Italiener. Oder ein Gaffäsachse. Da sei ihm ein Däne schon lieber.

Wieder im Haus, beanstandete er das Gedränge. Seinen Mantel mußte ich in die Schlafstube meiner Eltern bringen. Da würde er nicht so zerknautscht.

Während noch Telegramme kamen, brachte Rita, seine geigespielende Tochter, eine Sonate zu Gehör.
»Seid doch mal still!«
Vorher die Hände in warm Wasser getaucht. Ein Kleid aus Bembergseide mit riesigen Mohnblüten überall.

An bestimmten Höhepunkten ihrer Darbietung machte sie Knickse. Der Lehrer habe schon gesagt, das müsse sie sich noch abgewöhnen. (»Übernervös.«)
Zu Hause aß sie nicht Knäckebrot wie wir, sondern »Rowa«.

Die Trauung war um elf. »Deine Ohren sind doch sauber, Jung'?«
Das Brautpaar kam in einer weißen Kutsche, mit einem Pferd statt zweien. Vor den Fenstern baumelten Myrtenkränze.
Ulla trug ein geblümtes Kleid – ein weißes ziehe man ja doch nur einmal an.
Sörensen im dunkelblauen Anzug.

»Haben Sie sich das auch überlegt? Sie verlieren die deutsche Staatsbürgerschaft!« habe der Standesbeamte gesagt.
Sie hätte am liebsten »Ja, Gott sei Dank!« gerufen, sagte meine Schwester, habe aber zum Schein ein bedripstes Gesicht gemacht. Das wäre ja wirklich schade, ob sich da nicht was machen lasse? Irgendwie. Aber die Volkszugehörigkeit, die behalte sie doch? Zu ihrem deutschen Volk?

Hitlers »Mein Kampf«, den man ihr in die Hand gedrückt hatte, wollte sie gleich wegwerfen. Aber Sven sagte nein.
»Was glaubst du, was das später wert ist!«
»Min Kamp« heiße das auf dänisch.

Und natürlich hatte sie sich verschrieben. »Sörensen« – ein komisches Gefühl. Auf was man als Frau so alles verzichten müsse.

»Ja«, sagte meine Mutter, »Frauen müssen immer nachgeben, immer.«

Professor Knesel sprach über das lebendige Brot Gottes. Auch schien es ihm erwähnenswert, daß eine dänische Königin auf der Durchreise dieses Kloster mit all seinen Gebäuden gestiftet hatte. Welch sonderbare Fügung.

Ditt Kloster tho Gottes Ehre gestifftet
von Margreten von Dennemarken.

Nach der Trauung gehe man vielleicht mal durch den Kreuzgang, mit Blick in den blühenden Garten, da hänge auch das Bild der Königin. Eigenartigerweise ein Kästchen in der Hand. Was da wohl drinnen sei.

Der Organist hatte mitgekriegt, daß Sörensen ein Däne war. Er foppte uns beim Singen. Wurde plötzlich schneller und, wenn wir ihn eingeholt hatten, langsamer.

Zu Hause spielte Vater den Hochzeitsmarsch, wir quetschten uns an den Tisch.
»Du hier und du am besten da.«
Alle untergekommen? Na denn: Mahlpollzeipott. »Was nützt das schlechte Leben, fiß, biste patzt.«

Ein dicker Onkel erregte Mißfallen, weil er seinen Teller mit der Serviette nachwischte.
»Wie isses nun bloß möglich.«

Von der klaren Brühe hätte man gerne mehr gegessen, aber es gab ja Aal. Junge, waren das Dinger. Die seien nicht aus Bratlingspulver, sagte mein Vater, »wohlaufgemerkt nun also!« Bei der Truppe kriege man ja jetzt fast nur noch Bratlingspulver. Übervolle Gabeln schob er in den Mund. (Bloß jetzt kein Salz umstoßen, das hätte noch gefehlt.)

Einmal mit solchem Appetit essen wie ihr Mann, seufzte meine Mutter. »Wie isser bloß gesund...« Ihr schlage das alles so auf den Magen, läge richtig quer. Wenn sie an die Zukunft denke, alles so dunkel. Vielleicht gut, daß man vorher nichts wisse.

Man müsse einen Pferdekopf in eine mit Löchern versehene Blechbüchse tun und dann versenken, sagte Onkel Richard. Mit einem Meißel Löcher in das Blech hauen, so, daß die Spitzen nach innen piekten. Die Aale könnten dann wohl 'rein, aber nicht wieder 'raus. Wenn man den Kasten dann wieder herausziehe, so nach ein, zwei Wochen, dann quöllen aus Maul und Nüstern die dicksten Aale.

»Das ist gut«, sagte mein Vater. »'rein, aber nicht wieder 'raus.« Das wolle er sich merken.

Mein Bruder schnitt Fratzen in den Nickeldeckel.

Geschmorte Gurken mit Fleischfarce, das sei auch nicht zu verachten.

Er ärgerte sich »schandbar«, daß er unten bei uns Kindern sitzen mußte, bei Kälo, die immer von der Schule sprach, dem Franzel, der mit der Gabel an die Zähne stieß, und mir, dem Übelmann. Er sprach deswegen etwas lauter, damit man ihn auch oben hörte.

Die Männer klingelten an die Gläser und hielten zähneziepschend Reden. Der Großvater erinnerte an seinen Vater, der in früheren Jahren mit einem zweirädrigen Fjordkarren Norwegen bereist hatte, in Holzpantinen wohlgemerkt...

Und Onkel Richard erwähnte, daß sein ältester Sohn in Skagen bei der Flak stehe. Das sei doch auch was Verbindendes. Ein Sohn in Skagen bei der Flak, der andere in der Hitlerjugend. Und Rita, die Tochter, die halte an der kulturellen Front die Stellung. Komme demnächst in Lazaretteinsatz, Versehrtenbetreuung. Als Mädel habe sie vor

männlichen Geigern ihrer Generation einen großen Vorsprung. Die müßten ja alle zum Wehrdienst und im Frieden, denn wären die Hände unbrauchbar.
Der musikalische Nachwuchs sei auf Jahre hin erledigt.

Der Wein von Cornelli war ein rechter Surius. Bonum bono, eigentlich nicht standesgemäß.
Bei *ihrer* Hochzeit habe es Château d'Yquem gegeben, sagte meine Mutter. Oh, wie habe der geschmeckt. Wie Öl. »Darf ich noch ein Glas?« habe sie den Oberkellner gefragt. »Aber sicher«, habe der gesagt und so in sich hineingelacht.
Und ihre Schwiegermutter wär als böse 13 erschienen und habe ihr Unglück gewünscht. Nur weil sie eine Straußenboa nicht habe umlegen wollen. Wie aus dem Puff habe sie damit ausgesehen.
Man solle sich ja nicht versündigen, aber manchmal glaube sie, daß all das Schwere, das dann gekommen war, das mit Tante Silbi und so weiter, nur auf diesen Fluch zurückzuführen sei.

Hinterher wurde Bohnenkaffee gereicht, aus Dänemark, in winzigen Tassen. Leider etwas scharf geröstet und nach Katzendreck riechend.
Die Herren erörterten die politische Lage.
Old-Gold-Zigaretten aus grün-grauen Packungen ohne Aufdruck. Einer reckte sich immer höher als der andere.
»Pflaumen in Lugano«, sagte mein Vater. Er werde nun bald Hauptmann, habe so was läuten hören. »Einer hat mir gesagt.«
Wie es ihm sonst so gehe?
Er lebe wie ein Igel. Am Tage merke man nichts von ihm, doch abends werde er desto munterer. – Neulich habe er an einem Tag zweimal Rehrücken essen müssen. Klare Sache das. Das Kompanieessen rühre er unter diesen Umständen nicht mehr an.
»Kuck doch mal nach«, habe Frau von Eickstedt zu ihrer Schwester gesagt, »ob wir noch was von der Ente haben.«

Onkel Richard erzählte von Hitler. Stahlharter Händedruck, Augen wie Friedrich der Große. Wir ahnten ja gar nicht, was der Mann für Vorräte angelegt habe. Den Krieg, den hielten wir noch Jahre um Jahre durch. Gewaltig. Alle Turnhallen in Polen beschlagnahmt. Büchse auf Büchse, ganze Türme.
Dann paßte er einen Moment ab, wo der dänische Bräutigam nicht in der Nähe stand, und flüsterte: demnächst gehe es wieder aufwärts. Er wisse das aus absolut sicherer Quelle. Die ganze Kraft des Reiches werde konzentriert, um noch in diesem Jahr die Entscheidung zu erzwingen. Ein einziger, gewaltiger Schlag. Tausende von Panzern. Im Osten. Die Welt werde erzittern.
Es sei ein großer Fehler gewesen, sich so auf die Rumänen zu verlassen und das ganze Gesocks. So halbes Verbrecherpack. Das wäre der Führung eine Lehre.
Daß mein Bruder »Gobiles« statt »Goebbels« sagte, verdroß ihn.

Wir Jüngeren umstanden eine Schulfreundin Ullas. Sie kam aus Indonesien. Über Sibirien war sie heimgekehrt, drei Wochen vor dem Rußlandfeldzug.
Die Malaien könnten so schnell mit der Hand zittern, daß man das gar nicht sieht.
Wir kuckten sie ja so an? Vom vielen Reis essen sei sie so dick geworden. Das verliere sich mit der Zeit. Im Internierungslager hätten sie ja nur Reis zu essen gekriegt. Oh, diese Holländer! Hätten sie immer Wäsche waschen lassen für die Eingeborenen.
Ihr Vater habe in der Internierung aus Blechbüchsen eine Orgel gebaut.
Das hätte er, glaube er, auch gemacht, sagte mein Bruder. Man habe in so einer Lage ja Zeit. Man könne den lieben Gott einen guten Mann sein lassen und seinem Steckenpferde frönen.

Dann brachten wir die beiden zur Bahn. D-Zug nach Kopenhagen.

Die andern Gäste blieben zu Hause.
Durch die Bismarckstraße, unter den Linden, mit ihrem frischen Grün.
»Nun kuck dich noch mal um ... so bald siehst du das alles nicht wieder. Unser schönes Rostock.«
Oder vielleicht doch? Vielleicht komme ein Wiedersehen schneller als man denkt?

Noch 20 Minuten.
Die Olympischen Ringe waren immer noch zu sehen. Jungedi, wie lange war das her.
Zwei Koffer mit dem Nötigsten. Das andere ging per Spediteur.

Abgeschnittene Zöpfe mitnehmen? Besser ist besser.
Die Briefe vom lila Maxe zurücklassen und den Korken mit den drei winzigen Würfeln.
Schlußstrich ziehen. Man muß auch vergessen können.

Noch 10 Minuten.
Die beiden kuckten aus dem Fenster. Dampf unter dem Waggon. Von hier aus war man früher immer nach Warnemünde gefahren, hatte im Hintergrund des Abteils Babygeschrei nachgeahmt, damit niemand zustieg.

> Äpfel, Birnen und Apfelsinen
> ham die döllsten Vitaminen ...

»Und grüß' Sylvia und Sybille noch mal, wenn du sie siehst«, sagte Ulla. Von denen habe sie sich nun gar nicht mehr verabschiedet.

Seit einmal ein englisches Jagdflugzeug am hellichten Tage aus den Wolken gestoßen war und den Strand entlanggehämmert hatte, fuhr man nicht mehr so gerne an die

See. Teepavillon kaputt, Häuserfronten grau gestrichen. Nee.

»Weißt du noch, Sven, wie wir den Weidenweg gegangen?« sagte meine Mutter. Und zu Ulla: Wenn man schwanger wär, denn begegneten einem manche Frauen mit so wissendem Blick. Und die Ehe: Zuerst denke man, es gehe nicht, und nachher werde es dann ganz schön. »Aber keine Nacht einschlafen, ohne daß ihr euch versöhnt?«
»Sehr wahr«, sagte mein Vater. »Wo Tränen fließen, kann nichts gelingen, wer schaffen will, muß fröhlich sein.«

Noch 5 Minuten.
Sie wolle ein Kreuz vor das Datum machen, sagte meine Mutter in ihren Briefen. »Hörst du? Wenn es schlimm wird.« Man müsse auf dem Qui vive sein. Vielleicht könne man dann nicht mehr so schreiben wie man wolle.
Eventuell mache sie das Kreuz auch hinter das Datum. Das überlege sie sich noch. Das merkten sie denn ja.

Wir gaben die Hand.
»Alsdann!« sagte Robert.
Meine Hand ließ Sörensen unbeachtet. »Nun los«, sagte Ulla, »sei doch nicht so. Du siehst doch, es tut ihm leid ...«
(Das sei schließlich unser Führer, hatte ich gesagt.)
Da ließ er mich seine Hand ergrabbeln. Schlaff.
»Well«, schlug den Kragen hoch, warum hätte ich das auch gesagt? Dann ruckte der Zug.
»Ab durch die Mitte.« (Kleine dunkle Ulla!)
(»Was hat man alles falsch gemacht.«)
»Für die ist der Krieg zu Ende.«
Sie trug ein kleines goldenes Medaillon mit einem Brillanten drauf. »Wie eine Träne ...« Da waren wir alle drin.

Mein Vater war eigentlich recht klein. Wird schon werden. Scheiße mit Reiße. Im linken Ärmelaufschlag des Mantels Klopapier, und im rechten den Marschbefehl jen Osten.

26

Als »Langgedienter« saß ich jetzt bei Tante Anna in der abgeblätterten Veranda. Immer noch fünf Stunden pro Tag. Neben mir Ulli Prüter:

Schlank und schön ein Mohrenknabe
bringt in himmelblauer Schürze
kühlen Duft und süße Würze . . .

Zusammengewachsene Augenbrauen, lässig.
Es war Jungzugführer im Fanfarenzug und kam stets in Uniform. Grüne Affenschaukel, Schwalbennester an den Schultern und das Mundstück der Fanfare im Lederknoten des Halstuches.

Weil Ulli Uniform trug, wurde er nicht geschlagen.
»Das wird sie nicht wagen«, sagte er. Ihn schütze das Ehrenkleid des Führers.
Biologie, Erdkunde, alles auswendig lernen, Teilung der Amöben . . . sein Blick glitt zu den immergrünen Lebensbäumen des ungepflegten Gartens hinaus. Das schaffte er nicht. (Kuckte sich fest.) Nicht fähig, sich zu konzentrieren, knapp, daß er die Schularbeiten fertigkriegte.

Flüsternd unterhielten wir uns darüber, was »doof« sei und was »gut doof«. Ständiger Kontrollblick zu Tante Anna.
Gut doof war der Juno-Spruch:

Warum ist Juno rund?
Weil nur dieses Format die beste gleichmäßige
Durchlüftung der Zigarette und damit die un-
gewöhnlich reine Geschmacksbildung der feinen
JUNO-Mischung gewährleistet.
Aus gutem Grund ist Juno rund!

Den konnte Ulli ohne Stocken aufsagen, und das tat er oft.
Er hatte ihn mal auf dem Klo gelernt. »Da hat man ja Zeit.«

In der Zeitung (»Rätsel und Humor«) die Schlagzeile: »Ein Deutscher floh aus Iran.« Das war auch gut doof. »Ein deutscher Floh aus Iran.«

»Jenny und der Herr im Frack«, ebenfalls gut doof. Paul Kemp zieht dauernd mit seinen Briefmarkenalben durch die Gegend. Und Oskar Sima hält einen Vortrag: »Jedes Ding hat seine zwei Seiten, auch die Briefmarke, eine Vor- und eine Rückseite ...«

Durch die Glasscheibe beobachteten wir, wie Tante Anna das Lichtkind angrinste. »Hat dein Vater immer noch ein dickes Bein?«
»Der wird sich schon wieder aufkrebsen«, sagte das Lichtkind. »Der kann 'n Happen vertragen.« Sie nagte am Fülleretui und holte sich glasige Popel aus der Nase.
Ein Klempner, so wurde erzählt, habe den Lokus des Kreisleiters reparieren sollen und dort Kartons voll französischer Seife gefunden: die hohen Herrn. Stecken alle unter einer Decke.

Tante Anna plante ihre Übersiedlung in den Schwarzwald. Genug verdient, ruhiger Lebensabend. Spazierengehen, frische Luft.
Wir warteten täglich darauf, daß der Möbelwagen vorfährt (natürlich auch Bohrmann) mit den kleinen Rädern und den Pferden mit Messing-Plaketten am Halfter.
Dr. Ditten, Dr. Düwel, Dr. Dietz.
Kohlchen kuckte jetzt häufiger durch die Schiebetür. Der wurde nicht mehr abgewiesen.
»Sieh mal dies!« Was sie zu *dem* Haus meine. Und zu *dem*. Das da? Hm, auch nicht übel.

Zum Kaffeetrinken wurde nach nebenan gegangen. Der Makler hatte geschrieben, mal sehn, was es nun wieder gab. Aber vorher noch mal schnell in die Runde schauen. »Wollihrwoll? Du dä, alles nochmäl!«

Und von drüben (»Gott, was machen die Esels jetzt?«) ab und zu ein Buch gegen die Schiebetür werfen.

Oma Kröger mußte vertreten. Sie kratzte sich mit der Stricknadel am Kopf.
»Du da, wie heißt du, ich zieh' dir gleich die Ohren lang.«

Von Ulli kriegte ich Salmiakpastillen, bis mir der Magen schäumte. Wir klebten sie auf den Handrücken und leckten daran. Oder einen Schluck aus der Hustensaftbuddel, wie Schnaps. »Prost!«
(»Nun hab man keine Minderwertigkeitskomplexe«, wenn ich nichts mehr wollte.)
Dann spielten wir Käsekasten oder Schiffe versenken.
A 6, Treffer auf Torpedoboot.
Stadt-Land-Fluß.
Im Käsekasten war er Meister, das muß ich wirklich sagen.

Seine Hose roch nach Appretur.

Mit meiner Mutter saß ich nun allein am Tisch.
»Jetzt sind wir eine ganz kleine Familie, nicht wahr, mein Peterpump? – Mach mal das Radio an.«
»Glocken der Heimat« mit Strienz. »Freunde, das Leben ist lebenswert.«
Was der Unterschied zwischen Weisheit, Klugheit und Schläue sei, das wurde gefragt, oder Mut und Tollkühnheit.

> Zwei Knaben trieben Jokus,
> sie tranken Most im Keller.
> Da mußten sie auf den Lokus,
> doch der Most war schneller.

Einmal wurde behauptet, man könne sehr wohl sagen: »Das schmeckt schön.« Denn das Essen sei auch eine ästhetische Angelegenheit. Und die Tafel von Ludwig XIV. wurde beschrieben. Sein Darm sei einen halben Meter länger gewesen als normal, er habe immer doppelt soviel gegessen wie die Höflinge.

Vati hatte Musik ja auch immer so gerne gehabt.
Ja, die schöne Musik.
Und dann die Konzerte immer. Bruckner war ja im Kommen gewesen damals, das hatte man so richtig miterlebt. Wie das immer mehr wurde, dauernd Bruckner. Und dann vierhändig gespielt und schließlich gesagt: Ich kann's nicht mehr aushalten.

Der Christusdorn blühte wie doll und verrückt, und der Kanarienvogel sang. Die Sonne, herrlich. Sommer ist doch schöner als Winter. »Findest du nicht auch?«
Wenn nur die Magenschmerzen nicht wären.
»Bringst du mir mal eine Wärmflasche? – O die Wärme, die tut gut.«
Immer dieser Druck. Und gar keinen Appetit.
Die Dienstmädchen, früher, die hätten ja nie gewußt, was Leib- und was Magenschmerzen seien. Sagten immer: Bauchweh. »Ja, *wo* tut's denn weh? Hier oben oder da unten?«

Man war eigentlich recht abgeklappt. Es ging einem eigentlich nicht gut. Nichts schmeckte, jeden Bissen hinunterwürgen. Das war kein gutes Zeichen, wo es ohnehin nichts gab. Morgens klötrig, und alles stand einem so bevor.
Die Wäsche, äch, den ollen Kessel anheizen.
Alles komme nach: die Aufregung mit den Angriffen, die Hochzeit und die Unsicherheit. Was würde werden.
Wie es Urselchen wohl gehe und Roberding, was der wohl mache.
Wenn *ich* wenigstens Grund unter die Füße kriegte in der Schule! Wie ein Dæmelklaas, nicht zu begreifen. Wenn sie so an die Masslows denke, keinerlei Schwierigkeiten, machten alles von selbst.
»Man bittet, man fleht, aber nein, du tust es nicht.«

Und der junge Warkentin. Immer der erste gewesen. »Mutti«, hatte der gesagt, »ich möcht das Zeugnis so gerne glatt machen«, alles Einsen oder Zweien, das habe er damit gemeint.
Aber andererseits: nun war er an der Front. Und falle womöglich. Alles im Eimer, alles iben. Eigentlich rasend komisch. Tragisch!

Dr. Kleesaat kam und quetschte meiner Mutter den Unterleib. »Oh, oh, nicht gut.« Er ließ den Magensaft untersuchen und ließ röntgen: Ein Magengeschwür.
Was man bisher eingenommen habe. Natron? Uh, uh! Das helfe nur am Anfang, mache alles noch schlimmer. Wie lange? Jahrelang? Da müsse wohl Professor Peters 'ran.

Professor Peters riet zum Eingriff. Die radikalste Lösung sei die beste, das Übel an der Wurzel packen. Nicht lange herumdoktern.
Je eher daran, je eher davon.
»Da sind Sie dann wie neugeboren.«
Das sei wie ein Jungbrunnen. Welk und verschrumpelt 'rein und frisch und jugendlich wieder 'raus.
(»Na, ditt iss richtig.«)

Mein Vater sagte »ja« (der alte Ahlers, dem hatten sie die Gallenblase rausgenommen, und der lebte auch noch immer. Hoch – runter, Schnaps) und auch Professor Knesel: »Wir stehn Ihnen bei.«

Also los dann. Zwar eine Heidenangst, aber Zähne zusammengebissen. Die Großmutter war ja auch tapfer gewesen, die war mal ins Loch eines Wäschepfahls getreten, hatte den Fuß umgewrickt, alle Sehnen hingen da so rum.
Und der Urgroßvater, vom Pferd gefallen, Backe selbst genäht. Da hatte einer vor der Tür stehen müssen, damit er nicht gestört wird und womöglich noch danebensticht.

Und heute gab es ja schon andere Instrumente, alles viel komfortabler. Fabelhaft. Und die Klinik ja neu, die zweitmodernste von Europa.
Und Professor Peters überall bekannt und berühmt. »He is petersed«, sage man sogar in England und meine damit eine ganz bestimmte Blutuntersuchung.

Blieb nur noch zu klären, wo man *mich* lassen sollte. Zu Anna Kröger geben? – Dumm, die schwebte grade ab. Und Dr. Krause? – Die Fabrik im Aufbau, die Frau im Büro. Und seine Kinder schon so lange groß, die konnte das ja gar nicht mehr.

Frau Kröhl hatte grade was vor, und Warkentins, die wohnten so beengt. »Tante Kempi, das müssen Sie verstehn. – Sonst herzlich gerne. Alles.«
Das war vertrackt. »Denn eben nicht!!« (Hörer aufgeknallt.)
Aber da würde sich bestimmt noch etwas finden, das komme noch in Gang.
Stünde man mit Tante Silbi besser, dann hätte man die ja auch nehmen können. In der Not frißt der Teufel Fliegen.

Auch Quades standen zur Debatte, ein heißer Blitz durchzuckte mich. Aber die kannte man ja gar nicht, wenn man es recht bedenke. Die Gina war ja zwar schon groß, ein feines Mädel, aber die hatten gewiß andere Sorgen, als einen wildfremden Jungen aufzunehmen.
»Nun läuft man von Pontius zu Pilatus, bietet den Jungen an wie sauer Bier. Es ist ja zum Verzweifeln ...«
Immer war man für alle dagewesen, auf Deubel komm 'raus, und nun, wo es drauf ankam, war keiner zu sehn.
Man saß so richtig auf dem Proppen.

Schließlich wurde sogar eine Verschickung in das HJ-Lager Neukloster erwogen. Da meldete sich Frau Prüter.

Und an die hatte man am allerwenigsten gedacht. Die rief von selber an! Auf einen mehr oder weniger käme es ihr nicht an. »Ich denk', ich hör' nicht recht! Nun wohnt man in einer rein evangelischen Stadt und die Katholischen helfen einem . . .«
Jetzt, wo Tante Anna weg war, da konnte ich ja mit Ulli zusammenarbeiten! Zwei Fliegen mit einer Klappe! Vokabeln abhören, beim Übersetzen fein helfen. Das würde sicher sehr patent.
Und die Väter, die kannten sich vom Reichsverband Deutscher Offiziere, die hatten mal Bier miteinander getrunken. Dr. Prüter, ein feiner Mann, gebildet, zurückhaltend, der war ja auch Arzt.
Zurückhaltung, das gehe leicht für Hochmut durch. Aber da tue man den Menschen bitter Unrecht. »Mehr sein als scheinen.«

Ja. Nun könne sie sich beruhigt hinlegen, nun wisse sie, daß ich versorgt sei.
Aber: Das sei ihr eine Lehre, das wolle sie sich merken. Die kämen ihr noch mal! Bitte: Hier ist die Tür. Niemand. Immer sei sie für alle dagewesen und jetzt keiner. Wickelten sich in'n Schelm, dächten nicht daran.
Kommunisten, die könne sie im Grunde gut verstehn. Glühend! Oh, sie hätte auch einer werden können. Voll und ganz. Wenn man das so sehe.

Ulli half mir beim Kofferpacken.
Meine Mutter schleifte unterdessen Wertsachen in den Keller. Das Haus würde ja völlig offen daliegen. Und wenn ein Angriff käm, wär alles in Dutt.
Die Papiere, das Kontobuch mit den abgetragenen Schulden, Schmuck und Silber.
Ob sie meine Flaksplitter auch mit runternehmen könne, fragte ich, und die Brandbomben? Da setzte sie sich auf die Treppenstufen und weinte. Nein, was zu viel wär, wär zu viel. Sie arbeite, daß ihr das Blut unter den Fingernägeln hervors-prütze, nein, beim besten Willen nicht.

Dann lag sie lange auf der Chaiselongue und stieß auf. Oh, der Druck, der Druck. Und schön, so eine Wärmeflasche, wundervoll.

Das Überbein, am Handgelenk, das werde ihr bei der Gelegenheit auch gleich weggemacht.

Zu Prüters fuhr man mit der Linie 4. Ich war noch nie mit der Linie 4 gefahren, ein komisches Gefühl.
Das Haus lag draußen vor der Stadt, am Waldrand. Schön. Mit grünen Holzrosten zum Hochranken der Rosen und einem großen Kirschbaum.
Da unten lag Rostock. Das neue Silo größer als die Kirchturmstümpfe. Wie das wohl bei den Angriffen ausgesehen hatte.
»'n ganz schöner Feuerzauber.«
Fotografieren war ja verboten gewesen. Und doch existierte ein Foto, man wußte nur nicht, wo es lag.

Ein Haus voller Zimmer, und jedes Zimmer voll Pröhl.
Auf den Tischen Haufen Bücher, Schallplatten, Tassen mit Zigarettenasche, unabgewaschene Teller.
Im Wohnzimmer gar ein Fahrrad, eine weiße Schüssel daneben, mit Wasser zum Flicken des Schlauches.
Die Luftpumpe auf dem Klavier.
In der Garderobe sämtliche Mäntel und Anzüge übereinander.
Anzüge des Mannes, die sollten wohl mal ausgebürstet werden.
Nicht drankommen, sonst fällt alles runter. Oder der Haken reißt aus. Sechs, acht Hüte.

Wo lagen bloß die Lebensmittelkarten? »Kinder, sucht mal schnell!« Zunächst hatte man ja meine. Wenn die dann alle wären, würden sich die andern schon wieder eingefunden haben.

Seit der Einberufung des Vaters war die Wirtschaft ein wenig durcheinander. Die Frau fand nicht mehr durch und ließ es bleiben.
Spargel auf N 31.
Sie saß am Fenster, rauchte und legte Patiencen, Zopf oder große Harfe. Solitair.
Der Fünf-Uhr-Bus, hatte der Verspätung? Ach nein, da kam er ja.
Karten mischen.
Diese holländischen Fahrer, Jungedi!

Wenn Dr. Prüter auf Wochenendurlaub kam, wurden rasch die Tische leergefegt. Alles in irgendwelche Schränke reingewrummelt. Mit dem Fuß nachgetreten.
Von oben nach unten gerast, Waschbecken schrubben, die Blumenpötte aus der Badewanne nehmen.
»Gott! Hier liegen ja die Karten!«

Ob wir schon Bücher herausgesucht hätten, für die Büchersammlung des deutschen Volkes? fragte Dr. Prüter.
»Friedemann Bach« von Brachvogel. Voß: »Zwei Menschen«.
Dr. Prüter: ein Offizier mit randloser Brille.
(Die geflochtenen Schulterstücke sahen doch besser aus als die einfachen glatten meines Vaters. Vielleicht wurde er ja auch noch mal Major. Wenn der Krieg lange genug dauerte.)

Haferflockenbrisoletts mit grünen Bohnen, und: Punkt eins. Keine Minute später.
Am großen runden Tisch, unter der Jungfrau Maria.
Die kleine Brigitte betete wie rasend. Als ich es zum ersten Mal hörte, dachte ich, das wär ein Witz. Später saß ich in höflicher Ehrfurcht dabei. Gern hätte ich mich auch mal bekreuzt.

Wie es meiner Mutter gehe. »Danke, gut.«
»Wieso gut? ich denke, sie ist grade operiert?«

Bei der Musterung, Kerle wie gemeißelt. Jetzt nicht mehr so gut. Mickrig. Leute mit Brüchen, eingesunkenem Brustkorb, X-Beinen. Nicht mehr schön. Keine rechte Freude.

Wenn er fort war, wuchs der Wust in allen Zimmern schnell wieder nach. Mittagessen gab es dann um vier. Jeder nahm sich eine Pellkartoffel und kluckste Maggi drauf.

Kühlschrank aufmachen (AEG-Santo): »Hier ist ja noch ein bißchen Quark« und schon wurde einem was in den Mund geklatscht, obwohl man Quark nicht mochte. Zukker hinterher. »Nun hab man keine Minderwertigkeitskomplexe!«

Einmal schossen wir Spatzen. Die wurden abgebalgt, mit Speck umwickelt und (Wasser im Mund) gebraten. Mehlsoße dazu, das Fleisch kaum zu finden, aber es schmeckte gut.

In meinem Zimmer stand eine Kniebank zum Beten.

Fenster auf.

Das Bett selber machen: Laken glattziehen, Oberbett aufschütteln und breitstreichen (»So, mein Peterpump.«)

Schlafen bei offenem Fenster.

Abends und morgens mußte man sehen, wie man zurechtkam.

»Macht euch man was selbst.«

Man wurde auch nicht geweckt. Plötzlich ging ein Ruck durchs ganze Haus, ein Krach, als ob ein Schrank umfällt. Wie angestochen in die Höhe fahren, umeinanderrasen und schon im Bus. Richtung Stadt. Jungedi, die holländischen Fahrer.

Nachmittags hatten wir viel Zeit. Zu Anna Kröger brauchten wir nicht mehr, die war ja weg. Ohne Ständchen, ohne

Blumen. Wir stellten uns vor den Spiegel, schoben den Hut in den Nacken und taten so, als spielten wir Schlagzeug. Ulli blies auf dem Mundstück seiner Fanfare (»tüt-tüt«), und ich klöppelte einen mühsam erlernten Rumba-Schlag auf den Deckel der Schreibmaschine.
»Los, klotz 'ran!«

In der Wohnstube übten wir Auf-den-Hintern-Fallen, ohne die Beine krumm zu machen.
Oder Handstand. »Nimm das Bild da mal ab.«

Ulli spielte flüssig Klavier, mit seinen großen, immer etwas schmuddeligen Händen. Bum-da, bum-da, bum-da... Wie er das nur immer traf! Zwischendurch noch Zeit zum Dirigieren und sich das Haar zurückzustreichen.

> Schön war die Zeit der jungen Liebe ...

oder

> Zwei in einer großen Stadt...

Er schob Butterbrotpapier auf die Saiten: Schlagzeug. Und ich schlug imaginäre Becken. Das konnte ich ja, das hatte ich beim RSBB gelernt.

> Deine Liebe ist mir wie ein Rätsel,
> und ich weiß nicht, was ich davon halten soll –
> einmal bist du zärtlich,
> einmal bist du schroff...

dichtete ich, und er machte die Musik dazu.
»Toll« und »hoff'« waren die Reimworte. »... während ich noch hoff'.« Aber ich brachte es nicht zu Ende.
Mein lieber Scholli, damit könnten wir einen Haufen Geld verdienen, sagte Ulli. Einschicken. Bald gäb es sowieso keine Schlager mehr, die Tonreihe sei erschöpft, alle Kombinationen verbraucht. Und dann wären die froh, wenn sie Nachschub hätten.
Und immer wieder spielten wir das Stück und hofften, daß uns der Rest noch einfällt.

27

So »verständig« sei ich geworden, sagte meine Mutter, als sie wieder da war, und: »Du lieber Himmel!« als sie Einzelheiten erfuhr. Pellkartoffeln mit Maggi! Wie isses nun bloß möglich.
Die Hose müsse wohl ausgelassen werden, was? Und einen neuen Kugelfang 'rein.

Die Operation war glänzend verlaufen. Nach 14 Tagen war sie schon über den Flur geschlichen. Die Herren wären ja überhaupt nicht wieder geworden, hätten alle nur gestaunt.
Sie sei ein zähes Luder, habe der Arzt gesagt.
»Sehen Sie, meine Herren, das ist die moderne Medizin.«
Und alle hätten gelacht, als sie gesagt habe, ihren Purzel habe sie »verpumpt«.
Und tadellose Pflege. Großartig. Keine braunen Schwestern oder Rote Hakenkreuzlerinnen.

Eine Rose habe sie abgezeichnet und Vati geschickt.
»... Aber, daß nun mal einer von der Kirche kommt. Nee ...«
Ob ich mal die Narbe sehen wollte?

Zur Erholung fuhr sie nach Graal, und ich durfte nach Hamburg reisen, zu Großvater de Bonsac.
Große Ferien, herrlich.

Damit mir die Fahrt nicht langweilig werde, hatte man mir Papier und Bleistift mitgegeben: Stationen aufschreiben.
»Dann weißt du nachher, wo du überall gewesen bist.«
Nach Hamburg – das war ja eigentlich gar nicht schlimm.

Ich drückte die Nase gegen die Scheibe. Möglicherweise würde sie dadurch zur »Himmelfahrtsnase«. Das nehme sich vielleicht vorteilhafter aus.

Kurz vor Hamburg stellte ich mich auf den Gang. Wenn man aufpaßte, konnte man das Haus des Großvaters sehen. Früher standen sie da immer und winkten, hinten, auf dem Komposthaufen. Paßten auf, wenn der Zug kam.
Das große Haus mit dem ordentlichen Vetter und den hübschen Kusinen. Man hatte es vom Überschuß eines einzigen Jahres gebaut. 1901, als alle Japaner unbedingt dunkelblaue Anzüge tragen wollten. Immer bloß die Bestellungen weitergegeben und Provision kassiert.
Fachwerkgiebel mit rundem Bodenfenster unter vorgekragtem Dach. Da wurde die Fahne rausgesteckt, an Kaisers oder an Führers Geburtstag.

Im Entrée die schwarze Familienuhr, 1885, ein Hochzeitsgeschenk von Onkel Bertram, mit dem geschnitzten Wappen der Familie de Bonsac. Kelch und Traube.

Bonum bono, dem Guten das Gute.

Daneben der Schuhabstreifer, in den man seinen Fuß reinscheuerte, Bürsten von allen Seiten. Der war angekettet, damit ihn niemand klaute.

Die Kusinen wollten sofort »Kriegen« s-pielen, das bringe S-paß. Aber nicht über die Beete s-pringen, das sei »gemeint«.

Im Garten nebenan wurstelte der Nachbar an seinem Privatbunker. Ein Rentner, der hatte weiter nichts zu tun. Zugeschnittene Rundhölzer trug er hinein, kletterte oben drauf, wippte. Nein, es gab nicht nach.

Wir stelzten mit Holzstelzen über die feuchten Wege. Wegen der tiefen Löcher, die dadurch entstanden, klopfte mein Großvater mit dem Fingerring ans Blumenfenster. Sein Mund ging auf und zu.

Am nächsten Tag fuhren Vetter und Kusinen ab nach Ostpreußen, zum Vater, der dort ja ganz andere Möglichkeiten hatte. Und ich war allein im Haus mit dem alten Mann und mit Schura, dem russischen Dienstmädchen.
Schade, ich hatte mir schon ausgemalt, wie ich sie hätte locken können. »Wir überfallen uns mal zum Spaß« oder so was.
Um ihnen Mut zu machen, hätte man so getan, als stolpere man und stürze hin und könne sich nur schwer aufrappeln, zu ungeschickt, hilflos.

Ich bezog das Zimmer meines Vetters. Backbordmaschine halbe Kraft voraus. Er sah sich noch einmal um, ehe er es verließ.
Seine Bleistifte lagen wie die Orgelpfeifen auf dem Tisch und die Bücher im Bord waren der Größe nach geordnet. Heia Safari!
Eine leichte rostrote Daunensteppdecke lag auf dem Bett. Matratze sehr weich. Neben dem Bett der Detektorempfänger, auf eine Zigarrenkiste montiert. Mit Kopfhörern. Das Zeitzeichen der deutschen Seewarte. Wetterberichte gab es ja nicht mehr, es war ja Krieg.
Draußen rollte die Vorortsbahn.

Nebenan das Zimmer der Kusinen. Geblümte Gardinen. Ein Teddy auf der Fensterbank.
Da stand auch das große Puppenhaus, noch von der Urgroßmutter aus der Ritterstraße. Der Puppenvater am Klavier, sehr leger, lag mehr, als daß er saß. Die Tasten aufgeklebt.

Ich frühstückte mit dem Großvater allein auf der mit rotem Schiefer ausgelegten Terrasse.

Im Samtjackett saß er da und kaute, die Hände gefaltet, beharrlich vor sich hin. Das noch kaum ergraute Haar geölt und sauber gescheitelt. Vorn links eine einzige kleine Welle. Ab und zu aufstoßend oder einen Krümel mit dem befeuchteten Ringfinger auf den Teller transportierend. Ein böses und ein gutes Auge.

Die junge Birke in der Ecke, Steingewächse, so beschnitten, daß keines dem anderen zu nahe tritt.
Der Ausblick in den mit zwei ovalen Rasenflächen abgezirkelten Garten; die zweite, hintere Rasenfläche durch eine Hecke fast verborgen: Oh! da geht es ja noch weiter! Ist das alles Ihres?

Die Rosen würde man ausschneiden müssen und das Unkraut im Rasen, das nahm auch überhand. Kartoffelmesser und Weckglas standen schon bereit.

Schura, die Ukrainerin, goß meinem Großvater Milch in den Tee. In Winniza waren wieder Massengräber entdeckt worden. Die amtlichen Ausgrabungen, so hieß es, hätten schon begonnen. Vertreter des schwedischen Roten Kreuzes.
»Ha Sie Hundra?« Ob ich Hunger hätte.

Rundstücke. Bei uns sagte man »Brötchen«. Nußmus darauf oder Vitam-R, eine braune Reform-Paste in Steingutnäpfen. Vitam-R sei ein reines Hefeprodukt, sagte mein Großvater (abbeißen, kauen, runterschlucken), dessen Wohlgeschmack durch Trennung der Hefezellen (abbeißen, kauen, runterschlucken) und Abtöten der Lebewesen (abbeißen, kauen, runterschlucken) in der Hefe erzielt werde.
Wenn er sich auf die Zunge biß, dann hatte das ein längeres Wiegen des Kopfes zur Folge. Die großen Hände tasteten grobzitternd an die Schläfen, der kleine Finger gichtig eingeknickt: Es war ja zum Verzweifeln!

Das Nußmus hatte man von Herrn Roggenbrot geliefert bekommen, in Schwarzblechdosen. »Rochenbrot«, wie mein Großvater sagte.
Früher immer das schöne appetitliche Weißblech ...
Roggenbrot war Kirchenvorsteher in der Kapellengemeinde, der man sich innig verbunden wußte.

Was ich meinte, fragte mein Großvater, wie lange er wohl noch lebte?
Sechsundsiebzig? – Na, vielleicht noch zehn, fünfzehn Jahre?
Damit war er ganz zufrieden.
Das Herz in Ordnung, die viele frische Luft (recken), Verdauung auch (hier der Leib; zweiunddreißigmal kauen, für jeden Zahn einmal). Vitam-R, Nußmus und Paprikapulver essen. Paprika, das wurde ja auf dem ganzen Balkan gegessen und auf dem Balkan wurden die Leute ja steinalt.

400 Panzer bei Bjelograd vernichtet! stand in der Zeitung. (»Ich finde meine Kuhrse nicht.«) Er kniff das gute Auge zu. »Unsere liegen im Graben (abbeißen, kauen, runterschlucken), davor ist eine weite Ebene ... Die Feinde kommen angefahren ... von Ohsten ... und wir machen: tak-tak-tak-tak.«
So stellte er sich den Krieg vor.
Wir schafften Munition heran und sie die Panzer. Wie so zwei Walzen, die sich gegeneinander bewegen. Wehe, man gerate dazwischen. Abnutzungsschlachten. Fabelhaft.
»Wieder 752 Sowjet-Panzer abgeschossen.« Daß die überhaupt noch welche hatten.

Unter »Sonstiges« standen immer die interessantesten Nachrichten. Ein Zimmerbrand, durch Unachtsamkeit verursacht, ein Sturz vom Tritt.
In São Paulo ein kleiner Junge von einem wilden Bienen-

schwarm getötet, und in Auschwitz, bei Kattowitz, da habe sich auf der Straße ein blutiges Ehedrama abgespielt.

Die Tragik des Deutschen Volkes... Er habe mal einen Vortrag gehört, sagte mein Großvater, wie das so alles gekommen sei. Schon lange her. So gut, so gut! Die Uneinigkeit der deutschen Fürsten, der stete Druck Frankreichs. Und wenn man an Barbarossa denke, ausgerechnet der mußte ertrinken... Und Sarajewo, der arme Kaiser, was sollte er denn tun? Durch sein Versprechen gebunden.

Der Hitler, das sei ja wirklich ein Glück. Ein fabelhafter Mann. Was hätte man... in unserer Lage... wohl ohne ihn tun sollen?
Aber – warum lasse der nun wieder die Kirche nicht in Ruhe?

Nach dem Essen striegelte er sich mit seiner zur Maus zusammengerollten Serviette mechanisch den Bart, wobei er sich nach hinten lehnte: á!
Dann reinigte er die Zwischenräume seiner Zähne hinter der Hand mit einem kurzen messerartigen Gerät, das in silberner Tula-Scheide an seiner Uhrkette hing. Zuweilen hielt er inne und prüfte ziepschend, ob es so besser sei.

Was ich heute vorhätte?
»Kunsthalle!« rief ich. Das mußte schnell gehen, sonst kam er mit Helfen dazwischen.
Hm, hm, machte er und konzentrierte sich auf das Ziepschen. Hinten links, da stimmte noch was nicht, eben mal mit Tee nachspülen: á! Dann würde er mich also nicht zur Gartenarbeit einsetzen können. Wie dumm. Der Rasen und das Maiglöckchenbeet. Er hatte so recht gedacht, ich könnte ihm das Maiglöckchenbeet umgraben. Total verqueckt. Dann eben nicht. Dann sollte ich man in Gottes Namen in die Stadt fahren. Obwohl – das sei seine Mei-

nung – Kunsthalle, dabei komme nicht viel heraus. Und: Ob ich da nicht schon mal gewesen sei?

Dem Metallzwerg, der eine Klingel Huckepack trug, wurde auf den Kopf gehauen. Pling!
Schura kam und räumte ab.
Seinetwegen. Immer nur zu. Seinetwegen jeden Tag Kunsthalle! Dann müsse er eben sehen, wie er fertig wird.
Warum sie denn immer neues Brot anschneide? fragte er Schura. Der ganze Kasten liege voller Kanten. Das lerne sie wohl nie.
Und nun erhob er sich und eilte roboterhaft langsam aber stetig in den Garten. A! Alles allein machen, zum Verzweifeln!

Mit der klirrenden Vorortsbahn ging es in die Stadt. S-Bahn war ja kinderleicht. U-Bahn schon schwieriger zu kapieren.

Sieg oder bolschewistisches Chaos!

stand am Gitter der Petrikirche.
Über der Binnenalster Tarnnetze; damit sollten die Flieger getäuscht werden, und der Dammtorbahnhof wie ein Berg, auch mit Netzen bespannt, kleine Bäumchen oben drauf. Orientierung vermasseln, in die Irre führen. Die werden schön kucken.

Auf einem Zettel hatte ich die Museen stehen. Ich nahm sie der Reihe nach durch.
In der Kunsthalle hingen nur Reproduktionen. Die Originale waren ausgelagert. Ich ging zunächst langsam, dann immer schneller durch.

Im Naturhistorischen Museum das Skelett eines Walfisches. Nach oben, in den 1. Stock, mußte man nicht gehen, da standen Hunderte von Kästen mit aufgespießten Insekten. Alle in Reih und Glied, eines wie das andere. Und doch alle verschieden, was man erst bei näherem Hinsehen herausfand.

Im Völkerkundemuseum fielen mir unter der Rubrik »Aberglauben« drei verschrumpelte Kastanien auf: »Volksmittel gegen Rheumatismus.«

Auf den Straßen standen Verwundete herum. »Kriegsversehrte«, wie sie hießen, den Arm im Stuka. – Einer mit einer Umleitung der Speiseröhre, wie ein Griff.
Die Versehrten verschwanden hinter dem eisernen Tor, an dem »Für Jugendliche Zutritt verboten« stand. Wenn sie herauskamen, fummelten sie am Hosenschlitz herum.

In den Geschäften war mehr zu haben als in Rostock. Tatsächlich noch Märklin-Modelle. Auto-Union-Rekordwagen, den Sitz weiter vorn als beim Mercedes. Stück 2 Mark.
Ich sah mich nach Büchern um. »Afrikanische Mosaiken«, »Unvergessenes Kamerun«.

Ob sie Bücher über Architektonik hätten, fragte ich.
»Architektur, meinst du wohl?« Ja, da hätten sie was, den »Deutschen Stil« und ein Bändchen von Wilhelm Kreis: »Kriegerehrenmäler in Europa«. Kohleskizzen. Eins in Narvik und eines an der Wolga. Kantige Säulen mit Adlern und Feuerschalen.
Für Tobruk eins, das wie ein Wüstenfort aussah.
Die sollten gebaut werden, wenn alles vorbei wär. Zur Erinnerung an den Schicksalskampf der deutschen Nation.

Im »Deutschen Stil« (Franz Eher Verlag) Bilder von der Neugestaltung der Reichshauptstadt.
Die Ehrenhalle der Soldaten, 300 Meter lang, Tonnengewölbe, quergerippt.
Und die Kongreß-Halle in Nürnberg, schon begonnen, schwedischer Granit. Überall liegen Quader herum.

Nachdem ich oft genug in die Stadt gefahren war, besuchte ich Verwandte. Tante Hanni zum Beispiel, die zierliche, feine. Immer auf Trapp, sie hatte es auch nicht leicht.
Ihr Mann, ein Koloß, Fliegerhorstkommando, mit weißem Uniformjackett, ein begehrtes Fliegerabzeichen aus dem 1. Weltkrieg auf der Brust und Breeches, seltsamerweise. Ritten denn Flieger?

Der hatte einmal auf unserem Balkon gesessen, in Rostock, daran erinnerte ich mich noch, auf der Durchreise. Schichttorte gegessen, Tassenrezept, den Christusdorn bewundert und die schöne Aussicht.
»Wie nett, daß du mal einkuckst«, hatte meine Mutter gesagt. Er war immer so herzlich.
»De Bonsac?« hatte er gelacht und sich die Augenbrauen gezwirbelt, »das ist ja Blödsinn! *Bohnensack*, schlicht und einfach Bohnensack!« Prachtvolle märkische Pfarrherren.

Walthi, mein Namensvetter, schmiegte sich an mich. Ein niedliches Kind, so drei, vier Jahre alt. Ein Nesthäkchen. Blonde Locken, dicker Schal. Dauernd Halsschmerzen, kränklich.
Er werde mit *th* geschrieben, weil der Name nicht von »Verwalter« komme, sondern vom »Herrn des Waldes«, sagte Tante Hanni. »Waltherr.«

Einen ganzen Nachmittag saß ich bei ihr im Kirschbaum. (Als ich das dem Großvater erzählte, wurde er wütend. Die schönen Kirschen! Die hätte man doch einmachen können!)
Walthi umfaßte den Stamm und sah unverwandt in die Höhe, stemmte ein Bein gegen den Baum und weinte, weil er mich nicht erreichen konnte.

Im Nachbargarten spielten andere Vettern und Kusinen. Die sprachen nicht mit mir. Es war vielleicht das Polnische, was sie störte. Vielleicht auch der Gurkenkopf.

Dabei mußten sie doch bedenken, daß wir von Landadel waren. Die Endsilbe »ski« bedeute »von«, das hatte einer rausgekriegt. »Von Fluß«. Kępa heiße »der Fluß«. Oder »Ecke« oder »Schwamm«. »Herr von Schwamm«. Niederer polnischer Landadel. Aber immerhin.

Sie lachten über meine breite mecklenburgische Aussprache. »Na, Walting?« riefen sie und liefen weg, wenn ich runterstieg.
Schmale Köpfe, dunkle Augen.

Die Tante drüben, lang und hager, die trug das Wappen der de Bonsac am Finger.
Bonum bono.
Einen blauen Stein. (»Bohnensack.«)
Sie öffnete die Terrassentür, ich dachte, sie wolle mich begrüßen, aber nein, ich sollte Tante Hanni bestellen, es sei ein Brief von ihrem Ältesten gekommen, aus der Normandie. Der habe geschrieben.

Bei Tante Hanni durfte man nicht »o Gott« sagen. Das hatte längere Ausführungen zur Folge, die mich an Pastor Nagel erinnerten. Es wurde einem aber nicht nachgetragen.

Das Leben ist wie 'ne Hühnerleiter,
man kommt vor lauter Dreck nicht weiter.

Das gefiel ihr nicht. Das mußte ich umdichten.

Das Leben ist wie 'ne Hühnerleiter,
man begibt sich immer froher weiter.

So war es besser.
Auf dem geöffneten Schreibschrank lag die Agende, ein schwarzes Buch mit goldenem Kreuz (In dich, Herr, hab' ich gehoffet.), die Losungen und der Kapellenbote.
Wie sollte es bloß alles werden! Der junge Vikar nun auch eingezogen und Pastor Eisenberg recht klapprig. Den hatte man ja schon als junges Mädchen verehrt.

Als ich genug Kirschen gegessen hatte und nach Hause wollte, hielt mich Walthi fest und küßte mich. Und nachdem er losgelassen hatte: eben noch einmal drücken, noch ein letztes Mal. Preßte sein erhitztes Gesicht an meins. Mit seinem dicken Schal. Immer Schnupfen.
Und als ich schon unten an der Ecke war, lief er hinter mir her, und seine Mutter mußte ihn einholen, mit raschen, gebückten Schritten, gleichzeitig das Haar feststeckend, das hatte sich gelöst.

Der Garten meines Großvaters war gepflegt. Der alte Herr war den ganzen Tag draußen.
»Sieh mal, mein Walter, diese Rose, ist sie nicht wundervoll?« Er umfaßte sie mit seinen großen, zitternden Händen und hielt sie mir ins rechte Licht.

Auf welches Instrument sind wir gespannt?
Und welcher Spieler hat uns in der Hand?

Eine Lilie mit 33 Blüten. Und über die Yucca habe sich sogar ein Gärtner lobend geäußert, der sonst nie etwas sage.
»Wie machen Sie das bloß?« hatte er gesagt. Die sei ja ausstellungsreif.

Unter den Bäumen, die mein Großvater früher im Tropfenfall mit Blut düngte, wurden im Herbst Netze gespannt, damit die Früchte nicht ins Gras fielen und Stellen bekämen. Jeder einzelne Apfel abgerieben, auf einen Rost gelegt und dauernd umgedreht. Bevor der Obstgarten angelegt worden war, hatte er mit einer Dame in Mecklenburg korrespondiert, sich Äpfel schicken lassen und danach sorgsam die Reiser ausgewählt. Alle verschieden. Das waren aber auch welche!

Ich legte mich in einen Liegestuhl und arbeitete an meinem Elefantenroman. Neben mir, mit einem Stein beschwert, ausreichend Schreibpapier.

Meinem Großvater, der seufzend und stöhnend die Maiglöckchen rodete, erzählte ich, das seien Schularbeiten. Englisch-japanische Reichsgestaltung, ein Vergleich.
Er blickte des öfteren herüber.

Ich mußte aufstehen und aus der Küche einen Hocker holen für die Füße zum Drauflegen. So, das würde besser sein.
Dann merkte ich, daß ich meine Sonnenbrille drinnen gelassen hatte, Zeiss Umbral. Und der Kopf lag zu weit zurück, dafür würde ich ein Kissen brauchen. Also noch mal auf.
In der Veranda fand ich ein ausreichend schäbiges Kissen, da würde mein Großvater nicht angelaufen kommen: »Um Gottes willen, Junge, doch nicht das chinesische!«

Es müsse sich um den letzten Elefanten der Herde handeln, so stellte ich mir den Roman vor, und der gehe jämmerlich zugrunde. Eingekreist von Pygmäen, waidwund verröchelnd. Die Beine ausgehöhlt und weißen Farmern als Papierkörbe verkauft.

Leider ging es mit dem Schreiben nicht so recht voran, es mangelte mir an Kenntnis.
Auf der Suche nach einem Lexikon durchstöberte ich das Haus. Der Bücherschrank meines Onkels war verschlossen. »Das vergessene Dorf«. Vor den mit Gold bedruckten Rücken feine chinesische Silberarbeiten: Dschunken und Kulis, aus Hongkong mitgebracht. Auch eine Pinienfrucht, die stammte jedoch aus Ohlsdorf. Ganz unten, nur zu sehen, wenn man dicht ans Glas heranging, die Familienakten der de Bonsac. Im 15. Jahrhundert geadelt, edelstes Blut. Wie die Rennpferde, richtig überzüchtet. Mit Abschriften aus dem Gotha und längeren und kürzeren Briefwechseln mit Menschen ähnlichen Namens, die sich alle gegenseitig versicherten, daß sie edelsten Blutes seien.

Der Speisesaal mit 24 Stühlen. – Hier hatte die winzig-zarte Großmutter ihr Gerstola gegessen. Magengeschwüre und seit 1918 halbseitig gelähmt. Die Sprache verloren bis auf wenige Wörter, nicht schreiben, nicht lesen. Sie hatte sich auf den Mund geschlagen, als sie das so nach und nach mitkriegte. »Oh fuchbar, du Kleine... und denn und denn...!« Das Sprachzentrum war zerstört.
»Auch nicht einfach für den Mann«, wurde gesagt. Er war ja in den besten Jahren.
Aber die schönsten Kaffeedecken hatte sie gestickt, für die ganze Familie: in einen Stickrahmen gespannt und alles mit der linken Hand.
Und oh! wie konnte sie wütend werden, wenn die Mädchen das Silber putzten! »Fuchbar, du Kleine! Und denn und denn!!« Das war doch *ihre* Arbeit.

Hier hatte auch die Festgesellschaft zum 70sten gesessen. Meine Mutter hatte vergessen, den Frack meines Vaters einzupacken. Alle im Frack und er in grünen Knickerbokkern!
»Eintopf!« wurde gerufen und zum Schrecken aller ein Riesentopf mit Erbsensuppe auf den Tisch gestellt, Blumen drum herum.
»Wie isses nun zu fassen! Zum 70. Geburtstag!«
Aber hinterher Eistorte mit kleinen Papierschirmchen auf jedem Stück und kleinen Püppchen. Ich kriegte einen harmonikaspielenden Affen.

Im Blumenfenster, 1936 eingebaut, ein großer Ahorn. Der wurde immer wieder mit Bast festgebunden. (»Fast zu doll.«) Bis an die Decke und an der andern Seite wieder herunter.
Auf dem Mahagoni-Büfett, für das man, wegen seiner Größe, eine Ausbuchtung in die Wand hatte brechen lassen müssen, ein Glashafen mit Wasser. Wenn mal einer Durst hat. Ein Deckchen darauf, das durch herabhängende Perlen strammgehalten wurde. Auch eine Arbeit der Großmutter.

Darüber eine Winterlandschaft, Schnarz-Alquist, alles weiß. Im Vordergrund mächtig viel Acker. – Mein Vetter hatte einmal versucht, ob man darauf mit Bleistift schreiben könne, dann radiert und immer weiter radiert, weil nun ein hellweißer Fleck entstand. Zu Lasten seines Sparkassenbuchs hatte das Bild dann restauriert werden müssen.

Im Keller hatte mein Großvater seine Werkstatt, Hobelbank mit Schraubstock und Leimkocher. Da tischlerte er Blumenkästen und Kaninchenställe.
Das war sein Reich, der Garten und der Keller.
Wie konnte er schimpfen, wenn er sich mal auf den Daumen haute!

»Willst du den Liegestuhl nicht lieber vom Rasen 'runternehmen, mein Junge? Der drückt sich ja ein ...«

Leider verschlechterte sich das Wetter. Es kamen schwere Wolkenbrüche. Der Keller lief voll Wasser. Wir mußten die Luftschutzkoffer heraufholen und die Sachen auf dem Boden zum Trocknen aufhängen. Lange Unterhosen und die Schlüpfer meiner Kusinen.

Ich wollte immer noch mehr Regen haben, so wie bei Elise Averdiek, wo Karl in der Küche mit einer Wanne herumschippert. (»Es ist gewiß keine Spaßgeschichte, wenn die ganze Wohnung voll Wasser läuft ...«)
Das hatte die Mutter oft vorgelesen, abends vor dem Beten, noch in der alten Wohnung, mit der lila Tapete und den 6 Öfen.

Mit Schura (»... daß einfache Leute nie die Türen richtig zumachen können«) trocknete ich das Silber ab. Die schönen Kästen, alle naß. Gabeln, Messer, große und kleine Löffel, in Samt gebettet. »Ein Vermögen.«

Den großen Tafelaufsatz hatten die Einbrecher geklaut, damals, als Wandsbek noch preußisch war. Und Zucker und Sahne. Wenn man das jetzt noch hätte!

Damals konnte man die Diebe bloß bis zur Hammerstraße verfolgen. Da begann Hamburg. Mitten auf der Straße ein gepflasterter Strich. Streckten die Zunge heraus! Häha! du kriegst uns man nicht! Zeigten einem den Vogel.
Und auf den Schreibtisch geschissen, das machten sie immer, als Visitenkarte. Immer schissen sie zum Abschluß auf den Tisch. Ein Haus nach dem andern aufgebrochen, konnte man direkt darauf warten.
So was gab es ja jetzt nicht mehr, da wurde kurzer Prozeß gemacht. Gleich ab, weg. Nicht lange gefackelt. Wind von vorn.

Schura hieß eigentlich Alexandra, sie war ein dralles Mädchen. Mit greller Stimme sang sie die Lieder ihrer Heimat. Mein Onkel hatte sie mit nach Deutschland gebracht, damals, als das Hauptquartier noch in der Ukraine lag. Er hatte der Mutter versprechen müssen, daß er gut auf sie aufpaßt.

In Winniza sei es viel schöner als hier, sagte Schura. Aber 1936 eine große Hungersnot. Oh, oh, viele Leute tot.
Ein herrliches Kino hätten sie gehabt, einen Palast.
Hier gäbe es zwar auch Kinos, aber *sie* dürfe ja nicht gehn.

Zum Ärger meines Großvaters klebte sie häßliche Postkarten mit Uhu an die Wände ihres Zimmers.
Messer abzutrocknen, das kapierte sie nie. Alle Handtücher gingen kaputt.

Manchmal kamen andere Russinnen, saßen mit ihr in der Küche. Vera, die große, mit dem falschen Pelz um den Hals, und die kleine verlogene Natascha. Die arbeitete in einer Fabrik. Bis an die Gartenpforte kam mal ein Mann

mit eckiger Schiebermütze. »OST«. Kuckte sich dauernd um, ob auch keine Polizei kommt. Mein Großvater schücherte ihn weg, wie man Spatzen von den Erbsen scheucht.
Aber der Russe ging bloß bis zur Ecke. Kuckte.
Und später stand er hinten am Gartenzaun. Unheimlich, lauernd. Oh, oh, das würde schlimm werden, wenn die mal die Oberhand kriegten. »Die schlagen uns noch alle tot!« Ein schlimmes Erwachen. Seien ja so roh und brutal, wie Katzen. Die waren auch nicht dotzukriegen.

Schura lief noch immer in ihren russischen Sachen herum, die Ostarbeiter bekamen aber auch nichts, rein gar nichts. Zum Wirtschaftsamt waren sie mit ihr gegangen: »... aber das junge Mädchen muß doch was zum Anziehen haben.«
»Die braucht nichts!« war die Antwort. (Mußte sich an die Wand stellen, durfte nicht bis nach vorn kommen.)
Junge Mädchen wollten sich doch auch mal ein bißchen fein machen, hübsch und adrett. Wären doch auch eitel. Gottlob würde es ja bald die gestickten Völkerschaftsabzeichen geben, das wußte man von Onkel Richard, für die Weißrussen und Ukrainer getrennt und all die andern.

Dann gab es einen schweren Nachtangriff.
Wir saßen in der zum Luftschutzkeller umgebauten Garage. Das war eine richtige Mausefalle, es gab nur einen einzigen Ausgang und zwar ins Haus hinein. Daß das überhaupt statthaft war. Wenn hier nun mal was passierte.
Das Schifferklavier meines Vetters, das ich mit heruntergenommen hatte, um mir die Zeit zu vertreiben, blieb verriegelt.
»Schwarze Augen«, das Lied blieb ungespielt.

Vorn und hinten schlug es pfeifend ein. Dies Pfeifen drückte einen zu Boden. Schura schrie gellend und mein Großvater knallte mit dem Kopf gegen einen Stützbalken. Was ich für ein dummer und frecher Junge wär! schrie er und hielt sich seinen Kopf.

Als alles vorüber war, stiegen wir durch die zerborstene Entrée-Tür ins Haus.
Das Dach war fort, über uns der rote Himmel.
Die Familienuhr lag auf dem Gesicht und gab keinen Mucks mehr von sich.

Bonum bono.

Kelch und Traube.
Ich stellte sie auf, zog die Gewichte hoch und setzte das Pendel in Gang. Wie spät? Halb vier.
Großvater kuckte inzwischen nach seinem Leimtopf, ob der noch heil wär. Äch, die ganzen Werkzeuge vom Brett gefallen.

Alle Fenster waren wie weggeblasen, und auf dem Teppich lag fußhoch Mörtel.
Neben dem Marmorschreibgerät meines Onkels, das nur benutzt wurde, wenn in das lederne Gästebuch eingeschrieben wurde, lag ein Pflasterstein.
Die silbernen Dschunken und Kulis im Bücherschrank waren breitgequetscht und zusammengeknüllt.
An die Bücher kam man jetzt gut heran.
Die große Schneelandschaft war mit Glassplittern gespickt, der Rahmen flügellahm.

Mein Großvater las zähneziepschend Glasscherben aus seinem Blumenfenster und band den Ahorn wieder fest. Auf der Straße, der Makadam, der sei aufgerissen, sagte er und zeigte mir ein Stück. Er hatte die Lampe angedreht, die sonderbarerweise noch funktionierte. Niemand schrie: »Licht aus!«
»Fabelhaft«, sagte er, »alles umgestürzt, nur die große Standuhr nicht.« Die gehe unentwegt.

Schura stellte Stühle auf, und ich fegte mit dem silbernen Krümelbesen Schutt vom Tisch. Zunächst einfach auf den Fußboden, da würde man ihn dann später entfernen.

Schön vorsichtig, damit Großmutters Decke nicht kaputtginge. MEZ – Perlgarn.

Hinter dem Haus ein Riesentrichter. Das Maiglöckchenbeet verschwunden, alle Rosen in Dutt.
Nebenan, der Gartenbunker durch Volltreffer zerstört. Es war aber niemand drinnen gewesen. Wo waren die andern Bomben hingefallen?
Eine von Großvaters langen Unterhosen hing im Gebüsch. Auch: »Fabelhaft.«

Die Villa gegenüber brannte. Ein Pferd sprang in den Vorgärten herum, hatte sich im Draht verfangen. Die Flammen rasten, und der Wind fuhr hinein ins Haus und schob sie mal aus diesem, mal aus jenem Fenster hinaus.
Hinein! Retten!
Im Wohnzimmer dicke grüne Sessel. Wären sie kleiner gewesen, dann hätte man sie herausgezerrt.
Ich griff eine Kogge, die auf einer Kommode stand, und übergab sie dem Villenbesitzer, der inmitten seines Hausrats saß, still und bescheiden. Auf der Straße. Ein dicker alter Mann. – In der Kommode sei Tischwäsche, die wäre wichtiger gewesen. »Schönen Dank, mein Jung'.« – Jetzt duze er mich, weil ein Angriff wäre, morgen würde er mich dann wieder siezen.

Ein politischer Leiter trug Betten in eine Laube.
»Bei Krammons alle tot«, hörte ich sagen. »Und die Poststraße ganz weg.«
Statt der Brücke über die Vorortsbahn ein gähnendes Loch. Sicherheits- und Hilfsdienst sperrte ab.
»Dann kommt man ja gar nicht mehr in die Stadt . . .«
Und alle hatten eine Wut. Eigenhändig umbringen, diese Luftpiraten. Jetzt erst recht.
Hier planlos Bomben zu werfen!

Die Sternstraße war noch einigermaßen intakt.
Bums! Ein Zeitzünder explodierte. Zur Straße hin flogen alle Scheiben 'raus.
Ich dachte zuerst, da würde lauter Papier rausgeschmissen. »Warum schmeißen die bloß alle gleichzeitig Papier aus den Fenstern?« Dann erst hörte ich den Bums.

In einem Vorgarten lagen schwarze Klumpen. Ich fragte mich, ob das wohl Leichen seien.
»Vorsicht! Nicht auf die Drähte treten!«
Blutwürste wurden verschenkt. Schon ein wenig angegangen.

Ich packte meinen Koffer.
Er könne verstehen, sagte mein Großvater, daß ich wegfahre. Zögernd fingerte er einen 5-Mark-Schein aus der Brieftasche, einen von den neuen. Vorn ein junger Deutscher von soldatischem Aussehen und hinten Braunschweig drauf.
(Seit Kriegsausbruch sei die Nachfrage nach Geldzeichen kleiner Stückelung ständig gestiegen, hatte in der Zeitung gestanden.) Mein Großvater meinte wohl, er habe die Schuld, daß ich hier so einen Angriff miterlebte. Deshalb gab er mir das Geld.
Es tat mir leid, ihn so sitzenzulassen.

Auf dem Wandsbeker Bahnhof saßen Flüchtlinge und warteten. Hunderte. Warum sie nicht wegfuhren, war mir ein Rätsel. Wie gelähmt waren sie.
Die Frauen in Trainingshosen, zwei Mäntel übereinander, Tücher auf dem Kopf. Alte Männer, jeder mit einem Pott Suppe.

Auf dem Bahnsteig stand ein gänzlich leerer Etagenzug. Ich stieg ein, egal wohin er fahren würde. Hauptsache weg. Und er fuhr nach Lübeck.
Einziger Fahrgast außer mir war ein junger Mann.

Diese Etagenzüge zögen, sagte er, das sei der Nachteil. Wo man auch sitze, sie zögen. Sonst prima.
Was ich in Hamburg gemacht hätte. Ferien verlebt? Erholt? Wie kann man in den Ferien nach Hamburg fahren. Wer kommt bloß auf so einen Gedanken.

In Lübeck war der Himmel finster. Bäume von Asche bedeckt. Verbranntes Papier, von Hamburg herübergeweht, in den Gärten halbe Bücher.
In Lübeck hatten sie so nette kleine Bunker, mit Fachwerk, oder als Turm getarnt.

»Oh, Himmel!« sagte meine Mutter am Telefon. »Ditt is richtig.« Ihre ganze Erholung wäre nun im Eimer. Das war wieder einmal typisch.

28

Beim Dienst waren wir nicht mehr mit Mädchen zusammen. Das gäbe es erst wieder nach dem Krieg. Da rücke das Kulturelle wieder mehr nach vorn.
Dann werde man sicher in den besetzten Gebieten singen, auf der Akropolis, in Brüssel oder Kopenhagen.

Sitzt a schöns Vogerl auf'm Dannabaum,
tut nix als singen und schrein ...

Einen Abstecher zu Ulla machen, ob man da wohl einen Passierschein oder was brauchte?

Löffelholz war weg und bei Eckhoff wurde nicht gesungen, der machte dauernd Kartenkunde.
Er brachte Kartoffeln mit. Berge seien wie durchgeschnittene Kartoffeln, sagte er, so in Schichten. Jede Kartoffelscheibe 10 Meter, so müßten wir uns das vorstellen. So, als ob der Berg in Scheiben geschnitten sei. Daher die Ringe auf der Karte. Diese Striche.
Nadelwald, Laubwald, Mischwald, 1:25 000.

Kein Maß sei so unnatürlich wie das Meter. Nirgends in der Natur komme es vor. Elle, Schritt, Fuß: das seien natürliche Maße. Die Leute damals, die hätten wenigstens noch gewußt, was los ist.
Aber mit dem Meter könne man überhaupt nichts anfangen.
Das Urmeter werde in Paris aufbewahrt, aus Platin, und in Alkohol, damit es sich nicht verändert. Wenn das kaputtgehe, wisse niemand mehr, was ein Meter sei. Extra ein Thermometer daran, und draußen müßten die Autos langsamer fahren.
Jeder Zollstockfabrikant reise nach Paris – ob seine Zollstöcke auch die richtige Länge haben.

Nach dem Endsieg werde man das Urmeter zweifellos nach Berlin holen. Dann könnten die hübsch zu uns kommen.

Im Gelände lernten wir: »Einen Daumensprung nach rechts.« Das beherrschten wir dann schon, wenn wir zum Barras kämen; dann freue sich der Unteroffizier, das brauche er uns dann nicht mehr beizubringen. »Einen Daumensprung nach rechts, da ist ein Haus.«

Einnorden der Karte. Was-wer-wie-wo-tut.
Und Tarnen.
»Aber nicht auf die Bäume klettern!« Das sei zu gefährlich. Beim Tarnen darauf achten, daß hinter einem eine Bodenwelle ist, »sonst hebt sich der Kopf gegen den Himmel ab, und ihr kriegt eine verpaßt!«
Anrobben. Wer gesehen wurde, mußte zurück.

Wenn ich wirklich mal zum Dienst ging, kam ich in Zivil. Da brauchte ich mich nicht hinzuschmeißen. Meinen besten Anzug zog ich an.
Warum ich nie mehr in Uniform zu sehen sei? fragte Eckhoff. Die sei in Hamburg verbrannt, log ich. Das wäre vielleicht ein Angriff gewesen!
Ob ich wenigstens meinen Mitgliedsausweis einstecken hätte? »Zeig mal her!«
Wenn noch das Geringste passiere, flöge ich 'raus aus der Gemeinschaft, und zwar achtkantig, dann überweise er mich an die Linien-HJ.
Oder Wochenendkarzer in Kröpelin. Gras zwischen den Pflastersteinen rauspulen, das täte mir auch mal gut.

Klaus Bismarck Stüwe kuckte genauso durchdringend wie Eckhoff. Beide Augen unbedingt gleiche Richtung, keinerlei Silberblick. Der war inzwischen Jungzugführer.
Es interessierte ihn, ob ich den Daumen angewinkelt hätte.
»Handteller durchdrücken!«

Er ging um mich herum. Hacken zusammen? Bildeten die Füße einen Winkel von 90 Grad?
Es war schon eine Weile her, daß wir zusammen WHW-Abzeichen verkauft hatten.

Dauernd mußten Entschuldigungszettel geschrieben werden.

> Ich kann Mittwoch nicht zum Dienst kommen,
> da ich starke Magenschmerzen habe.

Ich schrieb die Zettel selbst und warf sie, möglichst ohne gesehen zu werden, in den Briefkasten meines Jungenschaftsführers Nickel.

> Anläßlich der Verleihung des Kriegs-
> verdienstkreuzes an meinen Vater hatten
> wir eine kleine Feier.

Das war ein guter Grund.

> Ich mußte Schularbeiten machen ...

nicht.
In der Dienstvorschrift hieß es:

> Eine Beurlaubung vom Jungvolkdienst wegen
> deiner augenblicklichen schlechten Stellung
> in der Schule gibt es nicht! Pimpfe haben die besten
> Schüler zu sein.

Zur Abwechslung schrieb mir auch meine Mutter manchmal einen Zettel, den diktierte ich ihr. Dabei kam es mir zustatten, daß ich stets »wie Buttermilch und Spucke« aussah.
»Ja, hattest du denn wirklich Magenschmerzen?«
Immer so einen Druck, oh, der Druck ...
»Übertreib es auch nicht, mein Jung'.«
Aber das war vielleicht das Französische, edel wie Rennpferde, empfindlich, hypersensibel.
Wer konnte das wissen?

Ich radelte jeden Tag zu Ulli, gleich nach Tisch. Den Mühlendamm hinunter, das ging mühelos. Die Rückfahrt

war unangenehmer, eine sogenannte »langsame« Steigung. Und meistens Gegenwind. Links und rechts kümmerlichste Schuppen und vor der Nase die ausgebrannte Nikolaikirche.
Ulli stand meist schon am Zaun.
»Zack mi seu!« sagten wir, wenn wir uns begrüßten. Das hieß soviel wie: Leck mich am Arsch.

Ulli trug einen hellgrauen Anzug, dessen Hosen auf den Schuhen einknickten; ich den dänischen mit den breiten Revers. Auf Taille sitzend, mit dicken Wattepolstern auf den Schultern. »Subhas Chandra Bose«, das sprach sich gut aus, das sagte Ulli 20 mal und bei jeder Gelegenheit.
»Subhas Chandra Bose.«

Hanteln stemmen. Hinfallen, ohne die Beine krumm zu machen: im letzten Augenblick die Arme vorreißen. Vor dem Spiegel hotten, Schlager komponieren.

> Eine kleine Arbeitsmaid, die mich betörte,
> eine kleine Arbeitsmaid, die mich erhörte ...

Der Rest würde uns schon noch einfallen.
Subhas Chandra Bose.
Da könnte man ja eine Schlagzeugstelle einbauen oder: nochmal von vorn.

Im Garten sitzen und rumquatschen.
Warum die Mädchen Röcke anhaben und nicht Hosen wie wir. »Was glaubst du, wie die stinken, da muß immer frische Luft 'ran.«
Steinchen im Runterfallen mit der Hand grabschen.
Unterschied zwischen einem Maulkorb und Hämorrhoiden, ersterer hindere am Beißen, letztere bissen am Hintern.
Pauker nachmachen: »Mach's Buch zu, *ich* kann's so.«
Chancen abschätzen, ob man morgen drankommt oder nicht.

Anstandsregeln. Heißt es »sehr geehrte« oder »sehr verehrte« Frau Sowieso? Auf keinen Fall »angenehm« sagen, wenn man vorgestellt wird. Man weiß ja noch gar nicht, ob es angenehm sein wird, daß man die kennt.
»Angenehm«, das sagten nur Proleten, daran könne man sie ganz zwangsläufig erkennen.
Auch lernte ich, daß man beim Handgeben (»Gib mir mal eben die Hand ...«) statt sie zu drücken, schnell hinter sich zeigen müsse. »Dem da ...«
Oder den 3. Finger einkrümmen und den andern damit kratzen. Das sei fies, aber gut fies.
Den Daumen aufstellen: »Friseurgriff«. Das ging aber nur, wenn man sich mit dem andern abgesprochen hatte.
»Was denkst du, wie die Leute kucken, die das sehn.«

Manchmal vertrieben wir uns die Zeit damit, Liebespärchen zu erwischen. Das wurde mir als besonders interessant geschildert. Das mache »S-passs«, sagte Ulli.
Was-wer-wie-wo-tut.
Aber sei gefährlich, mächtig auf zack sein, sofort weglaufen, wenn der sich aufrappelt. Der schlägt einen unbedingt tot. Der geht mit einem Messer auf einen los, ohne Überlegung, blind. Zerfleischt einem den Rücken.
»Ehrlich.«
Jeder in eine andere Richtung weglaufen, wetzen. Dann weiß der nicht, wo er hinsoll, und bleibt stehn.
So was müsse man schon vorher abmachen, hinterher wäre das zu spät.

Wir schlichen, unsere Kenntnisse von Tarnung ausnutzend, in den Schonungen umher. Einen Daumensprung nach rechts und einen nach links. Zigarettenschachteln im Gebüsch, auch mal ein Mündungsschoner. Aber keine Liebespaare. »Komisch, sonst liegen die hier immer 'rum und machen einen weg. Ausgerechnet heute, wenn ich es dir zeigen will: kein Schwanz zu sehn.«
Typisch.

Der Mann kriege einen Ständer, wenn es soweit ist, das sei klar. Ob beim Mädchen auch was los ist, das wisse er noch nicht, das erfahre er aber noch.
Frauen wären übrigens viel schweinischer als Männer. Wenn die sich Witze erzählten, denn würden selbst abgebrühte Landser rot.

Tagelang fuhren wir Straßenbahn.
»Pfunds-S-passs«, sagte Ulli.
Die wippten, wenn sie angesaust kamen.

Ist's die Brille,
geh zu Krille.

Mit der 11 zum Neuen Friedhof.

Am Friedhof stieg der Fahrer aus und vertrat sich die Füße. Trauergäste kamen gerannt, die meinten, es gehe gleich weiter.
»Gott sei Dank, grade noch geschafft«, sagten sie und kuckten sich glücklich um. (Als ob uns das nun interessierte.) »Ich dachte schon, ich schaff's nicht mehr.«
Zylinder abnehmen, Schweiß abwischen.
Dann setzten sie sich in den Triebwagen und beobachteten andere, die auch gerannt kamen.
Der Fahrer schnitt inzwischen Brot über den Daumen; Brot und Speck, dazu einen Schluck Ersatzkaffee.

Wir standen immer auf der Plattform. Und zwar hinten.
Vorn standen die Leute, die das Kurbeln rauskriegen wollten. Aber da kam man doch nicht dahinter. Der kurbelte immer grade anders, als man dachte, daß er kurbeln müsse.
Und während der Fahrt kuckten die Leute, als ob sie auch mit aufpassen müßten. Alle am gleichen Strang ziehn. Wenn ein Unfall passiere, dann könnten sie Zeugen sein.

Busse waren so etwas wie eine Entartung, mit denen fuhren wir nur, wenn es gar nicht anders ging.
Oben drauf Säcke mit Holzwürfeln; nach jeder Tour mußte der Fahrer sein von lauter kleinen Hupen besetztes Lenkrad verlassen und Holz nachkippen. Mit einer Stange drin herumstochern.
Unten leckte Saft heraus, giftig gelb, das klickerte.

Nein, *wir* fuhren Elektrische. Die setzte sich ganz anders durch. Alles spritzte zur Seite, wenn die kam. Und wen die überfuhr, der wurde nicht wieder.
Unerhört, wenn mal ein Fuhrwerk auf den Schienen stand. Da stampfte der Fahrer mit dem Fuß auf. Willst du wohl? Brauereikutscher, halb besoffen, was? Immer dichter 'ran und auf der Klingel 'rumtrampeln. Und die Fahrgäste alle ganz böse, unerhört, der hatte wohl nicht alle Tassen im Schrank.

Der Platz neben der Tür war Ullis.

Entwertete Fahrausweise bitte hier einwerfen.

Und wenn da schon einer stand, dann verzichteten wir, dann nahmen wir die nächste Bahn.

Nach Mädchen Ausschau halten, Gina Quade oder die Köster. Vielleicht auch Ute Vormholz, die hatte man schon lange nicht gesehn. Die hatte so dicke Beine gekriegt.
»Mal eben nach vorn gehn, ich glaub', da ist was eingestiegen.« Helga Witte.
Ach, die stieg schon wieder aus, schade.
»Ist die geil?«
Nee, stur.
»Die müßte man mal durchziehn.«
Jawoll. Die mußte unbedingt durchgezogen werden.
»Dieser Feger.«
Ja, ein doller Feger.

Hustensaft wie Schnaps, gluck, gluck. Hose mit Knick auf dem Schuh. Rechtes Bein hinausbaumeln lassen. Lässig abspringen, ein paar Schritte nachtänzeln, als ob man zu viel Schwung hat. Und drüben in die 2.
Nächste Haltestelle wieder raus.
Das Geld in der Jackentasche, damit klimpern.
Hauptsache: immer lässig.

Am Revers trugen wir das DJL in Kleinformat. »Die werden ganz schön bescheuert aus der Wäsche kucken, die Leute, wenn die das sehn: lässig und trotzdem DJL.«
Dummerweise gab es das nur mit Sicherheitsnadel, nicht zum Stecken. Das kippte immer so zur Seite, lag nicht an.

Ich trug stets eine dänische Zeitung bei mir. »Berlingske Tidende« natürlich, nicht »Foedre Landet«, da hätte man ja auch gleich den »Völkischen Beobachter« nehmen können.
»Tak i lige måde«, sagte ich, wenn jemand zustieg. Sie sollten denken, ich bin ein Däne. Ganzen Tag segeln und verdammt, was haben die Deutschen in unserm Land zu suchen?

Am Bahnhof: Mal sehn, wie weit der Bunker ist. Mauern von 3 Meter Dicke. Aber ein häßlicher Klotz. Den hätten sie auch ein bißchen hübscher machen können, so wie den Jakobi-Bunker, in Hausform. Oben mit Betonstreben, als ob er schon ausgebrannt ist. Lohnt sich nicht mehr, da noch eine Bombe draufzuschmeißen.

Dann wieder in die Stadt. – Blutstraße, verdammt schmal. Eingleisig, da mußte der Fahrer erst kucken, ob da hinten was kommt. Ranpirschen mit der ganzen Bahn, um die Ecke linsen, notfalls zurücksetzen.

Der Blücherplatz mit »Blücherten« in Bronze. Das Material ermüde mit der Zeit, hatte es geheißen. Ursprünglich habe er den Stab viel höher gehalten. Daher das Ehrwürdige, Erhabene.

Blücher: Rostocks berühmtester Sohn. Blücherstraße, Blücherplatz, Hotel Fürst Blücher. (Auch mit draufgegangen bei der Katastrophe.) Afrikaforscher Pogge und Blücherten. Mehr war in Rostock nicht zu holen. Und irgendwann mal die größte Segelschiffsflotte der Welt.
Und Ulrich von Hutten noch. Der hatte sich in Rostock die Syphilis geholt.
Und die fünftälteste Universität von Deutschland.

Kaffee Rund-Eck, das war eine Pißbude. Männer, schützt eure Gesundheit.
Die Pißbude am Hopfenmarkt war komfortabler. Als sie gebaut wurde, dachten die Bürger, Rostock bekäme eine U-Bahn.
Am Saarplatz war auch eine Pißbude. Die hatte man den dortigen Häusern angepaßt im Stil.

Der Begründer der Straßenbahn sei Jude gewesen und habe seinen Freunden Haltestellen vor die Türen gesetzt. Natürlich auch alles Juden.
Wie isses nun bloß möglich.

Die jungen Schaffnerinnen hatten uns ganz gern, die kamen aus dem Rheinland.
Wann hat »Tönnchen« Dienst? Das war die Frage, die uns immer wieder beschäftigte.
Und Liesbeth. Die hatte man auch lange nicht gesehn.
Eigentlich 'ne Fose, aber nett.
Bei der durfte man mal an der Strippe ziehn, draußen in Barnstorf, wenn es keiner sah.
Ulli natürlich, ich nie.

Sie wohnten in Baracken, da kam man aber nicht 'ran, da standen Landser herum. Nie geschafft, sie außerhalb des

Dienstes zu sehn. Auch Ulli nicht, obwohl er es immer wieder behauptete.

Ein dicker SS-Mann schlich auch einmal um die Baracken herum. »He Jungs, wo gibt es denn hier den Puff?«

Bei Fliegeralarm fuhren wir per Rad zu den alten Prüters, in Fredersdorf bei Rostock.
Gravensteiner im Garten, Schinkenbrote in der dunklen, kühlen, mit Backsteinen gepflasterten Diele. Kalte Milch.
Die Schulaufgaben (translate and note) konnte man ja auch noch abends machen.

Bei der alten Frau Prüter, Ullis Großmutter, hatte ich gewonnen, weil ich ihr aus Spaß mal die Hand geküßt hatte. (»Angenehm.«) »Ein netter Junge«, sagte sie zu ihrem Enkelsohn, »ein netter Junge, dieser Kempowski, den bring man öfters mit.«
Von ihr kriegte ich eine Bescheinigung für Ernte-Hilfsdienst, ohne einen Handschlag getan zu haben.

Blauer Himmel, im Garten liegen, Äpfel essen und die glitzernden Bomberpulks beobachten.
Die Flak muckste sich nicht, blieb fein still, die Rohre artig eingeschraubt. Und die Silberfische da oben kuckten herunter.

Zwei Finger spreizen, über den Daumen zielen, so tun, als ob man mit der Zwei-Komma-Zwei einen herunterholt.
Schreien, pfeifen, hinaufwinken – die ließen sich nicht stören. Zunge 'raus, den Vogel zeigen.
Aber den Taschenspiegel stecken lassen, sonst schert doch noch mal einer aus und hält mal kurz dazwischen.

Nach der Entwarnung strichen wir ein bißchen herum.

> Fräulein, Sie dürfen heute nicht allein sein!
> Fräulein, die Welt kann so schön zu zwein sein!

»Schleich dich mal an, ob ich dich seh'...«
Oder balgen: »Versuch mal, ob du mich unten halten kannst.« Vorsicht, nicht in den Kuhfladen geraten.

Hallo, Fräulein! Hallo, Fräulein!
Merken Sie nichts davon?

Oder wir fuhren ein Gut weiter, zu den Schulze-Heidtorfs, 4000 Morgen. An Flak-Attrappen vorbei, aus Baumstämmen zusammengenagelt.
Ulli immer vorn, ich immer hinten. Auf der Grasnarbe bleiben, nicht in die sandige Spur geraten, sonst kippte man um. Dann mußte man hinter ihm herjachtern, der extra noch Gas gab.

An für mich unsichtbaren Zeichen erkannte Ulli, daß wir schon auf dem Boden der Heidtorfer waren. Diese Kuh hier gehöre auf jeden Fall schon zu den Heidtorfern.

Die Schulze-Heidtorfs hatten früher berühmte Feste gefeiert. (»Oh, ich weiß es noch wie heute«, sagte meine Mutter.) Lampions im Garten, Bowle.
Die betonierte Tanzfläche im Garten war jetzt von Büschen überwuchert.

Anneli, mit ihren blonden Locken. Sie kam aus der staubigen, efeuumwachsenen Glasveranda. Sonne drauf.
Sie stand in der Tür und lachte uns an.
Der Belgier mit der Mistforke daneben, der spuckte seine Kippe aus.
»Kempi« nannte sie mich. (Trutz, Blanke Hans.) Drückte einem die Hand, daß man in die Knie ging. Ob *sie* einen würde unten halten können?

Auf dem Flügel hotten:

Bei dir war es immer so schön...

das geht links so 'runter, ein Ton nach dem andern. Wenn man den Dreh 'raushat, klingt es täuschend echt.

Warum hast du mir denn so weh' getan?
und was fang' ich ohne dich an?
Ein brauner Flügel, leicht verstimmt.

Während Ulli spielte, saß Anneli am Fenster. Am Nähtisch ihrer Mutter. Sie versuchte, den Bammel des Rollos mit dem Mund zu schnappen.
Dann ging sie hinaus. Eben mal nach der Glucke sehn.
Ulli sprang hinüber und kuschelte sich in den Sesselabdruck. Das ließ er sich nicht nehmen.

Die künstliche Glucke: ein großer schwarzer Metallschirm, da drunter mußte es schön warm und mollig sein.
Wenn man das Unterfeuern vergaß, starben die Küken.
(Nicht in Scheiße treten, den Geruch wird man so bald nicht wieder los.)
Grün schillernde Mistfliegen.
»Der Hund beißt nicht.«

In der Speisekammer fand sich noch ein kaltes Hähnchen. Wir setzten uns auf den Küchentisch und rissen es auseinander. Brause dazu, alle aus einer Flasche trinken. Erst Anneli, dann Ulli und dann ich.
Subhas Chandra Bose!

Die Hühner schlachtete Anneli selbst. Das hatte sie von ihrem Belgier gelernt. Jean.
Sie nahm das Huhn zwischen die Beine und schnitt ihm die Kehle auf, von unten nach oben, wie beim Schnitzen von Weidenflöten. Tüchtig festhalten und ausflattern lassen. Knie zusammen. Sonst sind sie weg.
»Was glaubst du, was die für eine Kraft haben.«
Als ob man damit losfliegen will, wie Münchhausen auf der Kanonenkugel.

Zum Nachbargut, den Schulze-Karlstorfs, fuhren wir nicht, obwohl die sogar *zwei* hübsche Töchter hatten.

Die eine hatte mal gesagt, ich sei ein ziemlicher Abklatsch von meinem Bruder, ein ziemlicher Lackaffe.
Das hatte mir nicht gefallen.
Wenn ich die bei den Heidtorfern getroffen hätte, wär ich sofort gegangen.
»Das hättest du nicht gemacht.«
Doch, das hätte ich wohl gemacht.

Meine Mutter fragte: »Junge, machst du überhaupt Schularbeiten? Man hört und sieht nichts. Auf Ehre und Gewissen? Sieh mich an!«
Es wäre doch schade, wenn alles wieder verlorenginge, was Tante Anna aufgebaut habe, das ganze Terrain. *Sie* wisse nun auch nicht mehr, was sie machen solle.

Außerdem: Ich trüge schon wieder eine von Vatis Krawatten. Ich wüßte doch, sie möchte das nicht.
»Noch isser nicht tot.«
Mein Vater war nämlich versetzt worden, nach Baranowice, ins Partisanengebiet. Bei Lomça. (Ich sagte immer: »Oase Lomça«, das klang irgendwie gut.)
Dem Vorgänger hatten sie eine Mine ins Bett gelegt, weil er keine Angelscheine ausstellen wollte.
»Besorgen Sie sich lieber eine Maschinenpistole«, hatten die Herren geraten, die Herren vom Stalag.
Und immer schön Angelscheine ausstellen, und Ausweise für das Pilzesammeln. Bloß da nicht kleinlich sein.

Meine Mutter war noch mitgefahren, bis Stettin, als es losging mit dem Einsatz.
Er habe so ernst gekuckt, und sie habe gesagt: »Warum bist du in all den Jahren so gewesen, so vogelig?« Und da habe er nur so ernst gekuckt, der arme Mann.
»Du sosst es sehn, der fällt noch.«

Ich sah mir die Gegend auf dem Atlas an.

29

Im Oktober drehte die UFA in Warnemünde einen Film. »Schritt ins Leben« oder »Junge Adler« sollte er heißen. Der Titel stand noch nicht fest.
Eine verschworene Gemeinschaft. Nur einer schießt quer, der kann sich nicht fügen. Der stammt aus besseren Kreisen. Wie der eingeschmolzen und zurechtgeschmiedet wird. Kein Heiliger Geist des Nachts, nur Überzeugung. Festes Anblicken. Händedruck.
Albert Florath: »Das mit der Kameradschaft ist nicht so einfach. Die kriegt man nicht so, wie eine Schachtel Schuhwichse. Die will erworben sein.«

In der Schule sah man Weidenmann, den Regisseur, mit unserm Direktor den Korridor hinunterschlendern. Weidenmann im langen Ledermantel wie Graf Ciano (die gangartige Halle in der neuen Reichskanzlei!), der Direktor wie Staatssekretär Meißner.
Sorgsam Gleichschritt wahrend, wenn auch behutsam; stehenbleiben, einander anschauen und dann wieder wandelnd sich ergehen.
(Mal Leuchter anbringen zwischen den Fenstern oder Heldenskulpturen, den Fries der Kämpfenden ...)

Wann wir schreiten Seit an Seit ...

Breite Stufen empor zu immer neuen Tempeln.

Jugendliche Statisten würden gebraucht, sagte Weidenmann, für einige Tage. Ob da geholfen werden könne?
»Statisten?« Wovon war die Rede? was hatte man doch gleich gesagt? (»Heb das Papier da mal auf!«) »Statisten?« Nur zu, immer gehn und suchen sich 'raus das.
Unter dem Fenster ließ eine Lokomotive gerade Dampf ab. »Was da der Lokomotivführermeister wohl schimpfen

wird über den Lokomotivführerlehrling, der da den ganzen Dampf abläßt. Oh, oh!«

Stramme Kerle aus den oberen Klassen wurden dem nachdenklichen Weidenmann zugeführt. Anstellen wie bei der Musterung, gruppieren: die mit HJL vorn, die ohne hinten. Winzige Hosen, Oberschenkelmuskeln wie rosa Gurken, graugeschorene Köpfe mit Restbeständen von Haar, das man absolut unter Kontrolle hatte.
Oder den hier, Stammführer Menge, ein wahrer Hüne. Der warf die Keule von einer Seite des Schulhofes zur andern, den dürfe man ja gar nicht 'ranlassen an die Keulen. Ob man mal auf den Hoff hinuntergehn wolle und ansehen sich das?
Ständer, Ständer, Schnur, Schnur?

Nein, Weidenmann suchte Jachtklubtypen, gepflegt, zivil, mit langem Haar.
»Lässige Typen, verstehen Sie, *die* suche ich.«
Die Hitlerjungen lieferte Heinkel, das waren fliegertechnische Vorschüler, das waren »Junge Adler«, von denen handelte der Film. Eisen erzieht. Eine verschworene Gemeinschaft. Da hatte Weidenmann Auswahl genug. Dort deckte er seinen Bedarf. An der Schule »bei den sieben Linden« suchte er degenerierte Snobs, als Kontrast.

Wir erfuhren zu spät davon. Scheiße, nicht auf Draht gewesen.

Man müßte Klavier spielen können ...

Gleich setzten wir uns auf die Bahn. Vielleicht ließe sich noch was machen.
»Hast du einen Kamm einstecken?«
Die Sonnenbrille von der Mutter, aus der Wandertasche.
Dänische Zeitung.

Warnemünde: Der Strand verwahrlost, die Häuser der Promenade mit Tarnfarbe bemalt. In den Anlagen Sperr-

ballons und Nebelfässer. (Hier hatte früher die Schießbude gestanden. Der Bär fing an zu trommeln, wenn man ihn traf.)
Auf der Mole leichte Flak.
DEUTSCH IST DIE SAAR.

Gerade traf ein D-Zug ein mit finnischen Jungen. Die fuhren zum Welttreffen der faschistischen Jugend. So eine Art Pimpfe war das. Nicht sehr zackig, das Käppi mal auf der rechten, mal auf der linken Seite.
Ob man ihnen in Rostock die Vorhänge zuziehen würde? wie damals die Polen es getan hatten bei Elke und Lili, als sie durch den Korridor fuhren? (Wer 'rauskuckt, wird erschossen.) Trümmer nicht sehn?

Ulli und ich gingen vor dem Café »Bechlin« spazieren, auf und ab. Ulli immer einen Schritt voraus und rechts. Ich also schräg dahinter, links.
Ewig jung ist nur die Sonne, sie allein ist ewig schön. Hier hatte ich vor Jahren Schwarzwälder Kirschtorte gegessen, unter freiem Himmel, von drinnen Klavier und Stehgeige: in der Halle des Bergkönigs. Die Mutter hatte mir mit Kölnisch Wasser die Ohren ausgeputzt.

Wir gingen also auf und ab, Ulli rechts und ich dahinter links, und schon kam einer an: »Habt ihr was Zeit, Jungs?«
»Ja! Gern! Viel!«
Eigentlich wollte er nur Ulli nehmen, die zusammengewachsenen Augenbrauen, der weiche Blick. Ich machte wohl zu wenig her: Gurkenkopf, Brille und zu klein. Vielleicht standen auch die Seitenhaare ab, sonst immer flach gebürstet.
Oder nicht genug gegrinst.
»Nur wir beide oder keiner«, sagte Ulli. Das war Kameradschaft. Und das funktionierte.

Ehe die Sonne gänzlich verschwand, wollte man noch ein

paar Meter drehn. Auf der Strandpromenade versammelten sich schon die beiden verfeindeten Lager. Stramme FTVer und langmähnige Jünglinge, braun geschminkt, in weißen Anzügen. Licht und Schatten der nationalsozialistischen Gesellschaft.

Wir liefen zum Filmfriseur, der arbeitete im Hotel Hübner. Ulli immer einen Meter voraus.
»Du auch?« fragte mich der Friseur.
Während er uns mit Sonnenbräune versah, kuckten wir hinaus, da drüben lag Dänemark.
Wie es wohl kam, daß hier die Wellen an den Strand schlugen und drüben auch ...

Das Meer, das ist das Tor der Welt,
Ein Narr, der sich's nicht offen hält.

Ein liebenswertes Land. Vielleicht fahre man später mal hin, später, wenn alles vorbei ist.

(Im Hübner hatte Tante Silbi gewohnt und mit dem Opernglas nach uns Ausschau gehalten.« Ob wir am 3. oder 4. Steg lägen: NU-BRA-NU. Ausgelassenheit wär ihr ein Zeichen dafür gewesen, daß es uns gut ginge.)

Zum Filmen kam es dann nicht. Als es losgehn sollte, fing es an zu regnen.
Alles in ein Bierlokal gequetscht. Da saß man herum.
Für 20 Pfennig Schaumspeise. »Kommt ihr aus München?«
Wer wohl ins Wasser springen mußte, bei der Kälte.
So sah es das Drehbuch vor: »Fällt vor Begeisterung ins Wasser.«
Paul Henkels war mal kurz zu sehn. Ich sah gerade nicht hin.
»Was, du hast Paul Henkels nicht gesehn? – Zum Dotlachen!«

Als es dann aufklarte, wurden die drei schönsten Jünglinge vor drapierten Netzen aufgestellt, sozusagen im Goldenen Schnitt, absolut richtig, mußten so tun, als führen da unten Ruderboote vorüber, und »Theo! Theo! Theo!« schreien.
Die wurden gefilmt.
Hunderte standen um sie herum.
»Theo! Theo! Theo!«
Und schon fing es wieder an zu regnen.

Am Abend kriegten wir 10 Mark, und als wir nächsten Tag wiederkamen, etwas später, weil Ulli den Bus verpaßt hatte, da war das Filmen vorbei.
Alles abgedreht ohne uns, die Filmleute schon wieder weg.

Für die 10 Mark kaufte ich mir ein Buch über Indien. Der Verfasser hieß Mazooruddin Ahmad.

Nun trugen wir weiße Schals und ließen uns das Haar lang wachsen. Johannes Heesters.

> Man sieht's am Gang
> und an den Haaren,
> was Stenze sind
> und Louis waren ...

Ein weißer Schal mußte es sein, unbedingt. Den trugen sie in Berlin auch: Edelweißpiraten.
Bei meiner Mutter, in der Frisiertoilette, fand sich einer.
Manfred, den ich auf der Straße traf, blieb stehn und fragte: »Wie siehst du denn aus?«
Der trug noch kurze Hosen.

Zum Haarschneider gingen wir grundsätzlich zu zweit. Ulli hustete, wenn der Friseur zu viel abschnitt. Beim Nachvornekämmen mußte das Haar bis über das Kinn reichen, das war die richtige Länge. Sauberer Putz.
In den Theaterbaracken, der Franzose, der machte es

besonders gut. Der schnibbelte nur so herum. Er hätte es auch lassen können.
»Bitte nur saubermachen«, sagten wir. Oder: »Bitte nur nachschneiden.«
Beim Zubinden des Kittels hielt er den Finger dazwischen, dann schnierte das nicht so.
Einmal fragte er: »Warum denn so lang?«
Das konnten wir gar nicht begreifen. Er als Franzose mußte das doch verstehen.
Sonderbar auch, daß er auf unser Jazz-Gesumme gar nicht reagierte.

»Junge, wenn du wüßtest, wie ekelhaft du aussiehst!« sagte meine Mutter. »Wie ein Lehrling. So unvorteilhaft. Man müßte dich mit dem Kopf an den Spiegel stoßen, vielleicht begreifst du es dann.«
»Was hast du eben gesagt?« Ob ich eben was Häßliches vor mich hingebrummelt hätte. »Sieh mich an? Auf Ehre?« Ich dächte wohl: laß die Olle man quatschen, was?
Neulich habe sie allerdings den jungen Eckhoff gesehen, wie isses nun zu glauben. Der habe ja bald kein Haar mehr auf dem Kopf. Nur so einen lütten Stütz. Und hatte doch früher immer so nett ausgesehen, immer so nett und gentil.

Von der Straßenbahn wechselten wir zu den Kinos über.

Beautiful weather today!
und so nette Leuteeh!

Bilder ansehen, herumstehen, lästern. Andere Typen treffen, ebenfalls wie wir mit langem Haar und weißem Schal.
Immer sechs, sieben Leutchen auf dem Haufen.
Brüllend lachen (»Wie die Tiere!«), hotten.

Einer mit Entenschweif; hinten das Haar zusammengelegt. Hutkrempe vorn feucht gemacht und über einen Bleistift gerollt. Wie ein Schmetterlingsrüssel unter dem Mikroskop.
Der hielt einem immer die Hand so lange fest, da kam man

gar nicht wieder los, drückte, daß man in die Knie ging oder sich rechts oder links bücken mußte.

Die Qualle durch das Weltmeer segelt,
es quietscht, wenn man im Wasser vögelt.

Sein Haar hatte Pißfarbe, mit Brillantine angeklatscht.
»Du kannst dir auch ein Loch in die Kniescheibe bohren und als Senffaß benutzen«, sagte er, wenn man mal zufällig das Wörtchen »kann« fallen ließ.
Und: Meine Haut wäre wohl zu kurz? Wenn ich die Augen zumachte, ginge jedesmal der Arsch auf.

Allerschönste aller Fraun,
ich tu' alles, was du willst,
wenn du nur den Wunsch erfüllest,
ein und alles mir zu sein . . .!

Vor dem UFA-Palast eine SS-Helferin im Hosenrock. Sie stand auf der obersten Stufe, alles ging um sie herum.

Einmal gab es den schwedischen Film »Ihre Melodie«. Der Hauptdarsteller hieß Sture Lagerwall. Über den Vornamen lachten wir uns tot. Und Sonja Wigert, sagenhaft hübsch. Der Zettel, auf den sie schreibt, wo sie zu finden ist, weht ins Kaminfeuer. Und sie denkt dann, er will nichts mehr von ihr wissen.
Am Schluß zackige Musik, da drehte der Filmvorführer extra laut auf.
»An diesem schwedischen Erzeugnis kann man sehen, auf welch hohem Niveau die deutsche Filmkunst steht«, lasen wir hernach in der Zeitung.

Ins »Kristall« konnte man durch die Klos hineinkommen.
Der Besitzer hatte das goldene Parteiabzeichen, der stand immer vorn herum: Ist es nicht großartig, was wir Deutschen für Filme haben?
Zwei badewannenartige Beleuchtungskörper unter der Decke.
»Gung-gong-göng!« Jedesmal eine andere Farbe.

»Der weiße Traum«.
Olly Holzmann als Eiskunstläuferin und Albach-Retty.

Vielleicht kommt gar ein Prinz vom Mond
oder ein Dollarmillionär zu ihr?

Er ist Eishockeyspieler und tut so, als ob er nicht Schlittschuh laufen kann, fällt dauernd hin.
Olden als Theaterdirektor und Oskar Sima als Besitzer von Traberpferden.
»Wieviel?«
»Das Doppelte!«
Damit war Vorschuß gemeint.

Ulli machte immer die Mimik mit. Wie die sich da herumstreiten und schlagfertige Antworten geben. Als ob er selbst der Schauspieler wäre.
»Mein Herr, ich bin der Theaterdirektor ...«
»... Ist mir ganz wurscht, wer Sie sind!«
(Nur noch eine Viertelstunde, schade.)

Wir saßen immer alle in einer Reihe und schrien: »Hinsetzen!« Obwohl gar keiner stand.
»Ä-Licht-aus!«
Vorher gaben wir Jazz-Platten im Vorführraum ab, die wurden dann zu den Reklamen gespielt.

After you've gone.

Das war doch ganz was anderes. Tolle Akustik. Dieser warme Posaunenton!
»Immer dieser Niggerjazz«, sagte eine Frau zwei Reihen vor uns und kuckte zu den Schlitzen hinauf.
Blöde Sau.

Erst in 4 Jahren 18!
»Jugendliche nicht zugelassen.« Verbotene Filme zu besuchen war gefährlich.
Beim Hinausgehen schickten wir einen vor, ob Streifendienst draußen steht. Santa Claude! hoffentlich nicht.
Den mit blauem Plüsch belegten Gang entlangtappen,

Schauspielerfotos in Großformat, erst noch mal ins Klo gehn. Sollen denken, es kommt keiner mehr, und wenn die Leute schon wieder reinkommen, drückt man sich hinaus. Womöglich Sigi Herbst, ein brutaler Bursche, der schlug immer gleich zu.
Oder Menge, der Stammführer, der die Keule von einer Seite des Schulhofs auf die andere warf.
Wo ich mein HJ-Abzeichen hätte, fragte er mich mal auf dem Schulhof. Und: Ausweis zeigen.

Witten Schal
schlag em daal,
stifen Hot
schlag em dot!

Der weiße Schal wirkte besonders aufreizend auf ihn.
Er riß ihn mir aus dem Kragen, knüllte ihn zusammen und stopfte ihn mir unter die Jacke.
Da mußte man dann lachen, sonst gab es vielleicht noch eine Meldung.

»Das Ferienkind« und »Zwei Welten« mit Marianne Simson als schicker Reiterin. Diese beiden Filme sahen wir hintereinander. Um 3 Uhr und um 5.30 Uhr.
Hinterher waren wir wahnsinnig aufgeregt, schrien und machten alle Schauspieler gleichzeitig nach.

Heut' ist Rummel im Puff,
die Polizei will auch mal 'ruff...

Die Type mit dem Entenschweif fing an zu »knödeln«, einem wo hin zu greifen. Direkt vor dem Reformhaus. Passanten in ihren schwarzen Mänteln, unter Regenschirmen, wichen kopfschüttelnd zur Seite. Völlig verroht diese Jugend, müßten viel mehr Schularbeiten aufkriegen.

Danach stürmten wir in Häuser hinein. Drehten unten die Sicherungen heraus (»Iss Stromsperre?«), liefen die Treppen hinauf bis auf den Boden, stießen dort Wassereimer

um und schmissen Sandsäcke zwischen das Treppengeländer, daß sie unten mit dumpfem Laut zerplatzten.
Ulli schrie gellend: »Hilfe.«

Anderswo klingelten wir.
Eine Frau öffnete, die hatte einen Topfkuchen in der Hand. »Haben Sie aber einen schönen Kuchen!«
»Ja, nicht?«
Darüber stundenlang gelacht.
»Ja, nicht?« – das war gut doof.
(Alte Frau anstoßen und fragen, Mutter, was läufst du so?)
Man hätte ihr den Kuchen auf den Kopf hauen sollen, meinte die Type mit dem Entenschweif.

Ein andermal marschierten wir durch die Kröpelinerstraße, im Gänsemarsch, ein Bein im Rinnstein, ein Bein oben, jeder einen Menschenknochen in der Hand. Die Knochen hatten sie beim Steintor ausgebuddelt, da war früher der St. Johanniskirchhof gewesen.

> Fritze wollte angeln gehn
> bis zum Bauch im Wasser stehn,
> Fische trieben Schabernack,
> bissen ihn in seinen Sack!
> Oh je – oh je!

Oberschenkelknochen aus dem Mittelalter.
»Hast du die Leute gesehn, wie die geglotzt haben? – Den alten Kerl mit der Brille?«

Alarm war auch schön.
Alle Mann in den Bunker. »Wenn heute nachmittag Alarm kommt, alle in den Wallstollen ...«
Immer alles gemeinsam.

In den Straßen tütete der Drahtfunk, damit wurde die Luftlage bekanntgegeben, ob sich Geschwader näherten und welche Richtung sie nähmen.
»Ein feindlicher Bomberverband im Raum von Perleberg«, das war ungefährlich.

Bedenklicher schon: »Ein Verband im Anflug über der Ostsee; es ist festgestellt worden, daß die Maschinen mit offnen Bombenklappen fliegen.«
Der Kreisleiter selbst gab die Meldungen durch.
»Die Bevölkerung wird gebeten, Ruhe zu bewahren.«
Wahnsinnig mecklenburgisch.

Im Bunker lauerten wir meistens an der Tür herum. Riefen oh!, wenn Mädchen kamen, und tanzten Ringelreihn.
Ein Hilfspolizist griff einmal drei von uns heraus, wir wußten gar nicht, was er von uns wollte. Wir hatten doch bloß Quatsch gemacht. Den mit dem Entenschweif und mich und noch einen.
Wir wurden auf die Wache gebracht.
Man müsse uns mal so richtig durchprügeln, sagte der Polizeimeister, Hosen strammziehn, mit einem dünnen Stock, der zieht.
Aber so was gäbe es ja leider nicht ... Und man sah ihm an, daß ihm das von Herzen leid tat.
Unten fuhr die Straßenbahn vorbei.
Ob er das wieder gutmachen könne, fragte die Type mit dem Entenschweif. Irgendwie Wache schieben oder alten Leuten helfen? Oder an die Front, Munition zureichen oder Tornister tragen?

30

Im Sommer 1944 fuhr ich zu von Germitz aufs Land. Seine Eltern hatten am Plauer See ein Gut.
Ein Kutscher mit Kokarde am lackierten Zylinder stand am Bahnhof. Er nahm uns die Taschen ab und legte sie auf den Wagen. Eine Decke über die Beine: »Hü!«
Flott ging es durch die Wälder, die Pferde schlugen mit dem Schwanz, der Wagen federte. Ein leichter Jagdwagen mit weißem Gummibelag auf den Rädern. Hinten ein Gitter zum Anschnallen geschossener Rehe.
Ein Bussard kreiste über uns.
Tadellose Sache das.

Nach zwei Stunden ein weißes Gutshaus. Auffahrt und Freitreppe, ganz, wie man sich das so vorstellt. Besser als bei den Heidtorfern.
Allerdings trugen die Säulen am Portal nur einen dünnen Balkon. (Oben dran das Wappen der Familie, wie eine Konsulats-Plakette. Rot und gold bemalt.)

Als wir die Halle betraten, kam ein hechelnder Hund auf uns zu. »Ist wahnsinnig scharf«, sagte von Germitz und nahm ihn zwischen die Beine. »Willst du wohl brav sein?«

Mein Zimmer lag im 1. Stock.
Aus dem Fenster kucken: Grasbuchten im Holunder, alte Bäume.
Im hochgeschossenen Gras Pferde mit hellen Mähnen.

Ich wusch mich gründlicher als sonst, Reisestaub abschütteln, hatte ja Zeit. Ich zog die Schubladen auf, Köhlers Kolonialkalender. Alles wieder so hinlegen, wie es gelegen hat.

(»Liebe Mutter, ich fühle mich hier sehr wohl.«)
An der Wand eine Gitarre. Blimblim. Die Finger zu kurz. »Spinnenfinger«, wie mein Bruder sagte.
»Neger spielt auf Tonflöte«, der hatte genau solche Hände wie ich. »Afrika wartet«, so hieß das Buch, in dem ich das gesehen hatte.

Nah und fern klappende Türen, aber keine Menschenseele. (»Die Landschaft ist hier annehmbar.«)
Auf dem Gang hätte man alte Porträts aufhängen sollen. Hellebarden, Waffen. Der Hund da unten erhob sich.
Eippers »Gelbe Dogge Senta«. Als sie sich in die Enge getrieben sieht, zwischen Bett und Wand, hat sie ihn gebissen. Nur kurz zugeschnappt und sogleich gewinselt. Aber das nützt nichts. Der Frevel ist begangen. Hat sich gegen den Herrn aufgelehnt.
Umgang mit Tieren, gar nicht so einfach. Da braucht man viel Einfühlungsvermögen und Geduld.

Ich blieb auf der Galerie und schaute mich ein wenig um, von dem Hund unentwegt beobachtet.
(»Ein richtiges Schloß, liebe Mutter, ein Schloß mit allen Schikanen.«)
Da vorn der Balkon mit der Adelsplakette.
Neben der Balkontür ein Gewehrschrank. Drillinge. Ein naheliegender Gedanke, so was zu erfinden.

> Im Tyrol am Inn-See Begab sichs da ich als
> alldortiger Holz-wart morgens früh Spazieren
> ging, daß ich einen so genannten See-Adler
> mit seinen jungen antraf, welchen in dem
> Augenblick ein Großer Raub Vogel ein junges zu
> hohlen trachtete, und auch wirklich weck
> nahm.

»Rehposten«, das Wort fiel mir ein und: »Wilddieb auf Strümpfen.« Sommertage im Försterhaus.

Drüben öffnete sich eine Tür. Ein Mädchen kam heraus, etwa 16, dunkelbraunes Haar. Es sah mich an und machte sofort wieder kehrt.

Endlich kam Ferdinand von Germitz. »Warum kommst du nicht herunter?« Er stellte mich dem Großvater vor, einem Mann mit O-Beinen und Bart. Old Waverley, eine halbe Brille auf der Nase, oben drüberkucken.
(Das Mädchen war hübsch gewesen.)
Was er für Böden habe, fragte ich.
Zum See zu lehmig, bei Harsefeld mittelschwer und in der Hagenflur leicht bis kiesig, sagte er.
Ehe er noch zu Ende geredet hatte, fragte ich schon nach der Ernte, wie sie sich anlasse, und das Vieh, ob es gesund sei? Da wandte er sich wortlos ab.
Von Germitz winkte, als hätte er sich verbrannt: Au, au, da hast du aber was gemacht!

Im Arbeitszimmer, dunkel wegen der Säulen vor dem Haus, traf ich das Mädchen, sie kniete neben einem Dakkel, der die Staupe hatte. Ein kleines flaches Körbchen, vorn mit Ausgang.
Margreta hieß sie und war die Schwester meines Freundes.

Der Dackel miefte. Ich hockte mich dazu. Seine Schnauze war heiß.
Kaltes Wasser holen? Oder besser nicht? »Der gute Kamerad.«
Ein Rauhhaardackel, wie der wohl immer gekläfft hatte.

Da war noch eine Schwester, zwölf Jahre alt. Rosalinde hieß sie und wurde schlicht »das Roß« genannt.
Ob ich Tischtennis spielte, fragte sie.
Nein, Ping-pong spielte ich nicht. Ich hielte grundsätzlich nichts von Sport. – Beim Fußball zum Beispiel, da sei ich immer nur Verteidiger, da könne man gut Zeitung lesen,

und wenn der Ball komme, falte man die Zeitung zusammen und stelle sich einfach mit ausgebreiteten Armen hin. Die andern lachten dann immer wie toll darüber. Die fänden das witzig, lachten wie wahnsinnig. Möglichst noch einen Stuhl hinstellen. Mange tak i lige måde. (Mein Schwager sei nämlich Däne.) Ständer, Ständer, Schnur, Schnur. Subhas Chandra Bose.
Dann sei mit mir ja nicht viel los, sagte das Roß und warf sich auf das ausgeleierte Sofa, über dem, 1 m x 2 m, ein in alter Manier gemalter Schafsbock hing.
Dann sei ich also ein blöder Kerl.

Ein Fliegeroffizier kam herein, der litt wegen einer Hirnverletzung an starkem Kopfschmerz, Stuka-Flieger, der durfte sich hier erholen.
Als er mich sah, ging er sofort wieder hinaus.
Ob die Stukas noch immer die Sirenen hätten, würde man ihn fragen können und wieviel Bomben jedesmal.

Dann kamen zwei junge Frauen, eine blond, die andre dunkel. Tanten, wie sich herausstellte.
Und ein grimmiger Inspektor mit Parteiabzeichen. Junggeselle. »Der muß hier weg«, dachte der über mich. Der wollte immer gerade da hin, wo ich stand. »Nun mach doch mal Platz.«

Schließlich die Mutter, weich und gütig. Die Frisur einer Halbwüchsigen ums faltige Gesicht.
Sie stellte sich unter ihr eigenes Ölporträt, zehn Jahre jünger.
Das war in Spachteltechnik gemalt, kreidiges Gelb.
Sollte ich ihr die Hand küssen? (»Angenehm«?)
Immer schön zurückhaltend und bescheiden. (»Was isser für ein netter Junge.«)

Ich zog die Lebensmittelmarken aus der Tasche. Meine Mutter lasse grüßen.
»Die steck man wieder ein.«

Wir versammelten uns um den großen Eßtisch. Gebratene Leber mit Kartoffelmus, Gott sei Dank keine Nieren. Vollmilch dazu, nicht »Kern«-Milch, wie Magermilch in Rostock genannt wurde.

Es wurde schnell und viel gegessen. Jeder war mit sich selbst beschäftigt und kuckte, ob der andere auch mit sich selbst beschäftigt wäre.

Das Roß riß ihrem Bruder Fleischbrocken vom Teller. Der trat sie dafür mit dem Fuß.

»Man muß bei Tische orrrdentlich sein...« sagte der schaufelnde Großvater unmutig und hielt die Gabel einen Augenblick in der Schwebe. Kleine Zähne, Bratzkopf.

Sie sollten mich mal ansehen, sagte die Mutter, was ich für ein guterzogener Junge sei: die Ellenbogen angewinkelt. Wie ein junger Herr.

»Ja«, sagte die blonde Tante, »aber warum hat er die Haare so lang? Da an der Seite, wie ekelhaft, wie so ein Wulst. – Du ondulierst dich doch nicht etwa? Lange Haare – kurzer Sinn.«

Ob ich *noch* ein Stück Leber haben könne, fragte ich, die schmecke ja sehr schön.

Das müsse man erst einmal sehen, wurde gesagt, man wisse ja nicht, ob es reiche. Erst einmal einen Überblick bekommen. Immer mit der Ruhe.

(Alpacca-Bestecke.)

Außerdem, sagte das Roß, Leber könne nicht »schön«, sondern höchstens »gut« schmecken.

Doch, antwortete ich, diese Leber schmecke »schön«, dies Wort hätte ich absichtlich gewählt, denn Essen, das sei in erster Linie eine ästhetische Angelegenheit.

»Was ist das denn für ein Quatsch?«

Der Stuka-Flieger faßte sich an den Kopf und verzweifelte. Es sei nicht zu ertragen. Man müsse überlegen, ob er nicht doch separat essen könne, vielleicht im Arbeitszimmer?

Nach dem Essen ging ich aus einer der schmalen Fenstertüren hinaus, die weitgeschwungene Treppe hinunter. (»Die haben hier einen richtigen Park.«) Hände auf dem Rücken, auf und ab. Prinz Walther von Aquitanien. (»Ich würde sagen: englischer Stil.«)
Der ausgewaschene Weg voll Unkraut, und die Pferde, die hoben eins nach dem andern den Kopf und kamen näher: was ich da will. Und als ich zum Haus kucke: da steht die ganze Familie: was ich da mache – geht hier auf und ab?
Der Stuka-Flieger, oben, schließt sein Fenster, zieht die Gardine zu. Nicht mal hier hat man seine Ruhe.

Am Abend stellte sich heraus, daß die beiden Mädchen ihre Zimmer mir gegenüber hatten.
Kichernd wurde die Tür zugeschlagen. Im Klo war nicht gespült. War es das Roß gewesen?

Am nächsten Morgen um 4 Uhr holte mich von Germitz aus dem Bett. Das sei die schönste Zeit des Tages, sagte er. Breeches hatte er an und Reitstiefel. Eine grüne Lodenjoppe mit schrägen Taschen. Unter dem Arm ein dickes Buch, den »Praktikus«.
Ich dachte, er macht Spaß. Aber nein, es war ganz ernst gemeint.

Alles voller Nebel.
An Pferdeschatten vorüber. Im Gebüsch ein Lokomobil, das war auch einmal eine Errungenschaft gewesen.

Von Germitz stapfte durch das nasse Gras, den »Praktikus« im Arm, nicht links, nicht rechts geblickt. (Jan und Sam im Walde.)
Endlich erkletterten wir einen Jägersitz, und dort wurde das Buch aufgeschlagen. Sesam öffne dich. In die Seiten war ein Loch geschnitten, da lagen Zigaretten drinnen.

Das war sein Geheimversteck, und zum Rauchen war er hierhergekommen.
Er müsse bald Nachschub besorgen, sagte er, aber die paßten doll auf. Alle paßten sie auf, die Tanten, der Großvater und die Schwestern. Und jeden Tag solle er im Praktikus lesen. Er kniff die Augen zusammen, ein zerknittertes Gesicht. (So würde er auch noch in 30 Jahren aussehen.)

Ich steckte die Zigarette zu weit in den Mund, das Papier weichte auf. Aber bei der zweiten ging es schon besser. Lippen mit dem Handrücken abwischen, knochentrocken.

Wie seine Schwester so wäre?
Die Greta? Na, blöd. – Dauernd paßten sie auf, wären verdammt hinter ihm her. Die Tante haue ihn sogar. Die Mutter nicht, aber die Tante.
Welche?
Die blonde.

Auf dem Rückweg begegneten wir dem Inspektor. Ich wollte grade laut »Guten Morgen« sagen, da fuhr er uns an.
Was wir hier zu suchen hätten. Das ganze Wild verscheuchen, was? Absichtlich das Wild verscheuchen, was? Gemerkt, daß er auf die Jagd gehen will, und ihn ärgern ...
Er wandte sich ab, und ich stieß Germitz an und lachte. Aber der Inspektor hatte sich noch einmal umgekuckt, der hatte das gesehen. Was ich da zu lachen hätte? Mir komme das wohl komisch vor! Ich sei wohl was Besseres? Hätte die Nase wohl ziemlich weit oben?
Im Weitergehen lachte ich wieder. Hähä, wohl wunderlich?
Da rief der Inspektor, nun schon weiter entfernt: Halt! Ob ich glaubte, daß er blind sei? Blind und taub?
Da hinten stand er, hier ich und von Germitz dort.

> Auf welches Instrument sind wir gespannt,
> und welcher Spieler hat uns in der Hand?

Ein Feuergraben zwischen uns und alte Eimer.
Blind und taub, was? Oder ob ich ihn vielleicht für döschig halte? Oh, da täuschte ich mich, er sehe und höre alles.
Wie mein Hitlerführer heiße, der würde sich freuen, wenn er erfahre, was ich für ein sauberes Bürschchen sei. Den Namen würde er sich aufschreiben, das könne ich glauben. Absichtlich hier Wild verscheuchen und dann noch einen Weltkriegsteilnehmer auslachen...
Erst viel später, nachdem ich mich mehrfach vergewissert hatte, daß er uns nicht mehr sähe, traute ich mich, ein drittes Mal zu lachen.
»Der auch«, sagte von Germitz. Der sei auch hinter ihm her.

In einem Schuppen zeigte er mir zwei Frettchen. Die liefen ruhelos über das Feuerholz. Von Germitz griff sich eines und zeigte mir dessen Zähne. »Wie Kneifzangen.« Sie turnten an ihm herum. Schöne lange Schwänze.
Unter dem Fenster ein Schraubstock und Blecheimer mit Karbolineum.

Nach dem Kaffee holte von Germitz Bierflaschen. Im Wald füllte er eine der Flaschen mit Karbid, goß Wasser darauf, verschloß sie und warf sie fort. Sie hätte explodieren müssen, doch der Bums ließ auf sich warten. 'rangehn? Lieber nicht. Da kann man einen Arm verlieren oder blind werden. – Von drüben kam ein Radfahrer. Er fuhr direkt an der Flasche vorbei. Nichts. Endlich trauten wir uns in die Nähe: Der Verschluß zischte, der hatte nicht dicht gehalten, war wohl mürbe gewesen.
Der nächste Versuch klappte schon besser. Das war ein schöner Krach.
Noch eine. »Bums!«
Eine in den Bach. »Wupp!«
Eine in den Kaninchenbau. »Wums!«
Den ganzen Bau hochjagen, 3 Flaschen bündeln.
»Rums!«

»Schätze, die sind alle hin.«
»It's clear.«
Aber das Nachgraben ließen wir, da waren Baumwurzeln.

Als das Karbid alle war, schossen wir mit Krampen. Von Germitz hatte einen sogenannten »Herkules«, eine Gummischleuder.
Blecheimer anknallen.
Wenn er mir ans Bein schösse – das gehe bis auf den Knochen, sagte er. Ob er es mal probieren solle? Mich »tanzen« lassen, wie die Trapper das täten?
In der nächsten Nacht habe er einen Raubzug vor. Drüben in der Häusler-Scheune hänge noch Tabak. Den wolle er klauen. Ob ich mitmachte?
Lieber nicht. »... weißt du, ich als Gast...«

Bei Sonne saßen wir auf dem Balkon.
Gartenmöbel waren nicht vorhanden, wir trugen Stühle hinaus. (»Das Wetter ist hier auszuhalten, liebe Mutter. Das gehört sich auch so, oder findest du nicht?«)
Sich im Fenster spiegeln, Haar sitzt gut.
Zeiss-Umbral, Nivea-Creme und Gott sei Dank eine Armbanduhr, von Robert geerbt. Verkehrtrumdrehen, Uhr nach innen, Verschluß nach außen. Schade, daß man keine Münze hatte oder so etwas.

Denkfix:

Wie soll man nicht sein?
Was hat jeder mal?
Was ärgert dich?

Weckringe über eine Flasche werfen.
Hinfallen, ohne die Beine krumm zu machen.
Handgeben: Friseurgriff und »demda«, einfach hinter sich zeigen. Oder mit dem Mittelfinger kratzen. Das sei fies, aber gut fies. Oder derartig drücken, daß der andere in die

Knie geht. Turnergruß: Hinterher sieht sich jeder die Hand an, ob sie noch heil ist.
Und wenn der andere drückt, gleich gegendrücken, dann tut es halb so weh.

Mit den Ohren wackeln, rechts und links verschieden.
»Was du alles kannst...«
Das habe sich aus dem Schlamm entwickelt. Urzelle und dann langsam aufwärts. Das Wisent sei auch schon ausgestorben, das werde aber wieder rückgezüchtet, das kriegten die hin.
Irgendwo müsse das Leben ja hergekommen sein.
Ob es noch Menschen mit einem Schwanz gäb?
Das nicht, aber am ganzen Körper Haare. In Krausnitz sei ein Ostarbeiter, da denke man immer, der habe einen Pullover an.
Die Ostarbeiter waren ja auch noch richtig urtümlich. Kriegte man nicht so leicht tot. Bei 40 Grad Kälte fühlten die sich noch wohl. Wenn unsere Maschinenpistolen schon längst Ladehemmung hätten, schössen die noch immer, tak, tak, tak. Zwar langsamer als unsere, aber immerhin.

Lehrer nachmachen.
»Nimm die Hand aus der Tasche, Jung'.«
Gut doof!
»Mach's Buch zu, *ich* kann's so...«
Blödsinnig doof!

> Ob du's kannst, – glaub's schon,
> ob du's darfst, – frakt sick.

Tadellöser & Wolff.

»Tadellöser & Wolff? Was soll das eigentlich bedeuten?«
Na, gut dem Dinge, weiter nichts. So rede man eben in der Stadt. »Gutmannsdörfer«, das sei auch so ein Schnack. Wenn man was gut finde, dann sage man einfach »Gutmannsdörfer«. Oder »Schlechtmannsdörfer«, oder »Miesnitz & Jenssen«.

So sei das eben in der Stadt. In Berlin hätten sie noch ganz andere Schnäcke. Da käme man so leicht nicht mit.

»Moses zerbricht die Gesetzestafeln«, das ging mit meinem langen Haar jetzt gut. Das konnte ich jetzt genauso gut wie Blomert. Das Roß brachte Kamm und Spiegel, und dann kämmte sie mir einen Poposcheitel und machte mir Zöpfchen.
Das war lustig. Darüber mußte man ja wahnsinnig lachen, da fing man ja bald an zu kotzen!
Schade, daß man keinen Film hatte, das gäbe ein Bild!

Der Stuka-Flieger da unten, unter der Blutbuche, auf der weißen Bank, der schüttelte den Kopf. Mein Gott, mein Gott!
Der hatte seine Gesundheit hingegeben, und wir kämmten uns hier die Haare.
Widerlich.
Er klappte sein Buch zu, stand auf und ging weg.
Und die böse Tante kam, die blonde, ob Greta die Wäsche schon weggepackt habe. Uns gehe es wohl gut? Ja? Uns steche wohl der Hafer?
Und Rosalinde habe wieder nicht abgetrocknet. Sie denke: Na, ob sie das heute wohl mal von selber tut? Gähnende Leere und ein Haufen Geschirr.
Wer mir denn die Zöpfe geflochten habe? Doch nicht etwa Greta? Und ob es stimme, daß ich ihr immer auf den Hintern haute?

Zwei Tage darauf wurde von Germitz ins Hannoversche geschickt, zu einem Onkel auf ein Gut. Mal frischen Wind um die Nase wehen lassen.
Ich war recht glücklich darüber. Wenn man ihn nämlich fragte: »Was ist die Uhr?«, dann war er imstande zu antworten: »Eine runde Figur.«
Und die nächtlichen Unternehmungen – dauernd in Todesangst.

Richtig ausschlafen und mit Greta Johannisbeeren pflükken.
Trotz großer Hitze trug sie ein Jäckchen mit Stehkragen.

Ob sie sei die Fei?
Die Fei aus Odelidelase?

Bestickt mit bunten Blumen.
Viel Parfum. (Ob es wohl reicht? Ratsch – ratsch – ratsch. Zur Sicherheit noch ein bißchen zu.)

Die jüngere Tante holte die Eimer und blieb. Das war die schwarzhaarige.

Ja, sie sei die Fei,
die aus Kräuterschaum Planeten blase.

Es war die gute Tante, kannte Morgenstern auch. Staunend liest's der anbetroff'ne Chef. Während Greta und ich immer grade dieselbe Rispe griffen, sprach die Tante Gedichtanfänge und ich ergänzte. Schlag auf Schlag.
»Kroklowafzi, bifzi, bafzi?«
»Semmemmi!«
Und keiner blieb dem andern etwas schuldig.

Warum Greta denn die gute Jacke angezogen habe, wollte die Tante wissen. »... und Parfum, viel zu viel, Greta, *einen* Tropfen, hinters Ohr ...«
Schön hier draußen, nicht?
Hoffentlich halte das Wetter.
Das Roß habe gesagt: »Das Liebespaar.« – Sie habe zuerst gar nicht gewußt, wer damit gemeint sei.
Jetzt habe sie das erst begriffen. »Greta, Greta, ihr macht Sachen ...«

Am Nachmittag ging ich mit Greta baden, zum See. Das Roß konnte abgedrängt werden, einfach war das nicht.
Ich dachte, man müsse zwei Stunden laufen, der See lag aber gleich hinter dem Haus. Ein kurzes Stück durch den Wald, dann war man da. Wie in »Immensee«, dem UFA-Farbfilm, mit Christina Söderbaum.

In der Ferne ein Waldessaum, das war das andere Ufer. Die Geräusche alle ganz klein. Und oben ein silberner Brummer. Freund oder Feind?
Fischadler gäbe es hier noch, zwei oder drei Horste. Die gingen immer mehr zurück.

Am Ufer lagen Baumstämme. Vor 5 Jahren verkauft und immer noch nicht abgeholt. Eine unbegreifliche Schlamperei. Naja, das Geld hatte man.
Ich setzte mich auf einen dieser Baumstämme und klatschte mir die Bremsen weg.
Greta trug einen »Zweiteiligen« mit Boje auf der Hose. Sie schwamm mal über Wasser und mal unter. Hu-Hu! ich solle doch auch kommen, das Wasser sei warm! und spritzte.
Ich blieb, wo ich war. Mein Haar naß, wie hätte das denn ausgesehen.

Dann ging ich aber doch ins Wasser. Der Baumstamm rollte noch eine ganze Zeit.
Wir schwammen ein Stück hinaus, was sollte man da, und kehrten wieder um. Ich hätte sie gern auf die Schultern genommen, aber dann wären die Haare endgültig hinüber gewesen.

Auf dem Rückweg kamen wir an einem Pferd vorbei. Ein Ackergaul mit dicker Mähne über den Hufen.
Greta kletterte auf den Weidezaun und von da auf seinen Rücken.
Winzige Knie und breitgedrückte Schenkel.
(The hunter and his horse.)
An irgendeiner Stelle seines Leibes zitterte das Tier, mal hier, mal dort und weidete ruhig weiter.

Dann weiter zu Fuß. Einen kleinen Umweg machen.
Die Wolken, wie sie da so herüberziehn ...
Auch die Störche stürben aus. Eine Schande. Uhus, Kolkraben. Nur noch 100 Stück.

Mit den Walfischen war das auch so eine Schweinerei.
In Sibirien hätten sie ein Mammut unter dem Eis gefunden. Das Fleisch war noch genießbar gewesen.

Ob sie Hühner schlachten könne?
Dabei dürfe sie noch nicht einmal zusehen.
Mit einem Beil auf dem Hauklotz. Den Kopf kriege die Katze.

Dann saßen wir im Kornfeld unter einem Kirschbaum.
Und Greta »wand« mir wirklich einen Kranz.

Am Sonntag wurde der Kamin in Tätigkeit gesetzt. Das war auch für die andern etwas Besonderes.
Die gute Tante lieh uns Grammophon und Platten. »Sweet Music Man« von Nat Gonella – beinah besser als Louis Armstrong – und blieb dann selbst dabei.
Die böse Tante sagte durch die Tür: »Warum denn das nun wieder?«
Wir sollten nicht das ganze Holz verbrauchen.
Der Großvater kuckte auch kurz herein. Ob wir die Scheite richtig hingestellt hätten, schüttelte den Kopf, das müsse eine Pyramide sein.

Ich zählte die Platten meines Bruders her. Ob sie das kenne oder das? – Die gute Tante war begeistert.
Und ob *ich* das kennte und das?
Da blieb keiner dem andern etwas schuldig. Schlag auf Schlag. Daß Art Tatum blind sei und Chick Webb verkrüppelt, daß Artie Shaw es fertigbringe, eine ganze Nacht klassisch zu spielen, und wie Teddy Stauffer dirigiere: eine Hand in der Tasche, lässig. Wir waren immer eine Partei.
Greta sagte: »Woher weißt du das bloß alles?«

Ich ging auch mal ans Klavier.
Harlem at Saturday night ...

Spielen, das Haar zurückstreichen und gleichzeitig dirigieren. Und links bum-da, bum-da, egal ob's paßt, irgendwie kommt's hin. »Bei dir war es immer so schön«, unten so runter. Wenn man das weiß, klingt es echt.
Auch mal weiter oben spielen, da sind ja auch noch Tasten frei.

Der vierte Finger sei der schwächste. Bei Leuten, die viel übten, spränge der Daumenmuskel heraus. Nägel ganz kurz, bei mir schwierig, das Nagelbett wär zu weit vorn.
Meine Mutter könne alle Finger einzeln bewegen, und die Malaien zitterten so schnell mit der Hand, daß man es gar nicht sieht.
Drüben, sagte Greta, habe sich neulich einer zwei Finger abgehackt. Mit »drüben« waren die Schnitterkasernen gemeint, hinter einer Hecke verborgen.

»Nun kommt mal wieder her!« rief das Roß, »das ganze Feuer brennt ja runter und alles umsonst!«
Unter das Bärenfell: ganz schön mummelig.
Und in die Flammen starren.

»... drum eint euch zur Flamme – seid alle bereit.«

Ganz wie es sich gehört. In Gretas Parfum.

Neues Holz nachlegen. »Bloß nicht so viel, sonst schimpft sie wieder.« Draußen schwirrten jetzt gewiß Fledermäuse.
Die Tante ging ans Grammophon.

Kenn' Sie Lamberts Nachtlokal,
da ist es ganz kolossal ...

Das Roß konnte eine Art Stepptanz. Die Lüster klirrten. Und Krakowiak, den hatte sie bei den Russen, drüben, gesehen. In der Hocke, wer's am längsten kann.

Da kam die böse Tante.
Also nun reiche es ihr. Sie sitze oben und denke: was ist hier denn los? Hausen hier die Botokuden oder was? So ein

wüster Lärm! Und: Woas? Das Roß sei noch immer nicht im Bett? Nun aber fix. »Die ganze Wohnung auf den Kopf gestellt. Da hinten brennt das Feuer, wahnsinnig viel aufgelegt, und niemand kuckt hin.«
Und ich, wann wolle ich denn eigentlich nach Hause fahren? Ich wär ja schon eine Ewigkeit da!
»Morgen«, sagte ich sofort.
Na, so schnell nun auch wieder nicht, so wär's ja nicht gemeint!
Doch, morgen. Das hätte ich sowieso vorgehabt.
Membrane einknicken, Platte abnehmen, Hose hoch.

Die gute Tante sagte auch, ich solle doch noch ein paar Tage bleiben, es brauche ja nicht gleich ewig zu sein. Sie bringe das schon in Ordnung.
Aber ich blieb hart.

Beim Zubettgehn fand ich Kandis auf dem Nachtschrank. Greta kam die Rollos herunterziehn, was sie sonst nie tat. »Oh, was ist denn dies«, sagte ich. »Hab ich das denn verdient? Wie soll ich das bloß annehmen? (Gurkenkopf, Brille nicht geputzt.) Wie kann ich dir bloß dafür danken?«
Ich nahm die Gitarre von der Wand. Hier fehle eine Saite, ob ich die in Rostock besorgen solle?
Spinnenfinger.
Bei Löhrer-Wessel. Da hätten wir immer Platten aus dem Altmaterial herausgesucht. Sie glaubte ja gar nicht, was man da alles finden könne.

In der Ferne grummelte es, das war Rechlin, dort wurden neue Waffen erprobt.

Um 5 Uhr aufstehn.
Greta war schon in der Küche. Sie strich Schmalzbrote und schenkte mir Kaffee ein.

Hier die Bescheinigung für den Pflichtdienst, 3 Wochen Landarbeit, zum Vorzeigen in der Schule.
Ihre Mutter habe gesagt, ich solle mich ins Gästebuch eintragen. Das sei eine Ehre, das dürfte nicht jeder.

> Heimwärts reitet Silen und spielt auf der lieblichen Flöte
> Freilich verschiedenerlei, aber doch meistens düdelütt.

Das hätte ich hineingeschrieben. Aber wo lag es denn, das Gästebuch? Nirgends zu finden. Gestern hatte man es noch gesehen!
Der Inspektor kam herein und sagte »muff!« Er wollte Kaffee haben. Ging dann aber wieder hinaus.

Nicht die Kutsche fuhr vor, sondern der Milchwagen, ein roh zusammengehauener Karren. Und der fuhr nicht vor, sondern hielt in der Nähe der Schnitterkaserne; ich mußte da hingehen. Der Kutscher prügelte ein Kalb in einen Sack. Die langen staksigen Glieder sperrten sich, er schlug, es knackte.
Das Pferd hob den Schwanz.
»Hü!«

Greta winkte, solange es ging. Sie stand unter dem Säulenbalkon. Über sich das Wappen.
Am Waldrand ein Mann, der gestikulierte schon von fern. Wer war das denn? Der Flieger-Offizier.
Mit verzerrtem Gesicht kam er näher. Der Kutscher hielt. Da stieg er mit einem Bein auf den Tritt und sagte: »Wiederschaun«, und nahm meinen Kopf in beide Hände.
Wieviel Bomben so ein Stuka jedesmal schmeißt, hätte man ihn fragen sollen, und wie das ist, wenn er wieder hochzieht. Das fiel mir zu spät ein.

Ob ich verschütt gegangen sei, wollte meine Mutter wissen. Sehr ärgerlich war sie über die Lebensmittelmarken, die waren inzwischen verfallen. Ich sei ein Schafskopf. Zum

Verzweifeln! Schicken können hätte ich die wohl nicht, was?

Ob es denn schön gewesen sei. Ich sähe so ganz anders aus ... Ich wär ihr Peterpump, das wüßte ich doch?

Gleich am nächsten Tag schrieb ich einen Dankesbrief.

(Hieß es »sehr geehrte« oder »sehr verehrte« Frau von Germitz?)

Was der Dackel mache, ob er wieder gesund sei?

Darauf kam eine Karte zurück: Ob ich eine Antwort auf meine Frage wünschte?

31

Im Oktober kam mein Vater noch einmal auf Urlaub. Dick, mit rotem Gesicht. Völlig im Eimer, total iben.
Die Haut, die Haut! alles wund.
Aber jetzt bekomme er Vigantol, Baby-Vitamine, das helfe.
Zum Dotlachen: Doktere man jahrelang herum, laufe von Pontius zu Pilatus, fahre nach Aachen, lasse sich mit Teer einschmieren, Schwefel, Schlamm – eine Rechnung nach der andern, und Baby-Vitamine helfen. Ein einfacher Truppenarzt.
Als erwachsener Mensch, siebenundvierzig Jahre alt: Baby-Vitamine. Das müsse man sich mal vorstellen. Darauf müsse erst einmal einer kommen.
Ein Feld-, Wald- und Wiesenarzt!

Bei der Truppe – das sei auch nicht mehr der wahre Jakob. Scheiße mit Reiße.
Einen Leutnant Schröder habe man zugewiesen bekommen, aus dem Mannschaftsstand hochgedient, das sehe man gleich. Der rede immer so laut. »Einstweilen besten Dank.« Im Mohrenarsch ist's duster. Mische sich überall 'rein.
Ganz anders der Hempelmann, der mit seinem rumänischen Halsorden. »Herr Kamrad, darf ich mir die Frage erlauben ... diese hohe Auszeichnung ...?« Das kenne der schon, immer dieselbe Frage. Für Straßenbau verliehen bekommen. Aber sehr dekorativ. »Kempowski«, sagte der immer, »zum ersten kommt es anders, zum zweiten als man schwenkt.«
Der wisse, wo Bartels seinen Most holt. Gute Familie. Kaffee-Export.

Oh, oh, das sei vielleicht ein Theater!
Schon damals, die Bahnlinie nach Minsk, in die Luft geflogen, auf 300 Meter.
Alles überorganisiert. Keinen Absetzbefehl erhalten, durch ein Kornfeld zurückgerobbt. »Wo kommen *Sie* denn noch her?« Grade noch geschafft.
Keine Minute länger, dann wäre alles erlederitzt gewesen.

Er schob den Bleistift unter den Ehering und sprach französisch. Baranowice kam nicht mehr darin vor. Grüne Bohnen mit Kartöffelings. Ein schlimmes Jahr, was hatte man alles erlebt.
Demnächst werde er übrigens zum Hauptmann befördert. »Sie sind nun auch dran«, habe Simoneit gesagt. Werde ja auch Zeit. Ein großer Säufer vor dem Herrn, dieser Simoneit. Und eine phantastische Glatze.
Ob er zum Ersatztruppenteil nach Hessen verlegt werden wolle? Wegen der Haut? – Das könnte denen so passen. Möchten ihn wohl abservieren. »Gockel« und »Hinkel«, das hätte ihm gerade noch gefehlt.
»Aber: Hessen«, sagte meine Mutter, »ist das nicht sicherer?«
Sicherer? Sei er denn blöd? Was nütze ihm die ganze Sicherheit, wenn er mit lauter Hessen zusammen wär! Nee, Stüermann, låt mi an Land.
Außerdem werde man jetzt von der Division Großdeutschland übernommen, wenn auch Bautrupp. Das wäre ein anderer Schnack. Dann funktioniere alles besser, flutsche nur so. »Hier Division Großdeutschland«, das klänge gleich ganz anders, da spritze alles. Und dann ein Ärmelstreifen, der sei schließlich auch nicht zu verachten.

Er nahm zusammengewrummelte Urlaubermarken aus der Lederschütte seines Portemonnaies. (»Oh, fein!«) »Iss dat noog?«
Wurschtfinger; große, vorn umgebogene Nägel.
Gäb's Punking?

Nein, Migetti-Suppe. Nudelartig, gar nicht so schlecht. Aus Milchsubstanzen hergestellt.
Was die heutzutage alles aus Milch machten, da wäre das Ende von weg. Sogar Anzüge und Stühle. »Kernmilch ...« Aus Milch machten sie was zum Anziehen und aus was zum Anziehen machten sie womöglich Milch. Staunend liest's der anbetroff'ne Chef.
Ersatz sei besser als das Richtige, habe Gobiles gesagt. *Kann* ja nicht. Dann könne es ja nicht »Ersatz« heißen.
Genau so ein Quatsch wie die Als-ob-Philosophie. Früher mal gelesen. Der Tisch wär nur »als ob«, gar nicht richtig da. Das bilde man sich nur ein, das scheine nur so. Völlig im Eimer. Völlig Blödmannsdörfer. Auf einen Tisch könne man doch draufhauen oder etwa nicht?
Da sei Spengler ein anderer Schnack. Der habe das alles schon vorausgesehn. Direkt mal wieder nachschlagen. Untergang des Abendlandes. Ersten Band mal verliehn, nie wiedergekriegt. Da sei er direkt neugierig. Die jungen Völker, die machten das Rennen. Aber verklausulierter, nicht so simpel gesagt.

Und was gäb es *hier* Neues?
Bei Krauses die schönen Birken, alle gefällt.
»Ist das wahr?«
Weil die Wurzeln in Merkels Garten reichten, da wüchsen die Mohrrüben nicht. Angeblich.
Widerlich. Der Kerl war ja auch in der Partei. Und wie kann man bloß »Merkel« heißen.
Frau Kröhl sei auch ganz außer sich gewesen, neulich. Die schöne Aussicht ganz und gar hinüber. Und Dr. Krause habe gesagt: Wie isses nun bloß möglich. Die Birken alle selbst gepflanzt, mit Lust und Liebe, gedüngt, gehegt, gepflegt – Freud und Leid geteilt. In dieser Zeit, wo man so begierig auf was Schönes ist und alles so entbehre. – Aber seinen Durchgang benutzen, nur um ein paar Meter zu sparen, das könnten sie! Nicht zu fassen.

Und Krasemann eingesperrt.
»Was, Krasemann? Das ist doch der mit dem Kneifer? Der hinten so schlenkert beim Gehn?«
Ja. Der sei ja auch zu und zu unvorsichtig gewesen. Früher SPD-Mann, schwarz-rot-senf, und nie den Mund gehalten. Immer allen die Meinung gegeigt. Seinen Sohn im Mantel zum Hitlerdienst geschickt. 'n Mantel über der Uniform! Das konnte ja nicht gut gehn.
Anstatt nun froh zu sein, daß er nicht in den Krieg braucht. Eigentlich anerkennenswert, aber: »Watt sall dat?«
Früher, bei den politischen Versammlungen, übrigens immer gern zu spät gekommen, damit ihn alle sehn. Oder sich 'rausrufen lassen: »Dr. Krasemann bitte nach vorn!« Uralter Trick.

Bei Heinemanns zwei Söhne gefallen. Zuerst ausgebombt und dann zwei Söhne im Eimer. Nun nur noch die kleine Tochter. Aber die Werkstatt Gott sei Dank intakt. Der gute Mann. Übrigens katholisch.

»Und unten neue Mieter?« fragte mein Vater. Beim Gaswerk? Kenne er den?
Nazi?
»Sie ja, und er steht unterm Pantoffel.«
Bloß vorsichtig, um Gottes willen. Nicht auf dem letzten Drücker noch hops gehn.

Und Ulla? Schon mal wieder Post?
»Junge, bring mir mal den Aschpapst und die Kohlekompretten.« (Werd's dir lohnen im späteren Leben; Kohle absorbiert.)
Ullas klare Schrift, von der Zensur blau durchgestrichen: ob was Spioniertes drunter ist.
»Die tapfere Deern.«
Dem Pudel Peter gehe es gut, und das Winterzeug habe sie in Ordnung gebracht. Die ganze Wohnung tapeziert und gestrichen. Das gute Kind.

Ob sie mal nach Löfgrens gefragt habe?
So müßten wir uns das nicht vorstellen, das sei alles ganz anders. Es wäre sehr vieles ganz anders. Nur dänisch sprechen zum Beispiel, um Himmels willen kein Wort deutsch.
»Warum wohl?«
»Na, die hassen uns doch alle.«

Ob da noch nicht bald mal was im Kommen sei? Wenn was wäre, dann sollten wir ihm »Sofakissen *mit* Quaste« oder »*ohne* Quaste« telegrafieren. Sonst müsse er einen ausgeben.

Roberding nun auch eingezogen. Robertus Capulius. Der arme Bengel. Nu Kraftfahrer...! Kann das Steuer ja gar nicht rumwrögeln. Bei diesen Riesendingern.
Aber Hauptsache: hinten. Nachschub. Da könne er sich dann womöglich das eine oder das andere besorgen. Es würde doch alles nicht so heiß gegessen, wie es gekocht wird.
»Und dann kann er wenigstens Auto fahren, wenn der Krieg vorbei ist. Ob das anerkannt wird?« Wer weiß, wozu das gut ist. Der tapfere Bengel. Um den brauche man sich keine Sorgen zu machen. So klein wie er ist, so fix isser.
Und zäh, nicht dotzukriegen.
»Zwölf Stück Kuchen gegessen bei Tati Wendt, das erzählen sie noch heute.«
Und: »Mutti, meine Büx ist ganz heiß« gesagt, im Theater. Alles gelacht. Mitten in der Stille, ganz laut.

Nur noch Walterli zu Haus, unser Peterpump. Der hält die Stellung, steht Mutter zur Seite.
In der Schule alles klar? Mach's Buch zu, *ich* kann's so?
Früher, in seiner Jugend, da hätten sie sogar nachmittags Schule gehabt. »Kempowski, unterstützen Sie mich...«, bei 25° im Schatten, und die Fliegen an die Scheibe gebumst. »Kempowski, unterstützen Sie mich.«

Und nach dem Hauen: »Jija-jija« gesagt.
Und dann beim Kröpeliner Tor auf die Postkutsche geklettert, vorn auf dem Kutschbock gesessen und kurz vor der Post wieder abgesprungen.
Dienstmann Plückhahn geärgert, und Schindobbri. Der war irgendwie aus dem Osten. Schindobbri, das müsse soviel heißen wie »Guten Tag«, Russisch oder was.
Rote Mütze mit gestanztem Messing: DIENSTMANN.

Ob ich jetzt Appetit auf eine Zigarette hätte? Ob mir das schmecken würde?
»Aber Karl, er ist doch erst 15!«
»Na, einmal muß er ja anfangen.« Dieser schöne Kopf, und das Haar. Ob ich ihm davon nicht ein bißchen abgeben könnte? Das wär ja wie so ein Künstler.
Und ob ich nicht noch einmal »Neutland« sagen wollte? Wie damals? Wie sei das immer niedlich gewesen.
Jurist müßte ich werden, dann könnte ich all die juristischen Fragen klären, die auf einen dann zukämen. Robert in Stettin oder Lübeck, Sörensen in Kopenhagen und ich hier in Rostock, in der Zentrale.
Finanziell durchaus drin.
Er säße dann vorn, und ich könnte den Glaskasten nehmen, bis sich das so rentiert. »Kempowski & Co.« Oder lieber doch den alten Firmennamen behalten? Otto Manger? Der war schließlich eingeführt?
Tradition wär auch nicht zu verachten?
Otto Manger, den Namen kannten sie ja alle, der war ja Kapital.

Nach dem Essen Rollgriff?
Im Wohnzimmer gab es Muckefuck und Kuchenbrot. Die letzten Risse und Schründen. Wenn man sich Marmelade draufstrich, schmeckte das gar nicht so übel. Man konnte es auch mit Quark anmachen.
Mal das Meißner Weinlaub rausholen, das hatte man viel zu selten benutzt.

Vorsicht, die Kanne nicht anschlagen! (Daß die Deckel immer fallen müssen! »Platsch«, lagen sie in der Tasse.) Und das schöne Silber. Perlmuster, dafür hatte Großmutter noch gesorgt. Das war ein ziemlicher Wert. Ordentlich schwer in der Hand. 800 oder mehr.
Mit dem Messer auf die Gabel schneiden: nicht auszuhalten. Das gehe einem durch Mark und Pfennig. Früher, die Schiefertafeln, ekelhaft.
Oder Wolle anfassen. Auch nicht jedermanns Geschmack. »Uh!« Wenn man nur daran denke, liefen einem die Gräsen über den Buckel.

Im Radio: Emmi Goedel-Dreysing mit ihrem Kinderchor.
»Sofort abdrehen, diese Pinkelmusik!!«
Nicht auszuhalten. Unerträglich.
Scheiße mit Reiße! Da könne man sich ja auch gleich einen Strick nehmen. Mal neugierig, wer sich das überhaupt anhört.

Endlich Ruhe. Alles genießen. Das Bild von Konsul Discher: Alte Liebe. »Das kriegst *du* mal...« Und die Stores, wie das Licht da so durchflutet. »Oder willst du lieber das Herbstbild haben?«
Wie gemütlich! Und früher immer den schönen Topfkuchen mit ich weiß nicht wieviel Eiern drin, nicht, Getelein? 33 Eier für eine Mark!
Oder Grießflammeri in Form einer Weintraube. Jeder wollte die Beeren haben, keiner das Laub. »Kinder, das ist doch derselbe Pudding...« Aber nein, alle von den Beeren. Und wer mußte sich opfern? Mutti. Die reinste Drangtonne.
»Der Mensch übe sich in Enthaltsamkeit«, habe Onkel Schorsch gesagt und Tante Silbis übervollen Teller auf den Ofen gestellt. Geheult und mit den Füßen getrampelt. Fraß ja auch dauernd Bonbons, und nie zum Zahnarzt gegangen, panische Angst. Völlig verzogen.
Aber konnte ja manchmal reizend sein und machte so

wundervolle Handarbeiten. Jammerschade. Und diese Stimme! Alles vergammelt.

Oder Maischollen in den Monaten ohne »r«. Beim Luftsackentfernen wegkucken.
Und die kleine Fischfrau unter dem Rathaus. Ob er sich noch an die erinnere? sagte meine Mutter. »Warum bringt er auf einmal jeden Tag Fisch mit?« habe sie sich gefragt. Brachte sonst nie etwas mit. Nicht mal in der Inflation. Gebeten und gebettelt: »Karl, gleich wenn du Geld in der Hand hast, einkaufen!« Nie. Zum Verzweifeln. Auf den Knien gelegen, gefleht – aber nein.
Und das Mädchen gibt die guten Dollars weg. Kommt glückstrahlend nach Hause. »Um Gottes willen!« hingerast. Natürlich längst verschwunden.

Und dann: Stribold in die Butter getreten, »weißt du noch, Getelein?« Das war ein Vieh gewesen. Vom Balkon heruntergefallen, »nu isser dot«. Nee: steht unten vor der Tür und wedelt mit dem Schwanz.
»Anna«, habe sein Vater gesagt, »gah doch mal rut und hal mine Striekhölter ut'n Mantel!« und da habe der Hund in der Tasche gesteckt. Auf dem Pfingstmarkt gekauft.
Der gute Mann, nun auch schon 6 Jahre tot. Fliegen die Raben immer noch um den Turm. Hätte sich das wohl auch nicht träumen lassen.

Wie es mit den Vorräten stehe? Eins komme zum andern. Siedler Reppenhagen bringe auch dieses Jahr wieder die Kartoffeln, das habe er schon zugesagt. Eventuell die doppelte Menge.
50 Pfund Bohnen eingemacht und eine ganze Menge Wurzeln. Sie habe sogar Schwarzwurzeln aufgesprochen, die schmeckten wie Spargel. Warum man die wohl früher nicht gegessen hatte. Sich mal merken!
Tadellöser & Wolff! – Lieber zuviel als zuwenig einmachen. Man müsse jetzt sehr auf dem Qui vive sein. Haupt-

sache: nicht abbrennen. Äußerste Vorsicht. Womöglich bei fremden Menschen herumsitzen! Und immer schön in den Keller gehn. Ganz gut, daß Rostock schon so kaputt sei, da kämen sie bestimmt nicht mehr, das wäre ja 'ne reine Verschwendung. Berlin, Leipzig oder meinswegen das Ruhrgebiet, aber doch nicht Rostock.
»Wir haben das dicke Ende hinter uns«, habe Dr. Krause gesagt. »Je eher da 'ran, je eher da von.«

Vielleicht noch eine Fuhre Holzabschnitte kaufen, von Dahlbusch? Mal anwecken, wie es dem überhaupt geht. Das waren noch Zeiten gewesen. Dem Gott sei Dank die Hypotheken nicht gekündigt und immer Zinsen gezahlt. Das würde der sich gemerkt haben, das werde sich schnell zeigen.
Dahlbusch – Schublhad.
Oh, wie hatte man immer gelacht! Wie der das Wandern kriegte! Bei Kröhls! Plötzlich, mitten in der Gesellschaft aufgestanden: »Ich geh jetzt nach Bad Kleinen.«
Zuviel Kraft.
Der hatte ja auch die falsche Frau, die schlief immer ein.
Und Frau Dr. Jäger... »Ich möcht' so gern ein Blatt an diesem Baume sein?«
»Und denn kommt 'ne Ziege und frißt Sie ab.«

> Der Architekt jedoch entfloh
> nach Afri- od Amerigo.

Völlig überspönig.
Beim Staubsaugen Nietzsche gelesen. Isses nun zu fassen? Das heiße übrigens gar nicht Zarathustra, sondern Zoroaster. Irgend so eine Feuersekte. Die hätten so Türme des Schweigens, oder so.

Und die gemeinsamen Touren?
Immer so schön, die Rostocker Heide, nein, wie war das schön gewesen.
Die großen Bäume. Und Walterli hatte gefragt: Gibt es hier Wildschweine? Sich die Bäume angekuckt, auf welchen er notfalls klettern will.

Und auf dem Rückweg die Leute in den Dörfern: »Mit de Pierd will Se noch na Rostock?« Geglotzt und mit dem Kopf geschüttelt.

Wie damals Hitler durch Rostock fuhr, und Mussolini, 1936. Zum Herbstmanöver.
»Abessini! Abessini!« hatte Walterli gerufen, der kleine Peterpump.
Und bei Hitler? Eisige Stille. Hinter hochgezogener Scheibe. Merkwürdig. Nur so dagestanden, eisern. Rostock habe er ja auf dem Strich. Bei einer Rede, in der Systemzeit, da seien plötzlich Flugblätter gefallen: »Alles Quatsch« oder so was. Das habe er nie vergessen können. Nachtragend.
Aber der Anschluß Österreichs. Das mußte man ihm lassen.

Und die Sudetendeutschen? »Wi hollet ut.«

Und in Wandsbek die Kommunisten. Ratsch! Einfach ins Fenster geschossen, wo sich Licht zeigte, einfach ins Fenster geschossen.
Alle Häuser so gesprenkelt.
»O Kinder, nee, watt hat man all erlewt.«

Spazierengehen. »Kommst du mit, Junge?«
(Die geliebte Vaterstadt.)
Da war ja tatsächlich noch der häßliche Uhu bei Töpfer Wernicke. Den wollte Roberding doch immer noch mal kaufen und kaputtschmeißen?
Von der Friedrich-Franz-Straße stehe ja bald gar nichts mehr. Später Anlagen daraus machen, das wäre das einzig richtige. Den Rest auch noch wegreißen, einebnen und Anlagen daraus machen.

Auf dem Wall Splittergräben. Die ganzen Bäume in Dutt.

Und keine Kinder! Wo waren bloß all die Kinder? Merkwürdig.
Hier hatten doch früher immer die Kindermädchen gesessen ... Enten gefüttert.
Und da drüben, neben der Pinkelbude, das Bronzemädchen, das aus der Muschel trank, wo das dann so überläuft. Auch weg.
Wohl reingenommen, was?
Früher immer Lampionfeste und überall getanzt.
Alles illuminiert. Sich verloren und dann einem Wildfremden ins Gesicht gepüschelt.

In der Postbaracke gab es gerade Sondermarken: Goldschmiedekunst, dunkelgrün und dunkelbraunkarmin.
»Würde es dir eine Freude machen, wenn ich dir die kaufte?« DFUTSCHES REICH, Germania-Kopfmarke, Fehldruck, die mußte auch noch irgendwo sein, die hatte man doch mal gehabt. Und Altdeutschland – wahnsinnig wertvoll.

»Sind Se Schlisser?« hatte ein Mann gefragt, in früheren Jahren, sonntags, als er seine Post holen wollte. Ob er Schlosser sei. Nein, *natürlich* nicht. Rasend komisch: »Sind Sie Schlisser?« Ein Sachse oder was, mit Hasenscharte und Wolfsrachen.
Und der Schuster hatte auf die Rechnungen geschrieben: Herrn Dr. Kempowski.
Ein anderer blödsinnigerweise: An den Arbeitsmann Kempowski. Wohl verrückt geworden.

Das Kriegerdenkmal, Pingel-Topp. Das stand ja auch noch. Und den Blücher hatten sie eingemauert. Immerhinque, lobenswert. Und die Marienkirche heil, die hatte schon so allerhand gesehn.
Am Südportal die Sonnenuhr. Mal sehn, ob's stimmt. Gold gab ich für Eisen. Äch, 'ne Wolke. Typisch.

Dauernd mußte er grüßen, jeder Pimpf machte seine Ehrenbezeugung. Und bloß nicht mehr an die Mütze tippen! Jetzt galt nur noch der Deutsche Gruß. In der ganzen Welt tippten sich die Militärs an die Mütze, nur in der deutschen Wehrmacht nicht.

In der Blutstraße waren die Schaufenster vernagelt, nur so lütte Gucklöcher und nichts drinnen. Schnürsenkel aus Schafsdarm, Füßlinge für Strümpfe, wenn sie sich nicht mehr stopfen ließen. Lederplättchen für Schuhsohlen.

Denke dran bei jedem Schritt,
deine Sohlen schützt Soltit.

Und alles vollgeschmiert:

VOLK ANS GEWEHR

Das ging ja nie wieder ab. An jeder Mauer:

NIEDER MIT DEN VERRÄTERN
KAMPF BIS ZUM ENDSIEG

Banausenpack. Die ganze Stadt verschandelt.

In der Brunnengräber-Apotheke Inspirol und Sparta-Creme kaufen. Unter dem Ladentisch, eigentlich nicht mehr da. Und für mich ein Tütchen Süßholz zum Kauen.
Ah! da kam ja Herr von Brenning. Schön! Gesicht wie ein alter Eber, Hutkrempe vorn hoch.
Auf dem Schießstand immer mit Zwirnhandschuhen geschossen. 12 – 12 – 12!
Von Brenning faßte die Taschenlampe an, die mein Vater am Mantelknopf trug.
»Hatter Kempowske 'n neuen Orden jekriegt? Mit rot und jrün?« Ich sollte man schon weitergehn, mein Vater komme gleich nach.

Vier Tage noch.
Eine Riesenkiste voller Wäsche. Grau gestrichen. EIGENTUM KEMPOWSKI drauf. Alles wegschicken, aufs Land, damit es nicht auf den letzten Drücker noch verlorengeht.

Die Möbel in eine Liste eintragen. »Mein Hab und mein Gut.«
Alles ganz genau. Antiquitätenhändler West würde das bestätigen. 16 Stühle, mit denen hatte man geheiratet. Und das Kristall.

Im Frieden eine echte Brücke kaufen, quer zwischen Eßzimmer und Wohnzimmer. Von einem Teppich zum andern. Die fehlte noch. Da spielte Geld dann keine Rolle. Erst mal den Krieg gewinnen, dann würde sich alles weitere finden.
Die Lampen waren in Ordning. Die würde man jederzeit wieder nehmen. Das bereue man nicht.
»Was macht meine Haut?«

Mein Vater ging dauernd im Zimmer herum, und meine Mutter überlegte, wann sie endlich die große Wäsche würde machen können. Das stand ihr so bevor.
(»Sieht sie nicht aus wie eine Gräfin?«)
Das Klavier nicht anrühren. Frühlingsrauschen von Sinding – aus und vorbei.
Aber vielleicht mal in den Bücherschrank kucken? Der roch ja noch immer nach Schokolade.
Das schöne Bruckner-Buch, hinten die Notenbeispiele geklaut. Wer die wohl hatte. Geliehen und einfach nicht zurückgegeben.

Die Rangliste des preußischen Heeres.
Hinten ein Major Krempowski drin, Ulan. Klare Sache und damit hopp. Den Daumennagel auf das »r« halten, dann stimmte das. Und hier das entzückende Buch von Strindberg: »Heiraten«. Das war ja immer so nett gewesen. Wie er da ins Lokal will und das ist geschlossen und nun weiß er gar nicht, was er machen soll, und auf diese Weise kriegt er dann eine Frau.

Zeitung lesen?
»Berlin – Rom – Tokio.« Da hatte man sich auch breitschlagen lassen. Vielleicht ganz gut, aber den italienischen Text, den mußte man ja immer mitbezahlen.
Aber tadelloses Papier und jedesmal eine große Pappe drin. Die Pappe war noch bald das Beste. Früher, der alte Rostocker Anzeiger, wie das so auf und ab ging: Bölte, wie der kam, und Michael Krüger, wie der so allmählich abnippelte. Angebot und Nachfrage. Der Schwache werde zerquetscht.
Heute standen da ja nur noch Energiesünder drin.
»Kohlenklau«, gar nicht so schlecht.

> Halt dir den Spiegel vors Gesicht:
> Bist du's oder bist du's nicht.

Die verstanden was von Propaganda. Organisieren konnten die Nazis, das mußte man ihnen lassen. Und »Pst! – Feind hört mit«. Auch nicht schlecht. Sogar auf den Streichholzschachteln drauf. Half bloß nicht viel.

Der Rundfunksprecher las mit vertrauenerweckender Stimme was von Absetzbewegungen und planmäßigen Frontbegradigungen. Und dazwischen krächzte eine ekelhafte Stimme: »Macht Hitler kalt, dann habt ihr's warm in der Stube!« So in das Ruhige, Maßvolle hinein.
Das wäre früher nicht möglich gewesen. Wo saßen diese Leute? Vielleicht bei Schlachter Timm, auf dem Dachboden? – Wenn man diese Stimme so hörte ... Bloß nicht aufgeben! Da mußte doch noch was zu machen sein.
Schrie so heiser und widerlich. Und lachte noch so hämisch. Der war ja direkt schadenfroh, als ob er sich freute über all die Toten. Die könnten doch ein bißchen sympathischer sein, dann würde man ja mit sich reden lassen.
Wo Leutnant Maurer jetzt wohl steckte?

Um 10 Uhr »fumpzig« ging der Zug.

> Dies war, spricht Korf, ein unerhörtes Erlebnis ...

10 Uhr »fumpzig«. Komisch, warum nicht 10 Uhr neunundvierzig?

Ich mußte meinem Vater die Stiefel putzen. Staub sei der Feind des Leders.
Das weiße Uniform-Jackett hierlassen und den »Brieföffner«, den Offiziersdolch.
»Wie du siehst, bin ich gleich fertig.«

Vielleicht noch ein Bild von Urselchen einstecken?
Damals im Harz, wie sie da auf der Wiese Blumen pflückt. Eigentlich die schönste Zeit.
Und von Robert das, wo er so nett kuckt, der gute Junge.
Und von Walterli das lütte, das mit dem Tornister, lacht so freundlich, noch mit dem ollen kratzigen Mantel, und hinten die Hahnschen Häuser. Alle abgebrannt...

Der Kasten mit der Pfeilring-Seife war noch immer nicht angebrochen. 1 Stück mitgeben?
»Ach, laß die man hier.« Die Schwimmseife war ja auch nicht schlecht. RIF.
So oder so kaputt.

Mit einem Handwagen transportierte ich den Koffer zum Bahnhof. Aber aufpassen, wenn ein Auto kommt. Anhalten und auf den Bürgersteig.

Bahnsteigkarte aus dem Automaten, 10 Pfennig.
Mein Vater im strammen Mantel, Wildlederhandschuhe. Das rote Gesicht mit den dicken Brillengläsern. Im linken Ärmelaufschlag das Klopapier, im rechten der Fahrbefehl.
Schnell hinter dem Knipserhäuschen verstecken! Da kam ja Dr. Heuer. Das hätte noch gefehlt. Was hatte der hier jetzt zu suchen?
(»Nehmen Sie mich mit, Herr Kempowski!«)

Und meine Mutter den Velourshut auf, mit der nachgemachten Taube, und vor dem Gesicht das Hutnetz mit den Wattebäuschchen.
Wenn er nun mal falle, ob man da einen extra Gedenkgottesdienst halten solle, was meine er? Eine Art Andacht? Wie manche das machten?

Er habe ein bißchen Manschetten. Alles so düster und wenig hoffnungsfroh. Aber, wir sollten sehn, das entwickle sich alles historisch. »Treckt sich all na'n Liev.«

Wo Tränen fließen, kann nichts gelingen,
wer schaffen will, muß fröhlich sein.

Überall werde mit Wasser gekocht. Zuerst malt man sich das so aus, und nachher ist es halb so schlimm.

Unterm Waggon kam Dampf heraus.
»Paß auf dich auf, hörst du?« sagte meine Mutter.
Jaja, so isses wohl.
»Und sieh dich vor, versprichst du mir das?«
Greulich und abscheulich.

Einsteigen. Oben am Fenster: »Hm.«
»Und sei vorsichtig, Karl ...«
Jija-jija. »Wi hollet ut.«

Bei Tisch weinte meine Mutter plötzlich laut auf, das war wie ein tiefes Atemholen, schlug sich die Serviette vors Gesicht. Und den ganzen Nachmittag wusch sie Wäsche.
Einen gesünderen Menschen als ihn gäb es ja überhaupt nicht, sagte sie am Abend. Und immer dies Korrekte.

32

Pflichtdienst im Herbst 1944.

Lumpen, Knochen, Eisen und Papier,
ausgeschlagene Zähne sammeln wir ...

Das sangen wir mit Eckhoff an jeder Straßenecke, und dann gingen wir in die Häuser hinein und fragten nach Altmaterial. Arthur Milchsack, Steuerbevollmächtigter, eine Marmorrinne als Treppengeländer.

An der Hundertmännerbrücke, Mutén, der schwedische Lektor, der war kalkweiß, als er uns öffnete. Der dachte wohl, es gehe mit Pogromen los. Vielleicht hatten wir ihn auch im Mittagsschlaf gestört: Er trug eine Art Hausmantel. All seine Sachen habe er schon in Sverige, sagte er, leider, es tue ihm leid. Kein Altmaterial.
Und bald fahre er auch hinüber. Nichts zu machen! Aus!
»Mange tak for ingenting«, sagte ich, und die Pimpfe waren stolz: Deutsche Hitlerjungen können auch fremde Sprachen.

Frau Dr. von Eschersleben, eine ältliche Studienrätin, die ein schwarzes Band um den Hals trug, damit ihr faltiges Geschlinge nicht gar zu sehr herunterhinge, gab uns Pakken alter Zeitungen.
»Die Woche«, mit Großadmiral Raeder auf dem Titelblatt, und die »Berliner Illustrirte« mit »Das Fanal von Stalingrad«; da war das Titelblatt geteilt: Paulus und Seydlitz, die Verteidiger. Von denen hatten sie wohl kein gemeinsames Foto.

Eine Uhr pingelte unter dem Glassturz. Diana einen Hirsch erlegend. Warum *ich* denn in Zivil gekommen sei? Oh, ach, in Hamburg.

Die Bomben, die Bomben.
Wie ich denn hieße? Ach? Da sei ich wohl ein Sohn von Körling? Und sie griff in den Bücherschrank, der »Ölsucher von Duala«, hielt das Buch einen Augenblick gegen ihren Busen, wobei die goldenen Armreife klinkerten, und sagte, sie wolle mir hier ein Buch schenken, ein besonderes Buch! Wenn ich es ausgelesen und verstanden hätte, so ganz mit meinem ganzen Herzen, dann sollte ich es weitergeben, einem guten Freund oder einem Studenten, wie es gerade komme. Von Hand zu Hand könne es gehen, vielleicht lande es dann eines Tages wieder bei ihr, hihi!
Und sie blätterte sich noch ein letztes Mal hindurch. Mit ihren faltigen Fingern, Ringe mit altfarbenen Steinen. Dann gab sie es mir.

Im Keller der Schule wurde das Altmaterial gewogen. Da stieß man sich den Kopf an Heizungsrohren.
Musiklehrer Schulze hatte das unter sich, »schäm dich, setz dich, pfui!«, für Lumpen gab es 5 Punkte, für Eisen einen.

> Iß was gar ist,
> trink was klar ist,
> sprich was wahr ist.

Durch den unteren Teil der Brille schaute er auf die Zunge der Dezimalwaage. Der ganze Nachmittag im Eimer. Und grade heute! Nie hatte man seine Ruhe. »Nicht so drängeln, sonst funk' ich mal dazwischen.« (»Kotz Mohren Element!«)

Dr. Krause hatte mir eine Wagenladung gebrauchter Kronkorken angeboten. Sicherheitshalber brachte ich erst einmal einen als Muster mit.
Schulze knispelte an der Korkeinlage herum. Wie solle man die herauskriegen? Ob ich ihm das bitte mal sagen könnte? Vielleicht solle er das tun, was? Einzeln mit dem Messer rauspulen! Ich wollte bloß Sieger werden, das werde ihm in diesem Augenblick klar, auf billige Art

Sieger. Und: »Ruhe dahinten! Wer klopft da eigentlich dauernd?«
»Der Klopfgeist!« rief Struck oder Stuhr und bezog dafür Maulschellen.

Die Punktsieger kriegten Bücher.
Mölders: »Mein Fliegerleben«. Der war inzwischen auch schon tot. In der Klasse fand die Siegerehrung statt, denn die Turnhalle war mit Hausrat von Obdachlosen vollgestopft.
»... Und deshalb bin ich stolz auf euch, Jungs«, sagte der zerknitterte Direktor, »daß ihr euch so ins Zeug gelegen habt, angelegen sein habt lassen ...«

In Physik behandelte er die Frage, wie man an einer Radspur erkennen kann, ob der Fahrer vor oder zurück gefahren ist. Und: Warum sich die Teeblätter beim Umrühren alle in der Mitte sammeln? So schöner goldbrauner echter Tee, vielleicht wüßten wir das noch, mit Zucker drin und Sahne ... Warum die Blätter sich in der Mitte sammelten, sie müßten doch eigentlich nach außen geschleudert werden.

Unechte Steine könne der Laie am sichersten an der unedlen Fassung ausmachen.

Von Klassenarbeiten lenkte man ihn ab, wenn man um eine Darstellung der Schlacht bei Tannenberg bat: wie sie da von hinten kommen und die dünne Kette, die den ganzen Druck aushalten muß. (Beim Schießen immer mal hierhin laufen mit dem Gewehr und mal dorthin, dann denken sie: was liegt da für eine Masse Soldaten!) Das erzählte er immer wieder gerne.

Von der nächsten Wunderwaffe kriege auch Amerika was ab, das dürfe er ganz offiziell sagen.

Anderer Pflichtdienst: Kartoffelsammeln in Parkentin. Halbgebückt hinter der Maschine herlaufen, die Kartoffeln aus der Matsche herausklauben und der Größe nach in verschiedene Körbe werfen.
Wenn man nicht schnell genug grabbelte, kam die Maschine zurück und holte einen ein. Und der wütende Bauer mußte stoppen, sonst hätte er seine eigenen Kartoffeln wieder zugeschüttet.

Mich stellte der Bauer zur Rede, weil ich meine Handschuhe anbehalten hatte. Kartoffelsammeln mit Handschuhen, so was gäb es ja gar nicht. So was habe er noch nie gesehn.
Für meine Laufbahn als Pianist, die ich einzuschlagen gedächte, sei Kartoffelsammeln Gift, sagte ich. Da setzte ich meine Hände ja monatelang außer Gefecht.

Manfred hatte sich einen Nagelstock gemacht, wie die Papiersammler haben. Er spießte die Kartoffeln auf und streifte sie mit zwei Fingern ab in einen Korb. Tat dabei sehr etepetete.
Andere trat er wie schädliche Käfer in die Erde.
Mir empfahl er für das nächste Mal eine hölzerne Gurkenzange. Die Kartoffeln einzeln mit der Gurkenzange packen und in den Korb werfen.

Mit Liesing fuhren wir zum Bucheckernsammeln in den Wald. Wir fanden eine Stelle, wo gerade welche ausgesät worden waren. Da brauchte man nicht lange zu suchen, da konnte man sie einfach in der Furche zusammenkehren. Das schaffte.
Der gute alte deutsche Wald, sagte Liesing.
Dann gab er mit weitausladenden Bewegungen Anweisungen und verschwand.

Am Tage der Invasion hatte Liesing laut gelacht und sich die Hände gerieben. Die Amerikaner seien im Seine-

Gebiet gelandet. Endlich hätten wir sie am Kanthaken und könnten sie vernichten. Die wären aber dumm! Kämen über das Wasser daher, uns direkt in die Arme. Da sollten sie man immer mehr schicken, wie in so einen Ofen, die würden wir schon zerfeuern, bis daß das Eisen rot glühe!
Lange hatten wir auf der Karte ein französisches »Seen«-Gebiet gesucht, das konnten wir nirgends finden.

Während wir unsere Beutel mit Bucheckern füllten, kam ein Forstbeamter des Wegs, mit seinem Hund. Er rauchte eine lange Pfeife. »Man kann nicht allenthalben sammeln«, sagte er. Hier seien ja grade Bucheckern ausgesät worden, das wär dann ja ein Faß ohne Boden.
Weil er so stark mecklenburgisch sprach und so blöd »allenthalben« sagte, rief einer: »Halt's Maul, alte Sau.«
Da ging er weg und kehrte nach einer Viertelstunde mit zwei Ostarbeitern zurück, die flötend an langen Stöcken schnitzten. Unter seiner taktischen Leitung rückten sie bedächtig gegen uns vor, schlugen prüfend in die Luft, daß es pfiff. Ja, es würde gehn. Nun, wo fangen wir an? Wen zuerst?
Wir machten dem Manne klar, daß er deutsche Pimpfe doch nicht von slawischen Untermenschen schlagen lassen könne! Er solle bedenken, was er da tue!
Und das sah er ein.

Rückweg zu Fuß. Das war Abhärtung und Entlastung des Verkehrsnetzes zugleich. (Der leere Zug begegnete uns später.)
An der Warnow entlang; Liesing auf dem Fahrrad hinterher.
»Genießen!« rief er ab und zu. Wir sollten die Landschaft genießen. *Die* könnten sie uns *nicht* wegnehmen, *die* nicht.
In New York gäbe es einen Hundefriedhof! Das sollten wir uns mal vorstellen.

Der schwarze Fluß floß ohne Bewegung rasch dahin.
Dicker Krahl fußballte eine Konservenbüchse hinein; sein Schuh flog hinterher. Da schmiß er den andern Schuh auch noch hinein und lief auf Strümpfen.
Liesing lehnte das Fahrrad an eine Weide und sagte: »Komm mal her!«
Den Fluß verunreinigt und wertvolles Schuhwerk vergeudet. Patsch! patsch! patsch! Drei Ohrfeigen. Was er sich dabei gedacht habe? He? (den Unterkiefer vorgeschoben), Kneifirol. Na? sei das gut? Ja? und denn noch mal patsch! patsch! patsch, unter Zuhilfenahme des Handrückens. Das werde er wohl nicht wiedertun, was? da habe er nun wohl ein für allemal genug. Hier Schuhe ins Wasser zu schmeißen.

Klaus Bismarck Stüwe warf mir Kletten ins Haar.
Ich hatte mir geschworen, ruhig zu bleiben. So lästig es auch war, ich polkte mir die Kletten immer wieder heraus. Der Stüwe drückte mir aber schließlich eine Handvoll auf den Kopf. Dafür stieß ich ihn dann in einen Brennesselgraben.
»Oi! ei! oi!« schrie er und drehte sich so richtig schön herum, mit seinen blanken Beinen.

Er wolle mir meinen Gashahn auf Sparflamme drehn, sagte Stüwe zu seinen Freunden und versuchte eine Art Klassenkeile zu organisieren. Aber ich hatte auch meine Freunde. Dicker Krahl, Klaus Greif und Manfred, der nicht von meiner Seite wich.

Ob auch Disteln im Graben gewesen wären? wollte Manfred wissen.
Oder vielleicht Heckenrosen? Er könne sich vorstellen, wie das brenne.
Da hätten noch ein paar zerbrochene Flaschen liegen müssen! Oder eine Mistforke. Richtig aufspießen wie bei Wilhelm Busch, daß man die vier Löcher sieht.

In Indien, das habe er grade gelesen, da rösteten sie lebendige Hunde. Stopften sie zuerst voll Reis, den Bauch wie eine Trommel, und rösteten sie auf einem Bambusrost. Lebendig! Das müsse man sich mal vorstellen. Der Forscher, der das beschrieben habe, sei durch das Jaulen angelockt worden und habe gedacht: Was machen die denn da.

Irgendwann kriegte meine Mutter dann einen Gutschein zugeschickt über 1 Pfund Margarine. Das war für meine fleißige Mitarbeit beim Bucheckernsammeln. Und einen Bezugsschein über 1 Zentner Kartoffeln.
»Fein, mein Jung'. Wieviel haben denn die andern gesammelt?«

Beim nächsten Dienst mußte Klaus Bismarck Stüwe sich zum Stehpult bücken. Eckhoff klappte seine Meldetasche auf, nahm Papier und einen der sechs Bleistifte: Nein, nun gehe es nicht mehr, nun komme der Kempowski zur Linien-HJ. – Eben mal eine Überweisung schreiben. Kommt dauernd nicht zum Dienst, trägt unmilitärischen Haarschnitt, sitzt bei Café Herbst und ißt Schaumspeise, geht vermutlich auch ins Kino über 18. Schluß, Feierabend.
Als alles notiert war, kam Stüwe wieder hoch, mit rotem Kopf. Er tänzelte vor Freude. »Uh! Da werden sie dir den Arsch aufreißen!«
Und er tänzelte zu den andern und erzählte es ihnen, und die freuten sich auch alle sehr. Jetzt reißen sie dem Kempowski den Arsch auf. Wunderbar.

Bei der Linien-HJ hatten wir nur abends Dienst. Am Ulmenmarkt war Antreten, da, wo wir in Treppenhäusern Luftschutzeimer umgeschmissen hatten.

> Wenn die bunten Fahnen wehen,
> geht die Fahrt wohl über's Meer.

Mit Schlosserlehrlingen zusammen und Jungen aus der Werftgegend.

Woll'n wir ferne Lande sehen,
fällt der Abschied uns nicht schwer!

Wann ich aus der Spalte gekrochen sei, wurde ich gefragt. Damit war mein Geburtsdatum gemeint.
Ich säh ja aus wie ein Weib. Meine Lippen so rot, ob ich die geschminkt hätte? Und Wasserwelle, wie?

Mit andern wurde ich zu einem Friseur geschickt, der extra abends geöffnet hatte. Der putzte vermutlich schon den Spiegel und stellte die Stühle richtig hin. Kochpottschnitt wie vor Ypern oder St. Quentin.
Ein Kameradschaftsführer begleitete uns, so eine Art Bewacher. Der ging vorneweg.

Beim Alten Friedhof, da, wo die französischen Kriegsgefangenen von 70/71 lagen, stellte ich mich hinter eine Linde und ließ die andern weitergehen.
Als sie außer Sichtweite waren, ging ich über den Friedhof mach Hause.

In Mausoleen reinkucken, weiße Särge übereinandergestapelt mit Holzstückchen dazwischen, damit sie nicht faulen. Muß Luft dazwischenstreichen können.
Ein Riesentrichter, den hatte ein Düsenflugzeug gerissen. Der Pilot, so erzählte Manfred, habe noch versucht, die Kuppel abzuwerfen, das habe man richtig sehen können.

Hier irgendwo mußte auch das Grab der Urgroßmutter sein, schwarzer, polierter Granit mit goldenen Buchstaben. Die war nicht ganz richtig gewesen, war im Nachthemd erschienen, unter den Gästen, war auf den Tisch gestiegen, die Petroleum-Lampe in der Hand, und hatte Kinderlieder gesungen. In der Jugend zu viel gehungert, wurde gesagt, davon sei das gekommen. Englisch und Französisch gelernt, aber nicht genug zu essen gekriegt.

Zu Hause sah ich in den Spiegel. Die Seitenlocken setzten zur dritten Welle an, kamen grade wieder ’rum: Prinz Walther von Aquitanien. Das wär ja jammerschade gewesen. Die hätten sich ja nach vorne gebogen, wenn die abgeschnitten worden wären, wie hätte das denn ausgesehen!

Meine Mutter sagte: »O Gott, Junge, einfach weggegangen? Wenn das man gut geht.« Man solle diese Leute nicht herausfordern, die säßen am längeren Hebel.

Zum nächsten Dienst wurde ich abgeholt. Ich war noch niemals abgeholt worden, das war ein ungewöhnliches Ereignis.

Ich hatte mir schon eine Entschuldigung ausgedacht: immer diese Magenschmerzen ... Wollte schon telefonieren: es gehe beim besten Willen nicht ... – Da klingelte es an der Tür.
Das ist ein Fremder, dachte ich gleich, der klingelte eine Idee zu lange und fummelte an der Milchkappe herum.
»Walter? Hier ist jemand für dich!«
Kossmann, Vater Tischler, Werftgegend.
»Heil Hitler!«
Aufgestanden: »Heil Hitler!« einen Puschen in der Eile nur angekriegt. Händedruck, kräftig, ja nicht: dem da!, nach hinten zeigen oder Friseur-Griff.
Er wolle mich zum Dienst abholen, sagte er lispelnd.
»Wie nett von dir«, sagte ich, »wie nett, daß du mich abholst.«
In einer neuen Einheit sei man so fremd und einsam, kenne keinen, suche Kameraden, mit denen man vielleicht auch außerhalb des Dienstes ... »Wirklich nett von dir, daß du dir diesen Umweg machst.«
Übrigens, die Schallplatte, die ich da grade aufgelegt hätte, das sei eine Piece von Chick Webb: völlig verkrüppelt. Art Tatum blind, und Artie Shaw kriege es fertig, eine ganze Nacht klassisch zu spielen.

Ob er noch eine Platte hören wolle?
»Nee, wir müssen nun los.«

Auf dem Flur die Schießscheibe meines Vaters, wo er mal eine 12 geschossen hatte und ein Stahlhelm-Relief aus Leichtmetall, auf schwarzes Holz genietet.
Und hier der Säbel, mit Blutrinne. Die Pickelhaube dürfe er mal aufsetzen: »Siehst du!« die passe einem gar nicht mehr, früher hätten die Leute viel kleinere Köpfe gehabt, am Helm könne man das sehn.
»Nee, wir müssen nun los.«
Nach Schuhcreme roch Kossmann und nach Manchesterstoff.

Schnell noch eine Stecknadel ins Revers, für die Zahnlücke hinten links.

Der Gebietsführer, Oberster aller Pimpfe, sonst nie zu sehen, las im Fürstensaal des Rathauses eine Rede ab.
Eine kleine schwarze Schnur an der Misch-Masch-Uniform von Partei und Hitlerjugend (was die sich wohl ärgerten, daß das HJ-Abzeichen so klein war!), hinter ihm die Fahnenträger der Nation und Landsknechtstrommeln mit gekreuzten Klöppeln über dem Fell.

Alle saßen unbewegt in der Reihe. Vorbeugen, um den Schuh zuzumachen, wäre schon riskant gewesen.
Und die Rede dauerte lange. Er sagte: »... und ich präge hiermit das Wort: daß, – wenn ...«
Und dann schimpfte er auf die »verdammte Familie«, die müsse zertrümmert werden. Soweit wär das 3. Reich noch nicht, daß die Familienbande, die ja auch Fesseln wären, fielen. Leider! Oh, wie würde er das begrüßen. Aber nach dem Krieg. Da sollten wir mal sehen, da würden uns noch die Augen übergehen. Da werde das Mucker- und das Duckertum im Keim erstickt und wir würden geschmiedet, daß die Funken sprühten und das rot-heiße Eisen unter

den mächtigen Schlägen die Form annähme, die der Führer sich ausgedacht habe...

> Kam'raden, die Rotfront und Reaktion erschossen,
> marschier'n im Geist
> in unsern Reihen mit.

Draußen auf dem Markt stoppte mich mein neuer Führer, der hieß Bobsin. Er redete freundlich mit mir. Ob ich nicht ein bißchen eifriger mitmachen wollte? Wie wär's? Ich sollte mal an die Soldaten denken, draußen an der Front, zwischen denen die Granaten krepierten und der Dreck hoch aufspritze, in ihrem Opfermut gegen die bolschewistische Gefahr. Oder die Bergleute, an die sollte ich auch mal denken, die Tag um Tag tiefe Löcher in das Erdreich bohrten, wie umgedrehte Kathedralen, damit die Fabriken in Stadt und Land Kohle hätten.
Oder die Bauern, mit schwerem Schritt über den fetten Boden, auch nicht so einfach.
Und wir hier im weichen Bett, von der Mutti behütet, Haferflockenbrei und Schal um den Hals und womöglich noch eine Wärmflasche, damit das Fleisch so recht verfault.
Das wäre doch nicht das Richtige, ich sollte mal selbst sagen. Hm? Was? Du? Wär das das Richtige? Wär das in Ordnung? Ja?

Und wirklich, ich war bereit, zu Hause aus der ausufernden Eßzimmerlampe 3 Birnen herauszudrehen, zwei täten es ja auch, und mich freiwillig zu melden, zum Landeinsatz, Scholle umbrechen. Ich sah mich als Essenholer Trinks von Bombentrichter zu Bombentrichter hüpfen, Brot und Kochgeschirre voll Suppe nach vorn tragen, wie ich das während meiner Scharlachzeit in den Spannenden Geschichten gelesen hatte, oder, als letzter Mann der »Köln«, auf dem Balken festgekrallt in der Nordsee schwimmen und mich ducken, wenn ein englischer Zerstörer kommt, um nur ja nicht in Gefangenschaft zu geraten.

Lever dot üs Slav!

Bobsin blickte sich um, als ob er auf etwas warte.
Ja? verspräche ich ihm das? Bestimmt? Du? Was?
Und als längst keiner mehr zu sehen war auf dem Marktplatz, da kuckte er immer noch auf die Uhr und auf das Zifferblatt der Rathausuhr, auf die arabischen Ziffern, die man gegen die römischen vertauscht hatte – war es so weit? – ja, nun war es endlich so weit, nun konnte er mich ziehen lassen.

Laut pfeifend ging ich am zerstörten Steintor vorbei, die Richard-Wagner-Straße entlang.

> Amorcito mio...

Wenn hier nun einer wohnte, der das Stück kannte, der hätte merken müssen, daß da draußen einer läuft, der es besonders gut pfeift. Der alle Feinheiten der Scheibe bis ins letzte beherrscht.

Dann über die Reiferbahn, all die schönen dicken Bäume.
Links die Nr. 17: Christel und da drüben Antje mit dem strengen Vater.

> Antje, Antje,
> hörst du nicht von ferne das Schifferklavier?

Direktor der Stadtwerke oder was. Das hatte er wohl auch nicht geahnt, daß es später so einen Schlager geben würde.

> Antje, Antje,
> das Lied soll dich grüßen von mir.

Wenn Antje mal aus dem Haus ging, kuckte gleich einer aus dem Fenster, ob ihr auch nichts passiert.
Hinter dem Haus der Schuppen mit ihrem Rad. Da klemmte sie hinten die Tasche immer drauf: Hinterrad zwischen die Beine, Bügel aufziehen, Tasche 'rauf, Bügel loslassen, klatsch.
Die ersten drei Treter im Stehen: ratsch, ratsch, ratsch, dann mit Schwung den Sattel unter den Rock: das kleine Werkzeugtäschchen...

Die Köster ging neuerdings zu steif, hatte so einen mausgrauen Skianzug aus Deckenstoff.
Und Gina Quade, sonderbar, im Bunker neulich, auch nicht mehr so gut. Mindere Sorte. Irgendwas im Gesicht – so quabbelig.

Nein, Antje war die Beste. Die konnte meinetwegen auch dumm sein, lauter Sechsen schreiben, oder Fingernägel dreckig, ganz egal.

Da drüben im Mondenschein unser Haus. Die Fassade mit den modernen Fenstern, die sich leider oder Gott sei Dank alle nur nach innen öffnen ließen. Oben auf dem Dach KRAUSE. Ich hatte mich schon mal ins A gesetzt. »Verdammter Lümmel!« da waren die Leute zu meiner Mutter gefegt. Wie isses nun zu glauben. Die Schlachtersfrau sogar, hinter der Kasse hervor.

Erste Etage statt Woldemanns jetzt die neuen Mieter, nicht sehr angenehm. (»Guten Tag.« – »Heil Hitler, mein Junge.«) Karierte Filzpantoffeln mit Blechschnalle. Lesezirkel. Die ließen immer die Wohnungstür offenstehn, damit der Mief ins Treppenhaus abzieht.

Eben wollte ich ins Haus treten, hatte schon den Schlüssel in der Hand, da stürzten 4 oder 5 Jungen aus dem Torweg heraus, Halstücher vor dem Mund. »Das isser!« riefen sie und hielten mich fest. Einer kriegte eine Schere aus der Tasche und fitzelte an meinem Haar herum. Eine Nähkastenschere, ein kleines Ding, eine Art Stickschere, mit der man vielleicht Lochstickereien machte für Kaffeedecken, im Kränzchen vom Rosenkranz.

Ich drehte den Kopf ein wenig zur Seite, immer weg von da, wo er gerade schnitt.
Keine Hilfe in Sicht? Die Schlachtersfrau? Toni Leo?
Da kam ja Matthes! – Aber der ahnte was. Huschte vorbei,

als ob es regnete, schloß die Tür hinter sich zu, einmal, zweimal, dreimal, der hatte eine Jüdin zur Frau, von dem konnte man nichts erwarten.
Im Treppenhaus schob er aber das Rollo zur Seite. Wollte teilhaftig werden, des Geschehens teilhaftig. Diese Art von Mannbarkeitsritus, wenngleich heimlich.
»Ä-Licht aus!«
Rasch wieder zu.

Weil ich mich nun so gar nicht wehrte, nur das bißchen Drehen des Kopfes, ließen sie ab von mir.

Was ist? Ist was? Hatte man einen Fehler gemacht? Alles so gut eingefädelt und nun doch kein klarer Fall?
Drüben das große Haus mit den Mondschatten, die Türstufen in fahler Leuchtfarbe ...
Lieber weg, schnell weg!

Ich bückte mich und nahm mit den Händen, so gut es ging, die Haarbüschel auf.
Klick, das Minutenlicht.
Sollte man weinen?
Oben kuckte ich in den Spiegel der roten Garderobe.
»Man bittet, man fleht«, sagte meine Mutter, »aber ihr, nein, ihr tut es nicht.«
Sie stellte im offenen Schrank die Wolffschen Telegrafenberichte ordentlich hin. Fischgifte und Giftfische, noch nie gelesen. Wischte auch die roten Lederbände »Mecklenburgs Söhne im Weltkrieg« mit dem Staubtuch ab.
Wie lange habe man nun schon gepredigt, nein, Haare bis auf den Kragen. Als ob die Seligkeit davon abhinge.
Nun hätte ich die Quittung, das müsse ich mir selbst zuschreiben. Oh, so dumm, so dumm!

Am nächsten Tag in der Schule: hähä! da standen sie schon bei Papierhändler Weinrebe. Einer lief voraus, um mich im Inneren des Kastens anzumelden: Kempowski kommt!

Über das Geländer gebeugt empfingen sie mich, Kopf an Kopf, lauter grinsende Gesichter. Andere gingen neben mir her, die Treppe hinauf, als müßten sie mich filmen.

Nicht ganz geglückt, die Aktion, was? Sieht man ja gar nicht. »Der hat ja auch geschrien«, sagte einer. Der war wohl dabeigewesen. Ich sah ihn an: Den mußte ich mir merken.

Ich ging zu Studienrat Dr. Jäger, der am Fenster stand und zusah, wie der Lokomotivführerlehrling wieder einmal zu viel Dampf abließ. Ich zeigte ihm das abgeschnittene Haar. Das entnahm ich meiner Brieftasche.

»Meine Mutter läßt schön grüßen, wenn Sie was hören sollten ...« Er hatte doch immer Bruckner gespielt, damals, als der so richtig herauskam, sich Bücher geliehn, »Ich schwöre mir ewige Jugend«, und die Touren in die Rostocker Heide, als Stribold in die Butter trat, das war doch noch so lustig gewesen. – »Ich möcht so gern ein Blatt an diesem Baume sein« ... so schöne Erinnerungen, und im Kremser nach Haus: »Mit de Pierd will'n Se noch na Rostock?« ...
Aber Dr. Jäger lachte ein unfrohes Lachen. Was! Haare abgeschnitten! So ein Streich. Ein richtiger Lausejungenstreich. Dafür hatte man doch Verständnis! Kein Kind von Traurigkeit.
Und: »Warum hotter Gerl sich denn nicht a bisserl geschickt? Wir missen doch alle sehn?«
Dann klatschte er in die Hände: 'rein, 'rein, 'rein! Es war die höchste Zeit, was stehe man denn hier noch herum?

Bei meinen Kinofreunden war ich nun ein großer Held. Ulli, grade von der Flak auf Urlaub, kuckte mich mit seinen Märchenaugen immerzu an, entnahm Schluck auf Schluck der Hustenbuddel. Gelassen stieg die Nacht ans Land.

»Zack mi seu«, damit hatte er nicht gerechnet.
Immer wieder ließ er sich alles erzählen. Wie viele es gewesen seien, und ob sie mich geschlagen hätten.
Dann bekuckte er sich in dem Spiegel, bis wo er sich was abnehmen lassen könnte, damit ihm das nicht auch passiere. Oder lieber nichts abnehmen? Oder doch?
Aber, es konnte ihm ja gar nichts passieren, er war ja schon so halbwegs beim Barras, da waren sie nicht so streng.

Da ich also noch immer mit langem Haar herumlief, und da meine Mutter sich außerdem beim Bann beschwerte – sie könne ihren Jungen ja gar nicht mehr in Ruhe zum Dienst schicken, und ihr Mann an der Front, der sei auch schon so nervös geworden (mit meinen abgeschnittenen Haaren war sie hingelaufen, in einem blauen Briefumschlag, Frau Kröhl hatte gesagt, das könne sie ruhig machen, irgendwo sei die Grenze, auch Frau Amtsgerichtsrat Warkentin hatte zugestimmt, die sonst doch immer so braun gewesen war, und Professor Knesel hatte gesagt: »Was zu weit geht, geht zu weit«) – weil sie das getan hatte, bekam ich eine Vorladung zum Bann.
»Der hat 'ne Aufforderung«, hieß es. »Kempowski hat 'ne Aufforderung ... nun isses soweit, Hammelbeine langziehen.« Der Krug sei ja auch schon ganz schön lange zu Wasser gegangen.
Und ich sagte zu meinen wenigen Kinofreunden, die noch übriggeblieben waren – die meisten waren bei der Flak –: »Ich hab' 'ne Aufforderung.« Und die sagten: »Kempowski hat 'ne Aufforderung.« – Ich sollte mal zu Ernst Papenhagen gehen, Klasse 7a, der habe auch schon mal eine Aufforderung gehabt, der könne mir sagen, wie der Hase laufe.

Noch drei Tage, noch zwei Tage, noch ein Tag. Am Morgen in der Schule noch angeschissen: »Hoter Gerl hier was ausmuldibliziert?« Ich sollte mich mal umkucken, was für

Ovationen mir meine Mitschüler spendeten (die meldeten sich, als wollten sie die Luft peitschen). Kopf geschüttelt und mit dem Knöchel auf der Logarithmentafel herumgepocht. Ich wolle doch Off'zier werden, da müsse ich mich aber beizeiten anstrengen! So gehe es nicht!

Lieber ohne Mantel zum Bann gehen und bloß keine Krawatte umbinden, obersten Hemdknopf offen. Vorher das Haar mit Wasser anklatschen, dann liegt es wie ein Helm. Noch mal schnell die Schuhe überwienern, Hände waschen, äch, Tropfen auf die Schuhe gefallen, noch mal wienern, noch mal die Hände waschen und in den Spiegel kucken: Tragik im Hause Aquitanien.
»Junge«, sagte meine Mutter, »du kommst denn gleich nach Haus und sagst mir, was gewesen ist?« (»Mein gutes Kind.«)
Dem Ohrenputzen wich ich aus.

Die Banndienststelle befand sich in einer Villa, nicht weit vom Konservatorium entfernt. Im April waren in dieser Gegend eine Menge Sprengbomben gefallen, die hatten den Bahnhof treffen sollen, alle daneben.
Bombentrichter 20 Meter tief.
Das Haus von Dr. Felgendreher war in sich zusammengeklappt, und das Dach saß wie eine Mütze obendrauf. Das Telefon hatte geklingelt, in den Trümmern: Felgendreher, der gerade auf dem Lande Urlaub machte, wollte wissen, ob was passiert sei.
Das Haus von Tante Anna (nun schon lange nicht mehr da) war ganz intakt, auch gegenüber, die Luftwaffenleitzentrale, das Gehirn. Auch das Haus meines Großvaters stand noch, oben im 1. Stock ein Blechschornstein aus dem Fenster. Wer da jetzt wohl wohnte, irgend so ein Heinkelingenieur: Leichtmetall.

Ein Schlosserlehrling fuhr vorbei. Seine Tasche rutschte vom Gepäckträger, Kneifzangen und Schraubenschlüssel tanzten über das Pflaster.

Schnell hinlaufen, nett sein, hilfreich. Bitteschön, vielen Dank, das ist aber freundlich. Och, das macht doch nichts, vielleicht fällt mir auch mal was hin und dann kommst du vielleicht grade daher …

Im Vorraum der Banndienststelle lag eine Tuba auf dem Spind. HJ-Führer machten »Schattenboxen«, eine Führerin saß auf dem Tisch. *B*ubi-*d*rück-*m*ich, wie wir sagten. Tintenflecken an der Wand und eine Tafel: Erste Hilfe. Wie man ein gebrochenes Bein mit einem Spazierstock schient, dem Ertrunkenen das Wasser aus dem Munde fließen läßt. Leiter aufs Eis legen: bei Gasvergiftung Fenster auf.

Wir, die Vorgeladenen, drängten uns zusammen.
»Weshalb bist *du* hier?« hieß es.
Im Kino gewesen, 'rumgestrolcht, geraucht.
Dienst geschwänzt.
Nach 20 Uhr noch auf der Straße.
Einer hatte die zusammengerollte Fahne unter sein Bett geschoben. Mißachtung des Fahnentuchs. Der war verlegen: daß *ihm* das gerade passieren mußte, er hatte es doch nicht so böse gemeint.

Einer kam grade heraus, einer aus der Altstadt, der stotterte. Was da drinnen los sei, wollten wir wissen.
»Door sitt een' in und sch-sch-schitt di ganz ge-ge-gewaltig an, und denn flöchst glieks wedder rut!«
»Was hast du denn gemacht?«
»Sch-sch-schiet anne Dörklink smeert …«

Der Nächste war ich.
Ein sonniges Erkerzimmer, Parkettfußboden, Stuck an der Decke. Da, wo früher ein Kronleuchter gehangen haben mochte, hing jetzt ein aus Sperrholz verfertigter Lampenschirm mit landwirtschaftlichen Emblemen.
Die Sekretärin, an ihrem Sönneken-Schreibtisch, sah

mich wütend, ja haßerfüllt an. (Eine Mercedes-Schreibmaschine mit breitem Wagen.) Kling!

Im Erker Nazi-Lühns (das war sein Spitzname), ein Stammführer. Freundlich, zuvorkommend. Mußte wohl erst wieder Kräfte sammeln.
Nun wolle man sich mal in Ruhe unterhalten, was sei das denn gewesen, was machte ich bloß für dumme Dinger! Haare immer so lang, nie zum Dienst... (»Liesel, hast du die Briefe schon fertiggemacht?«) Und hier, der Bericht: Jazzklub und im Café gesessen? Schaumspeise gegessen? Das müsse man doch nicht tun, herumlungern in so einer schweren Zeit.
»Ich? Im Café Herbst?« Da sei ich aber verblüfft, das sei wohl eine Verwechslung. Mein Bruder sehe so ähnlich aus wie ich, nur eine dickere Brille und die Haare stärker gewellt. Der sitze des öfteren dort, der sei aber schon 19, der dürfe das, sei Kraftfahrer beim Militär.
Neulich noch habe man mich auf der Straße mit ihm verwechselt. Ein Mädchen habe gesagt: »Tach, Robert!« Dann noch furchtbar gelacht deswegen.
Das lange Haar müsse ich übrigens tragen, weil ich vorn und hinten Wirbel hätte, die Seitenlocken kippten sonst nach vorn. Hier, ob er mal sehen wolle? (Ich meinte das ernst.)

Alles das hörte sich Nazi-Lühns in Ruhe an. Lächelte fast, dann aber warf er den Bleistift auf den Tisch, der klöppelte über die Platte bis an das Bild von Axmann heran.
Nun reiche es, nun sei es zappenduster! So was lebt und Schiller mußte sterben! Verdammt noch mal!! Dies verfluchte Ausländertum. Edelweißpiraten, was? Filmheini? Stenz?
Und immer gewaltiger schrie er, die Adern quollen ihm am Halse heraus. (Hatte er denn seinen Schick nicht ganz? Nie hatte ich jemanden so laut schreien hören. Er hielt sich an der Stuhllehne fest, als wolle er sich selbst am Aufspringen hindern, und schrie es an die Lampe.)

Zwischendurch ordnete er einen Moment seine Schreibutensilien. Dann ging es unvermindert weiter: Heute noch!! Das sage er mir in aller Deutlichkeit, noch heute ginge ich zum Haarschneider, sonst würde er mir den Oarsch aufreißen bis zum Stehkragen! Ausgelöscht! Im Eimer!!
Und dann plötzlich in Fistelstimme: Raus!!!

Milch holen, früher hatte ich doch immer Milch geholt, sonntags vormittags, bevor die andern sich an den Kaffeetisch setzten, wie war das immer schön gewesen. Und das geblümte Geschirr und die Brötchen. »Die Sonne geht auf!« wurde gesagt, wenn man zu spät kam, und dann suchte man seine Brötchen.

Meine Mutter mußte bei der Polizei 50 Mark entrichten, wegen Vernachlässigung der Aufsichtspflicht. Und eine Woche später kam Bescheid, ich sei zum Junggenossen degradiert. Gottlob, daß ich was gewesen war, sonst wäre ich womöglich in den Wochenendkarzer gekommen.
Das Haar würde ich mir morgen oder übermorgen kürzen lassen. Auf einen Tag komme es ja nicht an.

33

Meine »Magenschmerzen« verschlimmerten sich. Ich war nicht mehr imstande, zum Dienst zu gehen.
Als sie auch den Schulbesuch beeinträchtigten, vertraute sich meine Mutter Dr. Krause an, und der schickte mich zur Universitätsklinik.
Der Sache müsse auf den Grund gegangen werden, sagte er, langte sich das Telefon und schaltete auf Ortsnetz, da dürfe man die Zügel nicht schleifen lassen.
In seinem Betrieb zum Beispiel, früher nur Brause und Apfelsaft hergestellt, jetzt auch Brühpaste und Sauerkraut. Demnächst sogar Sirup und vielleicht Gewürzgurken.
Er habe eben zeitig gemerkt, daß man auf einem Bein nicht stehen kann, und habe das Übel gleich an der Wurzel gepackt.
(Wer habe da wieder den Kalender abzureißen vergessen und: »Fräulein Reber, die Blumen hier bitte weg.«)

In der Klinik war nichts festzustellen. »Nihil«, kerngesund. Merkwürdig, dabei sah der Junge doch immer aus wie Buttermilch und Spucke? krümmte sich und konnte urplötzlich bei Kaufmann Paeper nicht mehr weitergehn, daß noch Frau Kröhl fragte: »Ich weiß nicht, was ist mit Ihrem Jungen los . . .?«
Das versteh' wer will.
Vielleicht waren es ja die dauernden Alarme. Wenn man die Sirene schon hörte, dann wich einem ja das Blut aus dem Leib, das sackte so weg, wie wenn man ins Leere fällt. Und mitten in der Nacht; das konnte ja nicht gut sein. Übernervös. Und nun schon jahrelang.

Als ich wieder einmal mit einer Wärmflasche im Sessel saß, kam unerwarteter Besuch. Greta von Germitz – mal

eben auf'n Sprung. Ich warf die Wärmflasche in den Papierkorb: Händeschütteln. Äch, nur ihren Daumen zu fassen gekriegt. Beide gesagt: wie geht's und beide geantwortet: och gut.
(Wie richtig, daß ich noch immer nicht beim Haarschneider gewesen war! Wie hätte das denn ausgesehn, die Wirbel; hinten und vorne hoch ...)

Greta trug einen dunklen Pullover und einen Faltenrock – wie Gina Quade. Halbschuhe mit einem Latz, der die Schnürsenkel verdeckte. »Zu süß«, sagte meine Mutter, »was ist das für ein nettes Kind. Die halt dir man fest, mein Jung'.«
Sie stellte uns Kaffee hin und ging hinaus.
Und hier noch Kuchenbrot mit Marmelade und ging wieder hinaus und kam zurück: »Braucht ihr sonst noch irgend etwas?«

Wir rührten im Kaffee herum, Arzberger Veilchenmuster. Leider waren die Schwungfedern im Grammophon kaputt: Platten spielen unmöglich. (... daß Artie Shaw, wenn ihm's einfiel, eine ganze Nacht klassisch spiele ...).
Aber hier, das Verzeichnis, wie immer auf dem neuesten Stand, das konnte man sich wenigstens mal ansehen.
All die Nat-Gonella-Platten, eins, zwei, drei, vier, fünf Stück! Da fehlte jetzt nur noch der »Sweet Music Man«, den müsse sie ihrer Tante mal aus der Nase ziehn.

Sei das Gut immer noch so schön wie damals, fragte ich, und: ach, der große Park!
Den Grundriß des Hauses aufzeichnen, hinten die Treppe und hier die weiße Bank.
Steht die Blutbuche noch und das Holz im See: immer noch nicht abgeholt?
»Wie weißt du das bloß alles noch?« fragte sie. »Was du für ein Gedächtnis hast.«

Oh, das war erst der Anfang. Sogar die Möbel einzeichnen, hier, das ausgesessene Sofa, der Schreibtisch des Großvaters und daneben das Körbchen von Waldmann, dem Dackel, der damals die Staupe gehabt hatte.
Nur die Schnitterkasernen, wo hatten die eigentlich gestanden, und wie viele waren es? Die große Hecke davor ...

Dann trat Stille ein.
Das Grammophon ließ sich absolut nicht bewegen. Mit der Hand durchdrehen, dann jaulte es.
Im Radio: »Dies und das für euch zum Spaß.«

Nun, man konnte sich ja mal die Wohnung ansehn. Zeigen, wie man so lebt. Zwar 2. Stock, aber komfortabel.
Die weißen Elfenbein-Mäuse im Bücherschrank und auf dem Flur die eichene Truhe: »Die würde sich in euerm Gutshaus fein ausnehmen.«

Aber auch im Klo das Waschbecken, wo das Wasser wie ein Quell aus einem Loch gesprungen kam, die Fahne mit den WHW-Abzeichen (»das ist ja ein Vermögen«) und den emaillierten Kofferraum über der Besenkammer. Auf so was mußte man erst mal kommen!

Vom Balkon aus den Turm-Stumpf von St. Jakobi (auch bald mal wieder zum Zahnarzt gehn). Hier, eine kolorierte Postkarte: so hatte das früher ausgesehen.

Ein bißchen 'rausgehn? die Stadt ankucken?
Ich steckte mir eine dänische Zeitung in die Manteltasche, den weißen Schal ließ ich zu Hause. Das würde zu gefährlich sein. Greta setzte ihren taubengrauen Herrenhut auf den Hinterkopf, eine kleine weiße Flaumfeder daran. Am Jägermantel rot eingefaßte Eichenblätter.
»Von mir aus kann's losgehen. Ab trimot!«

Während wir uns vor dem Haus noch stritten, wer rechts und wer links gehen soll, stand plötzlich ein Mann vor uns, versperrte uns den Weg. Ein Herr, als ob er gerade vom Bezugsscheinamt käme, die zusammengelegte Aktentasche unter dem Arm.
Ich solle es nicht übelnehmen, sagte er mit zuckendem Gesicht, ich sähe seinem gefallenen Sohn so ähnlich.
Er ging weiter, kam zurück. Sein Sohn habe damals genauso ausgesehn wie ich. Er faßte mich am Ärmel.
Dann ging er, halbrückwärts, bis an die Verkaufsstelle des Mecklenburger Landfrauenverbandes, wo früher immer die Mettwürste gehangen hatten und eine Gans neben der andern, da blickte er sich noch immer um, als könne er es nicht fassen.
Wir beide bogen um die Ecke und Greta lachte. Doch als sie sah, daß ich ernst blieb, wurde sie auch ernst und da lachte ich.

Pingel-Topp, das Denkmal für die gefallenen 90er, das zeigte ich ihr nicht. (Die ausgebrannte Post hielt sie für eine Kirche.) Aber das Steintor

> Sit intra te concordia et publica felicitas

wenn auch ausgebrannt.
»Sit« sei Konjunktiv:

> Es möge sein innerhalb deiner
> Eintracht und öffentliche Glücklichkeit.

oder

> Innerhalb deiner möge sein Eintracht
> und öffentliche Glücklichkeit.

Da müsse man »Mauern« ergänzen. »Muros« heiße das.

Mein Vater habe immer gefragt, was der Unterschied zwischen dem Steintor und einer Geige sei. Die Geige habe nur eine G-Saite, das Steintor zwei.
Aber das stimmte jetzt nicht mehr, die Nazis hatten die Geh-Seiten zugemauert. Und das Barometer, das man immer mit der Faust schlug, war geklaut.

Ich hatte weitere Ansichtskarten einstecken, damit sie sehen konnte, wie die jetzt kaputten Kirchen und Giebelhäuser früher ausgesehen hatten. Alles war durch Postkarten belegt, farbig und schwarz-weiß. Da konnte nichts passieren.
Professor Krickeberg habe wenige Tage vor den Angriffen noch alles gefilmt. Komisch, nicht?
Das sei nun unersetzlich. Läge in irgendeinem Archiv. Hauptsache, daß das nicht auch noch zerstört werde.

»Und wie sah das Rathaus früher aus?« fragte Greta. »Hast du da auch ein Bild?«
Aber das war ja gar nicht kaputt, das sah ja noch so aus wie früher.

Auf dem Hopfenmarkt nicht nach links kucken: Bandagen-Frahm: Stechbecken, Nierenschalen und so weiter.
Im UNION-Theater: »Der große König«, mit Otto Gebühr. »Hätten, hätten, hätten ... Hätten die Preußen bei Kunersdorf ...« und die Generäle schwiegen betreten.

Lieber ins Metropol. Mal sehen, was es heute gibt.
»Wen die Götter lieben ...« mit Hans Holt. (Da hatte man erst lange 'rumfragen müssen wie der Spruch weiter heißt. »... den nehmen sie früh zu sich.«)
»Sie werden es mal sehr schwer haben«, sagt Mozart zu Beethoven, nachdem der ihm vorgespielt hat.
»Ja«, sagt Beethoven, »das glaub' ich auch.«
Der sterbende Mozart dirigiert vom Bett aus einen schwarzgekleideten Sängerchor.

Am Café Rundeck stand der Straßenbahngeneral. Hier roch es immer noch nach angesengtem Mehl.
Die Eins fuhr wieder einmal nicht weit genug vor. Diese holländischen Fahrer. Wie sollten da die alten Frauen in den Anhänger einsteigen?
Machten die Holländer das womöglich mit Absicht? Die wollten wohl ins Konzertlager kommen, was?

Wir fuhren zur Gewerbeschule. Ich zeigte Greta, wie man das macht, Straßenbahn fahren. Auf der hinteren Plattform stehen und vor dem Hinausspringen ein Bein rauspendeln lassen und dann so wegtänzeln. In Fahrtrichtung natürlich. Linke Hand am linken Griff. Schade, keinen Hustensaft einstecken.

Wir fuhren die Strecke noch einmal zurück, damit sie denken sollte, Hurregott, wie groß ist diese Stadt.
Aber sie sagte: »Sind wir hier nicht schon gewesen?«

Am Ulmenmarkt, im UTP, wo früher die politischen Versammlungen stattgefunden hatten, gab es »Herr Sanders lebt gefährlich«. Doller Film, schon zweimal gesehn.
Zum Hineingehen war es jetzt zu spät. Aber den Inhalt erzählen. Um eine Perlenkette geht es und um deren Imitation.
Dauernd denken sie, es ist die echte, dabei ist es die falsche. Und als sie denken, es ist die falsche, da ist es die echte. Hat sie einfach in die Hosentasche gesteckt, wedelt da so mit herum, verliert sie beinahe.
Der Film war wirklich Gutmannsdörfer.

Im November kam die Überweisung in die Pflichtgefolgschaft. »Na denn: Prost!« rief meine Mutter.
Bobsin, mein Führer in der Linien-HJ, hatte gesagt: Den krummen Hund will ich nicht mehr haben, der versaut mir meine ganze Einheit.
Die Pflichtgefolgschaft war aus Schwänzern und sogenannten Tangojünglingen neu zusammengestellt worden. Man hatte sie ursprünglich wohl Dienststrafgefolgschaft nennen wollen. Da wären dann aber lauter Eltern angerannt gekommen. »Pflichtgefolgschaft« klang neutraler. England expects every man to do his duty.
Seine Pflicht tun ... das sollten wir erst mal wieder lernen.
Die Zeit ist hart und wird noch härter werden ...

Endlich durchgreifen, Wind von vorn. Lange genug mit angekuckt.

Der erste Dienst der Pflichtgefolgschaft war an einem Sonntagmorgen, 8.30 Uhr, draußen in Barnstorf. Früher das Ziel von Ausflügen. »Heute gehen wir nach *Bernstorf*«, hatte mein Vater schließlich gesagt, weil wir nach Barnstorf nicht mehr wollten.

Um ja nicht zu spät zu kommen, fuhr ich eine halbe Stunde früher hin. Da standen schon welche neben dem vernagelten Kiosk.
Jungen in Marineuniform und welche von der Flieger-HJ. Ein Rothaariger und einer sogar mit Kinderlähmung. Etliche in Zivil. Sogenannte Schlägertypen.
Auch ein Bekannter darunter, Gert Brüning, Sohn von Bankdirektor Brüning, still und fein, die schwarze Hitler-Skimütze gerade auf dem Kopf, nicht ein bißchen schief.
Der lag auch lieber auf dem Sofa oder lötete U-Boote aus Konservenblech. Klugmannsdörfer.
Nun war er aber doch erschrocken, lächelte ratlos, Pflichtgefolgschaft? das sei ein Irrtum, sagte er, er gehöre hier gar nicht hin.
Nach dem letzten großen Angriff hatte ich bei seinen Eltern das Dach gedeckt, aus Jux, all die halbkaputten Pfannen wieder draufgelegt. Frau Brüning hatte uns noch Butterbrote durch die Dachsparren gereicht und: »O Kinder, ihr seid aber fleißig!« gerufen.

Das sei ein Irrtum, sagte Gert Brüning, das werde sich bestimmt bald klären.

Wir standen fröstelnd auf der schmalen Verkehrsinsel und warteten. Aus den Fenstern der Straßenbahn blickte schwarzgekleidetes »Friedhofsgemüse«, Tönnchen nickte mir zu. Noch im Weiterfahren stand sie in der Tür, was das denn für ein komischer Haufen ist. Und was *ich* da drin wohl zu suchen hab.

Aus der Dienstbaracke kamen Führer heraus, bestätigte und unbestätigte. Gefolgschaftsführer mit weißgrüner Affenschaukel, Hauptjungzugführer mit schwarzgrüner.
Auch kleine Leute, wild entschlossen. Aus allen möglichen Einheiten, nur astreine Figuren, mehr oder minder blond.
Eckhoff natürlich und Klaus Bismarck Stüwe.
»Da ist ja auch der schöne Kempowski...«, sagten sie. Oh, wie schön er ist! Mit seinen roten Lippen und mit den Künstlerlocken. Das ist ein Wiedersehen, was?
In der Schule hatten wir Schuhbänder mit einem Brennglas angeglüht und Bilderschecks getauscht: Ruhmesblätter deutscher Geschichte. Und bei Hannes hatte der Stüwe mal mit in die »Inquisitionskammer« gemußt, zum Vertrimmen. »Nun schrei mal tüchtig«, hatte Hannes gesagt und mit dem Stock auf dem Tisch herumgehauen.

»Antreten«, wurde gerufen.
Die Führer umschwärmten uns, damit keiner mehr wegläuft.
Sie zupften einem am Hemd und prüften den Haarschnitt.
»Schreib den hier mal auf und den. – Und du, du bist wohl'n Kommunist, was? Dich kenn' ich doch, wo hab' ich dich schon mal gesehn?«
Und zueinander gesagt: »Mensch, den kenn' ich!«

Die Namen wurden verlesen: »Hier!«
Vorn, in der zweiten Rotte stand der Brüning. »Hier!«
An den halten, wenn was war.
Wenigstens nicht allein.

Noch immer war es nicht losgegangen. Wer hatte denn nun eigentlich das Kommando?
»Soll ich oder willst du?«
»Mach du erst mal, nachher kann ich ja übernehmen.«

Dann hieß es: »Rechtsum« und »im Laufschritt marschmarsch!« Auf, in den Wald. Die Führer, einander korrigierend nebenher, mit baumelnden Fangschnüren.

Links, links, links, zwo, drei, vier,
links, links, links, zwo, drei, vier!

Zuweilen rückwärts laufend: »Du da, weiter vor!« Wie Tanzmeister auch Steine wegschleudernd, was konnten sie nicht alles noch so nebenbei.

Einer führte sein Fahrrad. Die Klingel schepperte, wenn es über eine Baumwurzel hopste. Mal lief er links vom Rad, mal rechts; er wechselte im Lauf um den Gepäckträger herum.

Ä-links, links, links, zwo, drei, vier!

Hand auf dem Sattel, ganz genau im Takt.

Auf der Thingstätte, einer amphitheatralischen Freilichtbühne, wo sonst Volkstanz stattfand oder Aufmarsch, hieß es: halt! Die granitene Bühne, wie ein Sonnenrad und drüber die Silhouette der Stadt zwischen Pappeln, extra so gemacht.

Hier hatte man im Sommer mal die »versunkene Glocke« gesehen, von Mücken bald aufgefressen. Die Mutter im Pelerinenkleid, so warm, oh so warm. »Sommer ist doch schöner wie Winter, nicht?«

Und noch so gelacht über den Kobold, der immer am Strick hangelte, und das Rautendelein so süß.

Die Führer berieten noch.

»Willst *du* oder soll ich?«

Trillerpfeife an der Schnur, äch, die Pille wieder einmal verklemmt.

»Gib mal deine Pfeife her, oh, die ist besser.«

»Hast du schon die neuen gesehn, mit Zweierpfiff? Oder die von der Marine? So zum 'rauf- und 'runterschieben?«

Gute Idee. 2.50 Mark bei Fohmann. Gleich morgen mal hin.

»Also was, willst du oder soll ich?«

Der Kippie Hook, der kann's am besten. Der lacht schon so verschmitzt. »Los, Kippie, du!«

Oh, das ist vielleicht einer!
Und die von der Marine-HJ und die Fliegergrauen und der Rothaarige und der mit der Kinderlähmung, die stießen sich auch an und lachten. Oh, oh, der Kippie! den kennen wir, der ist ein ganz Wilder. Nun mach mal hin! Nun schleif uns mal feste! Das geschieht uns ganz recht.

Kippie steckte sein Dienstbuch ein und knöpfte alle Taschen zu. Kein Knopf blieb ungeknöpft. Nur der oberste Hemdenknopf, laut Verfügung, damit Luft an den Kerl 'rankommt und Frische. Damit sich der Kerl bewegen kann.

Die silberne Schnur an der pechschwarzen Uniform und schlicht das winzige Schwimmabzeichen, das, wie jeder wußte, so wertvoll war.
Wie Adolf Hitler, der sich auch mit Orden hätte vollhängen können, wenn er es gewollt hätte. Aber nein, nur das EK I und manchmal das Parteiabzeichen drüber und manchmal auch das Verwundetenabzeichen aus dem 1. Weltkrieg. Schlicht, treu und unbeugsam.
Einmal auch mit dem Blutorden, am Parteitag.
Aber meistens nur mit EK I.

»Dienstpflichtgefolgschaft hört auf mein Kommando.«
Es fing ganz harmlos an. Linksum, rechtsum, ganze Abteilung kehrt. Eine Art Bestandsaufnahme.
Augen rechts, *die* Augen links.
Richt' euch.
»Du da, nimm deine Kackstelzen weiter vor und du, zieh deinen Arsch ein.«
Einmal rundherum gehn. Gar nicht so schlecht. Kriegen euch schon wieder hin. Hart aber gerecht.
Sollt' mal sehn, jetzt noch windschiefe Figuren ... erkennt euch nicht wieder ... wär ja gelacht.
Auch die andern Führer kuckten: klar, das biegen wir wieder hin. Eingliedern, rückführen, Reihen schließen.

Dann funktionierte irgend etwas nicht. Ein leichtes Nachklappen, eine taumelnde Bewegung. Vielleicht auch ein geflüstertes Wort. Zu sicher gefühlt?
Aha! So ein Haufen seid ihr also! Im Guten wollt ihr's nicht. Nun schön, dann könnt ihr mich mal kennenlernen.
Hände an die Hosennaht gepreßt, nun im Gesicht ganz anders, Augen auseinander, Backenmuskeln wie Stränge.
Werdet schon sehn, was ihr davon habt, schreibt euch das man selber zu.
Oh, da lachte der Kippie nicht mehr, da war er hart wie Kruppstahl, und wir mußten flink wie die Windhunde sein.

Das Hinlegen-auf, das kommandierte er rasend schnell, da brauchte man sich gar nicht erst hinzuschmeißen. Oder nicht wieder aufzustehen, wenn man erst mal lag. Man machte nur so Bücklinge, ganz beflissen.
Das diente zum Warmmachen.

Aber dann, zweiter Teil: Hüpfen. Das war schon unangenehmer und außerdem blödsinnig. Kein Vorbild im Tierreich dafür. Dies war der Menschenrasse vorbehalten, einer Ballett-Truppe wider Willen. Die Hände mit ausgestreckten Fingern in Vorhalte (»schade, daß wir keine Karabiner haben«).

Drittens: Kniebeugen; Kniebeugen in Zeiten. Da war Kippie Spezialist.
»Eins!« als ob man knickebeinig steht. »Zwo!« vorn bükken, wie ein Lohndiener, Hintern noch hoch. »Drei!« Kackstellung: man muß, aber darf nicht.

Zwischendurch: »An den Horizont, marsch-marsch!« Das sang er so. Man hörte nur: »An ... zont ... marsch!« Aber man wußte, was gemeint war.
Und: »Achtung!«, wenn wir wieder stehenbleiben sollten. Die zweite Silbe mit Akzent. Bums!

Nach einer Weile kam ein SA-Mann geschritten. Da die Stufen des Amphitheaters großzügig bemessen waren, sah es so aus, als gehe er im Paradeschritt. Zweimal zutreten pro Stufe wäre nicht gegangen: Trippelschritt. Also weit ausgreifen.
Und wir: »Achtung!« mußten alle stehen und die Führer kuckten und wir auch, wie der SA-Mann da die Stufen 'runterknallte, eine einsame Demonstration der Zackigkeit.
Es waren eine Menge Stufen und es dauerte eine Zeit, bis er heran war. Harnack hieß er und sah mit seinen dicken Brillengläsern aus wie ein bösartiger Frosch.

Er rief was und gestikulierte.
Die Führer legten die Hand hinters Ohr, »seid doch mal eben still«, scheiß Flugzeug auch grade noch.
Da, nun war es zu verstehn.
»Schleifen!« schrie er, »schleifen, daß ihnen das Wasser im Arsche kocht!«
Ja, da war man ja gerade dabei – nur zu – dann weiter also (lachten), denn man weiter im Text.

Während wir »pumpten« (Bauch durchhängen lassen, dann ist es nicht so anstrengend), kam er heran und hakte sich den Schulterriemen ab.
Oh, ich werd' euch kriegen, lachte höhnisch in sich hinein, pustete von seiner Parademarschanstrengung: »Saftladen.« »Ich werd' euch!« und dem nichtsahnenden Brüning schlug er über den Rücken.
»Au!?«
Brüning sprang auf und wich ein wenig aus. Harnack hinterher.
»Was, du wagst es?« Klatsch! wieder einen über den Pelz.
Und wir kuckten alle zu, hielten mitten im Pumpen inne.
Und die Führer kuckten auch.
Harnack holte wieder und wieder aus, aber Brüning wich schrittweise zurück, kam ins Laufen, nicht zu schnell,

damit Harnack auch nachkäme und ihn mit dem Schulterriemen immer so beinah erwischte.

Über die Rednertribüne ging der Lauf, da sah man nur die Köpfe und den schwingenden Riemen, die andere Seite wieder 'runter. Promenierende Ostarbeiterinnen ließen sich auf den obersten Bänken nieder.

Schwer atmend kamen sie zurück.
Ob er nun genug habe, fragte Harnack.
»Geht so«, sagte Brüning, und wir lachten.

Nun sollten wir alle verprügelt werden, weil wir gelacht hatten. Aber erst: Halstücher ab und Sigrune. Das hatte er sich inzwischen überlegt. Nicht dem Kleid des Führers einen Schimpf antun.
Halstuch ab, das ging. Aber wie sollte man die Sigrune abkriegen! Die war doch angenäht.
Man half sich gegenseitig mit dem Fahrtenmesser. Eine Hand an der Hosennaht.
Ich war ein wenig unschlüssig. Sollte ich die Krawatte meines Vaters abbinden? Ich war ja in Zivil.
Andere Führer berieten, ob nicht auch das Gebietsdreieck abzumachen sei. Und wieder korrigierten die Führer einander, und ihre Affenschaukeln baumelten und manche faßten lieb mit zu.
Andere suchten Stöcke, denn Schulterriemen hatten sie nicht, die waren ja eingesammelt worden für die Front.

Wir mußten in zwei Gliedern antreten und einander ansehen. Wir sollten uns selbst verprügeln. Nicht die Hände schmutzig machen, nicht vergreifen.
Ehe man sich jedoch auf Einzelheiten geeinigt hatte, kam wieder ein Abgesandter angesprungen, winkte ab. Gnade um Gnade?
Alle Ostarbeiterinnen standen auf, sie wollten auch wissen, was das soll.

»Seid mal alle still.«
Wir sollten zum Sportpalast kommen, der Bannführer sei da und wollte uns sehn.
»Woas? gerade jetzt?« Wie schade.

Am Sportpalast mußten wir wieder völlig strammstehen. Die Führer strichen um uns herum, ob sich einer bewegt. Dann kam der Bannführer: braune Jacke, schwarze Breeches.
»Heil Hitler!«
»So, das sind also die Jungs ...« sagte er und ging die Kolonne entlang. »Was steht auf dem Dienstplan?«
Ratlosigkeit. Dienstplan?
»Singen eines Liedes!« sagte einer.

Nun erst fiel dem Bannführer auf, daß wir keine Halstücher trugen. Und die Sigrunen abgetrennt? Mit dem SA-Mann zog er sich zurück.
Die Führer berieten unterdessen, wer denn nun das Lied einüben sollte. »Willst du oder soll ich?«
Erst mal die Halstücher wieder um und dann das Lied.

> Heilig Vaterland
> in Gefahren,
> deine Söhne sich
> um dich scharen ...

»Und: haltet die Schnauze von erst.«

Der Bannführer kam zurück und musterte uns. So war es besser. Die von der Marine-HJ alle auf einen Haufen, die von der Flieger-HJ auf den andern.
»Was, nur 5? Schade, wenn es 6 gewesen wären, hätte es genau zwei Rotten abgegeben.«
Zivilisten in die Mitte, der mit der Kinderlähmung gleich nach Haus.
»Kameradschaftsführer Timmer kümmert sich um die.«
Uniformteile irgendwo auftreiben. Mal überlegen. Auf

dem Dachboden vom Bann? Da mußte doch noch was liegen.
Das *konnte* denen ja auch keinen Spaß machen, so ganz ohne Kluft.

»Bist du nicht Kempowski?« fragte mich der Bannführer. Früher ein Tanzstundenfreund meines Bruders. Auch mal Platten gehört. »Komm mal mit.«
Und er ging mit mir die Kastanienallee entlang, er rechts, ich links daneben, einen halben Schritt zurück. Den Gleichschritt nur andeuten, sonst denkt er, man will sich anbiedern.

Mich habe er hier am allerwenigsten erwartet, sagte er.

In the shade of an old apple tree
where the love in your eyes I could see ...

Die Soldaten an der Front und die Feinde und mal nachdenken und nicht so dumm sein. Womöglich noch ins SS-Jugendstraflager kommen, was? So bescheuert zu sein. Lange möchte er mich nicht sehn in dem Verein. Ob ich denn gar nicht an meinen Vater dächte? Und an meinen Bruder? Was der denn mache, ulkiger Kerl, aber auch nicht begriffen, worum es jetzt geht!

Meine Augen füllten sich mit Tränen. Das waren de Bonsac-Tränen, die kamen ganz automatisch bei solchen Reden.
Na, und noch heulen, was? Ein Hitlerjunge und heulen.
Schließlich: Ich könnt wohl noch nicht mal einen Brief einstecken, was? Da sei er neugierig.
Aus der Brusttasche kramte er einen Brief und drückte ihn mir in die Hand.
»Aber geh zum Parkbahnhof, verstanden?«
Und wenn sie nicht mehr hier wären, wenn ich zurückkäme, könnte ich nach Hause gehn.
»Komm noch mal her!«
Er glaube nicht, daß sie noch hier wären.

Den Nachmittag verschlief ich. Erst gegen Abend stand ich auf. Um 8 Uhr war ein Orgelkonzert, das konnte man sich nicht entgehen lassen.
Alles ausziehen und gründlich waschen. Frische Unterwäsche anziehen; das ockerfarbene Hemd. Einen Schlips aus Vaters Schrank, noch war er nicht tot.
Neues Taschentuch nehmen, Brille putzen.
Mal auf andere Gedanken kommen.

Zu zweit am Abendbrottisch. Still im Teeglas klingeln.
Mit der Butter ein bißchen vorsichtig sein. Nächste Woche gäbe es ersatzweise Butterschmalz. Und nicht zuviel Brot essen. Ab morgen immer einen Teller Suppe vorher, das füllte. Oder Bratkartoffeln.

Hoffentlich würde die Luftlage halten. Gewöhnlich kamen die Flieger ja erst um 10. Oder schon am Nachmittag. Um 8, das wäre ungewöhnlich.

Zeitig losgehn. Die herbstliche Luft und einen guten Platz kriegen. Das zur Neige gehende Jahr, wie alles so abstirbt. Die Äste schließlich nur noch so in den Himmel geragt. Wie das Schicksal oder wie der Tod.
»Caspar David Friedrich hat das so schön gemalt«, sagte meine Mutter: »Ruine Eldena. Bäume sind ja viel größer, als man denkt.« Dasselbe, was an Zweigen über der Erde sei, das sei unter der Erde als Wurzelwerk. Sozusagen pro Ast eine Wurzel. Und das hauten die Leute ohne Bedenken ab.
(Dahlbusch auch mal wieder angehn um Feuerholz. Er hatte es ja fest vers-prochen.)
Hauten das ab, ohne zu denken, wie langsam das wächst.

Dankbar sein, daß man noch in seiner gemütlichen Wohnung sitzt. Leider ja Zentralheizung, Öfen wären jetzt praktischer.
Aber die armen Menschen, die ihre Heimat hatten verlassen müssen. Die armen, armen Menschen.

Ulla so nett geschrieben, sie säße an den Sommerkleidern, wie war man froh, daß sie da drüben war.
Und Roberding so lieb, jetzt in der Gegend von Kolberg, Groß Jestin, Kriegsgefangene bewachen. Der gute Junge. Ja auch nicht einfach.
Und Vati endlich befördert und die Spange zum EK. Das täte dem gut, glaube sie, das würde dem Auftrieb geben. Der liebte ja sein Vaterland und das gehe ihm jetzt alles so zu Herzen. »Viel zu arbeiten«, hatte er geschrieben. Was er da wohl zu arbeiten hatte? Was hatte man im Krieg zu arbeiten?

Ich ja nun böse 'reingerasselt. Was die Menschen einander so antun! So unerquicklich und widerlich. Und diese jungen Bengel – richtig ungezogen.
Frau Eckhoff selbst ganz unglücklich. Sie könne mit ihrem Jungen nichts anfangen, aber auch rein gar nichts. Außer Rand und Band. Neulich auf der Straße getroffen: »Nun sagen Sie mal, Frau Eckhoff...« Schon von ferne abgewinkt und sofort geweint. Die arme Frau.
Aber das Rad drehe sich, das komme auch mal wieder anders 'rum. Ich sollte es sehn.

Die große Marienkirche war immer noch heil.
Oben auf der Empore brannte schon Licht.
»Tritt nicht auf die Heizungsplatten, mein Jung'.«
Da war ja auch Fräulein Huß von der Universitätsbibliothek und Gunthermann: Donnerwetter, aber alt geworden. Und der junge Warkentin: zum Studium beurlaubt. Die Frontbewährung hatte geklappt. Im Februar Examen.

Es ist gewißlich an der Zeit,
daß Gottes Sohn will kommen ...

Anfangen, als wäre es nichts Besonderes. Zuerst so mit einem Finger und dann die andern Finger nach und nach dazu. Bis das immer mehr wird und man denkt: wie schafft der das bloß.

Da wird das Lachen werden teur,
wenn alles wird vergehn im Feur ...

Und immer wieder die Choralmelodie, gut zu hören, ohne weiteres auszumachen: oben drüber oder unten drunter, tief. Aha, jetzt geht es weiter, jetzt biegt sie in die Schlußrunde ein. Sieghaft und daß er siege.

So eine Ahnung: Vielleicht höre man die Orgel heute zum letzten Mal? Ob wohl bald wieder ein Angriff komme? Man war ja eigentlich mal wieder dran. Noch einmal schaffe es der Turmdiener bestimmt nicht. Der war ja auch älter geworden. Und die ganze Orgel konnte man ja nicht gut wegpacken. Vielleicht ein paar Engel abschrauben und die Sonne da oben unter dem Gewölbe.

Der blinde Organist wühlte mit beiden Händen in den Tönen herum, wie Kutscher Boldt in Hafer und Häcksel. Wie sehr die Kaskaden auch strömten, es hatte alles seine Richtigkeit.
Da, dieser Triller? Der kehrte doch bestimmt noch einmal wieder.
Wenn Vater jetzt dabei wäre, er hätte seine grünen Wildlederhandschuhe angehabt und dann und wann tief durchgeatmet: »Liegt die Brille auf?« hatte er gefragt. Blöderweise: »Ja«, gesagt. Da hätte man sich auch denken können, daß er lieber »nein« gehört hätte.

Vor uns die Leute, die sahen sich immer wieder an: die Musik? oh, so gut, so gut. Ewig so sitzen und das Schöne hören. Richtig leichter werden. Das Schwere abwerfen.

In der Pause dankte der Pastor seinem Gotte, daß er so weise sei und alles so trefflich regiere.
Bums! ging das Licht aus. Der Küster brachte eine Kerze.
Ah! da ging das Licht schon wieder an. Kerze auspusten, weiterlesen.

Was hatte das Lesen eigentlich mit dem Konzert zu tun, fragte sich meine Mutter. Es waren doch sicher auch PGs in der Kirche, die würde man vielleicht allmählich wieder herüberziehen können, das wäre doch eine Chance, nur durch Musik. – Musik, oh, wie war die schön!
Aber diese Lesungen, die mußten sie ja hinaustreiben, dem Worte so entwöhnt. »Höllenrachen«, was für ein Wort, da kam man ja selbst bald nicht mehr mit.
Bums! Der Strom ging wieder weg. »Das machen sie doch absichtlich! klar! Schikane...« Die Kerze wurde wieder angezündet.
Nun war es doch ganz gut, daß die Orgel gerade nicht spielte, nun konnte der Pastor ruhig noch ein wenig weiterreden.
Und da ging das Licht schon wieder an. Kerze diesmal lieber nicht auspusten. Alles zu einem guten Ende bringen.

Im zweiten Teil Reger. »Sehr schwer«, sagte meine Mutter. Dann Liszt. Immerzu hört es auf und immer leiser wird es. Ist es nun eigentlich schon zu Ende oder geht es noch weiter? Hoffentlich würde die Stromsperre nicht wiederkommen, bloß jetzt nicht, wo die Musik so im Verschwinden war, im Verlöschen, wo das so ins Nichts hineinflakkerte.

Den Schlußakkord hielt der Organist für mein Gefühl ein wenig zu lange aus: Ja, so ist es und so wird es immer bleiben. Aber mehr fragend: Isses so? Isses wirklich so? Wird's so bleiben?
Aber dann auch wieder schön. So unverrückbar und eindeutig. Nichts zu rütteln und zu deuteln. Fest.

Lange blieb man noch so sitzen, um das Schöne in sich nachklingen zu lassen.
»Wie müssen wir dankbar sein«, sagte meine Mutter beim Hinausgehn, krempelte das Hutnetz in die Höhe und putzte sich die kleine knubbelige de Bonsac-Nase.

Nein! Die Menschen, die Menschen!
Oh, sie könne die Großen so mit den Köpfen aneinanderknallen.
Hier alles in Dutt zu schmeißen.
Die heckten immer diesen Quatsch aus und wir müßten es dann ausbaden.

34

Den Winter über saßen wir in der Küche; Koks sparen. Die 44 Zentner sollten so lange wie möglich reichen. Wer konnte denn wissen, was nächstes Jahr sein würde.
Sie lagerten in einem offnen Verschlag, neben der Kellertreppe, verlockend für die Nachbarn. Die brauchten da bloß abzuzapfen. Schieber hoch und schon rasselten sie heraus. Wie im Schlaraffenland.

Wir holten die Stehlampe in die Küche und das Radio. Rondo für Klavier und Orchester von Prinz Louis Ferdinand von Preußen: Klassische Musik war ja gar nicht so langweilig, wie man immer gedacht hatte, das war ja direkt was zum Mitsingen.
Aber an Kammermusik kam man nicht heran, die war zu gniedelig: später sehen, vielleicht kriegte man noch die richtige Drehe.

Meine Mutter püttjerte am Herd herum. Auf dem Balkon das Feuerholz von Dahlbusch. Und ich las ein dickes Buch über eine Tibetexpedition, die noch 1940 für das deutsche Volk unternommen worden war.
»Urgemütlich, uns geht es ja noch gold!«
Yak-Milch und das Fleisch von Moschus-Ochsen.

Die eingebaute Spüle, der große, vielfach gebuchtete Küchenschrank mit der zersprungenen Milchglasscheibe, und der Blick auf das gelbe Nachbarhaus.
Auf den Balkons kam hin und wieder einer zum Vorschein, holte Schnittlauch oder Anmachholz. Dem winkte man dann zu: »Na, wie geht's?« Frau Matthes, die arme, und Frau Merkel, eigentlich eine dumme Pute. All die Birken abhauen zu lassen. Eine richtige Muschpoke. Aber da hatte sie ja nicht die Schuld, das war ihr Mann gewesen.

Da hinten die katholische Kirche mit dem so starken Geläut. Sonderbarerweise schon wiederaufgebaut. (»Wo die das immer alles herhaben ...«)

Nun doch gut, daß Dr. Krause die Küche nicht hatte fliesen lassen. Das wäre sicher sehr kalt von unten gewesen.
»Ein rührender Mann.«
Er gab uns einen Topf mit Sirup und einen Demijon Melasse: Ob wir damit etwas anfangen könnten.
»Und ob!« sagte meine Mutter. (»Einstweilen besten Dank.«)
Eine willkommene Ergänzung der Verpflegung. Jeden Tag davon einen Schuß in die Mehlsuppe. »Fiß, biste patzt.« Aber nicht zu viel, sonst wird man womöglich blind. Irgendwie giftig, mit Vorsicht zu genießen.

Aus dem dänischen Weihnachtspaket hatten wir noch Wurst und Käse. (»Stopftwist ist auch sehr knapp, Ihr Lieben ...«) Das sei der Rest vom Schützenfest.
Die Wurst sehr salzig, aber in dick Grünkohl – von Schulze-Heidtorfs aufgesprochen – schmeckte sie.
(»Und vielleicht mal einen Kamm? Meiner verliert die Zähne, auch Walter hat nur noch Trümmer.«)

Kartoffeln hatten wir reichlich, 4 Zentner, und immer kam noch was dazu. »O du lieber Himmel, denn man tau!«
Nun war es bald genug. Aber: Wer weiß, wozu es gut ist?
Bei Fredersdorf & Baade stand das Foto einer Frau im Schaufenster:

> Ich bin ein Volksschädling, ich habe in meinem Keller das und das und das gehamstert und nun komme ich ins KZ dafür.

»Bei uns dürfen sie nicht kucken!« 1 Zentner in Erde eingeschlagene Mohrrüben, 20 Glas Brechbohnen, Sellerie, einen Kopfkissenbezug voll getrockneter Erbsen, den Blechkasten »Petits beurres« mit Linsen und ein Faß Sauerkraut.

Lieber von allem einen Vorrat haben, man konnte ja nie wissen. Wenn Vater wiederkam: Der aß ja wie ein Scheunendrescher und Robert auch nicht knapp.

Hin und wieder gab es Buttermilch, daraus machte meine Mutter Quark. Buttermilchquark mit Sirup.
Oder Buttermilchquark mit dünn Marmelade (12 Glas!).
Oder einfach mit Salz.
Das Salz war noch am knappsten, nirgends was zu bekommen: Transportschwierigkeiten. – Daran hatte man ja nun nicht gedacht. Wer hätte das ahnen sollen. Salz hatte es doch immer gegeben, und ohne Marken.

Eine weitere Ergänzung kam aus Hamburg. Ein Onkel schickte Papptonnen mit Eispulver. Daraus konnte man Vanille-Suppe kochen. Wenn man jedoch zu viel davon aß, bekam man Sodbrennen, daß es schäumte.
Die Papptonnen waren gut zu gebrauchen für die Nährmittel, die man sich im Sommer vom Munde abgespart hatte.
Hoffentlich würden die Haferflocken nicht stockig werden.

Das Gas ging nur an bestimmten Stunden und hatte wenig Druck. Immer eine Heidenangst, daß es für die Suppe nicht reichte. Schon morgens früh um 6 aufgestanden. Und dann den Topf in die Kochkiste getan, da hielt sie sich bis abends warm.

Mitte Januar kamen bedrohliche Nachrichten aus dem Osten.

> Wie erwartet eröffneten die Sowjets ihre
> Offensive nach mehrstündigem Trommelfeuer...
> Erbitterte Kämpfe sind an der ganzen Front
> entbrannt...

Oh! oh! Und Tante Silbi da unten, man sah und hörte nichts! Was sie bloß machte? Ob sie noch lebte? Das tat einem nun aber doch leid. Und das schöne Biedermeierzimmer mit der Bronze-Uhr unter dem Glassturz und den Rostocker Aquarellen.

Schnell schreiben, daß sie kommen kann. Auf jeden Fall. War immer so fröhlich gewesen. Ein Jammer, daß die nicht in bessere Hände gekommen war. »Ich bin doch nicht euer Popanz!«, so was hatte man sich schließlich nicht bieten lassen können. Und einen Stuhl hingeschmissen, wie eine Furie.
Und zur Partei gerannt.
Aber jetzt, jetzt rücke man zusammen. In Zeiten der Not. Vergeben und vergessen.

Im letzten Brief meines Vaters hatte gestanden, er sei Ortskommandant in der Nähe des Stabes geworden. Die Vertretung an der Front sei nun beendet. Den Heiligen Abend habe er unter ruhigen Umständen verlebt. Sie hätten gemeinsam die schönen lieben Weihnachtslieder gesungen, und der Kommandant habe eine zu Herzen gehende Ansprache gehalten.
Vom Staat seien sie reich bedacht worden. Es habe für jeden Zigarren, Zigaretten, Drops, Zahnpasta und ein gutes Buch gegeben.
Zu Silvester hätten sie schönen Punsch, 1 Flasche Sekt und Eierlikör gehabt.
Der Brief war vom 2. Januar. Das war nun schon Wochen her. Wo er jetzt wohl steckte?

Roberding ja noch sicher. Aber wie lange noch?
Und wir? Kamen denn die Russen auch zu uns? Wie isses nun zu glauben?

Durch die Friedrich-Franz-Straße zog ein endloser Flüchtlingstreck, Tag und Nacht, ohne Unterbrechung. Von Dr. Krauses Wohnzimmer aus konnte man das schön beobachten. Aber hinter den Gardinen sitzen, damit die das nicht sehen.

Die Pferde nickend, mit Dampf vor dem Maul, manchmal hinter dem Wagen zwei, drei zur Reserve, in erbarmungswürdigem Zustand.
Oben drauf kleine Hütten, rasch zusammengetischlert, Heu für Pferde drum herum.
(Unter der Achse liefen Hunde mit.)
Junge Mädchen zu Fuß, mit Kindern an der Hand, auf dem Bürgersteig, nebenher.
Menschen, die zusammengehörten, in großen Kolonnen, Rittergüter vermutlich oder Dorfgemeinschaften.
(So hatte man in früheren Jahren mal einen Zigeunertreck gesehen, noch in der alten Wohnung. »Die stehlen kleine Kinder und färben sie mit Walnußschalen.«) Auch Autos, Trecker; woher die wohl das Benzin hatten. Einen Opel P 4 mit einem ganzen Faß hinten drauf.
Und ein Mann, der sich selbst vor eine zweirädrige Karre gespannt hatte. Daß dem keiner mal schieben half.
Alle stumm, nur das Knirschen der Räder. Und keiner von der Partei, der sie willkommen geheißen hätte.

Die Frauen gingen von einem Haus zum andern, Kleidung und Essen holen.
Oh, was wir alles hätten, sagte eine zu meiner Mutter und zog die Schubladen auf, oh, oh! die schöne Plättdecke und – sie öffnete die Stubentür – die Möbel alle!
»Das war ja eine widerliche Frau«, sagte meine Mutter, »vom Stamme Nimm, Augen wie Schusterkugeln. Ich kam gar nicht so schnell hinterher.«

Die Schulen wurden geschlossen.
Den Beifallssturm der Schüler erstickte Dr. Finck durch stieres Anblicken. »Was ist? – Ist was?« Wir seien ja völlig verroht. Im Augenblick härtester Schicksalsschläge hier zu lachen! Pfui.
Kopfschüttelnd ging er hinaus. Als ob er einen Globus verschluckt hätte, aber der Globus war kleiner geworden.
Draußen auf der Straße schüttelte er noch immer den Kopf.

Wir mußten uns alle auf dem Bann melden, Hunderte von Jungen. Hilfseinsatz. Die Straßenbahn klingelte wie verrückt.
Einmal mußten wir Schnee schaufeln. Die große Kurve am Petridamm war zugeschneit. Schaufeln mitbringen (ich mit meinem Kinderspaten aus Warnemünde).
Ein schreiender SA-Mann, der hatte die Übersicht verloren, dem war die Sache über den Kopf gewachsen. Er raste unter unsern Schneeballmeteoren hin und her.

Auch gefangene Russen arbeiteten da. Einer warf mir eine Schaufel Schnee vor die Füße.
Still wurde es, als der Kreisleiter mal nach dem Rechten sah.
In einem Horch.
Nachher schoben wir ihn noch an, er hatte keine Schneeketten.

Danach stapelten Manfred und ich einer alten Frau das Holz. Die hatte uns angefordert.
Das kam uns lächerlich vor, wir wanden uns in Lachkrämpfen. Drehten alle Wörter um: »Schildwein« statt »Wildschwein« oder ähnliches.

Gumbinnen: Manfred hatte die Wochenschau gesehen, in der die vergewaltigten Frauen gezeigt wurden. Möbel umgestürzt, Wäsche, Betten. Die eine Frau sei richtig nackend gewesen, da habe man alles sehen können.
An die Scheunentür nageln, Schwanz abschneiden, das sei bei den Russen das mindeste. Am besten, man würde Russisch lernen und so tun, als ob man selbst Russe wäre. Ein Verschleppter oder so was. Dann müsse man zum Schein einem Kaufmann eine herunterhauen, und daran würden die Russen dann sehen, daß man einer von den Ihren ist.

Bahnhofsdienst: mit Ziehwagen Flüchtlinge abholen.
Der ganze Bahnhof war voller Flüchtlinge, ständig kamen neue. Aber die meisten Züge wurden sofort weitergeleitet. Wer Verwandte oder Bekannte in der Stadt hatte, der stieg aus.
Auch Verwundeten-Transporte. Lauter aneinandergereihte Schlafwagen. Wir wurden weggeschüchert.

Es kamen aber nicht nur Flüchtlinge mit der Bahn, auch normale Reisende. Eine ältere Frau zum Beispiel, die hatte wohl ihre Tochter besucht.
»Darf ich Ihnen helfen?« fragte ich pflichtgemäß.
»Ja.« Ich durfte. Zwei schwere Koffer auf dem Ziehwagen, hinunter zum Hafen, mit der Fähre nach Gehlsdorf.
»Ich schick' dir dann gelegentlich mal was, mein Junge.« Wie meine Adresse wäre. Soso, grade kein Papier da, na, die behalte sie im Kopf. Was sie für ein Gedächtnis hätte, das glaubte ich wohl nicht, was? Oh, da hätte ich mich aber getäuscht.
Oder besser, ich käm mal wieder vorbei. Sie hätte noch irgendwo ein Kriegsbuch von ihrem Jungen. Das müsse sie mir aber erst noch heraussuchen.
Da ich kein Geld bei mir hatte, mußte ich den Riesenumweg machen über Dierkow, ich konnte die Fähre ja nicht bezahlen.

Eines Abends stand eine Frau mit einem Jungen vor der Tür, einen Zettel in der Hand: Flüchtlinge aus Elbing.
»Alles verloren«, sagte die Frau statt »Guten Tag«.
Auf dem Transport war sie eben mal ausgestiegen, um Essen zu holen oder was, da war der Zug weitergefahren, mit ihren vier Kindern drin. Der Junge war der Sohn der Nachbarin, der war auch grade mal ausgestiegen.
»Oh!« rief meine Mutter, »kommen Sie herein! Ich mach' Ihnen schnell warm Wasser, da können Sie sich erst mal tüchtig waschen.« Wo denn ihr Gepäck sei? – Im Zug, das sei es ja gerade. Nicht einmal ein Nachthemd, nichts.
»Na, das werden wir schon kriegen.«

Der Junge war blond und trug eine schwarze DJ-Mütze. Was Rehbaum declatrus heiße, fragte ich ihn.

Die Frau war ziemlich ruhig, jammerte nicht, fragte bloß immer wieder: »Wo mögen sie nur sein« und erzählte ständig, daß sie bloß eben mal ausgestiegen sei, um was zu holen.
Später verscherzte sie sich die Gunst meiner Mutter (»Warum bleibt sie auch nicht im Zug sitzen, in dieser Zeit, was hat sie denn da auszusteigen?«), weil sie gesagt hatte: auf unsern Messern könne man ja nach Paris reiten.
»Meine schönen Messer!«
(»Daß einfache Leute nie die Tür zumachen können!« Und ob der Junge nicht richtig zielen könne? Beim Klötern gehe immer was daneben. Er solle doch mit seinem Tüdelütt mal richtig in das Becken zielen.)

35

Am 17. Februar 1945 wurde ich eingezogen.
»Das ist ja eine schöne Bescherung.« Den Peterpump nun auch weggeben, den kleinen Purzel, wie war das bloß zu fassen. Mit leeren Händen stand man da.
»Was?« sagte Dr. Krause, »der ist doch noch keine sechzehn!«

Der Einberufungsbefehl fand sich auf dem Dachboden, neben stillgelegten Geranien, der Umschlag war geöffnet. Warum sie den wohl nicht in den Briefkasten gesteckt hatten? War das eine Schikane?

Als kasernierte Hitlerjungen sollten wir Kurierdienste für die Heinkel-Werke leisten. Wichtige Akten oder Ersatzteile holen. Auf die Post war ja kein Verlaß mehr. Jeden Brief durch Kurier besorgen lassen, dann kommt er wenigstens an.
»Kurier«, das klang nicht schlecht. Vielleicht ein extra Abteil, 1. Klasse? Irgendein Sonderabzeichen an der Uniform und Ausweise, bei denen alles spritzt?
»Ich bin Kurier, würden Sie bitte öffnen!«

Unförmige Stiefel, aber eine Skimütze mit schickem Knick im Schirm. Einen dicken Pullover und einen langen warmen Mantel. Leider ohne Ärmelaufschläge, sonst hätte ich da Klopapier und Fahrkarte reinschieben können.
Koppel mit Luftwaffenadler: Das war wichtig.
An der Mütze sollten wir das HJ-Abzeichen tragen und am Arm die Hitlerbinde.
Wir wären lieber so was wie Soldaten gewesen. Deshalb kauften wir im Uniformgeschäft Luftwaffenadler und tauschten sie gegen das HJ-Abzeichen an der Mütze aus.

Die Armbinde nahmen wir bei jeder Gelegenheit ab, die war schon recht zerknittert.

Wir wohnten in einer Schule.
»Aha! Oberschüler!« sagte der Spieß beim ersten Antreten. Auf uns freue er sich schon.
Und zu mir: Ich stünde ja da wie ein hingeschissenes Fragezeichen. Bei mir hätten sie wohl die Nachgeburt großgezogen?
Als *er* schon an der Front die Knochen hingehalten habe, da hätten wir noch als Quark im Schaufenster gelegen.

Das Haar mußte selbstverständlich sofort ab. Das hatte auch sein Gutes: Endlich Ruhe. Und: da brauchte man nicht dauernd einen Kamm mit sich herumzutragen. Wenn der Wind mal von hinten 'reinfuhr, wie hatte das denn ausgesehn! Kopf immer so seitlich neigen, damit das nicht passierte.
Und Waschen mit freiem Oberkörper. Ob wir uns auch mal die Füße wuschen, interessierte nicht.
(Da war nur 1 Waschbecken für uns sechzig, und das war gar kein Waschbecken, das war eine Trinkwasser-Zapfstelle. »Das kommt dann alles noch«, sagte der Spieß. Die Anforderung sei schon weg.)

Morgens war Schulung.
Theoretisches Tarnen. Hohlwege spielten da eine Rolle. Schützengräben im Zick-zack anlegen, damit der eingedrungene Feind da nicht einfach mit der MP entlangschießen kann, und alles ist dot. Schützenlöcher. Das richtige Anlegen von Schützenlöchern. Hinter sich möglichst eine Bodenwelle, sonst knipsen sie einem den Kopf gleich ab. Was ein Daumensprung war, das wußten wir ja schon, aber danach fragte er nicht.

Paris, so sagte der Unteroffizier, sei gänzlich unterminiert. Überall Dynamit. Das wüßten die Einwohner gar nicht. All

die schicken Pariser Mädchen (da gehe einem gleich einer ab, wenn man die sehe). Im richtigen Augenblick drücke Adolf Hitler auf einen Knopf und alles fliege in die Luft.
Die kuckten vielleicht grade aus dem Fenster und dächten: die Deutschen sind wir los. Und dann: wumm!! alles im Eimer.

Ich meldete mich, da sei mal ein deutscher Kapitän gewesen, in einem englischen Lokal, der habe einen jüdischen Amerikaner zusammengeschlagen ...
Fein, das könnte ich mal auf einem Kameradschaftsabend genauer ausklambüsern.

Im Osten, das wolle er uns mal ganz klar sagen, stehe es nur deswegen so schlimm – wir seien ja Männer und könnten das vertragen – weil wir die Panzer zu sorgfältig bauten: deutsche Wertarbeit: drinnen sogar Haken zum Aufhängen der Mützen und Feldflaschen. Kleine Emaille-Schilder: »Mütze«, »Feldflasche«.
Die Russen dagegen ließen alles roh. Die Schweißnähte nicht mal abgeschliffen. Rostig. Hauptsache, das Ding fährt.
Wenn *wir* grade dabei wären, den zweiten Panzer noch zu polieren, dann hätten die schon den dritten fertig.

Auf anderm Gebiet wär Sorgfalt unser Gewinner. Ein nichteingebauter Türdrücker bei der Me 109, der mache gleich 10 Meter aus. Und das sei wohl auch der Grund, weshalb der Russe keine guten Flugzeuge habe. Die wüßten das eben einfach nicht. »Rata«, schon der Name so verrückt.
Unsere Forscher ließen sich eben Zeit. Die säßen in riesigen Laboratorien, etwa zehnmal so lang wie diese Klasse hier und sechsmal so breit und dann natürlich größere Fenster oder unterirdisch mit Ventilatoren. Und da säßen oder ständen die in weißen Mänteln und dächten sich in aller Ruhe die neuesten Waffen aus, und wenn wir schon

meinten: alles ist im Eimer, dann hätten die die Waffen fertig, Säurebomben oder was weiß ich, die zerfressen Beton oder wie. Unsere Phantasie gehe eben noch ein bißchen weiter als nur Gewehre oder Flugzeuge zu erfinden. Die würden noch staunen.

Zum Mittagessen mußten wir 8 km marschieren, 4 km hin und 4 km zurück. Die Straßenbahn durfte nicht benutzt werden.

Wo Mauern fallen,
baun sich andre vor uns auf,
doch sie weichen alle
unserm Siegeslauf.

Immer neben den Straßenbahnschienen hermarschieren, durch die Werftgegend, an Fabriken vorbei und Lagerhallen. (Hier war nichts kaputt.)

Schließlich beschwerten sich die Mütter. Die Frau des Landrats, deren Junge auch dabei war. Nach all dem Marschieren wäre ja das ganze Essen schon verbraucht.
Da kamen sie dann mit Elektrokarren.
Ob es so recht sei, bitteschön? Ob die Herren Oberschüler damit zufrieden wären, ja?
Und der Sohn des Landrats – wo ist denn diese Flasche? – der mußte extra an den Pott herantreten und auch bestätigen, daß nun alles in Ordnung sei.

Nachmittags mit Manöversprengköpfen werfen, kleine Pappwürfel, die wie richtige Granaten explodierten. »Nicht vor die Füße, das kann Verbrennungen geben.«
(Einholende Frauen schimpften über den Krach.)
Bei Nahkampf einfach in die Eier treten.

Oder wir mußten mit der Panzerfaust auf einen an die Schulhofsmauer gemalten Panzer zielen. Aber nur zielen. Die kleine Panzerfaust auf 60 oder 80 m stellen, die große auf 120. Da hatten die ihren Wirkungsgrad. Kinderleicht.

Das sei ja gerade das Geheimnis der neuen Waffen, daß sie spielend leicht zu handhaben wären. *Schwierige* Waffen, die könnten sie sich an den Hut stecken.
Wenn man abdrücke, könne man das Geschoß richtig abwedeln sehen. Es schweiße sich in den Panzer hinein und explodiere drinnen. Das würden wir ja noch alles erleben. Bloß ein winziges Loch.
Die Feinde machten dann noch die Luke auf, halben Oberkörper 'raus und schon im Eimer.
Aber beim Abdrücken ja kucken, ob hinter einem frei ist: der Flammenstrahl, der aus dem Rohr herausschießt, verbrennt alles. Um Gottes willen! Das habe schon mancher bereut.
Und bloß richtig zielen. Lieber näher heranlassen. Sonst sagt der Iwan: aha! da ist ja die kleine Fliege, die mich eben so geärgert hat, fährt über das Schützenloch drüber – steh' ich so richtig? muß ich noch ein wenig weiter vor? – und macht mal eben links- und rechtsumkehrt.

Er wolle sehen, ob er uns ein Ofenrohr besorgen könne. Die Dinger wären auch nicht grade feierlich.
Oder Haftladungen. »Sollt mal sehn, wie wir die Panzer noch anspringen!«
In seiner Glanzzeit, da hätte es sogar noch Zweck gehabt, oben hinaufzuklettern, Luke auf und eine Handgranate 'rein. Das gehe jetzt nicht mehr, jetzt verriegelten sie die Luken von innen.
Er zeige uns dann noch genau, wo wir die Haftladung anbringen müßten, an den Panzern, da könnten wir ganz ruhig sein.
Den richtigen Winkel und so weiter.

Ich hatte kein Bett abgekriegt, mein Strohsack lag auf dem Boden. Zwei Decken, das war ganz gemütlich. Um 9 Uhr wurde das Licht gelöscht.

Den Kehrdreck schippten wir unter die auf dem Boden liegenden Strohsäcke.
»Was ist das?« schrie der Spieß.
»Sie haben doch gesagt: unter den *Betten* kehren, dies ist ja kein Bett, dies ist ja nur ein Strohsack«, sagte einer.
»Für dich fällt der Sonntagsurlaub flach. Ist das klar?«
Andere gingen noch mal zu ihm hinein und sagten, der Kamerad habe doch recht gehabt?
»Für *euch* fällt der Sonntagsurlaub *auch* flach!«

Anfang März ging es mit den Reisen los. Wohin, war uns ganz egal, Hauptsache weit.
Einen Leinenrucksack, der auf dem Po hing, und eine Decke über dem Arm.

Einer erwischte eine Reise nach Ulm. Der wurde allgemein beneidet. Ulm, da war ja das Münster.
»Nach Ulm«, das hörte sich so schön an.

Ich wäre gern mal nach Köln gefahren. Noch war der Dom nicht ganz kaputt. Obwohl die Luftpiraten erst neulich wieder auf 650 Jahre gemeinsames Bauen mit Brand- und Sprengbomben einen Anschlag verübt hatten.
Köln: das Gewölbe war ja noch 3 m höher als das von der Marienkirche in Rostock.

»Sollt ich das nicht«, sagte meine Mutter, »in der Gegend herumkarjolen ...«
Der Kasten mit der Pfeilringseife war noch immer nicht angebrochen. »Und sieh dich vor, mein Junge! Es gibt so viele schlechte Frauen, die wollen da unten denn so machen.«

Die Züge waren so voll, daß man jedesmal dachte: nein, diesmal kommst du nicht mit. Aber von hinten wurde nachgeschoben, dann ging das.

Wenn man drinnen war, mußte man sich schon bald wieder fragen: wie kommst du hier mal wieder heraus?

Ich fuhr auf Klos (sich jedesmal rauswrögeln, wenn einer muß: »das nützt ja nun alles nichts«), auf der »Bühne«, in umgebauten Güterwagen. Manchmal auch auf einem Lastwagen, wenn die Strecke gerade getroffen war.
Immer gab es Verspätungen, aber immer kam man an.

Waggons begleiten – Kanzeln für die neuen Düsenflugzeuge – oder Säcke mit Gummidichtungen hinter sich herzerren; zehn Schritt laufen, dann zurück und den nächsten holen.
Wenn die Leute sahen, wie ich da mit den Säcken angeschleift kam, hielten sie die Abteiltür von innen zu. Bloß nicht das Zeug hier 'rein. Sie kuckten aus dem Fenster, als ob sie nicht wüßten, woran es liegt, daß man die Tür nicht aufkriegt.

In Truppenunterkünften, Wartesälen oder Bunkern schlafen: das machte mir Spaß. So unbequem wie möglich. Am liebsten in irgendeinem Hauseingang. Essenholer Trinks. Einmal sogar in einem Straßengraben; als ich aufwachte, war es schon Nachmittag. (Schade, daß es nicht regnete: einmal bis auf die Haut durchnäßt sein und später sagen: ich hab' keinen trocknen Faden mehr am Leib gehabt.)

In Neustrelitz schlief ich in einem Park. Neben mir plötzlich eine Kuh. Das war gar keine Kuh, das war ein weißer Hirsch, der gehörte zum Park des Großherzogs.

In Heidelberg ging ich zur Truppenbetreuung, die war in einem Stollen. Der Furier packte gerade Marschverpflegung zusammen, Jagdwurst und Margarine. Ich bettelte ihn an, aber er gab mir nichts. Ich war ja Hitlerjunge, kein Soldat, das sah er wohl.
Ich hätte ja meine Lebensmittelkarten, sagte er, sollte ich mir doch was kaufen.

Ja, es sei aber doch Sonntag.
»Da hättste müssen früher dran denken.«
»Nur so ein kleines Stück Wurst.«
»Nein.«

Lange Spaziergänge in Berlin.
Vor der Reichskanzlei standen SA-Männer auf kleinen Holzpodesten, rotes Koppelzeug. Mußte man die grüßen?
Gegenüber die Häuser alle kaputt.
Zerknautschte Denkmäler.
In der Straßenbahn ein HJ-Führer mit weißem Schal.

In der Buchhandlung am Bahnhof Friedrichstraße: »Du und die Natur«. (»Du und der Motor«, das Buch hatte ich schon.) Das würde auf dem 2. Bord meines Regals gut aussehen, neben Zischka: »Erfinder brechen die Blockade«.
Mal so 10 Stück von der Sorte haben. »Du und die Musik«, »Du und die Geschichte«. Und wenn man was wissen will, kuckt man da 'rein.
Dumm, daß der Chemie-Band »Die Welt in der Retorte« hieß: »Du und die Chemie«, dann hätte ich ihn auch gekauft. Da müßte man ja jedem erklären, daß der auch dazu gehört.

In einem eleganten Restaurant, mit riesigen Bildern über den Sofas, aß ich das Stammgericht für 90 Pfennig. Das gab es, wie überall, ohne Marken.
Niemand soll hungern, niemand soll frieren.
Kohl, mit dicken Graupen.
Am Nebentisch zwei Mädchen und einen Tisch weiter zwei Flaksoldaten. Das Gepäck auf dem Gang, da mußten die Kellner einen Bogen drum herum machen.
Einer stand auf und fragte, ob sie »zwei beide« sich zu ihnen setzen dürften.
»Ja«, sie dürften.
Die Mädchen hatten Hüte auf mit bunten Federn.

Die Front ist hart wie Stahl!
Stehe auch du deinen Mann!

Rucksäcke rüberschleppen.
Dann saßen sie zu viert um den Tisch herum, Knie zusammen, höflich, stumm. Wußten nicht, was sie sagen sollten.

Ich ließ die Hälfte des Stammgerichts stehen.
Ob es mir nicht geschmeckt habe, fragte der französische Kellner.

Immer wissen, wo der nächste Bunker ist.
Von Bunker zu Bunker, wie Amundsen von Depot zu Depot. Hochbunker waren die besten. Tadellöser & Wolff! Aber Stollen waren auch nicht zu verachten.
Einmal landete ich in einem Splittergraben, dünne Betonplatten oben drüber.
Ob man nicht, bevor es losgeht, lieber noch ein bißchen Erde draufschüttet? fragte einer.

In Osterode schenkte mir eine Schlachtersfrau eine halbe Leberwurst. Ich drückte sie mir zwischen 2 Scheiben Brot. Hinterher Würfelzucker mit Margarine.
Zur Fabrik ging es einen langen Weg bergauf. Den wäre man nicht gern zweimal gegangen.
Rechts neben der Straße ein kleiner Fluß.

Der Büromensch, dem ich sagte, ich müsse noch nach Wien, kuckte die andern Leute im Büro an und schüttelte den Kopf. »Was, nach Wien? Da ist ja schon der Russe! Das kommt auf gar keinen Fall in Frage. Du fährst nicht nach Wien, auf meine Verantwortung.«

Das Werk war in den Berg hineingebaut. Und in dem Berg war auch eine Unterkunft für Reisende eingerichtet. Doppelstockbetten. Ich schlief einen ganzen Tag, konnte kaum wieder wach werden.
Oh, das habe gutgetan, sagte ich zu dem Mann: mal so richtig schlafen.

Da schüttelte er wieder den Kopf und kuckte die andern Leute an und sagte, ob wir denn nicht unsere geregelte Schlafenszeit hätten, bei der Hitlerjugend? Kinder loszuschicken!
Und ob wir wenigstens Sonderlebensmittelmarken bekämen? Nein? Na, das wär ja herrlich. Und er lachte, als ob er sich darüber freute.
Dann machte er Adolf Hitler nach:

> Ich brrauche keinen Tabak,
> Sie brrauchen keinen Tabak,
> wer Tabak brraucht, ist der deutsche Soldatt.
> Uhnd wenn ich diesen Tabak im Garten der
> Reichskanzlei anbauen soll!

Was, hähä?

»Bleib man noch einen Tag, und dann erzählst du deinem Führer, du hättest den Zug verpaßt.«
Ein Fräulein holte Bonbons aus ihrer Tasche.
Ich hätte lieber eine Zigarette genommen.

Sogenannte Führerloks, etwas heller gestrichen als gewöhnliche Loks, fast braun.

> Räder müssen rollen für den Sieg!

am Tender. Die Buchstaben so gemalt, als hätten sie es eilig. Gleich hinter der Lok ein flacher Waggon mit leichter Flak, zum Schutz gegen die schnellen doppelrumpfigen Lightnings.
Rumkurven, und wo sich was rührt: dazwischenballern. Ein Bauer auf dem Feld, wie der dann noch versucht wegzukommen. Das spritzt immer gerade hinter oder vor ihm auf. Dann läuft er nach links und dann wieder nach rechts. Riesenspielzeug.
Und da hinten ein weißes Haus, so schön vornehm. Eben mal 'reinhalten: bums!

Im Dörfchen Oberhaid bei Bamberg: alles 'raus aus dem Zug!

Tiefflieger kamen angehuscht, schossen aber nicht.
Und die Flak schoß auch nicht, die war bloß eine Attrappe.
Wir liefen so schnell wir konnten in den nahen Wald.
Beim zweiten Anflug wurde die Lokomotive zerstört.

Als die Luft rein war, ging ich durch das Dorf. Ein schönes Dorf, den Namen mal merken, hier müsse man im Frieden mal herfahren. Eine Frau gab mir einen Topf Blaukraut. Ich wußte gar nicht, was das ist: Blaukraut. Wir sagten Rotkohl dazu.
Ich solle ihr schreiben, wie es mir geht, sagte sie.

Im Abteil fand ich dann meine Feldflasche, sie war von einem Schuß durchlöchert. Zu Hause würde ich natürlich sagen, ich hätte sie umgehabt.

In Mannheim/Ludwigshafen war gerade der 100. Luftangriff vorüber. Trümmer noch mal umpflügen; da steht ja noch ein Treppengeländer. Die Einwohner kriegten 50 g Bohnenkaffee aus Anlaß dieses Jubiläums und eine Sonderzuteilung von Zigaretten.
Wo hier noch Menschen lebten, war mir schleierhaft. Man sah ja überhaupt keine Häuser mehr.

Ich lief an den Rhein hinunter: wenigstens mal am Rhein gewesen. Aber schnell wieder weg, womöglich setzten sie schon zum nächsten Angriff an.
In einem Ladenkeller log ich, ich hätte den Angriff auch mitgemacht, wie es mit dem Kaffee stehe.
Diesen Angriff hätte ich wohl mitgemacht, aber nicht die andern alle.
Und in einem andern Laden sagte die Verkäuferin: »Wenn der eine A sagt, dann sagt der andere auch immer gleich A.« Die hatte ihre Erfahrungen. Was ich bloß mit 4 Pfund Salz anfangen wollte. Das gehe ja nun auch nicht. Ob ich wenigstens eine Tüte mitgebracht hätte?

In Mühlacker schien die Sonne freundlich.
Ich saß in einem Café, das war eine umgebaute Wohnstube. Als die Kellnerin hinausging, stand ein alter Mann auf und nahm sich ein Stück Torte vom Büffet. So mit der Hand. (Roggenmehltorte, 50 g Brotmarken.)
»Das geht aber nicht«, sagte die Kellnerin, die das sofort bemerkte, »so was müssen Sie nicht tun.«
Ihn am Ohr ziehen? Oder anzeigen, oder was?
Es war, als sänge er beim Kauen vor sich hin, wiegte sich ein wenig hin und her.
»Das tu' man nicht wieder, Opa, hörst du? Nicht wieder tun, Opa?«
Jaja, er hörte.

In Plauen schwankte der Bunker wie ein Schiff. Koffer fielen die Treppe herunter.
Zu einigen Kanadiern, die sich auch untergestellt hatten, sagte ich: »Take it easy, boys, comes other times.«
Aber die rührten sich nicht. Die waren wohl schon zu abgestumpft, oder sie verstanden mein Schulenglisch nicht.
»Take it easy, boys, comes other times.«
Der Wachmann verstand es auch nicht.

Auf einem völlig zerstörten Bahnhof stand gerade ein Zug nach Karlsruhe.
Warum nicht mal nach Karlsruhe fahren?
Es hatte mal einen leichten Kreuzer gegeben, der hatte auch »Karlsruhe« geheißen, den hatte Dicker Krahl besessen.
Einfach mal nach Karlsruhe fahren, wer konnte denn wissen, wann man da mal wieder hinkommt.

Hier mußten doch auch irgendwo Berge sein? Das war doch schon verdammt weit südlich?

Auf dem Bahnhof in Kiel schoben KZ-Häftlinge Kleinbahnloren voll Mauerbrocken über die Trümmer. Ein

Kapo schlug sie mit einem dünnen Bambusrohr, und jedesmal schimpfte eine der mageren, gerippeähnlichen Gestalten: »Laß das!« oder so ähnlich.
Frauen mit Einholetaschen und Kopftüchern blieben stehn, kuckten. Ein Herr trat an den SS-Mann heran, der in die Gegend döste. Ob er denen was zu rauchen geben dürfe?
Keine Antwort.
Dann zu ihnen hinaufgeklettert, fast ausgerutscht, ein Lederetui gezogen und drei, vier Zigarren (»Nur für mich?«) herausgeholt. Hinterher die Hosenbeine abgeklopft und immer wieder gekuckt, ob der Dicke da die armen Menschen wirklich schlägt.
Tatsächlich, der schlägt sie!

Aufwachen, wenn der Zug stehenbleibt. Was ist denn nun schon wieder los?
Die Lederriemen zum Hochziehen der Fenster waren allesamt abgeschnitten. Volksschädlinge am Werk.
Stundenlanges Stehen auf freier Strecke. Man hatte ja Zeit, aber womöglich kam man noch in Alarme hinein!

Soldaten spielten 17 + 4 auf ihrem Rucksack.
Auf der Plattform drei schweigende Inder in SS-Uniform. Subhas Chandra Bose. Einen Tiger auf dem Ärmel. »Freies Indien« und einen Turban auf dem Kopf.
Das hatten die sich wohl auch anders vorgestellt.

> Achtung Verdunklung!
> Vorhänge bei Beleuchtung
> geschlossen halten.

Da hinten machte doch tatsächlich einer sein Feuerzeug an?

Bei Heinkel in Rostock sagten die Leute jedesmal: »Was? Jetzt kommst du erst zurück?«
Wenn ich aber von zerbombten Strecken, von Bunkern und von Lightnings erzählte, waren sie still.

Meine Mutter sagte: »Nein, was der Junge alles erlebt! Wie ein Alter. Und schön, daß du mir Salz mitgebracht hast, Peterpump.«

Bis zur nächsten Reise verging manchmal eine ganze Woche. Wir sollten uns wohl erholen.
Dann saßen wir in der Schule herum und spielten Skat und prahlten, was wir alles erlebt hätten.
»Nun mal Spaß beiseite, Ernst, komm her!«
Einer hatte Denkfix mitgebracht.
Gebirge mit S, das wußte ich: Sinai; wenn das drankam, war ich immer der erste.

Was bringt der Sommer?
Wie findest du das Leben?
Eine nette Beschäftigung?

Bei nächster Gelegenheit Tischtennis spielen lernen. Ob sie sei die Fei. Und beim Handgeben richtig gegendrükken.
Hinfallen, ohne sich wehzutun, den Unterschied zwischen einem Klavier und einem Eichhörnchen, daß Art Tatum blind sei und Chick Webb verkrüppelt...

Der Hordenclown wurde »gedampfheizt«, mit dem nackten Podex auf die Heizung gesetzt, die war aber nur lauwarm.
Wir verbanden ihm auch mal die Augen, ob er Zucker von Salz unterscheiden könne. Einer ließ schnell die Hose runter und stieg auf den Schemel.
»Du mußt noch ein bißchen weiter hierherkommen. So, nun tüchtig lecken!«

Lange standen wir mit einem Streichholz parat: ob ein Furz brennt. Das hatten wir in der Schule nicht gehabt.

Manchmal war »Singen«.

Froh zu sein be-
froh zu sein be-
froh zu sein be- . . .

brauchte man immer nur zu singen, das merkte der Spieß gar nicht.

Geschichten wurden vorgelesen, vom Alten Fritz. Einer seiner Grenadiere trug bloß eine Bleikugel an der Uhrkette. Zu einer Uhr hatte es nicht gereicht.
Er wisse schon, wann es Zeit sei zu sterben, antwortete er dem König, dazu brauche er keine Uhr. Riskierte damit sein Leben und bekam eine goldene Repetieruhr geschenkt.
(Sonst endeten die Geschichten meistens mit Tabaksdosen.)

Die militärische Ausbildung war eingestellt worden. Es fehlte ja stets die Hälfte, dann müsse er ja alles immer zweimal erklären, sagte der Spieß.
Und zum Schießen keine Munition.

Zeitung lesen: Schunkelstunde der Flakhelferinnen.

Unser Haß ist mit Verachtung gepaart . . .

Die Herstellung von Spazierstöcken sei ab sofort verboten.

Die andern bekamen Freßpakete. Sie gaben mir ihr Abendbrot. Einmal aß ich 12 Scheiben Brot. Lag auf meinem Strohsack, in Decken gewickelt, den Packen Brote neben mir, eine Scheibe nach der andern, sogenanntes »Hasenbrot«.
Was ich da lese? fragte der Spieß. »Der Ölsucher von Duala«.

Am nächsten Tag gab er mir Urlaub.
Sonst schrie er immer: »Urlaub! Urlaub! Urlaub! Wenn ich das schon höre! Immer Urlaub . . .« Er habe nie Urlaub gehabt usw.

Ich sollte für seine Braut ein Geburtstagsgeschenk besorgen, ein Buch.
Und diesen Urlaub dehnte ich auf eine ganze Woche aus.
Ich hätte noch nicht ganz das Richtige gefunden, sagte ich abends, ich müsse morgen noch mal los.

In der Stadt herumlaufen, die ersten warmen Frühlingstage. Helga Witte, Gina Quade, die kuckten nun schon aufmerksamer: die Uniform stand mir gut.
Antje sah ich am Hopfenmarkt: Ich grüßte sie aus Versehen, und sie nickte mir freundlich zu und drehte sich nach mir um, das sah ich am Schatten auf dem Pflaster.

> Antje, Antje,
> hörst du nicht von ferne das Schifferklavier...

Sooft es ging, lief ich nach Hause.
»Darfst du das auch, mein Peterpump?«
In der Wohnstube sitzen und Platten hören. Reginald Dixon: »You are an education for me...« Auf der Wurlitzer Orgel. Dabei an die schönen Zeiten mit Wumma denken, wie der sich immer im Stuhl gehoben und gefurzt hatte, und meinem Bruder die Patiencen durcheinandergebracht: »Das geht ja doch nicht auf...«, einfach so drübergewischt.
Oder Michael, nun auch schon tot. An meinem Bettrand gesessen, als ich eigentlich schon schlafen sollte.

Wenn man aus dem Fenster kuckte, sah man dauernd einzelne Soldaten in Richtung Westen gehen (»Das tröpfelt ja so«). Verwundete zum Teil, aber auch unversehrte. Infanterie, Flieger und Leute von der Organisation Todt.
Bei Drogerie Kotelmann, bei Seifen-Heimchen, immer und überall Soldaten, alle in Richtung Westen. Keiner in Richtung Café Drude. Einer wollte das Fahrrad einer schlangestehenden Frau kassieren. Die merkte das aber noch rechtzeitig: »Höhö!«

Die Flüchtlingsfrau aus Elbing hatte ihre Kinder wiedergefunden.
»Gott sei gelobt, gepriesen und gepfiffen.«
Daß sie einem nun mal beim Abtrocknen geholfen hätte – faul bis zum Gehtnichtmehr.
Und das Kind: nach jedem Essen sofort aufs Klo. Vom Tisch auf die Wisch. Typisch.
Von meinem Mercedes-Rekordwagen hatte er die Einstiegsklappe abgebrochen.

Tante Silbi hatte geschrieben, sie wolle erst mal abwarten. Das war vielleicht für alle Teile das beste. (»Ich bin doch nicht euer Popanz!«) Es hatte einem schon recht bevorgestanden, irgendwie dankte man Gott auf den Knien. Den ganzen Tag im Bett liegen und Pralinen essen: Wie isses nun bloß möglich. Und dann nie zum Zahnarzt gegangen. Und dabei so begabt, die schönsten Handarbeiten. Wo sie nun wohl steckte, die arme Frau. Hoffentlich lebte sie überhaupt noch, das gehe manchmal schnell.

Statt der Flüchtlingsfrau aus Elbing wohnte eine junge Dame bei uns. Meine Mutter hatte sie auf der Straße getroffen, wie sie da so rumirrte.
Mit Pferd und dem Eisernen Kreuz ihres gefallenen Mannes.
»*Das* wäre eine Frau für Robert...«

»Ich heiße Stoffel, lustiger Name, nicht?«
Das Pferd hatte sie bei Dr. Krause untergestellt, einen Apfelschimmel.
Große Perlen am Ohrläppchen und immer rauchend.
Es sei eigenartig gewesen: Es habe direkt nach Russen *gerochen*. Ihr Vater war Gutsbesitzer. »Hier riecht's nach Russen«, habe der eines Tages gesagt und so geschnubbert. Und wirklich, es habe nach Russen gerochen, das könne man riechen.
Der Vater war dann doch noch geschnappt worden, und sie

war gerade eben entkommen. Pferd aus dem Stall gezogen, 'rauf und ab.
Sie müsse immer ein bißchen zum Rauchen haben, sagte sie, zwei Züge, das beruhige so.

Eines Morgens sagte Frau Stoffel: »Ich habe solche Unruhe, ich muß weg. Ich will mal auf den Bahnhof gehen, sollte ich nicht zurückkommen, bin ich weg.«
Und sie kam tatsächlich nicht wieder.
Das Pferd bei Dr. Krause, was sollte man damit machen?
»Ich hinterlege das Geld beim Notar«, sagte Dr. Krause.

Kaum war sie weg, da traf mein Großvater aus Hamburg ein. (»Ich denk', mich laust der Affe! Der arme Mann!«)
Er wiegte den Kopf, die zitternden Hände an den Schläfen: total ausgebombt.
»Woas, ausgebombt? Das schöne Haus?«
»Ja, alles weg. Alles verbrannt, verbrannt, verbrannt, verbrannt.« Seine Kneifzangen und die schönen Bilder, alles verbrannt.
Der Phosphor-Kanister hatte das Dach durchschlagen und war bis ins Parterre gerutscht. Und von unten her war das Haus dann abgebrannt. Zwei Koffer hatte er mitgebracht, voll Nußmus und Vitamin-R. »Du hättest man lieber dein Silber retten sollen«, sagte meine Mutter.
Bloß gut, daß er Schura hatte abgeben müssen, was hätte man jetzt mit ihr gemacht?

Großvater bekam einen weißgestrichenen Sekretär in sein Zimmer und einen Ledersessel. Dr. Krause schenkte Rosegger: »Als ich noch der Waldbauernbub war«.
»Staub, Schutt, Asche, Mörtel, Rauch ... Alles verbrannt, verbrannt, verbrannt, verbrannt.«
Und die Sockenhalter nicht mitgenommen, das war beinahe noch das Schlimmste. Und Brehms Tierleben verbrannt, verbrannt, verbrannt. Das hätte man jetzt schön lesen können.
Und immer wieder fiel ihm noch etwas ein.

Briefe gingen hin und her. Was alles verlorengegangen war. Eine besondere Rolle spielte zeitweilig eine Geflügelschere. Die bat sich Onkel Richard aus. Er habe sonst keinerlei Andenken mehr an sein Elternhaus.
Mein Großvater solle sich mal fotografieren lassen, wer weiß, was noch alles komme.
Und als das Bild fertig war: Das rechte Ohr sei ja nicht mit draufgekommen, das sähe ja wie abgeschnitten aus.

Schwierigkeiten hatte mein Großvater, einen neuen Seelsorger zu finden. Kirchlich sei er so heimatlos, schrieb er auf alle Postkarten. Unser Gemeindepfarrer war nicht nach seinem Geschmack. Zweimal grün sei er gewesen, sagte der, Forstbeamter und beim Zoll. Dann habe er in der Bibel vom ungerechten Zöllner gelesen, und da habe er gedacht, da wirst du lieber gleich Pastor. Eine Brille trug er wie Harold Lloyd.
(»Was hat er bloß für Plattfüße! Nein, diese Plattfüße!«)

Manchmal saß er vorn bei uns, die Heizsonne vor den Füßen.
Über Politik reden. Ein Konfirmand habe gesagt: *Sie* haben Hitler gewählt und *wir* müssen das jetzt ausbaden.
Das gehe ihm dauernd nach.
Er für seine Person sei fertig mit dem Dritten Reich. Hitler sei ein Hypochonder, das habe er nun 'raus. Und Hermann Göring, der Scharnhorst der deutschen Luftfahrt? Hähähä. War man denn blind gewesen?
Wenn schon totaler Krieg, das sei seine Meinung, dann hätte man auch konsequent sein sollen: In jeder Küche Granaten drehen. Er selbst, zum Beispiel, was säße er hier eigentlich noch herum? Von rechts und links wegen müsse er doch auch längst an der Front sein.
Er meine, wenn man den totalen Krieg ernst nehme, wir verstünden ihn doch wohl recht? Er meine: wenn schon, denn schon.
Die Japaner seien nicht so zimperlich: Quadratgermanen.

Noch viel fanatischer als wir, noch nicht so angekränkelt. Ein junges Volk.

Mein Großvater hörte nickend zu, das Plaid um die Beine, das Plaid, das er uns aus Italien mitgebracht hatte, damals, als die Geschäfte mit den Italienern losgingen!
Italien! Der Himmel, so blau! Italienischer Himmel. Nie wieder so blauen Himmel gesehen.
Oh, und jetzt gerade falle es ihm siedendheiß ein: die langen Macco-Unterhosen ... verbrannt, verbrannt, verbrannt, verbrannt. Alles Schutt, Staub, Asche, Dreck.
Äch, und die neuen Tomatenpfähle im Schuppen. Gleich mal Richard schreiben, vielleicht lägen sie ja noch da.
Und von der Bank so schlechte Nachrichten. Die »Kuhrse« fielen.
»Bitte nicht mehr spekulieren«, schrieb er, »denn *ich kann nicht mehr*!« Jedes Wort einzeln unterstrichen.

Ich lief immer noch durch die Buchhandlungen. Schließlich kaufte ich von Kurt Peter Karfeld: »Versunkene Kulturen ...« Ein Buch über Mexiko, mit Farbfotos, 24 Mark.
Da es dem Spieß selbst gefiel, meinte er, es sei das richtige für seine Braut.

Am 22. März war Musterung.
»Soso, der Sohn von Körling«, sagte der Stabsarzt und drückte mir die Arme. (Kerle wie gemeißelt?) Meine Schulterblätter stünden ja so heraus.
Magenschmerzen und immer so ein Druck auf dem Kopf: oh, der Druck, der Druck.
»Jaja, ich weiß, ich weiß.« Zurückgestellt bis zum Oktober 1945, auch vom Arbeitsdienst.
Erst mal kräftigen. Tüchtig Sport treiben, dann wird's schon werden. Am besten Lebertran, mal zusehen, wo man den herbekommt. Mal nachfragen irgendwo. Und Nährkalk.

Dann kamen SS-Werber.

Hell die Gläser klingen,
ein frohes Lied wir singen ...

Wir sollten uns alle freiwillig melden. Es werde eine völlig neue Division aufgestellt, und wir wären dann die ersten, könnten uns die Waffen noch aussuchen.

Am besten sei es, wir meldeten uns geschlossen, dann bleibe der ganze Haufen gleich zusammen. Das sei auch organisatorisch von Vorteil, die Zettel lägen denn ja alle auf einem Stapel. Und was der Scharführer wohl für Augen machte, wenn sie heute mittag mit der Nachricht kämen: wieder 60 Jungen freiwillig.

Diese Meldung werde an den Führer geschickt, und aus allen Teilen des Reiches kämen ähnliche Meldungen und hier die Waffen und denn drauf!

Ich dürfe nicht zur SS, ich müsse zum Heer, sagte ich, mein Vater sei dort Offizier, und sein Herzenswunsch sei es, daß ich Offizier bei der Infanterie des Heeres würde. Die weißen Biesen an der Hose, das wäre in unserer Familie nun schon Tradition.

»Das kannst du denn ja auch«, sagte einer der Werber. »Dies sind nur die Formulare der SS, wir schreiben einfach ›Heer‹ drunter.« Aber ich blieb stur, nein, nein. Und da der Sohn des Landrates auch stur blieb, konnten sie nichts machen.

»Alles antreten! – Nur ihr zwei da nicht.«

Dann erzählte der Werber, wie es Hitler damals gelungen sei, das Deutsche Volk zu einen, und das müßten wir nun verteidigen.

Und wenn wir zwei nun hinterher noch zu ihm kämen und sagten: wir wollen *doch*, dann würde er sich sehr freuen, er glaube, es blitze schon in unseren Augen. Aber jetzt eben denke er, er würde uns dann gar nicht nehmen.

36

Mitte April sollte ich für einen Dentisten Medikamente holen, aus Berlin.
Jija-jija.
Er blickte mich sorgenvoll an, ob ich das wohl noch hinkriegte? Ich hülfe vielen armen Menschen?
(Maßmannstraße – in dieser Gegend Rostocks war ich ja noch nie gewesen. Interessant, auch mal in der Maßmannstraße zu sein.) Ich saß in der Sofaecke, die schwarzgebeizte Standuhr tickte, und er lehnte an dem zur Uhr passenden Schreibtisch.
Oder ob wir es lieber lassen sollten? Lieber hierbleiben?
Was meinte ich?
Und wieviel Geld er mir mitgeben solle, 200 Mark, ob das genüge?
Das sei *sehr* viel Geld, das wisse ich doch?
»Und, mein Junge, sieh dich vor.« Und an der Tür: Ob ich nicht doch lieber hierbleiben wollte?

»Was«, sagte meine Mutter, »jetzt noch nach Berlin? Wenn dat man gut geht.«
Die Russen standen an der Oder, und die anderen Kuriere kamen schon gar nicht mehr weg.
»Soll der dicke Kerl doch selber fahren! Schickt er hier einen jungen Bengel hin. Wie isses nun zu fassen. Nein!«

Sie gab mir Adressen von Leuten, an die ich mich wenden könnte, wenn was wäre. Frau von Globig aus Sophienbad, damals 1939, die Woldemanns und Tante Hertha, die gute, eine so nette, fixe Person und immer so lustig! Wie hatte man immer gelacht!
Als kleines Kind schon, bei der Morgenandacht, dauernd »Amen, Amen, Amen« gesagt. Typisch Hertha! Mit stren-

ger Miene hinausgesetzt worden, aber die Flügeltüren wieder aufgemacht, hereingekommen und wieder dauernd Amen gesagt.
Und »... leine, ... leine« gerufen, wenn sie auf den Pott sollte und dann natürlich in die Büx gepinkelt.
Hertha, die war ja in England gewesen, oh! als junges Mädchen, in Pension. So fix und so patent. »Da geh man hin.« Wie hätten sie immer gelacht! Wie war das immer furchtbar komisch gewesen.

Mein Großvater flüsterte mir ins Ohr, ob ich ihm wohl Haaröl mitbringen könne? Ja? Und Sockenhalter? Alles verbrannt, verbrannt!

Bahnhof Gesundbrunnen, nachts. Gleich bei der Ankunft ein Großangriff. Der Zug quietschte, fuhr wieder an und hielt draußen vor dem Bahnhof. Lange dauerte es, bis er endlich zum Stehen kam. Rote Leuchtbomben, aus denen Sterne herausrollten.
Die vielen nebeneinanderliegenden Schienen blinkten.
Wir verteilten uns.
Ich mit der Friseurtasche meines Bruders unter dem Arm. Den Rucksack hatte ich zu Haus gelassen, der sah mir doch zu lächerlich aus.

»Das sind Englands letzte Zuckungen«, sagte ein Mann im Bunker.

Unsere Mauern brechen,
aber unsere Herzen nicht!

Der Bunker hatte ein kegelförmiges Dach, da sollten die Bomben dran abrutschen.
»Gestern hab ich ihn doch noch gesehen!« jammerte eine Frau. Und ein später kommender älterer Herr sagte zu einer Dame: »Küß die Hand, gnä' Frau, und an'n scheen' Hitlergruß dem Herrn Gemahl.« Er trug einen gelben, plüschigen Wintermantel mit genial geknotetem Gürtel.

Am nächsten Tag wieder lange Spaziergänge. Frauen mit Trainingshosen unter dem Rock. Und wo man hinkuckte: Soldaten.
Ausgebrannte Geschäfte mit heruntergelassenen Rollläden, Geruch nach feuchtem Mörtel und verbranntem Papier.
Mitten auf der Fahrbahn Bombentrichter voll Wasser (aus der Kanalisation). Arbeitsdienst räumte auf. Am Trichterrand lauter Zettel, wie ausgeschüttet.
Das seien Bomben gewesen, so groß wie Litfaßsäulen, sagte ein Mann. Und immer zwei zusammengekoppelt.

Die Buchhandlung am Bahnhof Friedrichstraße war noch immer geöffnet. »Des deutschen Spießers neues Wunderhorn« von Meyrink und »Stufen« von Christian Morgenstern. »Vergiß nicht ganz die St. Blasius-Tage«, stand als Widmung darin, 23. 10. 28. Blaues Leinen mit einem goldenen Stern.

Liszt wirft mich oft aus der Musik heraus.

Immer so kleine Absätze:

Nietzsche, der Pole, der als Deutscher tief ward.

Morgenstern: von 1871 bis zum Frühjahr 1914 gelebt. Keinen Krieg zu Lebzeiten.

Das Haus der Woldemanns war ausgebrannt. Halb zu Fuß hingelaufen, immer wieder gefragt. In der Straßenbahn O. E. Hasse gesehen, mit Pelzweste, linke Hand am linken Griff, er stand direkt neben mir, aber ich beachtete ihn nicht, um ihm zu zeigen, was ich für eine gute Erziehung hätte.
Bei meinem letzten Berlin-Aufenthalt hatte ich schon die Woldemanns angerufen. »Ja komm man«, hatte es geheißen, »alter Brite.« Ute sei zwar nicht da, die sei in Chemnitz auf dem Lande, aber sie freuten sich trotzdem.
Nun war es zu spät.
Die Gartenpforte mit einer Kette verschlossen.

Frau von Globig besuchen, diese herzensgute Frau? (»Ich bin 'ne alte Schachtel, nicht?«)
Oder zu Tante Hertha (»Hertha, ja überhaupt, wenn die loslegte...«) mit ihren hübschen Töchtern (»Nein, diese Münder!«)?

Lieber ins Soldatenkino, eine Art Chinesisches Theater, alles in Schwarz und Gold gehalten. Da gab es einen Film nach dem andern, non-stop, durch die ganze Nacht.
Immensee, wie die Söderbaum eine Seerose in der Hand hält: »Seerosen...« sagt sie so verträumt.
Bei der Schnapsbrennerei, die auch in dem Film vorkommt, tat einem der Farbfilm leid.
Aber auch eine schöne Landschaft, mit Musik unterlegt, so auf- und abschwellend. Gut dem Dinge. Tadellöser & Wolff.
Und später treffen sie sich dann mal wieder, als schon längst alles aus ist, aber die Seerose, die steht in einer Schale auf dem Tisch.

Oder zur Truppenbetreuung. Da gab es Jazzmusik, Kurt Widman und sein Orchester und Stathis, der Grieche, mit seiner elektrischen Hawaii-Gitarre.

Wenn Widman in Stimmung war, nahm er dem Schlagzeuger ein Becken weg und schlug es sich auf den Kopf. Und er kam jedesmal so um dieselbe Zeit herum in Stimmung. Und der Schlagzeuger drohte ihm jedesmal mit dem Trommelschlegel: Du-du! Und die Soldaten lachten jedesmal und stießen sich an, ob der Nachbar das auch gesehen habe? eben, woas?

Der »Tiger Rag« wäre tot, sagte Widman und spielte stattdessen den »Schwarzen Panther«. Da war eigentlich kein Unterschied.

Ob ich ihr nicht ein paar Lebensmittelmarken schenken könnte, fragte die Garderobenfrau. Dabei kriegte sie doch genauso Marken wie jeder. Sie dachte wohl, ich wüßte das nicht so genau.

Ich wohnte im Excelsior, dem »größten Hotel Europas«, wie es hieß. In den Korridoren Spiegelwände. Man sollte denken, es sei noch größer.
Ein schönes Doppelzimmer. Beide Maschinen volle Kraft voraus, ring, ring. 3. Stock, mit Blick über die Stadt.
»Ich wohne im Excelsior«, dachte ich dauernd. »Das hättest du wohl nicht erwartet, was?«
In den Spiegel kucken: wie sieht man aus, wenn man im Excelsior wohnt. Prinz Walther von Aquitanien.
Ob man nächstes Mal nicht einfach ins Adlon ginge?
Wo wohl das Delphi lag?
Wenn ich mal grade nicht schlief und nicht im Bunker saß, holte ich die Medizin, die auf dem Zettel stand, zusammen. Hier ein Fläschchen, dort ein Fläschchen. Jedesmal eine Wanderung von Stunden.
»Willste nich lieber sehn, daste ze Hause kommst?« fragte mich eine Frau.
Die Fenster der Großhandlung waren allesamt kaputt, aber die Regale standen noch.
Das hätte ich tun sollen. Statt dessen ging ich immer wieder in das Kino.

Schnarchende Soldaten und ein Film nach dem andern.
»Meine Herren Söhne«, wie ein Vater mit seinen Söhnen Cowboy spielt. Die Mutter ist irgendwie nicht da. – Jedesmal, wenn er was von ihnen will, spricht er in Kinderbuchsprache. »Will der große Häuptling noch Milch trinken?« und so ähnlich.

»Dir zuliebe«. Eine Jazz-Band trifft sich im Hotelzimmer. Sogar Ernst Legal hottet mit.
Und »Unser Fräulein Doktor«, mit Jenni Jugo. Wie der

berühmte Philosoph heißt, will der Direktor im Abitur wissen. Da nimmt sie einen Leibniz-Keks aus der Tasche. Und als gefragt wird, durch welche Gesetze Leibniz bekannt geworden ist, läßt sie ein Taschentuch fallen. Die Fallgesetze.

Eines Morgens knallte es, ohne daß die Sirenen geheult hätten. Das war Artillerie. Zuerst dachte ich, es wäre Gewitter, dann, sie würfen Bretter auf einen Stapel.
Von meinem Fenster aus sah ich hier und da Staubstriche am Himmel, von unten nach oben.
Russische Feldartillerie, siebzehn Komma fünf.

Die Leute standen in den Türen und blickten gen Himmel. Ari kann ja höchstens ein kleines Loch schießen, das ist nicht so wild, sagten sie. Bomben sind ekelhafter.

Ich bummelte herum, die Friseurtasche mit den Medikamenten unter dem Arm. Die Friedrichstraße mal in die eine, mal in die entgegengesetzte Richtung.
Noch einmal zum Buchhändler? Scherengitter vor der Tür.

Wo war eigentlich die Dankeskirche? Da hatten doch so fabelhafte Bunker gestanden? Wie so große Gasometer. In denen merkte man nichts von Angriffen, eigene Strom- und Wasserversorgung.
Apfelsinen hatte man damals gekriegt.

Dann überlegte ich mir, daß die Russen nicht sehr weit weg sein könnten, wenn sie schon mit Artillerie in die Stadt hineinschössen. Und da war es mir, als ob einer »'raus!!« schrie.
Sofort 'raus hier, augenblicklich.

Am Stettiner Bahnhof stand mit Kreide angeschrieben: »Ab heute ist der Zugverkehr eingestellt.«
Scheiße mit Reiße. Gestern wär es noch gegangen. (Da

hatten die Leute in Zwanzigerreihen an den Schaltern gestanden.)
Auch auf den andern Bahnhöfen war nichts mehr zu machen.
»Ab heute ist jeglicher Zugverkehr eingestellt.«

Den ganzen Tag lief ich herum, vielleicht klappte es doch noch irgendwie?
Aus dem Hotelfenster gekuckt: die Rauchsäulen; im S-Bahnhof den Plan studiert.
Dann wieder im Bunker gesessen und achselzuckende Leute gefragt. Zehntausend deutsche Panzer seien zusammengezogen worden. Bis die eingesetzt würden, könne ich ja noch im Bunker bleiben und dann meinetwegen 1. Klasse nach Hause fahren.

Noch eine Nacht vertrödelt.
Noch nicht recht Mut, noch keinen Antrieb. »Morgen in aller Frühe«, das nahm ich mir vor, vielleicht um 4 oder um 5 Uhr würde ich dann »ausbrechen«.
»Ja, morgen früh«, sagten die Leute, »das mach man, da ist es günstig. Wir machen alle morgen früh weg.«

Ein Zivilfranzose zeigte mir einen Ehering. Ob ich eine Scheibe Brot für ihn hätte.
»Der hat ja gar keinen Stempel.«
Er ließ ihn auf dem Betonfußboden klingeln: Gold.

Dann lag ich unter einer Bank. Ein Mädchen drängte sich in meine Nähe, tat so, als ob wir uns schon lange kennten.
Ein Loch habe sie im Strumpf, aber das mache nichts.
Sie küßte mich plötzlich und sagte: »Los, küß mich, küß mich!« Und dann: sie wolle mir was sagen, aber nur flüstern, und in mein hingeneigtes Ohr ließ sie die Zunge gleiten. Ob ich das verstanden hätte?
Nein, ich hatte es nicht verstanden.
Noch mal mit der Zunge in mein Ohr, 'rein-'raus, 'rein-'raus ...

Da hinten, da könnten wir es machen. »Ja?«
Ich müsse eben mal austreten, ich käme gleich wieder, sagte ich.

Am nächsten Morgen bis Punkt 5 Uhr gewartet. Noch 5 Minuten. Dann aber los.

Einem schlafenden Soldaten den Stahlhelm geklaut, Kopf schützen, wenn sie auf mich schießen. Es war ein Flaksoldat. Der Stahlhelm blau, der paßte zu meiner Uniform. Noch mal ansehen den Mann. Vielleicht würde man dem sein Leben verdanken.

Koppel enger schnallen, Pinkeln gehn, noch mal in den Spiegel kucken: So sah man also aus.
Friseurtasche entleeren? Medikamente wegschmeißen? Nein, lieber behalten. Der Feldgendarmerie zeigen, als Beweis, dann mußten sie einen durchlassen. Oder den Russen: unter dem Schutz des Roten Kreuzes.

Eben den Mund ausspülen, dann unwiderruflich los.

Ich fuhr mit der U-Bahn so weit es ging nach Norden. »Da liegt Rostock.« Es müsse doch mit dem Teufel zugehn. Die Wagen gänzlich leer. Die Hinterhöfe der Mietskasernen sonnenbeschienen.
Brennende Häuser und Geschieße: das war Endstation.
Einzelne Soldaten mit blutigen Verbänden: ich müsse es weiter westlich versuchen, hier käme ich nicht mehr durch.

> Es nimmt mich wunder und tut mir fast leid,
> daß du dich bei deinem gefahrvollen Unternehmen
> nicht besser in acht genommen hast...

Nach Tegel. Dort mit der Stationsvorsteherin gesprochen. Gepäck erleichtern? Die Bücher wollte sie nicht haben. Ich legte sie ihr hin, »nein, die steck man wieder ein.«

Santa Claude, hilf mir nur noch dieses eine Mal, später brauchst du mir nie wieder zu helfen.

In Tegel ging es auch nicht. Zurück und nach Spandau. In Spandau ausgestiegen und zu Fuß weiter. Gut, daß ich die klobigen Stiefel zu Hause gelassen hatte, in den leichten Schuhen ging es besser.
Die Brücke war noch nicht gesprengt, sie werde von Feldgendarmerie bewacht, hatte es geheißen, aber keiner war zu sehn.
Schwubb, war ich drüben.

In den Wäldern vor Spandau wurde eine neue HKL aufgebaut.
Fallschirmjäger luden Proviant aus. Ich solle mal eben mit anfassen. Als Belohnung ein Stück Wurst.

Schlachtengeschickes starke Beweger –
Fallschirmjäger!

»Und du willst nach Hause? Denn man zu ...« Sie lachten und zeigten mich den andern. »Der is gut! und sonst geht's danke, was?«

Dann eine dünne Linie von Volkssturmmännern. Ich fragte, wo es hier nach Nauen gehe.
Verkniffene Familienväter.
Sie gaben mir die Richtung an: »Da ist aber der Russe.«
Ich sprang über ihren Graben und ging wie Pierre Besuchow über das Schlachtfeld. Was-wer-wie-wo-tut. Ein Eichelhäher warnte vor mir; »Markwart« heiße der auf Platt.

Stunde um Stunde marschierte ich, ohne eine Menschenseele zu sehen. Zuerst neben der Straße, im Wald, dann einfach auf der Chaussee. Hin und wieder hörte man Panzergeräusch in der Ferne, aber von Russen keine Spur.
Sonderbare Wolken am Himmel, wie Podexe.
Stahlhelm jetzt aufsetzen? Warum, es war ja nichts los.

Ein stilles Haus an der Straße, mit blühenden Forsythien.
Ein Jägerzaun.
Ich hielt die Friseurtasche unter dem Arm, mit den »Stufen« von Morgenstern und den Medizinfläschchen, einem Kiefermeißel und Wachsplatten für Abdrücke.
»Ich habe einen Kurier nach Berlin unterwegs«, das war ich.
Des deutschen Spießers neues Wunderhorn.
Ob es hier auch Kriechenden Günsel gab?

Die letzten Kilometer fuhr ich mit einem Lastwagen. Der wollte Milch zur Molkerei nach Nauen bringen.
Im Hof ein eiliger Mann.
Ob ich einen Schluck Milch kriegen könnte? fragte ich.
»Nimm dir, was du willst! Milch, Butter, Quark, Käse! Zentnerweise!«
(Wie wird eigentlich Butter gemacht?)

Auf dem Bahnhof ein Zug.
Wohin?
»Nach Rostock.«

Ich stieg ein. Flüchtlinge und Soldaten.
Ich käme aus Berlin, sagte ich, ich hätte es gerade noch geschafft, die Ari schösse schon hinein, und wir sollten bloß bald losfahren, sonst käme der Russe noch. In Berlin hätte ich prima Jazzmusik gehört, Kino am laufenden Band, und es sei ein Wunder, daß ich noch herausgekommen sei, und dieser Zug fahre ausgerechnet nach Rostock, nicht etwa nach Wismar oder nach Stralsund ...
Da sagte ein Soldat: »Halt's Maul.«
Der hatte sich schon so halb erhoben, wollte mir wohl eine herunterhauen.

Der Zug wurde voller, fuhr aber nicht los.
In der Nacht stand er noch immer.
Um Mitternacht machte ich mich zu Fuß auf den Weg. Immer auf den Schienen.

»Nicht die nehmen, die nach rechts abbiegen«, sagte ein Beamter.

Ein Panzerzug schlich vorüber. Alles still. Die Friseurtasche trug ich unter dem Arm.

Deutschland, Vaterland,
Wir kommen schon.

Was Eckhoff wohl sagen würde, wenn er mich hier so sähe.

Vor einer kleinen Station setzte ich mich in den Graben. Die Aufregung war mir auf den Magen geschlagen. Mal abprotzen. Und gerade in dem Moment kam mein Zug! Ganz langsam dampfte er heran. Das konnte doch nicht möglich sein ...
Die Lichter von fern, immer näher. So schnell bin ich noch nie in meine Hose gekommen.
Miesnitzdörfer & Jenssen! Größte Scheiße aller Zeiten.
»Du springst auf, hängst dich dran, und wenn sie dich nachschleifen, das schaffst du schon.«

Der Zug fuhr sehr langsam, er hielt genau vor meinen Füßen. Ich stieg auf das Trittbrett, und schon ruckte er an. (Er hatte keine Einfahrt gehabt.) Santa Claude, das hast du gut gemacht.

Auf diesem Trittbrett fuhr ich nach Hause. Die Leute sagten: komm doch herein, hier ist noch Platz. Aber ich blieb auf dem Trittbrett sitzen. Das war ich Santa Claude schuldig.
Für alle Fälle warf ich die Arzneifläschchen über Bord, wer konnte wissen, was noch alles kommt!
Kling und Klick.

Die Bücher behielt ich.

Philosophien sind Schwimmgürtel,
gefügt aus dem Kork der Sprache.

Wenn sie nun schon so weit mitgekommen waren, dann konnte ich sie auch mit nach Hause nehmen.

Am 25. April hielt der Zug in Rostock auf Bahnsteig 3. Hier waren wir früher immer nach Warnemünde gefahren.

Laxin führt ab, es wirkt sehr milde,
nimm es, und du bist im Bilde.

Hoffentlich würde mich keiner sehen, dann müßte ich mich gleich melden, und ich wollte doch noch gern nach Hause, ein, zwei Tage Pause machen.

Die Bismarckstraße entlang, all die schönen großen Linden.
Und die Magnolie an der Ecke Roonstraße, wie jedes Jahr um diese Zeit voll Blüten.

Mit dem Stahlhelm am Arm, den ich überhaupt nicht gebraucht hatte, an der ausgebrannten Tonhalle vorüber, Drogerie Kotelmann und Schlachter Timm.
Und da auch schon:

Ob im Wald, ob in der Klause,
Dr. Krauses Sonnenbrause.

In dem A hatte ich mal gesessen.

»Gottlob wenigstens einer in Sicherheit«, sagte meine Mutter, nachdem sich die erste Überraschung gelegt hatte. »Du siehst ja aus wie Glaube, Liebe, Hoffen.«
Sie habe schon gedacht, alle ihre Männer gingen verschütt.

Und die Butter, schön, mein Peterle.

Tante Silbi habe geschrieben, aus Kudowa. Sie möchte nun doch recht gerne kommen.
Aber sie habe ziemlich abgeschrieben, sagte meine Mutter, könne nicht mehr recht. Das würde hier ja sonst das reinste Altersheim.

Großvater kam von hinten, ob ich ihm das Haaröl mitgebracht hätte?

37

Drei Tage blieb ich zu Hause. Ohren säubern, frische Wäsche anziehen, Kuchenbrot mit Marmelade.
Der Kanarienvogel trällerte und die Sonne schien auf die Klöppeldecke: Platten spielen: »You are an education for me . . .«
Das Telefon klingelte: ein Ferngespräch.
»Fünfundfünfzig/dreiundachtzig?«
Kichern. »Walter?« . . . ob ich es sei? Ja?
Das war Greta.

Walterlein
hat Scheiß am Bein!

rief einer von hinten, und schnell wurde aufgelegt.

In Mozarts Reich.
Alle Stücke mal wieder durchspielen. Mit dem Transponierhebel eine andere Tonart einstellen, dann klingt das mal ein bißchen anders.
»Stell da nicht so oft dran 'rum«, hatte die Schnabel gesagt, »sonst verdirbst du dir dein Gehör.«
H-Dur, wann konnte man schon mal H-Dur spielen. Fünf Kreuze!
Als Kind hatte ich meinen Teddybär an dem Hebel gehenkt.

Dann zum Dentisten gegangen.
»Woas, nur das Zahnwachs mitgebracht? Wie ist das schade.« Gerade das war so gänzlich überflüssig. »Und gar nichts weiter?« Wo ich denn die andern Sachen gelassen hätte? »Die kann man doch nicht so einfach wegschmeißen!« Ob ich wenigstens bei irgendeinem Zahnarzt geklingelt hätte und dem das zur Verfügung gestellt? Und das Geld? All das Geld?

Er setzte sich: Was ich von der politischen Lage hielte. Ob ich meinte, daß der Russe auch noch nach Rostock kommt.
»I wo«, sagte ich, denn ich wußte, daß er ein großer Nazi war. (»Sieh dich bloß vor, mein Junge.«) Die deutschen Soldaten, so wie man die kennt, die krallten sich fest. Davon sei ich überzeugt.
»Schade, bloß das bißchen Zahnwachs ...«

Dann nach Warnemünde gefahren. Da wußte keiner mehr, was los war. »Geh man nach Haus«, sagte einer. »Du kriegst dann Bescheid. Die Kuriereinheit ist aufgelöst.«

Auf dem Flugplatz erprobten sie neue Flugzeuge. Die He 111 Z: zwei an den Flügeln zusammengeschweißte Bomber. Im Zwischenstück ein fünfter Motor.
Und die Mistel, auch »Vater und Sohn« genannt, das Huckepackflugzeug. Auf einem Bombenflugzeug ein Jäger.
Der würde im Ernstfall voll Dynamit geladen, abgesprengt und ins Ziel gelenkt werden.
Mit der Mistel wollten sie den Rügendamm in die Luft jagen, hieß es.

Auf dem Bahnhof stand ein leerer Lazarettzug. Daneben ein Haufen Pelzwesten.
Ich hätte mir gerne eine genommen, kein Mensch zu sehen. Aber vielleicht war das eine Falle. Da saß womöglich einer und lauerte, ob sich jemand vergreift, und dann verhaften sie einen: Standgericht, erschossen.
(Vielleicht waren die Pelzwesten ja auch verlaust, warum lagen sie sonst hier herum.)

Ich fuhr nach Hause und ließ mich nicht mehr blicken. Hinten, in meinem kleinen Zimmer, war es ganz gemütlich, schade, daß keine Sonne hineinfiel.
Bücher neu ordnen, eine Kartei anlegen, wenn mal einer eines ausleihen will. »Du und die Natur«.

Erste Spalte für das Datum, zweite für den Namen des Entleihers und die dritte für den Rückgabevermerk.
Den Datumsstempel neu einstellen: 29. April 1945.

»Bleib du man hier, mein Jung'«, sagte meine Mutter. »Und wenn die Russen kommen und dich mit nach Sibirien nehmen: ich pack' dir ein schönes Bündel warmer Sachen.« Es gebe überall gute Menschen, da könne ich ganz getrost sein.

Vertrau auf Gott, er wird's wohl machen.

Frau Warkentin hatte erzählt, alle Männer ab Zwölf müßten mit.

Silberglöckchen des Mais im Grase säuseln.

Ihr Sohn stand mitten im Examen. Zwei Fächer hatte er noch vor sich. »Wenn alles schiefgeht, Mutti«, habe er gesagt, »und wenn Deutschland nun untergeht, dann müssen wir trotzdem immer nur das Gute tun.« Das Ethische, so habe er gesagt, das habe seinen Zweck in sich.

Manfred und andere Jungen aus der Nachbarschaft mußten sich auf dem Bann melden. (»Ihr Sohn doch auch, Tante Kempi?«) Sie wurden mit Panzerfäusten ausgerüstet und in Marsch gesetzt. Diesmal suchte ich das Haus nicht nach Einberufungsbefehlen ab. Vermutlich war meine Karteikarte noch nicht wieder im Kasten.

Im Radio: Goebbels.
Er sehe unsere Lage nicht durch eine rosarote Brille. Aber: Lieber ein Ende mit Schrecken, als ein Schrecken ohne Ende!
Meine Mutter: »Denn man tau.«
Und Heinrich George: »Ich bäkännä . . .!« und dazwischen immer diese quäkige Stimme von dem Russen: Ein rothaariger, bleicher junger Mann stehe neben ihm, der würde jetzt erschossen, wegen Kriegsverbrechen. Ob es uns auch so gehen soll?

Über Drahtfunk teilte der Kreisleiter mit, er habe eine Frau aus der Parkstraße eigenhändig ins KZ eingewiesen. Flüchtlinge vor der Haustür stehen zu lassen, und erst zum Kaffeeklatsch zu gehen!
Für solche Subjekte sei in der Volksgemeinschaft kein Platz.

Meine Mutter ging Besorgungen machen, die Lebensmittelrationen der nächsten Wochen waren im Vorgriff freigegeben worden. »Junge, wenn es klingelt, geh nicht an die Tür.«

Sie schleppte eine Waschschüssel voll Wurstmasse an. Da wurde erst mal tüchtig geschmurgelt: Frikadellen.
In der Küche stand immer eine Schüssel voll Frikadellen, und wer Lust hatte, nahm sich eine.
20 Pfund Mehl und eine Flasche Speiseöl. Mehrere Riegel Kernseife. Und Geld von der Bank, 5000 Mark. Die würden erst mal reichen. Unter das Glas der Frisiertoilette legen.
Lieber noch mehr holen?
Dann würde es womöglich gestohlen. Wie man's macht, isses verkehrt.
Herr Kerner von der Deutschen Bank hatte gesagt: »Wir sind immer für Sie da, Frau Kempowski.« Das Silber solle sie man lieber zu Hause lassen.
Er kannte Vater noch von früher. »Ich habe solche Angst vor Kempowskis Hünden«, hatte er mal gesagt, als kleiner Junge.
Der schätzte an Vater das Korrekte.

Sollte man in Rostock bleiben? Oder lieber weggehen?
Die Landkarte wurde wieder rausgeholt und die bunten Stecknadeln (»Verdun gefallen – Donnerwetter!«). Der Stoßkeil der Russen zielte genau auf Rostock.
»Das sind wir.«
Ich zeichnete dicke rote Russenpfeile von Osten und von Süden.

Im Westen grüne Pfeile, das waren die Engländer.
Von oben – bum! – das war ja schon erledigt.

Dampfer »Friedrich« lag im Hafen, voll Verwundeter aus der Zahnklinik. Man hätte nur einzusteigen brauchen. Aber dann vielleicht untergehen?
Denzer kam, er wollte mit dem Dampfer weg. Hatte Kisten und Kasten schon hinaufschaffen lassen. Den Volkssturmmann Schröder an der Gangway bestochen: *Er*, als Reeder, werde doch wohl sein eigenes Schiff betreten dürfen?!
»Noch ist Zeit, Frau Kempowski!«
Aber meine Mutter konnte sich nicht entschließen. Was würde ihr Mann sagen, wenn sie alles im Stich ließe?
Der komme dann eines Tages an die Haustür: was? ein fremdes Namensschild? (Henkhus oder Steinmeyer), das kann doch gar nicht sein ... (mit seinen kurzsichtigen Augen so gekuckt) ... unsere schöne Wohnung ... und dann geklingelt. »Kempowski? Nee, die kennen wir nicht.« Tür vor der Nase zugeschlagen und drinnen klimpern sie auf dem Flügel herum.
»Nein, wir halten die Stellung, wir bleiben hier.«

»Wir bleiben ja alle hier, Frau Kempowski«, sagte auch Dr. Krause. »Wenn der Frieden ausbricht, dann müssen hier ja auch noch Menschen sein.«
Quade habe gesagt, weggehen, das sei das Verkehrteste, was man überhaupt machen kann. Ohne es zu merken, seien wir alle Opfer der Greuelpropaganda geworden. Tschaikowski und Gogol, das seien doch auch Russen gewesen, hochzivilisiert. Gogol: »Der Revisor«, doch rasend komisch! – Und in Petersburg alles voller Barockschlösser. Im übrigen sei der Reichstag zusammengetreten, nun gehe es wohl schnell zu Ende.
»Was für ein Glück, daß wir den Hitler haben!«
Das wäre der einzige Mann, der in dieser verfahrenen Situation mit Härte und Würde Friede zustande bringe.

Aber dann war Dr. Krause plötzlich doch weg. Die Türen klappten im Wind. Mit Pferd und Wagen ab, verdünnisiert.
»Die Ratten verlassen das sinkende Schiff«, sagte meine Mutter, »wie isses nun zu glauben.«

Liesing war auch gesehen worden, Dr. Finck, wie er mit brennender Zigarette gegangen war. Habe noch einmal hochgewinkt.
Und der Werftdirektor. »Lucia Warden«, die Jacht. Ab nach Schweden. Oh, der wisse, wo Bartels seinen Most holt. Das Schlusuhr.

Das baltische Fräulein Othanke, die kannte die Russen. »Oh, Tante Kempi! fahren Sie bloß weg! Ihr Dampfer im Hafen, einfacher geht es doch überhaupt nicht!« – Nachts liege sie Stunde um Stunde wach und sehe Brand, Brand. Wo der Russe hinkomme, bleibe kein Stein auf dem andern.
Die hatte ja viel mitgemacht, damals, in Riga, die stand wohl noch unter dem Druck. Die Stadtverordneten habe man erstochen und in einen Brunnen geworfen.
Aber das war ja auch eine ganz andere Zeit gewesen. Die 20er Jahre, da waren die Kommunisten ja noch wild und blutrünstig, von all der Unterdrückung her. Das könne man doch verstehen. »Oh, der Kommunismus«, sagte meine Mutter. Glühend! *Sie* könne auch Kommunist werden. Wenn man nichts besitze? Dann würde man doch Kommunist!

Wann der Papierhändler Heinemann wohl das Schild »Der Deutsche grüßt Heil Hitler« von der Tür abschraubte? Den Augenblick mußte er klug wählen.
Juden unerwünscht.

Die Frau aus der Woldemann-Wohnung kam meine Mutter besuchen. Sie sah aus wie eine alte Käte-Kruse-Puppe.

(»Hält sie einen hier noch auf! die dumme Pute.«)
Sie seien schon längst nicht mehr für Hitler, sagte sie. Oh, so lange, so lange schon nicht mehr.
(»Die will sich wohl rückversichern, sitzt hier wie ein Ölgötze. Dumm wie'n Bohnensack!«)

Bei Matthes auf dem Balkon (»wie auf dem Präsentierteller«) zwei Soldaten. Die konnte man meilenweit sehen. Die hatten sich da eine Art Lager aufgeschlagen. Vielleicht würde Matthes sagen: »Ich? Ich habe Soldaten verborgen? Aber wieso denn, davon weiß ich ja gar nichts.«
Aber wie hätten sie denn auf den Balkon kommen sollen, fliegen konnten sie doch nicht.
Eines Morgens waren sie weg.

Bei uns klingelten auch einmal welche. Ob wir was zu essen hätten. Ich gab einem kleinen spitznasigen Gefreiten 4 Äpfel und 1 Kanten Brot. Dazu zwei Frikadellen.
Er könne hier auch eine Nacht bleiben.
Nein, nein, weiter, weiter.

Die Franzosen von gegenüber zogen mit roten Laternen vorn und hinten ab, gen Westen.
Beim Aufstellen packte ein Wachmann einen Franzosen bei den Schultern und drehte ihn hin und her, der Brotbeutel schleuderte herum. Er hatte die Kehrtwendung nicht exakt gemacht.

Mein Großvater ging in das geräumte Lager und brachte alte Decken und einen Karton voll kristallartigem Zeug mit an. Seifenpulver? Hängolin?
Ich betrachtete es unter meinem Mikroskop.
Vielleicht kriegte Kotelmann, der Drogist, heraus, was das war.

In einer Garage hatten die Franzosen sich eine Kirche eingerichtet. Da stand eine Madonna. Ach ja, katholisch.

Am Nachmittag ging ich doch mal los.
Eine Abteilung singender Ungarn marschierte die Hermannstraße entlang, mit einem Trompeter vorn: das waren Verbündete.

Am Schwaanschen Tor wurden Barrikaden gebaut. Ein Möbelwagen voller Backsteine, von Bohrmann einer; er stand auf Eisenträgern, das waren die Schienen. Im Ernstfall brauchte er bloß vorgerollt zu werden.
Alles bis zum letzten Mann verteidigen, keinen Stein mehr auf dem andern lassen.

Klaus Greif kam von der andern Straßenseite herüber: »Ich rufe auch dir zu: bleibe übrig!«
Der war grade aus dem Krankenhaus entlassen, hatte eine Blinddarmentzündung gehabt. Glück im Unglück, da hatte er nicht mitgemußt, nach Neubrandenburg.
5 Messerschmidt-Jäger flogen über uns hinweg. Die wollten wohl beobachten, ob noch alles in Ordnung ist.

Auf dem Alten Schlachthof wurde das Verpflegungsdepot umlagert.
Aber dort fuchtelte ein Zahlmeister mit seiner Pistole herum. Er schloß die riesige Gittertür, wußte gar nicht, wie er die Pistole dabei festhalten sollte.

Mehr Glück hatten wir in der Kröpeliner Straße. Dort drangen wir in ein Warenhaus ein. Unterhemden und Unterhosen, sowie 1 Paar Holzschuhe mit geteilter Sohle.
Draußen stand ein Hilfspolizist, dem mußten wir den Kassenbon zeigen. Kuckte gar nicht richtig hin.

»Fein«, sagte meine Mutter, »fein, mein Peterpump.«
Sie putzte Fenster, klopfte Sessel aus. Bloß nicht auf dumme Gedanken kommen.
Eins wunderte sie: Wo kommen bloß die vielen Kinder her? Überall Kinder. Die hatte man wohl aus den KLV-Lagern nach Hause geschickt.

Da kam ja auch Tante Annemi, die Kindergärtnerin:

Wer will unter die Soldaten,
der muß haben ein Gewehr,
der muß haben ein Gewehr ...

Rückwärts ging sie vor den Kindern her.

Vielleicht kämen ja doch noch die Engländer, sagte meine Mutter, das wär ja zu und zu schön.
Die Engländer? Da wolle bestimmt auch so mancher sein Mütchen kühlen.

Auf alle Fälle eine Kiste mit Weckgläsern vergraben, hinten, im Garten von Dr. Krause.
Auch die Orden.
Die Schießscheiben abnehmen, die gingen nicht so ohne weiteres kaputt. (»Hoffentlich schimpft Vati dann nicht.«)
Da mußte Großvater mit der Axt herangehn.
Und den Säbel auch wegschmeißen.
(Es war doch gut, daß man kein Führerbild gekauft hatte.)
Und die Winterhilfsplaketten, da waren ja überall Hakenkreuze drauf.

Den Brüdern im bedrängten Land –
warmfühlend Herz, hilfreiche Hand. VDA

»Und, Junge, deine Uniform!«
Ich trug sie durch den Kellerdurchbruch in das leere Nachbarhaus. Vatis Uniformen könne man ja ruhig hängen lassen, der war ja nicht da.

Am Spätnachmittag des 30. April war auf der Straße Getrappel: lauter Soldaten. Zum Teil im Laufschritt, auf Pferden und Fahrrädern. Eine ganze Armee: rette sich wer kann.
»Oh Gott«, sagte meine Mutter.
Wie so ein Wildbach. Uniform oben offen, Luft kriegen. Dazwischen einzelne Flüchtlinge: »Und ob wir dich vielleicht doch noch wegschicken? Nach Lübeck zu Frau Susemiehl? Noch ist es Zeit.«

Der Sohn von Amtsgerichtsrat Warkentin wedelte mit seinem Examensschein: doch noch geschafft. Er mischte sich unter die Flüchtenden. Der Mutter könne er ja doch nicht helfen.
»Mutti«, hatte er gesagt, »und wenn ich einen Schwanz mache, so ist das auch nicht gerade das Schlimmste.«

In der Ferne detonierte ein Munitionszug. Ein paar Nachzügler hetzten noch dahin, dann war die Straße leer.

Aus dem Zug der Flüchtenden hatte sich auch Ulli gelöst, Ulli Prüter (»Subhas Chandra Bose!«), Klick, das Minutenlicht. Er wollte sich Zivil holen, irgendeine alte Büx ... los, los, schnell! Der mußte den Russen entgegenflüchten und noch bevor sie kamen die Haustür zukriegen.
»Genießt den Krieg, der Frieden wird fürchterlich!«
Zack mi seu.

In der Nacht knipste ich das Licht aus, setzte mich ans Klavier und phantasierte mit heruntergezogenen Mundwinkeln in Moll.
Über dem Haus die Nähmaschinen: russische Flugzeuge, auch »UvD« genannt. Die brummten gemächlich dahin. Kuckten sich ihre Beute wohl schon an.
Einfach Licht anknipsen? Bombe auf den Kopf, alles aus?

Das Haar würde man sich jedenfalls wieder wachsen lassen können.

Das Telefon klingelte. Ein Mann fragte: »Was soll mit der Frauenleiche werden?«
»Mit der Frauenleiche? Mit was für einer Frauenleiche?«
»Na, mit der Frauenleiche, die in den nächsten Tagen hier anfällt.«
»Wer ist denn am Apparat?«
»Hier ist die Knochen- und Fettverwertung.«
Und dann so widerlich gelacht, so: hä-hä-hä!

Der 1. Mai war ein wundervoller Tag, ein Tag »zum Eierlegen«, wie Ulla gesagt hätte.
Wir saßen auf dem Balkon – der Judenbart, die Tradeskantie – und tranken eine Flasche Sekt. Den gewonnenen Krieg begießen.
»Was nützt das schlechte Leben.«

Meine Mutter in ihrem blauen Pelerinenkleid, fast noch ein bißchen kühl für diese Jahreszeit, drei Knöpfe mit Quetschfalten, die Ocki-Arbeit zwischen den Fingern.
Großvater de Bonsac mit gewaltigem Schlipsknoten, das noch kaum graue Haar sauber pomadisiert und gescheitelt. Zwei, drei winzige Schuppen auf dem Kragen. Eduard VII.
Das Samtjackett mit den Husarenschnüren war ja verbrannt, verbrannt, verbrannt, verbrannt, und der elfenbeinerne Brieföffner, noch von Onkel Bertram zur Nedden; die schönen Daunendecken und die Kampferkisten.
Alles Schutt, Asche, Staub, Dreck. Verbrannt, verbrannt, verbrannt.

Über der Stadt liege so eine unheimliche Ruhe, sagte meine Mutter: das sei wohl die Ruhe vor dem Sturm?
Vor den Toren der Stadt, so hieß es, würden gerade die Übergabeverhandlungen geführt. (Die Übergabe von Breda.)
Eine Bürgerabordnung sei hinausgepilgert, mit weißen Taschentüchern um den Arm.
Was es da wohl noch auszuhandeln gab? Ehrenhafte Bedingungen?
Die denn so erhöht auf einem Hügel, und unsere von unten.
Und wo der Kreisleiter wohl stecke.

Warum wohne man nun nicht in Lübeck? Da waren die Engländer, die hätte man ganz anders als Befreier begrüßt: Kirchenglocken geläutet, Girlanden, und die alte schöne schwarz-weiß-rote Fahne.

Unser guter Kaiser.
Blumen gestreut.
Der Kronprinz allerdings ein Windhund.
Dahin müsse man wieder zurück, zur Kaiserzeit. Nicht: schwarz-rot-senf. Diese politischen Versammlungen immer. Oh, sie wüßte es noch wie heute. In der Philharmonie, Professor Klee, konservativ bis auf die Knochen, schlagfertig, wußte auf alles eine Antwort, schließlich sich versteckt gehalten, mit einem Ruderboot im Schilf... Oh, die waren wütend auf ihn gewesen!
Diese verschiedenen Strömungen, widerlich. Biergläser und Stühle durch die Gegend geflogen, die Glocke vom Ordner überhaupt nicht mehr zu hören. Und im Publikum denn so Gruppen, die Funktionäre oben von der Bühne geholt und ins Publikum geworfen.
Kaiser Wilhelm habe es jedenfalls verstanden, Frieden zu halten. Oh, sie wüßte es noch: die Puppe hochgehalten, als er zum Rennen fuhr, und die Kaiserin so genickt: »Du gutes Kind.«
Und 1914 diese Begeisterung, all die Männer, in offnen Güterwagen, und das Deutschlandlied gesungen.

Die armen Jungen, diese kleinen Pökse, Manfred, Struck und Stuhr, mit Handgranaten und Panzerfäusten beladen, die nun nach Neubrandenburg zu schicken.
Frau Eckhoff hatte so geweint. Ihr Sohn sei nicht zu halten gewesen.
Sie wüßt es auch nicht!
Ein Stück aus dem Tollhaus. Die konnten ja überhaupt nicht zielen, das Gewehr ja gar nicht halten.
Unerhört.

Der Birnbaum und die restlichen Birken.
Wilhelm Kempff, der habe so schön gespielt. Hinterher mit Ulla an den Bühnenausgang gestellt. Ein Herr herausgekommen.
»Isser das?«
Der Herr gesagt: »Ja, das isser.«

Musik.
Wie habe Vati das immer genossen.

Alljährlich naht vom Himmel eine Taube.

Und Tegernsee, daß die Wolken unter ihnen waren. Da hatte Vati noch so gelacht: Der Kaplan is a Depp. Und auf dem Wegweiser: »Geht nicht zum Saubauern auf der Alm, da gibt's warmes Bier.« Der Wirt hatte einen Papageien gehabt: »'s ist a klug's Tierle«, gesagt, »komm, Köpfi kraulen«, und das Vieh sei tatsächlich angekommen und habe den Kopf hingehalten.
»So a klug's Tierle; sagens die Menschen, a Tier hat kein Verstand net...«
Und in München grade ein Trachtenfest, die Lokale voll, die Leute alle besoffen, herumgejodelt und geschrien, aus jedem Haus Gedudel.
Aber die Blumenprozession nicht gesehen, alle 10 Jahre nur einmal. Typisch.
Und eine Woche eher nach Hause gefahren. »Wir haben kein Geld mehr.« Und durch Zufall gesehen, daß Vati noch ein ganzes Bündel Geldscheine in der Schreibtischschublade verschwinden läßt. Wütend gewesen! Das habe er nur zur Sicherheit mitgenommen... Der holde Gatte.

Er war ja wahnsinnig gesund, aber die Haut und all das, das käm' bestimmt von seinem verrückten Elternhaus. Da solle man wohl vogelig werden.
Die eigene Mutter ihm hohnlachend ins Gesicht gesagt: Er wär ein Versehen. Aber nun wär er ja mal da.
Im ersten Krieg alle seine Anzüge und Mäntel verschenkt, als er im Felde war. »Der fällt ja doch.«
Und gesagt: »Was, ihr wollt euch einen Verlobungsring anschaffen? Dat watt ja doch nix!« Eine komische Frau, ohne jedes Herz. Eine komische Familie.
Und der eigne Vater ihm 10 Mark gegeben, er wär nun in dem Alter, er solle mal in einen Puff gehen.

Da müsse ein Mensch ja sonderbar werden, bei so einer Erziehung. »Warum bist du bloß immer so«, habe sie ihn gefragt, als er nach Rußland kam. Und da habe er sie nur so ernst angekuckt, der arme Mann.

Die Schulden nun abgetragen, alles glatt. Man gehe irgendwie sauber in die neue Zeit.
Und die Nazis im Eimer, dieses Pack.
Den Krieg hätten *wir* gewonnen, das sei klar.
»Wie, mein Grethelein?« fragte mein Großvater, ließ den Rosegger sinken und legte eine Hand hinters Ohr.
»Ich sage: den Krieg haben *wir* gewonnen! Die Kirche und die guten Kräfte!« Das wär ein Grund zum Feiern! Prost!

Von Roberding, dem kleinen fixen Bengel, nichts. Das war beunruhigend. Ob er in Gefangenschaft war? Ob es ihm wohl einigermaßen ging?
Vielleicht stehe er eines Tages vor der Tür?
»Och, du Aschlock«, gesagt, dies freche Pastür und: »erst so lieb und dann so böse«, als sie ihm welche hintenvor gegeben habe.
»So lütt wie er iss, so fix isser.«

An Ulla hatte man noch ein Paket mit alten Kleidern absenden können. Das gute Kind. Schön, daß sie in Sicherheit war – das gottvolle Waschpulver! – und Sven, oh, sie wüßt es noch, wie sie mit ihm den Weidenweg gegangen.
Und Ulla: »Pö!« gesagt und denn nachher so glücklich.
Und die Lichter von Schweden. Oh, wie würde man das alles genießen. Im Garten sitzen oder was die denn grad hätten, und so schönen dänischen Kuchen essen und Bohnenkaffee. Oh, wie würd sie das genießen.

»Ich glaube, nun sind sie da.«
Einzelne Schüsse in der Ferne. Ich ging nach vorn und kuckte aus dem Fenster, da stand ein Motorrad mit Beiwagen, ein Russe darauf. Den Beiwagen voller Schuhe, vom Schuster nebenan geholt.

Schnell die Gardine zufallen lassen und auf den Balkon zurück. »Ja, nun sind sie da.«
Eigentlich hätte man ja hinunterlaufen müssen und sie begrüßen. »Hurra« schreien oder »Bravo«. Lieber oben bleiben, die wären gewiß furchtbar wütend auf uns.
Das Schießen kam näher.
»Oh Himmel«, sagte meine Mutter, stand auf und begoß die Tradeskantie. Und nun auch in der Nähe, einzelne Schüsse, wohl Freudenschüsse.
Und da fuhr: zäng! auch einer durch den Birnbaum. Blütenblätter segelten herab.
»Wie isses nun bloß möglich«, sagte meine Mutter. »Ich glaub', wir gehen 'rein.«